EL PINTOR
DE ALMAS

ILDEFONSO
FALCONES

EL PINTOR
DE ALMAS

Grijalbo

Primera edición: septiembre de 2019

ISBN: 978-1-644730-97-3

Impreso en Estados Unidos — *Printed in USA*

Penguin
Random House
Grupo Editorial

Este libro lo inicié gozando de salud y, a consecuencia de una grave enfermedad, he puesto su punto final tecleando con mil alfileres clavados en las yemas de mis dedos. Quiero dedicárselo a todos aquellos que luchan contra el cáncer, y también a quienes nos ayudan, nos animan, nos acompañan, sufren con nosotros y, en ocasiones, tienen que soportar nuestra desesperación. Gracias.

PRIMERA
PARTE

1

Los gritos de centenares de mujeres y niños retumbaban en las callejas del casco antiguo. «¡Huelga!» «¡Cerrad las puertas!» «¡Detened las máquinas!» «¡Bajad las persianas!» El piquete de mujeres, muchas de ellas con niños pequeños en sus brazos o tratando de mantenerlos agarrados de la mano, a pesar de los esfuerzos de estos por escapar para unirse a aquellos un poco más mayores, libres de control, recorría las calles de la ciudad vieja instando a los obreros y los mercaderes que todavía mantenían abiertos talleres, fábricas y comercios a que detuvieran de inmediato su actividad. Los palos y barrotes que enarbolaban convencían a la mayoría, aunque no eran extrañas las roturas de los cristales de escaparates y alguna que otra reyerta.

—¡Son mujeres! —gritó un anciano desde el balcón de un primer piso, justo por encima de la cabeza de un tendero airado que se encaraba con un par de ellas.

—Anselmo, yo... —El mercader alzó la vista.

Su excusa se vio acallada por los insultos y abucheos que surgieron de muchos de los que contemplaban la escena desde los demás balcones de aquellas casas viejas y apiñadas, moradas de obreros y gente humilde, de fachadas con grietas, desconchaduras y manchas de humedad. El hombre apretó los labios, negó con la cabeza y echó el cierre mientras unos chiquillos desharrapados y sucios cantaban victoria y se burlaban de él. Algunos espectadores sonrieron

11

sin reparo ante las chanzas del grupo de huelguistas precoces; el tendero no era querido en el barrio. Confeccionaba y vendía alpargatas. No fiaba. No sonreía, y tampoco saludaba.

La chiquillería insistió en sus burlas hasta que la policía que seguía al piquete de mujeres casi llegó a su altura. Entonces echaron a correr en pos de la marabunta que continuaba desplazándose por los callejones de la Barcelona medieval, tan sinuosos como oscuros, puesto que la maravillosa luz primaveral de aquel mes de mayo era incapaz de penetrar en el estrecho entramado urbano más allá de los pisos altos de los edificios que se erguían sobre el empedrado. Los vecinos de los balcones callaron al paso de los guardias civiles, algunos a caballo, con los sables envainados, la mayoría de ellos con el rostro contraído, en una tensión que se palpaba en sus movimientos sincopados. Unos y otros eran conscientes del conflicto que se les planteaba a aquellos hombres: su obligación era impedir los piquetes ilegales, pero no estaban dispuestos a cargar contra mujeres y niños.

La historia de la revolución obrera en Barcelona estaba ligada a las mujeres y sus hijos. Eran ellas las que, en numerosas ocasiones, exhortaban a sus hombres a permanecer al margen de las acciones violentas. «Con nosotras no se atreverán, y nos bastamos para conseguir el cierre», argumentaban. Y así era también ese mes de mayo de 1901, cuando los obreros se habían lanzado a las calles después de que, a finales de abril, la Compañía de Tranvías hubiera despedido a sus trabajadores en huelga y hubiera contratado esquiroles para reemplazarlos.

La huelga general que pretendían las asociaciones de obreros en defensa de los tranviarios estaba muy lejos de producirse y, pese a algunas acciones violentas, la Guardia Civil parecía tener el control de la situación en la ciudad.

De repente, un clamor surgió de boca de los centenares de mujeres tras propagarse entre ellas la noticia de que un tranvía circulaba por las Ramblas. Se oyeron insultos y gritos de amenaza: «¡Esquiroles!» «¡Hijos de puta!» «¡A por ellos!».

Las huelguistas recorrieron a paso ligero, algunas de ellas casi corriendo, la calle de la Portaferrissa para llegar a la Rambla de les Flors, por encima del mercado de la Boqueria, una lonja que a diferencia de las demás de Barcelona como podían ser la de Sant Antoni, la del Born o la de la Concepció, no había nacido de un proyecto concreto, sino de la ocupación por parte de los vendedores de la plaza de Sant Josep, un magnífico espacio porticado; al final vencieron los mercaderes y la plaza se cubrió con entoldados y tejados provisionales, convirtiéndose los pórticos de los edificios que rodeaban la plaza en las paredes del nuevo mercado. Las tradicionales paradas de venta de flores, unas estructuras de hierro colado enfrentadas en línea unas a otras a lo largo del paseo, estaban cerradas, aunque las floristas, muchas de ellas en jarras, desafiantes, permanecían junto a sus establecimientos dispuestas a defenderlos. En Barcelona solo se vendían flores en esa parte de las Ramblas. En el mercado de la Boqueria un sinfín de carros de transporte con sus toldos y sus caballos esperaban estacionados en hilera, costado contra costado, a un par de pasos escasos de las vías del tranvía. Los animales reaccionaron con nervios ante el griterío y la avalancha de las mujeres. Pocas de ellas prestaron atención al alboroto de caballos encabritados, mozos y tenderos corriendo de arriba abajo. El tranvía, que cubría la línea de Barcelona a Gràcia que se iniciaba en la Rambla de Santa Mònica, junto al puerto, se aproximaba.

Dalmau Sala había seguido al piquete durante su itinerario por el casco viejo junto a otros muchos hombres, en silencio tras la Guardia Civil. Ahora, en una zona amplia como era la de las Ramblas, gozó de una visión más completa. El caos era absoluto. Caballos, carros y tenderos. Ciudadanos corriendo, curiosos; policías que se disponían en formación ante el grupo de mujeres con sus niños que se habían desplegado frente a ellos, en una barrera humana que pretendía separar a todas aquellas otras que habían hecho piña sobre las vías del tranvía para detener la máquina.

Un escalofrío recorrió a Dalmau de arriba abajo al ver que algunas mujeres alzaban a sus pequeños y los exhibían ante los guardias civiles. Otros chiquillos, un poco más mayores, permanecían agarrados a las faldas de sus madres, asustados, con los ojos muy abiertos escudriñando el espacio en busca de unas respuestas que no encontraban, mientras los adolescentes, ensoberbecidos por el ambiente, llegaban a retar a los policías.

No hacía muchos años, cuatro o cinco, Dalmau había cometido el mismo desplante ante la policía; su madre tras él, gritando, exigiendo justicia o mejoras sociales, animándolo a la lucha, como hacían la mayoría de las madres que interponían a sus hijos en defensa de unas causas que consideraban superiores incluso a su propia integridad física.

Durante un instante, los gritos de las mujeres originaron en Dalmau una embriaguez similar a la vivida aquellas veces en las que se plantaba ante la policía. Entonces se sentían dioses. ¡Luchaban por los obreros! En algunas ocasiones la Guardia Civil o el ejército cargaron contra ellos, pero hoy no sucedería eso, se dijo Dalmau desviando la mirada hacia las huelguistas que hacían frente al tranvía. No. Ese día no estaba llamado a que la fuerza pública atacase a las mujeres; lo presentía, lo sabía.

Dalmau no tardó en localizarlas. En primera fila, por delante de todas, retando con la mirada, como si con ella sola pudieran detenerlo, al tranvía de la línea de Gràcia que se acercaba. Dalmau sonrió. ¿Qué no conseguirían esas miradas? Montserrat y Emma, su hermana menor y su novia, inseparables ellas, unidas por la desgracia, unidas por la lucha obrera. El tranvía se acercaba haciendo sonar su campana; el sol que se colaba entre el arbolado de las Ramblas arrancaba destellos a las ruedas y a los demás elementos de metal del vagón. Alguna mujer reculó; pocas, muy pocas. Dalmau se irguió. No temía por ellas; se detendría. Madres y policías callaron, atentos. Muchos curiosos contuvieron la respiración. El grupo de mujeres encima de las vías pareció crecer sobre sí, firme, tenaz, dispuesto a ser arrollado.

Paró.

Las mujeres estallaron en vítores mientras los pocos viajeros que habían osado utilizar el transporte y que viajaban en la parte superior del vagón, al aire libre, sentados al sol, descendían a trompicones para escapar tras conductor y revisores, esquiroles todos que habían saltado del tranvía antes incluso de que este llegara a detenerse.

Dalmau contempló a Emma y Montserrat, las dos con el puño crispado alzado al cielo, sonrientes, celebrando eufóricas la victoria con sus compañeras. No había transcurrido un minuto cuando aquellos centenares de mujeres se arrimaron al tranvía. «¡Vamos!» «¡A por él!» La Guardia Civil quiso reaccionar, pero la barrera con los niños se les vino encima. Fueron muchas manos las que se apoyaron contra el lateral del vagón. Otras tantas, las que no alcanzaban la máquina, sostuvieron la espalda de las huelguistas que estaban por delante.

—¡Empujad! —gritaron al mismo tiempo varias de ellas.

—¡Más fuerte!

El tranvía se balanceó sobre las ruedas de hierro.

—¡Más! Más, más…

Una, dos… El vaivén fue en aumento al ritmo de los ánimos que se daban unas a otras. Al cabo, un rugido que surgió de aquellos centenares de gargantas precedió al vuelco del vagón. El estruendo se confundió con las astillas, el entrechocar de hierros y una nube de polvo que envolvió a tranvía y mujeres.

Un aullido rompió el relativo silencio que se había hecho tras el estallido del vagón contra el suelo.

—¡Salud y revolución!

—¡Viva la anarquía!

—¡Huelga general!

—¡Muerte a los frailes!

Más trabajo y mejores jornales. Reducir las jornadas extenuantes. Acabar con el trabajo de los niños. Terminar con el poder de la Iglesia. Mayor seguridad. Viviendas decentes. Expulsión de los religiosos. Sanidad. Educación laica. Alimentos asequibles… Mil reivindicaciones atronaron la Rambla de les Flors de Barcelona para ser compartidas por una masa de gente humilde, cada vez más numerosa, que iba congregándose y aplaudía con fervor a aquellas mujeres obreras.

Emma y Montserrat, sudorosas, sus rostros sucios y oscurecidos por el polvo levantado por la caída del vagón, saltaban excitadas, jaleaban a sus compañeras y alzaban los brazos encaramadas al lateral del tranvía.

A Dalmau se le erizó el vello a la vista de aquellas dos muchachas jóvenes. ¡Valientes! ¡Comprometidas! Recordó las veces que, junto a las madres y las esposas de los obreros, se habían echado a la calle en defensa de alguna causa. Dalmau no les llevaba ni dos años, y sin embargo aquellas dos chiquillas, como si el hecho de ser mujeres las obligase a ello, lo superaban en osadía, y gritaban, insultaban y hasta retaban a la Guardia Civil. Y ahora estaban allí, subidas en un tranvía que acababan de derribar con sus manos. Dalmau tembló, luego alzó el puño y, excitado, se sumó a los gritos y reivindicaciones de la gente.

La emoción y el estruendo todavía continuaban retumbando en el interior de Dalmau, agitándolo, ensordeciéndolo, mientras ascendía por el paseo de Gràcia de Barcelona en dirección a la fábrica de cerámica en la que trabajaba, situada en Les Corts, en un descampado a la vera de la riera de Bargalló. No llegó a tener oportunidad de charlar con las chicas puesto que, una vez obtenido su propósito, el nerviosismo que mostró la Guardia Civil forzó la disolución del piquete e hizo que las mujeres y sus hijos se dispersaran en todas direcciones. Quizá Montserrat y Emma fueran reconocibles, pensó Dalmau. ¡Con toda seguridad!, se dijo, y sonrió al tiempo que pateaba la hoja caída de un árbol. ¿Quién podía olvidarlas allí subidas? Sin embargo, se habían confundido rápidamente con aquellas otras que se encontraban en el mercado de la Boqueria o en las Ramblas: mujeres como tantas otras, vestidas con falda larga hasta los tobillos, delantal y camisa, generalmente con las mangas remangadas. Las mayores acostumbraban a llevar la cabeza cubierta con un pañuelo, negro en la mayoría de las ocasiones; las demás recogían sus cabellos en moños, sin sombrero. Se trataba de mujeres radicalmente diferentes a las que podían verse deambulando por el paseo de Gràcia, ricas, elegantes.

A diario, cuando iba o venía por aquella gran arteria de la Ciudad Condal, Dalmau se recreaba contemplando a aquellas damas que paseaban orgullosas entre niñeras de blanco con sus criaturas, caballos y carruajes. El pecho, el vientre y las nalgas; decían que esos eran los tres patrones a través de los que debía juzgarse a la mujer ideal. La moda femenina había evolucionado con el modernismo igual que la arquitectura y otras artes, y había ido sustituyendo los elementos medievales, rígidos, usados durante la década final del siglo anterior, por otros que mostraban a mujeres vivas, con los corsés resaltando las formas naturales de su cuerpo en una especie de serpenteo maravilloso: pechos por delante; vientres planos, comprimidos, y las nalgas por detrás, respingonas, como si en todo momento estuvieran dispuestas a atacar. Cuando tenía tiempo, Dalmau se sentaba en uno de los bancos del paseo y tomaba apuntes al carboncillo de aquellas mujeres, aunque acostumbraba a evitar vestimenta en su imaginación, y las dibujaba desnudas. No quería limitarse a lo que insinuaban los corsés y los vestidos. Los pies, las piernas, los tobillos, sobre todo los tobillos, finos y delgados, con los tendones tensos como cuerdas; manos y brazos. ¡Y los cuellos! ¿Por qué fijarse solo en aquellos tres criterios: pecho, vientre y nalgas? Le gustaba el desnudo femenino, pero desgraciadamente no tenía oportunidad de trabajar con modelos despojadas de ropa; su maestro, don Manuel Bello, lo tenía prohibido. Desnudos masculinos, sí; femeninos, no. Si él no lo hacía, se oponía el maestro, no iba a hacerlo Dalmau. Comprensible conociendo a la esposa de don Manuel, sonreía Dalmau a sus espaldas. Burguesa, reaccionaria, conservadora, católica recalcitrante, ¡hasta la médula!, virtudes todas en las que coincidía con su esposo, la mujer se agarraba a la moda vieja ya abandonada hacía unos años, y todavía usaba el polisón, una especie de armazón que se ataba a la cintura para que la falda se abombase por detrás.

—Igual que un caracol —se burlaba cuando les explicaba a Montserrat y Emma—: todo por delante y una especie de caparazón que le sale del culo y con el que carga allí adonde va. ¿Queréis creer que soy incapaz de imaginármela desnuda?

Las dos se rieron.

—¿Nunca has quitado el caparazón a un caracol? —le preguntó su hermana—. Pues a esa babosilla le pones un poco de pelo en lugar de los cuernos, y ahí tienes desnuda a tu burguesa, babeando, como todas ellas.

—¡Calla! ¡Qué asco! —se quejó Emma empujando a Montserrat—. Pero ¿por qué tienes que imaginarte desnudas a las mujeres? —Se dirigió a Dalmau—. ¿No te satisface lo que tienes en casa?

La última observación la hizo arrastrando las palabras, con voz dulce, zalamera. Dalmau la atrajo hacia sí y la besó en los labios.

—Por supuesto que me satisface —susurró él.

De hecho, a excepción del uso a escondidas de fotografías eróticas en las que estudiaba la desnudez femenina que su maestro le impedía, Emma era la única que había posado desnuda para él. Montserrat, enterada, también se le había ofrecido.

—¡Cómo voy a pintar desnuda a mi hermana? —se opuso él.

—Es algo artístico, ¿no? —insistió ella haciendo ademán de quitarse la camisa, lo que Dalmau impidió agarrándola de la mano—. ¡Me encantan los dibujos que has hecho de Emma! Está tan… ¡sensual! ¡Tan mujer! ¡Parece una diosa! Nadie diría que es una cocinera. Quisiera verme igual, no como la vulgar obrera de una fábrica de estampados de telas de algodón.

Dalmau cerró los ojos unos instantes al ver que su hermana se tironeaba de la falda floreada que vestía como si quisiera librarse de ella.

—A mí también me gustaría que me dibujaras así —abundó Montserrat.

—¿Le gustaría a madre? —la interrumpió él.

Montserrat torció el labio superior y negó con la cabeza en un mohín de resignación.

—No es necesario que te pinte desnuda para que sepas que eres tan guapa como Emma —trató de consolarla Dalmau—. ¡Si los enamoras a todos! Están locos por ti, los tienes a tus pies.

Ese día, después del vuelco del tranvía en las Ramblas, Dalmau ya llegaba bastante tarde al trabajo y no tenía tiempo para recrearse en la imaginaria desnudez de las burguesas que se lucían por el paseo de Gràcia. Tampoco lo tenía para observar las construcciones modernistas que iban erigiéndose en el Eixample, el Ensanche de Barcelona: la zona extramuros de la ciudad en la que durante siglos había estado prohibido construir por motivos de defensa militar y que, en el siglo XIX, con el derribo de las murallas, se había urbanizado. El maestro Bello renegaba de aquellas construcciones modernistas, aunque buen negocio hacía con su fábrica vendiendo cerámica a los constructores.

«Hijo —se excusó el día en el que Dalmau se atrevió a plantearle esa contradicción—, el negocio es el negocio.» Lo cierto era que, igual que sucedía con los vestidos de las mujeres, el modernismo había impuesto cambios importantes desde la Exposición Universal de Barcelona de 1888, una deriva difícil de admitir para según qué caracteres conservadores. En la última década del siglo XIX, las mujeres, libres del polisón que las asemejaba a los caracoles, habían seguido utilizando vestidos rígidos, similares a los medievales. Durante esa misma década, los arquitectos habían buscado inspirarse también en el Medievo tratando de emular la grandeza de la Cataluña de aquella época. Domènech i Montaner recuperaba técnicas con materiales de la propia tierra como eran los ladrillos vistos, y así había construido el café-restaurante de la propia exposición de 1888, un imponente castillo almenado con influencias orientales, en el que, sin embargo, se había permitido la licencia de colocar, en el friso exterior, cerca de cincuenta escudos de cerámica de color blanco, de los más de cien que tenía previstos, y en los que se publicitaban los productos que podrían consumirse en el interior del local: un marinero bebiendo ginebra; una señorita con un helado; una cocinera preparando chocolate…

Pocos años después, Puig i Cadafalch había asumido la reconstrucción de la casa Amatller del paseo de Gràcia con elementos góticos, rompiendo simetrías y clasicismos y dotando a Barcelona de su primera fachada colorista. En ella, al igual que había hecho Domènech en su café-restaurante de la Exposición Universal, Puig jugueteó con los elementos decorativos y, aprovechando las aficiones del propietario del edificio, incluyó multitud de animales grotescos: un perro, un gato, un zorro, una cabra, un pájaro y una lagartija a modo de guardianes; una rana que sopla cristal y otra que brinda con una copa; un par de cerdos que esculpen un jarrón; un asno que lee un libro, otro que lo observa con gafas; un león aficionado a la fotografía junto a un oso con un paraguas; un conejo que funde metal mientras otro le acerca agua, y un mono que golpea sobre un yunque.

Aquellas dos obras, entre otras muchas que ya clamaban un cambio, una concepción diferente de la arquitectura, fueron, a decir del maestro de Dalmau, las precursoras de la casa Calvet en la calle Casp de Barcelona, en la que Gaudí empezó a abandonar la concepción historicista que había inspirado su obra durante la primera época del siglo anterior, para desarrollar una arquitectura en la que pretendía que la materia cobrase movimiento. «¡Movimiento, las piedras!», exclamaba don Manuel Bello con la confusión en el rostro.

«Mujeres y edificios —confesó en una ocasión a Dalmau— van poco a poco desprendiéndose de su clase, de su porte y de su señorío, de su historia, y se prostituyen: para convertirse en culebras serpenteantes las unas y en materia inconsistente los otros.» El hombre le dio la espalda haciendo aspavientos, como si el universo se desmoronase. Dalmau evitó replicar que a él le atraían las mujeres serpenteantes, y que admiraba a aquellos que pretendían que el hierro forjado, la piedra e incluso la cerámica cobrasen movimiento. ¡Quién sino un brujo, un mago, un creador excepcional podía presentar al espectador la materia transformada en fluido!

Un carro largo cargado de arcilla, tirado por cuatro poderosos percherones de cabeza, cuello y grupa fuertes e imponentes, y patas gruesas y peludas, que circuló lenta y pesadamente a su lado, haciendo temblar la tierra, sacó a Dalmau de sus pensamientos. Alzó la vista para ver la rebosante trasera del carro recortada contra las dos chimeneas altas de los hornos de la fábrica que se alzaban por encima de él. «Manuel Bello García. Fábrica de Azulejos.» Tal era el anuncio que en cerámica blanca y azul remataba el portalón de la entrada; a partir de ahí se abría una zona amplia con albercas y secaderos, junto a los almacenes, las oficinas y los hornos. Se trataba de una fábrica mediana, que realizaba trabajos seriados, pero también elaboraba las piezas especiales que diseñaban o imaginaban los arquitectos y los maestros de obras para sus edificios o para los numerosos establecimientos comerciales, tiendas, farmacias, hoteles, restaurantes y demás que acudían a la cerámica como uno de los elementos decorativos por excelencia.

Ese era el trabajo de Dalmau: dibujar. Crear diseños propios que después se fabricaban en serie, y formaban parte del catálogo de la firma; materializar y desarrollar aquellos otros que imaginaban los maestros de obras para sus edificios o establecimientos y que tan solo esbozaban o, por último, ejecutar los modelos que los grandes arquitectos modernistas les llevaban perfectamente elaborados ya.

—Discúlpeme, don Manuel… —Dalmau se presentó en el despacho y taller del maestro, junto a las oficinas de la fábrica, en el piso primero de uno de los edificios que componían el complejo—. Pero la situación en el barrio viejo era caótica. Manifestaciones, cargas de la policía —exageró—. Y he tenido que estar por mi madre y por mi hermana.

—Debemos cuidar de nuestras mujeres, hijo. —Don Manuel, de negro estricto, sobrio, como correspondía, con una corbata de color verde oscuro y nudo enorme, asintió desde detrás de la mesa de caoba que ocupaba. Unas patillas anchas y tupidas llegaban a juntársele con el bigote, también espeso, en una impecablemente delineada mata de pelo que dejaba cuello y mentón libres de barba—. Ellas nos necesitan. Haces bien. ¡Son esos anarquistas y libertarios los que hundirán este país! Espero que la Guardia Civil se haya empleado a fondo con ellos. ¡Mano dura! ¡Eso es lo que se merece tanto desagradecido! No te preocupes, hijo. Ve al trabajo.

El escritorio de Dalmau estaba puerta con puerta con el del maestro. Él tampoco trabajaba con los demás empleados, que lo hacían en salas comunes; disponía de un espacio para sí, un lugar bastante amplio donde poder concentrarse en su labor, que en aquellos días se ceñía al diseño de una serie de azulejos con motivos orientales: flores de loto, nenúfares, crisantemos, cañas de bambú, mariposas, libélulas…

El dominio del dibujo de las flores le había costado varios cursos en los estudios que realizó en la escuela de la Llotja de Barcelona. Las flores naturales; las flores en perfil; las flores en sombra; su dibujo y, por último, su composición al óleo. Dentro de las materias que se estudiaban en la Llotja, en la que Dalmau había ingresado a los diez años, que incluían aritmética, geometría, dibujo de figura, dibujo lineal y de adorno, dibujo del natural y pintura, una de las más importantes era la del dibujo aplicado a las artes y la fabricación. Para eso había nacido la escuela la Llotja, para enseñar arte a los obreros necesitados de ello con el objetivo de que lo aplicasen a la industria.

A mediados del siglo XIX, sin embargo, empezó a darse preferencia a las artes puras sobre las aplicadas, pero sin abandonar estas últimas, las destinadas a proveer de recursos a la industria, y entre las que sin duda alguna se encontraba el dibujo de las flores. Los elementos botánicos habían sido el ornamento por excelencia para el arte gótico, y ahora, tras la busca de aquellas inspiraciones medievales, se utilizaban en la decoración de telas y vestidos, la industria que movía Cataluña, y, con el modernismo arquitectónico, en azulejos y arrimaderos, en mosaicos, en forjados, en ebanistería y vidriería, así como en los miles de esculturas en yeso que ornaban aquellos edificios.

Dalmau se echó un guardapolvo por encima de la blusa beige que le llegaba hasta las rodillas, y que con unos pantalones mezcla de lana y lino de un tono oscuro indefinido, una gorra y unos zapatos de cuero negros y abotinados constituían su indumentaria habitual. Tal como se sentó ante el montón de esbozos dispersos sobre su mesa de trabajo y ordenó sus lápices, las voces, las risas, los gritos y los ruidos propios de aquella fábrica en explotación, algunos estrepitosos, se desvanecieron. Dalmau puso todos sus sentidos en aquellos dibujos japoneses, tratando de asimilar esa técnica oriental que prescindía del realismo en busca de una belleza estilizada, sin sombras, tan alejada de los criterios occidentales como apreciada en un mercado volcado en la búsqueda de la diferencia, de lo exótico, de lo moderno.

Igual que se había abstraído de cualquier ruido, el silencio de unas instalaciones ya vacías cuando la noche cayó sobre Barcelona lo pilló absorto en su trabajo. Había comido casi sin apetito, como si fuera una molestia, el almuerzo que le habían subido, y más tarde fue contestando con un simple murmullo a cuantos asomaron la cabeza por la puerta de su taller para despedirse. Don Manuel, de los últimos en salir, no fue una excepción, y tras chascar la lengua, en un gesto que nadie habría sabido si atribuir a la satisfacción o al disgusto, dio la espalda a Dalmau después de que este ignorara sus palabras y ni siquiera levantara la mirada de los dibujos.

Transcurridas un par de horas más, la luz de los mecheros de las lámparas de gas que iluminaban el taller bajó de intensidad hasta casi dejarlo en penumbra.

—¿Quién ha apagado la luz? —protestó Dalmau—. ¿Quién anda ahí?

—Soy yo, Paco —contestó el vigilante nocturno abriendo la espita del gas para que el taller se iluminara de nuevo.

La luz mostró a un anciano encogido, viejo. Se trataba de una magnífica persona, pero no debería estar ahí. El maestro había prohibido el acceso a los talleres, allí donde se encontraban esbozos y proyectos, obras a medio terminar, unos materiales que solo podía ver el personal de máxima confianza.

—¿Qué haces aquí? —se extrañó Dalmau.

—Don Manuel me ha ordenado que, si te retrasabas demasiado, te echase. —El hombre sonrió con las encías, la boca ya carente de dientes—. La situación en la ciudad es complicada, la gente está muy alterada —explicó—, y tu madre estará nerviosa.

Quizá Paco tuviera razón. En cualquier caso, la distracción concedió a las tripas de Dalmau la oportunidad de protestar por el hambre, lo cual, junto con el cansancio que de súbito notó en sus ojos, le aconsejó finalizar la jornada.

—Apaga —pidió al vigilante al mismo tiempo que lanzaba el guardapolvo hacia el perchero que se encontraba en una esquina, donde quedó precariamente colgado de una de las mangas—. ¿Qué ha sucedido en la ciudad? —se interesó mientras cerraba su escritorio.

—La situación se ha complicado. Los piquetes, principalmente mujeres y adolescentes, han recorrido el casco antiguo apedreando fábricas y talleres hasta que cerraban. Parece que por la mañana han volcado un tranvía y eso las ha envalentonado. —Dalmau bufó con fuerza—. Ha sucedido algo similar con las grandes fábricas del distrito de Sant Martí. Se han asaltado cuartelillos de la policía. Los chiquillos han aprovechado para hacer de las suyas y han quemado algunas oficinas de impuestos, probablemente después de robar en su interior. Está todo bastante revuelto.

Descendieron por la escalera hasta los almacenes del primer

piso. Allí, antes de salir al extenso terreno que circundaba las edificaciones, donde se trabajaba la arcilla, Dalmau se despidió de dos niños que no superarían los diez años y que vivían y dormían en la fábrica, sobre una manta en el suelo, cerca del calor de los hornos en invierno, de los que se alejaban a medida que el tiempo se volvía más clemente. Ni siquiera eran aprendices; servían para todo: para limpiar, para hacer mandados, para traer el agua… Ambos tenían familia; eso decían: obreros que trabajaban en el barrio de Sant Martí, el Manchester catalán, y malvivían hacinados en pisos compartidos con varias familias. Sant Martí estaba lejos y el maestro no tenía inconveniente en que vivieran en la fábrica y se ganaran algunos céntimos; tan solo les exigía, a cambio, que los domingos acudieran a misa a la parroquia de Santa Maria del Remei de Les Corts. A sus familias no parecía importarles que aquellos chavales vivieran en la fábrica, nadie había acudido a interesarse por ellos. Los había en peores circunstancias, pensó Dalmau mientras revolvía el cabello estropajoso de uno de ellos a su paso hacia la puerta: un ejército de muchachos, se calculaba que en cifra superior a los diez mil, *trinxeraires* los llamaban, malvivía en las calles de Barcelona, mendigando, hurtando y durmiendo a la intemperie, en cualquier hueco en el que pudieran acomodarse; se trataba de huérfanos o simplemente niños abandonados como aquellos dos aprendices a quienes sus familias no podían cuidar ni alimentar.

—Buenas noches, maestro —se despidió uno de ellos. En su tono no había el menor cariz de socarronería: su elogio era sincero.

Dalmau se dio la vuelta, frunció la boca, buscó en el bolsillo de sus pantalones y les lanzó sendas monedas de dos céntimos.

—¡Generoso! —En esta ocasión sí que se notó cierta guasa.

—¿No has encontrado las de un céntimo? —soltó el otro muchacho—. Son esas… las más chiquitas.

—¡Desagradecidos! —bramó el vigilante.

—Déjalos —lo instó Dalmau con la sonrisa en la boca—. Cuidad lo que hacéis con esos dineros —les siguió la broma—, no vaya a ser que os empachéis de comida.

—¡Quita! —saltó uno de ellos—. El maestro igual quiere acompañarnos en la cena.

—Yo no, gracias, en otra ocasión. Esta noche invitad a vuestras novias —terminó aconsejándoles entre risas antes de encaminarse hacia la salida.

—¡Una espalda de cordero entera nos vamos a meter con estos cuatro céntimos! —oyó Dalmau a su espalda.

—¡Y un vino generoso de Alella!

—Impertinentes —insistió el vigilante.

—No, Paco, no —objetó Dalmau—. ¿Qué más puede pretenderse de esos dos críos abandonados por sus familias que el que se tomen la vida a chanza?

El otro calló mientras Dalmau traspasaba el panel de cerámica elevado que anunciaba la fábrica de azulejos de don Manuel Bello, y se acostumbraba a la luz de una luna brillante que iluminaba unos descampados y unas calles a las que todavía no había llegado el alumbrado público. Respiró el frescor de la noche. El silencio era tenso, como si los gritos de los huelguistas que se habían manifestado a lo largo del día todavía flotaran en el aire. Desde donde se encontraba, Dalmau miró el paisaje que se extendía hacia el mar. Las siluetas de centenares de chimeneas altas se recortaban contra la luz de la luna. Barcelona era una ciudad industrial, atestada de fábricas, almacenes y talleres de diversa índole. Desde el siglo XIX se utilizaba la energía a vapor en actividades que en otros lugares todavía continuaban realizándose a base de fuerza humana, lo que, junto a la influencia de países vecinos como Francia y un espíritu atávicamente comercial y emprendedor, había conseguido que pudiera equipararse a las ciudades europeas más avanzadas. La industria textil era la principal; la mitad de los obreros de Barcelona estaban empleados en ella. No obstante, también destacaban unas importantes industrias, metalúrgica, química y alimentaria. Junto a ellas las de la madera, el cuero y el calzado, el papel o las artes gráficas, y decenas de fábricas en una ciudad cuya población había alcanzado el medio millón de personas. Pero si los ricos industriales y los burgueses disfrutaban y alardeaban de su situación, la realidad del pueblo llano, del trabajador, era muy diferente. Jornadas de entre diez a doce horas diarias siete días por semana a cambio de unos jornales miserables. En los últimos treinta años, los salarios habían aumentado un treinta por ciento mientras que el precio de los alimentos lo había hecho un setenta. El desempleo era cada vez mayor; los albergues municipales estaban repletos por las noches, y las cocinas de la beneficencia repartían a diario miles de raciones. Barcelona, negó entonces con la cabeza Dalmau, era una ciudad tremendamente cruel con quienes la engrandecían entregando su vida y su salud, su familia y sus hijos.

Montserrat no estaba en casa. Emma tampoco. Sin duda estarían juntas celebrando el éxito de su protesta, pensó Dalmau; quizá en alguna asamblea preparando las acciones del día siguiente, sonrientes, felicitándose unos a otros. Dalmau había dudado si acudir a la casa de comidas cercana al mercado de Sant Antoni, pero llegó a la conclusión de que, aunque no estuviera cerrada por la huelga, Emma tampoco estaría allí trabajando.

Dalmau vivía con su madre en la segunda planta de un edificio viejo en la calle Bertrellans, en pleno centro histórico de Barcelona, un callejón estrecho que unía la de la Canuda con la de Santa Anna, a la que daba la iglesia del mismo nombre, en aquellos días en ampliación. La vivienda de los Sala era similar a todas las que se apiñaban en zonas como el casco antiguo, Sants, Gràcia, Sant Martí... Edificios de cuatro o cinco plantas, húmedos y lóbregos, con una escalera estrecha que ascendía hasta ellos, sin alcantarillado, gas ni electricidad, y con un sistema de agua corriente que dependía de un depósito situado en la cubierta, común a todos los vecinos. A cada rellano, donde se ubicaba una letrina compartida, se abrían varios pisos similares entre sí: un corredor oscuro que llevaba a una cocina comedor, a menudo con ventilación a través de un patio interior y al que seguía una habitación de paredes ciegas y una última con ventana al exterior.

En esta última, en la que daba a la calle, Dalmau encontró a su madre, cosiendo, como siempre, ahora a la luz de una vela triste que más parecía magnificar la oscuridad que procurar algo de luz a la mujer que accionaba una y otra vez, rutinariamente, el pedal de la máquina de coser adquirida en la casa del señor Escuder, en la

26

calle Avinyó. Debía de llevar todo el día trabajando, probablemente más de trece horas.

—¿Cómo se encuentra, madre? —la saludó Dalmau besándola en la frente.

—Aquí me tienes, hijo —contestó ella.

Dalmau la observó durante un rato, y se colocó a su espalda, las manos acariciando sus antebrazos. Notó el temblor que la máquina transmitía a los brazos y los hombros de su madre, que se movían al compás de la costura. Con la mirada en la labor, la madre apretó los labios en un esbozo de sonrisa, pero no dijo nada y continuó trabajando, accionando los pedales y pasando la tela por las agujas. Ese día hacía cuellos y puños blancos postizos para las camisas de los hombres; eso era lo que le había ofrecido el intermediario de los grandes almacenes donde se venderían. Los puños y los cuellos blancos postizos eran la faena peor pagada para una costurera; tras una jornada inacabable obtendría alrededor de una peseta. Una barra de pan costaba cuarenta céntimos. El intermediario le había prometido una partida de pantalones e incluso de guantes, pero ese día solo tenía cuellos y puños para las camisas blancas de los ricos. Josefa, que así se llamaba la madre de Dalmau, tampoco se hacía excesivas ilusiones respecto a que aquel hombre cumpliera su palabra. Quizá si le permitiera sobarla, toquetearla, las cosas serían distintas. «No —se corrigió—, ni por esas.» Las había que se arrodillaban delante de él y lo masturbaban, o que se inclinaban con falda y delantal por encima de la cintura ofreciéndole cuanto deseara. ¡Y eran más jóvenes y bonitas que ella! Las conocía; a veces hasta las oía discutir, en susurros, rotas: ¿a quién le tocaba ese día? Solo podía ser una: el hombre tampoco era un portento en eso del sexo; se desparramaba en un instante y se saciaba más rápido todavía. Josefa no las juzgaba. No les guardaba rencor alguno. Tenían hijos, y tenían hambre.

La mujer suspiró. Dalmau se percató de ello y le apretó los antebrazos con delicadeza. Josefa contaba con la ayuda de su hijo. La mayoría de las costureras, hasta las que no lo eran, la miraban con envidia y a menudo cuchicheaban a su paso. Ella lo percibía y no le complacía; no se consideraba diferente de las demás: la viuda pobre de un obrero anarquista al que habían condenado injustamente y que murió en el exilio a causa de las secuelas de las torturas a las que lo habían sometido, según le comunicaron, que día a día continuaba perdiendo la vista y, debido a la bronquitis que asolaba a las costureras, quietas durante horas ante sus máquinas, mal alimentadas, siempre agotadas, respirando el aire infecto que ascendía desde el subsuelo, padeciendo la humedad que penetraba hasta sus huesos, todo ello por proveer de puños y cuellos blancos a los burgueses. Dalmau, sin embargo, gozaba de consideración y disfrutaba de un buen salario trabajando para «el meapilas de los azulejos», como lo apodaban las mujeres de la casa, Emma incluida. «Deje todo esto, madre», le insistía él a menudo, sin embargo. Pero Josefa no quería vivir de su hijo. Dalmau se casaría, tendría sus necesidades. La ayudaba, sí, mucho, tanto que no tenía que someterse a la lujuria del intermediario de ropa. También ayudaba a su hermana e incluso al mayor, Tomás, anarquista como el padre muerto: idealista, libertario, utópico, carne de cañón como su progenitor.

—¿Y la niña? —preguntó entonces Dalmau refiriéndose cariñosamente a Montserrat, y dio un último achuchón a su madre antes de sentarse en la cama que compartían las dos mujeres de la casa, junto a la máquina de coser.

—¡Vete a saber! Supongo que preparando las manifestaciones de mañana. Ha venido y me ha contado que hoy han volcado un tranvía —dijo, y Dalmau asintió—. En nuestra época, los tranvías llevaban varios caballos enganchados. Era difícil volcarlos —bromeó.

—¿Y de Emma sabe algo?

—Sí. —La afirmación, larga, rotunda, sorprendió a Dalmau. La madre suavizó la expresión—. Venía con tu hermana. Ha traído comida en un pote. Uno de tus platos preferidos —añadió guiñándole un ojo—. Luego se han ido a continuar con la lucha.

Bacallà a la llauna. Efectivamente se trataba de una de las comidas que más gustaban a Dalmau, y Emma sabía cómo preparárselo: bacalao desalado, no en exceso, en ese punto en el que todavía conserva el sabor del mar, enharinado y frito. Una vez cocinado y colocado en la *llauna*, una bandeja de lados altos, en el aceite restante se doraban varios dientes de ajo cortados en láminas, a los que se les añadía pimentón rojo y vino, para impedir que aquel se quemara y amargara. Se dejaba cocer durante unos minutos y luego se volcaba por encima del bacalao… Josefa recalentó el plato sobre las brasas del fogón encastrado en la pared, y lo sirvió en el comedor junto con pan y una frasca de vino tinto.

Ni siquiera cuando terminaron de dar cuenta del bacalao y en las calles resonaron las voces de las gentes que escapaban de sus míseras viviendas para charlar al aire, pasear, echar un cigarrillo o compartir un vino, consiguió Dalmau que su madre dejara de trabajar.

—Todavía me queda mucha faena —se excusó.

¿Y qué día no le quedaba?, estuvo tentado de contestarle él, pero eso sería entrar otra vez en esa dinámica de nunca acabar: «Déjelo, madre.» «No lo necesita.» «Yo le daré dinero.» «No le faltará de nada…».

—Podríamos hasta cambiarnos de piso —se le ocurrió proponerle en una ocasión.

—Aquí viví con tu padre, y aquí moriré —replicó Josefa con una sequedad inusitada—. Quizá para ti, o para tus hermanos, esto sea… un tugurio —añadió después con la voz algo tomada—, pero a estas paredes están pegadas las risas y los llantos de tu padre; los vuestros también, por cierto. Dalmau, no hay humedad, hedor u oscuridad que consiga borrar de mi memoria la felicidad que viví aquí con él, contigo y tus hermanos. El empeño por sacaros adelante a vosotros tres, los afortunados de los cinco hijos que parí; el compromiso por la lucha obrera, por los desahuciados, por la justicia. Las desgracias y los sinsabores, muchos, muchísimos. Todo eso se fraguó aquí, hijo, en esta cueva. Ese rumor de los pedales y las agujas de la máquina de coser que tanto te enerva a veces… —La madre agitó las manos en el aire—. No te diré que eso sea música, pero lo llevo tan dentro de mí que me transporta a aquellos días felices con tu padre y vosotros de niños. ¡Lo de coser ya me sale solo! —Soltó una risa gutural, no más que una tos—. Mis manos saben lo que tienen que hacer mejor que unos ojos cansados tras una jornada agotadora. —Suspiró—. Y mientras ellas trabajan, el rumor de la máquina de coser me recuerda al pasado, a tu padre…

Dalmau dudó en el momento en el que las palabras se atragantaron en boca de su madre y las lágrimas corrieron por sus mejillas. Aquella noche la percibió más frágil de lo usual; indefensa y, de pie, con la cabeza de ella apretada contra su vientre, la acunó como si se tratara de una niña. Más tarde, en la soledad de su dormitorio, aquel cuartucho que carecía de ventanas a ninguna parte, con los sentimientos quemándole, a la luz de una vela, se empeñó en dibujar el rostro de su madre. Uno tras otro fue arrugando y rasgando los bocetos. ¡No era tan vieja como para reducir su vida a los recuerdos! Por más que se esforzó con el carboncillo y una y otra vez procuró dotar de sonrisa y una mirada vívida a los dibujos, la sensación que le transmitían era siempre la misma: la de una mujer triste.

A la mañana siguiente, Dalmau encontró sobre la mesa del comedor el resto del *bacallà a la llauna* que su madre había escondido pensando en su desayuno. Todavía no había amanecido, pero el silencio iba viéndose roto en las calles. Se aseó en una jofaina y, antes de sentarse a dar cuenta del bacalao, entreabrió la puerta del otro dormitorio, donde su hermana y su madre aún dormían entre las sábanas revueltas.

La temperatura era fresca en la calle. La luz empezaba a distinguirse por encima de los pisos superiores de los edificios, como si allí arriba existiera un mundo limpio y sano diferente al del griterío, la penumbra, la humedad, la suciedad y la pestilencia que acorralaba a los vecinos del casco antiguo de Barcelona. No se trataba de que la gente maldijera su entorno; al contrario, la mayoría era como su madre y amaba su lugar de origen, aquel en el que había vivido durante su niñez o trabajado en su madurez. No, no era la gente. Era el Ayuntamiento el que en sus informes médicos aseguraba que el suelo y el subsuelo de Barcelona estaban podridos. Las autoridades sostenían que el subsuelo de arcilla retenía el agua y, por lo tanto, se hallaba en un estado permanente de humedad; que allí se filtraban y depositaban las aguas sucias, las materias orgánicas en descomposición y los desechos fecales; que las condiciones del alcantarillado eran deplorables, con escapes y filtraciones a lo largo de toda su red; que la limpieza y la recogida de las basuras era ilusoria; que no había provisión de agua y que la de muchos pozos a los que los barceloneses acudían estaba sucia e infecta. El tifus y otras muchas patologías infecciosas se habían convertido en endémicos, y la morbilidad por tales causas era elevadísima.

¡Y su madre no quería irse de allí!, se lamentó Dalmau al acceder a la plaza de Catalunya, superada la iglesia de Santa Anna. Se trataba de un inmenso solar abandonado en el que desde la Exposición Universal de 1888 se preveía la urbanización de la plaza que, sin existir, ya todos llamaban de Catalunya. Procuró evitar el barrizal y las inmundicias que se apilaban en el lugar y, como pudo, lo rodeó hasta plantarse junto a la entrada de la casa Pons, un edificio magnífico de cinco pisos, neogótico, grande, con dos torreones en sus esquinas rematados con cubiertas cónicas, construido en el último decenio del siglo anterior y que había contado con el desarrollo de las artes industriales, vidriería, forja, ebanistería y hasta la cerámica fabricada por el maestro de Dalmau.

Aquel edificio del arquitecto Sagnier, erigido en la primera manzana del paseo de Gràcia, no solo iniciaba la carrera modernista de Barcelona, sino que además fijaba una frontera tan identificable, tan impactante entre dos mundos opuestos, que Dalmau siempre se detenía un instante junto a aquella casa y respiraba hondo, ahora mirando hacia abajo, de donde venía, donde estaban su madre y su hermana, que ya se habrían levantado; ahora hacia arriba, al amplio paseo arbolado que tenía que recorrer para llegar a su trabajo.

Allí llegaba el sol. Allí brillaba el sol. ¡En el suelo, sobre el empedrado! Y el olor no era tan nauseabundo. Realmente, los ricos tampoco habían conseguido solventar los problemas de alcantarillado, y los pozos negros se dejaban oler, pero por lo menos la brisa alejaba los efluvios, seguro que en dirección al casco antiguo, se temía Dalmau. A aquellas horas tempranas no había jóvenes burguesas exhibiéndose por el paseo. En su lugar, panaderos que llevaban el pan a las casas; repartidores; criadas, la mayoría de ellas más bellas y lozanas que sus señoras, con los cestos de la compra colgando del brazo; trabajadores que iban de aquí para allá; muchos albañiles; dependientes de tiendas de ambos sexos, y los ejércitos de pobres e indigentes que hacían cola ante la puerta de servicio de alguna casa grande porque aquel era el día de limosna.

—¡Estado de guerra! —El grito de un mocoso que vendía periódicos lo sacó de sus pensamientos—. ¡Estado de guerra en Barcelona! —repitió con tanta energía como le permitían sus pulmones.

Dalmau se acercó al chaval.

—Dame uno —le pidió, igual que hicieron otros tantos que se arremolinaron alrededor del vendedor de prensa.

El mocoso cargado con los periódicos fue entregándolos y cobrando sin dejar de gritar para conseguir más clientes:

—¡El gobernador civil resigna el mando en el ejército!

Dalmau leyó la noticia con avidez. ¡Era cierto! Los gritos del vendedor siguieron adelantando el contenido:

—¡Incapaz de controlar las algaradas obreras, el gobernador civil cede el mando de la ciudad a los militares! ¡El capitán general declara el estado de guerra! ¡Suspendidas las garantías y los derechos de los ciudadanos!

Dalmau fue apartándose del barullo originado por la aparición de aquella primera edición del periódico y, como si los hechos quisieran confirmarle los repetitivos alaridos del chaval, un tranvía ascendió el paseo de Gràcia escoltado por varios miembros de un destacamento de caballería del ejército con los sables desenvainados.

Durante el día todavía se produjeron algunos altercados aislados, pero ante las tropas de refuerzo llegadas de diversos lugares de Cataluña, la huelga perdió virulencia y el espíritu de lucha decayó hasta que se impuso la normalidad, sin que por ello se levantase el estado de guerra.

Ya en la fábrica, Dalmau se volcó en los bocetos de aquellos azulejos con motivos japoneses. Llegó la hora del almuerzo, y después de que, una vez más, Dalmau no le contestara, el maestro dio orden a uno de los aprendices para que sacudiera al muchacho y le dijese que lo esperaba en el patio, en el coche, para ir a comer a su casa. Don Manuel lo invitaba a su domicilio con alguna frecuencia. Vivía en el paseo de Gràcia, como buen industrial adinerado, en un piso inmenso de techos altísimos, muy cerca de la calle de València. Dalmau podría haber ido andando, pero el maestro gustaba de hacerlo en coche de caballos, al que subía y bajaba con el mismo porte con el que afrontaría la escalinata del Palacio Real de Madrid, y en cuyo interior se aposentaba igual que podía hacerlo en el mejor de los restaurantes. El hombre golpeó el techo del carruaje con el pomo de plata de su bastón y el cochero lo puso en marcha.

Todavía no habían salido de la fábrica cuando, una vez más, don Manuel señaló el atuendo de Dalmau agitando en el aire una de sus manos.

Una vez más también, Dalmau se encogió de hombros.

—Te pago bien, muy bien —recalcó el otro—. Podrías vestir de acuerdo con tu categoría.

—Discúlpeme, don Manuel, pero siempre he ido así. Usted más que nadie sabe que soy de familia humilde. No me veo como un señorito.

—Tampoco se trata de eso. Pero unos buenos pantalones, camisa y americana, y un sombrero decente en lugar de esa gorra de… —Volvió a agitar la mano en dirección a la gorra que Dalmau estrujaba en una de las suyas—. De… alpargatero te permitirían, por ejemplo, que mi querida esposa te admitiese a la mesa.

Dalmau utilizó la misma excusa usada en cada ocasión en la que el maestro insistía en la pobreza de su vestimenta y en la posibilidad de comer con su esposa y sus dos hijas —el hijo pequeño todavía lo hacía con la niñera—, y de cuando en cuando también con mosén Jacint, un monje escolapio profesor en la Escola Pia de Sant Antoni, sentados a la gran mesa de caoba del comedor de su casa, atendidos por criados, la cubertería de plata rodeando unos platos magníficos de porcelana decorados en colores vivos, servilletas de lino, y una cristalería fina y tallada que Dalmau temía que se quebrase en sus manos con solo mirarla más allá de lo oportuno.

—Don Manuel, usted sabe que no estaría a la altura de sus expectativas, y menos aún de las de doña Celia. No querría ofenderla. Mi educación no es la adecuada —volvió a decir.

—Ya, ya… —cedió el maestro—. Pero esa ropa… —insistió señalándola de nuevo—. Incluso sería bueno para el taller. ¡Eres el segundo dibujante de la fábrica! El primero después de mí. Deberías dar ejemplo.

Aquella era otra de las cantinelas de don Manuel. ¿Ponerse él uno de aquellos cuellos? Quizá fuese uno de los que su madre hubiera cosido días atrás a la luz sucia que se colaba por la ventana del piso de la calle Bertrellans. No. ¡Jamás vestiría aquellos cuellos y puños, ni las camisas, americanas o pantalones que habían consumido la vida de su madre! Dalmau recordaba con tristeza su infancia al ritmo del pedal de la máquina de coser. En ocasiones se despertaba sobresaltado con aquel repiqueteo que lo había perseguido de niño hasta el rincón más alejado de la vivienda diminuta.

—No me siento cómodo, don Manuel —replicó en un tono tan educado como firme—. Así vestido no logro concentrarme en mi trabajo. Lo siento.

Sin darle tiempo a contestar, Dalmau arrimó la cabeza a la ventanilla y se concentró en la inspección de la ciudad. A aquella hora y en el Eixample, la zona rica por la que se movían, el estado de guerra declarado por el capitán general había llevado la calma absoluta. Observó a algunos soldados que, despreocupados, disfrutaban del sol de primavera y del transitar de las mujeres en lugar de permanecer atentos a la represión de una huelga y unas algaradas inexistentes. Pensó en Emma y Montserrat: se habrían reincorporado a sus trabajos; una a la casa de comidas y la otra a la fábrica. Las dos, igual que la mayoría de los obreros, se dijo Dalmau, tan furiosas como decepcionadas por la intervención del ejército. Esa noche se encontraría con ellas, sonrió Dalmau antes de que los arreos del cochero y el resonar de los cascos de la pareja de caballos se silenciaran al detenerse el coche frente al portalón del edificio de pisos del paseo de Gràcia donde el maestro vivía con su familia. Dalmau insistió en que don Manuel saliera el primero, para evitar tener que ayudarlo a descender y que este, apoyándose innecesariamente en su brazo o elevando la voz, se regodease en público de su auxilio, como si fuera un criado, a modo de castigo por su indumentaria. Porque poco después, en el interior de aquella casa burguesa grande, de techos altos decorados con cerámica, repleta de muebles, cuadros, esculturas, y todo tipo de objetos de decoración, útiles o inútiles, don Manuel cambiaría de actitud para con Dalmau.

El aprecio que pudiera tener el maestro por Dalmau no era

compartido por doña Celia, su esposa, que nunca había ocultado su menosprecio por los humildes, cuando no revolucionarios, orígenes de Dalmau. A la mujer poco le importaban las dotes para la pintura del hijo de un anarquista sentenciado por asesino. «Seguro que hay mil muchachos tan preparados como él, aunque sean de familias humildes —sermoneaba a don Manuel—. No tengo nada en contra de los obreros, siempre y cuando sean católicos y no ateos como este chico.» La acritud con que su mujer trataba a Dalmau tampoco preocupaba a don Manuel, porque lo cierto era que las invitaciones a comer no obedecían a otra cosa que al interés del maestro por conocer la opinión del muchacho con respecto a alguno de los trabajos que no ejecutaba en la fábrica y sí en el taller que tenía en una de las habitaciones de su domicilio. Pinturas. Obras que nada tenían que ver con la cerámica. Generalmente paisajes, aunque en ocasiones se había atrevido con arte sacro, y hasta con algún retrato. Don Manuel era un excelente pintor reconocido no solo en el ámbito catalán sino también en el nacional. Compatibilizaba sus múltiples actividades culturales y sociales con la de profesor en la escuela de la Llotja. Fue allí donde intuyó, y más tarde constató, las excelentes cualidades artísticas de un joven Dalmau, por lo que casi llegó a prohijarlo. Lo ayudó incluso económicamente cuando el exilio y la muerte de su padre tras el juicio de Montjuïc; una parodia procesal a través de la que las autoridades aprovecharon para diezmar el movimiento anarquista a raíz de la explosión de una bomba al paso de la procesión del Corpus de 1896 justo frente a la iglesia de Santa María de la Mar. El hecho de que el padre de Dalmau fuera un anarquista revolucionario no pareció importar a don Manuel, quien vio en ello la oportunidad de trabajar por atraer al hijo de un libertario violento y asesino a la fe y la doctrina cristianas.

Antes incluso de que Dalmau terminara los estudios en la Llotja, don Manuel ya lo había contratado como aprendiz en su fábrica. El objetivo del muchacho: aprender cuanto pudiera acerca de la fabricación de los azulejos y, por encima de todo, de la colocación de los mismos en la obra. Los industriales no podían arriesgarse a que unos albañiles ineptos malbarataran una buena labor y que, al final, el constructor achacase a los fabricantes de los azulejos los defectos que pudieran aparecer en las construcciones. Por ello todas las casas importantes ofrecían también la colocación del azulejo en obra. Dalmau vivió ya la época en la que el cemento portland había aparecido para revolucionar la adherencia de los azulejos. Aprendió las diferentes proporciones en cuanto al espesor de la capa de arena que había que aplicar si se trataba de baldosas de pavimento o de muro; cómo colocar baldosas en escaleras y los bordes que había que prever para que se apoyasen en ellos; a colocar baldosas sobre suelos de madera, cubriéndolos con cemento previa preparación de las maderas. Aprendió también el tiempo que las baldosas debían estar en remojo antes de colocarlas; cómo empezar siempre por el centro de la habitación, dejando los remates para la unión con las paredes. En definitiva, aprendió todo cuanto podía saberse sobre la colocación de azulejos y mosaicos, hasta que, a sus diecinueve años, el joven se convirtió por méritos propios en el primer diseñador y dibujante después del maestro. Envidias y rencillas las hubo, por supuesto, en una fábrica en la que fueron muchos a quienes les costó obedecer a un joven que ni siquiera vestía americana y sombrero y que, hasta hacía poco, había estado arrodillado junto a ellos, pero Dalmau no tardó en demostrar sus habilidades y acallar las quejas.

Doña Celia lo saludó con un bufido y una mirada torva cuando Dalmau cruzaba el salón de la casa siguiendo los pasos del maestro hacia su estudio.

—Buenos días, señora —la cumplimentó él, sin embargo—. Señoritas —añadió con un leve movimiento de cabeza en dirección a las dos hijas del maestro, algo menores que él, quizá un año o dos, y que contaban el tiempo sentadas con apatía junto a los grandes ventanales que se abrían al paseo de Gràcia.

El hijo pequeño del maestro debía de estar en el cuarto de jugar, supuso Dalmau.

El rostro de Úrsula, la mayor de las hermanas, recibió el saludo con una sonrisa enigmática que inquietó a Dalmau. No era la primera vez: aquella sonrisa, los párpados delicadamente entornados, ese segundo de desvergüenza que se permitía la muchacha, atenta a que alguien la mirase y la descubriese, invitaban a Dalmau a mucho más que un simple saludo de paso por un salón.

—¡Dalmau!

La llamada del maestro, que ya había llegado a la puerta de su estudio, ahuyentó aquellos pensamientos.

—¿Qué opinas? —le preguntó don Manuel al tiempo que, con un gesto pomposo de la mano, mostraba su última obra—. Pienso ofrecérselo como regalo de bienvenida al nuevo obispo.

«Real, demasiado real», evitó contestarle Dalmau. Calló y simuló concentrarse en la obra. No necesitaba examinarla en exceso. Era buena… pero anticuada, similar a las pinturas oscuras que podían verse en el interior de los templos. Se trataba de un paisaje urbano en el que destacaba una iglesia y dos mujeres humildes en primer plano que se encaminaban al interior de esta. Pero le faltaba luz; esa luz heredada del impresionismo con la que incluso muchos de los compañeros del maestro habían terminado jugando en sus obras. Quizá al nuevo obispo le gustase. Tenía un aire nostálgico. Pocos sentimientos más transmitía aquel cuadro, aparte de devoción y fervor religioso. «¿Qué opinas?» Siempre era lo mismo: su juicio tan solo le originaría problemas. Estaba atado al maestro. No solo se trataba del trabajo en la fábrica de cerámica. Ese mismo año, en enero, se había efectuado el sorteo de los quintos de Barcelona en edad de diecinueve años, su quinta, a la que él pertenecía, para engrosar las filas del ejército. La fortuna no estuvo con Dalmau y su nombre salió elegido. ¡Doce años atado al ejército! Los primeros tres de servicio activo, tirado en un cuartel; tres más de reserva activa y los seis restantes en la segunda reserva. La ruina para cualquier joven, que interrumpía su formación y su vida, su trabajo a menudo imprescindible en las maltrechas economías obreras, por lo menos durante esos primeros tres años en activo. Josefa, su madre, sufrió un ligero desvanecimiento al enterarse de la noticia; Montserrat y Emma clamaron contra el Estado, el ejército, los ricos y los curas, luego lloraron, Emma de forma desconsolada al comprender que perdía a su novio. Don Manuel Bello, sin embargo, se quejó, soltó una imprecación comedida, como correspondía a un buen cristiano, resopló y, tras pensarlo unos instantes, ofreció a Dalmau prestarle la cantidad necesaria para su redención, la fórmula a través de la que los ricos se libraban del ejército y los que no lo eran tanto se empeñaban hasta la ruina: ¡mil quinientas pesetas de oro!

37

Dalmau lo habló con los suyos. Aceptaron, a pesar de que consideraran al maestro un católico recalcitrante, un burgués, un industrial adinerado, todo aquello contra lo que habían luchado hasta entonces. El padre de Dalmau, Tomás, había muerto injustamente por ello. Don Manuel no era sino la encarnación de ese poder que oprimía a los trabajadores, que les robaba y explotaba, y contra el que se levantaban ahora las jóvenes.

—¿Y tú qué opinas, hijo? —preguntó Josefa, acallando las quejas de las otras dos.

Dalmau extendió los brazos mostrando las palmas de las manos.

—Yo solo quiero dibujar, pintar y estar con vosotras —arguyó—. ¿Qué me importa si, para conseguirlo, este, otro o el de más allá tiene que prestarme mil quinientas pesetas para redimirme del ejército?

Firmaron un contrato de préstamo que preparó el abogado de don Manuel. Se sentaron los tres a una mesa larga prevista para juntas de muchas más personas. La reunión se extendió más allá de lo necesario a fin de firmar el documento que el abogado sostenía en sus manos como si fuera un papel sin importancia mientras charlaba con el maestro de sus familias respectivas y abordaban todo tipo de banalidades, ajenos a la presencia de Dalmau. Al final, como si ambos se hubieran dado cuenta a la vez del tiempo que llevaban perdido, pusieron fin a la conversación y se plantearon firmar el préstamo. El abogado hojeó el documento y fue asintiendo a lo que su pasante había escrito. «Lo normal. Lo usual. Bien. Exacto», fue repitiendo.

—Tienes suerte, muchacho —dijo luego a Dalmau, y lo instó con el dedo a que firmase al pie—, de tener un maestro tan generoso como don Manuel.

Dalmau devolvería el préstamo a razón de cien pesetas al año, con intereses; de eso sí se enteró en el despacho del abogado. Más tarde tampoco quiso leer el resto del contenido del contrato, que constaba de varias hojas, y tras hacérselo firmar a su madre, puesto que a sus diecinueve años se lo consideraba todavía menor de edad, guardó su copia en la carpeta de los documentos y dejó preparada la de su maestro para entregársela al día siguiente. ¿Qué importancia tenía lo que constase allí escrito? Trabajaba para don Manuel, que le pagaba bien, y era precisamente a ese que le pagaba a quien le debía el dinero.

Y ahora tenía que criticar el cuadro pintado por aquel a quien debía agradecer no estar acuartelado en algún lugar remoto de España. La obra no le gustaba: la encontraba oscura y anticuada, no le transmitía la menor sensación. Pero ¿cómo podía revelarle su verdadera opinión? Buscó algo que decir que no fuera del todo mentira.

—Pueden oírse las oraciones que surgen de boca de esas dos parroquianas —sentenció en tono grave, si bien en voz baja, como si no quisiera interrumpir los rezos de las mujeres.

El rostro de don Manuel se expandió en una sonrisa beatífica que ni siquiera sus patillas y su bigote tupido pudieron esconder; todo él creció.

Ese mismo día, al anochecer, Dalmau andaba distraído entre la multitud que se movía por el barrio de Sant Antoni. Había rogado a Paco que lo avisase antes de que anocheciese, y el viejo vigilante disfrutó una vez más cerrando la espita de las lámparas de gas del taller mientras el muchacho permanecía absorto en su labor.

—¿Qué sucede? —protestó Dalmau al ver interrumpido su trabajo.

Recordó, sonrió, lanzó su guardapolvo al perchero y se encaminó a la casa de comidas en la que trabajaba Emma, un establecimiento ubicado en la calle Tamarit, muy cerca del mercado, y al que Dalmau fue andando desde la fábrica de don Manuel, en el barrio de Les Corts; tardaba alrededor de media hora, sin premuras, caminando casi en línea recta en dirección al mar. En ocasiones, cuando el sol aún iluminaba Barcelona, desviaba su camino, seguía un trecho por la avenida Diagonal y descendía hasta la ciudad vieja por el paseo de Gràcia o la Rambla de Catalunya, contemplando los edificios modernistas y a los ricos que paseaban por aquellas calles. Pero cuando atardecía, como era el caso, disfrutaba más del ambiente de los barrios humildes, del movimiento constante y del escándalo que originaban las fábricas de muebles y los carpinteros. En el barrio de Sant Antoni, a diferencia de lo que sucedía en el de Les Corts, más

apartado del centro de la ciudad, había de todo: sastres, guarnicione-
ros, barberos y hojalateros, entremezclados con las fábricas de sombreros, los talleres para cortar el pelo a las pieles de liebre, las fábricas
de licores o aguardiente, las de lámparas, herrerías…

El barrio de Sant Antoni tenía bien definidos sus propios linde-
ros administrativos, pero comúnmente abarcaba una extensa zona
que se abría desde la derruida muralla de Barcelona a la altura de la
puerta y la ronda de Sant Antoni hacia el matadero por la izquierda; por arriba hacia la calle de Cortes e incluso había quien la llevaba
a un punto todavía más alto, y la avenida del Paral·lel, el Paralelo, y la
plaza de la Universitat, por abajo y por la derecha. Formaba parte del
Eixample de Barcelona puesto que se había desarrollado urbanística-
mente tras el derribo de las murallas y la liberación de todos aquellos
terrenos que las rodeaban y en los que, por motivos militares, no
podía construirse.

Pero, a diferencia del paseo de Gràcia, la Rambla de Catalunya
y sus adyacentes, donde ricos y burgueses habían emprendido una
competición vanidosa con la erección de construcciones neoclási-
cas y ahora modernistas, Sant Antoni era un conglomerado de industrias de todo tipo, grandes y pequeñas, alternadas sin orden con
edificios de pisos anodinos y solares todavía sin edificar. Los interiores de manzana, que en la concepción urbanística primigenia de
Cerdà estaban destinados a jardines y espacios de ocio, habían sido
ocupados por talleres y por viviendas míseras que se abrían en fila
a los costados de los pasillos que se introducían en aquellos patios
centrales.

La gente entraba y salía de los establecimientos sin cesar, tranquila, como si no estuviera en un estado de guerra que controlaban
con indolencia algunos soldados que paseaban por la zona. Tranvías,
carros tirados por mulas, coches de punto, caballos y bicicletas se
cruzaban peligrosamente levantando el polvo de unas vías sin empedrar. Los gritos y las risas, y alguna que otra discusión, cruzaban
las calles y se mezclaban con los miles de olores que flotaban en el
aire: salazones; ácidos que casi impedían respirar: sulfúrico o nítrico;
barnices; aguardientes; vinagres; abonos; grasas; curtidos de todo
tipo de animales… Dalmau notó que su sensibilidad se exacerbaba:

luz, colores, gente, olores, ruido, estruendo, alegría… Le habría gustado pintarlo, allí mismo, captar todas esas sensaciones y trasladarlas a un lienzo, confundidas, tal como las percibía ahora: fogonazos de vida. Cuando llegó a Ca Bertrán, que así se llamaba la casa de comidas donde Emma trabajaba, se encontraba en un extraño estado que no se atrevía a definir si como placentero, si como inquietante.

Ca Bertrán se hallaba en un edificio de una sola planta construida con materiales bastos; un local amplio lleno de mesas en tres hileras que se extendían bajo un techo que por dos de sus lados terminaba descansado sobre columnas para continuar al aire libre, en el descampado que lindaba con la pared de una fábrica de jabones. El establecimiento estaba lleno, como siempre, ya que servía comida barata en una zona humilde. Por solo treinta céntimos las hijas de Bertrán ofrecían a los comensales platos rebosantes de garbanzos con un poco de carne o bacalao, pan y vino. Por unos céntimos más había quienes optaban por la *escudella* con su *carn d'olla*. Dalmau recorrió el ajetreado establecimiento con la mirada. No encontró a Emma, aunque sí a Bertrán quieto en una esquina, atento a todo, controlando. Era un hombre flaco que refutaba la imagen que vulgarmente pudiera tenerse acerca de las dimensiones abdominales de los dueños de casas de comidas. El propietario le sonrió a modo de saludo y, con un movimiento del mentón, le indicó las cocinas. Dalmau le devolvió el saludo y se encaminó hacia allí; disfrutaba de ciertas prerrogativas en aquel establecimiento, no solo por ser el novio de Emma sino también por el retrato al carboncillo que un día había hecho de la esposa de Bertrán y sus dos hijas y que, aseguraba este, ocupaba un lugar principal en el comedor de su casa.

Dalmau entró en las cocinas, situadas en uno de los extremos del local. Pasado algún tiempo Bertrán le había pedido otro retrato, el suyo, y este colgaba allí mismo, en la puerta, dominando el lugar en el que se contaban y guardaban los licores y los dineros. Tampoco vio a Emma entre las cuatro o cinco personas que se movían frenéticamente por las cocinas. Parecían insuficientes para atender la cantidad de comidas que se servían en el salón: tres cocinas económicas de hierro negro, con cuatro fogones concéntricos cada una de ellas que funcionaban con carbón. Casi todos los fogones estaban encendidos, y sobre ellos, paellas, ollas y cazuelas, todas de hierro. En una de las esquinas todavía subsistía un fuego en tierra, sobre el que, de una cadena con un gancho, colgaba una gran olla que en ese momento borboteaba.

—Está fuera, con los platos —le informó una de las hijas de Bertrán al pasar junto a él. Toda la familia trabajaba allí.

—¡No te quedes ahí parado! —le recriminó una segunda.

—Ve con tu novia de una puñetera vez y no molestes —terció ahora la madre en tono imperativo.

Dalmau obedeció y salió al patio trasero, donde se amontonaba el carbón y todo tipo de trastos inservibles que Bertrán se empeñaba en conservar. Anochecía. El sol dejaba tras de sí un rastro rojizo que revivió en el joven las sensaciones con las que había entrado en el establecimiento. Quiso reconocer a Emma en una figura a contraluz que le daba la espalda, inclinada sobre un montón de arena que utilizaba para fregar los platos sucios. Junto a ella, dos chavales, que esa noche cenarían algún resto, la ayudaban. Dalmau se acercó en silencio, la abrazó por la cintura y arrimó su entrepierna con fuerza a sus nalgas.

—¡Eh! —gritó Emma irguiéndose con brusquedad.

Dalmau no la soltó.

—Me habría preocupado que no te sorprendieras —le susurró al oído pegándose todavía más a ella.

—Es mi reacción usual cuando me atacan por detrás —se burló Emma—. ¡Vosotros continuad fregando! —advirtió a los dos chavales, que los miraban ensimismados.

Dalmau frotó su pene erecto contra ella.

—¿Por qué no vamos a algún sitio…? —empezó a proponerle, y la besó en el cuello.

—Porque primero tengo que acabar con los platos —lo interrumpió la joven.

Emma se inclinó de nuevo, con Dalmau agarrado a sus caderas, insistente, tenaz; cogió un puñado de arena que echó sobre un plato sucio y frotó con ella los restos de comida hasta que se desprendieron del plato. «¡Estate quieto!», conminó a Dalmau, que ahora buscaba sus pechos con las manos. Lanzó la arena sucia, con los restos de comida, a otro montón. Se trataba de arena arcillosa,

42

suave, abundante en la montaña de Montjuïc. «¡Para ya!», insistió al notar que le manoseaba un pecho. Comprobó que el plato estaba limpio de restos y lo pasó por el agua de un barreño.

—¿Y por qué no continúan estos dos? —propuso él.

—Porque tal como me diera la vuelta se llevarían los platos, el barreño y hasta la arena. Aguanta, que queda poco… si me dejas hacer. ¿Esto lo entiendes?

Dalmau permaneció agarrado a ella, pero aflojó su abrazo como si estuviera dispuesto a permitirle trabajar.

—Podrías ayudar —le recriminó Emma.

—¿Yo? ¿Un artista? —bromeó él—. Mis manos…

—¿Quieres que te diga lo que van a tocar esas manos esta noche? —ironizó ella.

Con la ayuda de Dalmau terminaron pronto y se despidieron de los Bertrán, padre, esposa e hijas, sin darles oportunidad a chistar. Se apresuraron en dirección a la casa del tío de Emma, con el que ella vivía desde que había quedado huérfana.

—Esta noche le toca guardia en el matadero —tranquilizó a Dalmau.

—¿Y tus primos?

Emma se encogió de hombros antes de contestar:

—Si aparecen lo entenderán. Y si no lo entienden tendrán que aguantarse.

Un piso de renta, uno de los miles que habían construido los ricos en el Eixample de Barcelona, con el objeto de arrendarlos a una masa laboral que no dejaba de crecer animada por la inmigración que acudía a la gran ciudad en busca de mejores oportunidades. Se trataba de edificios hechos con ladrillos, «casas de escalera», se las llamó primero, luego «construcciones a la catalana», un tipo de obras en la que primaba la economía, y en las que las endebles paredes de ladrillo sostenían edificios de hasta siete plantas. Los maestros de obras que levantaban aquellas casas afirmaban que eran las que tenían las paredes resistentes más delgadas del mundo en relación con el peso que soportaban.

Se trataba de edificios jerarquizados en los que las calidades de los pisos disminuían de abajo arriba. En la planta noble, la principal, la más baja por encima de las tiendas que daban a la calle, acostumbraba a vivir el propietario. Techos altos, una gran tribuna al exterior, grandes ventanales… A medida que los pisos ascendían, tenían menos superficie, menos ventanas, menos altura, menos balcones, hasta carecer de ellos los superiores, y por supuesto también se detectaba una calidad inferior en los materiales constructivos.

El piso del tío de Emma era de los elevados, y aun así era bastante más amplio y aireado que los del casco antiguo de la ciudad. Emma atrancó la puerta de uno de los dos dormitorios, el que compartía con una prima suya, prendió un par de velas y, tal como se volvió, empujó con fuerza a Dalmau, quien, con las dos manos sobre su pecho, trastabilló hasta caer sentado en la cama. Se acercó, y de pie frente a él, lo agarró de la cabeza y se la apretó contra su pubis.

—¿Dónde está ahora esa fogosidad? —preguntó al mismo tiempo que se restregaba contra su cara.

Dalmau se arrodilló delante de ella, le alzó delantal y falda bajo los que metió la cabeza y, con las manos en sus nalgas, empezó a lamer, primero el pubis y luego la vulva. Con Dalmau arrodillado y escondido bajo sus ropas, Emma, en pie, como si estuviera sola en la habitación, acompañó el placer que él le proporcionaba con las caricias que ella misma se prodigó por todo el cuerpo: vientre, pechos, cuello… Al cabo, alcanzó el orgasmo con un grito ahogado.

—Desnúdate —urgió a Dalmau.

Terminó de desvestirse también, y mostró unos pechos grandes y firmes, de pezones que miraban al cielo, vientre plano, cintura estrecha y caderas redondas. Era una joven voluptuosa, pero tremendamente proporcionada. «Tienes buen hueso», le decía Dalmau acompañando las palabras con un cachete en el culo. El trabajo de su tío en el matadero y el de ella en la casa de comidas le había facilitado una alimentación de la que carecían la gran mayoría de los barceloneses. Como cada vez que la veía desnuda, Dalmau negó con la cabeza, extasiado ante algo que no acababa de considerar real.

—Eres bella —la halagó—. Muy bella.

El rostro de Emma, sudoroso, relució sonriente en la penumbra que procuraban las velas. Ovalado, de ojos grandes y castaños, labios carnosos, pómulos algo prominentes y una nariz recta, pétrea, que anunciaba su carácter decidido e independiente. Pocos podían equivocarse ante aquella mujer.

—Tú tampoco estás mal —le contestó ella acariciándole el pene erecto—. No tendrás una goma, ¿no?

—No —se lamentó Dalmau.

—Pues has tenido tiempo suficiente para procurártela —le reprochó ella mientras lo obligaba a tumbarse boca arriba en la cama. Luego se sentó a horcajadas sobre él y manipuló su pene hasta que notó cómo la penetraba—. Avísame antes de irte —le pidió en el momento en que empezó a moverse rítmicamente al mismo tiempo que con las dos manos le pellizcaba los pezones—. Te mataré si no lo haces.

Dalmau la agarró de la cintura para acompañarla en sus movimientos.

—Te amo —susurró Emma con los ojos cerrados, interrumpiendo unos minutos de jadeos y suspiros. Habló con el cuello estirado y la cabeza hacia arriba, forzada, en una postura con la que pretendía aumentar el placer, sentirlo todavía más dentro de sí.

—Yo también a ti —contestó Dalmau.

—¿Cuánto? —preguntó ella antes de que un escalofrío le recorriera el cuerpo.

—Todo, todo…

Emma gimió.

—Mentiroso —lo acusó después.

—Ah, ¿sí?

Dalmau embistió con fuerza, como si quisiera romperla. Emma gritó. Un empujón, dos… No fue necesario que la avisara. Sus movimientos casi espasmódicos le indicaron que estaba a punto de eyacular. Salió de él, y a cuatro patas acabó masturbándolo con la boca.

Terminaron los dos sudorosos y jadeantes tumbados en la cama. Dalmau pasó el brazo por debajo del cuello de Emma y la atrajo hacia sí, hasta que ella descansó la cabeza sobre su pecho. Luego disfrutó escuchando cómo su respiración acelerada se sosegaba. Emma… Sonrió al pensar que se conocían desde niños. Sí, ya entonces, en ocasiones, su hermana bromeaba con la posibilidad de que fueran novios y los ponía en un compromiso, sobre todo a

Emma, que se sonrojaba y escondía la mirada. ¿Qué más podía desear Montserrat que su querido hermano fuera el novio de su mejor amiga? Fue un día, un instante, un momento preciso en el que Emma dejó de ser una chiquilla, dejó de ser la amiga de su hermana, o la hija del compañero de su padre, para convertirse en una mujer atractiva y sensual, independiente, trabajadora, fuerte e inteligente. Dalmau no sabría precisar cuándo ni cómo ocurrió. Lo había pensado a menudo; tampoco fue necesariamente aquel cuerpo exuberante el que lo llevó a variar su atención sobre Emma. Quizá una réplica con las que ella acostumbraba a revolverse en una conversación, firme, seca, tajante; pudiera ser una broma o su risa franca, despreocupada, alejada de cualquier hipocresía. Quizá el verla trabajando en la casa de comidas, o aquella noche que se presentó en el piso de su madre de forma intempestiva con una cazuela de conejo a la rabia. «¡A cenar!», sorprendió a Josefa, Montserrat y Dalmau. O podría ser su osadía en las calles exigiendo los derechos de los trabajadores. O su olor, ese aroma sutilmente almizclado que una noche descubrió en ella y que lo golpeó con una intensidad desconcertante; ¿se trataba de la misma Emma del día de ayer? No, Dalmau ignoraba el momento en el que cayó enamorado de aquella… diosa.

Apretó contra sí a Emma, que no dejó de juguetear enrollando con un dedo varios pelos del pecho de él, para después estirar de repente y arrancárselos. «¡Bruta!», la regañaba Dalmau. ¿Ella?

—Siempre he estado enamorada de ti —le confesó un día en que hablaron del tema.

—¿Siempre? ¿Por qué? —trató de profundizar Dalmau.

—Era muy niña. Pero creo que ya entonces me atrajo tu sensibilidad. ¿Recuerdas los dibujos que me hacías? —dijo Emma, y Dalmau asintió con la cabeza—. Entonces eran muy malos… —Se echó a reír—. Pero los guardo todos.

Nunca le había dejado ver esos dibujos que decía que guardaba. «A ver si te arrepientes y me los quitas —se excusaba la muchacha—. Que los artistas sois muy raros.» Dalmau permaneció un buen rato escuchando los soplidos de Emma después de arremolinarle los pelos y estirar de unos cuantos.

—¿Sabes algo de mi hermana? —preguntó al cabo.

2

Dalmau se detuvo en la escalera estrecha y oscura, envuelta en humedad, un par de peldaños antes de llegar al rellano al que daba la vivienda de su madre. Aguzó el oído, incapaz de creerse el ruido que llegaba hasta él. No había duda: era el repiqueteo de la máquina de coser. Pasaba de largo la medianoche, y a esa hora su madre y Montserrat acostumbraban a estar ya en la cama; su hermana tenía que madrugar para desplazarse hasta la fábrica. Después de hacer el amor una vez más, Emma y él habían salido a pasear por el Paralelo, a saciar su hambre en alguno de los numerosos puestos callejeros que se extendían a lo largo de la vía, y a tomar un café y disfrutar del espectáculo después. Porque si los ricos y los burgueses utilizaban el paseo de Gràcia para exhibirse y alardear, los obreros, los bohemios, los inmigrantes y la gente sin trabajo y sin oficio, o con uno poco recomendable, se daban cita en el Paralelo, una calle extremadamente ancha —Marqués del Duero se llamaba en realidad— que cerraba el Eixample por su parte izquierda y que en uno de sus extremos moría en el puerto. Allí, de forma caótica, incluso invadiendo la calzada, y junto a los talleres, las fábricas y los almacenes se amontonaban barracas de madera en las que se vendían toda clase de artículos; atracciones como carruseles y otros tipos de instalaciones recreativas; un circo; cafés con terrazas; casas de comidas; burdeles, salas de baile y teatros, varios teatros, todo ello bajo la iluminación de farolas de gas que proporcionaban una luz cálida, agradable, casi acogedora, en contraste con la de los arcos voltaicos del alumbrado eléctrico instalados en algunas calles de la ciudad, que emitían un resplandor intenso y molesto a los ojos. La lucha entre el gas y la electricidad, la «luz de los ricos», como la gente llamaba a esta última por la simple razón de que se había impuesto en teatros, grandes restaurantes y palacios, continuaba ganándola, no obstante, el primero, que contaba con más de trece mil farolas públicas instaladas en Barcelona frente a las escasas ciento cincuenta que se nutrían de corriente eléctrica.

Emma y Dalmau se habían sentado en una de esas terrazas y, cogidos de la mano por encima de la mesa, satisfechos, habían charlado y se habían sonreído mil veces, pero sobre todo habían disfrutado de la algarabía originada por la gente. Todo ese bullicio revolvió de repente el estómago de Dalmau en el momento de saltar los dos escalones que faltaban y entrar de forma precipitada en casa de su madre. La encontró en su habitación a la luz de una vela a punto de consumirse, trabajando, moviendo rítmicamente el pedal de la máquina y cosiendo. Josefa no miró a su hijo, no quiso mostrarle unos ojos inyectados en sangre que, sin embargo, este sí que llegó a percibir incluso en la penumbra.

—¿Qué ha sucedido, madre? —le preguntó arrodillándose a su lado y obligándola a detener el pie que de forma obsesiva apretaba y apretaba aquel maldito pedal de hierro forjado—. ¿Qué hace levantada tan tarde?

—La han detenido —lo interrumpió ella con voz temblorosa.

—¿Qué…?

—Han detenido a Montserrat.

Josefa hizo ademán de iniciar de nuevo su labor, pero Dalmau se lo impidió, en esta ocasión con una rudeza de la que se arrepintió al instante.

—¡Deje ya de coser! —gritó—. No… Perdone. —Todavía acuclillado, acarició el cabello estropeado de su madre—. Perdone —repitió—. ¿Está segura? ¿Cómo lo sabe? ¿Quién se lo ha dicho?

—Me lo ha dicho una compañera de la fábrica. María del Mar. ¿La conoces? —preguntó Josefa, y Dalmau asintió. Alguna vez había coincidido junto a otras amigas de su hermana—. Pues ha venido…

Josefa no pudo continuar, un acceso de tos se lo impidió. Dalmau corrió a la cocina en busca de un vaso de agua. Cuando regresó, el pie de su madre ya presionaba de nuevo el pedal.

—Déjame —le pidió ella después de dar un sorbo—. No sé hacer otra cosa. No puedo dormir. No puedo salir a la calle a buscar a mi hija. No sé dónde está. ¿Qué quieres que haga que no sea coser… y llorar? No sé dónde la tienen —insistió ya con la máquina en marcha—. Con tu padre sí que lo sabía. En el castillo. Allí lo tenían.

Dalmau se apartó un paso y la vio envejecida. Ya había sufrido la detención de su esposo. Era inocente, le juró él. Y ella sabía que decía la verdad. Lo visitó. Suplicó por él, en el castillo, en Capitanía General, en el Ayuntamiento. Se arrodilló y se humilló, como muchas otras esposas, pidiendo una clemencia que nunca llegó. Los militares torturaron a los presos, a algunos como a Tomás hasta machacarles el alma, obtuvieron confesiones forzadas, y juzgaron y sentenciaron de manera implacable.

—Han sido los soldados —dijo de repente, como si supiese qué era lo que Dalmau estaba pensando. La justicia militar era mucho más dura que la civil—. La han detenido los soldados.

—La liberaremos —dijo él tratando de animarla.

Un grupo de mujeres no habían respetado el estado de guerra, y mientras los trabajadores accedían cabizbajos y en silencio a una de las muchas fábricas emplazadas en el barrio de Sant Martí, los llamaron a la huelga, a continuar con la lucha, a no cejar… El batallón que vigilaba la zona fue implacable. Algunas mujeres escaparon confundiéndose con las trabajadoras, otras como Montserrat no lo consiguieron. Eso fue lo que, entre sollozos, terminó contándole su madre, repitiendo las palabras de María del Mar. Dalmau se movió inquieto por la habitación. ¿Qué tenía… qué podía hacer? Intentó pensar, pero el rumor de la máquina de coser lo distrajo; cerró los ojos y apretó los dientes antes que quejarse una vez más. No lo hizo. Vio el titilar de la llama de la vela reflejado en el cristal de la ventana y se acercó a ella: era noche cerrada. «¿Adónde habrán llevado a Montserrat?», se preguntó. Una arcada le llenó la boca de bilis al solo pensamiento de lo que ese hatajo de soldados amargados podía estar haciéndole a su hermana. Pegó la mejilla al cristal y logró contener el vómito. Su madre no podía verlo desfallecer. «La liberaremos», repitió mientras escudriñaba la calle. Josefa dejó de coser y le miró con un destello de esperanza en sus ojos enrojecidos por el llanto. «¡Se lo juro, madre!», le prometió al mismo tiempo que percibía algunas sombras moviéndose allá abajo, en la oscuridad de la calle Bertrellans. No sabía qué hacer, y su incertidumbre lo llevó a dar la espalda a su madre, para que no advirtiera la inquietud en sus rasgos. Ni siquiera sabía adónde habían llevado detenida a Montserrat.

—A la cárcel, seguro.

—Sí. A la de Amalia.

—¿Estáis seguros? —preguntó Dalmau a Tomás, a su compañera y a otra mujer que al parecer vivía con ellos en aquel piso del Poble Sec, cerca del Paralelo.

Tomás se encogió de hombros.

Al final Dalmau había decidido acudir a su hermano mayor. Anarquista. Aquellas huelgas las habían alentado ellos, no los republicanos; eso le había asegurado Emma. Durante años los anarquistas habían intentado alzar a las masas obreras de Barcelona, llevarlas a la deseada revolución a través del terrorismo y de la violencia, pero los trabajadores no los siguieron. Por el contrario, aquellos mismos obreros sí que se sumaron a la posibilidad de una huelga general, esa forma de lucha sí que la entendieron.

—No van a mantenerla detenida en un cuartel —añadió Tomás—. Eso no les acarrearía más que problemas. La habrán encerrado en la cárcel de Amalia a la espera de juicio. Es lo usual.

—¿Conoces a alguien en la cárcel que pueda cuidar de Montserrat —inquirió Dalmau, preocupado—, mientras…?

«Mientras ¿qué?», se interrumpió. La juzgarían y la condenarían. Seguro.

Su hermano abrió las manos y negó con la cabeza, la boca fruncida.

—Hay gente nuestra allí dentro, por supuesto, pero bastante tienen con sus problemas. Los anarquistas somos la escoria de este pueblo, los causantes de todos sus males; los revolucionarios; los terroristas… Hay instrucciones concretas acerca de hacernos la vida imposible, de putearnos; valemos menos que un vulgar asesino o un violador de niños. —Tomás entornó los ojos y pareció imaginar lo que pensaba su hermano: ese no era más que el resultado de las bombas con las que habían aterrorizado a Barcelona—. Es la revolución —trató de corregirlo.

Dalmau guardó silencio. Había conocido poco a su padre. Era muy joven cuando lo encarcelaron, y lamentaba no haber podido hablar con él como un hombre, no como un niño. En ese momento se dio cuenta de que sucedía lo mismo con su hermano mayor. No lo conocía más que como esa figura idolatrada por un crío que veía en su actitud la verdad, la fuerza, la lucha contra esa injusticia que los hacía tan diferentes de los burgueses adinerados que comían pan blanco y carne a diario. Pero lo cierto era que tampoco lo conocía. Tomás había abandonado pronto la casa familiar.

—Dalmau —interrumpió sus pensamientos el otro—, es muy tarde. Quédate lo que resta de la noche con nosotros y mañana por la mañana iremos…

—No puedo. Tengo que volver a casa. No quiero que madre esté más tiempo sola. Nos vemos al amanecer en la cárcel de Amalia, ¿de acuerdo?

Se detuvo en el mismo escalón en el que lo había hecho esa noche por primera vez: a falta de dos para el rellano. En un par de horas amanecería y en el edificio empezaban a oírse los ruidos perezosos del despertar de sus inquilinos, pero entre ellos ninguno que correspondiese al de una máquina de coser. Dalmau lo habría reconocido incluso en el apogeo de un temporal. Entró en la casa con sigilo. Prendió una vela. Su madre permanecía en la misma posición en la que la había dejado antes de ir a casa de Tomás: sentada en el taburete de la máquina de coser, ajena a todo, incluso a la costura; su mente, su dolor y su llanto con su hija Montserrat.

—Madre, acuéstese y descanse —le rogó Dalmau.

—No puedo —replicó ella.

—Descanse, por favor —insistió él—. Me temo que esto será largo y poco haremos esta noche. Debe usted estar preparada.

Josefa cedió y se tumbó en la cama.

—Mañana temprano iré a la cárcel con Tomás —le susurró al oído.

Su madre sollozó a modo de respuesta, Dalmau la besó en la frente y se retiró a su habitación sin ventanas, donde se tumbó vestido en la cama a la espera del nuevo día.

Lo despertó el trajinar de Josefa en la cocina. La aurora despuntaba. Olió el café y el pan recién hecho que la mujer habría bajado a comprar.

—Probablemente esté en la cárcel de Amalia —le comunicó mientras la besaba en la coronilla; ella frente a la pared donde estaba encastrado el fogón para cocinar, preparando una tortilla con riñones—. He quedado con Tomás para ir esta mañana.

Josefa sirvió la comida en la mesa a la que Dalmau se había sentado.

—Esa cárcel es un antro de maldad, llena de delincuentes. La destrozarán. Tu hermana solo es una libertaria que pretende el bien común, abolir la esclavitud del obrero para que los hombres vuelvan a ser libres, una idealista tan ingenua como lo fue tu padre y lo es tu hermano. ¡No sé qué le sucede a esta familia! ¡Y tu novia también! —pareció acordarse de repente—. ¡Emma es igual que ellos! Cuida…

—Madre —la interrumpió Dalmau—, usted nos llevaba de niños a las manifestaciones. Yo la vi preparar revueltas.

—Y por eso sé lo que digo. Perdí a mi esposo y ahora… —Se le quebró la voz—. ¡Mi niña! —sollozó.

—La sacaremos de allí. —Dalmau se apresuró a dar cuenta del desayuno, como si con ello ya estuviera trabajando por la libertad de su hermana—. Seguro, madre. No llore, mujer. A Montserrat no le pasará nada.

Se limpió los labios con la servilleta, se levantó y la abrazó. Cada vez le parecía más pequeña y más frágil. «No se preocupe», le susurró al oído cuando el sol empezaba a iluminar por encima de todos aquellos malhadados edificios.

—Debo irme, madre. —Ella asintió—. Trate de tranquilizarse. Le haré llegar noticias en cuanto me sea posible.

Cogió un poco del dinero que tenía escondido, eso le había

recomendado su hermano la noche anterior, y se lanzó escalera abajo. Le dolió dejar a su madre en aquel estado, pero no podía retrasarse más. Tomás estaría esperándolo a las puertas de la cárcel.

La cárcel de Amalia se hallaba en la calle Reina Amalia, con la ronda de Sant Pau, en el otro extremo de la ciudad vieja, muy cerca del Paralelo, donde la noche anterior había estado divirtiéndose con Emma, y también del mercado de Sant Antoni y, por lo tanto, de la casa de comidas donde trabajaba su novia. Desde Bertrellans, Dalmau caminó hasta las Ramblas y buscó la calle Sant Pau, por debajo de la del Hospital, que se internaba en la zona más lúgubre del Raval de Barcelona. Allí donde abundaban los prostíbulos de la calle Robadors las pensiones en las que la gente compartía cama, cuando no un simple colchón sobre el suelo, y las tabernas alrededor de cuyas mesas todavía se bebía y gritaba; y junto a todo ello algunos establecimientos que pretendían ofrecer calidad y buen servicio, como la fonda España, cuyo propietario había apostado por el modernismo encargando al arquitecto Domènech i Montaner una reforma integral del edificio. En cualquier caso, a aquella hora prostitutas, mendigos, borrachos y rateros se mezclaban con los obreros que acudían a sus centros de trabajo, estos intentando esquivar a los otros, tratando de no pisar a aquel que dormía ebrio y desmadejado en el suelo, o de escapar de la prostituta que había tenido una mala noche que creía que aún podría arreglar. Los rateros y los delincuentes, fumando apoyados en las paredes, los miraban desfilar, conscientes de que poco podrían obtener de unos hombres y mujeres que lo más que llevaban encima era una fiambrera con algo de comida. Dalmau anduvo entre todos ellos, presuroso, sintiendo que a cada paso que daba le faltaba más el aire: a la angustia originada por la detención de su hermana y que le oprimía el pecho se sumaba ahora el hedor insoportable de unas calles sucias e infectas. Se sintió mareado hasta que logró llegar a la ronda de Sant Pau, frente a la cárcel, una zona más amplia donde corría un poco más de aire y los olores parecían diluirse.

El sol lo cegó en el momento en el que intentó encontrar a Tomás. No lo reconoció entre la gente que esperaba a la puerta de la cárcel. Dalmau alzó la vista para contemplar el edificio. Se trataba

53

de un antiguo convento arrebatado a la congregación de los Paúles en virtud de la desamortización promulgada por el Estado en el siglo XIX y que fue destinado a prisión. Una edificación rectangular de cuatro plantas rodeada por un patio en uno de sus lados. La capacidad de la cárcel de Amalia era la de trescientos presos, pero allí dentro se hacinaban cerca de mil quinientos. Hombres, mujeres, niños y ancianos, sin distinción, como tampoco la había entre los que efectivamente estaban condenados y aquellos otros que esperaban juicio. A falta de celdas, los presos se veían obligados a vivir en los patios, en los pasillos o en cualquier rincón en el que pudieran acomodarse. La comida era repugnante, la higiene y el orden del todo inexistentes, y las reyertas constantes. La mejor escuela de delincuencia. Y allí dentro, con asesinos y ladrones, estaba encerrada Montserrat, una muchacha de dieciocho preciosos años, pero una anarquista a ojos de las autoridades.

Dalmau sintió que se le revolvía el estómago tan solo con pensarlo.

—Está dentro —oyó que le confirmaba Tomás a su espalda.

Dalmau no lo había visto llegar. No le preguntó cómo lo sabía, cómo era que ya estaba allí; en su lugar, se interesó por si podía verla.

—¿Has traído dinero? —inquirió su hermano bajando la voz.

Dalmau asintió.

Tomás interrogó con un golpe de mentón a un hombre que lo acompañaba.

—Podemos intentarlo —afirmó este—. He visto a un par de celadores que conozco.

—José María Fuster —se adelantó Tomás a su hermano—, compañero en la lucha —añadió con seriedad—, y también abogado. Él puede encargarse del caso de la niña. Desgraciadamente tiene mucha experiencia en este tipo de asuntos.

Dalmau volvió la mirada hacia José María, quien se la mantuvo con una serenidad tal que lo convenció de la propuesta de Tomás. Como si con ello aceptase que defendiera a Montserrat, hurgó en su bolsillo, extrajo los dineros y le entregó cincuenta pesetas. El otro las contó y le devolvió cuarenta y cinco.

—No podemos alardear de tener mucho dinero, y tal y cual y todo eso. Se aprovecharían de nosotros. Intentaré cerrarlo por dos o tres pesetas, máximo cinco.

—Si fueran necesarias más, no lo dudes —insistió Dalmau, dispuesto a cualquier sacrificio por ver a su hermana.

—¡Por cinco pesetas, esos miserables serían capaces de dejarla escapar! —bromeó el abogado.

Tomás resopló apoyándolo y ambos hicieron ademán de encaminarse a la puerta de la cárcel, pero Dalmau los detuvo y volvió a ofrecer el dinero a Fuster.

—En todo caso tendremos que pagar tus servicios… —empezó a decir antes de que el otro lo interrumpiera.

—No. No cobro por ayudar a los compañeros.

La entrada de la cárcel se hallaba atestada de gente. Un simple barrote de madera a guisa de barrera la mantenía amontonada en el vestíbulo. Tomás se quedó atrás, en la calle.

—¿No vienes? —se extrañó Dalmau—. ¿No quieres ver a Montserrat?

—Si entro ahí, igual no me dejan salir, hermano —bromeó—. Dale un abrazo de mi parte y dile que… Dile que sea valiente. ¡Ah! —Lo detuvo cuando Dalmau ya se marchaba—. Dame todo lo que lleves encima, te registrarán.

«Que sea valiente.» El consejo de su hermano fue estallando en su mente a medida que, tras José María, a empujones, trataban de acercarse al barrote. Mujeres, sobre todo mujeres que querían ver y saber de sus familiares presos y que defendían su sitio con coraje, les impedían el paso. «¡No se cuelen!», gritó una de ellas. «Soy abogado», contestó José María sin dejar de empujar. «¡Y yo capitana de dragones!», se oyó por atrás. «¡Yo, guardia civil!», se sumó una tercera entre las risas de algunas y las quejas de otras. Parecía imposible llegar hasta el barrote. «¿Para qué tiene que ser valiente?», se preguntaba Dalmau. ¿Qué era lo que esperaba a Montserrat allí dentro? No avanzaban. Un hombre que también hacía cola tiró de la blusa de Dalmau para que retrocediera. «¿Tú también eres abogado?», ironizó. Dalmau dio un manotazo para liberarse. José María continuaba por delante hasta que una mujer lo empujó. La rencilla llamó la atención de un par de celadores que estaban por detrás de la barrera.

—¿Qué coño pasa ahí? —gritó uno de ellos. Dalmau vio cómo Fuster levantaba la mano hacia uno de los vigilantes, que lo reconoció—. ¡Silencio! —ordenó, en esta ocasión con la porra en la mano, agitándola en dirección hacia donde estaba el abogado—. ¡Abran el paso! —añadió señalándolo con insistencia.

Hombres y mujeres se apartaron. José María agarró del hombro a Dalmau y cruzaron el estrecho pasillo que les habían hecho. La mujer que había empujado al abogado escupió a su paso.

—¿Siempre es así? —inquirió Dalmau mientras se agachaban para pasar por debajo del barrote.

—Es primera hora —respondió José María—. La gente tiene que ir a trabajar o a sus ocupaciones. Después está mucho más vacío. Quédate aquí —le indicó señalando la barrera.

Abogado y celador se apartan unos pasos. Hablan. Discuten. Aspavientos del celador. Ahora del abogado. Uno niega, el otro también. El celador mira a Dalmau, que entonces se da cuenta de que lleva la blusa beige rasgada de arriba abajo. Quizá sea su imagen desharrapada la que lo convence. Discute un poco más, probablemente por algún céntimo. José María accede, el otro consiente. Intercambian las monedas, y en unos instantes Dalmau se encuentra solo en una estancia diminuta, húmeda y maloliente, con una sola ventana en lo alto, alargada y estrecha, en la que una mesa y varias sillas la llenan por completo, de tal forma que los respaldos de estas se apoyan contra las paredes. El celador lo ha registrado minuciosamente antes de cerrar tras de sí una puerta que tarda una eternidad en abrirse de nuevo.

«¡Valiente!» La mejilla izquierda amoratada y el ojo hinchado en el rostro de Montserrat justificaron el consejo de Tomás. Su hermana tenía la ropa sucia y el cabello revuelto.

—Tenéis unos minutos —les concedió el celador antes de cerrar la puerta.

Montserrat apretó los labios. «Aquí estoy —quiso decirle con aquel gesto—. Un día u otro tenía que suceder. La revolución requiere sacrificios.» Aparentaba ánimo y serenidad; sin embargo, cuando Dalmau abrió los brazos para recibirla, se desmoronó y cayó en ellos llorando.

—No te preocupes —trató de consolarla Dalmau—. Ya tienes un buen abogado que se ocupará de defenderte. —Notaba el calor del aliento de Montserrat sobre su hombro, las ligeras convulsiones producidas por el llanto. Tuvo que carraspear para que su garganta respondiera, antes de continuar hablando—: José María Fuster. ¿Lo conoces? Tomás dice que es muy buen abogado. Anarquista —añadió bajando la voz.

Montserrat se liberó del abrazo de su hermano y en aquella habitación diminuta se separó medio paso de él al mismo tiempo que inspiraba con fuerza y se limpiaba la nariz con el antebrazo.

—Gracias. —La palabra se le quedó en un susurro—. Gracias —repitió con mayor firmeza. Volvió a inspirar y a espirar, un par de veces—. Confío que ese abogado lo haga bien. Tal como están las cosas y lo que ya me han adelantado aquí dentro, lo necesitaré.

—¿Qué quieres decir? ¿Qué te han contado?

—¿Cómo está madre? —lo interrumpió Montserrat.

—Muy preocupada, la verdad.

—Cuida bien de ella. —Al ver que Dalmau hacía ademán de replicar su hermana se le adelantó—: ¿Y Emma?

Los pocos minutos que habían comprado aquellas pesetas los pasó Montserrat preguntando por unos y otros, evitando contestar a las cuestiones que su hermano quería plantearle. Al final, él se irritó.

—¿No quieres que hablemos de ti?

Montserrat trató de sonreír y Dalmau percibió el dolor en su cara amoratada.

—No quiero que te mezcles en todo esto —replicó ella—. Tomás ya está al tanto y ese… ¿José María? —preguntó, y Dalmau asintió—. Ese, el abogado, también. Ellos me ayudarán. Tomás puede caer en cualquier momento; pueden detenerlo hoy mismo. Si yo estoy aquí, y me temo que estaré tiempo, ¿quién cuidaría de madre? Tienes que mantenerte alejado de todo esto, Dalmau. Necesito tener la seguridad de que tú y madre estáis bien. Y vigila a Emma, que no se meta en líos. Si no te ocupas, si no tengo la certeza de que los míos están bien, esto sí que se convertirá en un verdadero infierno.

—Pero ¿qué te han hecho? —preguntó Dalmau señalando el rostro de su hermana—. ¿Quién te ha pegado?

—La otra salió peor parada —mintió Montserrat, que, no obstante, esperaba la oportunidad de que así fuera en la siguiente pelea con una de las reclusas, que se produciría, sin duda alguna.

La puerta se abrió de repente, violentamente casi, sobresaltando a ambos hermanos y empujando a Montserrat, que volvió a caer en brazos de Dalmau.

—¡Ha terminado la visita! —gritó el celador asomando la cabeza.

Dalmau besó a su hermana en la mejilla sana.

—Cuídate. Haremos lo necesario para sacarte de aquí.

—¿A una que ha pateado, arañado y mordido a un soldado hasta hacerle sangrar? —exclamó con mordacidad el celador—. Lo necesario, no; tendrás que hacer lo imposible —añadió, y se echó a reír.

Dalmau interrogó a su hermana acerca de la acusación de aquel idiota; era evidente que María del Mar, la amiga de Montserrat, había omitido esa parte de la historia cuando le contó a su madre acerca de la detención de su hija. Montserrat se limitó a bajar la vista.

—¡Fuera ya, carajo! —los exhortó el hombre.

No conseguía concentrarse en los dibujos en los que trabajaba. Todo lo oriental le pareció en ese momento deleznable: los juncos, la flor de loto, los nenúfares y las estúpidas mariposas. Había llegado tarde a la fábrica, pero tampoco se lo recriminaban; todos sabían, don Manuel el primero, que a veces continuaba trabajando hasta la madrugada. En algunas ocasiones el amanecer lo había sorprendido volcado en los bocetos y los dibujos. Por eso Dalmau no tuvo ninguna prisa cuando Tomás acogió con agrado el ir a la casa de comidas; Dalmau necesitaba ver a Emma y contarle lo sucedido; su hermano quería comer, lo mismo que el abogado, que le devolvió casi tres pesetas de las cinco que le había entregado para sobornar al celador. «¿No podríamos pagar a ese mismo celador para que cuide de Montserrat?», le preguntó Dalmau a la vez que cogía el dinero. No. Ningún funcionario defendería públicamente a una anarquista; quizá a un asesino... «A un asesino igual sí —manifestó con cinismo—, pero no a una anarquista. Se arriesgaría a que lo tomaran por tal o simplemente por partidario de la causa, y que en cualquier redada lo detuvieran.» Y mientras estos saciaban su apetito con una lengua de ternera estofada acompañada de alcachofas, Emma se desplomaba en el patio trasero al escuchar las palabras de Dalmau. Él la cogió al vuelo. Ella se abrazó fuerte y estalló en llanto.

—No puede ser —repetía entre gemido y gemido. De repente se separó de Dalmau casi con violencia—. ¡Puta mierda!

Dalmau la vio recorrer el patio sorteando trastos, llorando, quejándose.

—¡Me cago en Dios! —maldijo a gritos al mismo tiempo que daba una patada al montón de arena preparada para fregar los platos.

Dalmau se le acercó. Emma lo golpeó en el pecho con las dos manos, una vez, dos... Él le permitió vaciar su rabia. Cuando Emma dejó caer los brazos, y los mantuvo colgados a sus costados, Dalmau intentó abrazarla de nuevo.

—No, no... —fue oponiéndose ella a medida que daba un par de pasos atrás para evitar sus brazos—. Dime qué vamos a hacer. ¿Cómo vamos a sacarla de allí? ¡Dime que no le harán daño! ¡Prométemelo!

—Hay un abogado... Tenemos un abogado. Está dentro —añadió Dalmau señalando el interior de la casa de comidas—, con Tomás. Él la defenderá.

Dalmau tuvo que seguir a Emma, que se dirigió a zancadas al comedor, se sentó a la mesa y acosó a José María Fuster a preguntas y cuestiones que este fue contestando entre bocado y bocado. Cómo, cuándo, por qué, qué le sucedería... De repente se produjo un momento de silencio que ni siquiera Tomás o el abogado se atrevieron a romper, y dejaron de masticar. Los cuatro sabían a qué se debía esa situación. Faltaba una pregunta. Dalmau no se había atrevido a plantear la cuestión en la cárcel. Emma sí que la formuló:

—¿A cuánto tiempo la condenarán?

Tomás escondió la mirada, como si ya lo hubiera hablado con el abogado.

—Estamos en estado de guerra —le costó contestar a este—. Montserrat ha desobedecido el bando del capitán general, pero, además, por lo que cuentan, ha golpeado a un soldado. Ese ataque a un miembro del ejército implica la aplicación directa de la jurisdicción militar, no de la civil. Y la justicia militar es tremendamente dura.

—¿Cuánto tiempo? —exigió saber Emma.

—No lo sé. Y no me gustaría equivocarme.

Un rostro de mujer con sutiles rasgos orientales, triste, a punto de estallar en llanto. Tal fue la figura que de forma inconsciente se encontró dibujando Dalmau dentro de toda aquella composición con influencia japonesa. Un rostro plano, sin profundidad y sin sombras, un rostro que representaba a cada una de las tres mujeres que esa mañana habían llorado entre sus brazos, las tres que más quería en el mundo: su madre, su novia y su hermana.

—Parece una mujer desesperada —apuntaría más tarde el maestro.

—Sí —se limitó a contestar Dalmau.

Don Manuel esperó unas explicaciones que no llegaron.

—No está mal —añadió como si Dalmau lo hubiera retado a que lo entendiera—. Esta afición europea por el simbolismo y la cultura japonesa me parece bastante lúgubre. Dibujos sin perspectiva, sin vida. Esta mujer a punto de llorar transmite unos sentimientos que no consiguen los demás elementos de la composición. ¿Qué puede aportar a la civilización una cultura que no cree en Jesucristo nuestro Señor? —El maestro dejó transcurrir unos segundos en silencio—. En todo caso —lo rompió con otro tono de voz, ahora apasionado—, estos azulejos tendrán un éxito tremendo; lo veo, lo presiento. Se venderán espléndidamente. A la gente le gustan estas cosas. Muy bien, muy bien, te felicito.

Dalmau observó salir de su estudio a un hombre henchido de

orgullo, probablemente satisfecho de su intransigencia, entusiasmado por su conservadurismo y con una causa que defender: el inmovilismo. Dalmau pensó en Van Gogh, en Degas, en Manet, maestros… ¡genios! que se habían visto influenciados por el arte japonés. También los había en Barcelona, como Rusiñol, pero ¿cómo iba a reconocer don Manuel mérito alguno al máximo exponente de la bohemia barcelonesa?

Ese mediodía fue a almorzar a su casa. Mintió a su madre acerca del estado de Montserrat. Josefa insistió en saber de su hija en el momento en el que Dalmau quiso dar por cerrado el asunto. «Cuéntame. ¿Cómo está? ¿Se la ve muy triste?» Dalmau tuvo que esforzarse en la mentira mientras Josefa le cosía la blusa. Luego se excusó con un beso que acalló otras preguntas y volvió a la fábrica caminando por el paseo de Gràcia, allí adonde llegaba un sol que se reflejaba en los materiales de las construcciones de ricos y burgueses: rejas y forjados; mármoles o piedra, y sobre todo cerámicas, esos coloridos azulejos que al albur del espíritu modernista iban formando parte de las fachadas de los edificios. Dalmau no se fijó en las pocas mujeres que a aquella hora transitaban por la zona, tampoco pudo concentrarse en el nuevo proyecto que lo esperaba en la fábrica; el diseño «japonista» definitivo ya en manos de mujeres que, trabajando en cadena, trasladaban el original a plantillas de papel tratado con cera virgen, recortándolas de acuerdo con los dibujos y colores a utilizar. A partir de ahí las plantillas se colocaban sucesivamente encima del azulejo que se pintaba en los lugares recortados, hasta que con el total de ellas se finalizaba la composición, que volvía a ser cocida hasta obtenerse un reflejo metálico. Con este sistema, los azulejos con el rostro triste y a punto de llorar de la mujer con sutiles rasgos orientales se fabricarían en serie, en grandes cantidades, y se utilizarían en decenas de casas catalanas, incluso en españolas.

Por la noche, Dalmau fue a ver a Emma. Más lágrimas. Más preguntas sin respuesta. Se desvió del camino a su casa y pasó por delante de la cárcel de Amalia: una mole en penumbra de la que, de cuando en cuando, surgía algún grito quejumbroso que quebraba el silencio. Notó que se le erizaba el vello y abandonó el lugar. El hedor de las calles del Raval y su chusma, ahora coloreada con burgueses, muchos de ellos jóvenes, en busca de sexo y diversión, no le afectó como lo había hecho aquella mañana. La mente de Dalmau, sus sensaciones y sus miedos se habían quedado a las puertas de la cárcel. ¿Y si uno de esos aullidos había nacido de boca de su hermana?

Encontró a su madre atada a la máquina de coser, condenada a ese artefacto maldito, pensó Dalmau, aunque por una vez se alegró, puesto que la conversación con ella se limitó a compartir la falta de noticias antes de que Josefa se volcase en la costura, como si la situación hubiera retrasado la confección del número de prendas que el intermediario esperaba que le entregase. Dalmau la besó y le rogó que se acostase pronto; ella contestó con una risa irónica. Él no pudo conciliar el sueño. Dormitó intranquilo.

En cuanto amaneció fue a despertar a Tomás. Este no sabía nada. ¿Cómo iba a saberlo si no había transcurrido ni un día? Tampoco tenía noticias del abogado. Dalmau volvió a pasar por delante de la cárcel de Amalia y se encontró con la misma multitud de la jornada anterior. Continuó hacia la fábrica, pero evitó la casa de comidas, a sabiendas de que Emma volvería a preguntar y él carecía de respuesta. Sin embargo, superadas dos manzanas se arrepintió y desanduvo lo andado. Ella insistió en saber, el rostro ojeroso y los ojos enrojecidos. Dalmau la besó. ¿Acaso no entendía que él tampoco tenía noticias? Volvió a besarla, y tuvo que dar un tirón para liberarse de la mano con la que la muchacha trataba de retenerlo a su lado. Trabajó en bocetos irrelevantes, motivos florales: acantos y lirios entretejidos. De la casa de la máquina de coser a la de comidas, y de allí a la fábrica, siempre pasando por la cárcel, un día, otro y otro… Acostaba a su madre y controlaba que comiera, y besaba a Emma. Intentaron hacer el amor, pero fue un error. El silencio se instaló entre ellos. Muchos silencios, demasiados. Supo que el juez militar no tenía prisa alguna, eso le dijo Tomás que le había comunicado José María Fuster. El juez todavía no había interrogado a Montserrat; su única declaración se limitaba a la prestada en el cuartel del ejército al que la llevaron tras su detención en la fábrica. El asunto iba para largo. Dalmau le dijo a su hermano que quería volver a verla; a Emma se lo ocultó.

Los gritos nocturnos, las multitudes, el hacinamiento, la miseria y la violencia de la que todo el mundo hablaba al referirse a la cárcel de Amalia habían mentalizado a Dalmau para encontrarse con la misma Montserrat a la que el mismo celador y por el mismo precio, poco más de dos pesetas, introdujo en la habitación de la mesa y las sillas contra la pared. También les concedió unos minutos, sin aclarar cuántos, como la primera vez. Todo era igual: abogado, cárcel, precio, habitación, celador… Pero Montserrat no. En esta ocasión no se separó de los brazos de su hermano, a los que se echó nada más entrar. Su llanto era profundo. Dalmau la notó muy delgada para la decena de días que llevaba encerrada. La ropa estaba ajada, rota aquí y allá, y olía mal, a sudor viejo y a… Dalmau no quiso identificar otros olores. Intentó consolarla apretándola con suavidad y meciéndola.

—Tranquila. Todo irá bien. —Ella no decía nada—. ¿Cómo estás? ¿Cómo te tratan? —le preguntó. Montserrat continuó en silencio, hipando—. Madre y Emma están bien… Preocupadas, claro. Madre no hace más que coser y coser, ya la conoces. Me envían muchos recuerdos, besos y ánimos. Hay mucha gente que pregunta y se interesa por ti. —Era cierto. Bastantes compañeras habían acudido a casa de Montserrat para saber de ella; otras lo habían hecho a la casa de comidas para que Emma les contase—. Todas están contigo, dispuestas a testificar a tu favor en el juicio… —añadió, si bien Fuster le había asegurado que, pese a esas promesas, nadie acudiría; el miedo a las represalias era mayor que la entrega a la causa—. Te consideran una heroína —agregó, con el fin de animarla.

Dalmau continuó hablando, con Montserrat llorando aferrada a él sin separarse, como si no quisiera que la viera. Los temas, aquellos que creía que podían interesar a su hermana, iban acabándose. Lo último que quería era hablarle de política, o de fiestas, y por otra parte le aterraba quedarse en silencio.

—No sé qué hacer con madre. Está aferrada a la máquina de coser. Solo sale a la calle a comprar comida, a entregar la faena hecha y a recoger más material —mintió Dalmau tratando de atraer la atención de Montserrat. Era cierto que su madre vivía atada a la máquina de coser, como todas las costureras de Barcelona, pero tampoco había renunciado a esos momentos de reposo o de entretenimiento que conllevaban un vaso de vino en la taberna de abajo chismorreando con alguna vecina—. No se distrae; ya no se queda de charla con amigas como hacía antes.

—Dalmau… —lo interrumpió Montserrat de repente. Transcurrieron unos segundos antes de que continuase—: Sacadme de aquí. Terminarán conmigo. Lo sé. Lo presiento.

—¿Qué quieres decir?

—¡Tengo miedo! —aulló apretando el abrazo y escondiendo la cara en su cuello—. Me pegan. Me tiran la comida. Me maltratan y… —No quiso continuar—. Sacadme de aquí, por favor, por lo que más queráis. ¡Tengo miedo! ¡No puedo dormir!

Dalmau miró al techo: desconchones y vigas de madera carcomidas. Miseria.

—¿Te han violado? —se oyó a sí mismo preguntar.

Montserrat no contestó.

—¡Ayúdame! Te lo ruego —suplicó en su lugar.

—¿Quién ha sido? —insistió Dalmau, con la voz tomada por la ira.

—Varios —sollozó ella—. Aquí los presos te venden por menos dinero del que cobra una prostituta vieja en la calle.

Dalmau se quedó sin palabras, agarrotada la garganta y encogidas sus entrañas, y se limitó a aguantar mientras estuvo con su hermana, y también cuando el celador los echó de la habitación. Consiguió darle un beso y susurrarle, ya con voz trémula, que la sacaría de allí. Empezó a escapársele el llanto en el momento de superar el barrote de la entrada y, nada más dar dos pasos en la calle, vomitó.

Le temblaban las piernas. ¡La habían violado! No lo había negado. Una muchacha joven y bella de dieciocho años durmiendo y viviendo en aquel antro de perdición. Ni siquiera disponía de una celda para ella sola, donde estaría encerrada y en cierto sentido protegida. No había sitio. Los presos se hacinaban. ¡Cuán fácil habría sido forzarla! Volvió a vomitar al pensar en ello, pero de su boca solo salió bilis. Se encontró caminando en dirección a su casa y se detuvo antes de entrar. Su madre presentiría la desgracia en cuanto le viera la cara. Se desvió hacia la plaza de Catalunya. No podía andar. Las piernas, todo su cuerpo temblequeaba ante la imagen de Montserrat... No lo pensó y montó en un ómnibus de ruedas pequeñas con un gran letrero de publicidad de cerveza en su techo. El carruaje, antiguo, con cabida para unas quince personas, cubría el trayecto desde esa plaza hasta Gràcia tirado por dos mulas. Desde allí, pensó, no le costaría llegar a la fábrica.

Dalmau pagó los cinco céntimos que costaba el trayecto y buscó acomodo entre gente sencilla que no podía pagar el precio, mucho más oneroso, del tranvía eléctrico que cubría la misma línea, aquel que venía desde el puerto, el que Montserrat y Emma habían volcado. Ya quedaban pocos ómnibus de tracción animal en Barcelona; durante los últimos tres años, la gran mayoría de ellos habían ido siendo sustituidos por tranvías eléctricos. Los transportes de tracción animal, como aquel de La Catalana, tardaban mucho más en llegar a su destino, iban lentos y la gente se subía y bajaba donde quería, algo que estaba prohibido en los eléctricos. Dalmau sintió cierto sosiego en el momento en el que el carretero arreó a las mulas, se notó un tirón y estas iniciaron su caminar cansino paseo de Gràcia arriba.

Debía sacar a Montserrat de la cárcel. Esa misma mañana, cuando José María Fuster lo había acompañado para sobornar al celador, cualquier expectativa acerca de que el proceso de su hermana avanzase se había desvanecido.

—Ni siquiera hay juez —le comunicó—. Lo han destinado a Madrid y aún no han nombrado a su sustituto. Tu hermana estará en prisión preventiva mucho tiempo.

—¿Solo hay un juez? —se extrañó Dalmau.

El abogado se encogió de hombros.

—Debe de ser eso. En este país el ejército es de chiste, más desde que se perdió la guerra de Cuba.

Era imposible sacar a Montserrat de la cárcel si antes no la juzgaban. Sentado entre un hombre que sería carpintero, supuso, por la cantidad de serrín que manchaba su vestimenta, y una mujer que transportaba un par de gallinas vivas en un cesto, mientras las mulas arrastraban tan lentamente el carro que daba la impresión de que fueran a detenerse, Dalmau comprendió que solo conocía a una persona capaz de ayudarlos: el maestro. Don Manuel era un personaje con amigos influyentes en los círculos monárquicos, religiosos y, por supuesto, militares. Dalmau sabía que se había codeado con el obispo Morgades, que había fallecido ese mes de enero, pero que también lo hacía con su sucesor, el obispo Casañas, a quien iba destinado el cuadro de las mujeres que rezaban. Asimismo era conocida la relación que lo unía con el capitán general, a cuyas recepciones era siempre invitado, y con el que alternaba en privado, en cenas y fiestas. Dalmau le había oído hablar de él.

Por un momento deseó que las mulas espabilasen y aceleraran el paso, pero aguantó sentado entre el carpintero y la de las gallinas hasta llegar a la altura de la avenida Diagonal, que el ómnibus cruzó en su trayecto hacia Gràcia, y donde él se despidió de los demás pasajeros y saltó del carromato sin necesidad de que este se detuviera. Continuó por la Diagonal andando a ritmo ágil en dirección a la fábrica de azulejos, pensando en cómo enfocaría el tema ante el maestro. No fue capaz de optar por ninguna de las opciones que desfilaron por su mente. Montserrat era anarquista, y los libertarios eran los enemigos acérrimos de todo buen burgués adinerado. Pero también era su hermana… ¿Qué pesaría más en el ánimo de don Manuel?

—¡Es una locura! —bramó el maestro.

Dalmau aguantó los gritos en pie, frente a la mesa del despacho y taller de don Manuel, la gorra en una de sus manos, al costado, la otra a la espalda. Con independencia de la documentación administrativa que se extendía sobre la mesa de madera labrada, la estancia estaba repleta de los trabajos de don Manuel, desordenados en un caos que haría atractivo el taller de no ser por la falta de luz que siempre acompañaba el gusto del maestro: azulejos, aquellos que habían tenido mayor éxito o los que los grandes arquitectos habían utilizado en las casas modernistas; muestras de elementos decorativos en barro: florones, azulejos con relieve; multitud de bocetos, y cuadros, muchos cuadros, algunos pintados por él, otros regalos de amigos o simplemente adquiridos.

El maestro se levantó con brusquedad.

—¡No puede ser! —gritó de nuevo—. ¡Es inadmisible!

Cayeron unos papeles al suelo a los que don Manuel no concedió importancia. Dalmau se agachó para recogerlos y trató de ordenarlos sobre la mesa, consciente de que no era el mejor momento para mencionarle a su hermana, Montserrat. Había entrado en su despacho dispuesto a hacerlo, pero antes de que pudiera saludarlo, don Manuel se había explayado en los acontecimientos políticos para terminar airado como lo estaba ahora. Durante los últimos días, Dalmau había oído a los vendedores de periódicos vocear el asunto por las calles, pero no había prestado excesiva atención, su mente siempre puesta en Montserrat, su madre y Emma.

La cuestión estribaba en que hacía algunos días se habían celebrado elecciones a diputados a Cortes en Madrid. Dalmau no había ido a votar. Como ya era costumbre en España y con ella en Barcelona, una ciudad en la que votaban miles de muertos, el gobierno intentó amañar las elecciones y, en este caso, falseó las actas para que venciese el partido monárquico, que defendía al rey Alfonso XIII y a su madre, la reina Cristina, regente de España por minoría de edad de su hijo. Con lo que no contaban los monárquicos fue con la oposición de un político republicano revolucionario recién llegado a la Ciudad Condal, Alejandro Lerroux, que levantaba a las masas obreras con discursos encendidos. Lerroux se quejó del fraude delante de miles de seguidores; advirtió al gobierno de Madrid de que esa actitud por parte de los caciques monárquicos en Barcelona y otros lugares de Cataluña fomentaba el autonomismo, algo temido en la capital, y por último apostó hasta su vida en el empeño: «acta de diputado o muerte», amenazó levantando en vítores a los miles de personas que lo escucharon.

Los monárquicos cedieron, y se procedió a un nuevo recuento de votos en el salón de Sant Jordi de la Diputación, abarrotado de espectadores, la mayoría de los cuales no se movió de su silla durante las quince horas que duró el proceso. Muchos comieron allí mismo y algunos hasta se orinaron encima para no perder su puesto. Lerroux permaneció todo el tiempo sentado directamente enfrente del presidente de la Junta Electoral. De cinco diputados monárquicos y dos regionalistas electos a través de un proceso fraudulento se pasó, tras el nuevo recuento, a cuatro regionalistas, dos republicanos —Lerroux consiguió su acta— y solo uno monárquico.

Por primera vez desde la Restauración monárquica, el movimiento obrero entraba en política en España. Hasta esas elecciones de 1901, los obreros, los humildes, no habían sido más que comparsas de unos hechos siempre dirigidos por los caciques. Existían las manifestaciones y las reivindicaciones más o menos violentas, las huelgas y hasta las bombas de los anarquistas, pero todo aquello no había sido para gobierno y potentados más que una incomodidad que superaban de una u otra forma. Lerroux, con sus dos escaños en Madrid, abría el camino al ejercicio de la política a los obreros, a su intervención en la vida pública.

—¡Y esos mismos republicanos que van a Madrid representando a Barcelona son los que acaban de hacer una manifestación contra la Iglesia! —se lamentó el maestro con las manos extendidas hacia Dalmau, como si los acontecimientos escaparan a su entendimiento.

Dalmau escondió la mirada en el suelo. Había estado en aquella manifestación acompañando a Montserrat y Emma. Cerca de diez mil personas en la plaza de toros de la Barceloneta clamando por la abolición y la expulsión de las órdenes religiosas, exigiendo la secularización de la enseñanza y la separación de la Iglesia y el Estado. «¡Ni una subvención más!» «¡Que cobren por dar la comunión!», gritaba la gente.

—¿Qué va a ser de este país en manos de estos anticlericales? —clamaba por su parte don Manuel.

Dalmau resopló. El maestro se volvió hacia él.

—¿Sucede algo, hijo?

¿Qué importancia tenía que se lo dijera ahora, esa noche o al día siguiente? Don Manuel siempre odiaría a los revolucionarios.

—Han detenido a mi hermana, a Montserrat.

Ahora fue don Manuel quien suspiró. Luego se sentó pesadamente, como si se le hubiera venido el mundo encima, y se acarició el bigote allí donde se unía con las patillas.

—¿Por qué motivo? —inquirió.

Si pretendía su ayuda, tarde o temprano lo sabría, concluyó Dalmau.

—Se enfrentó a un soldado —dijo. Con las manos abiertas, don Manuel le incitó a explicarse—. Estaba llamando a la huelga a los obreros de su fábrica, y los soldados la detuvieron.

—Y por si no era suficiente con alterar el orden público en estado de guerra, se enfrentó a un soldado.

—Le mordió —aclaró Dalmau. El maestro dio un cabezazo con los ojos cerrados—. Y le arañó y pateó.

El otro asentía, como si ya lo imaginase. En ese momento un empleado asomó la cabeza por la puerta que había quedado abierta tras la entrada de Dalmau, al mismo tiempo que golpeaba en su marco, como si con ello excusase la intromisión.

—¿Qué? —le preguntó el maestro.

—Ya ha llegado su coche, don Manuel. Le espera en el patio.

—Ah —recordó este—. Ahora iré. —Examinó de arriba abajo a Dalmau—. Y pretendes que la ayude —concluyó.

—Sí.

—¿Por qué debería hacerlo? Es una… ¿anarquista?

Dalmau se mantuvo quieto y callado.

—Anarquista, sí —se contestó el propio don Manuel—. Una anarquista que llama a la huelga y se pelea con los soldados; la autoridad. Es una revolucionaria que pretende arruinar…

—Es mi hermana —lo interrumpió Dalmau.

Don Manuel chascó la lengua y, con la mirada puesta en alguno de los muchos cuadros que colgaban de las paredes de su estudio, se acarició patillas y bigote durante un rato.

—No debo intervenir —se negó después, levantándose y dirigiéndose hacia la puerta—. Lo siento, hijo. Me voy a casa —continuó hablando—. Estoy irritado con todo lo que está sucediendo. No se puede trabajar en estas circunstancias.

Dalmau hizo ademán de interponerse en su camino. El maestro se apercibió y se detuvo antes.

—Se lo ruego, don Manuel. Está en la cárcel de Amalia. Es público lo que sucede allí dentro. ¡La han violado! —A Dalmau le tembló la voz. El maestro aparto la mirada de él—. No creo que ni siquiera una anarquista de dieciocho años merezca esa desgracia. Si no sale de esa cueva de bandidos la matarán. Solo tiene dieciocho años —insistió—. Don Manuel, no tenga en cuenta sus errores.

—¿Errores? —acogió con rapidez el maestro—. ¿Crees por lo tanto que tu hermana se equivocaba en su actitud, en promover la huelga, en pelear con un soldado?

—Sí... —mintió Dalmau.

—¿Y qué hiciste para impedirlo? —Dalmau dudó. El otro trató de aprovechar la indecisión—: Si hubieras tomado medidas, esto no habría pasado.

—Don Manuel —lo interrumpió Dalmau—. Soy consciente de mis culpas. Lo cierto es que siempre estoy volcado en el trabajo, usted lo sabe mejor que nadie. —Miró fijamente al maestro, que aguantó el reto— Y realmente desde la muerte de mi padre he descuidado bastante la atención que debería haber prestado a mi hermana pequeña. Eso es cierto. Pero estamos hablando de que ha sido violada, de que le pegan y la maltratan. ¿No es bastante castigo?

—No lo sé, hijo, no lo sé. Solo es suficiente el castigo divino. No lo sé. —Dio un paso hacia la puerta—. Acompáñame. Ven a almorzar a casa. Si fueras vestido correctamente... —empezó a quejarse una vez más—. ¡Ahora hasta llevas remendada esa blusa imperecedera! —añadió señalando con la mano el largo jirón que le habían hecho en el vestíbulo de la cárcel y que su madre le había zurcido.

Ese día sí que estaba mosén Jacint, aquel escolapio que daba clases en la Escola Pia de Sant Antoni, un colegio situado en la misma calle en la que estaba la cárcel, la ronda de Sant Pau, algo más arriba, casi tocando con el mercado, muy cerca por lo tanto también de Ca Bertrán, la casa de comidas donde Emma trabajaba. Se trataba de un hombre de unos treinta años, culto y afable, muy sensato y aún más prudente. Dalmau ignoraba la relación que el religioso tenía con don Manuel, pero era muy frecuente encontrarlo en aquella casa. Jacint y él habían hablado en numerosas ocasiones, de arte, de pintura, de dibujo... El religioso, concluyó Dalmau, siempre buscaba temas en los que él se sintiera cómodo; nunca había tratado de atraerlo hacia la Iglesia o de iniciar una conversación acerca del cristianismo. Parecía respetar su ateísmo, algo de lo que disentían Emma y su hermana cuando Dalmau traía a colación al mosén. «Esos son los peores —sostenía Montserrat—. Los que simulan indiferencia pero poco a poco te van captando. Cuídate de él», terminaba advirtiéndole como si hablase del diablo.

En cualquier caso, esa mañana Dalmau no tuvo tiempo ni de saludar al mosén. Tal como se encontraron con él, en el salón, don Manuel agarró del brazo al religioso y tiro de él hacia su estudio mientras cuchicheaba los motivos de tal conducta. Dalmau, por su parte, se encontró de pie en aquel salón recargado de muebles, alfombras y tapices, figuras y cuadros, y una imponente araña de cristal, con doña Celia y sus dos hijas observándolo. Incluso el niño pequeño, sumido en un incómodo silencio, se permitió dejar de lado el juguete con el que se entretenía y dirigir su mirada hacia Dalmau. Úrsula le mostró esa media sonrisa inquietante con la que acostumbraba a recibirlo y que borró de su rostro tan pronto como la madre se volvió de nuevo hacia ella y su hermana, tras contestar con displicencia al saludo de Dalmau.

La criada que había abierto la puerta había desaparecido; las mujeres no le prestaban atención, la madre había retornado a su lectura y las otras dos cosían, aunque Úrsula ya le había dirigido otra mirada de reojo. Don Manuel y mosén Jacint, por su parte, se habían encerrado en el estudio de aquel. Dalmau se preguntó si debería ir a la cocina. El maestro no se lo había indicado, pero era lo usual: con sus modales y vestimenta, no podía departir con los ricos, se dijo Dalmau con una sonrisa. En ese momento se dio cuenta de que tampoco nunca se había sentado en uno de esos sofás junto a los ventanales que daban al paseo de Gràcia, ni siquiera había tenido oportunidad de acercarse para ver pasear a la gente, el espectáculo de la ciudad opulenta, desde aquella tribuna que sobresalía de la fachada y colgaba sobre la avenida; siempre había estado en la cocina o en el estudio.

Doña Celia levantó la mirada del libro y lo escrutó con la indignación marcada en sus facciones, como si Dalmau estuviera invadiendo su intimidad y la de sus hijos, e hizo sonar una campanilla de cristal con tanta fuerza que a punto estuvo de quebrarse.

—Llévatelo a la cocina —ordenó a una criada que acudió presta.

Dalmau se despidió con una levísima inclinación de cabeza y siguió a la muchacha.

—Hola, Anna —saludó a la cocinera, que trasteaba en una cocina económica de hierro con varios fogones.

La otra volvió la cabeza y ojeó la estancia. No había nadie: ni la señora ni sus hijas, ni siquiera alguna criada que pudiera cotillear con doña Celia acerca de la simpatía que mostraba por aquel muchacho, que se negaba a vestir bien para evitar comer a la mesa de los señores. Entonces sonrió. Le faltaban dientes, y aun así la sonrisa era atractiva en un rostro con mofletes colorados por el calor y el vapor que surgía de las ollas. Y disfrutaba alimentando a quienes pasaban por su cocina.

—¡Siéntate! —le dijo—. De primero, judías con patatas y coliflor; de segundo, pollo con pisto. Pero todavía tengo que cocinarlos; hoy habéis venido demasiado temprano.

—Me gustan —asintió Dalmau, aunque el asunto de su hermana le había quitado el hambre.

Tomó asiento a una mesa de cocina de madera basta, y sacando carboncillo y un cuaderno de pintura que siempre llevaba en uno de los bolsillos de la blusa empezó a dibujar.

—Y de postre flan —añadió Anna, que le sirvió un vaso de vino tinto, fuerte, del que usaba para cocinar, antes de volver a los fogones.

Los dos se mantuvieron callados durante unos minutos, uno dibujando, la otra controlando de reojo la cocción lenta de los pimientos y las berenjenas que acompañarían al pollo mientras, sobre una madera y mediante golpes secos y certeros de un hacha de cocina, cortaba este en pedazos.

—¿Qué haces? —preguntó Dalmau al oír un chisporroteo, sin levantar la vista del papel.

—Asar el pollo —contestó la cocinera—. ¿Y tú?

«Tratar de no perder la paciencia», pensó Dalmau mientras emborronaba unas cuartillas a la espera de que don Manuel le comunicara la decisión que había tomado con respecto a su hermana.

—Dibujar —contestó a Anna.

—¿Qué? —continuó ella preguntando de espaldas.

—El pollo, las berenjenas, los pimientos…

La cocinera desvió la atención de la cocina, volvió la cabeza y con un golpe de mentón le instó a enseñarle los dibujos. Dalmau le mostró las cuatro rayas que había dibujado.

—Siempre me engañas —adujo ella.

—Pues no se deje engañar, Anna. No se deje engañar.

Los dos se volvieron hacia la puerta de la cocina, donde se hallaba apostada Úrsula, la hija mayor del maestro, que era quien había hablado.

—Disculpe, señorita —se apresuró a excusarse Anna regresando a los fogones y al pollo que continuaba asándose en la cazuela.

—¿Qué es ese dibujo que mirabais? —preguntó la muchacha acercándose a Dalmau.

Anna no contestó. Lo hizo Dalmau:

—Nada que tenga importancia —dijo, y rasgó el papel en varios pedazos, que después arrugó y guardó en uno de sus bolsillos.

Úrsula presenció imperturbable todo el proceso.

—Dalmau —le dijo entonces con sorna—, acompáñame. Mi padre quiere verte.

Él se levantó con brusquedad de la silla para seguirla. Su hermana, la cárcel, la violación, la negativa del maestro…, todo se amontonó de nuevo en su cerebro.

Úrsula cerró la puerta tal como Dalmau entró en la habitación a la que la había seguido con el pensamiento puesto en Montserrat. Tardó unos segundos en acostumbrar sus ojos a la escasa luz que penetraba desde el patio al que daba un ventanuco y comprobar que se trataba de una especie de trastero donde se acumulaban cacharros, escobas, cubos y artículos para la limpieza.

—¿Qué hacemos aquí? —inquirió—. ¿No dices que tu padre quiere verme?

—Querrá verte si yo no lo impido —dijo Úrsula. Dalmau irguió el cuello y sacudió ligeramente la cabeza en señal de extrañeza—. Sí —lo aplacó ella—, he estado escuchando la conversación de mi padre con mosén Jacint… Sé lo de la cárcel de tu hermana —se adelantó a su intento por intervenir.

—¿Y? —la alentó ahora a continuar Dalmau.

—Mi padre siempre atiende mis deseos, lo sabes. Podría interceder por tu hermana, Montserrat se llama, ¿verdad? Tiene mi edad. Es duro que la hayan forzado. Pero, sobre todo, piensa que, si incito a mi madre para que se oponga, mi padre no moverá un dedo por ella.

—¿Y todo eso qué me costará?

—Poco —contestó zalamera la muchacha, que se acercó a Dalmau para rozar los labios con los suyos—. Muy poco —repitió separándose para comprobar su reacción.

—No creo que esta sea la forma… —quiso oponerse Dalmau, e hizo ademán de sortearla para salir de aquel trastero.

—¡Te juro por Dios que, si no haces lo que te digo, tu hermana se pudrirá en la cárcel de Amalia!

Dalmau vio en Úrsula las mismas facciones duras y amenazantes de doña Celia. ¡Había jurado por Dios! Eso, en boca de la hija de don Manuel, que sancionaba juramentos y blasfemias de sus trabajadores hasta con el despido, lo atemorizó casi más que la mirada fría con la que la muchacha esperó su decisión.

—Esto no estaría bien —trató de convencerla Dalmau—. Vuestro Dios… —quiso insistir cuando ella, segura de su rendición, cogió una de sus manos y la puso sobre su pecho, por encima del vestido. Úrsula suspiró—. Jesucristo… —empezó a explicarse. Úrsula lo besó, esta vez con fuerza, con pasión, pero sin utilizar la lengua, sin pretender introducirla en su boca—. Jesucristo mantenía… —prosiguió Dalmau aprovechando que ella había separado los labios para respirar. ¡Qué sabía él de Jesucristo y de lo que sostenía!—. No está bien —se limitó a repetir.

Úrsula puso su mano sobre la de Dalmau y lo obligó a apretarle y masajearle el pecho, siempre sobre el vestido, igual que hizo con la otra mano del joven, que llevó a su entrepierna, por encima de falda, enaguas y cuantas ropas pudieran esconder su virtud. La muchacha suspiró. Luego soltó la mano con la que lo obligaba a apretarle el pubis y la llevó al miembro de él, erecto. Primero lo palpó por encima del pantalón y después, nerviosa, jadeante, la introdujo entre el pantalón y los calzones de Dalmau, agarró el pene como si se tratara de un cirio procesional y lo apretó. Todo el cuerpo de Úrsula tembló. Dalmau esperaba el siguiente paso, que no llegó. Ella se mordió el labio inferior antes de besarlo de nuevo en la boca, igual, sin abrir los labios, agarrada a su pene, con la mano quieta, obligándolo a masajearle el pecho por encima de la ropa y, de cuando en cuando, a presionar sobre su pubis, que en momento alguno movió voluptuosamente, ni siquiera de forma imperceptible.

Así permanecieron unos minutos que a Dalmau le parecieron eternos; ella suspirando y besándolo, como una estatua; él pendiente de los ruidos que se oían en la casa. Quizá Úrsula pudiera conseguir que su padre los ayudara, pero lo seguro era que, si los descubrían allí, don Manuel y su esposa no tendrían compasión de él.

La inquietud por la posibilidad de que los sorprendieran y la carencia de sensualidad, incluso el dolor que empezaba a producirle el apretón de ella en su pene, llevaron a este a ablandarse. La mano de Úrsula apretó y soltó repetidamente, como si tratara de reanimarlo con aquel masaje casi violento.

—¡Ay! —exclamó de dolor Dalmau—. Me lo destrozarás.

Ella cejó en su empeño.

—¿Ya está? ¿Ya ha terminado todo? —inquirió con ingenuidad, extrayendo su mano del pantalón de Dalmau y separándose para que este dejara de tocarla—. ¿Eso es todo? —añadió arreglándose la ropa.

Dalmau no imaginó cómo explicarle a aquella muchacha educada en el recato, en el temor a Dios y en la culpa ante el pecado, lo que era hacer el amor, acariciarse uno al otro, buscar el placer, y mucho menos la explosión del orgasmo. Ella se había lanzado, ansiosa por conocer y encontrar un gozo prohibido, con toda probabilidad habría sido la primera vez que había tocado el miembro de un hombre, pero Dalmau temió que cuanto más le explicara, más desearía y más lo chantajearía con la situación de su hermana.

—Todo, todo, todo… no —contestó él en consecuencia.

—¿Qué más se hace? —presionó Úrsula.

—¿Quieres saberlo? Desnúdate —le exigió Dalmau.

—¡No! ¡Impertinente! ¿Cómo voy a desnudarme delante de ti?

Acompañó sus palabras con un gesto de la mano despectivo hacia Dalmau.

—En ese caso —la interrumpió él—, te recomiendo que esperes a saber qué más se hace al día en que estés con esa persona especial ante la que no te importe desnudarte.

Úrsula meditó unos instantes.

—No creo que llegue nunca esa persona especial —confesó—. Mis padres me casarán con quien crean conveniente. Y si mi futuro esposo es tan religioso como lo son ellos, que supongo que sí, dudo que me pida que me desnude.

—Ese día hazlo tú sin que te lo pida.

—No…

Un ruido en el pasillo los alertó.

—¿Señorita Úrsula?

Una criada la buscaba.

—Aquí estoy —contestó la muchacha abriendo la puerta al mismo tiempo que cogía un trapo.

Salió al pasillo dejándola entreabierta.

—Ah —exclamó una jovencita con un vestido negro que le venía grande, cofia y delantal blanco—. Su señora madre pregunta por usted. ¿Desea que la ayude en algo? —añadió señalando el trapo.

—No —contestó la otra abruptamente—. Son cosas mías. Ve a trabajar. ¡Anda! —la exhortó al ver que dudaba—. Ya puedes regresar a la cocina —añadió hacia Dalmau.

—¿Y mi hermana? —preguntó él al salir del trastero.

—No te preocupes. Mi padre la sacará de la cárcel, te doy mi palabra. Lo que ignoro es lo que os pedirá a cambio.

«¿Qué podemos ofrecerle?», pensó Dalmau, con una sonrisa triste.

—Aunque lo imagino —afirmó Úrsula, que puso fin así a la conversación, lanzó el trapo dentro del trastero y dio la espalda a Dalmau para dirigirse al salón.

—Dado un lado, construir el hexágono regular.

Ese era el enunciado del problema que Dalmau acababa de exponer en un aula destinada a niños que cursaban tercer grado en el colegio de los escolapios de Sant Antoni de Barcelona, pero que ahora, de noche, estaba ocupada por media docena de obreros jóvenes.

—Siendo «L» el lado propuesto —explicó—, se construye el triángulo equilátero…

Dalmau, consciente de la atención que aquellos chavales ponían en sus enseñanzas, dibujaba el hexágono trazando circunferencias desde uno de los vértices del triángulo equilátero en un silencio solo quebrado por el correr de la tiza sobre la pizarra. Estaban allí para aprender a dibujar; antes lo habían hecho con los conocimientos básicos de matemáticas y geometría. Dalmau los observó una vez construido el polígono. Un par de ellos trabajaban en la cerámica, igual que él. Otro lo hacía en la ebanistería y el resto en el textil, como la mayoría de los obreros que acudían a las demás clases nocturnas que impartían los religiosos, aunque también los había que trabajaban en vidriería, en las artes gráficas, en alfombras y tapicerías y en cualquier otro oficio en el que se necesitase tirar una línea. Aquella media docena a los que Dalmau enseñaba contaba con una edad inferior a la suya: quince o dieciséis años, y se esforzaban igual que los mayores por aprovechar unas clases que los escolapios les brindaban de forma gratuita: saber dibujar podía hacerlos progresar en sus oficios.

El arte aplicado a la industria, con el dibujo como el instrumento idóneo para conseguirlo. Si en la mayoría de los países europeos el desarrollo y el interés por las artes industriales se produjeron a mediados del siglo XIX, en Cataluña, igual que en otros países adelantados, el diseño de las indianas en el mundo textil se remontaba a la segunda mitad del siglo XVIII, momento en el cual las asociaciones empresariales ya habían constituido escuelas gratuitas de dibujo para enseñar a sus empleados. El artesano de otras épocas desaparecía, y la industria que había venido a sustituirlo necesitaba crear objetos que no solo fueran útiles, sino también bellos.

—¿Alguna duda? —preguntó Dalmau a sus alumnos. Ninguno alzó la mano—. Bien, intentadlo en vuestros cuadernos.

Paseó por el aula comprobando cómo desarrollaban el problema. Aquel había sido parte del precio que el maestro le había exigido por ayudar a Montserrat. «Don Manuel hará lo posible por liberar a tu hermana de la cárcel», le comunicó mosén Jacint un par de horas después de que Úrsula se hubiera revelado como una jovencita lasciva. En ese momento, una vez que los señores de la casa habían comido, Dalmau estaba dando cuenta del exquisito pollo con pisto cocinado por Anna. El sabor del tomate, el pimiento y la berenjena explotaron todavía con más fuerza en su boca tras las palabras del sacerdote. Resopló, como si expulsase la angustia que lo asolaba, y bebió un buen trago de vino.

—Gracias —dijo después.

—Me ha costado convencerlo —alegó no obstante el religioso tomando asiento a la mesa basta de la cocina. Mosén Jacint hizo un gesto a la cocinera para que los dejara solos y continuó hablando—: Don Manuel nunca habría intercedido por una anarquista declarada. Eso te consta, ¿cierto? —Dalmau asintió, la comida a un lado, su atención puesta en ese momento en los labios del mosén, seguro de que ahora llegaría la enunciación del precio que Úrsula le había augurado, y dispuesto a asumirlo, fuera el que fuese—. Lo hemos convencido. Úrsula ha llorado imaginando cómo puede ser la vida de una muchacha en ese cruel y mísero establecimiento penitenciario. Hasta doña Celia se ha sentido afectada al saber que a tu hermana la habían violado. En fin, don Manuel ha cedido y hará cuanto esté en su mano, que es mucho —añadió el religioso tratando de alentar a Dalmau—, para que liberen a tu hermana y la absuelvan, o en último caso la sentencien a la menor pena posible y no tenga que regresar a la cárcel.

Paseando por el aula del colegio de Sant Antoni, Dalmau tiró de los faldones de la americana que vestía y que le incomodaba. Tuvo que arrinconar su blusa beige remendada, como parte del precio, igual que los dos días a la semana, de ocho a nueve de la noche, que se había comprometido a enseñar a dibujar a aquellos obreros jóvenes. Mosén Jacint había aprovechado para separar a los muchachos de una clase de adultos. Además, esa decisión solventaba las reticencias que Dalmau había mostrado en el momento en el que le propusieron dar clases: «Soy incapaz de hablar en público —los sorprendió—, me pongo muy nervioso, me tiembla la voz y se me hace un nudo en el estómago…» Enseñar a seis chavales con los que incluso compartía pupitres nada tenía que ver con hablar ante una clase compuesta por treinta adultos, por lo que, tras algún titubeo, Dalmau superó su miedo escénico y logró incluso sentirse satisfecho por poder ayudar a los obreros. Pero si esa labor no lo importunaba, sí le inquietó el resto del precio establecido por el maestro por ayudar a Montserrat:

—Comprenderás —continuó el sacerdote— que don Manuel se abstendrá de cualquier actuación si no obtiene el compromiso firme y sincero de rectificar y variar vuestros ideales y creencias. Debéis acercaros a Dios nuestro Señor y abjurar del ateísmo. Tu hermana y tú también abandonaréis el anarquismo o cualquier otra actitud revolucionaria contraria al orden en el que han de vivir y desarrollarse las personas de bien en esta sociedad. Tendréis que hacer catequesis y seguir las clases con aprovechamiento. Tú en los escolapios, conmigo; tu hermana con las monjas del Buen Pastor. Don Manuel y doña Celia tienen mucha relación con el asilo de Travessera de Gràcia.

Dalmau lo prometió. ¿Su hermana? Por supuesto que lo haría. Agradecida, aseguró al mosén y al propio don Manuel, consciente, sin embargo, de cuál sería la postura de Montserrat.

—¿Y por qué iba a mover un dedo por mí ese meapilas? —inquirió ella en el interior de aquella habitación maloliente en la que solo cabían la mesa y las sillas apoyadas contra la pared—. No sé, Dalmau. Siempre hemos luchado contra ellos. ¿Dónde quedarían nuestros principios?

—Tienes que salir de aquí —insistió Dalmau—. Te... te están violando. Se trataría simplemente de ir a catequesis...

—¡Catequesis! —bramó Montserrat—. Mira, Dalmau, en pocos días han forzado mi cuerpo y robado mi virtud en varias... bastantes ocasiones, como si fueran perros hambrientos. —La voz se le agarrotó al mismo tiempo que su mentón temblaba sin control. Suspiró y se repuso—. En pocos días han aniquilado esas virtudes burguesas de la decencia, la honra y la castidad. Qué conseguiría con la catequesis, ¿quieres que te lo diga? Ya lo sabes: sentirme aún más culpable, como mujer, como persona pecadora; eso sería lo que me dirían: ¡pecadora! Ningún cura va a devolverme lo que ya me han quitado ni a resarcirme por el dolor; sin embargo, mis principios siguen intactos. Son los cabrones hijos de puta como tu maestro los que me han traído aquí, son ellos los que nos explotan, los que nos esclavizan, los que menoscaban nuestra valía como personas. ¿Qué sería de mí si ahora, además de mi cuerpo a cuatro delincuentes, también vendiera mi espíritu a la Iglesia?

La ira que rezumaron las palabras de Montserrat rebotó en el interior del cuartucho. Había admitido que la violaban los mismos delincuentes. Dalmau sintió una repentina debilidad, y dejó de prestar atención a la invectiva de su hermana para fijarse en su estado: continuaba sucia, más que la última vez. Olía mal, peor todavía, y estaba tremendamente demacrada. La ropa, ajada, colgaba de unos hombros esqueléticos, y unas ojeras amoratadas e hinchadas pugnaban por aprisionar unos ojos antes grandes y brillantes, siempre expectantes y atentos y desafiantes, y ahora pequeños y lánguidos, extraviados en el discurso del odio.

—Yo no puedo hacer más —la interrumpió Dalmau en un tono de rendición—. Es mi único recurso.

Los hermanos se mantuvieron unos segundos en silencio.

—Y, aparte de buscar mi conversión, algo que sabe que no conseguirá nunca, ¿por qué iba a preocuparse por una anarquista ese… burgués asqueroso y repugnante? —preguntó de nuevo Montserrat.

—Por mí —se limitó a responder Dalmau—. Porque eres mi hermana y me aprecia. O me necesita, no lo sé, y poco me importa. Lo único que quiero es que salgas de aquí.

Montserrat apretó los labios resecos y negó con la cabeza.

—Lo siento, hermano. No lo haré. No saldré pagando ese precio. Prefiero que me violen estos muertos de hambre y morir aquí dentro que ceder al chantaje de ese burgués meapilas de mierda. Respeta mi decisión.

«¿Cómo pretende —se lamentaba Dalmau en cada ocasión en que sopesaba aquella afirmación— que respete una decisión que conlleva su muerte?» «¿Qué lucha gana Montserrat pereciendo en una cárcel malsana?» «¿A quién aprovechará sacrificio tan ingente?»

La liberaron. Pendiente de juicio, cuya fecha todavía no fijaban las autoridades, pero la garantía de don Manuel Bello frente al capitán general bastó para que se considerara que Montserrat no necesitaba seguir sometida a prisión preventiva.

Nada más ver a su hermano en las oficinas de los funcionarios donde debían entregarles la documentación, Montserrat lo agarró del brazo y lo apartó lo suficiente para poder cuchichearle al oído, más alto sin embargo de lo que ambos habrían deseado:

—¿Y lo de la catequesis? Ya te dije que no estaba dispuesta a...

Dalmau la hizo callar con el movimiento de una de sus manos.

—No tendrás que hacerla. Ya lo he solventado —le aseguró en tono contundente.

—¿Cómo? —inquirió Montserrat.

Él se preguntó qué podía importarle cómo lo había conseguido. Lo importante era que estuviera en libertad.

—He convencido a don Manuel —le mintió.

—¿Y el meapilas ha cedido? —se extrañó ella.

Dalmau asintió con la cabeza mientras todas las posibilidades que había barajado ante la tozudez de su hermana acudían en tropel a su mente. Era evidente que don Manuel montaría en cólera si Montserrat no acudía a catequesis. Aquel era uno de los objetivos más importantes de la lucha por la que el maestro confiaba ganar el cielo: convertir al ateo. Si se sentía engañado, volverían a encarcelarla; una simple conversación con el capitán general y estaba hecho. Pero frente a tal realidad, existía otra mucho más imperiosa para Dalmau: la salud y la vida de su hermana. No existían principios ideológicos en el universo que justificaran las violaciones y el maltrato por parte de una partida de delincuentes a los que Montserrat parecía dispuesta a someterse. «¡Sácala de allí!», le había suplicado Josefa después de comentarle Dalmau la situación. Pero a ese ruego, su madre tampoco añadió cómo burlar después a don Manuel, y tras la promesa del hijo de que lo haría, se enfrascó en su costura como si ya diera por hecho el regreso de Montserrat. Engañar a su hermana era sencillo para Dalmau: estaba dispuesta a creer aquello que le dijeran. ¿Sería tan fácil engañar a don Manuel?

—El meapilas —contestó Dalmau— ha cedido. Debe interesarle más mi trabajo en la fábrica que tu conversión al cristianismo.

81

Y la liberaron.

Pero si Montserrat no hizo más preguntas, estas sí que se amontonaban en la cabeza de Dalmau. Todas las ideas que se le ocurrían terminaban en disputa con el maestro y su más que probable despido de la fábrica de azulejos. Don Manuel sabría del incumplimiento de su hermana, y entonces se ordenaría de nuevo su detención y él tendría que pelearse. Su relación finalizaría puesto que sería imposible trabajar para alguien capaz de perjudicar a un ser tan querido. Solo se le ocurría una posibilidad viable, aunque complicada; tremendamente ingrata.

Transcurrieron los días y Dalmau cumplía con su parte del trato: daba las clases de dibujo a los obreros y acudía a charlar con mosén Jacint, de Dios y sus misterios. Montserrat no efectuaba el menor comentario y, mientras, a Dalmau se le acababan las excusas ante la incomparecencia de su hermana en el asilo de las monjas del Buen Pastor: «Está enferma.» «No está preparada.» «Ni siquiera sale de casa.» «Solo hace que llorar.» «¡No habla, mosén!», trataba de disculparla una y otra vez ante el religioso.

El mosén suspiró, antes de instarlo a que la llevara con urgencia, acompañándola él mismo si fuera preciso, puesto que, en caso contrario, don Manuel se retractaría y buscaría la detención de la muchacha.

3

Emma se mantuvo unos instantes con la boca abierta y las manos a medio camino de allí adonde quería dirigirlas, que ahora no sabía dónde era. Eran contadas las ocasiones en las que se quedaba muda, sin respuesta, sorprendida. Reaccionó por fin y agitó las manos hacia Dalmau.

—¿Te has vuelto loco? —Emma vio que Dalmau fruncía la boca y desviaba la mirada—. Te advertí que no funcionaría —continuó—, que Montserrat jamás lo admitiría, que preferiría continuar en la cárcel por más que allí la violaran, antes que ir a clases de catequesis con unas monjas. ¡Ella misma te lo aseguró! Y tu solución fue decirle que no debía hacerlo, que ya estaba todo arreglado. Te habrás dado cuenta de que no he querido insistir en cómo pensabas arreglarlo, pero nunca imaginé que me vinieras con... ¡con semejante propuesta!

—Lo siento —se excusó Dalmau—. Lo siento, cariño, pero ¿acaso no recuerdas lo que estaban haciéndole allí dentro? —No continuó. Los ojos húmedos de Emma le indicaron que sí, que lo recordaba—. No llores, por favor —le rogó con la voz tomada.

—¿No llores? —sollozó ella—. ¿Cómo quieres que no lo haga?

Emma vio que él se acercaba con intención de abrazarla. Se apartó y le dio la espalda. Luego los dos se quedaron quietos y en silencio en el patio trasero de la casa de comidas, probablemente recordando la misma escena: la mañana en que ambos habían ido a buscar a Montserrat a la cárcel. Emma esperó en la calle a que los hermanos salieran.

La llevaron a casa. Emma llenó de besos a su amiga una vez fuera, pero Montserrat solo respondió con un leve abrazo. Trató de hablar con ella camino de la calle Bertrellans. La otra asintió y negó en un par de ocasiones, con cansancio, como si aquellas respuestas parcas la agotaran.

Pese a que se lo dijo en susurros, Emma oyó que Dalmau proponía a su madre que la llevaran al establecimiento de duchas de la calle Escudellers.

—Por poco dinero podrá lavarse.

Josefa ni siquiera le prestó atención.

—Trae agua —se limitó a ordenarle.

Dalmau obedeció y las dos mujeres se encerraron con Montserrat en la habitación que compartían madre e hija.

Emma no pudo apartar la mirada mientras Josefa desnudaba a su hija, que se dejó hacer, sucia y maloliente, silenciosa y desquiciada. Eran muchas las veces que ambas muchachas habían comparado sus cuerpos, jugueteando, subyugadas por la sensualidad que emanaba de su belleza, de su juventud, de su necesidad de vivir. ¿Cuánto tiempo había transcurrido desde que encarcelaran a su amiga? ¿Tres meses? ¿Algo más quizá?

Emma se volvió. No lo hizo para evitar la visión de un cuerpo descarnado y amoratado, los pechos colgando como si en ese período hubieran agotado su vitalidad, sino por vergüenza a que Montserrat la viera a ella, tan esplendorosa. Había vestido el mejor traje del que disponía para ir a buscarla a la cárcel, como si se tratara de una fiesta, y precisamente el corte se lo había regalado su amiga de unos sobrantes de la fábrica. Luego Josefa lo cosió. «¡Imbécil!», se insultó. Intentó controlar las lágrimas de espaldas a las otras dos.

—Coge el agua —la instó Josefa, tras oír los golpes de los nudillos de su hijo sobre la puerta—. Dale ese cubo y que traiga más —añadió señalando un recipiente después de que Emma dejara en el suelo la jofaina que Dalmau había llevado.

A partir de ahí fueron varias las veces en que Dalmau llevó agua, ahora en la jofaina, ahora en el cubo. Emma ayudó a Josefa. Ella le daba los paños limpios, probablemente aquellos que tenía que coser, para que la otra limpiara a su hija, con delicadeza, canturreando en voz baja. Emma quiso reconocer aquella canción de cuando eran niñas, de cuando su padre y el de Montserrat vivían, antes del proceso de Montjuïc que llevó a los dos compañeros anarquistas a la muerte por un delito que no habían cometido. Tarareó en silencio la musiquilla. Montserrat permanecía con la vista perdida, en pie, desnuda, tosiendo, el agua resbalando de su cuerpo malherido sobre las baldosas del dormitorio. Emma aprovechaba los paños sucios para secarlo. También limpió los pies de su amiga, arrodillada, con la mirada en el suelo.

—Emma —la liberó Josefa—, ve con Dalmau a comprar un buen remedio para la tos. Comprad también pan del día y lo necesario para una buena *escudella*…, con carne…, magra. Tu sabes lo que es necesario. No repares en gastos —añadió—. Montserrat necesita alimentarse.

Dalmau cogió suficiente dinero y, acompañado de Emma, compró carne, magra como había indicado Josefa, de ternera. Emma elegía: desechaba el corte de algunas piezas y escogía el de otras. «Porque está medio podrida, aunque lo esconden con productos de todo tipo», contestó a la pregunta de Dalmau. Compraron también una gallina troceada, y un buen surtido de carne de cerdo: tocino, oreja, morro… Espalda de conejo, y pata, cola y cuello de cordero. Hueso de jamón y de ternera. Butifarra, negra y blanca. Patatas y judías blancas. Manteca. Col, apio, zanahorias, puerros, cardos y arroz. Huevos y perejil. Ajos, harina y el pan. Luego entraron en una farmacia y Dalmau pidió el mejor medicamento para la tos.

Les vendieron un jarabe compuesto por bromoformo y heroína.

—La combinación del bromoformo, que es un sedante —le explicó el farmacéutico—, y la heroína le aliviará la tos. ¡Seguro! —afirmó ante la duda que reflejaba el rostro de Emma mientras hacía girar el frasco de jarabe entre sus manos.

—Conocía los remedios elaborados con morfina —alegó Dalmau, también sorprendido.

—La heroína es un derivado de la morfina. Es más eficaz. Ya lo comprobaréis.

El hombre no se equivocó. Montserrat dormía, aseada, con camisa y sábanas limpias cuando regresaron; Josefa al lado, junto a la ventana, cosía con los ojos casi cerrados. Los accesos de tos que turbaban el sueño de Montserrat desaparecieron tan pronto como su madre le dio de beber una buena dosis del jarabe. Luego, escondiendo la mirada a su hijo, sorteándolo, rehuyéndolo, se encaminó a la cocina para preparar la olla.

—¿Por qué esa actitud si...? —empezó a preguntar Dalmau.

—Se siente responsable... —se adelantó Emma antes de que la terminase—. Y avergonzada.

—¿Avergonzada? —la interrumpió Dalmau extrañado.

—Sí —afirmó Emma con convicción—. Avergonzada por las atrocidades padecidas por Montserrat. Avergonzada por ese cuerpo que ella parió y que quiere más que al suyo propio, profanado por una pandilla de ladrones, malnacidos e hijos de puta. Curioso, ¿verdad? Las mujeres somos así de tontas.

Sí, podían avergonzarse de algo de lo que no tenían la menor culpa, pero a ello tampoco había que añadir la obligación de suplantar a Montserrat y acudir a las monjas del Buen Pastor a recibir catequesis, como acababa de proponerle Dalmau. Emma lloraba de espaldas a su novio en el patio trasero de la casa de comidas. ¿Por qué lo hacía? Por Montserrat o por ella misma. Su amiga se iba recuperando... físicamente, porque espiritualmente su conciencia parecía haber borrado de su vida los traumas sufridos en la cárcel; aunque estaban ahí, Emma los percibía cada vez que se encontraba con ella, lo que era casi a diario. Se quedaban en casa y charlaban, o salían a pasear, a tomar un café o un refresco en el Paralelo si disponían de alguna moneda. Montserrat no tenía trabajo; en su antigua fábrica ni siquiera le permitieron el paso, y en otras textiles a las que acudió tampoco quisieron contratarla. Su nombre había entrado en las listas de indeseables: las listas negras. A partir de ahí, la lucha de clases, los industriales, la burguesía y sobre todo la Iglesia y el clero se habían convertido en verdaderas obsesiones para ella, como si de esa forma pudiera realmente olvidar su pasado reciente y su presente sombrío.

Por más que Emma lo intentase, la conversación con su amiga derivaba siempre hacia la explotación del obrero, o la resignación que propugnaban los curas y con la cual adormecían al pueblo y desviaban la atención del verdadero culpable de sus miserias: el capital. Ella estaba conforme con sus ideas, siempre había sido así, habían luchado juntas en manifestaciones y huelgas, pero la vida era algo más, y poco a poco esa obsesión fue alejándolas hasta que casi dejaron de verse. Josefa rogaba a Emma que lo hiciera, que buscase a su hija, que estuviera con ella, pero su amiga se había refugiado con su hermano Tomás y el movimiento anarquista. Tras el éxito electoral de los republicanos, ese año de 1901 fue el primero en el que los anarquistas disfrutaron de libertad en Barcelona. Se reagruparon, regresaron algunos exiliados, y empezaron a trazar sus proyectos. Aparecieron nuevos periódicos de tendencia libertaria, uno de ellos, financiado por Ferrer Guardia y llamado *La Huelga General*, mostraba explícitamente cuál era su línea de actuación: la huelga general como la máxima expresión de la lucha de clases.

Emma se sonó la nariz, apretó los labios y negó con la cabeza.

—Lo siento. Perdóname —susurró Dalmau poniéndole las manos sobre los hombros.

—¿Perdonarte? —se quejó Emma librándose una vez más de su contacto—. ¿Cómo quieres que me sienta ahora yo? Dices que, si no acude al asilo, volverán a encarcelarla.

Eso era lo que mosén Jacint había advertido a Dalmau tras afirmar que don Manuel no admitiría muchas más excusas ni tardanzas.

—¿Y si no me presto y ella vuelve a entrar en la cárcel? —continuó Emma. Dalmau murmuró algo que no llegó a entenderse, y entonces ella lo empujó con rabia… Dalmau aguantó—. ¿Qué pasará entonces? ¿Será culpa mía que la vuelvan a encarcelar?

—No… —Él la comprendía, y entendía también la responsabilidad que estaba depositando sobre los hombros de su novia, pero no se le ocurría ninguna otra solución.

—¡Sí que lo será! —rebatió Emma—. Sí que lo será —repitió llevándose las manos al rostro para echarse a llorar otra vez—. Sí que lo será —sollozó.

Dalmau intentó defenderse. Tampoco para él era agradable la situación que se había creado, ni el favor que estaba pidiéndole a su novia.

—No me ataques más, Emma. Te lo ruego. ¡Ya es suficiente! Yo solo conseguí la libertad de una muchacha que estaba siendo prostituida y violada en la cárcel. ¡Ella misma me lo suplicó! Mi madre también me lo pidió, y tú. Utilicé el único recurso al alcance de un desgraciado como yo. Ya sabía que mi hermana no iba a transigir, por eso le mentí a ella, y a don Manuel y a mosén Jacint. Y volvería a hacerlo, ¿entiendes? Volvería a actuar exactamente igual —concluyó con firmeza.

—Con idénticas consecuencias.

—No —se apresuró a rebatir Dalmau—, porque si lo repitiera, esto que estoy proponiéndote ahora te lo habría expuesto con anterioridad. Montserrat es tu amiga, os llamáis hermanas. Mi madre es tu madre. Si cuando Montserrat se negaba a salir de la cárcel por no ir a catequesis te hubiera pedido ayuda porque yo no tenía otra solución para liberarla y superar su tozudez, y te hubiera pedido que la suplantaras frente a las monjas, ¿la habrías dejado pudrirse en la cárcel?

Emma respiró profundamente.

—Lo siento —añadió Dalmau limpiándole con la yema de un dedo las lágrimas que resbalaban por sus mejillas. Emma se dejó—. Siento habértelo planteado con tanta crudeza, pero eres la única que puede ayudar a Montserrat. Se ha vuelto loca. Destila odio.

Emma observó a Dalmau y comprendió que su espíritu pugnaba entre las tres mujeres que lo rodeaban. Ella misma, Montserrat y Josefa. Aquel era el hombre al que amaba, y en ese instante hizo suyas sus preocupaciones en toda su dimensión. Dalmau era una buena persona. Se recriminó su dureza y algo se revolvió en su interior, con fuerza, con insistencia. Y tenía razón: si se lo hubiera propuesto cuando Montserrat todavía estaba encarcelada; si la libertad de su amiga hubiera dependido de ella, la habría suplantado, sin duda.

Un esbozo de sonrisa apareció en la boca de Emma. Cogió de la mano a Dalmau y tiró de él hacia fuera del patio.

—Siéntate —le ofreció señalando una de las mesas que estaban al aire libre, en el solar que lindaba con la fábrica de jabones. Con la noche, la canícula veraniega se había suavizado y una brisa agradable refrescaba el ambiente.

Emma lo dejó y volvió con una frasca de vino tinto, dos vasos y un poco de confitura de melocotón que había sobrado de las cenas. La familia Bertrán se afanaba en limpiar y poner en orden un establecimiento en el que ya solo permanecían ocupadas media docena de mesas. Ella se sentó delante de Dalmau y escanció una buena cantidad de vino en los vasos. Dalmau dio un sorbo.

—Bebe —lo animó con un mohín gracioso de la boca.

Él la miró desconcertado.

—¿Pretendes emborracharme? —preguntó.

—Con verte sonreír tengo suficiente —dijo Emma, pero Dalmau no varió el semblante—. Si para ello hay que emborracharte… —Señaló hacia donde Bertrán contaba los dineros del día—. En tal caso dispongo de todo el vino que sea necesario.

—No están las cosas para diversiones.

—Bebe —insistió ella, y se acercó su propio vaso a los labios para dar cuenta de la mitad de este. Dalmau terminó imitándola—. Ahora el resto —le propuso adelantándose de nuevo.

Dalmau también se sumó. Otro vaso. En esta ocasión lo bebieron al mismo tiempo, tras brindar en el aire. Uno más. Se acabó el vino.

—Vamos a emborracharnos —comentó Emma a Bertrán a la hora de rellenar la frasca.

El otro asintió con la cabeza. Luego le dijo que iba a echar a los rezagados que todavía charlaban en las mesas, que apagaría las luces y que se ocupara ella de cerrar.

—¿Te fías de mí? —se burló Emma con una sonrisa.

—No me queda otro remedio.

Cayó la frasca nueva. Dalmau intentó hablar: de don Manuel, de mosén Jacint, de su hermana, de su madre… Emma no se lo permitió.

—Calla y bebe —le exhortaba en cada ocasión—. No quiero oír hablar de nada. Emborrachémonos, Dalmau. Estamos solos. Aprovechemos. Disfrutemos. Bebamos… y echemos un buen polvo.

Hacía casi un mes que no mantenían relaciones sexuales. Las últimas, con el espíritu y la desgracia de Montserrat siempre presente, flotando entre ellos, no llegaron a satisfacer ni a uno ni al otro.

—¿Quieres decir? —dudó él.

—¡Bebe!

Actuaron con la torpeza propia de los ebrios. A oscuras, en el interior de la sala de comidas, no pudieron ni siquiera desvestirse el uno al otro. De pie, trastabillaban y se caían; tumbados sobre una manta en el suelo, fueron incapaces de tirar de unas prendas que parecían querer engancharse en todos sitios. Rieron.

—¡Levanta el culo! —le instó ella—. Si no, no puedo quitarte los pantalones —masculló como si estuviera haciendo un esfuerzo ímprobo.

—¡Si ya lo tengo levantado! —protestó Dalmau alzando todavía más la pelvis al aire.

—Entonces… ¿de qué estoy tirando?

—De la americana —le aclaró Dalmau, y dejó caer el culo al suelo con una risotada—. ¡De la puta americana!

Siguieron peleando con las ropas y sin llegar a desnudarse, con estas a medio quitar, Emma logró alcanzar el pene de Dalmau: flácido.

—¿Qué es esto? —se quejó.

Con el pulgar y el índice de una mano, agarró el pene por el pellejo de la punta, tiró de él y lo agitó como si se tratase de un trapo que estuviera escurriendo al aire.

—¡Eh! —exclamó Dalmau.

—¡Venga! ¡Arriba, bonito! —animó ella directamente al miembro—. ¡Sube!

El alcohol era mucho, pero la juventud y la pasión más, por lo que el pene respondió y se endureció, igual que la humedad que empapó la entrepierna de ella. Jodieron. Lo hicieron sin protección, sin preocuparse de la eyaculación que Dalmau volcó dentro de Emma, provocándole un orgasmo largo y profundo.

Tumbada en el suelo, debajo de él, Emma alzó las piernas por encima de las caderas de Dalmau, las cruzó y apretó para acompañarlo en su éxtasis. Inspiró hondo, y sonrió mientras él gruñía y jadeaba. Buscó su mirada y lo encontró con los ojos cerrados, los párpados tensos, apretados con fuerza. Lo quería. Entonces supo que estaba descargando en ella todos sus problemas y esa certeza la complació.

Se trataba de un edificio grandioso, imponente, como todos los que construían las órdenes religiosas por encima de la avenida Diagonal. Ocupaba toda una manzana entre la Travessera de Gràcia y la calle Buenos Aires. Al lado del asilo de las monjas del Buen Pastor, un correccional para niñas, se alzaba el asilo Durán, el correspondiente para los niños delincuentes, también entre la Travessera de Gràcia y la calle de la Granada. Por encima de ellos quedaba el convento de las Damas Negras.

Emma sabía que un poco más allá, siguiendo la Diagonal, se hallaba la fábrica de azulejos donde trabajaba Dalmau. Al amanecer buscó la ropa y los zapatos más viejos que tenía, se vistió tratando de ocultar sus encantos, aunque difícilmente podría conseguirlo con el calor que amenazaba la jornada y la camisa liviana que tuvo que elegir, y terminó mandando a su prima Rosa a la casa de comidas para anunciar que se retrasaría.

Las monjas del Buen Pastor se dedicaban a evangelizar a las jóvenes extraviadas; formulaban un cuarto voto por el que se comprometían a salvar sus almas. Las niñas y las muchachas se dividían en tres categorías: aquellas que todavía estaban sin viciar; las desamparadas que se consideraba recuperables para el Señor y las verdaderamente extraviadas o definitivamente perdidas. Se trataba de categorías estancas, en forma tal que no existía contacto ni relación entre los diferentes grupos dentro del asilo. Se alojaban en él cerca de doscientas cincuenta niñas y jóvenes. Los costos correspondientes a cerca de un centenar de ellas los satisfacía el Ayuntamiento de Barcelona, que ya hacía años había encargado a la comunidad religiosa la tarea de hacerse cargo del reformatorio y correccional de mujeres de la ciudad; el resto se mantenía gracias a la generosidad de los fieles y a las muchas donaciones que conseguían las religiosas, entre ellas las del piadoso don Manuel Bello.

Emma tiró de la cadena que colgaba a un lado de la puerta enrejada que daba acceso a los patios que circundaban el asilo. Una portera salió de una caseta que había detrás de la puerta y, a través de la reja, le preguntó qué deseaba.

¿Qué era lo que quería? No había llegado a planear esos detalles. Estaba allí por Dalmau, sí, por Dalmau más que por Montserrat. Por esta también, claro, era su amiga. Entendía su reacción: esa obsesión por la política. La habían mancillado, la habían destruido como mujer. En numerosas ocasiones, en el silencio y la oscuridad de la noche, su prima durmiendo inquieta en la cama que compartían —Rosa siempre estaba dando vueltas y vueltas, como si se peleasen con el sueño—, Emma había tratado de ponerse en el lugar de Montserrat; deseando entenderla, quizá participar de su dolor, mitigárselo. Entonces, con el corazón encogido, se imaginaba a sí misma en manos de todos aquellos depravados, siendo violada, forzada a realizar todo tipo de actos indignos y humillantes. A menudo se le escapaban las lágrimas ante el recuerdo del cuerpo sucio, delgado y maltrecho de su amiga. Llegó a tener pesadillas que la despertaban con el corazón acelerado y empapada en sudor. Creyó comprenderla, a ella, y a su hermano. Dalmau no había tenido alternativa; con su mejor voluntad se había metido en un lío sin solución. Emma también había pensado en Josefa. La mujer se había comportado como una madre para con ella. No era justo que sufriera más de lo que lo había hecho hasta entonces.

—¿Qué deseas, muchacha? —la apremió la portera.

Emma resopló mientras la otra la inspeccionaba de arriba abajo.

—Me llamo Montserrat —carraspeó—, Montserrat Sala, y vengo de parte de don Manuel Bello, el ceramista, el de la fábrica…

—Lo sé —la interrumpió la portera cuando Emma señalaba en dirección hacia donde se encontraba la fábrica de azulejos—. Deberías haber venido hace mucho tiempo —le recriminó.

Abrió la puerta, la dejó pasar, cerró y la conminó a seguirla hasta el gran edificio.

—Así que tú eres la anarquista…

La afirmación provenía de una monja de mediana edad y facciones severas, con hábito blanco y toca negra que la recibió rodeada de imágenes sagradas, en un despacho sobrio, oscuro y con olor a viejo.

—Sí —contestó ella con aplomo, en pie frente a la mesa tras la que la monja permanecía sentada.

—Sí…, reverenda madre superiora —la corrigió la otra.

Emma tardó unos instantes en asumirlo, aunque sabía que debía obedecer. Si no lo hacía, su presencia allí no serviría de nada.

—Sí…, reverenda madre superiora —repitió bajando tono y mirada en signo de sumisión. Sonrió para sus adentros; si eso era lo que querían, no las decepcionaría.

—¿Estás dispuesta a aprender la doctrina cristiana y a orar, amar, imitar y abrazar a Dios nuestro Señor?

—Sí, reverenda madre superiora.

—¿Estás dispuesta a servirle toda la vida y a renunciar a Satanás y a su obra, el pecado, y por lo tanto a vivir en el seno de la santa madre Iglesia católica, romana y apostólica?

—Sí, reverenda madre superiora —repitió.

La otra permaneció unos instantes en silencio, examinando a Emma como si pretendiera acceder a sus pensamientos. Al cabo, sin hacer gesto alguno, continuó:

—En este asilo luchamos contra la corrupción del maligno sobre las mujeres, a través de la enseñanza de las artes y los oficios femeninos, amén de la instrucción religiosa. Lo correcto sería que entraras interna como las demás, pero don Manuel no me dijo que debieras aprender oficio alguno ni tampoco que entraras interna, lo que conllevaría un gasto extra. Por lo tanto, acudirás todas las noches…

—Reverenda madre, no… —fue a quejarse Emma.

—Superiora.

—Superiora —repitió la muchacha.

—Reverenda madre superiora —insistió la religiosa.

—Reverenda madre superiora —dijo Emma haciendo esfuerzos por no perder la paciencia.

—Eso es, Montserrat. Y no me interrumpas cuando estoy hablando.

—Pero es que no puedo por las noches —insistió Emma haciendo caso omiso a la advertencia. La madre la interrogó con la mirada—. Desde que… Bueno, salí de la cárcel y no me dieron trabajo en ninguna fábrica. Lo he encontrado en una casa de comidas y es por la noche, precisamente en esas horas, cuando hay más trabajo.

—Servir a Dios no tiene horarios…

—¿No podría ser por las mañanas? ¿Al amanecer? Necesito ese trabajo, reverenda madre superiora. Ayudo a mi madre, que es viuda y trabaja como costurera en casa.

—Aprender un oficio y trabajar es imprescindible para seguir el buen camino —comentó la superiora como si de una clase magistral se tratara—, ese es, como he dicho, el procedimiento elegido por esta orden. No seremos nosotras quienes te impidamos trabajar.

Entonces interrogó a la monja que había acompañado a Emma al despacho una vez que la portera la introdujo en el edificio, y que permanecía en silencio, sin moverse, unos pasos por detrás. La otra debió de consentir con un gesto, dado que la superiora accedió.

—Lunes, miércoles y viernes estarás aquí a las seis en punto de la mañana. Sor Inés te dará las demás instrucciones.

No la despidió. Emma notó que sor Inés la cogía del brazo y tiraba de ella en dirección a la puerta del despacho.

—Gracias, reverenda madre superiora —acertó a decir Emma.

Esa misma noche, a la salida de los escolapios, Emma cogió con dulzura la mano de Dalmau al ver cómo se esforzaba por atajar las lágrimas y superar el nudo que se agarró a su garganta y que le dificultaba el habla hasta no permitirle más que carraspear un escueto «gracias».

Bertrán, por su parte, se quejó de aquellas tres tempranas horas semanales que podían coincidir con las que utilizaban para ir de compras. Varias veces a la semana Emma tenía que acompañar a su jefe al mercado. Emma tenía los sentidos del gusto y el olfato agudizados —Dalmau habría añadido el del tacto—, lo que la facultaba especialmente para reconocer las mercancías adulteradas, un negocio que proliferaba en la Barcelona de aquellos tiempos. Las carnes se falseaban con nievelina, un derivado de la sosa, aunque con ellas no había problema puesto que el tío de Emma, Sebastián, el que trabajaba en el matadero, se ocupaba de su suministro; carne que, según él, provenía de animales sanos y sacrificados bajo estricta vigilancia veterinaria, nunca de animales muertos o enfermos como se vendían en otros muchos comercios de la ciudad. Emma nunca discutió la calidad de las carnes que aportaba el tío Sebastián, por más que a veces el gusto le palpitara con fuerza y le asaltara la duda.

El pan, pese a ser más caro que en la mayoría de las grandes ciudades europeas, se blanqueaba con sulfato de barita; el azúcar molido se mezclaba con polvo de carbonato de cal; los dulces y los pasteles se elaboraban con sacarina y se cargaban con yeso; el café en grano se fabricaba artificialmente; el chocolate se mezclaba con almidón y hasta se vendía a un precio inferior al que costaba el cacao del que representaba que estaba hecho; la cerveza se clarificaba con perdigones y se sustituía el lúpulo por estricnina; el vinagre se fabricaba con ácido acético y a veces hasta con sulfúrico; a la leche se le añadía agua y se desnataba antes de venderla, y mil artificios más se efectuaban para obtener un mayor beneficio en el mercado de la alimentación.

Pero entre todo ello, lo que más se falsificaba era el vino. Cataluña, como toda Europa, sufría la plaga de la filoxera, un insecto que en el año 1901 ya había exterminado toda la viña catalana y empezaba a atacar la valenciana y la de otras regiones españolas. La escasez de uva en Cataluña había supuesto el auge del vino valenciano, sobre todo, así como el procedente de aquellos otros lugares a los que todavía no había llegado el estrago.

El precio del vino se incrementó en un país en el que constituía un alimento de primera necesidad, al mismo tiempo que excitaba la audacia y el ingenio de los embaucadores, unos para aguarlo y añadirle cloruro sódico; otros, más sofisticados, optaban directamente por obtener vino artificial. A los efectos servía cualquier líquido fermentado, aguado para lograr mayor volumen y mezclado después con alcohol industrial alemán, barato, hasta alcanzar el conveniente grado alcohólico. Por último, el brebaje se coloreaba en rojo con fucsina. La gente lo bebía, y había hasta quien lo alababa. Bertrán no tenía inconveniente en servirlo en según qué ocasiones o a según qué comensales, siempre y cuando a él no se lo cobrasen por bueno. Una quinta parte de las muestras de vino que llegaban a los laboratorios municipales estaban sofisticadas o adulteradas.

Y ahí estaba Emma para probar azúcares y vinos, y evitar que engañaran a su jefe. También le gustaba cocinar, y una u otra de las hijas de Bertrán le cambiaba encantada su puesto allí, ante los fogones, con la preparación de los alimentos, el calor, la tensión, los olores y, por encima de todo, los gritos y las órdenes de su madre, por el trabajo como camarera en los dominios del padre: la sala. Luego las tres jóvenes asumían las tareas más ingratas, como fregar suelos y vajilla y limpiar mesas y cocina.

Bertrán necesitaba a Emma, y no le quedó más remedio que ceder y aceptar los argumentos de la muchacha; ya comprarían los demás días.

—¿Qué te importa lo que haga yo a esas horas? —contestó ella a su jefe, bruscamente, para rectificar después y buscar su complicidad—: Colaboro con un ateneo obrero en Gràcia, y es entonces cuando llegan los niños pequeños de las trabajadoras; me han pedido que vaya a echar una mano.

Bertrán sacudió la cabeza, chascó la lengua y la amenazó con que tendría que recuperar el tiempo perdido por la noche.

—¡Ya! Y si quieres voy a dormir contigo también —se revolvió Emma—. Echo más horas en tu negocio de las que hacen en el textil. Quizá no te hayas enterado —ironizó—, pero los obreros luchan por las ocho horas diarias; algunos hasta las han conseguido, los albañiles, por ejemplo, este mismo año.

El otro ladeó la cabeza.

—La vida está muy achuchada, Emma, ya lo sabes.

Era cierto. El Desastre de 1898, como se llamaba a la derrota que supuso la pérdida de las colonias de Cuba y Filipinas y, consecuentemente, del mercado ultramarino, conllevó el cierre de muchas fábricas textiles en Cataluña: cerca del cuarenta por ciento de los trabajadores del sector se quedaron sin empleo. Además, en la provincia de Gerona, al norte de Cataluña, la mecanización introducida en una industria rica y artesanal como era la del corcho, con más de mil doscientas fábricas repartidas a lo largo de doscientas poblaciones, supuso el despido de cerca de diez mil operarios. La mayoría de aquellos desahuciados, los del textil y los del corcho, emigraron a Barcelona para encontrarse con que allí la mecanización de la industria textil que sobrevivía estaba suponiendo la sustitución de la mano de obra masculina por la femenina, más hábil con la maquinaria y mucho más barata. En la Ciudad Condal, pues, iban acumulándose miles de trabajadores desempleados, poco cualificados y analfabetos en su mayoría.

Aquel era el gran enemigo de anarquistas y republicanos: la ignorancia. «El obrero tiene la obligación de instruirse y combatir la ignorancia», rezaba una de las máximas en boga. Los anarquistas sostuvieron el enfrentamiento entre la razón científica y el teísmo para concluir que Dios y el hombre eran antagónicos. La Iglesia educaba en los valores del conformismo y la resignación cercenando de esta manera la libertad de las personas y su capacidad de raciocinio. La educación del obrero que lo hiciera libre y juicioso era imprescindible para conseguir la anhelada revolución social.

Fue una época en la que proliferaron las escuelas adscritas a los ateneos obreros. Por su parte, el anarquista Ferrer Guardia pretendía abrir la Escuela Moderna, en la que se proponía sustituir el estudio dogmático por el razonado de las ciencias naturales. Y los republicanos, encabezados por Lerroux, se volcaron en crear escuelas en sus casas del pueblo y fraternidades, a todo lo cual había que añadir las escuelas públicas municipales.

En cualquier caso, la educación de la infancia y la juventud barcelonesas se hallaba mayoritariamente en manos de las grandes órdenes religiosas, con sus colegios magníficos y monumentales que humillaban a aquellas escuelas privadas ubicadas en algún piso de un edificio, sin instalaciones ni recursos, y en las que un solo maestro impartía clases a una veintena de alumnos heterogéneos, de edades y conocimientos dispares.

Si Dalmau había tenido la fortuna de estudiar en la escuela de la Llotja de Barcelona, Emma lo había hecho en un ateneo obrero, donde le enseñaron a leer y escribir, a contar y sumar, a cocinar, a coser, a bordar y poco más antes de que empezara a trabajar, primero en el matadero, con su tío, durante poco tiempo, y luego en la casa de comidas de Bertrán.

Ahora, con las monjas del Buen Pastor, en especial con sor Inés, no le quedó más remedio que reconocer el espíritu y la dedicación de las religiosas por cuidar y enseñar oficios a aquellas jóvenes, algunas normales, otras descarriadas; unas virtudes de las que ya le había hablado Dalmau refiriéndose a los escolapios:

—Cobran a algunos, cierto —le había contado—, pero eso no es más que para poder enseñar gratuitamente a muchos otros. Hay cerca de seiscientos estudiantes que acuden a los escolapios de forma gratuita, la gran mayoría de ellos hijos de obreros o trabajadores; gente humilde que vive aquí, en el barrio de Sant Antoni o en el del Raval.

—Pero a esos les enseñan religión —se quejó Emma.

—Claro —respondió él encogiéndose de hombros—. No les van a enseñar a ser anarquistas. Son curas. Enseñan religión.

Esa era la contestación que le había proporcionado mosén Jacint cuando Dalmau le mostró el mismo reparo en las conversaciones que mantenían.

—Ya —accedió Emma.

—Seiscientos niños de familias humildes con pocos recursos son muchos niños, Emma. Los maristas y los salesianos también acogen otros tantos de igual condición —añadió Dalmau—. No les cobran.

—Ya —repitió Emma. Callaron durante unos instantes—. ¿Nos estamos haciendo cristianos? —bromeó con un simpático mohín en la cara—. Soy cristiana por la gracia de Dios —recitó ahora con fingida seriedad el precepto que sor Inés le había enseñado ya el primer día—. ¿Qué quiere decir «cristiano»? —continuó, elevando la voz—: Hombre de Cristo —contestó ella misma—. ¿Qué entendéis por «hombre de Cristo»? Hombre que tiene la fe de Jesucristo, que profesó en el bautismo, y está ofrecido a su santo servicio.

Dalmau dio un manotazo al aire antes de interrumpirla.

—No. No tiene nada que ver con eso. Pero hay muchos… muchísimos religiosos dedicados a la enseñanza, a la beneficencia y a la sanidad. Lo hacen gratis. Por los pobres. Se entregan a esa causa, como lo hace mosén Jacint. Eso hay que reconocérselo.

—¿Y renegar de nuestros principios proletarios? —lo interrumpió ella con brusquedad—. ¡Nuestros padres murieron defendiendo esos ideales! ¿Dónde quedaría la lucha obrera?

Durante los meses que restaban del año 1901, Emma continuó yendo a clases al asilo de las monjas del Buen Pastor. Se levantaba antes del amanecer para poder estar allí a las seis en punto. La portera le franqueaba el paso; ya no la acompañaba. Emma escuchaba el ajetreo que producían las internas; en ocasiones se había cruzado con alguna, o las había visto en las ventanas al acercarse al edificio, pero tal como entraba en él, sor Inés, puntual siempre, la llevaba a una habitación alejada de ruidos y correteos para continuar con su proceso de evangelización. Nadie había dudado que fuera la hermana de Dalmau. Tampoco tenían ninguna razón para ello.

—Lee —la conminó la monja después de saludarla y entregarle el catecismo.

—¿Cuál es la señal del cristiano? —obedeció ella—. La Santa Cruz. Las naciones, los reinos y los pueblos tienen sus señales que los distinguen. Los cristianos somos la nación santa, el reino de Jesucristo y el pueblo de su adquisición, y tenemos por distintivo la señal de la Santa Cruz. Esta es la gloriosa divisa que desde el principio del cristianismo tomaron los cristianos.

—¿Lo entiendes? —le preguntó sor Inés.

¡Claro que lo entendía! En su lugar contestó con un sí apocado.

—Repite.

«Repite, repite, repite. ¿Lo entiendes? Continúa leyendo.»

—¿Por qué? Porque es figura de Cristo crucificado, que en ella nos redimió. Si el pueblo cristiano se hubiera dirigido por la prudencia humana, no habría tomado por distintivo la imagen de Jesucristo crucificado en el Calvario, sino la de Jesucristo glorificado en el Tabor; pero este pueblo que nació al pie de la cruz y que debía alimentarse de sus frutos eligió, guiado de una prudencia divina, esta misma cruz que representando a Jesucristo clavado en ella está predicándole siempre el amor inmenso de un Dios que muere por salvarlo.

—Repite.

—¡Repetir, repetir, repetir! ¡Eso es cuanto hago todo el tiempo!

Emma observó a su novio torcer el gesto, como si se compadeciera. Percibía que, desde que había empezado a quejarse, Dalmau evitaba cualquier comentario sobre los escolapios. No los alababa, como hacía antes, por volcarse en la educación de los humildes, pero tampoco los criticaba, como ella hacía con las monjas del Buen Pastor.

Otro día, otra sesión:

—¿Qué cosa es santiguar? Hacer una cruz con el índice y el corazón de la mano derecha, desde la frente hasta los pechos y desde el hombro izquierdo hasta el derecho, invocando a la Santísima Trinidad. En el nombre del Padre y del Hijo y del Espíritu Santo, Amén. Después de habernos signado, haciendo tres cruces sobre aquellas tres partes de nuestro cuerpo en que el alma ejerce principalmente sus operaciones, y armado con ellas para defendernos del mundo, del demonio y de la carne, nos santiguamos, haciendo desde la frente hasta los pechos y desde el hombro izquierdo hasta el derecho, una cruz grande que las abraza todas; y con ellas como que acabamos de armarnos para hacer las peleas de nuestra salvación bajo la protección de la Santísima Trinidad, en cuyo nombre nos santiguamos.

—Repite.

—Es una hora entera, Josefa. Una hora entera repitiendo, aprendiendo de memoria el catecismo.

La madre de Dalmau y Montserrat había interrumpido la costura, pero seguía sentada tras la máquina, desde donde agradecía a Emma el calvario que estaba padeciendo por su hija. Emma quería ver a su amiga, charlar con ella, aunque fuera de política, mirarla, tocarla, reír. Si era posible, recuperar una amistad que le costaba muy cara. El problema era que Montserrat no aparecía. Permanecía escondida con Tomás, en casas de anarquistas, preparando la revolución. «¡A saber con quién convive! —se quejaba entonces Josefa—. Ya sabes cómo son los anarquistas. Lo que me costaba controlar a mi Tomás.» Emma lo sabía: eran bastante promiscuos. Defendían el amor libre, el sexo como exponente del instinto natural en contraposición a la moral burguesa represora y a la institución familiar en la que la mujer ocupaba una posición secundaria, siempre subyugada, esclavizada al hombre, sostenían muchos de ellos. La familia no era otra cosa que el reflejo del autoritarismo estatal a un nivel más personal; un pequeño Estado, y como tal reprobable, con sus normas estrictas y su moral sexual inhibida. El matrimonio, la monogamia y la fidelidad, incluso los celos, no eran más que instrumentos represores de las personas en manos de Iglesia y autoridades. No haría ni un año, el verano anterior, un grupo de ellos las había invitado a bañarse desnudas en la playa de la Barceloneta, al anochecer. Emma y Montserrat discutieron la posibilidad. «Yo tengo novio», alegó Emma. «No se lo digas», le aconsejó su amiga. Fueron, pero solo a espiar.

—Repite conmigo: ¿Cuál es el sexto? No fornicar. ¿Qué se manda en este mandamiento? Que seamos limpios y castos en pensamientos, palabras y obras.

Paseaban por la ronda de Sant Antoni en dirección a la universidad y Dalmau acababa de rozarle el culo con dos dedos, de forma casi imperceptible.

—Podríamos buscar algún sitio… —le susurró al oído después—. Quizá en casa de tu tío.

Emma casi deja escapar una carcajada cuando lo vio detenerse, volverse y mirarla con los ojos tremendamente abiertos después de recitarle el sexto mandamiento; lo tenía fresco en la memoria, esa misma mañana lo había repetido una y otra vez. Sin embargo, no llegó a reírse; se sentía demasiado hastiada de la situación.

—Pero ¿a qué viene esto? —preguntó Dalmau, que trató de abrazarla.

Ella escapó.

—No debemos tocarnos —le advirtió—. ¿Acaso no te enseñan los mandamientos de Dios esos escolapios? Escucha: la ira se vence sujetando el corazón. Fácil, ¿no? Y la envidia, sofocándola dentro del pecho, y ahí se nos queda a veces —sentenció—. Pero la lujuria no se vence así, sino huyendo de ella. —Emma dio un paso atrás para respaldar sus palabras—. Es tan sucia esta pasión que mancha cuanto toca, y para que no nos manche es necesario que no nos toque.

—No hablarás en serio, cariño. —Dalmau intentó sonreír.

—Totalmente.

Y lo invitó a continuar paseando, separados, sin rozarse las manos.

—¿Qué final tiene toda esta farsa? —inquirió Emma unos pasos más allá, ya delante de la universidad, un edificio de fachadas y líneas sobrias, magnífico en su interior según le habían contado, formado por un cuerpo central y dos laterales, ambos rematados en torres, y que albergaba la facultad de Letras, la de Derecho y la de Ciencias, así como la escuela de Arquitectura y el instituto Balmes.

Dalmau no supo contestar. Podían descubrir la impostura de Emma, o detener a Montserrat en alguna de las muchas redadas que se llevaban a cabo contra los anarquistas. Él no podía hacer nada, pero era consciente de que, en uno u otro caso, además de las consecuencias para las muchachas, probablemente leves en el caso de Emma por la simple suplantación de una persona, don Manuel se vengaría en él.

—¿Me bautizarán? —preguntó Emma, arrancando a su novio de sus pensamientos.

—¡No! —exclamó Dalmau.

—¿Entonces?

La respuesta les llegó el 16 de diciembre. En esa fecha, los trabajadores de las principales fábricas e industrias metalúrgicas de Barcelona se declararon en huelga. Fundidores de hierro, cerrajeros, caldereros, lampistas, latoneros, hojalateros y obreros de otros oficios relacionados reclamaban un aumento salarial y la reducción de su jornada laboral en una hora, dejándola en nueve en lugar de diez, para combatir los estragos que el desempleo estaba causando y así poder contratar un mayor número de trabajadores.

Los huelguistas se dividieron en piquetes de treinta personas aproximadamente y se lanzaron a recorrer la ciudad para obligar a cerrar a los díscolos. Un día más tarde, a primera hora de una mañana tormentosa que anunciaba el frío del invierno ya próximo, Montserrat se presentó en la casa de comidas de Bertrán, que la vio entrar, la reconoció y la dejó pasar, más preocupado por los otros veintinueve que rondaban la puerta, gritando consignas y amilanando a la gente.

No fue necesario que llegase hasta la cocina; las que estaban allí salieron a la sala advertidas por el alboroto. Emma se sorprendió ante la presencia de una Montserrat tremendamente excitada. Llevaba meses sin ver a su amiga.

—¡Vamos, compañera! —animó Montserrat a Emma, con el puño cerrado en alto, entre las mesas—. ¡A la lucha!

Muchos de los obreros que estaban en el local vitorearon a Montserrat. Algunos se levantaron bruscamente. Platos y copas se volcaron y cayeron al suelo. Media docena de los metalúrgicos que estaban fuera, empapados por la lluvia, entraron. Bertrán suplicó con la mirada a Emma que sacase de allí a su amiga. El griterío en el interior de la sala fue en aumento. Un hombre fuerte y corpulento obligó a levantarse de la mesa a unos comensales que no lo habían hecho. Uno de ellos, enclenque pero malcarado, se enfrentó a él. La esposa de Bertrán, consciente del peligro de la situación, empujó a Emma hacia su amiga.

Emma dudó, pero la mujer se lo rogó sin disimulo:

—¡Ve con ella o destrozarán el local!

El pequeño malcarado salió despedido de un empujón y cayó con estruendo sobre una mesa. Las risas se confundieron con más insultos contra curas y burgueses.

Montserrat mantenía el puño en alto, pero ahora ya sin tensión, los ojos entornados hacia Emma; no le había pasado inadvertida su apatía. Bajó el brazo.

La esposa de Bertrán volvió a empujarla, esta vez con más fuerza.

Emma negó con la cabeza en dirección a su amiga, separadas por un par de mesas vacías, sin entender del todo qué sucedía. Esa misma mañana, antes de que dieran la seis, corría aterida, la ciudad repentinamente iluminada por los rayos, hacia el asilo de las monjas del Buen Pastor. «¿Qué virtudes proporcionan los sacramentos juntamente con la gracia? Principalmente tres, teologales y divinas. ¿Cuáles son? Fe, esperanza y caridad.» ¡Era capaz de repetirlo sin dudar! Sor Inés se lo había inculcado hacía unas pocas horas, en una habitación mal iluminada y fría en la que Emma tiritaba a causa de la ropa mojada que se adhería a su cuerpo. Todo eso lo hacía por Dalmau y Josefa, pero también por su amiga, también por ella, ¡claro que sí!, para que creyeran que estaba siendo evangelizada y no la encarcelaran de nuevo. Y ahora Montserrat estaba

103

allí, eufórica, rebosante de vida, invitándola a unirse a la lucha obrera.

Emma todavía notaba los bajos de la falda húmedos, después de haberse secado al amparo del fuego de la cocina. Le molestaban. Seguían rozándole las piernas y recordándole su carrera hasta el asilo. ¿De qué servía todo su esfuerzo si después Montserrat encabezaba los piquetes huelguistas? «Fe, esperanza y caridad.» Rio y negó con la cabeza.

—No —contestó a Montserrat.

—¿Te has aburguesado? —se burló la otra, originando la expectación de los más cercanos a ellas en el comedor.

Emma se señaló con las manos abiertas al mismo tiempo que se miraba con expresión de desdén.

—¿Quieres venir a limpiar los platos conmigo? —le preguntó a modo de respuesta—. Dentro de unos minutos habrá muchos sucios —añadió abarcando las mesas con un movimiento de la mano.

—¡Quédate a fregar! —la despreció Montserrat. Luego alzó de nuevo el puño—. ¡Huelga! —gritó.

Los miembros del piquete se sumaron a la llamada de Montserrat y abandonaron tumultuosamente el local, dejándolo en un silencio que se alargó unos instantes hasta que Bertrán lo quebró:

—¡Recoged todo lo que ha caído! —ordenó a las mujeres.

La huelga de los metalúrgicos no consiguió doblegar a la patronal. Transcurrieron dos semanas, y los carreteros, los carpinteros y los estibadores de carbón del puerto se sumaron al paro. Los actos violentos se sucedían: un patrono recibió a tiros al piquete que trataba de cerrar su taller, y hubo tres heridos. Los piquetes coaccionaban y hasta agredían a quienes no seguían la huelga. A principios de enero de 1902, la Guardia Civil cargó a caballo contra tres mil obreros, muchas mujeres entre ellos, reunidos en el lugar conocido como La Mina, junto al río Besos. Numerosos heridos y cuarenta detenidos. La hija pequeña de un obrero de la metalurgia falleció de inanición. Los huelguistas no tenían dinero para alimentar a sus familias. El cortejo fúnebre superó las tres mil personas.

A finales de enero, las sociedades de resistencia obrera pedían a la gente una donación de diez céntimos semanales para ayudar a los huelguistas y a sus familiares.

Montserrat, que hasta entonces había estado volcada en cuerpo y alma en la lucha, durmiendo incluso en la calle, vigilando, empezó a aparecer de nuevo por casa de su madre. Llegaba por las noches, a cenar, y luego volvía a marcharse. Dalmau ganaba un buen sueldo y le constaba que hasta disponía de ahorros. En casa de Josefa no faltaba la comida. Primero se llevó los restos para alimentar a los compañeros, días después acudió incluso con alguno de ellos.

Dalmau intentaba no estar presente en aquellas cenas y alargaba su trabajo hasta la madrugada. Sabía del desplante de su hermana hacia Emma, que había decidido dejar de acudir al asilo de las monjas para ser evangelizada.

—¡Que la jodan! —exclamó ante Dalmau refiriéndose a Montserrat.

Y eso era lo que Dalmau temía que sucediese. Mosén Jacint le recriminó que su hermana hubiera dejado de acudir a catequesis. Don Manuel también lo hizo:

—Di mi palabra de honor al capitán general, hijo —le advirtió—. Si tu hermana falla, deberá regresar a prisión.

—¿No le sirve mi entrega personal? Puedo hacer mucho más, don Manuel. ¿No sería suficiente? Montserrat no se siente bien… Lo pasó muy mal en la cárcel y no se ha recuperado del todo. A veces… a veces no quiere salir de casa.

El maestro asintió con los labios prietos, no del todo convencido.

De momento estaba a salvo, pensó Dalmau mientras se dirigía hacia su casa pasada la medianoche. Don Manuel parecía haber creído sus excusas, o al menos las había aceptado. Y si él no denunciaba, ni el ejército ni la policía se preocuparían de ir a detener a su hermana: problemas más graves se veían obligados a afrontar.

En cuanto abrió la puerta de su casa lo asaltó el cansancio. Acostumbraba a sucederle: ya había cenado y deseaba acostarse. Paco, el portero, solía ir a buscarle la cena a una casa de comidas cercana, y se la subía al taller, en la mayoría de las ocasiones seguido por los dos chiquillos que habían hecho de la fábrica su hogar, por si pillaban algo, lo que siempre sucedía. Esa noche, sin embargo, se topó con su madre y su hermana esperándolo en la primera pieza a la que se abría la puerta: la cocina, comedor y sala de estar.

—¿Es cierto lo que madre me ha contado? —inquirió de improviso Montserrat, que ni siquiera saludó a su hermano.

Dalmau resopló mientras se quitaba el abrigo.

—Supongo que sí —contestó sentándose a la mesa a la que ya estaban ellas dos—. Si madre te lo ha contado.

—¿Es verdad que Emma me ha suplantado ante las monjas?

Dalmau miró a Josefa.

—Se me ha escapado —se excusó ella—. No podía permitir que siguiera dudando de los principios de Emma. Era como si estuviera insultándola todo el rato.

—¡Y no me retracto de esos insultos, madre! ¡Que me haría cristiana! —exclamó Montserrat en el tono más despectivo posible.

—No solo eso —la interrumpió Dalmau con voz cansina. Ni siquiera la sorpresa del encuentro y la posterior inquietud ante las palabras de su hermana habían conseguido que su cuerpo respondiese con vigor; es más, que Montserrat estuviera al tanto de todo ello lo relajó de forma contundente—. También le prometí que yo me convertiría, y que daría clases de dibujo donde los curas, en los escolapios, ahí al lado. —Señaló hacia atrás con el pulgar—. Y lo hago. Y aguanto los sermones de mosén Jacint… No es mal hombre —añadió—, pero los aguanto por ti.

—¡Por mí! —estalló Montserrat—. Tú y Emma…, ¡madre incluso!, ¿creéis que lo habéis hecho por mí? ¿Someterme al chantaje de curas y burgueses? ¡La escoria de la sociedad! ¡Me habría quedado encerrada! Te lo advertí cuando me lo propusiste en la cárcel.

Dalmau la miró sin reconocerla. La ira encendía su rostro; los ojos pretendían traspasarlo. Todos se habían entregado por ella, pero su generosidad no era siquiera agradecida. La lucha obrera, un odio visceral hacia burgueses y católicos cegaba a su hermana.

—Es posible —sentenció con gravedad—. Tú me pediste que te sacara de allí, ¿recuerdas?

Montserrat hizo ademán de intervenir, pero Dalmau la detuvo poniendo una mano sobre la suya por encima de la mesa. Aquel gesto de cariño sorprendió a la joven y permitió continuar a Dalmau:

—Lo siento, probablemente me equivoqué. Seguro —reiteró al mismo tiempo que se levantaba y se encaminaba hacia su dormitorio—. Buenas noches. ¡Ah! —agregó antes de cerrar la puerta del cuarto tras de sí—. Es probable que vengan a detenerte otra vez. Emma ya no acude a las monjas.

—¡Pues que detengan a Emma! —oyó que gritaba Montserrat mientras él se introducía en su habitación sin ventanas—. ¿No es ella la que ha incumplido? —aulló trastornada.

No se buscaron la una a la otra. Dalmau confesó a Emma la discusión mantenida con su hermana. Intentaba hallar en su novia la comprensión y el afecto que le había negado Montserrat. Estaba convencido de haber hecho lo que debía; su hermana se lo suplicó con lágrimas en los ojos, su madre se lo exigió y su propio espíritu se lo demandaba, pero solo consiguió desprecio.

—¡Será desagradecida! —se quejó Emma—. Todas las mañanas que he pasado repitiendo estupideces sobre Dios, la puñetera Virgen y todos los santos, y ni siquiera es capaz de dar las gracias. ¿Y dices que además me lo echa en cara?

Sin embargo, las dos mujeres se encontraron.

Las huelgas de ciertos oficios continuaban, pero los del metal no conseguían sus reivindicaciones. La patronal se mantenía firme en su negativa a concesión alguna pese a las advertencias por parte de algunos políticos de izquierdas de que aquello podía derivar en un baño de sangre. La situación se tornó insostenible y el domingo 16 de febrero de 1902 se celebraron en Barcelona más de cuarenta mítines solidarios. A uno solo de ellos, al celebrado en el Circo Teatro Español, en el Paralelo, acudieron más de tres mil personas y se hallaban representadas treinta sociedades obreras.

En todas aquellas reuniones los anarquistas abogaron por la huelga general. Al día siguiente, 17 de febrero, cien mil trabajadores paralizaron Barcelona. Esa misma mañana se produjeron los primeros enfrentamientos con la Guardia Civil, que dejaron el resultado de varios muertos y heridos. De nuevo los piquetes compuestos por mujeres provistas de banderas rojas fueron los más activos, consiguiendo el cierre de fábricas y comercios. Los transportes se detuvieron, los periódicos dejaron de publicarse, el matadero cerró y los huelguistas impidieron el acceso de cualquier mercancía a la ciudad. Los militares asumieron el mando, declararon el estado de sitio y los soldados tomaron las calles armados con máuseres y ametralladoras. Ca Bertrán cerró. Y los colegios. La fábrica de azulejos de don Manuel Bello también, y el maestro y su familia, como muchos otros burgueses e industriales adinerados, abandonaron Barcelona para refugiarse en sus residencias de verano en el Maresme o en Camprodon. Pese al cierre, Dalmau acudía a diario a la fábrica. Paco le abría con discreción. Entonces dibujaba y pintaba, en un silencio estremecedor y casi a oscuras para no llamar la atención de los piquetes. Dibujaba a su hermana, hizo mil retratos de Montserrat.

Durante aquellos días, el pueblo levantó barricadas en las calles: sacos terreros, muebles viejos, algún carro, adoquines… Tres días después del inicio de la huelga, Emma permanecía parapetada tras una de ellas, alzada a la altura del mercado de Sant Antoni, junto a cientos de huelguistas; conocía a muchos de ellos, del barrio, de la casa de comidas, gentes hastiadas de sus condiciones de trabajo. «¡Burgueses, meditad!», se gritaba con el puño en alto. Tal era la proclama que aparecía en los miles de carteles pegados en los muros de Barcelona.

Llovía. Llovía con fuerza.

El rumor de que una unidad de soldados se dirigía hacia allí hizo que la gente se dividiera: unos acudieron a reforzar, siquiera con su presencia, la barricada, Emma entre ellos; otros se retiraron hasta una distancia que consideraron prudencial desde donde continuaron gritando, aunque sus arengas se oían teñidas por el miedo. Sin embargo, antes de que los soldados llegaran lo hizo un piquete de mujeres anarquistas entre banderas rojas empapadas que enarbolaban y agitaban con vigor para que la tela ondease. Emma localizó a Montserrat: esta encabezaba el grupo de libertarias, y se la veía sofocada y alterada, dando órdenes, con la voz ronca de tanto gritar.

Montserrat y Emma se encontraron tras la barricada. Las dos empapadas. Las ropas pegadas a sus cuerpos y el cabello a sus rostros, las gotas de lluvia deslizándose por él.

—¿Qué haces aquí? —le escupió Montserrat, una frente a la otra—. Mejor estarías rezando en la iglesia.

—Si yo no hubiera ido a la iglesia, serías tú la que no estaría aquí. Ingrata.

—No tengo nada que agradecerte. No te pedí nada, nada te debo. ¿Lo entiendes?

—Qué fácil es decirlo ahora, fuera de la cárcel de Amalia. ¿Acaso no le pediste a tu hermano que te sacara de allí? ¿No se lo suplicaste llorando?

Discutían sin reparos delante del grupo de mujeres que había acompañado a Montserrat, y esta se vio obligada a fortalecer su liderazgo tras las palabras de Emma:

—Entré en la cárcel por defender la misma causa por la que luchamos ahora. Nunca estuve dispuesta a salir de ella para que mi nombre, mi lucha o mis ideales se arrastraran de tu mano o de la de mi hermano por un convento, un asilo o una iglesia.

Algunas mujeres asintieron en murmullos y Emma intentó reconocer en ellas a las que las acompañaban en otras ocasiones, pero no lo consiguió. Todas eran nuevas, libertarias duras.

—Me detuvieron y encarcelaron por anarquista —continuó Montserrat—. Si hubiera muerto en prisión lo habría hecho por esto, igual que mi padre. ¡Orgullosa de mis convicciones! ¡De la revolución!

Las afirmaciones de Montserrat alzaron en vítores a muchas de sus compañeras. Las banderas rojas volvieron a ondear. Alguien empujó a Emma para alejarla del grupo, como si fuera el enemigo, una renegada que no pudiera permanecer tras esa barricada. Montserrat la persiguió con la mirada y la señaló con el dedo.

—¡No tenías derecho a suplantarme!

Emma, ahora empujada por más libertarias, trataba de no perder de vista a Montserrat, asustada ante el odio y la ira que destilaba quien había sido su amiga. Y aún lo era, al menos en el corazón de Emma. Ella la quería y nunca había tenido intención de perjudicarla.

—Eres una traidora que se pliega y se somete a los curas y a los burgueses, al capital —continuó la otra, sin compasión.

Unos disparos interrumpieron la diatriba de Montserrat. Provenían de los tejados, de los francotiradores que los huelguistas habían dispuesto y que trataban de alcanzar a los soldados que se acercaban por el otro extremo de la calle.

—¡Traidora! —gritó de nuevo Montserrat señalando a Emma.

Los militares montaron una ametralladora frente a los revolucionarios a suficiente distancia para que las armas viejas y obsoletas de los huelguistas no pudieran hacer blanco en ellos. Un oficial intimó a los rebeldes a que desalojaran la barricada y dejaran libre la calle. Las mujeres anarquistas, agazapadas tras la precaria empalizada, enarbolaron sus banderas y las ondearon con pasión por encima de esta, en clara contestación a las exigencias de los soldados.

Emma se vio arrastrada por un grupo de huelguistas que huía de la barricada y que corrió a ponerse a salvo. No quería perder de vista a Montserrat. Trastabilló y se encontró sola en la calle, la mayoría de la gente por detrás de ella, alejada; las anarquistas con sus banderas rojas y algunos huelguistas parapetados por delante, y más allá, los soldados. Montserrat continuaba en pie, de espaldas a la barricada, mirándola.

Emma abrió los brazos, las lágrimas corrían por sus mejillas.

Sonó otro disparo, hueco, desde uno de los tejados. Un anciano que se resguardaba en un portal llamó la atención de Emma y le indicó que corriera a esconderse con él. Dos de las anarquistas, por su parte, instaron con gestos a Montserrat a que se agachase y se resguardara junto a la barricada. Ninguna hizo caso.

—¡Hermana! —gritó Emma.

—¡No! —contestó la otra, en pie, firme—. ¡No soy tu hermana!

—¡Te quiero!

—¡Escondeos! —advirtió una de las mujeres.

—¡Al suelo! —chilló otra.

No hubo tiempo.

Una ráfaga de ametralladora barrió la calle. Los disparos continuados, que reverberaron en los muros de los edificios, sonaron mil veces más fuertes y secos que los de los francotiradores.

Emma vio la cabeza de su amiga sacudirse violentamente hacia delante, como si quisiera escapar del cuerpo que la sostenía, mientras su rostro explotaba. Luego Montserrat cayó de bruces al suelo, inerte, donde la sangre roja y brillante se diluyó en los charcos que la lluvia había dejado.

4

Dalmau procuraba no separarse de su madre en el velatorio de Montserrat; tampoco habría podido. No deseaba hablar con nadie; explicar de nuevo lo sucedido, volver a oír pésames, lamentos y desgracias ajenas, como si el sufrimiento de los demás pudiera ser capaz de consolar un ápice la pérdida de su hermana. El cadáver de Montserrat se hallaba en el comedor, de cuerpo presente, aunque con la caja cerrada, tanto por el olor que ya desprendía como por los desgarros que mostraban uno de sus ojos y parte de la nariz, por donde había salido la bala. En plena huelga general no habían conseguido un servicio funerario que estuviera dispuesto a disimular los daños y maquillarla para que Josefa pudiera despedirse de ella. ¡Irónico!, se había repetido una y otra vez Dalmau.

Allí, en el interior del piso, también en los descansillos y hasta en la escalera, por más estrecha que era, incluso en la calle, se amontonaban Tomás y algunos camaradas; la mayoría de las mujeres de las banderas coloradas de la barricada, algunos parientes lejanos, vecinos, amigas y compañeras de la fábrica. El ambiente era tenso: había corrido la voz entre todos ellos de que los militares habían matado a Montserrat aprovechando que discutía con una amiga y se había puesto a tiro.

«¿Con quién?», preguntó alguien. Fueron muchas las que hablaron. «Una chica que se llama Emma.» «La novia del hermano.» «Claro que la conocéis: su amiga íntima, de toda la vida, como una hermana.» «Dicen que eso fue lo último que le dijo: "Hermana".»

«¿Quién a quién?» Preguntas y respuestas, suposiciones que terminaron convirtiéndose en falacias corrían escalera arriba y entraban en el piso hasta silenciarse poco antes de llegar a los pies de Josefa, quien, de negro riguroso, estaba sentada impertérrita en una silla al lado de la caja que contenía el cadáver de su hija y que sus otros dos hijos no le habían permitido ver.

«¡Imprudente!» «Yo empujé a esa chica para que se fuera de la barricada, y sin embargo se quedó en medio. Justo en mitad de la calle, como si retase a Montserrat.» «Yo también la empujé.» «¡Ahí donde se quedó no podían alcanzarla las balas de los soldados!» «Ahí detrás hay una que sostiene que lo hizo aposta.» «Le tenía envidia.» «¿Quién?» «¡La chica esa!» «Hija de puta.»

Emma, que había pasado la noche en vela en la casa junto a Josefa, Dalmau y Tomás, no pudo volver a entrar en ella a la vuelta de la suya tras asearse y ponerse un vestido negro que le prestó una vecina para el entierro previsto para esa mañana. Había dejado de llover, aunque el cielo gris amenazaba con descargar de nuevo. Barcelona aparecía totalmente embarrada, sucia, y las calles olían peor que de costumbre debido a la lluvia, las alcantarillas y los pozos negros estaban desbordados y el agua estancada en el subsuelo.

Emma caminaba del brazo de su prima Rosa, y ambas decidieron no conceder importancia a los comentarios susurrados a su paso por la calle Bertrellans, allí donde esperaban algunas personas. Las dos muchachas se interrogaron con la mirada. No podía ser, se dijeron la una a la otra en silencio, lo habrían oído mal… No podían referirse a ella.

—¿Nos permite? —tuvo que rogar Rosa a una mujer que les impedía el ascenso al segundo piso del edificio.

En la escalera no cabían dos personas de lado; cuando se cruzaban los vecinos, uno de ellos tenía que pegar la espalda a la pared para que el otro lo superase.

La mujer no se movió.

—Perdone —insistió Rosa—, tenemos que subir. ¿Nos permite?

—No —gruñó la otra.

—Es que ella es…

Rosa señaló a su espalda, a Emma.

—Ya sabemos quién es. La ramera responsable de la muerte de nuestra camarada.

Luego escupió en dirección a Emma, pero el escupitajo acertó en la cadera de su prima.

—¿Qué hace? ¿Se ha vuelto…? —preguntó Emma, atónita.

Un par más de mujeres se asomaron por detrás de la primera antes de que Emma terminase su pregunta. Todas furiosas, los rostros crispados de ira. «Lárgate.» «Vete.» «¡No te queremos aquí!» «¡Asesina!»

Les escupieron, les gritaron y las insultaron. Cada vez eran más las caras que asomaban en la escalera. Cuando intentaron agredirlas, Rosa reculó asustada y a punto estuvieron de caer escalera abajo. Abandonaron corriendo el edificio.

—¡Largo de aquí! —les insistieron los que esperaban en la calle, cuando se creían a salvo de las libertarias.

—¡Eso que dicen es mentira! —trató de defenderse Emma, el rostro tan enrojecido por la ira como el de las anarquistas que las habían acosado—. Yo nunca habría hecho daño a Montserrat. Era mi amiga.

Si algunos de los que estaban en la calle parecían dispuestos a escucharla, no sucedió lo mismo con cuatro mujeres que aparecieron por la puerta dispuestas a terminar lo iniciado en la escalera. Sin mediar palabra se abalanzaron sobre Rosa y Emma y les propinaron manotazos y patadas. Nadie salió en su defensa. Emma trató de defenderse, Rosa también, y consiguieron devolver algún golpe, pero en el momento en el que vieron salir más mujeres del portal, decidieron escapar corriendo.

El alboroto producido en la escalera y en la calle no llegó a oírse en el segundo piso, donde la gente, ya perdida la circunspección, charlaba en voz alta a la espera de partir al cementerio.

—¿Y ahora qué hacemos? —preguntó Rosa a su prima.

—No me perdonaría nunca que Josefa viviera algún tipo de conflicto en el entierro de su hija. Será mejor que nos vayamos.

Llevaba toda la noche llorando. Sufriendo, preguntándose una y otra vez qué parte de culpa tenía ella en la muerte de su amiga Montserrat. «No tenías derecho», le había recriminado. «¡Traidora!», la había insultado. Y Emma, con los ojos abiertos y llorosos en el silencio de la noche, trataba de excusarse en que lo había hecho por ella, por Montserrat, pero ahora un sinfín de mujeres, libertarias, luchadoras como lo había sido su amiga y como lo era ella misma, la condenaban sin miramientos. Y era cierto que, si ella no hubiera estado allí, si no se hubiera quedado plantada en mitad de la calle, si no hubiera tratado de convencer a Montserrat, aquellas balas no le habrían reventado la cabeza. Y si no la hubiese suplantado frente a las monjas, nunca habrían discutido. No debería haber intervenido. Esa afirmación empezó a repicar en su interior como si estuviera aprendiendo el catecismo con las monjas: no debería haber intervenido.

Pero al final, con un sentimiento de culpa tan inmenso como incontrolable, Emma decidió despedirse de su prima Rosa y de la comitiva de anarquistas que acompañaría a Montserrat al cementerio una vez que se alejaron de la calle Bertrellans. «Adónde vas?», le preguntó Rosa. Tenía que hacer una cosa, contestó ella, por su amiga muerta. Rosa comprendió que no le proporcionaría mayores explicaciones y la dejó marchar en dirección al correccional de las monjas del Buen Pastor.

Sor Inés estaba ocupada con las clases de las internas, le contestaron en la puerta.

—Pues quiero ver… —Dudó en el tratamiento, pero no era el momento de pelearse con la portera—. A su reverenda madre superiora.

—La reverenda madre superiora tiene otros compromisos.

—Dígale que es importante, muy importante, que traigo un recado urgente de don Manuel Bello, el de las cerámicas —la interrumpió Emma—, el de las cerámicas —quiso insistir.

—Sí, en esta institución todo el mundo sabe quién es don Manuel. Espera aquí.

—Confío que sea importante. —La madre superiora la recibió en aquel despacho que olía a viejo, sentada tras su mesa—. No tengo tiempo para perder.

—¡Vengo a apostatar! —soltó Emma.

La otra disimuló su sorpresa y se dio unos segundos.

—No puedes hacerlo —arguyó después.

115

—¡Claro que puedo! ¡No quiero ser cristiana! —Emma había enrojecido—. ¡Soy anarquista! No creo en Dios, ni en la Virgen ni en…

—Hija —trató de controlar la monja una situación que, veía, podía escapársele de las manos—, no puedes apostatar porque no eres cristiana, no has sido bautizada.

El tono reposado de la superiora, la razón que le había proporcionado después de que Emma recordara aquella palabra que sor Inés le había mencionado como uno de los mayores pecados para la Iglesia, «apostatar», la hizo vacilar, un segundo, nada más. ¡Era su discurso!

—No quiero tener nada que ver con ustedes —insistió.

—De acuerdo.

—Quiero que rompan el papel en el que me tomaron los datos.

—No tenemos ningún interés en mantenerlo. Lo quemaremos en el fuego al mismo tiempo que rezamos por ti.

—¡No quiero que recen por mí! —exclamó Emma.

—Dios nos enseña…

—¡Dios no les enseña nada! ¡Dios no existe! —aulló Emma pretendiendo que la oyeran en todo el correccional—. Dios se lo han inventado ustedes, arpías, para someter a todas esas mujeres que tienen ahí dentro, para que trabajen gratis para ustedes, para que sirvan a las clases adineradas y se levanten las faldas y se dobleguen ante los señores, para que no discutan ni luchen contra la miseria…

—Montserrat se iba ya —la interrumpió la superiora dirigiéndose a un grupo de monjas que se arracimaban junto a la puerta del despacho, alertadas por los gritos. Emma trató de traspasarla con los ojos—. Hija —insistió la otra en el tratamiento cariñoso—, o te vas ahora o te retenemos y llamamos a la policía. No lo pasarás bien. He entendido tu mensaje. Ve en la paz de Dios.

—¡Dios otra vez! —Emma negó con la cabeza—. ¡Viva la revolución! —gritó con el puño en alto mientras discurría por entre las monjas—. Este es el entierro que te ofrezco, Montserrat, amiga…, ¡hermana! —murmuró ya encaminada hacia la salida—, el mío particular.

La comitiva cruzó el barrio antiguo y el Raval en dirección al cementerio del sudoeste, el de Montjuïc, cargando un ataúd sin crucifijo en su tapa. La gente se apartaba y destocaba a su paso; algunos se equivocaban... o no, y también se santiguaban, lo que en muchos casos era recriminado por alguno de los acompañantes del duelo. «¡No era cristiana!», escupió uno a una mujer. «¡Guarda los conjuros para tus muertos!», gruñó otra a un anciano.

Dalmau caminaba detrás del ataúd, portado a hombros por Tomás y algunos compañeros, agarrando a su madre ahora del antebrazo, ahora de la cintura para soportar su peso; Josefa parecía querer dejarse caer al suelo a medida que arrastraba los pies tras su hija muerta. Él también lo habría deseado: caer allí mismo tendido y que el ataúd que los precedía escapase de su vista, como si con ello pudiera remitir el dolor.

Desde que habían salido de casa, tras la compleja operación de bajar la caja por la escalera, Dalmau había buscado a Emma con la mirada. No podía separarse de su madre. No la vio. Quizá iba detrás, aunque no entendía la razón. Su novia debería estar allí, junto a ellos, como parte de la familia. Preguntó a su madre, pero esta no le contestó. Miró hacia atrás en repetidas ocasiones. Preguntó a una de las amigas de su hermana, de la fábrica, que a medio camino se acercó a él ante la inquietud que mostraba con aquellas miradas. No estaba, le comunicó la chica después de hacerse a un lado, dejar pasar la comitiva entera y regresar a la cabeza. Dalmau no encontró razón alguna que explicase la ausencia de Emma, salvo... salvo que le hubiera sucedido algo, una indisposición repentina. La había visto realmente afectada durante la noche previa en que habían velado el cadáver, una vez que las autoridades se lo entregaron; ni siquiera había querido hablar con él. De hecho, tras conocer las circunstancias en las que su hermana había fallecido, no habían cruzado más que las palabras imprescindibles para organizar el entierro. Emma lloraba sin cesar, y cuando no estaba sollozando se mantenía en un estado de introspección que Dalmau quiso respetar. Pero si había caído enferma... Apretó los labios y negó con la cabeza cuando un traspié de su madre le recordó a quién debía prestar atención.

El camino hasta el cementerio, en la ladera de la montaña, frente al mar, era largo. Desde las atarazanas, debían superar una zona de huertas y rodear por una carretera de tierra estrecha, entre el mar y el acantilado —el Morrot, llamaban a esa zona—, parte de la montaña hasta llegar al camposanto. Dalmau no había encontrado transporte para el ataúd. Oficialmente la huelga ya había terminado; la aparición de organilleros en el Eixample de Barcelona se convirtió en el ejemplo de la vuelta a la normalidad, y a las tonadillas de aquellos músicos de manubrio se unió la circulación de los tranvías, manejados y protegidos por el ejército, la vuelta al trabajo de los descargadores de carbón, el acceso de alimentos a la ciudad y la salida a la calle de los periódicos, la obsesión del capitán general como síntoma público de paz social.

Tiendas, comercios, fábricas e industrias fueron sumándose a esa tendencia. Los trabajadores cejaron en su postura, porque no dejó de ser eso: una actitud, un alarde de dignidad. No existió reivindicación económica o laboral durante la huelga. Fue como una fiesta, y de hecho en eso se convirtió al tercer día, en el que los obreros celebraron su triunfo con bailes y festejos. Los de la metalurgia, cuyas demandas iniciaron la huelga, se reintegraron a sus puestos de trabajo sin haber obtenido concesiones. Una semana de huelga general. ¡Las autoridades elogiaron el civismo de los huelguistas! Una semana tras la que nada se consiguió, salvo unos muertos, que según quiénes los contaran iban desde una docena hasta más de un centenar, además de muchos heridos y centenares de detenidos.

La huelga conllevó la clausura de las sociedades obreras y el estado de excepción en Barcelona durante más de un año, así como la llegada de más tropas y refuerzos en la policía en previsión de nuevos paros, eso sí que lo habían demostrado los obreros, la capacidad de levantarse en huelga general, quizá el único logro tras aquella caótica semana. Pero si algo en verdad consiguió aquel paro fue la definitiva separación del movimiento anarquista y la masa obrera; los libertarios habían fracasado estrepitosamente con un llamamiento que nada había conseguido. Los obreros ya no iban a

118

seguir las consignas de los libertarios, ni mucho menos creer en sus promesas acerca de una sociedad idílica. No, aquel liderazgo en la lucha por los derechos del proletariado lo encabezaban ahora los republicanos.

Ese, el de decepción y pesimismo, fue el cariz del discurso de Tomás antes de enterrar a su hermana en la fosa común del cementerio en el recinto libre, separado de aquel otro destinado a los católicos. Dalmau notó en su cuerpo las convulsiones del llanto silencioso de su madre; deseó acompañarla en su dolor, pero un sentimiento más acuciante lo llevó a ignorar la perorata de los anarquistas. ¿Hasta qué punto era él culpable de esa muerte? Sabía de la discusión entre Emma y Montserrat en la barricada. El chocar de las paladas de tierra sobre la caja de madera le revolvió el estómago. Reprimió una arcada. Su madre lo miró y él se mantuvo erguido. Se había negado a conceder a la discusión mantenida entre las dos muchachas y que finalizó con el tiroteo que acertó en Montserrat la importancia que sí le confería su hermano Tomás.

—¿Estás insinuando que Emma pretendía la muerte de Montserrat? —preguntó Dalmau a su hermano, los dos en el hospital de la Santa Cruz, a las puertas de la morgue, esperando a que les devolvieran el cadáver de su hermana.

—Estoy afirmando que tu novia fue una estúpida al actuar como lo hizo —dijo Tomás. Dalmau abrió las manos en señal de impotencia. No deseaba reñir con Tomás en momentos como aquellos—. Me engañaste, como hiciste con Montserrat, al decir que no había necesidad de todo ese lío de la evangelización de la niña, a la que luego acudió Emma…

—¿Te hubiera gustado que siguieran violándola en la cárcel? —replicó Dalmau.

—¿Quién te aseguraba a ti que no habría salido por otros medios! —llegó a gritarle a las puertas la morgue—. La gente sale de la cárcel, Dalmau. No era imprescindible firmar un pacto con el diablo como al que te sometiste… en nombre de tu hermana.

—¡La violaban! —insistió él con los puños apretados.

—Igual incluso habría salido antes de lo que lo conseguiste tú, si el recurso de José María Fuster hubiera prosperado. ¡Y podía haberlo hecho! No tenía sentido esa prisión preventiva. La niña no había cometido ningún delito grave.

—¿Había recurrido? —se sorprendió Dalmau.

—¡Por supuesto! Varias veces…

—Pero a mí no me dijo nada de eso.

—José María nunca quiere dar esperanzas a los familiares. Está cansado y dolido de que después, si las cosas no funcionan, se lo echen en cara. Fuiste tú el que no nos comentó tus propósitos. Si lo hubieras hecho, quizá ella estaría viva ahora.

Tomás insistió, aunque en ese momento Dalmau no le hizo caso. Ahora sí. Ahora le corroía la posibilidad de que el planteamiento de su hermano pudiera tener algo de cierto.

Otra palada de tierra. Y otra más. Dos sepultureros sucios y desdentados cerraban la tumba mirando a los dolientes de reojo, sopesando su generosidad, la posibilidad de recibir alguna propina. No la hubo.

La despedida del duelo fue un calvario para Josefa, que, sin embargo, aguantó estoicamente los apretones de mano, los pésames y las consignas y los ánimos libertarios, hasta alguna inoportuna aclamación con el puño prieto alzado al cielo en recuerdo de Montserrat. La causa anarquista se le había llevado un esposo y una hija. Supo de la muerte de su marido, Tomás, a través de cartas de compañeros también exiliados, y lo lloró desde la distancia, después de jurar al cielo su compromiso con la lucha obrera y de gritar a favor de la revolución. Cuando la hilera de gente ya había discurrido por delante de ella y sus hijos hicieron ademán de llevársela de allí, Josefa alzó el puño a la altura de la cabeza, sin superarla, y tarareó *La Marsellesa* esforzándose por permanecer erguida al pie de la fosa donde su hija reposaba, luchando contra los temblores que se percibían en sus piernas y en sus brazos, sobre todo en aquel que casi no conseguía mantener elevado. Dalmau y Tomás, y algunos otros que todavía no habían encaminado sus pasos hacia la salida, permanecieron en silencio, la emoción erizando vellos y agarrotando gargantas, incapaces de sumarse al himno, como si con ello invadieran la intimidad de madre e hija.

Cuando Josefa terminó, dejó caer el brazo con desánimo y asintió en dirección hacia sus hijos. Dalmau se negó a que su madre fuera andando, aunque en realidad él mismo se veía incapaz de hacer el camino de vuelta: le fallaban las piernas, se sentía cansado, abatido por la muerte de su hermana que ahora, enterrada, se le presentaba con una crueldad que no había sentido hasta entonces como un daño irreparable…, un dolor inconmensurable que se mezclaba con la inquietud por la ausencia de Emma. Propuso que algunas personas, pocas puesto que se trataba de un ómnibus pequeño tirado por caballos, montaran en él hasta las Ramblas. Tomás se negó.

—El carro todavía viaja conducido y protegido por el ejército —alegó con desprecio.

—Mejor —replicó Dalmau, ya hastiado de tanto recelo político—, no nos costará dinero. Cuando lo llevan los militares, es gratis.

Bertrán había abierto la casa de comidas, pero Emma no estaba. «No sé —contestó el hombre a preguntas de Dalmau—, pensaba que estaba con vosotros, en el entierro.» Luego, nadie atendió a sus llamadas en el piso de su tío. «¿Emma?», gritó acercando la boca a la puerta. Silencio. Repitió. Nada. ¿Dónde podía estar? Dalmau era consciente de que Emma había pasado una noche terrorífica velando a su amiga, sumida en un llanto y desconsuelo constantes. «Quizá ha buscado la soledad», se dijo mientras regresaba a la casa de comidas.

—Mándeme recado con algún chaval si aparece por aquí, por favor —rogó a Bertrán.

Después se encaminó a la fábrica de azulejos. Había dejado a su madre sentada tras la máquina de coser.

—Tengo trabajo —lo había despedido ella.

—¿No quiere que me quede? —empezó a preguntar Dalmau.

—No. Ve a ver qué pasa con Emma. No te preocupes por mí.

Él también tenía trabajo, mucho. Barcelona vivía una época muy dura para los obreros y trabajadores. El desempleo y la pobreza atenazaban a gran parte de la población. Las instituciones de beneficencia, la gran mayoría en manos de la Iglesia, no daban abasto. Al año se repartían miles de comidas a los necesitados, y se recogían y mantenían también miles de personas de cualquier edad y sexo en asilos y casas de caridad. Los estragos que la crisis económica originaba en la clase trabajadora y los desempleados eran funestos.

Sin embargo, junto a toda esa miseria, se alzaba una clase industrial y burguesa adinerada que pugnaba por aparentar, por alzarse por encima de sus adláteres. El derribo de las murallas que circundaban Barcelona a mediados del siglo XIX y que marcaban el inicio del espacio a partir del cual no podía construirse por razones militares —hasta donde llegaba una bala de cañón—, aportaron a la Ciudad Condal una inmensa superficie virgen. La ordenación urbanística de toda aquella área la realizó un ingeniero militar, Ildefonso Cerdá, a través de un planeamiento con unos estrictos criterios uniformes; provinciano a decir de muchos arquitectos, intelectuales y artistas; simple y anónimo.

Asumido el planeamiento, las cuadrículas regulares en las que Cerdá dividió el Eixample de Barcelona, los arquitectos se rebelaron: debían ser los edificios los que destacasen, los que, de forma monumental, prodigiosa, caracterizaran aquel nuevo espacio al que habían acudido a vivir los ricos. El modernismo, el reflejo constructivo del movimiento *art nouveau* que se vivía en la totalidad del mundo occidental supuso un nuevo lenguaje en la arquitectura barcelonesa.

En aquel año de 1902 se hallaban en marcha tres magnos proyectos a cargo de dos de los grandes arquitectos del modernismo. Domènech i Montaner afrontó la construcción del nuevo hospital de la Santa Creu i Sant Pau, así como la reforma de la casa Lleó Morera, en la misma manzana del paseo de Gràcia en la que se alzaba la casa Amatller, de Puig i Cadafalch, el mismo arquitecto que pronto iniciaría las obras de la casa Terrades, en la Diagonal, un inmenso edificio de aire neogótico para tres hermanas, que vendría rematado por tres torreones acabados en agujas cónicas. En esa época, Gaudí, el tercer maestro del modernismo, no trabajaba en el Eixample; lo hacía en Bellesguard, en el Park Güell y en la Sagrada Familia.

Pero junto a esos tres grandes, existían otros muchos profesionales que también iban dejando una huella indeleble y maravillosa en el Eixample de esa ciudad que pretendía luchar contra la vulgaridad a través de la arquitectura. Vilaseca construía en la Rambla de Catalunya y en la calle Roger de Llúria; Bassegoda en la calle Mallorca; Domènech i Estapà, también en la Rambla de Catalunya; el prolífico Sagnier en la calle Balmes, en Diputació, en Pau Claris y en la Rambla de Catalunya; Romeu en la calle Aribau… Y tantos otros que vivían el modernismo a través de unas obras llamadas a constituir el mayor exponente mundial de un estilo mágico.

Todo ese proceso constructivo conllevaba una carga de trabajo ingente para la fábrica de azulejos de don Manuel Bello, y Dalmau Sala, como su primer oficial, era el que desarrollaba los trabajos más importantes. La fábrica había abierto, aunque don Manuel todavía no había regresado del refugio que la familia había buscado en Camprodon.

Tratando de alejar de su mente el entierro de esa mañana, Dalmau se puso la bata, se sentó y se inclinó sobre los dibujos que tenía en la mesa. Los que mostraban la cara de Montserrat, los que había dibujado durante la huelga general. Los recogió con delicadeza; las lágrimas que no habían surgido durante el entierro brotaban ahora libres de sus ojos. Los enrolló y los guardó cuidadosamente junto con las demás obras particulares que tenía almacenadas en su despacho. Se sentó de nuevo. Inspiró, se enjugó las lágrimas y se sonó con un pañuelo. Cogió un lápiz y dibujó sin ganas una figura femenina. Les habían encargado el proyecto de un arrimadero exclusivo en el que debían aparecer varias mujeres; se montaría en el tramo de la escalera que llevaba al piso principal de un edificio en construcción en la Rambla de Catalunya. Figuras lánguidas, estilizadas, vaporosas y transparentes que acompañarían en su ascenso a quien utilizara la escalera. Una mujer idealizada, moderna, que rompía con cualquier modelo anterior. ¡Cuán diferentes de Emma… y de Montserrat!, pensó Dalmau. Trazó una línea, y otra, y otra más. Empezó de nuevo. No lo consiguió. De cuando en cuando los ojos se le empañaban y la mano le temblaba al ser consciente de que no volvería a ver a su hermana nunca más. ¡Cuántas veces le había fallado! Debió pintarla desnuda, como ella le pidió. Dejó vagar el recuerdo, y la vio joven y esplendorosa, risueña, alegre. Montserrat se habría gustado, se habría deleitado en su cuerpo de mujer, pero él no lo hizo… como tantas otras cosas, pequeñeces entonces y ahora irreparables. Se esforzó por dar vida a las hadas. Uno de los oficiales entró en su taller en busca de carboncillos y miró los dibujos.

—Son buenos —lo felicitó.

No lo eran, Dalmau lo sabía: pecaban de mediocridad, eran vulgares.

Paco le subió de comer. Arroz con pollo que no tocó hasta media tarde, ya frío y grumoso. Sin embargo, bebió vino. Pidió otra frasca a uno de los niños que rondaban por la fábrica y la terminó. Antes del anochecer, Bertrán le comunicó que Emma había regresado al trabajo. Allí, esperando a que acabara la jornada, se tomó unos vasos más. Emma solo había asomado la cabeza por la puerta de la cocina antes de volver a sus tareas; Dalmau no habría sido capaz de afirmar si lo había saludado o no. Por su parte, Bertrán le ofrecía sus condolencias con una empatía que trataba de superar escanciando vino en su vaso. Luego se iba a su puesto de control y lo dejaba solo en su mesa, rodeado por otras ocupadas por comensales locuaces que hablaban a gritos de la huelga. El alcohol y la huelga. Los recuerdos. Esa descarga de ametralladora de la que le habían hablado. Alguien incluso simuló el tableteo de las balas al ser disparadas. Un temblor recorrió el cuerpo de Dalmau al pensar que una de ellas reventó el rostro de Montserrat. Eso sí lo había visto. Tomás y él la reconocieron en la morgue; pálida y desfigurada. Bebió e hizo una seña a Bertrán para que le sirviera más.

—No has venido al entierro, ¿qué te ha pasado? —le soltó Dalmau a su novia cuando esta apareció en la sala.

Emma miró la frasca de vino vacía.

—¿No lo sabes? —preguntó con un matiz de incredulidad en la voz.

—No —confesó él.

La otra hizo una mueca y dejó de contestar a unas preguntas que surgían pastosas de boca de Dalmau. Ninguno de los dos se sentía con ánimos para roces ni para besos.

—¿Quieres pasear? —le ofreció este.

Emma se encogió de hombros, aunque siguió los pasos de Dalmau después de que se despidiera de Bertrán y saliera del establecimiento. Anduvieron en silencio, Emma envuelta en un pañuelo negro que la protegía del frío del invierno, Dalmau con su americana y la gorra de siempre. Con las miradas perdidas en el suelo, se dirigieron al Paralelo, donde la gente se mezclaba con los soldados que todavía vigilaban que no se produjesen altercados. Los cafés estaban abiertos, los vendedores ambulantes gritaban, y los teatros y los espectáculos de variedades volvían a atraer a unos espectadores que habían estado huérfanos de diversión durante una semana.

Entraron en un café ruidoso. No había mesas libres y se acomodaron en la barra entre parroquianos que charlaban y bebían. Emma pidió un café con la leche muy muy caliente, y Dalmau, tras un momento de duda, se inclinó por continuar con el vino. El paseo parecía haberlo despejado, pero se engañaba. El primer sorbo de aquel alcohol disfrazado de clarete cayó en su estómago como una piedra ardiente y volvió a nublarle la mente y a entorpecer su habla y sus reflejos. Emma se percató de su torpeza antes incluso de que se dirigiera a ella.

—¿Vas a explicármelo? —masculló él—. He estado buscándote después.

Dalmau elevó la voz para superar el barullo, pero lo hizo mucho más de lo necesario. El hombre que estaba al lado de Emma, en la barra, se volvió hacia él.

—Todas las camaradas de tu hermana, hasta los vecinos que estaban en la calle, me han culpado de su muerte —dijo Emma.

Él trató de erguir la cabeza, sorprendido, y casi se mareó con el gesto. Dio otro trago mientras buscaba la contestación. Emma se planteó si recriminarle su estado o sacarlo de allí, llevarlo a pasear a la fresca, pero le reconfortaba el tazón de café con la leche ardiendo que sostenía entre ambas manos. No. Si Dalmau quería beber, era asunto suyo.

—No es cierto que tuvieras la culpa —replicó él por fin, intentando que el alcohol no le estropeara la respuesta—. Ya lo sabes. La única culpa recae en mi hermana: ella fue la que se dirigió a esa barricada… Nosotros hicimos lo que debíamos, ¿no es así? La liberamos y le cubrimos las espaldas. Montserrat tuvo muchas otras opciones a partir de ese momento… y eligió la equivocada. ¿Por qué no me lo has dicho en el funeral en lugar de marcharte? —preguntó al final, levantando la voz.

¡Marcharse! ¿Había dicho «marcharse»? Les habían pegado, insultado y escupido, las habían echado, a ella y a Rosa. Emma negó con la cabeza, como si no valiera la pena contestar. Durante un rato tras abandonar el correccional de las monjas del Buen Pastor, antes de que retornase el aguijón del reproche, se había sentido liberada por haberse enfrentado en nombre de Montserrat a todas aquellas mentiras y aquel sinfín de dogmas religiosos. Dudaba si contárselo a Dalmau, aunque teniendo en cuenta el estado etílico en el que ahora se encontraba, consideró mejor no hacerlo. Seguro que el santurrón de don Manuel se encolerizaría, pero a ella no le importaba. Ya era hora de que Dalmau abandonase a ese burgués católico y reaccionario; seguro que la vida le iría mejor por otros derroteros. Se lo contaría en otro momento.

—¿Por qué? —Dalmau la sacó de sus pensamientos.

—Por qué, ¿qué? —preguntó Emma a su vez, impaciente.

—¿Por qué no me explicaste lo que creías acerca de tus sentimientos de culpa? Yo…

Emma lo pensó unos instantes.

—Di lo que quieras, pero la culpa habría sido mía si hubieran vuelto a encarcelarla por negarme a acudir a las monjas. Te lo dije. Pero también la culpa de su muerte ha sido mía. Si no hubiera insistido en hablar con ella en la barricada, si hubiera previsto el peligro que ello conllevaba… Sin duda, la culpa de que esos disparos la alcanzaran fue mía.

—¡No!

En esta ocasión el grito de Dalmau no solo implicó que el hombre de antes se volviera; fueron muchos más los que lo hicieron.

—Sí, Dalmau —afirmó Emma haciendo caso omiso a los curiosos—. Fue mi culpa.

«También la tuya», le habría gustado recriminarle; si él no se hubiera avenido a las exigencias de don Manuel; si no le hubiera propuesto suplantar a Montserrat…

—Hiciste bien —trató de calmarla Dalmau con voz pastosa y

mirada turbia, huidiza, ajeno por completo al dilema que vivía Emma en ese momento—. Estaban violándola. —Esta vez Dalmau susurró, nervioso, intentando evitar que los demás tuvieran constancia de la deshonra de su hermana—. Estaban violándola —repitió—. Tú la viste, la limpiaste…

Después de la tensión de aquel largo día, Emma se sintió desfallecer al recuerdo de la imagen de su amiga desnuda, en pie en la habitación, chorreando agua. Negó con la cabeza, igual que hizo mientras secaba el suelo y limpiaba los pies de Montserrat. No, no se trataba de que la hubieran violado, el tema iba más allá de eso.

—¿Por qué niegas? —le preguntó él tras dar un nuevo trago largo de vino.

—No deberíamos haber intervenido en la vida de Montserrat.

—¿Qué quieres decir? —Dalmau intentaba enfocar la mirada, pero el vino le enturbiaba ya la vista.

—Exactamente eso: que deberíamos habernos quedado al margen. Ella no quería. Te lo dijo…

—¡La violaban! —repitió él, como si no pudiera decir otra cosa.

—Te dijo que no quería, que no estaba dispuesta a someterse a las exigencias de tu maestro. Que prefería…

—¿Morir? —la interrumpió Dalmau—. ¿Vivir como una puta? Emma se encogió de hombros y frunció la boca.

—Sí —decidió replicar con el rostro de su amiga vivo en su memoria antes de que las balas le reventaran la cabeza. Lo veía ahora: la decisión, la entrega, el sacrificio… ¡La lucha! Montserrat nunca habría permitido aquella parodia a la que los había llevado ese aburguesado espíritu protector—. ¡Prefería morir, sí! —estalló Emma—. Prefería ser forzada a que violasen su espíritu libre. Prefería…

—¡Estás loca! —Dalmau estrelló el vaso de vino contra el suelo y, con las manos libres, agarró a Emma de los antebrazos y la zarandeó con violencia. El café con leche saltó del tazón y empapó a la muchacha—. ¡Mi hermana no regía!

—¡Suelta a la chica! —le ordenó el hombre de al lado.

Además del camarero que servía tras la barra, eran ya varios los que se arremolinaban a su alrededor.

127

—Montserrat sabía lo que hacía —prosiguió Emma, sin compasión ni temor—. Más que nosotros.

—¡Suéltala! —volvieron a exhortar a Dalmau.

—Diles que nos dejen en paz —le pidió él haciendo un gesto hacia quienes los rodeaban.

Emma buceó en los ojos enrojecidos de Dalmau. Comprendió que el alcohol le permitía acallar su conciencia. «La violaban, la violaban, la violaban», esa sería su excusa para no ir más allá.

—Dalmau —le dijo ella con voz pausada. Él la soltó ante su tono—. Ambos tenemos la culpa.

—No —se opuso él—. Si tú quieres sentirte responsable, es cosa tuya. Yo no. ¡No me acuses de...! —Calló ante la presencia de la gente—. ¡No te atrevas a culparme! —la amenazó, sin embargo, con violencia, al mismo tiempo que un par de los hombres que los rodeaban hacían ademán de abalanzarse sobre él.

—Estás borracho. Déjame en paz. Vete —interrumpió Emma su intimidación, tratando de calmar a los parroquianos que habían salido en su defensa.

—¡Bien, muchacha! No te pierdes nada —terció uno de ellos. Alguien rio.

—Un borracho —añadió un hombre bien vestido que empujó a Dalmau hacia la salida.

—¡Tu puta madre! —se revolvió este, e intentó agredir al hombre con torpeza.

El otro ni siquiera se molestó en esquivar el golpe, que se quedó corto. Más risas, carcajadas.

—¡Dalmau! —decidió intervenir Emma.

—¡Cállate! —Dalmau, ciego, lanzó otro puñetazo y en esta ocasión sí que acertó, pero fue en el rostro de Emma, que se acercaba a él. Incluso borracho se dio cuenta de la trascendencia de lo que acababa de hacer y no pudo articular palabra.

—No quiero verte más, Dalmau. Olvídame —estalló Emma llevándose la mano al rostro.

Dalmau no pudo replicar. Se le echaron encima, y al segundo puñetazo que le propinaron cayó al suelo. Esperaron a que intentara levantarse y lo patearon. Luego lo obligaron a abandonar el establecimiento gateando, entre escupitajos, risas, abucheos… y las lágrimas desconsoladas de Emma.

Dalmau llevaba tiempo sin ver a Emma. Había acudido a la casa de comidas para disculparse por golpearla, por emborracharse, y para discutir sobre la responsabilidad en la muerte de su hermana. Había acudido a verla porque la quería y la echaba de menos, pero Bertrán no se lo permitió. «No quiere saber de ti —afirmó—. Siempre fuiste bienvenido en esta casa, Dalmau. No me plantees problemas ahora.» La esperó a que terminara el trabajo, pero siempre iba acompañada. Sabía que visitaba su casa con regularidad, a charlar y hacer compañía a su madre; fue esta quien le rogó que no la persiguiese.

—Está muy afectada por la muerte de Montserrat —le dijo Josefa tras levantarse de la máquina de coser y cruzar hasta la cocina para preparar café. Dalmau percibió cansancio en los movimientos de su madre—. No… no quiere verte. No la molestes, por favor. Sabes que para mí es como otra hija. Ya he sufrido bastante, Dalmau. Dale tiempo.

—Pero lo que dijo… —empezó él.

—Sé lo que dijo —lo interrumpió su madre—. Me lo ha contado. Sé lo que piensa. Y, sobre todo, lo que siente.

—¡Me echó la culpa de la muerte de Montserrat! —exclamó. Josefa no replicó—. ¿No estará usted de acuerdo?

—No soy quién para juzgar, hijo, pero el sentimiento de culpa, como todos los sentimientos, es incontrolable, no atiende a razones. Ella se siente culpable. El tiempo le mostrará otras perspectivas que hoy permanecen ocultas por el dolor. De igual forma, eres tú quien debes sentirte culpable o no. Es indiferente lo que digan los demás.

Dalmau lo intentó otra vez en casa del tío de Emma. Su insistencia terminó topándose con uno de los primos, uno que, como el padre, trabajaba en el matadero cargando a sus espaldas cuartos de reses abiertas en canal. Ella no quería verlo. Los porqués de Dalmau acabaron irritando al primo, y tuvo que dar un par de pasos atrás, rogarle que se tranquilizara y escapar airoso.

Desde entonces se había volcado en su trabajo. No por ello cejó en el propósito de hablar con Emma. Buscó a su prima, merodeó por las proximidades de la casa de comidas, se acercó a sus amigas, hasta que una tarde se topó de bruces con Emma. Ella lo esquivó. Dalmau no se atrevió a detenerla y le rogó unos minutos a su paso. «Perdóname», suplicó. Emma ni tan siquiera contestó. La siguió unos metros con idéntica pretensión: su perdón. No le arrancó ni una palabra, ni un solo gesto. Y desde entonces, Dalmau fue cediendo en el empeño y refugiándose en el trabajo para encontrar en este el sosiego que le faltaba al pensar en ella. Lo que sí dejó fue de acudir a los escolapios pese a los ruegos de mosén Jacint y algo más de presión por parte de don Manuel. «No estoy en condiciones —se excusó—, quizá más adelante.»

—¿Y la catequesis? —se preocupó el maestro.

Dalmau no lo pensó.

—Mi hermana fue anarquista y atea desde que nació. ¿De qué le sirvió acercarse a Dios? Fue precisamente entonces cuando murió.

Don Manuel tuvo la tentación de hablarle de su hermana, de Montserrat. Tras regresar a Barcelona una vez finalizada la huelga, lo primero con que se topó fue con una carta de la madre superiora de las monjas del Buen Pastor en la que le explicaba todo lo sucedido con Montserrat, omitiendo reproducir, escribía la monja, los juramentos con que la muchacha se despidió. Luego una de las criadas de la casa le notificó la muerte a tiros, tras una barricada, de la hermana de Dalmau. «¡Qué mayor castigo tras el insulto y la blasfemia!», coligió don Manuel al mismo tiempo que se santiguaba. Lo comentó con mosén Jacint, quien leyó la carta con detenimiento, y ambos decidieron no ahondar en el dolor de Dalmau.

—Mi más sentido pésame por la muerte de tu hermana —le dijo el maestro en la primera ocasión en la que se encontraron en la fábrica cuando Dalmau todavía no había dejado de acudir a los escolapios—. Traslada mi pesar a tu madre y demás familiares.

Y ahora era Dalmau quien ponía en duda la misericordia divina. Manuel Bello decidió no discutir. Su hermana ya había pagado su osadía, y en cuanto a Dalmau, quizá no se convirtiese, pero el arrimadero de las hadas había sido elogiado por arquitectos y ceramistas, incrementando la reputación de su fábrica de azulejos. Ya tendría tiempo de acercarlo a la Iglesia.

Dalmau entregó el trabajo sin estar convencido. Continuaba pareciéndole vulgar, no le transmitía sensación especial alguna. A diferencia de los dibujos japoneses, destinados a series, el arrimadero era una obra única, por lo que, en lugar de utilizarse la técnica de la trepa y sus múltiples plantillas de papel encerado, se usó la del estarcido: un papel con el dibujo efectuado por Dalmau a tamaño real, perforado en sus relieves. Ese papel se colocó encima de los azulejos y se esparció con polvo de carbón sobre ellos para señalar el dibujo; luego solo había que pintarlos a mano alzada y hornear de nuevo las piezas.

Los azulejos se transportaron a un edificio ya en su última fase de construcción en la Rambla de Catalunya, un paseo arbolado con un bulevar central, paralelo al paseo de Gràcia, que mucha gente consideraba como el de mayor prestigio de Barcelona. El vestíbulo era amplio y de una altura que superaría los cinco metros, con unos portalones de hierro forjado y cristal que daban acceso a un patio de carruajes. A partir de allí, reinaba el modernismo imperante en la arquitectura de la época: mosaico en el suelo y mármol en la escalera que ascendía al principal, el piso en el que acostumbraban a vivir los propietarios del edificio. Pisos casi siempre dotados de una tribuna que volaba las calles por encima del portal y que constituía el mirador ideal de la ajetreada vida ciudadana. En el arranque de la escalera, que tras superar el piso principal Dalmau comprobó que perdía suntuosidad en los destinados al alquiler, hasta llegar a los escalones de baldosa en el ático, donde vivían los porteros, la escultura en piedra blanca de una mujer que simbolizaba lo volátil, de líneas simples y sencillas, aunque no por ello menos impactantes, y que daba paso a una magnífica balaustrada trabajada con motivos florales. El resto del vestíbulo, un alarde de maderas nobles labradas, en los plafones de las paredes, en la cabina del portero, en los artesonados del techo; lámparas de hierro forjado formando filigranas; una gran vidriera coloreada que se alzaba separando la caja de escalera del patio de luces del edificio. Y entre todo ello, enfrentado a la balaustrada, el arrimadero diseñado por Dalmau: unas hadas etéreas que acompañaban y transportaban al visitante al piso principal. Aquellas mujeres, de reflejos metálicos como consecuencia de la cocción de las pinturas, competían en colorido y en sensación visual con todos los demás elementos decorativos, ejecutados algunos por los mejores maestros en las artes industriales que existían en Barcelona.

Dalmau se quitó la americana, se arremangó y colaboró en la colocación del arrimadero como un operario más, controlando cada detalle, interviniendo si era menester. Sabía cómo hacerlo. Luego observó su obra una vez instalada. Las felicitaciones no consiguieron modificar su opinión inicial: algo les faltaba, quizá no belleza, quizá tampoco arte; probablemente la impresión de que sus sentimientos, su atención, su amor habían estado siempre alejados de aquel trabajo; de que en él no se había producido esa imprescindible comunión entre artista y obra. Montserrat, Emma, su madre incluso habían secuestrado sus sentimientos y emociones. Ello no impidió que Dalmau celebrase el éxito de las hadas con su maestro, el arquitecto, otros muchos profesionales y el propietario de la casa de Rambla de Catalunya en construcción, un industrial relacionado con la banca que era quien les pagaba a todos, y que también terminó haciéndose cargo de la cuenta correspondiente a la opípara cena de la que disfrutaron en el restaurante del Gran Hotel Continental.

—No llevas corbata —le recriminó don Manuel echando una ojeada a la indumentaria de Dalmau cuando don Jaime Torrado, el propietario del edificio, propuso celebrar la ocasión en aquel restaurante, uno de los preferidos de la burguesía de Barcelona.

—Sería difícil, maestro —contestó Dalmau—. Mi camisa no lleva cuello para corbata.

—Pero llevas americana —se oyó por detrás a don Jaime—, suficiente para que nadie niegue la entrada al artífice de la obra de arte que hemos colocado hoy en mi casa. Mantienen los grandes artistas y arquitectos —añadió poniendo una mano sobre el hombro de Dalmau en un gesto que a este le pareció excesivo y un tanto incómodo— que el dominio del dibujo es la base imprescindible para desarrollar este tipo de trabajos. ¿Tienes dibujos que mostrar?

—Sí que tiene, sí —terció don Manuel, jactándose de los dibujos como si fueran suyos.

—Sería interesante verlos —manifestó el banquero.

—Cuando usted desee —continuó interviniendo don Manuel en su papel de protagonista—. Mi fábrica y mis colecciones están a su disposición.

Fue un paseo corto hasta la Rambla de Canaletes, donde formando esquina con la plaza de Catalunya se ubicaba el Gran Hotel Continental. Dalmau había quedado algo retrasado de los demás y siguió como por inercia a aquel dicharachero grupo de profesionales. Pensaba en los dibujos. ¡Claro que los tenía! ¡Muchos! Y pinturas. Y en más de una ocasión se había atrevido con pedazos de arcilla, que modelaba y cocía luego en el horno. Todo estaba almacenado en su taller. El maestro las conocía y las alababa, y lo animaba prometiéndole que algún día expondría públicamente y se revelaría como el artista que era y que llevaba dentro. Tenía que trabajar, lo exhortaba: trabajar, trabajar y trabajar. Dalmau no discutía con don Manuel, pero no creía tanto en el trabajo a destajo, como a menudo se exigía en la fábrica de azulejos, sino en aquellas labores, por duras y arduas que fueran, en ocasiones simples y sencillas, en las que encontraba satisfacción.

La noche anterior, tras comprobar por enésima vez el arrimadero que transportarían e instalarían al día siguiente, Dalmau se había encerrado en su taller. Retrasaba el regreso a su casa; no deseaba enfrentarse al repiqueteo de la máquina de coser. Llamó a gritos a Paco para que fuera a buscarle algo para cenar. El viejo no contestó, y en su lugar se presentó uno de aquellos niños que vivían en la fábrica.

—Ha tenido que salir un rato —respondió el chaval a la pregunta de Dalmau—. Ha venido su hermana. Una urgencia. Un familiar o algo así. Estaba muy preocupado el hombre.

Dalmau observó el rostro sucio del chiquillo, su cabello astroso, tieso por la roña, sus ojos apagados, hundidos. Era pequeño y delgado, como todos los niños desnutridos de la calle.

—No te muevas de ahí —le ordenó.

El chaval se quedó quieto. Dalmau tomó papel y empezó a dibujar aquel rostro. Tratar de plasmar su mirada, la tristeza…, no, quizá no fuera tristeza sino desencanto, desengaño, desilusión con la vida, con el mundo entero, con los hombres y con ese Dios al que el maestro lo obligaba a visitar cada domingo.

Ahora, la luz eléctrica del restaurante, amplio, que hacía brillar los dorados de los adornos y las pinturas de las paredes, y que se reflejaba en los numerosos espejos que había en el local, deslumbró a Dalmau y chocó con la penumbra de la luz de gas con la que había dibujado al chiquillo y en la que recreaba sus recuerdos. Se sentaron a una mesa larga; podían ser más de una docena de personas. Mantelería de hilo, vajilla de porcelana, cubertería de plata, cristalería fina, camareros mejor vestidos que algunos de los comensales, entre ellos Dalmau, quien terminó sentado al extremo opuesto a aquel en que se acomodaron el banquero y don Manuel, entre el secretario del señor Torrado, un hombre compungido y taciturno, y el ayudante del arquitecto, un estudiante de arquitectura mayor que Dalmau que no cesaba en las alabanzas a la obra de su maestro.

Dalmau se vio aturdido ante el lujo que lo rodeaba, aunque no tanto como sorprendido se había sentido la noche anterior el chiquillo después de que lo premiara con una moneda de diez céntimos tras permitirle que lo dibujara. El niño la cogió y rodeó la mesa para ver el dibujo de Dalmau: unos ojos, solo eso, unos ojos pequeños, sin cejas, sin párpados… Una línea solitaria, curva en lo que sería el mentón donde acababa, pretendía enmarcarlos en un rostro sin mayor definición.

Dalmau evitó la conversación que pretendió entablar el estudiante, sentado a su derecha, y se refugió en la misma actitud reservada de quien tenía al otro lado. Miró el plato que tenía frente a sí, la servilleta, los cubiertos de plata, muchos, ¿para qué tantos?, la cristalería… El pequeño había apretado la moneda en su puño como si temiera que alguien pudiera quitársela; diez céntimos, ¡un tesoro! El alboroto estalló en los oídos de Dalmau arrancándolo de sus recuerdos tan pronto como se sirvió el primero de los vinos, un Schloss Johannisberg, un blanco alemán del que bebió unos sorbos, las consecuencias de su última borrachera todavía sangrantes, y la cita que había preparado para esa misma noche acuciándolo. *Bisque d'écrevisses à la française.* Una sopa de pescado, creyó reconocer Dalmau al aroma del primer plato que se sirvió. «Cangrejos de río», le informó el secretario al verlo examinar el contenido de la cuchara. Estaba buena.

«¿Volverá a dibujarme?», le había preguntado el chaval.

Dalmau nunca había tomado sopa de cangrejos de río. El chiquillo había aguardado la contestación con una sonrisa en la boca.

«¿Y esa sonrisa?», preguntó Dalmau. El crío le mostró el puño en el que apretaba la moneda. Dalmau se había equivocado con los ojos: ahora brillaban. Se sintió engañado. Eran muchas las veces que había hablado y hasta bromeado con ese chiquillo, Pedro, le pareció recordar que se llamaba... ¿o Mauricio? No los distinguía. «No, no creo que vuelva a dibujarte», contestó.

El chaval borró la sonrisa y chascó la lengua, quejándose de su suerte. «¿Quiere niños que no sonrían para dibujarlos?», preguntó de repente.

A la sopa siguió *saumon du Rhin*, y Dalmau se atrevió a beber un poco más de vino blanco. Imitó al secretario en el uso de los cubiertos. La situación política; la huelga general; el descontento de los obreros; la crisis económica; el ascenso de los republicanos y la desafección de los anarquistas, aquellos eran los temas de conversación en la mesa cuando dieron paso al tercer plato: *filet de boeuf à la Richelieu.* Ternera asada con vino, tocino y tomate, todo acompañado de legumbres y hortalizas, y de vino tinto, también francés, Château d'Yquem; los burgueses ricos de Barcelona no bebían caldos españoles. «Niños que no sonrían.» ¿Era eso lo que quería?, se preguntó con la copa de vino de Burdeos en la mano. Le había contestado que sí. Quizá necesitaba personas tristes como él, que compartieran esas emociones que ahora aplastaban su ánimo; el mundo de las hadas y de las mujeres sutiles y gráciles hería sus sentimientos.

«Conozco muchos *trinxeraires* —había propuesto el chiquillo, a lo que Dalmau asintió—. Pero algo me pagará a mí también, ¿no?» Dalmau había vuelto a asentir. Luego, cuando el chaval abandonó el taller, rompió el dibujo de los ojos.

De postre piña, o pasteles que podían elegir de un carro dorado que los camareros acercaron a la mesa con varios de ellos. De chocolate, lo quiso él. Champán, Möet et Chandon, vinos dulces y licores para quien los quiso, y puros habanos. Dalmau cogió uno que guardó en el bolsillo de su americana, porque no fumaba. También probó el champán y sintió reventar las burbujas en su boca y contra su paladar. Era una sensación nueva, demasiado fresca, demasiado traviesa para su espíritu, que borró del todo la imagen de aquel niño de ojos tristes que tanto lo había conmovido y que, a ratos, había vuelto a su memoria durante toda la velada.

Veintisiete pesetas por cubierto. El precio de la cena rondó su cabeza a lo largo del trayecto desde el Continental hasta la fábrica. La noche ya se había echado encima y el paseo de Gràcia aparecía iluminado. Sol durante el día, luz durante la noche, como si se tratara de un mundo diferente, de una ciudad diferente a la que se abría por debajo de la plaza de Catalunya, sucia, maloliente, húmeda y oscura, siempre oscura. Aquella ciudad oscura era la que, sin embargo, había acogido a varios de los comensales con ganas de divertirse, en alguna taberna en la que cantasen y bailasen mujeres alrededor de un piano, quizá directamente en un burdel. Dalmau se excusó cuando alguien del grupo lo invitó a acompañarlos.

Veintisiete pesetas. Se lo había recriminado el secretario del banquero tras atender a su señor para pagar la cuenta. Después de señalarle que lo de la sopa eran cangrejos y de un par de monosílabos en contestación a otras tantas preguntas que le habían dirigido, lo de las veintisiete pesetas fue lo único que dijo aquel hombre, y lo hizo con rencor, como si Dalmau y el estudiante de arquitectura, que eran quienes lo escuchaban, no tuvieran derecho a tal dispendio. «De haberlo sabido —se burló el estudiante—, habría devuelto algún plato.» Luego se rio a la espera de que Dalmau se sumase a la broma, pero este no lo hizo. En su lugar, torció el gesto. ¿Acaso no era cierto?, estuvo tentado de replicar. Veintisiete pesetas significaban nueve días de trabajo de un peón albañil. Las más de trescientas pesetas que le había costado el envite al banquero sumaban una quinta parte de lo que el maestro le había prestado para librarse del ejército. Doce años de su vida valían cinco veces lo que esa cena; no, realmente no tenía derecho… ¡pero qué sabroso estaba todo!

Las pesetas, el recuerdo de aquellos aromas y sabores exquisitos y de Emma, a quien le habría gustado contarle de aquella cena, lo acompañaron durante el camino. Ella, que daba de comer a la gente, y que siempre prefería el trabajo en la cocina antes que el de la sala, lo habría escuchado arrobada, interrumpiéndolo, preguntando con interés de cuando en cuando. ¡Sopa de cangrejo de río! ¡Champán francés! «¿Dices que pica?», habría inquirido. Se le encogió el estómago ante la idea de no tenerla más a su lado. Todavía no daba crédito a lo sucedido. La situación había sido dramática: la detención de Montserrat, las monjas, su muerte; todo aquello los había llevado a una tensión insoportable. Pero esa noche se sentía optimista: solo cabía esperar un tiempo e insistiría de nuevo. Sonrió, y la angustia que le había oprimido el pecho se desvaneció ante la visión de Emma y él paseando agarrados de la mano.

Eran cuatro chavales. Los encontró esperando junto a la verja de entrada de la fábrica de azulejos: los dos de la casa y otra pareja. Paco no los había dejado entrar, le contaron. No le extrañó. Él tampoco lo habría permitido. Los nuevos: un niño… ¿y una niña? No lo distinguía.

—¿Va a dejarlos pasar, Dalmau? —oyó que le preguntaba el vigilante, recién aparecido al otro lado de la verja.

—Sí —afirmó tras dudar un instante.

—Pero ya sabe las reglas…

—Yo me responsabilizo, Paco —afirmó él.

—Si no le importa, lo acompañaré.

—Solo quiero uno en mi taller. No deseo que me molesten los demás. Distráigalos usted por aquí.

Cruzaron el patio grande donde se situaban las albercas y los secaderos y llegaron a los almacenes, allí donde Paco se resguardaba. Un par de candiles permitieron a Dalmau examinar a los *trinxeraires*: andrajosos, menudos y flacos. Uno de los nuevos era una niña, sí. Delfín y Maravillas, los presentó Pedro o Mauricio. Eran hermanos,

137

le dijeron. Dalmau intentó calcular su edad, pero no lo consiguió. ¿Diez, doce… ocho?

—¿Maravillas? —Dalmau señaló a la niña—. Vendrás conmigo arriba. Los demás…

—¿Qué va a hacerle? —gritó el hermano.

—Solo va a dibujarla, ya te lo he dicho —terció uno de los chavales de la casa.

—Cierto. Solo eso —ratificó Dalmau—. Dibujarla. No te preocupes. No le pasará nada…

—¿No la desnudará? Porque…

—No. ¡Por supuesto que no! —respondió Dalmau, airado.

—Porque eso valdría mucho más dinero —terminó el hermano la frase interrumpida.

—¡Cabrón!

El *trinxeraire* saltó con una agilidad asombrosa a fin de esquivar el bastón con el que el vigilante pretendió castigarlo.

La niña siguió a Dalmau hasta el piso superior.

—¡Si te hace algo, grita! —la instó Delfín, a una distancia prudencial del palo que Paco todavía seguía blandiendo.

Dalmau aumentó la luz de gas de su despacho e hizo sitio para que la muchacha pudiera posar para él. Los ojos de la mendiga saltaban de un objeto al otro: los lápices, los pinceles, los cuadros, los azulejos. Su mirada se detenía un segundo escaso en cada uno de ellos, como si calculase su valor y las posibilidades que tenía de robarlos.

—Ponte ahí —le señaló Dalmau, escogiendo el lugar en el que la luz era más intensa.

Maravillas obedeció sin dejar de mirar a todos sitios, menos a Dalmau, quien, al contrario que la muchacha, tenía la vista fija en ella. Le habría gustado decir que tenía un rostro cuando menos agradable, pero no era así. La delgadez le marcaba los huesos y hundía unos ojos que Dalmau no llegó a ver con claridad, inquietos como estaban, en cuencas moradas. La costra de una herida relativamente grande se mezclaba con el nacimiento del cabello cerca de su sien, un cabello cortado a trasquilones. Dalmau inspiró con fuerza, captando la atención de Maravillas durante un instante.

Estaba sucia. Olía mal. Vestía harapos, muchos, unos sobre otros, de tonalidades diferentes, todas oscuras. Los pies aparecían recubiertos de jirones de tela enrollados a modo de zapatos. ¿Debía hablarle? Quizá fuera mejor dibujarla sin conocerla, y sin embargo le pudo la curiosidad.

—¿Qué edad tienes?

Ella contestó sin mirarlo:

—Delfín dice que nueve, pero… —La muchacha se encogió de hombros—. A veces dice ocho, o diez. Es un imbécil.

Sentado frente a un caballete, Dalmau ya realizaba su primer bosquejo sobre una lámina de papel grande, de cerca de un metro de alto por medio de ancho. Dibujaba al carbón, con los pasteles de colores ya preparados.

—Y tus padres, ¿qué edad dicen…?

Antes de que la otra clavara la mirada en él, por primera vez, Dalmau se dio cuenta del error de una pregunta efectuada sin pensar, en un intento por romper la tensión creada por el recelo de la niña.

—¿Padres? —replicó Maravillas con una ironía cargada de pesar.

Dalmau le escudriñó los ojos: grandes y oscuros en unas córneas algo macilentas, surcadas aquí y allá por venillas coloradas.

—¿Acaso no tienes un hermano?

—Eso dice él.

Dalmau asintió con la cabeza y un simple murmullo, enfrascado ya en su labor.

—Intenta no moverte tanto —le rogó.

Le habría gustado continuar, pero al cabo de un par de horas y pese a numerosos descansos en su transcurso, Maravillas había degenerado en una modelo nerviosa, frenética, incontrolable.

Todos los *trinxeraires* con los que trató Dalmau eran similares: delgados, demacrados, recelosos y desconfiados, espontáneos e impulsivos. Desmemoriados y muy poco inteligentes, definitivamente tonto alguno de ellos, perezosos, pero, sobre todo, egoístas, muy egoístas.

Maravillas, que tuvo que volver varios días más hasta que Dalmau pudo poner fin a su retrato, compartía aquellas características, aunque, quizá por ser mujer, quizá por tenerlo incluso más difícil que los hombres en aquel mundo de miseria y delincuencia en el que se movían, gozaba de una inteligencia despierta que iba mucho más allá de los esporádicos destellos de viveza de sus compañeros de correrías callejeras.

Por eso ya la primera noche, Maravillas desplazó a Pedro en su labor de captar *trinxeraires* para que Dalmau los pintase. Paco le contó después que los cuatro chavales habían discutido y que estuvieron a punto de enzarzarse a golpes hasta que la muchacha puso fin a la disputa.

—Si me entero de que vas por ahí buscando gente —advirtió a Pedro—, les diré a todos que estás engañándonos. —La discusión se detuvo—. Y me creerán —afirmó ella—, eso te lo aseguro. Tú vives aquí muy calentito y tranquilo, pero yo he mamado la mierda de todas esas putas calles. ¿Sabes lo que les hacemos a los que nos engañan como tú?

Pedro no dedicó mucho tiempo a sopesar la amenaza.

—Vale —cedió—, pero tendrás que darnos una parte del dinero.

La otra soltó una carcajada.

—El dinero es mío —sentenció. Ni siquiera su hermano se opuso.

Así pues, fue Maravillas quien presentó a Dalmau los siguientes *trinxeraires* destinados a completar la serie de diez retratos que se había fijado como objetivo. Don Manuel se enteró y se plantó irritado en su despacho. Después de asegurar al maestro que no afectaba a su trabajo diario, es más, que consideraba que lo beneficiaba puesto que le concedía un equilibrio y una serenidad de los que no disfrutaba desde la muerte de su hermana —optó por omitir el tema de la separación de Emma para evitar preguntas incómodas—, le mostró el dibujo al carbón y pastel de Maravillas.

Don Manuel contempló la obra largo rato y, finalmente, asintió con la cabeza. Frunció la boca entre las grandes patillas que se juntaban con el bigote y volvió a asentir.

—Le has robado el alma a la niña —afirmó después—, y has sabido pintarla con maestría.

Con el consentimiento de don Manuel, Dalmau continuó dibujando a los *trinxeraires*. Todos fueron como Maravillas: inconstantes, agitados… o abatidos. A algunos tuvo que dejarlos por inútiles tras la primera sesión o al cabo de un par. Unos gritaban y brincaban, otros simplemente se dormían. Hubo quien pretendió pelearse con Dalmau: Maravillas saltó en su defensa, y también los que intentaron robar, lo que fuera, poco importaba, desde un simple boceto, un dibujo o alguna de las batas que colgaban de los percheros hasta una figurita de barro o un azulejo brillante; alguno consiguió hacerse con su pieza y salió corriendo sin esperar siquiera al pago prometido por posar para el artista.

Luego muchos regresaban, por las noches, y se amontonaban frente a la verja de la fábrica. Dalmau los contemplaba con el estómago encogido. Estaban los que habían robado. ¡Volvían! También aquel que se había abalanzado sobre él, y el que se había dormido en el suelo. Y los perturbados, como si no se acordaran del escándalo que habían originado hacía un día, una semana o un mes. Y los amigos de todos ellos. Un ejército de chavales desahuciados en busca de algo que comer, unos céntimos o un rincón cerca de los hornos para dormir arrimados a su calor.

Durante varios meses, por las noches, al terminar su trabajo con los azulejos y la cerámica, Dalmau fue robando las almas de aquellos muchachos expulsados de la humanidad, con las que daba vida a unas hojas de papel que gritaban su dolor, sus angustias, su desesperanza…, su miseria.

Al cabo de un par de retratos, don Manuel acudió a diario al despacho de Dalmau para contemplar el desarrollo de aquellos dibujos en negro, con algunos, muy pocos, trazos coloreados en pastel, en composiciones que, pese a cierta ambigüedad, indefectiblemente sumergían los sentimientos del espectador en el inmenso pozo de tristeza en el que el artista convivía con sus modelos.

—Es difícil sacar la cabeza de algo tan profundo —le reconoció el maestro en una ocasión, boqueando, mientras recuperaba la respiración como si efectivamente se hubiera hundido en aquella sima.

«Maravilloso.» «Fantástico.» «Una obra de arte.» Retrato tras retrato, los halagos se multiplicaban en boca de don Manuel. «Haremos una exposición; tu primera exposición pública —dio por sentado un día, incluyéndose en el proyecto—, en el Círculo Artístico de Sant Lluc.» Luego le pidió un par de ellos para enseñarlos en la institución y así ir preparando el camino.

El Círculo Artístico de Sant Lluc, a cuyos miembros se los llamaba «los Llucs», había nacido en Barcelona como un movimiento escindido del Círculo Artístico de Barcelona. Los Llucs no estaban conformes con el espíritu bohemio que habían traído desde París pintores del prestigio de Ramon Casas o Santiago Rusiñol. Una visión hedonista e irreverente de la vida, muy alejada del espíritu catalanista, conservador y católico que imperaba en la mentalidad de los Llucs.

Dalmau admiraba a Casas y a Rusiñol, máximos exponentes del vanguardismo y por lo tanto del modernismo catalán en la pintura, pero no por ello prescindía de los artistas y sobre todo los arquitectos que estaban adscritos al círculo de los Llucs, aquel que, a través de sus propios estatutos fundacionales, vetaba el desnudo femenino en las obras de sus socios: Bassegoda, Sagnier, Puig i Cadafalch y Gaudí, el arquitecto que infundía movimiento a las piedras. ¿Cómo no considerar modernista a Gaudí?

—La diferencia —le había comentado mosén Jacint en una de las conversaciones que mantuvieron en los escolapios— es que los Llucs no son radicales como esos descreídos admiradores del desorden y la libertad parisina.

—¿Sostiene usted, mosén —replicó Dalmau con cierto vigor—, que la Sagrada Familia o la casa Calvet de Gaudí no son vanguardistas y revolucionarias? ¿Que los edificios de Puig o Domènech no son modernistas, aunque ellos no sean bohemios sino personas de orden?

—El verdadero modernismo —intervino al final el escolapio— se encuentra en la piedad, en la religiosidad con la que los Llucs afrontan el arte, no en el espíritu de esos que se llaman modernistas simplemente por renegar de su historia y sus costumbres, y acoger como bueno todo lo nuevo, lo desconocido, a menudo sin planteárselo.

Dalmau calló, sin ganas de discutir aquella visión casi mística del arte con alguien con el que día a día simpatizaba cada vez más.

En cualquier caso, los compañeros del maestro en el círculo aceptaron con entusiasmo la propuesta de la exhibición de los dibujos de Dalmau. Se trataba de la visión sugerente, calificó uno de ellos los dibujos que se mostraron en la Junta del Círculo, de la miseria de una Barcelona que, por otra parte, vivía instalada en la banalidad y los placeres. Esa exposición podía remover algunas conciencias. «Deberías regresar con mosén Jacint —aprovechó don Manuel para insistir después de darle la buena noticia—; tu carrera puede depender mucho de ello. En el círculo he dicho que estabas en proceso de evangelización; de no haberlo hecho así, dudo que hubieran consentido la exposición de un ateo.»

Dalmau se libró del maestro con un gruñido a modo de confirmación; no tenía intención alguna de reiniciar su evangelización. Durante los últimos meses su vida giraba en torno al trabajo en la fábrica de azulejos y a los dibujos que realizaba por las noches, siempre acompañado por Maravillas y el *trinxeraire* que hubiera elegido para aquella sesión.

Veía poco a su madre. Llegaba de madrugada, cuando la mujer dormía. Luego, cuando se levantaba, trataban de charlar durante del desayuno, pero la silla vacía que antes ocupaba Montserrat los silenciaba. Supo que Emma continuaba visitándola con asiduidad, quizá en un intento de sustituir a la hija perdida. No había dejado ni un solo día de pensar en Emma, de repasar mentalmente el puñetazo, la borrachera, el desprecio y la humillación, las violentas advertencias del primo... Había intentado verla y deseaba volver a hacerlo. Percibía que sus sentimientos por ella se enfriaban, aunque de repente las punzadas lo acuciaban de nuevo al recuerdo de la muchacha. En esos momentos preguntaba por ella a su madre, que acostumbraba a ser esquiva en sus contestaciones. «Hay que dejar transcurrir el tiempo», sentenciaba Josefa antes de dar por concluida la conversación y apoyar el pie en el pedal de la máquina de coser. Dalmau nunca sabía si lo decía por el recuerdo doloroso de Montserrat o por su situación con Emma.

En ocasiones, por las mañanas, cruzaba el Raval para transitar

143

cerca de Ca Bertrán. La multitud de carreteros que trajinaban alrededor del mercado de Sant Antoni; los carros parados delante de las industrias; los caballos; los vendedores ambulantes, los trabajadores, los desempleados, los mendigos y los *trinxeraires* que se movían de un lado al otro, el alboroto de una ciudad viva, parecían proporcionarle cierto resguardo, aunque insuficiente a juicio de Dalmau, que siempre terminaba apostándose en algún portal alejado de la casa de comidas. Alguna que otra vez vio a Emma, siempre atareada. Dalmau dudaba: quizá diera unos pasos en dirección a la casa de comidas, pero terminaba retrocediendo. Nunca llegó a acercarse, porque cuando estaba a punto de hacerlo volvían a su mente el puñetazo y el despectivo «¡Olvídame!» con que ella se había despedido. «¡Imbécil!», masculló en medio de la calle, sin percatarse de que alguien podía sentirse ofendido. Miró en su derredor. No, aunque un par de hombres seguían su camino negando con la cabeza. ¡Cuánto se arrepentía de su conducta! Quizá era Emma quien no había olvidado. Su madre nunca le había dicho que ella mostrase el más mínimo interés por él. Quizá continuaba sintiéndose responsable por la muerte de Montserrat y culpándolo también a él. Quizá era demasiado pronto. Quizá su madre tenía razón y lo mejor era dejar pasar el tiempo…

En alguna ocasión, una vez que Dalmau enfilaba el camino de la fábrica, una pareja de *trinxeraires*, un niño y una niña, abandonaban su escondite y merodeaban por la zona.

—¿Quién era? —preguntó ella un día.

—Aquella, la grande, la guapa, la del traje floreado y el delantal blanco —contestó él, su hermano.

—¿Estás seguro?

—Seguro. En cuanto la ve, corre a meterse otra vez bajo el portal. ¿No te has dado cuenta? —afirmó Delfín. Maravillas sí que había reparado en ello, pero quería oírlo de boca de su hermano, cerciorarse—. Si hasta se lo ve temblar. Se asoma un poco cuando ella está en el patio, y si ella se mete en la casa, entonces saca la cabeza. ¡Está clarísimo! ¡Vamos! —la exhortó el muchacho.

Y corrieron en pos de Dalmau para, como la mayoría de los días, hacerse los encontradizos en algún lugar por encima del barrio de Sant Antoni. «¿Me perseguís?», les preguntó los primeros días. «Sí», contestaba Maravillas.

Y Dalmau siempre les compraba de comer en alguno de los muchos puestos de vendedores ambulantes que rodaban por la ciudad con sus gritos y sus carros.

Un día, en lugar de salir en persecución de Dalmau, Maravillas se acercó al patio trasero de la casa de comidas.

—Un poco de pan, buena mujer —rogó a Emma extendiendo la mano por encima del murete que cerraba el espacio.

—Si quieres pan —le contestó Emma sin dejar sus tareas—, ven este mediodía después del almuerzo a ayudarme a limpiar platos, y te daré.

—Tengo hambre —insistió la otra con desparpajo, impropio de quien pedía limosna.

Ahora sí la miró Emma. Maravillas aguantó y la examinó a su vez. Ciertamente era guapa. Hermosa. Y limpia. Y joven y sana. Una sacudida de envidia atenazó a la *trinxeraire*. Ella tenía unos senos diminutos que se confundían con las costillas que sobresalían en su pecho; no tenía culo y el vientre estaba hundido… No poseía ninguna de las curvas sensuales de aquella chica. ¿Cuánto tiempo hacía que no veía su rostro reflejado en un espejo? Ni siquiera sabía si era guapa. Delfín le decía que no, que era fea como uno de esos peces chatos que a veces veían en las pescaderías, pero que eso en las calles no contaba. Y era cierto, allí solo valía la audacia, la rapidez, la decisión, el ingenio… La belleza en una chica solo servía para que se fijasen en ella y la violasen o la prostituyesen, o ambas cosas.

—Podrás aguantar hasta el mediodía —repitió Emma, sacando a Maravillas de sus pensamientos.

—Solo un mendrugo —quiso probar ella.

—Al mediodía.

—Te lo ruego.

—¿No me has oído? —repuso, impacientándose—. Al mediodía.

Los mediodías eran cuando Dalmau acudía a comer a casa del maestro. Desde que estaba en marcha la exposición de los dibujos de los *trinxeraires*, este no cesaba en sus convites. Ya no importaba la corbata. Comía en la mesa grande, con la familia y mosén Jacint los días en que este se invitaba, que eran muchos; en ocasiones hasta hacía la siesta con el mosén, en una salita aparte, oscura, mientras don Manuel hacía lo propio en su dormitorio. Algunos días compartía mesa con otros comensales: familiares o amigos del matrimonio, pero eran escasas esas citas. Doña Celia ni le dirigía la palabra ni escondía su animadversión. Úrsula, la hija mayor, intentó volver a practicar aquel sexo ingenuo y reprimido de la primera vez, para lo que buscó la excusa de enseñar a Dalmau a utilizar los cubiertos y se lo llevó otra vez al trastero. Ni siquiera le permitió hablar; se abalanzó sobre él y lo besó, cogió sus manos y las dirigió de nuevo hacia sus pechos y su entrepierna, siempre por encima de la ropa. Luego buscó su pene y ahí, cuando la muchacha se mantenía agarrada al miembro erecto de Dalmau, disfrutando del placer prohibido, él desplazó la mano que tenía sobre su pecho, la deslizó rápidamente a través del escote y extrajo al aire uno de sus senos.

—¿¡Qué haces!? —llegó a gritar Úrsula apartándose de él con brusquedad al mismo tiempo que luchaba por remeter el seno entre sus ropas—. ¿Quién te has creído que eres?

En ese momento, Dalmau hizo ademán de pellizcarla en la entrepierna y la muchacha dio un salto atrás. Chocó con una escoba y un cubo, que rodaron con estrépito.

—Mi hermana murió —le recordó Dalmau cuando ella, azorada y sofocada, abría la puerta para escapar del cuartucho—, ya no puedes chantajearme.

—No me subestimes, alfarero de mier… —Úrsula reprimió a tiempo el insulto—. Te acordarás de mí —lo amenazó antes de cerrar con un portazo.

Cuando menos en lo que respectaba a la exposición de los dibujos de Dalmau en el Círculo Artístico de Sant Lluc, la amenaza no surtió efecto, puesto que esta se celebró en la sede social de la institución, en la calle Boters, y resultó todo un éxito. Mosén Jacint concedió con su presencia cierta credibilidad a la promesa de don Manuel acerca del proceso de evangelización de aquel nuevo pintor, que fue felicitado, interrogado y asediado por los miembros del círculo que habían acudido, sus familiares y el numeroso público invitado a la inauguración. La presentación corrió a cargo de don Manuel, a quien acompañaban dos miembros del círculo artístico. Dalmau no deseaba hablar en público y se lo había rogado al maestro. «Me pongo muy nervioso —le confesó—. Me tiembla la voz y las palabras quedan atrapadas en mi garganta.» «No eres un político», vino a decirle el otro, que lo liberó de aquella responsabilidad, pero no de la de ir de unos a otros tras el discurso. Caballeros con bigotes, encerados en punta algunos, casi todos tupidos, como el de don Manuel, que se unía a sus patillas, y barbas de todo tipo: cuadradas, al estilo madrileño; puntiagudas; las moscas, a veces simples manchas de pelo por debajo del labio… Ellos le presentaban a sus esposas o a sus hijas, todas bien vestidas y perfumadas; las madres enjoyadas. Dalmau se sintió apabullado. Respondía aquí y no había terminado de explicarse, cuando ya tenía que saludar más allá, todo mientras una mujer le confesaba la compasión hacia aquellos *trinxeraires* que le provocaban sus dibujos, «hijos de Dios como nosotros», añadía casi en sollozos. De repente aparecía alguien importante y don Manuel se lo llevaba a un aparte, pero, al cabo, la gente volvía a rodearlo.

También concurrió la prensa especializada, que se sumó a las alabanzas. «El pintor de almas», adelantó allí mismo el titular que utilizaría en la edición del día siguiente uno de los periodistas, recordando a Dalmau el comentario de don Manuel y la posible influencia que había ejercido el maestro en aquel hombre que lo había entrevistado casi de su mano. «El idealismo con el que este joven pintor retrata la miseria —manifestó otro crítico ante una audiencia subyugada— concede incluso cierta honorabilidad a los niños que aparecen en los cuadros.»

Los Llucs estaban eufóricos. En sus constantes trifulcas públicas con los bohemios, Dalmau había venido a ganar una gran batalla. No hacía dos años, la misma prensa había criticado la obra expuesta en Els Quatre Gats, cervecería-café-restaurante barcelonés elevado a centro de culto del arte de la bohemia, por un pintor joven:

Pablo Ruiz Picasso. «Desequilibrio en los dibujos, inexperiencia, descuidos, titubeos…», se dijo entonces de su obra. Picasso se había convertido para los bohemios en la joven promesa de la pintura y, sin embargo, su siguiente exposición junto a Ramon Casas al año siguiente en la sala Parés, también de Barcelona, ni siquiera mereció comentarios de los periodistas expertos en arte.

—Y a ti te califican como pintor de almas —lo felicitó henchido de orgullo don Manuel.

El grupo que rodeaba a Dalmau estalló en aplausos. El pintor no sabía qué hacer con las manos ni dónde fijar la mirada; la clavó en el suelo, y la paseó con rapidez por hombres y mujeres, asintiendo, murmurando agradecimientos, sin saber si debía aplaudir él también. Lo hizo. Dio una palmada cuando un par de personas se apartaron para dejar paso a una mujer vestida con sencillez extrema: un vestido de tela floreada que, de no aparecer ceñido con delicadeza a la cintura, no habría sido más que una túnica suelta, sin forro siquiera, que colgaba sin gracia de sus hombros.

No fue necesario que Dalmau observase sus rostros para percibir el rechazo que Josefa originó en aquellos burgueses engreídos. Algunos dejaban ya el grupo cuando Dalmau alzó la voz:

—Mi madre —la presentó tomándola del antebrazo y acercándose a don Manuel—. Mi maestro, madre.

Don Manuel la saludó con elegancia, y algunas mujeres que se habían separado del grupo regresaron con actitud curiosa y cierto interés mezquino para ver de cerca a quien de seguro sería objeto de chismorreo y burla en sus tertulias: la madre del artista.

Josefa, haciendo caso omiso a los elogios hacia Dalmau en que se recreaba don Manuel, miró con descaro a un par de aquellas mujeres.

—Enséñamelos —pidió después a su hijo señalando los cuadros.

Pasearon por la sala de exposiciones, con el maestro a su lado y las miradas de los demás asistentes sobre ellos. Josefa aguantó las explicaciones de don Manuel y Dalmau del brazo de su hijo, orgullosa, sabiéndose observada.

Dalmau echó de menos que no estuviera Emma acompañándolos; apretaría su mano, le explicaría los dibujos, quién era quién, lo que le había costado dibujarlos, lo que le robó aquel, lo que gritó el otro… Y ella reiría, y compartirían ese triunfo. Quizá ahora, tras la exposición, fuera posible el reencuentro.

—Lo que debes vigilar —susurró Josefa al oído de Dalmau interrumpiendo sus pensamientos— es que ninguno de estos burgueses confunda tu propia alma.

5

Emma recorría la sala de la casa de comidas portando una bandeja repleta de vajilla sucia que acababa de retirar. Andaba despacio, con cuidado, pendiente de que las hileras de vasos y platos apilados no cimbrearan en exceso. Sin embargo, al pasar junto a una mesa a la que se sentaban cuatro obreros, uno de ellos le propinó una fuerte palmada en el culo. La muchacha trastabilló y lanzó la bandeja por delante de ella. Los vasos, los platos y las escudillas que llevaba se estrellaron con estrépito contra el suelo haciéndose añicos muchos de ellos. Emma no prestó atención al cataclismo; en su lugar se llevó las manos a las nalgas y, ruborizada, se volvió hacia los comensales.

—¿Quién ha sido? —gritó—. ¿Cómo te atreves?

Los hombres que estaban sentados a la mesa se reían a carcajadas. Bertrán llegó corriendo hasta ellos.

—León —llamó la atención al obrero, asiduo de Ca Bertrán; trabajador en una fábrica de muebles, chulo y pendenciero—. ¡No quiero escándalos en mi local! Este es un establecimiento serio.

—¿Serio? —clamó el operario, que desenrolló un papel grande y se lo mostró a Bertrán.

Emma vio palidecer a su jefe. Luego aquel hombre se levantó, adosó el papel a su pecho y, con este extendido casi hasta sus rodillas, giró sobre sí para que los de las demás mesas lo vieran también. Los silbidos, los aplausos y las insolencias y groserías que brotaron de boca de aquellos obreros toscos que iban a almorzar por unos céntimos se apelotonaron en los oídos de Emma al reconocerse desnuda en el dibujo, en actitud provocativa, totalmente obscena. Le temblaron las piernas y se mareó. El mundo daba vueltas a su alrededor y ella cesó de oír el tumulto. Se dejó caer al suelo, pero uno de los hombres de la mesa de León la agarró.

—¡Desnúdate! —gritó alguien.

—¡Las faldas, levántale las faldas!

El hombre que había impedido que cayera la sujetó por la cintura con una mano mientras con la otra le manoseaba con lascivia los pechos.

—¡Bravo!

—¡Enséñanos las tetas! ¡Las de verdad! —animó otro.

Bertrán estaba paralizado. Fue su esposa, Ester, y una de sus hijas, atraídas por el escándalo, quienes liberaron a Emma de manos del obrero.

—¡Llévatela! —ordenó la madre a la hija—. A la cocina. ¡Rápido!

—¡No! —se lamentaron varios clientes a la vez.

—Que se desnude como en el cuadro.

—¡Puta!

—Dame eso —exigió la cocinera a León.

—Ni lo pienses —se opuso el otro apartando el dibujo—. Mis buenos céntimos me ha costado.

—¿De dónde lo has sacado? —reaccionó entonces Bertrán.

—Dónde lo he comprado, querrás decir. ¡En el burdel de la Juana! —gritó a carcajadas—. Vendían otros, varios más, pero a mí me gustó este.

Y mientras volvía a exhibirlo girando de nuevo sobre sí y enardeciendo a la parroquia, Emma creyó desfallecer definitivamente al escuchar la afirmación de León, justo antes de entrar en la cocina: no solo había varios más, sino que además los vendían en un burdel.

—¡Ya basta! Ya está bien —exigió Bertrán—. Esto es un establecimiento…

—¿Serio? —lo interrumpió León originando nuevas carcajadas—. Tienes trabajando a una mujer que posa desnuda en… —El obrero tuvo que pensar las palabras—. ¡Posa desnuda como una guarra! —terminó gritando.

—Tiene que haber alguna explicación —adujo Ester, que, antes de seguir los pasos de Emma, ordenó a su otra hija que limpiara el suelo.

No la había. No por lo menos aquella que pudiera haber tranquilizado a Ester, ella y su marido propietarios modestos de una casa de comidas, pero siempre pendientes de alcanzar ese escalón, por bajo que fuera, en la burguesía de la ciudad. Catalanes, por lo tanto, y católicos, por supuesto. «¿Te dejaste pintar así? —se extrañó la mujer después de que Emma asintiese a todas sus preguntas, acuclillada, con el rostro hundido entre las manos—. Pero… pero… ¿qué relaciones eran las que tenías con tu novio, muchacha? ¿Ya habéis… fornicado?» Las dos hijas de Bertrán escuchaban atentas, boquiabiertas; el padre también prestaba atención, desde la puerta de la cocina, controlando al mismo tiempo la sala.

—Lo siento, lo siento, lo siento… —sollozaba Emma.

Una de las hijas pretendió consolarla y se agachó para pasarle el brazo por los hombros. Su madre la agarró con cierta violencia, la levantó y la obligó a retrasarse unos pasos.

—Lo sentimos nosotros, Emma —dijo entonces—, pero tendrás que dejar esta casa.

Bertrán dio un respingo. La mirada que dirigió su mujer fue suficiente para que evitara pronunciarse. Las hijas se miraron extrañadas. Emma destapó su rostro y lo volvió hacia Ester.

—¿Me está despidiendo? —preguntó despacio, atónita.

—Por supuesto —contestó la otra con dureza—. Aquí no podemos permitir indecencias como esta. Cuéntale el jornal, Bertrán —añadió encaminándose hacia su marido—. Vosotras ocupaos de los guisos. Y tú recoge tus cosas y ve a cobrar. Calla —masculló ya al lado de su marido, mientras los dos salían de la cocina. La gente se había calmado y se oían los murmullos usuales entre algún grito y una que otra carcajada—. Sé que es duro echarla —continuó la mujer—, pero no se trata solo de ese dibujo… o de los que puedan venir. ¿No te das cuentas de que Emma ha desplazado a tus hijas en la cocina? Ellas están más cómodas lejos de los fogones, charlando con la gente, tonteando y flirteando. Camareras siempre encontraremos, mejores o peores, pero buenas cocineras, no, y hay que aprovechar la ocasión. Debemos enseñarles todo lo que sabemos, ¿quién me sustituirá si me pasa algo? ¿Quién se hará cargo de este negocio cuando seamos viejos?

—Pero su tío… La carne del matadero… —dudó Bertrán.

—Sebastián lo entenderá perfectamente. ¿Crees que le gustaría que la gente siguiera viniendo por aquí con los dibujos para llamar puta a su sobrina y tocarle el culo? Ya veremos si no la echa él también de su casa.

—Es anarquista, casi tanto como lo fue su hermano, y ya sabes cómo piensa esta gente con respecto al sexo y todas esas libertades.

—Sí, sí, sí, querido —replicó Ester con displicencia—. Hasta que les toca a ellos en sus propias carnes. Anarquista o no, se sentirá humillado por lo de la muchacha.

Bertrán suspiró, y asintió.

Escapó por detrás, por una portezuela en el murete del patio. Bertrán no había descontado el estropicio de la liquidación de su jornal. El hombre, delgado, inquieto, evitó mirarla a los ojos. Apretó los labios y le deseó suerte. Como si le hubieran arrancado parte de su ser, de su vida, de su rutina, Emma se encontró sumergida en el alboroto de unas calles y unas gentes a las que nada parecía importar su desgracia. Esquivó un carro tirado por una mula vieja, renqueante, y al ritmo de muchos otros que iban y venían se alejó de la casa de comidas. Todo se le hacía hostil. No era la hora de volver a casa. ¿Qué haría allí encerrada? El tío Sebastián estaría durmiendo después de una jornada nocturna en el matadero. Tembló ante la sola idea de explicar a su tío y a sus primos la razón de aquellos dibujos. Rosa lo sabía; se lo había contado en la confianza e intimidad que se forja en una pequeña cama compartida. Un sudor frío se agarró a su espalda al pensar en su tío y sus primos observándola desnuda. ¿Por qué! ¿Por qué! ¿Por qué los había vendido Dalmau? ¿Tanto podía llegar a odiarla? Se detuvo en el centro de la calle, las manos cerradas con fuerza, clavándose las uñas en las palmas. «¡Desgraciado!», masculló. La gente que andaba tras ella tuvo que esquivarla. A lo largo de esa misma calle, quizá de alguna otra cercana,

Dalmau la había perseguido pidiéndole disculpas. ¿Acaso creía que podía perdonarse tan fácilmente un puñetazo como el que le había propinado? No, ni siquiera achacándolo al alcohol que había bebido aquella noche. Y luego estaba lo de Montserrat. Ella no lograba desprenderse de su culpa, y la visión de la barricada y la cabeza de su amiga reventando a balazos la perseguía en las noches. Pero Dalmau no quería asumir responsabilidad alguna, ni siquiera la derivada de haberle planteado el conflicto de suplantar a su amiga en la catequesis. «¡Traidora!», la había insultado por ello Montserrat antes de morir. Dalmau tendría que haber rectificado su actitud e insistido una y mil veces para obtener su perdón y, en lugar de ello, desapareció tras unos pocos intentos; no perseveró. Y ahora los dibujos. No entendía cómo habían terminado en un burdel. La gente la había visto desnuda, provocativa, lujuriosa. Recordaba cada una de aquellas sesiones de pintura: el amor, la pasión, el goce… Al cabo de un rato de andar absorta, con los ojos humedecidos, se encontró a pocos pasos de la verja de la fábrica de azulejos. Quiso recordar si en algún momento había decidido ir hasta allí conscientemente y se respondió a sí misma que no.

Dalmau no estaba, le contestó un viejo desdentado. ¿Para qué quería verlo?, la interrogó el hombre. ¿Para qué?, pensó ella. Para escupir a sus pies. Para arañarle el rostro y darle una patada en los huevos. ¡O dos!

—Para nada —contestó en su lugar—. No se preocupe.

—Está preparando una exposición con el maestro. Dicen que es muy buena y… —Pero Emma ya se alejaba de la verja—. ¿Quieres que le diga que has venido? ¿Cómo te llamas?

Emma dudó unos instantes, de espaldas al anciano, postura desde la que contestó, sin siquiera volver la cabeza:

—No, no se moleste. No me conoce. Ya volveré.

Y se encaminó hacia Sant Antoni a través de los mismos descampados, y las mismas calles sin empedrar y sin aceras a cuyos costados se alzaban casas humildes de uno o dos pisos, talleres y granjas de leche de vaca, de cabra o de burra; las mismas callejas por las que había ascendido sin percatarse de nada de ello.

—Cabrón —se oyó musitar a sí misma delante de una lechería.

»Cabrón —repitió algo más fuerte—. ¡Cabrón! —clamó al cielo, plantada en medio de la calle—. ¡Cabrón!

Una vaquera le recriminó los gritos con un bufido cuando el animal que ordeñaba se meneó inquieto. Un par de mujeres vestidas de negro cuchichearon señalándola y, por detrás de ellas, escondidos entre las casas, las ropas colgando a secar y los trastos y desechos amontonados, Maravillas y su hermano, Delfín, cruzaron miradas de complicidad. Había resultado sencillo robar del taller de Dalmau los dibujos de aquella muchacha que Maravillas reconoció tan pronto como la vio en la casa de comidas. Dalmau no guardaba orden alguno y cuando pintaba a los *trinxeraires* entraba en tal grado de concentración que, salvo el papel o el carboncillo y los pasteles que mantenía en sus manos, Maravillas podría haberle robado hasta un zapato o la camisa que llevaba puesta.

Venderlos en el burdel de la Juana fue más fácil todavía. La alcahueta no era, como cabía esperar por su oficio, persona culta y sensible; sin embargo, contempló los dibujos con actitud respetuosa, como si descubriera algo mucho más allá que la lascivia que pretendían originar las fotografías de desnudos femeninos que tan de moda se habían puesto con la popularidad de las cámaras de retratar. Aquel respeto tampoco les supuso un precio superior, como les aseguró Benito, el *trinxeraire* que les contó de la mirada extraña de la puta y en quien Maravillas había confiado la misión de vender los dibujos.

—¿Y por qué no tú o yo? —se quejó su hermano.

—No quiero que Dalmau pueda saber nunca que hemos sido nosotros.

—¿Por qué?

—Dalmau confía en nosotros. Quizá hasta nos ha cogido cariño. ¿No te das cuenta? Nos paga comida en algún puesto ambulante y, de vez en cuando, nos da unos céntimos. Está enfadado con esa chica, eso salta a la vista, pero también enamorado. Si no, no la habría espiado. Y si se arregla con ella, nosotros sobraremos, seguro.

—Ah. —Delfín pensó unos instantes—. ¿Y si Dalmau encuentra a Benito y le cuenta que se los hemos dado nosotros?

La otra se zafó de sus dudas con un manotazo al aire.

—Lo único que puede contar Benito son los pocos días que le quedan con esa tos sanguinolenta que lo tiene soltando gargajos por todos lados.

Maravillas hizo ademán de seguir a Emma, que, después de insultar a gritos a Dalmau y escupir a los pies de una de las vaqueras, había reanudado su camino y se alejaba calle abajo.

—Deja que se vaya —le propuso Delfín.

Pero Maravillas no pensaba hacerlo. Quería saber qué era lo que sucedía con aquella muchacha. Seguro que algún día le sería de utilidad… para bien o para mal de Dalmau.

El tío Sebastián lo sabía; había ido a comer a Ca Bertrán después de que Emma se fuera, y la ira había ido aumentando en él a medida que esperaba su regreso a casa. Emma lo encontró colérico, agresivo, probablemente bebido como atestiguaba la botella de anís medio vacía sobre la mesa del comedor y el aliento que le echó con sus primeras palabras.

—¿Qué has hecho, desgraciada? —bramó Sebastián. Emma reculó hasta la puerta de la casa. Él la siguió, escupiendo gotas de saliva y alcohol a su rostro a medida que le gritaba—: ¡Todo el mundo te ha visto desnuda! ¡Guarra! ¡Puta! ¿Así te he educado? ¿Qué diría tu padre si viviese?

La espalda de Emma chocó con la puerta cerrada. La nariz del tío Sebastián quedó a un centímetro de la suya; el hedor que provenía de su boca y del sudor de su cuerpo la mareó. Escuchaba su respiración; sentía el calor del aire que exhalaba. Estaban solos en la casa; sus primos todavía en el trabajo. Le pegaría. Emma tembló y cerró los ojos temiendo que la forzara, llevado por la ira y el alcohol, pero el otro cesó en sus gritos. Transcurrieron unos segundos, y ella siguió sin poder enfrentarse con la mirada a la figura de su tío. No pudo contener el temblor frenético de sus rodillas. Iba a caer al suelo cuando un golpe resonó en toda la casa: el puñetazo que el tío Sebastián dio a la puerta. Emma empezó a deslizarse hacia el suelo, la espalda resbalando contra la puerta. El hombre propinó un par de patadas justo al lado de ella. La muchacha oyó el chasquido de la madera al romperse y se encogió todavía más. Su tío volvió hasta la mesa y se sirvió otra copa de anís.

Emma quedó sentada contra la puerta, las rodillas a la altura de sus pechos, las piernas tapándola. Desde allí lo vio dar cuenta de la copa de un solo trago antes de servirse la siguiente.

—Mañana te buscaré un buen hombre capaz de olvidar esos dibujos y hacer caso omiso de tu comportamiento, y te casarás con él. Será difícil encontrar a alguien que acepte que su esposa haya sido vista y deseada por la mitad de los hombres de Barcelona, pero creo que ya sé de alguien que…

—No —se sorprendió oyéndose decir Emma—. No me casaré con nadie.

Sebastián bebió de la copa, en esta ocasión fue un solo sorbo, algo que inexplicablemente tranquilizó a Emma.

—Debería darte una paliza —la amenazó—, pero prometí a mi hermano que si de mí dependía nadie te haría daño, y debo incluirme. Si no estás dispuesta a obedecerme, tendrás que marcharte de esta casa. Ya tienes edad suficiente, por lo que me consideraré libre del compromiso que adquirí con tu padre.

Tras aquellas palabras, discurso extenso en boca de un matarife, el tío Sebastián se dejó caer en una de las sillas que rodeaban la mesa.

—No se preocupe, mañana mismo… —empezó a decir Emma.

—Mañana, no. Hoy. Ahora.

—Pero Rosa… y los primos… —balbuceó Emma—. Me gustaría despedirme.

—Pues los esperas en la calle y te despides allí.

Emma todavía llevaba el hatillo con sus escasas pertenencias recogidas en la casa de comidas: una escudilla, cubiertos, un par de delantales y una servilleta. Ahora tenía que hacer lo mismo en lo que había sido su hogar desde el fallecimiento de su padre. Algunos trajes. El vestido floreado cuyo corte de tela le había regalado Montserrat. Un par de zapatos y los dibujos que Dalmau le había hecho de niña. Los rompió todos. De sus padres solo conservaba unas gafas con los cristales rayados, y una estilográfica con capuchón de oro que perteneció a su padre y que Emma cuidaba como un tesoro. No quiso llevársela.

—Haga el favor de guardármela, tío —le rogó dejándola sobre la mesa ya con el hatillo a la espalda—. Confío en volver a por ella algún día, pero si no es así, que se la quede el mayor de mis primos —añadió. El hombre no contestó—. Gracias por todo —concluyó—. Quiero que sepa que entiendo su decisión.

Emma se inclinó para darle un beso en la coronilla, como en tantas otras ocasiones. Sebastián apartó la cabeza.

—Lo siento —reiteró Emma dirigiéndose a la puerta.

—Si ni te caso ni te echo, ni apareces en público con la cara reventada a hostias —oyó que decía su tío cuando ya estaba por cerrarla tras de sí—, la gente creerá que mi Rosa es igual de promiscua que tú. Y eso no lo consentiré jamás.

Emma, con un pie ya en el descansillo, asintió con la cabeza y desapareció.

Rosa lloró cuando se encontraron en el portal, donde explicó a su prima lo sucedido. «Ellos no lo entenderán», le advirtió esta acerca de la actitud de sus hermanos. Y no se equivocaba. No tardaron mucho en aparecer, cuando Emma ya se despedía de Rosa.

—¿Tú no habrás posado también para ese hijo de puta? —fue la primera reacción de uno de ellos, que atravesó a su hermana con la mirada, las manos prietas en puños, en tensión.

—Ya te advertí —terció el otro hermano—, que esto de tolerar que Emma se acostase en nuestra casa con ese hijo de la gran puta no podía llevar a nada bueno.

—Lo siento —se excusó Emma frente a sus primos.

Terminó dándoles en las mejillas el beso que su padre no le había permitido en la coronilla. En cualquier caso, ambos lo recibieron incómodos, ansiosos por poner fin a aquella reunión que algunos de los vecinos que subían o bajaban ya habían mirado con recelo. «¿Sucede algo?», les preguntó uno de ellos.

Sucedían muchas cosas. Emma casi no tenía dinero, unas pocas pesetas entre la liquidación y lo que tenía ahorrado. Con eso podía alquilar una habitación en alguna casa, pero en todas las que conocía de sus amigas y que había repasado con Rosa una a una podía sucederle lo mismo que con el tío Sebastián: que supieran de los dibujos y la echasen o… Rosa no se atrevió a decirlo, y a Emma no le hizo falta oírlo. Podían aprovecharse de ella tomándola por una mujer cuando menos fácil. Solo hacía unas horas que había temido que su propio tío la forzase. No quiso confesárselo a su prima y se sintió injusta con aquel hombre que la había acogido en su hogar. Pero si así era con un pariente al que respetaba y en el que confiaba, qué menos podía temer de un extraño.

De repente se dio cuenta de que, excepción hecha de la lucha obrera, de sus correrías delante de la Guardia Civil y los gritos e insultos contra los burgueses, su vida había transcurrido en una relativa placidez. Con Rosa y sus primos ya arriba, el entorno volvió a antojársele hostil, igual que le había sucedido esa mañana al abandonar Ca Bertrán. Estaba sola. Necesitaba un trabajo. Necesitaba dinero. Necesitaba una casa seria donde no la conociesen y en la que pudiera comer y dormir. Necesitaba rehacer esa vida que había ido escapando a su control desde que detuvieran a Montserrat y que la había abocado a donde se encontraba ahora, sola en el centro de la ronda de Sant Antoni, una calle repleta de gente, mulas y carros, el anochecer de un malhadado miércoles de mediados del mes de julio de 1902.

Oyó sonar los dos cuartos en la campana de la parroquia de Sant Pau del Camp: las siete y media. Rosa le había dicho que debía estar antes de las ocho en el asilo municipal del Parque. Podía accederse entre las ocho y las diez de la noche, pero convinieron en que sería mejor hacerlo a primera hora, no fuera a ser que se quedase sin cama o sin cena. Allí mismo, pues, se subió al tranvía de circunvalación que rodeaba la ciudad vieja y que la dejaría cerca del asilo, en el otro extremo, en la calle Sicília. Logró acomodarse en un banco entre dos soldados que, con cortesía excesiva, algo impostada, le hicieron sitio. No tardó en entender: poco a poco, fueron comprimiéndola desde ambos lados. Esa iba a ser su vida a partir de entonces. Suspiró sonoramente y, cuando terminó, se meneó con violencia y sacudió los hombros. «¿Me equivoco o ha encogido el banco?», preguntó con sorna a uno y otro lado causando las sonrisas de los demás viajeros y el sonrojo de los soldados, que se apartaron lo suficiente.

En el Paralelo, el tranvía se limitó a hacer sonar su campana para no atropellar a la multitud que deambulaba entre cafés, casas de comidas, vendedores ambulantes, teatros, cabarets, cines y atracciones. La gente era reacia a apartarse con la premura con la que el tranviario pretendía, lo que muy a menudo originaba accidentes, principalmente en las calles estrechas. La Guillotina, tal fue el apelativo que lograron alcanzar los tranvías por la facilidad con la que segaban el cuerpo y la vida de los barceloneses, aunque al de circunvalación también lo llamaban la Carroza de los Pobres, puesto que eran muchas las familias humildes que los domingos paseaban en él, toda vez que los ricos lo hacían en sus carruajes.

Emma se bajó del tranvía a la altura del Parque, una extensión de terreno que hacía dos siglos se había utilizado como fortaleza después de que Barcelona fuese derrotada en la guerra de Sucesión entre los partidarios de Felipe V de Borbón y los del archiduque Carlos de Austria. A mediados del siglo XIX, el gobierno cedió aquella fortaleza a la ciudad, cuyas autoridades decretaron sin tardanza el derribo de las estructuras militares que rememoraban la derrota. Allí se había celebrado la Exposición Universal de 1888 y ahora, a la luz del atardecer de aquel mes de julio y el frescor de la brisa proveniente del mar, Emma se cruzó con los barceloneses que paseaban distraídos por las distintas avenidas: la de los álamos, la de los tilos o la de los olmos; se recreaban en las zonas ajardinadas al estilo inglés, con cedros gigantes y multitud de magnolias, o acudían a refrescarse a la gran cascada, un monumento de altura considerable en semicírculo al que se llegaba a través de una avenida flanqueada por eucaliptus.

Una punzada de envidia sacudió a Emma: había disfrutado de aquel entorno con Dalmau. Habían corrido y reído, se habían abrazado y besado con pasión, y luego ella había descansado tumbada sobre el césped de alguno de los muchos jardines mientras Dalmau se perdía en sus dibujos: bocetos de quienes paseaban, a veces burlescos o satíricos, para diversión de Emma; otras veces de árboles o de una simple flor. No hacía mucho tiempo de eso y, sin embargo, qué lejos le parecía que quedaba todo.

Aligeró el paso para escapar de la nostalgia, cruzó el parque y llegó a la calle Sicília. Allí se alzaba el asilo, un establecimiento municipal que contaba con dispensario público, así como con camas en naves separadas para hombres, mujeres, niños y dementes. Además del personal médico y administrativo, de un maestro y los trabajadores subalternos para limpieza, cocinas y demás, el asilo lo gobernaban catorce monjas pertenecientes a la orden de la Sagrada Familia, a las que auxiliaba un capellán.

En aquellos días, el asilo estaba ocupado por cerca de cien niños, ochenta hombres y cuarenta mujeres, y otros setenta idiotas o dementes. La particularidad del refugio radicaba en que los hombres y las mujeres solo podían permanecer allí tres noches en las que se les proporcionaba cama, una sopa para cenar y desayuno —durante el día tenían que salir—, y no podían solicitar nuevo albergue hasta transcurridos dos meses.

Emma se detuvo a la vista de la gente que esperaba en la calle. Dudó y estuvo tentada de regresar, pero sabía que no existía un lugar para ella fuera de allí. Inspiró con fuerza. Lo había hablado con Rosa: necesitaba un tiempo, al menos esos tres días escasos de refugio en el asilo, para efectuar una elección correcta. Se acercó a la cola que esperaba frente a los bajos del edificio. No tardó en darse cuenta de que aquella hilera de personas, algunas de ellas heridas, sangrando, un par de mujeres que acunaban entre sus brazos los cuerpos temblorosos de niños con fiebre, ancianos impedidos y varios borrachos que no podían sostenerse en pie, no buscaban una cama para dormir, sino que pretendían ser atendidas por la asistencia gratuita municipal, que tenía instalado un dispensario en los bajos del asilo.

Buscó la entrada del asilo y dio su nombre a un administrativo que recibía a la gente tras un mostrador alto. Aquel era el único requisito. Le indicaron el camino hacia la sala de mujeres, también en los bajos del edificio, donde se ubicaba el albergue nocturno. Allí, entre varias mujeres que se le habían adelantado y que ordenaban sus pertenencias sobre las camas corridas de una nave, se encontró con un par de monjas que la interrogaron. ¿Qué la había llevado allí? ¿Tenía familia? ¿Trabajo? ¿Qué sabía hacer? ¿Religión? Emma eludió las respuestas concretas, salvo la de la religión, en la que, a instancia de una de las monjas, las sorprendió recitando de corrido parte del catecismo que sor Inés le había grabado en la memoria en el asilo del Buen Pastor. Esa noche, las monjas procuraron que le sirvieran más sopa de la ordinaria. Se acostó en una cama para ella sola, con las sábanas viejas y ásperas pero limpias, desde la que escuchó los ronquidos, las toses y los llantos de cerca de cuarenta mujeres. Las había mendigas, cierto, podía reconocérselas, pero también vio mujeres y jóvenes como ella, personas a las que la fortuna había llevado hasta aquel lugar y a las que, si bien no les habló, sí que les devolvió un esbozo de sonrisa con el que pretendían reconocerse en la desgracia. Pese a ello, pese a la multitud que la rodeaba, con la oscuridad Emma creyó encoger en la cama mucho más allá de la posición fetal en la que se había refugiado. Tocó su soledad, pudo hacerlo, era como un muro que se había alzado a su alrededor y notó cómo las lágrimas empezaban a resbalar por sus mejillas. Trató de evitarlas. Era una mujer fuerte, siempre se lo habían dicho y ella había alardeado de esa condición. Luchó unos minutos contra el llanto: apretó párpados y labios, y su cuerpo se puso rígido, en tensión. Los sollozos surgían apagados.

—Déjate llevar, muchacha —oyó decir desde la cama contigua—. Te hará bien. A nadie le importa que llores ni nadie te lo recriminará. Todas hemos pasado y seguiremos pasando por lo mismo.

Emma quiso evocar el rostro de la mujer. No pudo. No le costó seguir su consejo y lloró como no recordaba haberlo hecho, ni siquiera a la muerte de su padre.

Al día siguiente, las monjas le recomendaron una casa seria en la calle Girona por encima de la calle de Cortes. Podía decir que iba de su parte. Le ofrecieron asimismo un trabajo como criada en otra casa, ya que el día anterior les había dicho que sabía cocinar. También podían recomendarla para que la admitiesen en el colegio de María Inmaculada para el servicio doméstico. Allí había más de ochocientas muchachas que aprendían a servir y que después se colocaban en casas de familias acomodadas.

La cama en la casa de la calle Girona le interesaba. Lo de servir como criada en un hogar burgués, ella, luchadora anarquista, distaba mucho de sus intenciones, por más necesitada que estuviera. Su padre se revolvería en la tumba y Montserrat también, sin duda.

Además, para entrar en ese colegio donde enseñaban a cocinar y a servir, y sobre todo a obedecer a la señora de la casa y a Dios por encima de todo, era necesario un documento de buena conducta emitido por el cura de la parroquia a la que pertenecía la futura criada. A las monjas había podido engañarlas con algo del catecismo, pero jamás conseguiría nada de un cura.

—Se lo agradezco, reverenda madre superiora —se excusó Emma—, pero ya he servido en alguna casa, y este cuerpo... —Se señaló con las manos abiertas de arriba abajo—. Este cuerpo me ha traído muchos problemas. Los señores de las casas..., sus hijos... ¿Me entienden? —La entendían—. Creen que tienen muchos más derechos que los de ser atendidos en la mesa. Lo reconozco: no quiero convertirme en la incitación al pecado. Quizá dentro de unos años, el día que haya perdido lozanía, pueda trabajar en una casa tranquila.

—Dices bien, hija —afirmó la superiora de aquella docena de monjas, quien escrutó también de arriba abajo a Emma.

La casa de la calle Girona era modesta pero correcta. Como cabía esperar siendo recomendada por las monjas, se trataba de la vivienda de una viuda piadosa, con el luto a cuestas, que aumentaba sus ingresos alquilando las habitaciones que le sobraban. Por tres pesetas al mes, Emma podía compartir cama con otra joven, Dora, una chica simpática, de trato agradable y risa fácil, deseosa de casarse para poder escapar de aquel cuarto en el que casi no podían estar las dos muchachas en pie a la vez. El defecto de la chica era que llevaba pegado a su cuerpo el olor a conejo. Emma lo conocía de la casa de comidas, pero Dora superaba con creces el tufo puesto que trabajaba como cortadora de pelo de conejo y se pasaba todo el día con las pieles de aquellos animales entre sus manos. Por más que procurase desprenderse de ellos, la cama siempre amanecía repleta de pelos y durante un buen rato, tras despertarse, Dora se dedicaba a quitárselos del cabello revuelto mientras se deshacía en excusas. Tampoco había forma de airear la habitación, puesto que la única ventana que había en ella daba a un diminuto patio interior cerrado desde el que no solo no llegaba frescor alguno, sino que lo hacían los mil olores acumulados de los demás pisos que daban a él, como si estuvieran allí presionados a la espera de que algún ingenuo les permitiese colarse y apestar el interior de una nueva vivienda. Por otra parte, la viuda no aprobaba que mantuvieran la puerta de su dormitorio abierta. Sería, sostenía la anciana con voz más firme de lo habitual, como una invitación a los hombres que obviamente excitaría sus deseos carnales, lo que recalcó con un golpe de bastón sobre el suelo de mosaico hidráulico.

Emma no podría abrir la ventana de aquel cuartucho, y quizá de vez en cuando saliese a la calle con algunos pelos de conejo enredados en los suyos, pero no le fue difícil encontrar en Dora a una amiga a la que se arrimaba por las noches para tranquilizar su ansiedad y engañar su congoja. Aquella relación la animó. Su situación desesperada la llevó a olvidar a Dalmau, a su tío Sebastián, a su prima Rosa, a Josefa, incluso a Bertrán, y a cuantos la habían rodeado hasta entonces. Había pagado un mes por adelantado a la viuda y ya solo disponía de dinero para alimentarse con frugalidad durante ese mismo período. No se atrevió a contar las monedas, pero sabía que era así. Necesitaba encontrar un trabajo, y se empeñó en ello desde la primera mañana sin limitarse a la cocina, aunque sus primeras tentativas lo fueron en casas de comidas y restaurantes, en cervecerías, bodegas y tabernas, todas inútiles puesto que o bien le negaban el trabajo o pretendían aprovecharse de ella y le ofrecían una miseria. La crisis económica del momento era inmisericorde y sacaba a la luz lo peor de quienes tenían trabajo que ofrecer.

Probó en tiendas de bordados y encajes, de sombreros, de comestibles, y hasta de carruajes. Nada. Lo intentó, infructuosamente, en comercios de abanicos, paraguas y sombrillas, de chocolates, de zapatos y de cuchillos. Al fin consiguió que la contratara un colchonero que tenía un almacén en la calle de Bailèn cerca de la plaza de Tetuan, y durante algunas noches los pelos de conejo que Dora traía se mezclaron con los miles de hebras de lana que Emma aportó. Ambas reían por las mañanas. Una cortaba los pelos de las pieles de conejo, la otra pasaba el día vareando la lana. Ese era el trabajo de Emma: coger una vara de fresno delgado de metro y medio de largo, torcida en un ángulo agudo en su extremo más delgado, parte con la que se voleaba la lana en el aire, hasta que esta se iba separando y esponjando, tras lo que se extendía sobre la tela del colchón y se cosía, tarea esta que realizaban el colchonero o su esposa indistintamente. Durante algunos días, Emma vivió asfixiada entre montones de lana parda a los que no hacía más que dar palos y palos, levantando polvaredas que le impedían respirar, hasta que una tarde antes de finalizar la jornada, ella pendiente de la vara en el aire, montones de lana y polvo revoloteando por delante de su pecho, el colchonero la empujó por la espalda y la hizo caer de bruces encima de la pila en la que trabajaba.

Dora le había preguntado por aquel hombre. Emma le contestó que parecía una persona honesta. «No te fíes», le había advertido, y ella, sin llegar a sopesarlo con detenimiento, bromeando, contestó que por lo general tenía una vara en la mano, así que como se acercara ya averiguaría lo que le esperaba. Pero ahora… ¿dónde estaba la vara? Se angustió con el colchonero encima de ella, los dos sumergidos entre la lana, él trastornado, luchando por manosearle los pechos con una mano mientras con la otra trataba de levantarle las faldas al mismo tiempo que le besaba y mordía el cuello, las orejas, las mejillas, los labios.

No podría con él. El hombre era grande y fuerte, después de toda una vida vareando lana, transportando colchones de aquí para allá. Emma trató de pensar, a pesar de que se ahogaba entre las hebras de lana. Buscó la vara tanteando, una de las manos del hombre ya en su entrepierna, pero no la encontró. No estaba. Sus manos solo tocaban lana y más lana. Quiso gritar. Tosió. ¿Y la esposa?, se preguntó. Trató de zafarse del cuerpo que la aprisionaba, pero le fue imposible. Gritó, esta vez sí que respondió su garganta, y él la abofeteó, con violencia, en varias ocasiones, más de las necesarias puesto que continuó haciéndolo cuando Emma ya había callado.

—No. Se lo ruego —sollozó la joven, ya rendida—. Por favor. No. No…

Notó que el colchonero pugnaba por bajarse los pantalones, sin separarse de ella, reptando sobre su cuerpo.

—No. No.

Emma percibió el pene erecto ya desnudo y trató de defenderse una vez más. El hombre la agarró de ambas muñecas y extendió sus brazos en cruz.

—Por favor —insistió ella cuando ambos se miraron a los ojos.

—Te gustará, muchacha. —El colchonero sonrió—. Te gustará tanto que querrás más.

Emma apretó los puños sobre la lana como si ello fuera a calmarla mientras el hombre, ahora a horcajadas, luchaba por desgarrarle la camisa para dejar sus pechos al aire.

—¡Me lo pedirás! —afirmaba al mismo tiempo, los ojos vidriosos, el rostro encendido—. ¡Querrás repetir!

Fue un impulso. Tal como el colchonero abrió la boca para seguir con sus fanfarronadas, Emma se incorporó cuanto pudo e introdujo en su boca una de las bolas de lana que mantenía apretadas en un puño. El hombre, sorprendido, llevó sus manos al brazo de Emma y lo retiró. En ese momento ella le introdujo una nueva bola con la otra mano.

—¡Repito! —gritó Emma empujando la lana con los dedos hasta la misma garganta.

Él se defendió. Ella, la ira multiplicando sus fuerzas y su voluntad, aguantó sus embates con una u otra de sus manos siempre tapándole la boca, impidiendo que expulsara la lana. Recibió golpes, pocos, porque tras unos segundos de pelea rabiosa el colchonero empezó a padecer la falta de aire y, por fin, se desplomó. Emma lo soltó y se alejó unos pasos tosiendo entre las hebras y la polvareda que habían levantado. El otro dio varias arcadas y consiguió extraerse las bolas de lana antes de vomitar. Emma continuaba separándose de él cuando pisó la vara de fresno. La cogió. Lo observó de espaldas a ella, convulsionándose todavía. ¡Cabrón! Le metió la vara entre las piernas, imaginando todavía su miembro desnudo colgando flácido entre ellas, y tan pronto como el ángulo del extremo de la vara lo superaba, tiró con fuerza hacia atrás. El aullido del colchonero le indicó que la vara se había clavado en algún lugar de su entrepierna. La soltó y se encaminó hacia la salida. De paso se cobró sus jornales, más la camisa desgarrada, de la caja de la tienda.

—Me temo que eso te pasará en cualquier trabajo al que vayas —sentenció Dora tras escuchar una vez más el relato de Emma, las dos en la cama—. Eres demasiado guapa, chica. —Chascó la lengua—. Si hasta alguna noche yo misma he tenido tentaciones…

—¡Quita! —gritó Emma apartándola en broma.

Estaban una frente a la otra, tumbadas, compartiendo almohada, aliento, calor, olores, pelos de conejo. Rieron.

—No —insistió Dora cuando retornó el silencio—, lo digo en serio…

—¿Lo de las tentaciones? —preguntó Emma.

—No, mujer, no. Lo de tus problemas. Si tienes un novio que te viene a buscar al trabajo, te espera dando vueltas por ahí, fumando un cigarrillo, y en cuanto sales te besa y te coge del brazo como si le pertenecieras, y eso lo ven todos los que trabajan contigo, y los de la taberna de al lado, y hasta el tonto de la tienda de agujas que siempre está curioseando a través del escaparate, pues entonces te respetan, porque saben que, como se pasen un pelo, vendrá tu hombre a tenérselas con ellos. Pero tú… —Dora la miró unos instantes—. Eres una belleza, sin nadie que te proteja. La gente termina sabiendo que no tienes familia, que vives en una habitación compartida y que ni siquiera existe un novio. Que nadie está por ti ni por lo que te hagan.

Tampoco era completamente cierta la afirmación de Dora, aunque Emma lo ignoraba. Maravillas y Delfín la vigilaban de cuando en cuando. La habían seguido hasta el asilo del Parque. «¿Cómo sabes que va allí?», preguntó el *trinxeraire*. «Una mujer con un hatillo, que se va de su casa y que coge la Carroza de los Pobres, si no tiene un lugar al que ir, va al asilo del Parque, me juego lo que quieras.» «¿Y si lo tiene?» «Entonces nos costará más encontrarla», interrumpió Maravillas a su hermano. Los dos niños cruzaron la ciudad vieja andando. Maravillas sonrió a su hermano tras confirmar su acierto. También vieron cómo se mudaba. Y cómo pateaba infructuosamente las calles de Barcelona en busca de trabajo. Presenciaron su salida de la colchonería con la camisa desgarrada. «El colchonero ese siempre ha sido un hijo de puta», comentó Maravillas.

—¿Y qué quieres que haga? —replicó Emma a su amiga—. ¿Me disfrazo? ¿Me tapo la cara?

—¿Como una monja? No, no es la solución. Es más práctico, y más divertido, que te busques un novio.

Dalmau acudió a la mente de Emma como un fogonazo. No había dejado de pensar en él, de forma contradictoria. Algunas veces la asaltaba la nostalgia de los días felices, y aquel amor que creía que había quedado atrás parecía arañar su conciencia para revivir con unas lágrimas silenciosas. Sin embargo, en la mayoría de las ocasiones eran el desdén y la ira los que traían a Dalmau a su recuerdo: los dibujos de su desnudez; la rabia ante lo que había hecho con ellos, que aún la hacía temblar; el asunto de Montserrat... Lo cierto era que no había insistido lo suficiente, y las veces que lo había hecho fueron de forma inmediata, cuando la furia le impedía siquiera plantearse volver a mirarlo a la cara. Luego no volvió a por ella. No insistió en pedirle perdón, en disculparse por el puñetazo, en darle la razón en cuanto a su responsabilidad en la muerte de Montserrat. Y ella no había podido pedirle una explicación por los desnudos. Dalmau se había escondido, y eso, por encima de todo, la decepcionaba. Si en su momento no había ido a buscarla, ahora era casi imposible que supiese de ella, perdida en una gran ciudad como Barcelona.

No la buscaría ya, se resignó Emma. Dalmau se habría refugiado en su trabajo. «De mis tres hijos —le había confesado un día Josefa—, el mayor y la pequeña han heredado el carácter de su padre: luchadores, temerarios; Dalmau, por el contrario, es un artista, bueno, muy bueno, con un corazón enorme, pero un soñador.»

No había vuelto a visitar a Josefa, eso sí que le dolía. Algún día regresaría a su casa para verla, aunque Emma sí sabía de Dalmau. Oyó de su éxito con las pinturas de los *trinxeraires* en una taberna a la que, en ocasiones, acudía con Dora a desayunar antes de que cada una marchara a su respectivo trabajo. En los cafés y las tabernas acostumbraba a haber alguien que leía el periódico en voz alta para que los muchos que no sabían hacerlo estuvieran al tanto de la actualidad. Aquel lector espontáneo dio cuenta un día de la exposición en el Círculo Artístico de Sant Lluc de los cuadros de una joven promesa barcelonesa llamado Dalmau Sala, «el artista que pinta el alma de sus modelos», leyó con énfasis.

«Las pinta de tristeza», se había lamentado Emma en ese momento alzando su taza de café, en una especie de brindis al sol.

No encontró novio; tampoco lo buscaba ni lo pretendía por más que el discurso de Dora la hubiera preocupado. Con quien sí se encontró fue con el viejo Matías, el ocasional proveedor de pollos y gallinas de Ca Bertrán, cargado como siempre con su cesto de aves. Fue una mañana en la confluencia de la calle de Aragó con paseo de Gràcia, allí donde se alzaba el recién inaugurado apeadero del ferrocarril a Madrid. Un edificio modernista en mitad de la calle que parecía quedar engullido entre los que lo franqueaban a uno y otro lado, mucho más altos, por lo que la gente lo comparaba con un simple urinario público. Matías charlaba con uno de los cocheros de los carruajes de caballos que, en fila junto al apeadero, esperaban a los pasajeros del tren; Emma trataba de cruzar la calle de Aragó por ese lugar, puesto que la vía del tren, medio enterrada pero a cielo abierto, dificultaba más el paso que las calles que la superaban a modo de puentes.

La muchacha intentó esquivar al viejo. Matías no había conseguido vender ni una gallina ni un pollo en la casa de comidas de Bertrán. Tal como se presentaba con ellas en su cesta, Bertrán llamaba a Emma, que las inspeccionaba, las olía y las rechazaba. Con el tiempo, el viejo se tomó el asunto a chanza y de cuando en cuando aparecía en la casa de comidas y buscaba directamente a Emma, a la que perseguía por la cocina y el patio trasero intentando convencerla de la bondad de su mercancía. «Estos son buenos, te lo juro.» Bertrán los dejaba hacer y reía el empeño de Matías y la tenacidad de Emma. «Acaban de llegar de Galicia, míralos por lo menos.» En ocasiones Emma caía en el engaño y se acercaba a oler la mercadería, arrugaba la nariz, agriaba el rostro y se juraba no volver a hacerlo. «¡Muy delicada la señorita Emma!», acostumbraba a recriminarle Matías cuando daba por concluido el acoso y se tomaba un vino con Bertrán.

Emma apretó el paso para cruzar por delante del apeadero del ferrocarril; quizá fuera precisamente eso, los movimientos ágiles en una mujer con porte, lo que hizo que los cocheros desviaran la mirada hacia ella como si el aire cálido y calmo, pesado, de finales de verano, se hubiera agitado de repente.

—¡Señorita Emma! —oyó que la llamaba el viejo. Emma dudó:

169

Matías conocía a Bertrán, habría vuelto a ir por la casa de comidas, así que sabría de lo sucedido y quizá hasta habría visto el dibujo—. ¡Señorita Emma! —repitió el anciano en voz todavía más alta.

Hubo gente que la miró. «Parece que la llaman», le indicó una mujer señalando con el índice a la espalda de Emma, que terminó deteniéndose y volviéndose hacia Matías.

—¿Qué quieres? —le preguntó en tono cansino.

El otro no contestó hasta que se situó a su lado.

—Ahora que ya no estás con ese chupado de Bertrán, quería felicitarte, muchacha. —La expresión de Emma fue suficiente para que el viejo sonriese primero, mostrando sus escasos dientes negros, y se explicase después—: Nunca fallaste. En todos sitios termino convenciendo a la gente. Unos dinerillos por aquí y se hace la vista gorda. Tú nunca me pediste nada.

—Tus gallinas no son buenas —se explicó Emma.

—Pero tampoco son malas —se defendió Matías, acallando con una de sus manos la réplica de Emma—. Nadie se ha muerto ni ha enfermado con mis gallinas y mis pollos. Bien cocinados, nadie se queja. ¿Crees que seguiría vendiendo por las calles si eso hubiera sucedido? La gente ya sabe que no son de primera calidad, por eso son más baratos. ¿Quién iba a vender una gallina buena por la mitad de su valor?

Emma no pudo más que asentir. Desde que había dejado la casa de comidas y la de su tío Sebastián, había tenido que aceptar alimentos que antes habría rechazado. «Vete al Continental, al Maison Dorée o a cualquiera de esos restaurantes de postín si pretendes calidad de primera. ¿Por qué crees que te doy de comer por seis céntimos?», le reprochó un hostalero el día en que Emma se quejó de unas hortalizas mustias. En aquel momento estuvo tentada de contestar que había casas de comidas que sí lo hacían, aunque tampoco podía afirmarlo de Ca Bertrán. Sí, ella acompañaba a su jefe a comprar, pero lo cierto era que lo hacía para impedir que le vendieran a precio de bueno lo que estaba malo. Eran muchas las ocasiones en que Emma desconocía la procedencia de los alimentos que se hervían o se asaban en la cocina de Ester.

—Y cuando tú no estabas atenta —la extrajo de sus pensamientos el viejo Matías—, Bertrán me compraba un par de gallinas. —Emma abrió los ojos hasta que párpados y cejas no dieron más de sí. El otro volvió a sonreír con su media docena de dientes negros y torcidos—. ¡Te lo juro!

—¡No! —exclamó ella.

—¡Sí! —la contradijo el otro.

—Será hijo de puta el Bertrán ese. Entonces... ¿todo era una pantomima? Que tú me persiguieses por la cocina y el patio, que yo me negase... para que después el muy cabrón comprase igualmente las gallinas.

—No —se opuso Matías—. Le habría regalado las gallinas a tu jefe a cambio de que me permitiera perseguirte como en aquellos días. —Emma volvió a sorprenderse—. Muchacha, ¿sabes cuántas jóvenes guapas como tú consienten que un viejo desdentado y asqueroso se les acerque a menos de tres pasos?

Emma negó con la cabeza.

—¿Pretendías cortejarme?

—No, no, no —se opuso Matías—. ¿Cómo voy a cortejar a una diosa? Con respirar un poco del aire que exhalas me basta.

Emma ladeó la cabeza de forma imperceptible y sonrió.

—Cursi, pero bonito —terminó reconociendo.

—¿A las diosas les gusta el café? —inquirió Matías. Emma torció el gesto—. ¿La horchata? —En este caso, Emma resopló sonoramente—. ¿Los helados, quizá?

Pues sí, pensó Emma. Los helados le gustaban.

Era una locura, pero Matías la había convencido. No necesitaba novio que fuera a buscarla ni estar siempre alerta por si algún desgraciado pretendiera violarla. Y, por otro lado, desde que había escapado de la colchonería, no encontraba trabajo.

—Pero ¿tú no me tocarás el culo? —preguntó a Matías tras sopesar su oferta. El rostro acartonado del viejo se ensombreció de forma notoria—. ¿No estarías pensando en eso! —exclamó. El otro abrió las manos con ingenuidad, como si Emma hubiera descubierto sus propósitos ocultos—. ¡Vete a la mierda!

—Te juro que nunca te tocaré —prometió él antes de que ella diera media vuelta.

Emma lo examinó de arriba abajo: el viejo era un saco de huesos.

—Y yo te juro que, como no cumplas tu palabra, te cortaré los cojones y…

—Creo —la interrumpió el viejo encogiéndose de hombros y agitando con pánico simulado ambas manos por delante de él— que con eso es más que suficiente para apartar de mí cualquier pensamiento inadecuado.

—¡Pensamiento! Sí, ¡mejor que los ahuyentes también! Porque, como te vea babear fantaseando conmigo, también te cortaré…

—Lo sé, lo sé —volvió a interrumpirla él—. ¡Ni mirarte!

Así fue como cerraron el acuerdo. Matías le pagaría una tercera parte de los beneficios que obtuvieran de cada gallina o pollo que vendieran.

—¿Iremos separados? —se interesó ella.

—¿Acaso crees que te he contratado por tu belleza? —ironizó el viejo—. Hace tiempo que esta cesta pesa demasiado para mí —explicó al tiempo que la sopesaba y se la tendía para que la cogiera—. Iremos juntos, tú con la cesta y tu sonrisa y… —Quiso simular en el aire las redondeces del cuerpo de Emma con las manos, pero calló ante el mentón elevado y la mirada que ella le dirigió—. Bueno, y yo aportaré la experiencia.

No les costó dar salida a las cuatro gallinas que llevaban en la cesta. Dos eran gallegas, de las denominadas «flacas», aunque el día que llegaron a Barcelona eran de las «grasas», se quejó Matías; otra era una gallina rusa, también flaca, y la última era de Cartagena. Tres de ellas las vendieron a las propias cocineras de las casas de los burgueses ricos a las que asaltaban camino del mercado; de esta forma, las empleadas también obtenían algún beneficio entre el precio real del animal y el de Matías, algo más de la mitad, una cantidad que el viejo fijaba siempre dependiendo del comprador. Por su parte, Matías no tenía el menor inconveniente en emitirles un recibo por el precio de mercado. «Por una gallina rusa de las flacas —escribía con mano temblorosa en un pedazo de papel de estraza— tres pesetas. M. Pollero.» Lo firmaba con un garabato y lo intercambiaba por las dos pesetas que, en ese caso, había fijado por la gallina.

La última de las gallinas, otra gallega de las flacas que habían sido grasas, se la endosaron directamente a una dama bien vestida a la que acompañaba su criada, quien sonreía a Matías ante las alabanzas de Emma hacia el animal. Al final la convenció mostrándole los ojos limpios y las plumas de la gallina. «Dos pesetas», iba a poner precio cuando desde atrás Matías la corrigió:

—¡Dos pesetas y media! Y gana usted peseta y media, señora.

Tras aquella venta, la mañana había tocado a su fin. Matías invitó a Emma a comer, pero ella se negó, aduciendo que eso no formaba parte de su trabajo. Matías asintió, aunque, si bien le dio la razón, se permitió recordarle que tenía mucho que aprender. En esta ocasión fue Emma la que asintió. Tenía muchas preguntas que hacer. Comería con él, pero en una casa de comidas, no consentía que la llevara a su domicilio. Nunca había pensado tal cosa, alegó el viejo. Se dirigieron a pie hacia el Parque, allí donde estaba el asilo en el que Emma había dormido su primera noche fuera de la casa de su tío Sebastián.

Hacia el sur, en una línea circular conformada por las vías de los muchos trenes y tranvías que circulaban por allí, el Parque lindaba con una zona tremendamente caótica que se abría al mar. Allí se emplazaban sin aparente orden ni concierto: la estación de ferrocarril llamada de Francia, por el destino de los trenes que partían de ella; una plaza de toros, la de la Barceloneta: un barrio humilde de calles en trazado cuadricular ganado al mar; el puerto y sus muchas instalaciones; el depósito; la aduana; el Pla del Palau; la lonja de contratación; los muelles y sus almacenes para las mercaderías; dos fábricas de gas, un cementerio…

Almorzaron en una gran casa de comidas de las que se llamaban de «mesa redonda», unas mesas inmensas, no necesariamente con esa forma, a las que iba sentándose la gente a medida que llegaba y quedaba algún puesto libre. El menú era el mismo para todos: el del día; el precio también, barato, seis céntimos, y con ello compartían la suciedad pegada a las mesas y al suelo, la grasa que parecía flotar en el ambiente y unos olores que Emma fue incapaz de reconocer.

El viejo y su nueva trabajadora encontraron sitio, además de miradas desvergonzadas, murmullos y algún que otro silbido y proposición deshonesta, entre decenas de marineros, estibadores, ferroviarios, y todo tipo de obreros, gente ruda en su gran mayoría. Matías levantó la mano y los saludó a modo de guerrero victorioso. La queja de Emma se vio acallada por los vítores y los aplausos, y luego cada cual se dedicó a lo suyo: comer, cuanto más mejor.

—¿Por qué has saludado?

Matías vino a repetirle en cierto sentido el discurso de Dora. Le aseguró que tenía las cosas claras, que era consciente de que ella no le pertenecía. Tampoco pretendía mostrarse como su novio. No obstante, como allí había gente que lo conocía y que lo respetaba, cabía esperar que también lo hicieran con ella.

Les sirvieron una sopa en la que flotaba la grasa.

—¿Sabes cuántas gallinas y demás plumíferos llegan anualmente a Barcelona? —se lanzó Matías después de que Emma se conformara con su explicación. Ella negó al mismo tiempo que se llevaba a la boca la cuchara cargada con un pedazo de algo—. ¡Cuatro millones!

—Eso es un montón de gallinas —afirmó la joven.

—Sí. Y la mayoría lo hace por tren, y de esa mayoría, la gran mayoría llegan a la estación de Francia, ahí detrás. —Señaló por detrás de su espalda con el pulgar.

Emma esperó. Continuaba comiendo la sopa y lo que había en ella. Matías también lo hacía, pero mientras trataba de hablar con la boca llena la sopa se le escapaba entre las encías desdentadas.

—De esos cuatro millones de gallinas, cerca de veinticinco mil no pasan la revisión de los veterinarios. —El viejo comió dos cucharadas sin hablar, se limpió la boca con la manga de la chaqueta y miró a Emma a la cara—. ¿Tú crees que hay veterinarios suficientes en Barcelona para controlar a cuatro millones de gallinas que llegan en cajas desde Francia, Italia o Rusia? —preguntó, al mismo tiempo que se encogía de hombros—. La cuestión es que, en materia de volatería, en Barcelona no hay ningún matadero como lo hay para la carne. Las gallinas, las ocas, los patos y las perdices llegan en trenes. Al bajarlas de los vagones, los veterinarios les echan un vistazo. Las que están bien se destinan a las tiendas o a los mercados; las que ellos creen que están mal las internan en un lazareto que hay cerca de la estación. Es un solar desamparado lleno de jaulas que nadie limpia, y donde las aves, si no estaban enfermas, se contagian de las que lo están. —Matías volvió a dar cuenta de su sopa. Emma casi la había terminado—. ¡Ja! —habló de nuevo el viejo después de algunas cucharadas—, los veterinarios devuelven a sus dueños una parte de las gallinas, las que se han curado, cosa imposible ahí dentro. Otras se mueren, claro, después de viajes así, quién no se moriría, y por último otros miles son sacrificados porque se considera que no es rentable curarlas y alimentarlas. Lo cierto es que no hay nadie dispuesto a poner el dinero para hacerlo. Entre todo ese desconcierto es donde entramos nosotros. Unos dinerillos aquí y allá, y nadie echa en falta unas cuantas gallinas. ¡No hay quien lo controle! Mientras las autoridades puedan sostener en sus informes que han sacrificado a no sé cuántos miles de gallinas porque estaban en mal estado, nadie se preocupa más, y la ciudadanía está tranquila porque tenemos a quien vigila lo que comemos.

—¡Ja! —se sumó Emma por experiencia propia a la ironía de Matías.

Lo que la joven había imaginado era poco comparado con aquello que se encontró cuando, después de comer, Matías la llevó al lazareto, emplazado entre las vías del ferrocarril que iba a Francia por Mataró y el que lo hacía por Granollers. Decenas de jaulas apiladas sin limpiar, rebosantes de excrementos, en las que se amontonaban animales que a ella le parecieron moribundos todos. Matías andaba por los pasillos de tierra a cuyos lados se encontraban las jaulas, acompañado de un anciano, tan sucio como las gallinas que debía cuidar, que de cuando en cuando volvía la vista hacia ella con curiosidad. Matías y aquel hombre eligieron cuatro gallinas, que metieron en un saco y después en el cesto que Emma transportaba.

—Estas están vivas. —Matías sonrió—. Procura que no se te escapen.

El viejo pagó al del lazareto e invitó a Emma a su casa.

—Solo al patio —le prometió para convencerla.

Se trataba de los bajos de un edificio de dos plantas ubicado en una de las callejuelas que desembocaban en la plaza de toros de la Barceloneta. Matías disponía allí de un pequeño patio de luces que compartía con la casa vecina; él era el único que tenía acceso al lugar, por lo que las paredes estaban llenas de jaulas, limpias e inmaculadas, en algunas de las cuales cloqueaban las gallinas.

—Mételas en las jaulas. Cada una en una diferente. Échales agua en los bebederos y ponles comida.

El viejo fue examinando las demás gallinas, asintiendo con un murmullo de satisfacción en algún caso, chascando la lengua en señal de contrariedad en otro, y cuando todo estaba en orden y las nuevas aves se hallaron acomodadas, sacó las monedas que habían cobrado esa mañana y pasaron cuentas.

Casi dos pesetas fue lo que le correspondió a Emma.

Fuera de la casa de Matías, la muchacha caminó satisfecha por la fachada marítima de la Barceloneta. Las barcas ya habían vuelto, y no pudo por menos de detenerse unos instantes para observar aquel espectáculo que durante el día, con los marineros faenando, no era posible percibir: miles de barcas de madera de todos los tamaños y todas las clases se amontonaban en el puerto de pescadores. Un bosque tupido de mástiles desarbolados que impedía ver entre ellos. Más allá, los grandes barcos. Sin duda, pensó Emma antes de volver a enfilar el camino hacia la casa donde compartía habitación con Dora, podía cruzarse el puerto de punta a punta, sin mojarse, saltando de una embarcación a otra.

Esa noche la muchacha aportó a la cama compartida alguna que otra pluma y una historia que apasionó a Dora.

6

Bertrán no quiso extenderse en mayores explicaciones acerca de la razón por la que había decidido prescindir de los servicios de Emma.

—Mira, joven —le dijo para poner fin a su insistencia—, si quieres saber más, deberías preguntárselo a ella, ¿no crees?

Eso se disponía a hacer Dalmau cuando se encaminó hacia la vivienda de Emma. En esta ocasión no se había escondido para espiarla y había entrado en la casa de comidas con tanta decisión como inquietud por la postura que ella pudiera adoptar. Quería compartir su éxito con Emma, pedirle perdón. No permitiría que lo rechazara como hizo tras la muerte de Montserrat. Estaba decidido a arrodillarse a su paso, a arrastrarse si era necesario, a prometerle el cielo…, ¡el universo entero si hacía falta! Había comprendido que de poco le servía triunfar si no tenía a su lado a la persona a la que amaba.

Los halagos, las críticas magníficas aparecidas en la prensa, el reconocimiento; todo ello había elevado el amor propio de Dalmau. Y la vacilación con la que hasta entonces había intentado enfrentarse a sus problemas con Emma se había esfumado.

Subió la escalera de dos en dos escalones y golpeó la puerta. Nadie respondió, a pesar de su insistencia, así que bajó a la calle y esperó en el portal, tal como Emma había hecho para encontrarse con sus primos poco más de una semana antes. Sin embargo, a diferencia de entonces, no fue Rosa quien apareció en primer lugar, sino que lo hicieron sus dos hermanos.

—Hola. ¿Sabéis…?

Dalmau no llegó a terminar de formular la pregunta. Uno de los primos de Emma le propinó un puñetazo en la cara. El hermano le dio otro en el estómago después de que Dalmau trastabillase. No le permitieron caer al suelo cuando se dobló sobre sí. Lo habían pillado desprevenido, y Dalmau fue incapaz de reaccionar ante la avalancha de golpes que se le vino encima. Apoyado contra la fachada del edificio no pudo más que encogerse y taparse cabeza y rostro con manos y brazos mientras los hermanos lo apaleaban al grito de ¡cabrón!, ¡indecente!, ¡proxeneta!, ¡sátiro!, ¡vicioso!, ¡bellaco!… La gente, en un corrillo que se había formado, miraba sin intervenir. Alguien chilló llamando a la Guardia Municipal. No había ningún agente y el cuartelillo más cercano estaba lejos, en la calle de Sepúlveda.

—¡Que alguien detenga a estos bárbaros! —exigió una mujer.

—¿Vamos a ayudarlo? —propuso Delfín a su hermana.

—¡Quita, hombre! —se negó Maravillas—. Si se les escapa un guantazo de esos, nos matan.

Fue la llegada providencial de Rosa la que acabó con la paliza. La joven se interpuso entre Dalmau y sus hermanos, y tuvo que zarandearlos para superar la ceguera de violencia en la que habían caído.

—¡Es un hijo de puta que engaña a las niñas para pintarlas desnudas! —denunció uno de los hermanos dirigiéndose a la gente—. Lo ha hecho con nuestra prima.

—¡Y después vende los dibujos en los burdeles! —añadió el otro.

Se alzaron murmullos de desaprobación.

—¡Bien hecho entonces! —se oyó de entre el corro.

—¡Habría que matar a estos rufianes!

Temiendo algo todavía peor, Rosa introdujo a Dalmau en el portal. Sus hermanos la siguieron.

—No te acerques a este bellaco —le ordenó uno de ellos.

Ella procuraba interponerse, pero Dalmau, con la cara ensangrentada y los labios partidos, la apartó.

—No sé de qué habláis —logró articular.

Los dos hermanos hicieron ademán de abalanzarse de nuevo sobre él. Rosa gritó, y Dalmau aguantó firme. Si en la calle lo habían sorprendido, ahora no estaba dispuesto a someterse. Habían hablado de Emma, de desnudos, de dibujos, ¡de burdeles! Y él no entendía nada de lo que le estaban diciendo.

—¡Jamás vendería un dibujo de vuestra prima! —protestó, furioso y desconcertado.

Rosa volvió a adelantarse, pero sin llegar a parapetar a Dalmau con su cuerpo. Sus hermanos se detuvieron.

—La gente los tiene y los ha comprado en un burdel —dijo uno.

—Pero tú sí que la pintaste desnuda —lo acusó el otro.

—Sí —reconoció Dalmau—, pero eso es arte. Ella quiso posar para mí. Y los dibujos le gustaban. No tiene nada de malo. Siempre…

—Pues los han vendido en un burdel.

—No entiendo… —Dalmau tragó saliva, casi seguro de lo que iba a decir—: No. Los tengo yo en mi estudio. Nadie los ha visto nunca. No lo habría permitido.

—Has destrozado la vida de Emma —le recriminó uno de los hermanos—. La gente la considera una vulgar ramera.

—¿Dónde está? —inquirió Dalmau con voz firme.

Los hermanos escupieron a sus pies y amenazaron con matarlo si volvía a hacer daño a Emma, antes de dejarlo con Rosa, que tampoco pudo darle noticias de su prima. Desde que su padre la había echado de casa, no sabía de ella, reconoció. Dalmau no quiso que lo curase. Se limpió la sangre y tomó un tranvía para llegar cuanto antes a la fábrica de azulejos, donde su desazón se trocó en angustia al comprobar que, efectivamente, los desnudos de Emma habían desaparecido de las carpetas en las que guardaba sus obras. Un sudor frío recorrió todo su cuerpo hasta el punto de originarle unos mareos que lo obligaron a buscar apoyo en su mesa de trabajo.

¿Quién le había robado aquellos dibujos? El que lo había hecho a buen seguro tenía acceso a su taller. Pensó en Paco… No le parecía posible, aunque los dineros que debían de haber pagado en el burdel por aquellos dibujos podían haber sido una tentación lo bastante fuerte. Recordó que uno de los niños que vivían en la fábrica le habló un día de ciertos problemas del vigilante con algún familiar. La necesidad siempre había sido un acicate, cuando no una excusa, para robar. Y si no había sido Paco, ¿quién podía haberlo hecho? Hacerse con las llaves de su habitáculo tampoco era tan difícil: colgaban de unos ganchos en un armarito en el cuartucho en el que el hombre vigilaba. Pero a menudo el viejo estaba ocupado en otras tareas. Y lo que Dalmau no podía plantearse siquiera ahora era hacer público que le habían robado unos desnudos de su novia, la que había sido su novia, la que evidentemente nunca volvería a serlo después de las humillaciones que habría tenido que soportar por su culpa. Emma debía de considerarlo un vulgar rufián, un bellaco que se había aprovechado de su amor y su entrega. Dalmau suspiró. Un puñetazo en estado de embriaguez, eso podía perdonarse, pero disculpar que hubiera vendido sus desnudos… Los Llucs como el maestro no consentían los desnudos de mujeres, y menos de una muchacha, de una novia. Si desvelaba que se los habían robado tendría otro problema más con don Manuel, a sumar al abandono de la evangelización con los escolapios que no había sino excitado la insistencia con la que, tras la exposición de los dibujos, el maestro pretendía su conversión. No había día en que no aprovechara para animarlo a ello. «Tendrás un futuro brillante entre los Llucs», presagiaba. «Acercarte a Cristo, Él te llenará.» «La luz de nuestro Señor guiará tu mano; tu obra será espiritualmente magnífica.»

Durante lo que restaba de día Dalmau especuló acerca de la identidad del ladrón. Nadie podía haber sustraído los dibujos mientras él estaba en su estudio; se habría dado cuenta. Pero había tanta gente trabajando en la fábrica de azulejos que sin desvelar la existencia del robo era imposible señalar a alguien determinado. Buscó miradas y encontró recelos que antes no había percibido; trató de interpretar actitudes, pero, además de descubrir unas relaciones a las que no había prestado la menor atención, encerrado como lo estaba en su taller, no halló en ellas nada que pudiera sustentar la más vaga de las sospechas.

Volvió a su casa ya anochecido, decepcionado ante el nulo éxito de sus pesquisas. Bajo un cielo brillante y estrellado, en una noche de verano maravillosa, Dalmau anduvo a paso cansino. Un fogonazo de dolor atravesaba su cuerpo cada vez que pensaba…, que imaginaba a Emma desnuda, en poses atrevidas, pasando de mano en mano, azuzando la lascivia de los hombres a través de aquellos dibujos en los que Dalmau había volcado toda su destreza mientras ella se entregaba y confiaba plenamente en él. Ahora podía recordarlos todos, uno a uno. Y si él padecía con tal intensidad, se le hacía difícil siquiera sospechar hasta dónde alcanzaría el dolor de Emma tras saber violada su intimidad y mancillada su honra. ¿Qué haría? ¿En qué trabajaría ella ahora? No tenía a nadie más que a su tío y a sus primos, y a él y a su madre, y ninguno la ayudaba.

Lo habían atracado para robarle, mintió a su madre para explicar los golpes de los primos de Emma. Eran varios, añadió al día siguiente al repetir la explicación frente a don Manuel, asegurándole que estaba bien y quería trabajar. Necesitaba hacerlo, pensó. Sin embargo, al mediodía rechazó la invitación del maestro de almorzar en su casa y salió a enfrentarse a una ciudad que se le presentó inmensa. Desde las cercanías de la fábrica, algo elevadas sobre el mar, Dalmau pudo observar Barcelona: el puerto, su casco antiguo, el Eixample, las villas que la gran urbe se había anexionado. Tranvías que iban y venían, trenes que cruzaban la ciudad: el de Sarrià, que lo hacía por el centro de la calle Balmes; el de Madrid, por la de Aragó; el de Francia… Coches de caballos y carros tirados por mulas. Bicicletas, a millares, y algún que otro automóvil. Medio millón de personas vivían, trabajaban y se movían sin cesar creando una confusión y un desconcierto insuperables para quien pretendía encontrar entre todas ellas a una persona: Emma.

Alguien tenía que saber su paradero. Ese mediodía, Dalmau recorrió el barrio de Sant Antoni: el mercado, la cárcel, los escolapios, donde mosén Jacint insistía en que regresase a sus clases. Llegó al Paralelo, mirando, escrutando los obradores de las tiendas, las mesas y las barras de los cafés, así como cualquier rendija de cualquier negocio por si se daba la casualidad de que Emma se hallara trabajando allí.

A partir de aquel día, en cuanto terminaba su jornada, al mediodía o por la tarde, se dedicaba a buscar a Emma. Encontró a alguna amiga e incluso a las compañeras que lo habían sido de Montserrat pero que también la conocían. Una le dijo que le parecía haberla visto en el Eixample, otra por Sants, pero ninguna le ofreció información que le permitiera aproximarse a ella. Recorrió media Barcelona, mirando y mirando, preguntando, acercándose con angustia, por si Emma se contaba entre ellos, a las hileras de miserables que pedían limosna a las puertas de las viviendas particulares, o un plato de sopa en los numerosos asilos y casas de caridad de la ciudad.

Una tarde, paseando por un callejón de Gràcia, atento a tiendas y negocios, lo asaltaron Maravillas y Delfín. «Ya era hora», le había dicho este a su hermana tras seguir a Dalmau durante días. «¿Por qué no le decimos dónde está? A lo mejor nos da un premio.» Maravillas y su hermano sabían dónde vivía y dormía Emma, y también de su nuevo trabajo con Matías y las gallinas. «Nos dará más que un premio —aseguró la niña—. Tú mantente calladito, no vayas a cagarla como acostumbras», terminó advirtiéndole.

—¡Maestro! —lo llamó la *trinxeraire*.

—Maravillas —se sorprendió Dalmau—. ¿Qué haces por aquí?

—Es mi casa. ¿No recuerdas que vivimos en la calle? —respondió la cría. Dalmau asintió con los labios apretados, como si lo lamentase—. ¿Y tú? ¿Qué haces?

—Busco a una muchacha —le salió casi sin pensar.

—Ah —asintió Maravillas.

Se mantuvieron un rato en silencio. Ella esperando que se lo pidiese y él dudando, aunque aquellos chicos efectivamente vivían en las calles. Y eran muchos. Si se empeñaban en encontrar a Emma, podían resultar muy eficaces.

—¿Crees que tú y tus compañeros podríais ayudarme? Por más que lo intento no consigo dar con ella.

Pagó generosamente a Maravillas. Necesitaba dinero para los demás *trinxeraires*, lo engañó.

—¡Más de diez mil se pondrán a buscarla!

—Quizá no tantos —habló por primera vez Delfín.

—¿Qué sabrás tú, imbécil? —se revolvió ella al instante—. Si no sabes contar.

—Pero hay muchos que no son nuestros amigos —insistió él.

—¡Para eso sirve el dinero, tonto! —El chaval quiso replicar, pero la reacción de su hermana lo fulminó—: ¡Calla!

Transcurrió una semana y Paco avisó a Dalmau de que Maravillas y su hermano lo esperaban a la puerta de la fábrica. Dalmau dejó cuanto estaba haciendo y salió corriendo a verlos. La habían encontrado. Sí. Emma Tàsies. Así le había dicho que se llamaba el chaval que la había reconocido en una panadería de la calle de la Princesa, en el casco antiguo. Su cara era idéntica a la del dibujo que Dalmau le había proporcionado, así que no les cabía la menor duda. Cogieron un tranvía para llegar antes. El resto de los viajeros miró con desprecio a los niños sucios y harapientos y se apartó de ellos. La de la panadería no era Emma. El *trinxeraire* que la había descubierto, parecido a Delfín, insistió en que sí era Emma. «¿Tàsies?» El otro se encogió de hombros ante la pregunta de Dalmau, que buscó una explicación en Maravillas. «Como no sabe escribir, se le habrá olvidado el otro nombre —trató de excusarlo—, ¡pero se parece!, ¿o no?» Era guapa; aquel era todo su parecido. «No te preocupes, maestro. La encontraremos —lo animó Delfín—. Buscaremos en todos sitios.»

Lo engañaron en tres ocasiones más.

—¡No se llama Emma Tàsies! —gritó Dalmau en la última de ellas ante una riada de obreras que salía de una fábrica de hilaturas—. ¡Ni se parece en nada al dibujo que te di!

—¡Es igual, igual que el dibujo! —gritó a su vez Maravillas—. Y se llama Emma Tàsies —añadió—. Te lo aseguro. Es la que buscas. Pregúntaselo.

Por un momento Dalmau iba a seguir a la mujer que Maravillas y su hermano le habían señalado asegurándole que esta vez sí, que esta vez sí, que ya la habían encontrado, pero se detuvo, agitó la cabeza y se preguntó qué estupidez estaba haciendo al tiempo que se volvía hacia la *trinxeraire* con el ceño fruncido.

—¿Por qué me engañas? ¿Acaso te he tratado mal?

—No. —Las lágrimas brotaron de los ojos de Maravillas. La muchacha no lloraba, no recordaba la última vez que lo había hecho de niña, pero sabía simularlo. En su vida era imprescindible despertar la compasión y la lástima—. No te engaño —balbuceó—. Se llama Emma Tàsies. Ella me lo ha dicho. A mí. Esta vez a mí. ¡Te lo juro! Y se parece a la del dibujo. Es verdad, no te engaño… ¿Para qué iba a mentirme?

Aquella que salía de la fábrica de hilaturas ni siquiera era guapa. Se trataba de una muchacha grosera, pensó Dalmau ya de nuevo en su taller. Quizá fuera buena persona, una trabajadora humilde que, como todas ellas, llevaba marcados en su expresión y en sus rasgos el esfuerzo y la dureza a los que los capataces la sometían día tras día, pero no se parecía en nada a Emma. Dalmau suspiró; había dicho a Maravillas que se olvidara del asunto. La otra se había negado y entre sollozos e hipidos le prometió encontrar a su novia. Dalmau sabía que debía hacerlo él: era imposible que Emma hubiera desaparecido. Algún día tendría noticias de ella… Seguiría buscando, aunque dudaba que sirviera de algo, de que ella llegara a perdonarlo; con todo, tenía que intentarlo.

En el taller estaba abrumado de trabajo. La fábrica recibía pedidos para las casas modernistas que estaban construyéndose. Arrimaderos como el de las hadas. Azulejos de serie como aquellos de inspiración japonesa diseñados por Dalmau. Pero no solo eso, la exposición de dibujos y su repercusión en los periódicos habían puesto su nombre en boca de la gente. Un empresario del aceite le encargó el diseño de un cartel publicitario para sus productos; otro fabricante de caramelos, el de una nueva caja. Dalmau todavía estaba pensando en cómo hacerlo. Se acercó a los carteles y las obras de los grandes modernistas: Casas, Rusiñol, Gual, Utrillo, De Riquer, Llaverias…

El diseño para el de los caramelos lo resolvió con cierta rapidez: una caja plana de perfil ondulante y bordes redondeados, en la que aparecerían los rostros sonrientes de un par de niños con tirabuzones, muy ornamentado todo, con mucho color. El cartel del aceite le costaba más. Para disgusto de don Manuel, tomó como ejemplo y modelo un ejemplar de la revista en la que se anunciaba un sanatorio para sifilíticos en el paseo de la Bonanova, una zona alejada del centro de la ciudad. Aquel anuncio lo había pintado Ramon Casas, bohemio, maestro donde los hubiera.

En cada ocasión en la que miraba ese cartel, Dalmau se sentía empequeñecer. En el anuncio aparecía una mujer que en su delgadez enfermiza seguía mostrando cierta hermosura, una belleza que, como su vida, escapaba tras la mirada perdida en una flor que sostenía en una mano a la altura de los ojos. La culebra negra enredada en el mantón, con el que la mujer no llegaba a cubrir su espalda desnuda ni parte de un seno, sentenciaba toda esperanza de curación que el espectador pudiera albergar. ¡Lo decía todo! Algo tan sórdido como la sífilis venía expresado con una sensibilidad y un arte inigualables. Le costaba pensar que pudiera lograr algo similar. No se trataba de volcar el dolor por la muerte de Montserrat y la ruptura con Emma en los dibujos de unos desgraciados como los *trinxeraires*; ahora tenía que transmitir otro mensaje, el adecuado para que la gente comprase un determinado aceite.

Mientras tanto, mientras trabajaba en la cerámica y de cuando en cuando volvía a embelesarse en el cartel de la clínica para sifilíticos con la esperanza de que se le ocurriera algo que fuera más allá de la simple propuesta de unas mujeres adquiriendo aceite, la presencia de Dalmau se multiplicaba en cenas, fiestas y reuniones. Las invitaciones acostumbraban a llegarle a través de don Manuel y acudía a ellas de la mano del maestro, quien también organizaba banquetes en su propia casa para alardear de su pupilo y empleado. Él había sido su profesor en la Llotja; él lo recomendó pese a que su padre era un anarquista condenado por las bombas de la Procesión del Corpus de Barcelona, en 1896; él le había enseñado en la fábrica los secretos de la cerámica; él lo había librado del ejército; él le aconsejaba; él había ayudado a la familia, cuando lo de su hermana, pobrecilla, porque pese a su lucha revolucionaria no merecía la muerte; él había organizado la exposición. Él, él, él… Él lo llevó a su sastre, un joven empalagoso, para que le confeccionara un par de americanas y otro de pantalones por los que Dalmau pagó un precio que le pareció exorbitante. Luego lo acompañó a comprarse un abrigo y zapatos, y camisas, y calcetines y ropa interior. Ahí terminó de dejarse lo que le quedaba de sus ganancias con los dibujos de los *trinxeraires*, maravillosos pero poco productivos debido al precio de salida que el Círculo Artístico de Sant Lluc fijó por ellos. A fin de cuentas, el correspondiente a un pintor novel, opinó el maestro, a lo que había que restar comisiones, gastos y mil conceptos que Dalmau no entendía y fio al saber de aquel.

Lo que no consintió fue en llevar sombrero: seguiría con su gorra. Además, vistió las camisas sin cuello ni puños en honor a su ma-

185

dre, empeñada día y noche en la máquina de coser. Tampoco se puso corbata, que no tenía dónde atar. De tal guisa, Dalmau se movía en el entorno de los Llucs vistiendo más como lo hacían sus enemigos, los bohemios, que como era recibido por sus anfitriones: con levita o frac negros ellos; con trajes de seda, enjoyadas y enhiestas dentro de sus cotillas las mujeres.

Una lluvia de gotas doradas, pesadas y espesas, sobre un fondo oscuro en el que aparecían las siluetas de varias mujeres, lánguidas y sensuales. El aceitero estuvo encantado con el nuevo anuncio de sus productos diseñado por Dalmau y pagó gustoso la suma comprometida, tras lo que organizó una cena en su casa a la que no fue invitado don Manuel.

—Entre nosotros —le habló con sinceridad esa noche—, sé que es tu maestro e imagino que debes de tenerle respeto, como debe ser, y hasta cariño, pero me parece una persona excesivamente retrógrada para sostener una conversación o pasar una velada agradable. Nunca lo he conseguido en las ocasiones en las que he coincidido con él. La Virgen, Jesucristo, las bombas de los anarquistas, los bohemios, los catalanistas… ¡No habla de otra cosa! Orden, moral y buenas costumbres. Te ruego discreción —añadió.

Dalmau se sorprendió asintiendo al aceitero con una sonrisa cómplice.

Francisco Serrano se llamaba el aceitero, y su domicilio, en una mansión de tres pisos en un pasaje estrecho y tranquilo entre el paseo de Gràcia y la Rambla de Catalunya, resultó para Dalmau uno de los mayores ejemplos del modernismo, en el que a la arquitectura de techos altos y decorados con artesonados y cerámicas brillantes, entre las vigas de madera vistas y suelos de parquet —policromados algunos, con magníficos mosaicos otros— se unía el mobiliario y la decoración de los elementos más insólitos.

Dalmau lo había escuchado de algunos críticos de aquella corriente que, por otra parte, tanto lo atraía. Los artistas, los pintores y los escultores, sobre todo los bohemios, se habían rebelado contra la burguesía, a la que despreciaban y ridiculizaban. Ya no pintaban, escribían o esculpían aquello que atraía al público, sino que trabajaban el arte por el arte y, en lugar de prestarse a los gustos de la gente, los imponían. Las obras de arte se habían transformado en simple mercancía.

Los arquitectos habían llegado tarde a aquella corriente, pero cuando lo hicieron se sumaron con mayor énfasis si cabía que los pintores. No solo proyectaban y construían los edificios, sino que además ahora diseñaban aquellos trabajos que antes podían haberse considerado secundarios y que quedaban a criterio de los artesanos: balaustradas, rejas, cerraduras, picaportes… Pero aparte de ocuparse de esos elementos accesorios, lo hacían también del mobiliario, de los jarrones y del resto de la decoración de la casa. Incluían asimismo tapices, alfombras, vajilla, cristalería y cubertería… En todo intervenía el arquitecto modernista; algunos extendían su influencia hasta a los vestidos de las señoras de la casa.

Los ricos barceloneses pretendían así compararse con los decadentes europeos que durante el siglo anterior habían llenado sus mansiones con multitud de objetos exóticos y valiosos, adornos de todo tipo, época y procedencia amontonados en entornos casi opresivos. Pero lo más que conseguían aquellos burgueses modernistas era construir una casa completa que les era entregada casi con el servicio incluido, fruto toda ella no del espíritu culto, intelectual, coleccionista, curioso o incluso aventurero de sus propietarios, sino del exclusivo gusto de un arquitecto.

Así fueron mostrándoselo a Dalmau la hija del aceitero y un par de amigas invitadas a la cena, quienes antes de sentarse a la mesa lo condujeron por toda la casa, dormitorios incluidos, donde los trabajos de ebanistería en paneles, camas, armarios, sillas y mesas mostraban un talento similar al de los grandes ebanistas del modernismo: Homar, Puntí, Busquets… Las viejas molduras y los relieves del siglo XIX habían sido sustituidos por composiciones más ligeras en las que se combinaban los colores claros del fresno, el palo rojo o el nogal con las oscuras de la caoba o el roble. La metalistería en las lámparas, los vitrales entre las maderas y sobre todo los trabajos de marquetería en láminas de madera, metales, nácar o carey remataban aquel ambiente de perfección. Dalmau deslizó los dedos por encima de las cabezas de mujer que decoraban en marquetería el cabecero de la cama de la hija del aceitero.

—Debe de ser maravilloso dormir cada día bajo una obra de arte como esta —comentó mientras entornaba los ojos para distinguir las diferentes láminas de madera que componían aquellos dibujos.

Las jóvenes, de unos veinte años, acogieron con esbozos de sonrisas y miradas de complicidad el comentario, y Dalmau comprendió que la frase podía ser malinterpretada.

—Me refería a…

—Ya sabemos lo que quiere usted decir —la interrumpió una de ellas con gesto pícaro, tras lo cual se agarró a su antebrazo y lo acompañó hacia la escalera que los devolvía al comedor.

Esa noche, tras la cena, y ante la mirada enfurruñada de la hija del aceitero, que no entendía por qué su padre no le permitía trasnochar y en cambio sí lo hacía con su hermano mayor, Dalmau terminó visitando de la mano de este último y de otros jóvenes con los que se encontraron un par de locales de lujo, en uno de los cuales el encargado le ofreció una pajarita porque era obligatorio entrar con corbata. En un primer momento, Dalmau trató de oponerse, pero el alcohol que ya había bebido, y la insistencia de algunas mujeres que habían ido sumándose al grupo a medida que transcurría la velada, lo llevaron a rendirse y a permitir que juguetearan con él, que le pusieran la pajarita una y otra vez para torcerla o enderezarla, y después observarlo con mirada crítica, como si juzgasen un cuadro. Y cuando una daba su aprobación, aparecía otra que tiraba de ella y se la deshacía entre risas, gritos y simpáticas disputas por obtener el favor de aquel que les había sido presentado como un artista joven y prometedor.

A Dalmau le costaba recordar cuál fue el camino seguido hasta despertar en un piso de la Rambla de les Flors, desnudo y tirado en un sofá, igual que lo estaban otros dos jóvenes que dormían totalmente tendidos en una cama, como si los hubieran estirado de brazos y piernas. Se restregó los ojos hasta que se le humedecieron y le desapareció la sensación de que un montón de arenilla estaba pegada a sus córneas. No era capaz de reconocer a sus compañeros de cuarto, cuando menos en aquella posición, y no tenía intención alguna de levantarse para examinarlos con mayor detenimiento. La cabeza le explotaba ante un sinfín de imágenes que se reproducían como si quisieran recordarle qué y quién era: luces, mesas, músicos, bailes, mujeres, copas… Todo ello acudía en tropel como si pretendiese asaltar a la fuerza su cerebro. Cambió de postura; el estómago se le revolvió.

—Buenos días, artista —lo sorprendió el saludo de una mujer a su espalda.

Dalmau quiso contestar, pero las palabras se atascaron en una garganta reseca.

—¿Ya se ha despertado el maestro? —se oyó de voz distinta.

Por la estancia se movían un par de muchachas a medio vestir, preocupadas por encontrar el resto de sus ropas entre lo que era un caos de prendas, botellas y todo tipo de objetos esparcidos en el suelo.

—Toma —dijo una de ellas a Dalmau lanzándole unos calzones.

—¿Cómo sabes que son míos…? —acertó a preguntar cuando intentó alcanzarlos al vuelo, en un gesto torpe con el que no consiguió su objetivo.

—¿Que cómo lo sé? —lo interrumpió la muchacha para terminar la pregunta—. Porque te los quité yo —añadió con una carcajada.

Dalmau hizo un esfuerzo por reanimarse. Aquella risa… Un fogonazo doloroso en su cabeza la trajo de vuelta, sentada a horcajadas sobre él. En ese momento le llovieron encima sus pantalones y la camisa. Luego la americana.

—¿Quieres la pajarita? —se burló la chica con expresión cansada al mismo tiempo que sostenía entre índice y pulgar una tira de tela tan ajada como el aire que se respiraba en aquella habitación.

Dalmau aprovechó para examinar a la mujer con mayor detenimiento: una cotilla ceñida al torso mantenía sus pechos erguidos y altivos, pero él los recordó libres de aquella prenda, caídos. No se atrevería a apostar por su edad: en cualquier caso, su cuerpo mostraba el estigma de una vida en manos de unos y otros. La joven se percató del interés de Dalmau, y apretó los labios a la vez que arqueaba las cejas. «Esto es lo que hay», quiso decirle con aquel gesto.

Dalmau buscó el resto de sus pertenencias, se vistió, comprobó que no le quedaba un céntimo de las pesetas que por precaución había cogido para esa noche y que probablemente había dilapidado

189

en alcohol y mujeres, y abandonó aquel edificio viejo junto a las muchachas.

—¿No esperas a tus amigos? —le preguntó una de ellas.

Al final se había acercado a la cama. Quizá vestidos su aspecto le dijera algo; desnudos no era capaz de reconocerlos.

—No —contestó—, no quisiera turbar un sueño tan placentero.

Esa mañana, Dalmau pasó por su casa y respiró con cierto alivio al comprobar que su madre no estaba; debía de estar comprando o entregando y recogiendo material para coser. Se aseó, dudó si encender la cocina para prepararse algo consistente, pero renunció; en su lugar, comió un trozo de pan duro y media cebolla, y salió en dirección a la fábrica de azulejos. El contraste entre la penumbra, la humedad y el olor malsano de las calles del casco antiguo de Barcelona, y el sol de finales de verano, todavía bajo, jugando con las sombras del paseo de Gràcia, anunciando un día espléndido para los afortunados que vivían allí y disfrutaban de ese entorno, le creó, una vez más, una sensación de inquietud que se agarró a su estómago.

Instintivamente, buscó a Emma entre la gente que se movía de un lado al otro de la arteria principal de la ciudad. No la encontró; tampoco se desvió de su camino. Esa noche le había sido infiel. El estómago se le encogió todavía más. Aunque en su defensa pretendió excusarse: ¿acaso lo justificaba, siquiera un poco, que se hubiera dejado llevar por el alcohol? Se trataba de prostitutas, insistió como si estuviese proporcionando explicaciones a un tercero. No había habido amor, pero era la primera vez que yacía con otra mujer, y eso le revolvía el estómago.

Sin embargo, aquella sensación de culpabilidad se fue diluyendo a medida que el trabajo, el éxito, los reconocimientos públicos y las fiestas invadieron la vida y la rutina de Dalmau. Diseñó azulejos, arrimaderos y objetos de barro. Dibujó y pintó: cuadros, carteles, algunas viñetas que le encargó un periódico y hasta un par de exlibris. Conoció personalmente a Ramon Casas, que ese año había finalizado doce lienzos que decoraban el llamado salón de la Rotonda del Círculo del Liceo. Las obras tenían a la figura femenina y su relación con la música como protagonista y motivo respectivamente. La maestría de Casas se reflejaba en una pintura ligera, diluida, de ejecución rápida en una serie que los entendidos no dudaron en calificar como el cenit de la pintura modernista. También le presentaron a Rusiñol, y a Picasso, el joven pintor poco mayor que él del que le hablara el maestro, con el que Dalmau coincidió en uno de los intermitentes viajes a Barcelona de este.

Pero si había algún ámbito en el que el modernismo eclosionaba, ese no era otro que el de la arquitectura y la decoración. Europa y América vivían el *art nouveau* y las diversas variantes locales de este movimiento artístico, pero solo Barcelona era capaz de volcar aquel concepto de forma masiva y unánime en sus construcciones y sus comercios. La nueva situación de Dalmau como pintor y ceramista de prestigio le permitió acceder a los edificios acompañando a arquitectos, maestros de obras, ceramistas, ebanistas, marmolistas, herreros, y toda la cohorte que rodeaba a los verdaderos artífices de aquellas maravillas.

La casa Lleó Morera y el hospital de la Santa Creu i Sant Pau de Domènech i Montaner. La casa Terrades de Puig i Cadafalch. La torre Bellesguard y el Park Güell de Gaudí. Dalmau tuvo acceso a todas aquellas obras, incluso trabajó en ellas, como gustaba de hacer, cuando se trataba de colocar los azulejos o las cerámicas de don Manuel Bello; escuchó los planteamientos de los grandes maestros y, con la desazón de quien cree no estar preparado, presenció cómo nacía la magia. Domènech y Gaudí competían en edificios monumentales. El primero afrontaba la construcción del hospital de la Santa Creu i Sant Pau, el segundo se volcaba en la Sagrada Familia. Gaudí era extremadamente vanidoso, orgulloso, místico; el arquitecto de Dios. Domènech, por el contrario y pese a tener un carácter un poco irascible, era un hombre inteligente, culto, un verdadero humanista. Puig i Cadafalch, el menor de los tres, discípulo de Domènech, arquitecto y matemático, era también concejal del Ayuntamiento de Barcelona.

Y, pese a esa competición arquitectónica que a juicio de Dalmau debería vaciarlos de ideas y absorberles cuanta creatividad era capaz de generar su ingenio, los tres grandes arquitectos se volcaban también en trabajos menores, en lo que podría considerarse la simple decoración de establecimientos comerciales. Gaudí y Puig i Cadafalch colaboraban en la decoración de uno de los principales cafés de Barcelona, el Torino, en el paseo de Gràcia, inaugurado en septiembre de ese mismo año de 1902. Gaudí había diseñado la sala del fondo del restaurante, Puig la de la entrada. Domènech, por su parte, rehabilitaba y decoraba el hotel España con la ayuda de grandes maestros como el escultor Eusebi Arnau, el marmolista Alfons Juyol y, por encima de todo, el pintor Ramon Casas, que iluminó el comedor del hotel con un mural de sirenas que parecían flotar entre los comensales.

Los pedidos llegaban con fluidez a la fábrica de azulejos de don Manuel Bello. Conocían los proyectos de los arquitectos. Domènech pretendía cubrir todos los pabellones del nuevo gran hospital con cerámica. Suelos, paredes y techos serían revestidos con azulejo; los de los pacientes con colores apacibles, tranquilizadores; los del exterior y otras dependencias, más metálicos, en colores que reflejaran el sol de Barcelona y en formas que buscaban el arte total, porque si en las salas de los pacientes se utilizaban azulejos lisos del mismo color, con lo que se garantizaba la higiene al ser posible limpiarlos y desinfectarlos, en el exterior, los pináculos, los coronamientos, las salidas de aire y los propios recubrimientos de las fachadas y los techos, abandonarían las formas tradicionales, abstrayéndose de las líneas rígidas para hacer ondular y flotar la arcilla cocida. El nuevo hospital de la Santa Creu i Sant Pau iba a ser, con toda seguridad, un alarde de modernismo y un homenaje al azulejo y a su diseño, lo que garantizaba buenos ingresos para sus proveedores.

—No como ese arrogante de Gaudí —se quejó el maestro a Dalmau, un día hablando de la marcha de la fábrica.

—¿Qué quiere decir? —se extrañó Dalmau.

—Pues que mientras unos respetan nuestro trabajo y nos encargan piezas y diseños, y confiemos que sigan haciéndolo, Gaudí se dedica a recoger los desechos de fábricas y talleres para recubrir las obras con eso que él llama *trencadís*, un mosaico mal ensamblado de piezas rotas y restos desechados de cerámica, vidrio y porcelana.

Dalmau conocía aquella técnica ideada por Gaudí. Le gustaba.

Ese revoltijo de piezas pequeñas y rotas sorprendía. En ocasiones inquietaba, pero nunca dejaba de maravillar: el color, la disposición, incluso la posibilidad de especular de dónde habría provenido tal o cual pieza, en vano intento por conocer su historia.

—Es una técnica nueva, modernista… —quiso defender Dalmau al gran arquitecto.

—Hijo —replicó don Manuel interrumpiéndolo—, el *trencadís* no es más que una variante del zellige, que ya utilizaban los moros en nuestro país hace muchos años. El asunto es que Gaudí está obsesionado con la economía, su discurso siempre gira en torno a ella, al uso adecuado de los recursos, a economizar. Ha recuperado esa técnica y ha conseguido que las fábricas le regalen los restos inútiles, con lo que abarata costes.

Como en otras ocasiones, Dalmau no quiso discutir con el maestro. Quizá el *trencadís* arrancara o no de los moros; muchas de las construcciones modernistas se basaban en la arquitectura y la ornamentación árabes. Sin embargo, era innegable que la cerámica aplicada a las fachadas de los edificios, rota o entera, estaba cambiando el aspecto del entorno. La piedra y el ladrillo, grises, uniformes, tristes, se convertían por mor de un recubrimiento de azulejos en fachadas luminosas, coloreadas, brillantes, capaces de soportar y mostrar al caminante formas atrevidas, novedosas, impactantes, mucho más allá de las tediosas composiciones clásicas que adornaban los paseos de las grandes ciudades.

Transcurrían los meses y Dalmau, consagrado a su trabajo tras perder toda esperanza de encontrar a Emma, diseñaba obras y azulejos, pintaba y visitaba las construcciones modernistas, y cuanto más escuchaba a los grandes maestros arquitectos y a los artesanos que, como él con el azulejo o la cerámica, hacían realidad los sueños de aquellos genios trabajando la madera, el hierro o el cristal, más derivaba en su pintura hacia las propuestas de su idolatrado Ramon Casas. Definitivamente dejó atrás cualquier influencia del simbolismo de los Llucs, tan enraizado en la pintura de su maestro, y trató de captar a través de sus pinturas la fugacidad del momento, en colores desleídos, en obras exentas de grandes contrastes policromos en las que pretendía jugar con la indefinición en las líneas; la realidad, incluso la cotidiana, tal como el artista la percibía en un solo instante. La luz. Dalmau perseguía esa fascinante luz crepuscular: la que cae en el momento en que el día y la noche pelean entre sí para hacerse con la realidad y todo parece desdibujarse.

Pero pese a los éxitos que conseguía con los azulejos y con otros tantos trabajos, Dalmau escondía sus cuadros, incluso al maestro, temeroso de que pudieran compararlo con los grandes y las críticas destrozaran sus obras. Necesitaba aprender, absorber aquellas ideas maravillosas del modernismo, impregnarse del espíritu de lo nuevo. Más de una vez se planteó viajar al extranjero igual que habían hecho y hacían la mayoría de los pintores célebres. Disponía de algo de dinero gracias a los encargos que le efectuaban, pero también tenía una madre atada a una máquina de coser, y un crédito considerable que reintegrar a su maestro por liberarlo del ejército aunque, en su fuero interno, confiaba en que don Manuel le perdonaría esa deuda como se lo había insinuado en más de una ocasión cuando los clientes mostraban satisfacción y pagaban con generosidad lo que él había creado.

Desde que Montserrat había muerto y Emma solo visitaba a Josefa ocasionalmente debido a la ruptura de su noviazgo, poca gente acudía a ver a la madre de Dalmau. Tomás vivía pendiente de la lucha obrera, que aspiraba a dejar atrás el fracaso de la huelga general de principios de aquel año. Su hermano mayor nunca había convivido con otra familia que no fuera la lucha política y, por lo tanto, no reconocía como suya la obligación de cuidar y atender a su madre; eso siempre lo había hecho Montserrat y, en última instancia, Dalmau, el preferido. Eso no significaba que algún día, esporádico, se presentara en el piso de la calle Bertrellans, pero exceptuando aquellas visitas casi anecdóticas, solo alguna vecina o una vieja amiga se pasaban por casa de Josefa para interesarse por ella, tomar un café, levantarla de la máquina de coser y charlar durante unos minutos.

La compañía que Dalmau procuraba a su madre tampoco era considerable puesto que acostumbraba a comer en la fábrica, adonde Paco le llevaba algún plato de una casa de comidas mientras él

194

continuaba trabajando, o lo hacía en el dormitorio del maestro, donde doña Celia y su hija Úrsula se empeñaban en amargarle con mohínes y desplantes los almuerzos que su esposo y padre, respectivamente, pretendía que fueran agradables. Las noches, cuando no las dedicaba a pintar en su estudio, las perdía Dalmau en una taberna o un restaurante en tertulias de artistas como él, algunos reputados, otros fracasados; escritores, unos pocos leídos por el público, casi todos pretenciosos, un vicio que Dalmau comprobó que se intensificaba en relación inversa al éxito de sus obras; dramaturgos; poetas; escultores; periodistas; bohemios empobrecidos a la espera de que alguien los invitase a una sopa y un pedazo de carne, y jóvenes burgueses que se veían atraídos por un mundo canalla en contraste con aquel que confortablemente vivían al amparo de sus padres y sus fortunas en los grandes inmuebles del Eixample. En ocasiones, tras la tertulia, el grupo ya mermado y la noche cerrada, se entregaban al alcohol y a las mujeres, a menudo prostitutas, por lo que eran raras las veces en las que Dalmau llegaba a su casa y encontraba despierta a su madre.

La veía por las mañanas, cuando ella dejaba sus labores y le preparaba el desayuno. Hablaban poco. Dalmau preveía sus recriminaciones si entraban en conversación, y Josefa estaba cansada de advertirle que el rumbo que estaba tomando su vida no era el correcto.

—Tengo éxito, madre —replicó él en una ocasión—. La gente me conoce… Valoran mis obras, me invitan y quieren estar conmigo.

—Ese éxito deberías ponerlo al servicio de los demás, del pueblo, de los obreros —lo interrumpió ella—, de la lucha.

—Madre… —Dalmau trató de esquivar el tema—. ¿Qué pretende? ¿Que regale mis obras a las sociedades obreras?

Josefa no insistió. Amaba a su hijo. Por esa misma razón tampoco le contó de las visitas de Emma. La primera vez se topó con ella en el momento de ir a entregar los puños de camisa que había cosido y a su vez recoger nueva mercancía. La muchacha no quiso subir a casa. En su lugar, pasearon un rato por la ciudad vieja, por callejones a los que no llegaba el sol, húmedos, sucios y malolientes, sus voces a menudo silenciadas por los gritos de la gente o el fragor de las fábricas y los talleres que aún permanecían encerrados en el tupido entramado urbano de la Barcelona medieval. La muchacha confesó a Josefa todas las circunstancias que la habían llevado a la situación en la que se encontraba: la sustitución de Montserrat ante las monjas; la responsabilidad que le atribuían en su muerte. «No te preocupes —la tranquilizó Josefa—, no tuviste culpa alguna. Tú la querías.» En cuanto a Dalmau, le habló de la borrachera y del puñetazo, para terminar haciéndolo de los desnudos que se habían vendido en el prostíbulo. Josefa negó con la cabeza y suspiró.

—Lo que más me dolió fue que no insistiera en sus disculpas, que no hiciera más por nuestra relación. La primera vez me pilló muy cabreada, ¡todavía me dolía la cara! —exclamó Emma. Josefa la miró con el dolor reflejado en el rostro—. Luego pasó lo de los desnudos. ¿Cómo puedo perdonarle eso? —preguntó, dolida—. Ahora trabajo vendiendo gallinas con un viejo desdentado que no se atreve a tocarme el culo —añadió para romper la tensión que se había producido.

Lo consiguió, puesto que la mujer esbozó una sonrisa antes de volver a negar con la cabeza.

—Dalmau ha cambiado, hija —reconoció—. Me temo que está convirtiéndose en uno de ellos, de esos contra los que tanto hemos luchado. Si creyese en el más allá, rogaría a su padre que lo corrigiera, pero no creo en otra vida, por lo que sufro pensando que la de mi esposo fuera entregada en vano, asesinado por unos ideales de los que su pequeño terminará renegando.

Emma se agarró con fuerza del brazo de Josefa y continuaron caminando un rato en silencio.

—No le cuente de mí —le rogó la joven al doblar la esquina de la calle Bertrellans.

Josefa no solo lo prometió, sino que lo cumplió, puesto que cada vez que su hijo mencionaba a Emma, ella cambiaba de conversación, hasta que un día, ante su insistencia, se vio obligada a utilizar argumentos de mayor contundencia:

—¿Cómo puedes estar pensando en la más mínima relación con una muchacha cuyos desnudos corrieron por toda Barcelona?

Un sudor frío empapó la espalda de Dalmau al percatarse de que su madre lo sabía.

—La insultaron —interrumpió Josefa sus pensamientos—, la llamaron puta, muchos, mucha gente; deberías ser consciente de ello: la humillaron y su tío la expulsó de su casa, como a una perra.

—¿Cómo sabe usted todo eso? —preguntó.

—Hijo —dijo con cansancio Josefa—, la gente es cruel. Basta que corra un rumor para que acudan como hienas a escupírtelo a la cara. Tu pelea con sus primos en la calle; los comentarios en Ca Bertrán; su desaparición…

Dalmau no insistió.

Por su parte, Emma dio a Josefa la dirección de la casa donde dormía para que pudiera encontrarla si la necesitaba.

—Para cualquier cosa, Josefa —añadió—. No dude ni lo piense dos veces. Lo que sea. Lo que sea —repitió con énfasis—. Sabe que la quiero como a una madre —terminó diciéndole antes de propinarle un tierno beso en la mejilla y empujarla con delicadeza para que entrara en la calle y así evitar que ambas reconocieran el dolor en las lágrimas que ya corrían por sus mejillas.

Consciente, pues, de cuál era la posición de su madre al respecto, Dalmau le escondió el frac, la camisa con cuello y puños, duros, todos blancos, la pajarita negra, y los zapatos acharolados que se había comprado para acudir al baile que se celebraría en la Maison Dorée, uno de los locales de mayor prestigio de Barcelona, en la plaza de Catalunya. Dos de aquellos burgueses ricos que gustaban de unirse a las tertulias de los artistas, José Paria y Amadeo Fabra, trataron de convencerlo para que asistiese, callando en un principio la obligatoriedad en el vestir de gala. En aquel baile, le aseguraron los jóvenes, no estarían las mujeres con las que acostumbraban a finalizar sus noches licenciosas. Allí estarían sus propias hermanas y muchas de las señoritas de la alta sociedad de Barcelona a las que sus padres, salvo en ocasiones especiales como esa, no permitían salir por la noche.

—¡Todas quieren conocerte! —exclamó Amadeo.

—Les hemos hablado mucho de ti, de tu trabajo, de tus pinturas —añadió José—. Anhelan poder charlar un rato contigo.

Dalmau negó con la cabeza. No se imaginaba en un baile junto al maestro, doña Celia, Úrsula, y todos los ricos y prohombres de Barcelona y sus familias.

—Han visto muchos de tus dibujos en prensa, y conocen tus carteles —insistió el primero—. Mi hermana pequeña, por ejemplo, atesora la cajita para caramelos que diseñaste; ahora la usa para guardar sus cosas, sus secretos.

Dalmau no se dejaba convencer: aquella fiesta no le apetecía.

—Dalmau —volvió a tomar la palabra Amadeo—, allí estarán tus clientes naturales. ¿Quién te contrata para sus anuncios? Los industriales. ¿A quién venderás tus cuadros el día que te decidas a hacerlo? ¿A los obreros? Te conviene estar ahí, conocer a esa gente, trabar amistad con ellos.

—No sé bailar —fue todo lo que se le ocurrió contestar a Dalmau, tan halagado como convencido de la razón de aquel último argumento.

Por esa época, ya bien entrado el año de 1903, un grupo de mujeres católicas, entre las que, por supuesto, se hallaba doña Celia, habían abanderado la causa contra la blasfemia. Republicanos y anarquistas, gran parte de la masa obrera blasfemaba, en las calles y en las tabernas, en los talleres y en las fábricas. Y la mayoría de ellos lo hacían no por tosquedad, de forma irreflexiva, sino por convicción: juramentaban a sabiendas de que con ello insultaban a los católicos y su religión. Aquellas mujeres encorsetadas y vestidas de negro riguroso, alarmadas porque Dios, la Virgen y los santos no cayeran un minuto de la boca sucia de tanto sacrílego, se movilizaron y consiguieron cerca de doce mil firmas que presentaron ante las autoridades a fin de que se adoptasen medidas de represión contra la blasfemia. Algunas fábricas dictaron reglamentos internos en los que se prohibían los juramentos, y hasta se despidió a trabajadores por hacerlo. La noche en la que Dalmau se puso el frac en el taller por no descubrirse en su casa se celebraba el éxito de tan piadosa iniciativa.

Dalmau descendió por el paseo de Gràcia, iluminado en la noche como no lo estaba ninguna otra avenida de la ciudad. Andaba incómodo tanto por el traje usado que había comprado, temiendo el dispendio que conllevaría hacerlo en el sastre de don Manuel o en cualquier otro parecido, como por las miradas que le dirigían los pobres y necesitados que permanecían en cola frente a las casas ricas para recibir las sobras de alguna comida, o aquellos otros que buscaban un lugar en el que refugiarse para pasar una noche de primavera que, aun así, se presentaba fría e inclemente. Se le acercó un *trinxeraire* y le pidió limosna. Dalmau frunció los labios ante el chaval desnutrido y sucio y le dio un par de céntimos. Hacía tiempo que no veía a Maravillas, pensó justo antes de que lo rodeara un grupo de otros cuatro *trinxeraires* que acudió a la llamada de su generosidad.

—Ya he dado a uno de vosotros. —Dalmau trató de quitárselos de encima—. No puedo daros limosna a todos —añadió, pero los críos lo siguieron por el paseo, cruzándose, rogándole, tirando de los faldones de su frac—. ¡Basta! —terminó gritando Dalmau, nervioso por el acoso de la chiquillería—. ¿Queréis que llame a la Guardia Municipal? ¿O al sereno?

Antes de que terminara la frase los chavales salieron corriendo. Dalmau se quedó quieto, cruzada ya la calle Aragón y las vías del tren que corrían por ella y que superó por el puente del apeadero. A su derecha se alzaba la casa Amatller, un poco más abajo la Lleó Morera que construía Domènech, y él acababa de amenazar a unos miserables niños desahuciados con avisar a la policía. Se sintió despreciable. Todo por ocho céntimos más, dos por cabeza, cuando malgastaba en un frac, aunque fuera usado. Tiraba su dinero en alcohol y mujeres. La contribución en el baile de esa noche le había costado bastante dinero y, pese a todo ello, tacañeaba en caridad. Escrutó los alrededores por si veía a los chavales, pero estos habían huido. Quizá estuvieran mirándolo, escondidos en los agujeros en los que dormían. Respiró el aire de la noche y prestó atención a los ruidos que la caracterizaban: una mujer tarareando una canción en un piso con la ventana abierta, las herraduras de los cascos de un caballo sobre el adoquinado, el mismo corretear de aquellos *trinxeraires* cuando escapaban. Se trataba de sonidos independientes, perceptibles, a menudo diáfanos, que no se confundían entre ellos como sucedía en la algarabía del día.

Le costó reanudar el camino, aunque lo hizo, lentamente. La nostalgia se había agarrado a su estómago. Eran muchas las veces en que había oído aquellos ruidos mientras buscaba a Emma. «¿Qué habrá sido de ella?», se preguntó, siendo súbitamente muy consciente de cuánto le había fallado. Hacía más de un año que Montserrat había fallecido. Hacía ese mismo tiempo, pues, que sus relaciones con Emma se habían roto y él, resignado, había permitido que su recuerdo se diluyera en fiestas y trabajo, hasta que en momentos como ese regresaba dando latigazos a su conciencia. «Así era ella —confesó a la noche—, temeraria y alocada.» ¿Por qué no iban a serlo también sus recuerdos? Un error, dos… El miedo al rechazo. La soberbia o la cobardía que le impidió perseguirla la noche en que ella se negó a contestar a sus disculpas. Debería haberlo hecho, esa noche, o al día siguiente o al otro. Aquellas experiencias pusieron fin a la felicidad de Dalmau, quizá incluso a su juventud.

Con tales pensamientos se encontró delante de la Maison Dorée, un café-restaurante de moda, que se hallaba en la esquina de la plaza de Catalunya con la calle de Rivadeneyra, un callejón que daba a la iglesia de Santa Anna, desde la que en dos pasos se llegaba a la de Bertrellans, donde vivía con su madre. La gente vestida de gala que descendía de una larga procesión de coches de caballos y los numerosos curiosos que se arremolinaban aparecían iluminados en contraste con el resto de la zona en penumbra. Dalmau se abrió paso entre la muchedumbre y se coló por la puerta antes de que descendieran los siguientes ocupantes de un coche de punto. Mostró el tique que don Manuel le había proporcionado a cambio de una cantidad que entendió destinada a caridad, y se mezcló entre la gente que ya llenaba los dos pisos que, junto a los sótanos donde se ubicaban las cocinas y demás servicios, conformaban un local decorado al estilo modernista aunque algo recargado, barroco, que disponía de muebles clásicos franceses y pinturas murales de célebres artistas catalanes: De Riquer, Vancells, Urgell i Inglada, Riu i Dòria… Dalmau las contempló entre las filas de columnas de hierro que terminaban en arcos con motivos florales, y por encima de las cabezas de la gente y las humaredas de pipas y cigarros. No era la primera vez que estaba allí. En ese café-restaurante se celebraban algunas de las más conocidas tertulias de la ciudad —políticas, artísticas, literarias y hasta taurinas—, a las que se había sumado en alguna ocasión, como simple oyente, incapaz de discutir con quienes mostraban una cultura vasta.

Paseó entre los invitados con una copa de champán que un camarero le había puesto en la mano. Allí se había dado cita todo aquel que se preciaba en Barcelona: burgueses e industriales con sus esposas e hijas, como le habían anunciado José y Amadeo; militares con uniformes de gala en cuyas pecheras lucían infinidad de medallas. Dalmau ironizó para sí acerca de si alguna de ellas premiaría la vergonzosa rendición y pérdida de Cuba y las Filipinas. También estaban allí algunos políticos, como el alcalde de la ciudad, sacerdotes, miembros del cabildo y hasta el obispo, según oyó al pasar junto a un grupo que se refería a Su Eminencia. Y por supuesto, aristócratas, un montón de ellos, personajes ricos, monárquicos, que habían sido beneficiados con el título de conde, marqués o vizconde a golpe de talonario en las mesas de restaurantes como aquel: unos aristócratas modernos que rivalizaban con quienes ostentaban títulos nobiliarios enraizados en la historia de Cataluña y en las gestas bélicas de sus antepasados. Doña Celia se derretía en su presencia, y Dalmau presumía que la mujer habría estado dispuesta a sacrificar buena parte de su patrimonio para alcanzar alguna de aquellas distinciones. En cuanto a don Manuel, su maestro se volcaba más en la Iglesia y en su pintura que en la sociedad, aunque no por ello la desdeñaba. Dalmau era consciente de que le debía mucho: sí, su maestro se enriquecía con él, pero eran muy pocos los humildes que resultaban elegidos para abandonar la miseria a la que estaban condenados. Y él lo había sido por una persona que lo había tratado, si no como un padre, sí como un tutor, en ocasiones estricto como estaba siéndolo últimamente ante las salidas nocturnas de Dalmau y el aspecto deplorable con el que se presentaba en la fábrica.

—¡Pero mis trabajos siguen siendo excelentes! ¿O no es así? —se había encarado Dalmau con su maestro la última mañana en que este último le recriminó sus incipientes conductas disolutas.

Don Manuel se quedó atónito ante el tono y las palabras de su oficial más preciado.

—Sí —se limitó a contestar antes de darse la vuelta y encerrarse en su despacho.

Transcurrida la mañana, cuando Dalmau percibió que el maestro se disponía a ir a su casa a almorzar, se presentó ante él y se disculpó por su comportamiento.

—Es una vida nueva para mí, don Manuel —añadió después—, demasiado cautivadora. Quizá está seduciéndome. Tendré en consideración sus consejos, descuide.

La música, un vals, lo arrancó de sus recuerdos. Dalmau se recreó durante un buen rato en el ir y venir de las parejas por la pista de baile. Algunas parecían flotar y giraban con soltura; otras seguían el ritmo con cierta torpeza. La aptitud no tenía que ver con la edad, comprobó una vez más: las había jóvenes y notoriamente ineptas, y junto a ellas, parejas de ancianos que se movían con elegancia. Cuando la orquesta atacó una segunda pieza, Dalmau decidió subir al primer piso, donde la gente bebía y departía en corrillos. Allí encontró a José y Amadeo, y a otros tantos jóvenes burgueses a los que conocía de la noche. Y era cierto: con ellos estaban sus hermanas, y sus amigas. Muchachas deslumbrantes, ávidas por divertirse y conocer todo aquello que les estaba vetado en el interior de los pisos lujosos en los que las mantenían encerradas a la espera de un esposo que, a juicio de sus mayores, fuera conveniente, a ellas y a los intereses de la familia.

En un instante, Dalmau se convirtió en el centro de atención de muchas de ellas que, esforzándose por conservar la compostura, lo abrumaron a preguntas sobre sus dibujos y su vida. «¿Hijo de un anarquista?», se atrevió a plantear una de ellas originando un repentino silencio que Dalmau rompió con naturalidad.

—Sí —reconoció—. Mi padre fue condenado en el proceso de Montjuïc por el atentado del Corpus. Murió a causa de ello.

«¿Lo ejecutaron?» «¿A garrote vil?» «Y usted, ¿también es anarquista?» Algunos de los jóvenes que estaban con ellas trataron de interrumpir la curiosidad morbosa de las muchachas y, mientras unos y otros discutían, Dalmau entrevió a Úrsula, alejada unos pasos, en otro corro, aunque a él le pareció más pendiente de la conversación de su grupo que de la que se desarrollaba entre quienes la rodeaban. Por un instante sopesó la posibilidad de que hubiera compartido con alguna de aquellas amigas su primera experiencia sexual.

—¡Vamos a bailar!

La propuesta casi unánime de las chicas lo devolvió a la realidad.

—Los anarquistas no sabemos bailar —trató de excusarse Dalmau.

—Debería dejar usted de lado la política en reuniones como esta —le recriminó una de ellas.

—Sí —terció otra—, aquí bailan todos los hombres con dos piernas… que no lleven sotana.

Lo arrastraron al piso de abajo entre risas, y él bailó, con torpeza. El champán y el entusiasmo de sus parejas lo engañaron hasta hacerle creer que lograba coger el ritmo de los valses: «Un, dos, tres, un, dos, tres», le cantaban ellas tirando de su brazo y su espalda para marcarle el compás. Dalmau se dejaba llevar por aquella cadencia que indefectiblemente se descomponía con un traspié o un pisotón al que las muchachas restaban importancia mordiéndose los labios. Aquellas chicas no se arrimaban como sucedía cuando festejaba con Emma en algún entoldado de barrio. Estas bailaban separadas, erguidas, distantes y, sin embargo, algunas de ellas irradiaban un deseo y una lascivia que turbaban a Dalmau. Las dibujaba desnudas en su imaginación. El carboncillo corría por el papel delineando sus contornos jóvenes y virginales. En alguna ocasión llegó a temblar, todo él. Habría jurado que ellas estaban al tanto de sus pensamientos, que incluso se sonrojaban en un alarde de coqueteo, en el que, pese a su inexperiencia, eran maestras.

Irene. Así se llamaba una rubia con rostro angelical, de facciones perfectas, piel blanca sin ninguna mancha, sensiblemente más baja que Dalmau y de manos y senos pequeños. Su aspecto era tan delicado que a Dalmau le dio la impresión de que se trataba de un juguete al que había que tratar con cuidado extremo. Con ella bailó más que con las demás. Con ella puso más atención en los pisotones. «Amat», le susurró el apellido José en una ocasión en la que decidieron descansar y salir a tomar el fresco a la terraza del segundo piso, todos con una copa de champán en la mano. «Es la hija de uno de los mayores industriales del textil», lo informó para mayores referencias. «Y diría que le gustas», añadió con prisa antes de que la joven se les acercase. Dalmau charló con Irene, algo apartados de los demás; ella esplendorosa, sabiéndose observada como la vencedora de una pelea soterrada. Rieron. Regresaron al piso de abajo y no se separaron. Brindaron. Bebieron y dieron mil vueltas en la pista de baile entre una muchedumbre en la que no repararon, como si solo estuvieran ellos dos.

Tras la finalización de una pieza, la orquesta, elevada sobre una tarima, se retiró para hacer sitio a un grupo de señoras, entre ellas doña Celia, que se encaramaron hasta allí con mayor o menor dificultad. Se pidió silencio; las copas de champán campanearon rogando atención a la concurrencia. La pista de baile se abarrotó con quienes descendieron del segundo piso. Apretujado entre ellos, sintiendo el calor del cuerpo de Irene, ahora sí cercano, Dalmau calculó que bien podría haber allí cuatrocientas personas, quizá más.

—Excelentísimo señor capitán general —cantó una de aquellas señoras vestidas de negro—, excelencia reverendísima —añadió saludando con un imperceptible movimiento de cabeza al obispo—, excelentísimo señor alcalde de Barcelona…

La mujer fue mencionando a las muchas autoridades que se hallaban presentes en la fiesta hasta que, tras saludar al común, agradeció la generosidad de los barceloneses en causa tan altruista como era la beneficencia y la caridad con los más necesitados, para después perderse en una larga diatriba contra la blasfemia. Dalmau dejó de escuchar más o menos cuando la oradora saludaba a los miembros del cabildo catedralicio. Miraba a Irene de reojo: la expresión seria, como si comulgara con cuanto se decía desde la tarima. Dalmau especuló acerca de su edad. Debía de tener entre dieciocho y veinte años. Por su aspecto, cualquiera podría sostener que no pasaba de los dieciséis, pero aquello no encajaba con el grupo de amigas con las que se movía ni con las libertades que se tomaba, beber, bailar, con toda seguridad bajo la observación y vigilancia de sus padres, quienes ya sabrían de la vida de Dalmau más que él mismo. Dieciocho, concluyó, sin estar del todo seguro. El debate interno que sostenía sobre la edad de aquel ángel impidió a Dalmau ver que Úrsula se movía entre la gente y se acercaba a un joven de aspecto impecable pese a las horas de baile transcurridas, y hablaba con él, señalando la tarima. El joven sonrió y después asintió. Habló el obispo. Habló el alcalde. Y cuando parecía que el acto iba a finalizar y se reanudaría el baile, el joven se plantó sobre la tarima de un salto. La gente se sorprendió y guardó silencio.

—Señoras y señores —dijo con desparpajo, la voz grave y fuerte—, los jóvenes somos conscientes de la importancia de este acto y de los esfuerzos de nuestros padres y superiores por ofrecernos un mundo mucho más pacífico, justo y sustentado en los principios de la religión católica, por lo que, en representación de todos nosotros, el gran artista Dalmau Sala se ha ofrecido para subir a este estrado a fin de dirigirles unas palabras de agradecimiento.

Dalmau no lo oyó: continuaba ensimismado en la nariz recta de Irene, quizá algo respingona, un punto, justo lo necesario para suavizar la dureza de aquellas líneas mediterráneas de las mujeres latinas. Iba a fijarse en sus labios cuando estos se volvieron hacia él en una sonrisa maravillosa.

—¡Qué bien! —exclamó la muchacha—. ¡Qué callado lo tenías!

Dalmau le devolvió la sonrisa y se encogió de hombros.

—¿A qué te refieres?

Calló ante los aplausos de los que lo rodeaban, que abrieron el círculo hasta dejarlo en su centro. La mayoría de ellos lo felicitaba, sin que él comprendiera el porqué. El joven de la tarima había desaparecido con otro salto tras el que se confundió con la multitud; su puesto lo ocupaba ahora una de las señoras de negro, que se había adelantado hasta el borde de la tarima.

—¡Dalmau Sala! —lo llamó desde allí—. Suba, hijo, suba —lo incitó agitando adelante y atrás los dedos de una de sus manos—. Lo esperamos.

—¿Por qué? —acertó a preguntar Dalmau.

—Te has ofrecido a hablar en nombre de todos nosotros —contestó Amadeo, ya junto a él.

—Una buena táctica para ganarte a toda esta gente —le susurró José—. Te felicito —añadió mientras lo empujaba por la espalda hacia la tarima, como si se tratara de su representante.

La gente había abierto ahora un pasillo que llevaba directamente a la señora de negro, que seguía tendiéndole la mano. Dalmau se quedó paralizado durante unos momentos y José tuvo que darle otro ligero empujón. Los congregados lo animaban, la mujer de negro lo llamaba, y él se volvió para observar a Irene, que le sonrió. José, la gente, la señora de negro, la sonrisa de Irene, todo lo arrastró hasta aquella tarima, a la que subió notando ya cómo le temblaban las piernas. No quería hablar en público.

—Muchas de nosotras —empezó la señora de negro—. Muchas de nosotras… —repitió en un intento de que todos callasen— presenciamos su célebre exposición de los dibujos de los *trinxeraires* en el Círculo Artístico de Sant Lluc. Alguna incluso adquirió una de esas obras. —Se volvió hacia otra dama que había accedido con ella a la tarima y que asintió desde detrás, donde se había apartado con las demás de negro, mezcladas con los músicos—. Nos sentimos muy honradas con su presencia hoy aquí, por su ayuda y su apoyo a la causa contra la blasfemia. Son ustedes, los artistas de renombre, aquellos a los que la gente sigue e imita, quienes más ejemplo de respeto y comedimiento en el habla deben proporcionar a la sociedad. Tiene usted la palabra —lo invitó la mujer antes de dar un par de pasos atrás y reunirse con las suyas.

«¡Tiene usted la palabra!» ¡Dalmau no quería tener la palabra! Nunca había logrado hablar en público. Sintió que le sudaban las manos y la espalda. Allí en pie, solo, con una línea de músicos y señoras de negro tras él, frente a centenares de personas que lo miraban, atentas, expectantes, sintió que se le revolvía el estómago. Carraspeó, con la única finalidad de ganar tiempo, porque se consideraba incapaz de articular palabra alguna. Entonces vio el refulgir de las medallas de los militares y las joyas de las damas, las sotanas impecables de los curas, y los trajes de seda de las mujeres; vio a Irene, sus ojos verdes clavados en él. Se sintió avergonzado, ridículo en aquel frac usado que ahora comprendió que le venía grande de hombros y estrecho de cintura. Todos tenían que notarlo.

—¡Venga! —se oyó del público.

—¡Lánzate! —lo animó alguien más.

No podía. Volvió a carraspear. En esta ocasión tosió. Le temblaba hasta la garganta.

—No dice nada —se oyó en tono burlón.

El pánico atrapó los dedos de Dalmau, que se crisparon entrelazados por delante de su vientre. Las risas se entremezclaron con el mareo por el mucho alcohol consumido. Y allí seguía, en pie, paralizado, las gotas de sudor corriéndole por las sienes.

—Di algo, muchacho —lo animó con afecto un anciano cercano a la tarima.

—Un sencillo gracias —le aconsejó otro hombre.

—No dice nada —repitió el de antes.

Las risas aumentaron.

No habría transcurrido ni un minuto. Eterno. ¡Debía hacer algo! Pero su cuerpo no respondía. Tampoco quería mirar a la gente; allí estaba Irene.

—Se ha quedado mudo —dijo alguien.

—Y quieto, como un modelo.

Oyó carcajadas.

—Muchas gracias —acertó a decir Dalmau con voz temblorosa.

Solo parecieron escucharlo el anciano y el hombre que le había aconsejado poco antes. La mayoría de los restantes volvía a juntarse en corros y grupos para charlar. Los camareros reaparecieron con bandejas cargadas de copas de champán.

—¡Música! —se exigió desde la pista.

—¡Que se vaya a pintar! —gritó alguien.

Dalmau notó el mucho champán bebido revuelto en su estómago, como un oleaje. En un par de ocasiones ascendió agrio hasta su boca. La primera arcada coincidió con las burlas de un grupo de jóvenes, la siguiente se produjo justo cuando la de negro lo agarraba con delicadeza de los hombros para sacarlo de allí. Dalmau se volvió en cuanto notó el contacto y vomitó sobre los bajos del vestido y los zapatos de la mujer. En el local se alzaron todo tipo de comentarios y muestras de asco. Mientras un par de camareros ayudaban a la señora a limpiar con unas servilletas el vómito de su vestido de seda y encajes, otro invitó a Dalmau a abandonar el local por la salida de servicio, a través del sótano, escapando por detrás de los músicos. Se dejó llevar.

7

Emma y el pollero viajaban en el tren de Sarrià, un ferrocarril que partía de la plaza de Catalunya para llegar hasta aquel pequeño municipio, que aún no formaba parte de Barcelona. El trayecto se desarrollaba en parte por el centro de la calle Balmes, a la que dividía, como sucedía con muchas otras vías de la ciudad cruzadas por tranvías y trenes. Sin embargo, a diferencia de lo que ocurría con los tranvías, la mayoría de ellos ya electrificados, algunos todavía tirados por caballos y mulos, el de Sarrià era un verdadero ferrocarril con pesadas locomotoras que se movían ruidosamente, silbando y lanzando vapor y un espeso humo negro que ensuciaba edificios y personas, todo ello con una irritante regularidad —cada quince o veinte minutos— para desesperación de los vecinos.

En eso, en la gran locomotora que tiraba de los vagones, pensaba Emma mientras ascendían por la calle Balmes. Hacía ya muchos años, cuando se construyó la estación en la Barceloneta para acoger la primera línea de ferrocarril de toda la Península que unía la Ciudad Condal con Mataró, las mujeres de aquel barrio extendieron la leyenda de que los maquinistas secuestraban niños para utilizar su grasa como lubricante para las locomotoras. Con un momento de nostalgia que le encogió el estómago, Emma recordó a su padre cuando se burlaba de ella siendo niña y la asustaba con ese cuento. De ser cierto, el maquinista de aquella gran locomotora debería secuestrar montones de niños para mantenerla convenientemente engrasada, pensó, y sonrió con la imagen en su memoria del índice de su padre señalando una máquina mientras ella trataba de esconderse tras sus piernas.

—¿Pensando en algo gracioso? —inquirió Matías arrancándola de su abstracción.

—No —contestó Emma tras meditarlo un instante. No deseaba compartir aquella intimidad con el pollero.

Desde hacía algunos días se sentía acosada por el viejo desdentado que, pese a cumplir su promesa y no llegar a tocarla, la acariciaba con aquellos ojos turbios, los mismos que ahora, tras mirarla poniendo en duda su sinceridad, descendieron por su abrigo hasta donde debió de suponer que se hallaba el nacimiento de sus pechos. Era invierno, diciembre, y hacía frío, mucho frío, más todavía en aquel vagón destartalado en el que se colaban las corrientes de aire, como para recordarles que viajaban en tercera clase, la de menor categoría. Erguida en su incómodo asiento de madera, levantó la cesta con las dos ocas vivas hasta taparse los senos. El viejo cesó en su lujuria y se centró en mirar por la ventana. Emma lo hizo en las ocas; las aves eran la razón de que hubieran cogido el tren para bajarse en la estación de La Bonanova, una zona todavía sin urbanizar, entre Barcelona y Sarrià, en la que punteaban aquí y allá unas casonas magníficas e imponentes, con jardines cuidados y extensos rodeándolas. El pollero tenía una buena clienta allí, en La Bonanova, que le compraba las ocas, unos animales que podían llegar a alcanzar el precio de nueve pesetas cada uno, muy por encima del que se pagaba por las gallinas, los pollos, los patos o las perdices.

Sabía que era solo cuestión de tiempo que el pollero le diese una palmada donde no debía, le rodease la cintura al amparo de una excusa ridícula o le rozase un pecho aprovechando los contactos que, irremediablemente, se producían durante su jornada.

—¡Le daré una buena bofetada! Eso es lo que haré —había prometido a Dora unos tres meses antes, poco después de empezar a trabajar con Matías—. Le reventaré uno de los escasos dientes que le quedan —aseguró a continuación.

—Solo es un viejo lascivo —trató de restarle importancia su compañera de cama.

—¿Pretendes que me deje manosear por ese… ese sátiro?

Dora no pretendía tal cosa y, fiel a su teoría de que toda mujer necesitaba un hombre que la protegiese, se empeñó en presentar a Emma a los amigos de su novio, un joven dependiente en una tienda de sombreros cuyo carácter afable y distraído y su delgadez hizo dudar a Emma de que siquiera fuera capaz de defenderse a sí mismo, menos por lo tanto a una mujer, aunque calló su recelo ante una Dora exultante junto a él, a quien no cesaba de prodigar sus muestras de cariño.

Emma se dejó llevar por su nueva amiga. Había perdido el contacto con aquellas del barrio de Sant Antoni, hasta con Rosa y con las otras con las que junto a Montserrat acudía a las huelgas y manifestaciones. De cuando en cuando se topaba con alguna, y siempre terminaba preguntándose si su charla había sido sincera o la otra tenía en mente los dibujos de sus desnudos y todo lo que habría crecido de boca de la gente a partir de ellos. Se dejó llevar, pues, por Dora, quien le presentó a un primo de Juan Manuel, que así se llamaba su novio; a un compañero de este en la tienda de sombreros, todavía más delgado que él; luego a un par de amigos, uno de ellos sin trabajo, al que tuvieron que invitar al vino y los callos que tomaron en un bar... Personas grises, vulgares, a las que Emma fue descartando sin concederles la menor oportunidad.

—Sigues enamorada de Dalmau —había afirmado Dora no hacía muchos días, casi como reprochándoselo en la intimidad de su cama después de que Emma hubiera rechazado esa misma noche a un nuevo pretendiente, un conductor de tranvía mucho mayor que ella cuya conversación se limitó al trayecto urbano que hacía a diario, alardeando como si transportar a cuatro desgraciados fuera algo así como cruzar el océano capitaneando un velero.

Emma consideró las palabras de su amiga. En aquel entonces casi había transcurrido un año desde la muerte de Montserrat y su absurda separación. Era imposible que olvidara a Dalmau, lo sabía, e inconscientemente terminaba comparándolo con todos aquellos hombres que Dora se empeñaba en presentarle. Dalmau era... era un genio. Los demás, mediocres. Mil veces había soñado con su futuro junto a Dalmau, él encumbrado al cielo de los artistas, admirado, envidiado. Ella a su lado, compartiendo el éxito tal como Dalmau le había prometido otras tantas veces. Qué era lo que Dora le proponía en su lugar, ¿un tranviario casi calvo?

—¡Ese genio te dejó tirada como a una puta vieja! —soltó Dora con crudeza, volviéndose para darle la espalda en la cama, zaherida después de que Emma le confesara sus pensamientos.

—Tienes razón —reconoció la otra con voz apagada.

Emma se esforzó con el siguiente candidato tras rechazar al tranviario. Tuvo que prometérselo a Dora después de que esta se negara a concertar más citas. «¿Para qué? —se había quejado la muchacha—. Juan Manuel y yo lo hacemos por afecto hacia ti, y tú reaccionas como si fueras la reina de Saba, humillándonos.»

Se llamaba Antonio y era albañil. Debía de contar unos veintidós o veintitrés años, calculó Emma. De rostro moderadamente atractivo, quiso pensar para no crearse prejuicios. «No», terminó conviniendo consigo misma. Tenía unas facciones duras, rectilíneas, que contrastaban con una nariz chata, quizá a causa de un golpe o de un accidente, unas cejas pobladas que se unían en el centro de su frente y el cabello negro ensortijado. Tampoco era feo, trató de consolarse. Lo que sí era grande y fuerte. Mucho. Emma observó durante más tiempo del que aconsejaba la discreción las manos de aquel joven: poderosas, de dedos gordos y toscos, manos ásperas incluso a la mirada, capaces de agarrar la soga más basta para tirar de ella, capaces quizá de golpear… No era culto, era un albañil, probablemente analfabeto como casi todos ellos, pero Emma se vio sorprendida en el momento en el que Antonio se encontró cómodo y se lanzó a hablar de lo que sí sabía: la lucha obrera.

Sus planteamientos eran burdos. No citaba más líder que a Lerroux, uno de los dirigentes radicales republicanos. «¡Los curas que se vayan a la mierda!» «Deben pagarnos más. Los jornales son miserables.» «Los niños no deberían trabajar. ¿Sabes cuántos he visto accidentados en las obras?» «Y tendríamos que descansar los domingos.» «Y las jornadas laborales, ¿qué me dices de las jornadas laborales?» Estaban en el Paralelo, donde se concentraba la gente común, en la mesa de la terraza de una cafetería de la que pronto desaparecieron Dora y su novio, ya que el apocado dependiente de la sombrerería era enemigo de discursos revolucionarios como aquellos. Emma, sin embargo, escuchó embelesada las palabras de Antonio, una retahíla de consignas grabadas en sus hábitos, en su rutina; unas ilusiones por las que su amiga Montserrat había perdido su virtud en la cárcel y su vida en las calles. Ella perdió… Con un manotazo al aire que sorprendió a su acompañante, desterró a Dalmau de sus pensamientos y se concentró en la voz del albañil: un sonido ronco, pasional, que sin desearlo vino a recriminarle que desde la muerte de quien consideraba su hermana hubiera abandonado la lucha de los oprimidos contra la burguesía rica y católica, y le insufló unos ánimos que hacía tiempo echaba en falta, como si al lado de aquel hombre la vida volviera a llamarla para hacer algo importante.

La mano del pollero por debajo de uno de sus codos, instándola a levantarse para descender del tren, trajo a Emma de nuevo a la realidad. Se zafó de ella golpeándola con la cesta y, tras recorrer el vagón, pisó la estación a cielo abierto de La Bonanova. Siguió a Matías por calles de tierra que lindaban con campos. En derredor de ella se levantaban masías, conventos, colegios y grandes casas señoriales, todas separadas por tierras cultivadas o yermas, y que ahora, al calor del sol de aquella mañana de invierno, iban desprendiéndose de la niebla que las rodeaba. Muchas de aquellas casas, le contó el pollero, estaban vacías en esa época puesto que eran las residencias de estío de los ricos de Barcelona que todavía no habían optado por veranear en pueblos costeros o más apartados de la gran ciudad.

Se trataba de verdaderos palacios ante los que Emma se sintió empequeñecida. Las criadas de la clienta a la que Matías llevaba las ocas ni siquiera les permitieron entrar en las cocinas; los atendieron en la puerta de entrada del servicio. Allí les pagaron las dieciocho pesetas y los despidieron. Emma se retrasó, perdida en la contemplación de aquella casa: columnas, porches, grandes ventanales, mármoles, un torreón desde el que podría verse hasta el mar, la mirada volando por encima de la ciudad. Ella compartía una cama con su amiga Dora, cortadora de pelos de conejo y prometida al insulso dependiente de una sombrerería; eso era todo lo que Emma tenía en esta vida: media cama arrendada, en una habitación pequeña y oscura por la que casi no podía moverse. Y sin embargo aquellos burgueses ricos de Barcelona incluso tenían cerrados palacios suntuosos a la espera de que la canícula los obligase a buscar el frescor de una zona algo más elevada y despejada.

Emma hizo caso omiso al apremio de Matías, que se había detenido, extrañado, unos pasos más allá. El viejo pateaba el suelo para luchar contra el frío que lo había calado, y le gritaba. La otra no quiso escuchar sus órdenes, que salían por su boca con una vaharada de vapor. Muchos de aquellos caserones sin duda pertenecerían a los empresarios que manejaban la industria en Barcelona, los mismos que se habían opuesto radicalmente a toda reivindicación que sus asalariados sostuvieran.

Se lo había contado Antonio. La crisis económica golpeaba a la masa obrera. La subida internacional de los precios del algodón estaba ocasionando estragos en la industria textil de Cataluña, la que tiraba de la economía. La mecanización de las fábricas robaba los puestos de trabajo de la gente. Los hombres eran despedidos para sustituirlos por mujeres a la mitad del jornal. Tras la fracasada y malhadada huelga general de principios de aquel año de 1902 en la que falleció Montserrat, la lucha obrera había continuado, ajena a postulados anarquistas, los grandes perdedores, pero sí fieles a otros movimientos políticos y sociales como podría ser el lerrouxismo.

—¡Te dejo aquí! —le advirtió el pollero a su espalda.

La precariedad laboral y sobre todo la necesidad permitían a los empresarios adoptar posturas intransigentes. Muchos obreros se veían abocados a actuar como esquiroles para ocupar los puestos de trabajo de compañeros con los que se habían solidarizado en la huelga. ¡Morían de hambre!

«Es injusto, es injusto, es injusto», se repetía Emma una y otra vez.

—¡No pienso repetírtelo! —insistió el viejo.

Sin embargo, le había dicho Antonio elevando aquella voz ronca, la Bolsa de Barcelona subía y los financieros la consideraban una ciudad próspera e interesante para invertir.

—¡Ahí te quedas!

La muchacha suspiró, apretó los puños y escupió en dirección al palacete.

—Hijos de puta —masculló antes de dar media vuelta para seguir a un Matías que ya enfilaba el camino de la estación—, algún día lo pagaréis caro.

Antonio y Emma se hallaban en uno de los más de cuarenta centros republicanos extendidos por toda Barcelona: una taberna pequeña que su propietario ponía a disposición del partido y en la que se amontonaban hombres y mujeres pendientes de que empezara el discurso de uno de los líderes republicanos, mientras el tabernero y su familia servían cafés, vino y cerveza en cantidad muy superior a lo que facturarían cualquier tarde de ese mes de diciembre de 1902, porque el hombre cedía el local, no así las consumiciones, que cobraba con una puntualidad exasperante.

Emma, apretujada contra Antonio, los dos en pie, ya que las pocas sillas del local habían quedado ocupadas con mucha anterioridad a su llegada, esperaba con un vaso de tinto en la mano, un vino recio y agrio como todos aquellos hombres que la rodeaban, que charlaban estentóreamente, se saludaban a gritos de un lado al otro de la taberna y reían con más fuerza todavía. La gente estaba ilusionada con las perspectivas de los republicanos en las próximas elecciones al Ayuntamiento de Barcelona, ciudad donde la mayoría obrera apoyaba a los radicales de Lerroux.

—Iremos con el voto en una mano y la pistola en la otra —advirtió el líder republicano para controlar el atávico fraude electoral que llevaban a cabo las autoridades.

De repente la sala estalló en aplausos, y un joven, uno de los protegidos de Lerroux, se encaramó a una tribuna inestable construida con cuatro maderos en una de las esquinas del local, y rogó silencio a la concurrencia alzando ambas manos al cielo. Emma respiró la tensión: aquella gente humilde se había convertido en un nuevo protagonista político. Los anarquistas, que habían vuelto a la senda del terrorismo con la colocación indiscriminada de bombas en la ciudad, habían perdido toda influencia en la masa obrera tras la fracasada huelga general de 1902, y el Partido Socialista Obrero, formado por hombres cultos que se consideraban superiores a los trabajadores, analfabetos la gran mayoría, tampoco supo aprovechar el momento de inflexión en el que la clase obrera empezó a ser consciente de su poder.

Todo aquel fervor de lucha, de indignación contra la injusticia, de compromiso de clase que había aglutinado en torno a sí el partido republicano, hirvió en el interior de Emma para estallar de forma delirante cuando el orador criticó con saña el proceso de Montjuïc, el que había llevado a la muerte a su padre, exigiendo responsabilidades y reparaciones. Las lágrimas corrían por sus mejillas al escuchar los nombres de los torturadores:

—¡El teniente de la Guardia Civil Narciso Portas! —gritó el joven republicano desde la tarima—. ¡Torturador!

«Sí, ese era.» Emma tembló. ¡Narciso Portas…! Aquel hombre había martirizado a su padre y a los demás anarquistas detenidos tras el atentado del día del Corpus frente a la iglesia de Santa María de la Mar. En las mazmorras utilizaron látigos, hierros al rojo, cascos de hierro que deformaban la cabeza… Uñas arrancadas y testículos retorcidos. Los hombres, derrotados, confesaban unos crímenes que no habían cometido. Ese era, sí: Narciso Portas. Su padre y el de Dalmau, ambos desfigurados, se lo confesaron a Josefa en la visita que les permitieron tras dictarse su sentencia a muerte, luego conmutada por la de un destierro que no fueron capaces de superar. Entonces Emma solo tenía doce años. El aspecto de su padre le dio miedo y se refugió junto a Montserrat tras las piernas de Josefa. Él ni siquiera intentó acercársele al apercibirse de su pánico; una mueca a modo de sonrisa era todo su recuerdo de la última vez que lo vio.

—¡Malnacido! —gritó Emma sumándose a los abucheos.

El orador continuó atacando a la Iglesia, a los empresarios, a los burgueses. Los congregados vibraban, insultaban. «¡Luchar, luchar, luchar!», esa era la consigna. Pidió dinero para la casa del pueblo que Lerroux pretendía construir. La gente se comprometió. Pidió voluntarios para trabajar por la causa y Emma no acertó a ver ningún hombre o mujer que no hubiera alzado la mano.

El joven republicano se hinchió de satisfacción y sonrió.

—Vosotras podéis bajar las manos —se dirigió con cierta condescendencia a una de las mujeres que estaban más cerca de él—. Estad pendientes de vuestros hombres.

Algunas risas acompañaron el consejo. Emma miró en su derredor: la mayoría de los hombres sonreía o asentía. En cuanto vio que lo miraba, Antonio borró de su rostro la sonrisa con que había acogido esas palabras.

—¿Qué dices, mamón? —se oyó de boca de una mujer ya mayor—. ¿Crees que somos inferiores a los hombres?

—No, no… —trató de disculparse el otro—. Tenéis vuestras funciones, importantes, trascendentales: la familia. Debéis educar a vuestros hijos en los valores republicanos; la unidad familiar es imprescindible en la lucha obrera. El socorro a los presos y la solidaridad con huelguistas y compañeros necesitados también están en vuestras manos, y…

—Y mamárosla de cuando en cuando, ¿no? —lo interrumpió una joven alzando el puño hacia él.

—No… —trató de hacerse oír el conferenciante por encima de burlas e insultos con los que se enzarzaron hombres y mujeres. Al cabo de un buen rato lo consiguió—. Quiero decir…

—¿Alguna vez se ha opuesto a un regimiento a caballo y armado de la Guardia Civil? —En el silencio que se hizo en la taberna, Emma esperó a que el joven reaccionara a su pregunta. El otro titubeó—. ¡Yo sí! —gritó tan fuerte como pudo. La gente se hizo a los lados, unos para poder ver quién era la que hablaba así a sus espaldas, otros para que la presencia de aquella muchacha acompañara sus palabras—. ¡Yo sí! —repitió Emma frente a un pasillo abierto desde ella hasta la tarima y el conferenciante—. Desde muy niña. Los he tenido más cerca de lo que lo tengo a usted, armados, los caballos babeando y piafando, ellos asesinándonos con la mirada mientras nosotras los insultábamos. Muchas veces he tenido que correr para que no me alcanzaran. A ella sí que la he visto en varias ocasiones. —Emma trató de encontrar a la primera mujer que se había quejado, pero no lo consiguió—. Y a ella, y a ella, y a ella. —Fue señalando a las mujeres que se hallaban en la sala, segura de que la mayoría habrían vivido episodios similares—. A usted —dirigió el índice hacia el joven— no lo he visto nunca entre todas esas mujeres que hemos peleado para que nuestros hombres no fueran apaleados por la Guardia Civil o los soldados en una huelga. —Un fuerte rumor de asentimientos corrió entre los presentes y Emma esperó a que se apagase—. Mi… —Entonces dudó. Se le encogió el estómago y se le agarrotó la garganta mientras un sinfín de recuerdos y sensaciones estallaban en su interior—. Mi hermana murió en la huelga general. ¡La asesinaron cuando se enfrentaba a los soldados tras una barricada! ¿Y dice usted que nuestra función se limita a educar a la familia y a socorrer a los presos?

La última pregunta surgió rasgada de su garganta. Muchas de las mujeres reunidas lloraban y algunos hombres luchaban por no hacerlo; a su lado, Antonio se secaba los ojos. El joven que los había arengado en la lucha supo aprovechar el momento y empezó a aplaudir a Emma.

—¡Por todas las mujeres republicanas! —gritó, descendiendo de la tarima y dirigiéndose a ella.

Los congregados se sumaron y estallaron en aplausos, vitoreando a sus madres, sus hermanas, sus esposas o sus amigas. Muchas copas se alzaron en un brindis. Entre el alboroto, el conferenciante, acompañado por un par de guardaespaldas, había llegado hasta Emma.

—Me llamo Joaquín Truchero y te felicito —le dijo tendiéndole una mano que Emma apretó—. Un gran discurso. El partido necesita mujeres como tú. ¿Me acompañas?

Sin esperar contestación, Emma se vio transportada entre la gente, que la aplaudía a su paso. Antonio los seguía. Entraron en lo que debía de ser el almacén de la taberna, y cuando iban a cerrar la puerta tras de sí, Antonio lo impidió.

—Tú no —se opuso Joaquín—. Necesito hablar a solas con la compañera.

El albañil, algo intimidado por el tono, cedió y se retiró. Pero Emma no:

—Viene conmigo —replicó, abriendo ella misma la puerta y permitiendo la entrada de Antonio.

El joven líder republicano se conformó y la invitó a sentarse sobre una caja. Él hizo lo propio. Los guardaespaldas y Antonio permanecieron en pie.

—Hoy nos has dado una lección —inició su charla tras un leve carraspeo y sin poder evitar dar un repaso a las piernas de Emma, cruzadas por debajo de una falda que parecía haberse quedado demasiado corta ante la mirada del joven—. Necesitamos mujeres como tú, que sepan transmitir a las demás ese espíritu…, esa pasión por la defensa de la lucha obrera.

Joaquín se explayó de forma apasionada en un segundo discurso, este frente a una única oyente, una mujer a la que examinó con evidente satisfacción, evaluándola, y a la que sonrió y tocó en varias ocasiones, como para reforzar con el contacto las ideas que pretendía transmitirle. Emma miraba de reojo a Antonio, que escuchaba con el ceño fruncido, sus cejas tupidas cerrándose todavía más sobre el puente de su nariz, el albañil plantado junto a los dos guardaespaldas de Joaquín, tan altos y fuertes como él. El joven líder republicano debía de contar pocos años más que ella. Era atrevido y, vista su actitud, pensó Emma, desvergonzado. De palabra fácil y una sonrisa que, en ocasiones, había llegado a contagiar a Emma. Un seductor que se sabía atractivo y actuaba en consecuencia. Vestía americana, algo vieja, raída, como si pretendiera no destacar entre los obreros que lo escuchaban, aspiración que traicionaban sus zapatos que, aunque sucios, se hallaban muy lejos de la capacidad adquisitiva de cualquier obrero. Los habría ensuciado deliberadamente, sentenció Emma tirando de su falda hacia abajo para tapar siquiera unos centímetros las piernas que tanto atraían a su conferenciante.

Joaquín Truchero dio por terminada su arenga y mientras citaba a Emma en el nuevo local de la Fraternidad Republicana que Lerroux había establecido en un edificio en el Eixample de Barcelona, junto al de la universidad, esta se dio cuenta de que casi no había prestado atención a cuanto le había dicho aquel joven impulsivo, pendiente como lo había estado de su propio aspecto, del de él, de las reacciones de Antonio, de aquellos roces en su mano, en su brazo, en su codo. Una vez hasta se había permitido tocarle el cabello. Intentó recordar qué le había dicho, algo relativo a que debía cortárselo para tener el aspecto de alguien… ¡Mandaba cojones que un tío le dijera cómo tenía que cortarse el cabello! Y, sin embargo, el roce de su mano en el cuello…

—¡Emma! ¿Nos vamos?

Emma despertó de repente al sonido de la voz ronca y potente de Antonio. ¿Por qué aquel tono? Lo comprendió ante el rostro sofocado del albañil y al verse a sí misma ensimismada, pensando en el corte de su cabello, agarrada a la mano de Joaquín Truchero.

—Si… —balbució hacia Antonio poniendo fin al saludo de forma brusca—. Claro…, claro.

—¿Te veré entonces en la Fraternidad? —preguntó Joaquín.

—¿Dónde?

El otro irguió la cabeza, sorprendido.

—En la Fraternidad. Donde hemos quedado, ¿no?

—Ah…, sí… Sí.

Emma salió a la sala aún repleta de republicanos que bebían y discutían, algunos acaloradamente, por la puerta que Antonio le sostuvo abierta. ¿Por qué la había perturbado tanto aquel joven?, pensó al deslizarse junto al albañil.

La relación entre Emma y Antonio se torció tras ese día en que ella conoció a Joaquín Truchero. Ya esa misma noche, después de la conferencia, cuando paseaban por el Paralelo como venían haciendo desde hacía un par de meses, el albañil se mostró hosco, pensativo, introvertido. Emma quiso entenderlo. Probablemente el joven líder republicano la había tocado más mientras la aleccionaba de lo que lo había hecho él a lo largo de todo el tiempo que llevaban viéndose. Debía de sentirse celoso, o cuando menos contrariado, abatido al comparar su timidez y torpeza con la arrogancia y galantería del otro. La joven decidió no hacer caso. Ya se le pasaría. Tampoco se habían prometido ni, pese a lo que sostenía Dora, quien declaraba un noviazgo a partir de tres encuentros consecutivos, podía considerarse que sostenían una relación formal.

Sin embargo, la cosa fue a más después de que Emma se presentase en el edificio de la Fraternidad Republicana. Se trataba, como le fue mostrando Joaquín con el orgullo de quien había colaborado a su establecimiento, de otro lugar de reunión de los republicanos, pero a diferencia de los demás que existían en la ciudad, pequeños, de una sola estancia lúgubre y mal ventilada, o compartidos como sucedía con la taberna en la que se habían conocido, este era inmenso. Contaba ya con más de mil quinientos socios y disponía de servicios para ellos: bar y salón de reuniones, cooperativa de consumo, una escuela, un consultorio jurídico y otro médico y quirúrgico, así como otros servicios que facilitaban la vida a los miembros del partido asociados a la Fraternidad.

—Y ahora estamos construyendo ya la Casa del Pueblo —alardeó el joven—. ¡Mucho más grande que esta!

Iban en procesión. Joaquín, en esta ocasión bien vestido y con sus caros zapatos limpios, Emma, otros jóvenes volcados en la política —Lerroux se había rodeado de muchachos de ideas radicales que lo idolatraban y que actuaban por debajo del gran hombre— y, detrás de todos ellos, Antonio arrastrando los pies. Emma volvió a sentirse confusa ante las atenciones de Joaquín, aunque en ese caso intentaba que Antonio no se percatase de ellas, propósito imposible puesto que algunas eran hasta coreadas por los demás, como si Emma perteneciera al joven líder. Habían pensado que su primera responsabilidad fuera la de dar clases a las obreras que acudían a aprender a leer y escribir, y se lo propusieron en el momento de mostrarle un aula.

Emma sintió un vértigo incontrolable al contemplar los pupitres vacíos, tocar los lapiceros y ojear los libros de ejercicios de caligrafía, sencillos, básicos, como los que había utilizado de niña. No se veía como maestra, pero no podía negar que la propuesta le hacía ilusión.

—Me dijiste que sabías leer y escribir —recordó Joaquín.

«¿Se lo dije?», se preguntó Emma.

—Sí —reconoció—, pero de eso a ser maestra…

—Es tu lugar.

—Yo soy más de la calle. De correr ante la Guardia Civil. Nunca he enseñado nada a nadie.

—La calle la tendrás toda para ti, cuando quieras —le aseguró

Joaquín—, y además estarás en ella al frente de todas esas obreras a las que hayas ilustrado. Porque lo importante no es solo que les enseñes, sino que las convenzas de nuestros objetivos. De la lucha contra la Iglesia…

Emma dio un manotazo al aire.

—Si son obreras de verdad, eso ya lo saben —lo interrumpió.

—No estés tan segura.

—¡Cualquier obrera sabe dónde está el enemigo!

—¡No! —contradijo rotundo Joaquín—. No las juzgues tal como sientes tú. Por eso te ofrezco este puesto. Hay muchas compañeras que, a pesar de ser obreras y republicanas, continúan teniendo tendencia a creer en Dios. Reconozcámoslo: salvando excepciones, las mujeres obreras son ignorantes y supersticiosas —afirmó. Emma quiso intervenir, pero el otro se lo impidió con un movimiento de la mano—. No es algo que digamos aquí, en este puñetero país decadente en manos de curas y aristócratas; eso es lo que sostienen en Francia, el espejo en el que pretendemos mirarnos. Tampoco allí dejan votar a las mujeres, precisamente por esa razón. —La duda que se reflejó en el rostro de Emma empujó a Joaquín a insistir en su diatriba misógina—: Las mujeres son débiles y crédulas, por eso constituyen el primer objetivo de los curas. Eso es sabido. Fíjate bien: siempre que veas a un religioso practicando el proselitismo, comprobarás que lo hace con una mujer. No solo los mueve la lujuria, sino que también saben que, si ganan a la mujer para su causa, influirán en la vida de su esposo, en su voto incluso, y controlarán la educación de sus hijos. Cuando una mujer se confiesa —sentenció—, el marido pierde toda la autoridad sobre su esposa y la familia: ella se pone en manos de Dios a través de su confesor.

A diferencia del primer día en el almacén de la taberna, Emma pensó seriamente sobre aquellas palabras. Tiempo atrás, en ocasiones había oído hablar a Josefa de algunas compañeras que en efecto traicionaban a la causa y se acercaban a la Iglesia. La madre de Dalmau y Montserrat las insultaba airada, y sí, las calificaba de crédulas e ignorantes, de idólatras, de traidoras, algo así como lo que acababa de sostener aquel joven.

—No lo pienses tanto —volvió a intervenir Joaquín—. Te necesitamos. Hay que instruir a nuestras compañeras puesto que solo así podrán liberarse de la influencia de los curas. Ya te guardaremos la calle también, no te quepa duda.

El joven líder republicano se acercó a Emma a medida que hablaba, asediándola con la palabra y la presencia.

—Estas clases deben ser nocturnas —murmuró ella como para sí, sosteniendo aquella cercanía incómoda.

—Cuando las mujeres terminan sus faenas —aclaró Joaquín—. Generalmente a última hora de la tarde, pero a veces pueden prolongarse.

—Mi casera no lo permitirá —lo interrumpió ella. Joaquín, Antonio y los demás esperaron una aclaración que alguno ya sospechaba—. Una muchacha sola regresando de noche: pecado seguro. Ya he conseguido saltarme algunos rezos del rosario, pero si llegara de noche con frecuencia, me echaría.

—Cambia de casa —empezó a proponerle Joaquín.

No, no era esa la solución. No era esa la actitud que Emma esperaba de él en ese momento. «Has fallado, mi querido fanfarrón presumido», pensó antes de dar la espalda a Joaquín de forma brusca y volverse hacia Antonio.

—¿Qué te parece? —le dijo. El albañil se vio sorprendido por la pregunta repentina y titubeó—. ¿Tú crees que podría dar esas clases?

—¡Claro que sí! —reaccionó Antonio—. ¡Serás cojonuda!

—Bien dicho —terció Joaquín, reclamando una atención que Emma no quiso proporcionarle.

—¿Y mi casera? —siguió interrogando ella a Antonio.

El otro se encogió de hombros, restándole importancia.

—Si quieres ser mi novia… Solo en apariencia, de mentira —se corrigió como si hubiera osado proponer una barbaridad—. Quiero decir… Que no lo seríamos, pero sí que lo seríamos para tu casera y entonces ella no podría oponerse…

—Querría conocerte mejor. Estoy segura. Contrastar tu virtud. ¿Rezarías un rosario si te invitase?

Por primera vez desde que habían entrado en la Fraternidad, Antonio sonrió.

—¡Cinco si hace falta! —aseguró.

—Bueno, pues solucionados noviazgo y casera —volvió a intervenir Joaquín con un mal disimulado sarcasmo—. Bienvenida a la Fraternidad Republicana. Romero, mi ayudante —prosiguió, señalando a un chico todavía más joven, parecido en aspecto, formas y maneras a él—, te dará cuantos detalles sean necesarios.

Dicho lo cual, se volvió y salió del aula seguido por toda la corte que hasta entonces los había acompañado, excepto el ayudante, Antonio y Emma, que deslizaba las yemas de los dedos por encima de uno de los pupitres. «¡Seré maestra!», se jaleaba a sí misma. Dalmau también había dado clases a los obreros, pocas, hasta que tirotearon a Montserrat. Se sentía orgulloso de ayudar a los obreros jóvenes, aunque fueran católicos, decía. Emma dudaba si estaría a la altura, aunque en verdad tampoco era tan difícil. Le vino a la mente cuando ayudó con sus tareas a un chaval que hacía algunos años Bertrán contrató como pinche para la casa de comidas. Le enseñó. Y después también lo hizo con la hija menor de Bertrán, torpe como nadie en aquello de leer y escribir, y su padre quería que la niña aprendiera a tomar y leer las comandas. Fue sencillo, hasta divertido.

—¡Ah! —Joaquín volvió a sacarla de sus pensamientos. ¿La perseguía aquel hombre? En esta ocasión asomaba la cabeza por el quicio de la puerta del aula, a media altura, como si fuera un enano—. No creo necesario recordarte que tu aportación es graciosa…

—¿Graciosa? —lo interrumpió Emma malinterpretando el término—. ¿Te burlas de mí?

—Gratis, gratis. Eso es lo que quiero decir. Una aportación…

—¡Nunca me han pagado nada por enfrentarme a la Guardia Civil en las huelgas! —le espetó, harta de su soberbia—. Es más… siempre me costó perder mis buenos jornales.

—Entiendo —dijo el otro, y se despidió agitando una mano también por el quicio, a modo de títere, buscando una complicidad que no consiguió.

—Espera —ordenó Emma. La mano se detuvo—. ¿Tu trabajo también es gracioso?

Romero dio un respingo al mismo tiempo que el rostro de su

jefe, ridículamente asomado por el quicio de la puerta, se contrajo en un rictus de irritación.

—Muchacha —la regañó este irguiéndose—, no es asunto tuyo el funcionamiento del partido. Si quieres trabajar aquí como maestra de esas obreras analfabetas, adelante; en caso contrario, ahí tienes la salida.

—No debería dirigirse así a Emma —saltó Antonio interponiendo su corpachón entre uno y otra.

Joaquín no se dejó intimidar.

—Hablo como creo oportuno. Ya lo sabéis: ahí está la puerta si no os interesa.

Y tal como lo dijo, los dejó solos con Romero.

Antonio la acompañaba a casa por las noches, como si en lugar de haber estado dando clases de lectura en un ateneo republicano vinieran de pasear por el Paralelo. Y rezó el rosario. Lo hizo en varias ocasiones, por la noche, junto a la casera, la criada, un par más de huéspedes, algunos vecinos que se sumaban de cuando en cuando, Dora y por último Emma, que se limitaba a balbucearlo.

—Mi madre es de esas que dijo tu jefe —le explicó Antonio la noche en que ella se interesó por su conocimiento de todas aquellas letanías—. Una mujer que, de tan buena, la engañan. Mi padre se enfadaba, pero ahora ya la deja hacer. Cuando está borracho, que es cuando se dicen las verdades —reveló a Emma como si fuera un secreto— asegura que por lo menos alguien reza por la familia… por si acaso.

Emma sonrió. Si después de conocer a Joaquín en la conferencia que celebró en la taberna las relaciones con Antonio se habían resentido ante el miedo de él a perderla y, ¿por qué negarlo?, se preguntaba Emma cada vez que pensaba en ello, la curiosidad que ella mostró por aquel personajillo, ahora se habían afianzado sobre la base de un noviazgo falso, pero, en cualquier caso, de una farsa de la que Antonio disfrutaba con aquella tosquedad e ingenuidad propias de un niño de diez años. Con todo, esos mismos defectos se caracterizaban por una bondad en ocasiones enternecedora. Una flor sostenida con delicadeza entre sus dedos gordos. Una sonrisa; una carcajada grave y profunda ante la broma más ingenua. Una mirada emotiva, discrepante en ese rostro brutal. Una canción popular. Antonio tarareaba las melodías que Emma le había dicho que le gustaban después de haber pasado la tarde en el parque o en algún entoldado de barrio. Cantaba mal, muy mal, pero las canturreaba bajito, una y otra vez mientras paseaban volviendo a casa desde la Fraternidad; todas las que ella le había señalado. Ahí era cuando el albañil derrotaba a Emma, que se derretía permitiendo que los sentimientos la invadieran en tropel; entonces deseaba acariciar a ese hombretón curtido y de manos ásperas como el papel de lija, quería agarrarse a su brazo y agitarlo, comprobar si podía moverlo del sitio siquiera, pero se reprimía. Le gustaría hacerlo, pero quizá fuera una señal equívoca hacia Antonio. Cuando Emma entraba en esa dinámica de dudas constantes, resoplaba y la expulsaba de sus pensamientos. Hacía más de un año que no tenía relaciones sexuales con un hombre. Muchas noches recordaba a Dalmau, y se acariciaba… y dejaba de hacerlo. «¡Ese genio te dejó tirada como a una puta vieja!», le había abierto los ojos Dora. No, Dalmau no merecía que ella alcanzara aquel momento mágico con su recuerdo. ¿Con quién soñar entonces? ¿Con Antonio? Solo fantasear con ese cuerpo inmenso encima de ella la asustaba, le creaba una inquietud de la que tardaba en liberarse. Se preguntaba si su miembro sería proporcional al tamaño de su corpachón. La mayoría de las veces renunciaba a masturbarse; en otras continuaba acariciándose pensando solo en sus propios dedos, en su humedad, y en un par de ocasiones, quizá tres, se arrimó a Dora, simulando dormir profundamente, pendiente de separarse de ella antes de que la acometiera la primera convulsión.

Las dudas que asaltaban a Emma parecían no afectar a Antonio, que aparentaba ser feliz con solo estar a su lado, lo que por otra parte le preocupaba.

—No sé lo que quiero —confesó un día a Josefa, en quien encontró la mejor amiga y confidente. No deseaba hablarlo con Dora puesto que su novio era amigo de Antonio y, a fuer de ser sincera, Dora era bastante simple en todos aquellos asuntos.

Seguía viéndose con Josefa, fuera de su casa por miedo a cruzarse con Dalmau. «No te preocupes —le dijo la mujer un día—, casi no pone los pies en ella y, si lo hace, es de madrugada.» De todas formas, prefería encontrarse con la buena mujer en la calle e invitarla a un café en cualquier establecimiento de las Ramblas.

—Olvídate de mi hijo, Emma. Olvídalo —reiteró cuando ella hizo ademán de protestar, más por consideración hacia la madre—. Tienes ya edad y, en tu situación, necesitas un hombre. Por lo que me dices, ese Antonio es un muchacho de valía: te trata bien y te respeta, eso es evidente. Cualquier otro te habría levantado las faldas hace ya tiempo. —Las dos rieron y bebieron un sorbo de café, sentadas a una mesa, la joven con una cesta vacía llena de plumas de pollo a sus pies, la mayor con otra repleta de ropa blanca pendiente de coser—. Hija... —Josefa le tomó una mano—. Si es un buen hombre, dale la oportunidad, cierra los ojos y entrégate a él. Da igual que no sea excesivamente listo, mira dónde están esos: tu padre y mi Tomás, asesinados por leer y saber demasiado; Montserrat, ¿qué te voy a contar de ella que no sepas? En cuanto a Dalmau... Se lo advertí, los burgueses le han robado el alma. La vida consiste en envejecer juntos y ayudarse el uno al otro y sacar adelante a los hijos. Si los hombres son muy listos terminan desapareciendo porque no aceptan tanta injusticia y un día u otro caen, o lo que es peor, si no caen llegan a la vejez amargados, hastiados de vivir y de cuantos los rodean. Un hombre bueno, sano, simple y trabajador —terminó sentenciando Josefa—, eso es lo que interesa. —Emma asintió mordiéndose el labio inferior, como si las palabras de Josefa le quitaran un peso de encima, por lo que no estaba preparada para lo que siguió—: Pero la mujer tampoco puede estar por encima del esposo.

—¿Qué quiere decir?

—Tú vas a dar clases a las obreras, ¿no? —preguntó, y Emma asintió—. Tu hombre puede sentirse humillado.

—No lo parece.

—De momento —insistió Josefa.

—¿Y entonces qué hago?

Josefa torció el gesto.

—Sé más lista todavía: no lo demuestres. Hazle creer que es una carga que no te complace, que preferirías estar con él.

¿Cómo no demostrarlo?, se preguntó Emma. La verdad era que le gustaba dar clases, la llenaba. Le proporcionaba un sentimiento de satisfacción tan fuerte que salía de la Fraternidad henchida de orgullo. Tenía siete mujeres, mayores todas, entre los treinta y cinco y los cincuenta. Amas de casa con niños a su cargo. Nunca coincidían todas en clase, los lunes, miércoles y viernes. Siempre existía una obligación ineludible, un niño enfermo, una reunión, pero no lo dejaban; seguían asistiendo con constancia y tesón. Querían enseñar a sus hijos. Querían ser su ejemplo. La cultura y los conocimientos les concederían la libertad y el progreso, sostenían todas y cada una de ellas.

—Emma, llámame Emma, por favor —rogó a Jacinta, una mujer que se había dirigido a ella como «profesora».

Romero, el ayudante de Joaquín, le había indicado que no cediera en eso, que se hiciera respetar, pero a ella no le importaba la opinión de Romero.

Empezaron por la «a».

—La simple a, ¿entiendes? —Antonio asintió de vuelta a casa de Emma—. Ellas saben cuál es la a. Son capaces de pronunciar Emma, y Emma lleva una a. Pero no saben cómo se escribe y tampoco saben engancharla a otras letras para componer una palabra. Tengo que enseñarles la eme. Eme, eme, eme —articuló una y otra vez juntando y separando los labios—. E-m-m-a. No saben.

—Para eso estás tú —respondió Antonio—. Para enseñarles.

Ella aprovechó el silencio que acompañó tal razonamiento para ladear la cabeza y alzar la mirada a fin de examinar el rostro de Antonio. Pensó en lo que Josefa le había dicho: a él no parecían importarle sus clases.

—¿Te molesta que dé clases? —soltó de improviso.

Antonio frunció el ceño y se detuvo.

—No. ¿Por qué?

—No sé. —No supo cómo seguir y se arrepintió de haberlo preguntado.

—¿Tú sabes hacer hormigón? —dijo Antonio. Emma negó con una risa franca—. Y tirar una plomada, ¿sabes hacerlo?

—¿Una plomada?

—Pues yo sí. Y lo hago muy bien.

Emma se acercó y lo agarró del brazo. Caminaron de nuevo; Antonio como si nada hubiera cambiado pese a que la muchacha colgaba de él, por primera vez desde que se conocían. Ella, sin embargo, temblaba.

—Y también sé deletrear mi nombre —insistió Antonio. Lo demostró, letra a letra—. Y escribirlo, por supuesto. Pregúntame el que quieras.

—Pues… —Emma carraspeó un par de veces—. Pues si sabes tirar una plomada y deletrear y escribir palabras, ya sabes más que yo.

Entonces notó que el albañil se erguía sin perder el paso.

Se decía que se habían reunido más de sesenta mil personas en la primera comida democrática organizada por el partido republicano en un monte por encima del barrio de Gràcia: el Coll. Era el 15 de febrero, un día festivo en el que el frío de un invierno agónico peleaba con el sol de la primavera mediterránea. La gente, Emma y Antonio, Dora y su novio y los amigos de estos, había acudido en grupo, cargada con los útiles y viandas para hacer un buen arroz a la catalana, fruta, pan y vino, mucho vino, mantas sobre las que sentarse, incluso una lona que pretendían colgar de las ramas de los árboles para cobijarse bajo ella. Emma se había ocupado de aportar un par de pollos para el arroz. Le había costado convencer a Matías de que se los vendiese a buen precio, al mismo que a él le cobraba su cómplice en el depósito de animales enfermos de la estación de Francia.

—Entonces no haré negocio —se quejó el viejo—. Además, los he alimentado.

—Son para mí —le recordó Emma—. No tienes que hacer negocio conmigo.

—Si no hago negocio contigo y tampoco puedo tocarte el culo, ¿para qué me sirves?

—Para trabajar, viejo verde, cabrón, para trabajar como una mula. Para estar todo el día de arriba abajo engañando a la gente con tus pollos y tus gallinas. ¿Acaso no me hincho a vender tus animales?

—Cualquiera podría.

Emma no quiso discutir. Agarró dos pollos de las patas y los colocó delante de los ojos de Matías.

—¿Qué? —le preguntó—, ¿me los vendes?

—¿Qué? —contestó él alargando una mano en su dirección—, ¿me dejas que te toque las tetas?

—Yo, no —se opuso Emma, que en todo caso levantó los pollos por encima de ambos, mostrando sus pechos firmes y erguidos—. Con mirarlas te sobra, como haces cada día.

—Enseña un poco más, pues —le rogó Matías con voz pastosa—. Quítate la camisa.

—Si lo hiciera, te pondrías nervioso. Y ni siquiera sería capaz de llegar al retrete.

—¡Cómo me conoces! Algún día…

—Algún día no se sabe. ¡Ea! —exclamó la otra como si se dirigiera a un niño, y bajó los pollos para volver a interponerlos entre ambos—, ya está bien.

Se los pagó con el dinero que habían recogido de la peña y lo dejó allí tirado sin ofrecerle acompañarlo al Coll. Sátiro, pensó de él mientras andaba por el Parque, allí donde se encontraba el primer hospital al que había acudido aquel lejano día en que su tío la echó de casa. Sonrió al comprender lo fácil que le había sido convencer a Matías. Simplemente le había permitido mirar sus tetas, como si esa autorización hubiera creado algún vínculo entre ellos. El viejo no había tenido que hacerlo de reojo, como acostumbraba a pillarlo Emma; en ocasiones lo insultaba, en otras se reía, y en la mayoría hacía caso omiso.

Borró la sonrisa de su boca tan pronto como Dora, la casera y un par de novias o amigas de los hombres con los que se movían la primera y su prometido la recibieron en la casa y la jalearon por haber conseguido aquellos dos magníficos ejemplares a un precio tan asequible. Allí mismo les retorcieron el pescuezo y los cuartearon para cocinarlos con el arroz.

La montaña estaba repleta. Los fuegos ardían aquí y allá y un sinfín de columnas de humo se alzaban al cielo. El partido, con Lerroux a la cabeza, había organizado competiciones para los niños, que corrían o saltaban dentro de sacos. Había bailes, corales… También se plantaba un árbol: el de la libertad. Por toda la montaña se sucedían los mítines, muchos de ellos espontáneos, algunos sosegados, otros escandalosos, como correspondía a las reuniones de obreros. En el acceso al Coll, la gente entregaba comida y bebida para los compañeros necesitados; también se recogían donativos, y los más jóvenes se preocupaban de atender y dar de comer a los ancianos que no tenían otra familia que aquella: la republicana.

El ambiente era alegre y festivo, y el espíritu de solidaridad entre tantos miles de personas flotaba como un halo sobre toda la montaña, algo visible desde toda Barcelona, una fiesta que podían compartir los catalanistas, los conservadores, los católicos y hasta los anarquistas, muchos de los cuales se incorporaban a las filas de aquel partido político republicano que luchaba por los obreros. Después de mucho buscar, las chicas encontraron a sus hombres, que habían madrugado para hallar un buen emplazamiento, en este caso junto a un árbol aislado puesto que el lugar era en su mayor parte monte bajo, y efectuar los suficientes viajes para transportar la leña necesaria y los aperos que pesaban. Las mujeres llevaban los pollos de Emma, troceados, con todas las vísceras y la sangre en tarros; tocino; tomate trinchado; aceite; pan; sepia; algunos langostinos; anguila; cebolla; mejillones; judías; un pimiento rojo asado; azafrán tostado; ajo, sal y pimienta.

Eran todos jóvenes. Siete parejas. Sombrereros como José Manuel, el novio de Dora o dependientes de algunos otros comercios. Todos habían consultado a sus madres o parientes cómo se hacía aquel arroz, por lo que en cuanto la paella estuvo sobre el fuego, los buenos propósitos de cada uno de ellos chocaron con los de los demás. Si primero el pollo, la sangre o la angula. «El tomate, ¿no?» —apuntó una chica gordita que se llamaba María.

—Emma ha sido cocinera —afirmó Dora por encima de las voces de todos ellos.

Los hombres se separaron del fuego. Las mujeres fueron más

reacias, pero Dora tenía cierta ascendencia sobre ellas, por lo que Emma pudo intervenir; recordaba aquel plato, con congrio o pato, daba igual, la cocción era la misma.

—Hay que rostir todo el pollo con el tocino, salvo la sangre, el estómago y el hígado.

Las otras fueron obedeciendo las instrucciones de Emma. Sofrieron el pollo con el tocino y, antes de que estuviera listo, echaron el tomate trinchado a instancias de Emma. Los hombres bebían vino y charlaban sentados bajo el árbol. Emma percibió cierta desazón en Antonio, que veía que los demás se levantaban de cuando en cuando, abrazaban a sus novias, las besaban, las piropeaban y les permitían beber de sus vasos. Él, sin embargo…

—¿Por qué no me traes vino a mí? —le recriminó Emma.

Antonio sonrió y obedeció, se levantó de la manta, se dirigió hacia ella y le ofreció el vaso. Emma bebió.

—Gracias, cariño —le dijo después, plantándole un beso en la boca que sonrojó a aquel albañil inmenso. La cercanía del fuego que restallaba en todos los rostros escondió su repentina turbación—. Ahora —prosiguió Emma con la comida— hay que echar costra de pan en ese aceite ya caliente… —Señaló una segunda paella distinta a la del sofrito del pollo—. Para que pierda el olor y el sabor tan fuertes.

Allí, durante diez minutos, cocieron la sepia y los langostinos. Luego le añadieron la anguila. Una vez guisada, echaron la cebolla y la rehogaron con el pescado.

—Esperaremos a que esté bien sofrito todo para mezclarlo en la cazuela del pollo —anunció Emma.

Nadie le contestó. Emma se extrañó de aquel silencio. María, la gordita, al otro lado del fuego, le hizo un gesto con los ojos señalando a su espalda.

—¿Qué…? —preguntó mientras se volvía.

Los hombres se habían levantado, y de los grupos que los circundaban se habían acercado más personas, algunos fuegos abandonados, controlados desde lejos.

El propio Lerroux, de frente despejada en un rostro alargado con bigote con las puntas hacia arriba, impecablemente vestido, con

Joaquín Truchero a su lado y toda una comitiva rodeándolos, se hallaba esperando la reacción de Emma.

—No habrá para todos —se le ocurrió decir a la muchacha señalando con el pulgar hacia atrás, hacia el arroz.

—Pues a mí me gustaría probar un poco. —Fue Lerroux el que habló, y quien se destacó del grupo para acercarse a Emma y ofrecerle la mano. Ella se limpió las suyas en el delantal antes de aceptarla—. Hay un buen grupo de mujeres esperando escuchar tu discurso.

Emma palideció. Lerroux trató de no darle importancia y empezó a saludar a hombres y mujeres.

—Eso es lo que querías, ¿no?

En esta ocasión era Joaquín quien se dirigía a ella. Antonio se acercó, y también lo hicieron los guardaespaldas que acompañaban a los líderes.

—Tengo que hacer el arroz —trató de excusarse Emma.

—Seguro que alguna de tus compañeras sabe hacerlo, si no tan bien como tú, lo suficiente. —Lerroux hablaba sin dejar de saludar a unas personas que alargaban el apretón de manos para poder estar más tiempo con su ídolo—. Lo que no creo es que todas ellas sean capaces de dar un discurso, para eso estás tú. Tú hablas, ellas cocinan. ¿Verdad, señoritas?

Un coro de afirmaciones sumisas se alzó de sus bocas.

—Cuando el sofrito del pescado esté en su punto —les advirtió Emma, aparentemente más preocupada por el arroz que por su discurso—, hay que mezclarlo todo en la cazuela del pollo, luego cuando este todo bien dorado…

—Se le echan los mejillones y las judías —la interrumpió la propia Dora.

—Sí, y después…

—El arroz —contestaron en esta ocasión varias de ellas juntas. Emma las interrogó con la mirada—. Y una vez dorado el arroz, el caldo —añadió María, la gordita, con un simpático mohín en la cara—. Tú a tu conferencia —la instó.

—Adelante —aprovechó el momento Joaquín.

—¿Aquí? —se extrañó ella.

—¿Qué mejor sitio?

Cada vez había más gente allí donde estaba Lerroux con los suyos, por debajo de ellos o encaramados al monte. El líder republicano se acercó a Emma, la cogió de la mano y la levantó al cielo.

—¡Ciudadanos! —gritó Lerroux—. Os presento a Emma Tàsies, republicana, atea, revolucionaria, luchadora, profesora en la Fraternidad de vuestras mujeres, de ellas —añadió señalando a las alumnas de Emma que se hallaban tras Joaquín—. Os dirigirá unas palabras.

—No sé qué decir —susurró Emma a Lerroux mientras la gente la vitoreaba y aplaudía—. No tengo nada preparado.

—Mejor. Eso es lo que pretendía. Con algo preparado es más fácil. De esta forma sabré si de verdad eres tan buena como me informan.

—¿Y si hiciera el ridículo?

La gente esperaba.

—Se reirán de ti —respondió Lerroux haciéndose a un lado y dándole la palabra con la mano extendida.

Emma se dio cuenta de que sudaba. Respiró hondo. Delante de ella Jacinta, entre otras, la miraba encandilada, como si fuera su ídolo.

—¡Pilar! —Emma se lanzó y señaló a una mujer de unos cuarenta años—, ¿qué tal la ele? ¿Cómo llevas la ele? —La aludida levantó el puño, apretó los labios y meneó la cabeza como si no la dominase todavía. Muchos rieron—. ¿Y la i? Esa la dimos hace tiempo: la i, la tercera vocal. —En este caso, Pilar asintió—. Una ele con una i —ahora Emma se dirigía a todos los presentes—, ele con i, ele, i, ele, i, li, li…

—¡Libertad! —se oyó de entre el público. Emma dio un salto hacia el lugar del que había provenido la voz.

—Sí. ¡Libertad! —chilló—. Eso es lo que están consiguiendo estas mujeres con su esfuerzo por aprender: su libertad. Roban horas a sus hijos y a sus familias que después trabajan por las noches, mientras los demás duermen, para poder dedicar algún tiempo a aprender a leer y escribir. Solo el conocimiento las hará libres.

Lerroux sonreía ostensiblemente ante el discurso de aquel descubrimiento. Joaquín sabía elegir bien. Ante sí tenía a una mujer atractiva, bella y voluptuosa como la que más, lo que de por sí era

233

ya suficiente para subirla a un estrado y captar la atención de la concurrencia. Pero además era apasionada, vehemente e inteligente, puesto que hilaba un discurso brillante y por encima de todo espontáneo, como el que ahora escuchaba el líder republicano con complacencia:

—¡Solo el conocimiento nos permitirá liberarnos de las cadenas que nos impone la Iglesia —gritaba Emma—, de los conceptos religiosos que atan las almas de las gentes y las hacen sentirse culpables e inermes ante un destino marcado por la voluntad divina! No podemos conformarnos con ese valle de lágrimas, con la injusticia, como pretende la Iglesia, cual si fuera una prueba que, de superarla, nos reportará beneficios en ese más allá que se empeñan en hacernos creer que existe. El valle y las lágrimas para ellos. Nosotros queremos sonreír y que nuestros hijos rían a carcajadas ante la vida. ¡Todas esas patrañas no son más que invenciones para defender su existencia y los intereses de los burgueses, que son quienes les pagan y los sostienen!

Emma estaba lanzada. Apretaba los puños y gritaba ante un público cada vez más numeroso y entregado. El discurso surgía fácil de ella; era el mismo que tantas veces había oído de boca de su padre. Ni siquiera veía a la gente que la escuchaba; veía el rostro de su padre frente a ella, sus labios moviéndose, escupiendo gotas de saliva a cada queja contra la Iglesia.

—¡No podemos conformarnos, como pretende la Iglesia, frente a la injusticia! ¡Debemos luchar! ¡Mujeres! —gritó—, no permitiremos que nos conviertan en el instrumento de la Iglesia. La instrucción. La educación. El Estado se separa cada vez más de la Iglesia, como sucede en los países de nuestro entorno, y esta utiliza la educación católica para mantener viva esa fe en su Dios. ¡No, en tres dioses! Un acto de credulidad absurda que, de no ser por el miedo que infunden en sus seguidores, quedaría en un maleficio que no iría más allá que el de cruzarse con un gato negro —dijo. La gente estalló en carcajadas—. ¡Compañeros! La cultura nos hará libres para evitar la superstición con la que pretenden envolver nuestra vida los curas y los frailes y, sobre todo, para educar a nuestros hijos en la virtud, en la libertad, en la igualdad y en la fraternidad…

Con el puño alzado, Emma puso fin al discurso y entonó la primera estrofa de *La Marsellesa*: «*Allons enfants de la Patrie, le jour de gloire est arrivé!*». Lerroux se unió a ella, entusiasmado, la rodeó por la cintura y alzó también el puño: «*Contre nous de la tyrannie l'étendard sanglant est levé*», cantaron los dos. Joaquín intentó hacer lo propio por el otro costado de Emma, pero ella se lo impidió, y se quedó cantando al lado de la pareja, con el puño al cielo.

En unos segundos, decenas de miles de personas repartidas por toda la montaña del Coll, muchas sabiéndolo de memoria pese a su analfabetismo, otras tarareándolo, inventando aquellas palabras que tanto les sonaban, entonaban el himno que habían asumido como aquel que les traería la libertad y la justicia tal como había sucedido en el país vecino hacía más de un siglo.

«*Aux armes, citoyens! Formez vos bataillons! Marchons, marchons! Qu'un sang impur abreuve nos sillons!*»

La llamada a los ciudadanos a empuñar las armas y a marchar contra el tirano erizó el vello e hizo saltar las lágrimas de hombres y mujeres. Emma temblaba con la garganta agarrotada. El clamor debía de oírse en toda Barcelona. Algunos creyeron oír las sirenas de las fábricas, las campanas de los tranvías, y las bocinas de barcos y trenes uniéndose a su grito.

Al término del himno francés, los congregados aplaudieron y vitorearon, no a Emma ni a Lerroux, sino a ellos mismos. Se aplaudían unos a otros y se abrazaban y besaban, conscientes de que era la fuerza del pueblo la que tenía que romper todas aquellas barreras, de que eran ellos los protagonistas de una historia en la que siempre les habían negado la participación.

Como sucedía con los demás, Lerroux abrazó a Emma, con fuerza.

—¡Fantástico! ¡Excepcional! —repetía una y otra vez a su oído. Luego se separó, pero sin soltar sus brazos, de forma tal que ambos quedaron enfrentados—. Hablaremos, compañera. Te esperan responsabilidades importantes. Mi secretario se pondrá en contacto contigo.

La soltó, le besó la mano, y al instante se hallaba rodeado por sus seguidores, el puño alzado al cielo entre otros tantos que se agitaban al grito de «¡Libertad!», desplazándose ahora hacia otro mitin, hacia otra cazuela, hacia otros seguidores fieles.

Emma resopló e hizo como que comprobaba el estado de su vestido, que acomodó con palmadas y estiró; luego se empeñó en su cabello, retrasando el momento de enfrentarse a todos aquellos amigos que ahora la rodeaban, Antonio entre ellos con el rostro apagado.

—¡Felicidades! ¡Increíble! —se lanzaron a hablar.

—¿En verdad eras tú esa que hablaba —le preguntó Dora simulando extrañeza de forma exagerada, con los ojos tremendamente abiertos y la voz sincopada—, la que duerme conmigo cada noche?

—¿Cómo está el arroz? —Emma trató de librarse de cumplidos—. ¡Nadie vigila la cazuela! —les recriminó.

El arroz, envuelto en el aroma de la leña, resultó exquisito. Comieron todos ellos y hasta repitieron, incluso Antonio, que devoraba raciones dobles. Corrió el vino, y la conversación, apagada mientras las bocas se habían mantenido llenas, derivó hacia los chistes y las bromas. Rieron. Tras la fruta aparecieron tres botellas de licor, una de anís y dos de ratafía, un licor típico catalán elaborado a base de aguardiente o anís, o los dos juntos, con azúcar, nueces verdes maceradas y hierbas aromáticas, las que cada cual gustase: menta, marialuisa y algo de nuez moscada y canela.

Los licores amodorraron a los jóvenes. La música de una guitarra les llegaba del grupo de al lado. Quienes estaban en pareja se arrimaron, algunos se abrazaron y besaron con ternura; los demás cuchicheaban, intentando no quebrar la magia de aquellos momentos. Emma miró a Antonio, sentado a su lado sobre la manta y con un vaso de ratafía en la mano. Durante unos instantes, él no le devolvió la mirada.

—¿Te sucede algo? —se preocupó ella. No lo había visto reír como los demás. No había intervenido. Parecía triste.

Él frunció los labios. Emma se extrañó. ¡Lo había besado! Por primera vez. ¿No debería estar contento?

—Después… —Antonio se atrancó. Torció el gesto—. Después de tu…

—¿Mitin? —lo interrumpió ella, intranquila.

—Sí. Mitin. Eso. Creo…

—¿Qué es lo que crees, Antonio? —preguntó ella, impaciente—. ¡Suéltalo!

—Que soy muy poco para ti —logró decir de corrido.

—¿Qué?

—Eso.

—No digas tonterías.

—No es una tontería.

Emma lo miró de arriba abajo y sintió un escalofrío en su interior. Una corriente que le recorrió el cuerpo con parsimonia, como si se acompasase a la forma de actuar del hombretón que tenía al lado. Se le humedecieron los ojos. ¿Podía ser que quisiese a ese albañil torpe y basto? No deseó profundizar, le cogió el vaso de ratafía, bebió un trago largo y se apoyó sobre Antonio, la cabeza en su pecho.

—Puedes respirar —le animó al cabo, tras comprobar que él mantenía el aire contenido.

Dora tenía instrucciones de excusar a Emma frente a la casera: la enfermedad de una de sus primas, Rosa, sí, tuberculosis o tifus, ¿quién sabía?, claro, la lacra de la gente que vivía en los barrios bajos con las aguas podridas y el aire infecto, ¡pobrecillos!

A esa misma hora de la noche, Emma y Antonio vigilaban que no hubiera ningún vecino en el pasadizo en el que él habitaba. Habían tenido que llegar casi a Sant Martí, donde se acumulaban las fábricas de la ciudad. Allí, en el patio interior de un edificio de cinco plantas, se alineaban en uno de sus lados cuatro barracas de obra, bajas, de un solo piso y cubierta plana, de puertas pequeñas y una única ventana al patio, que contaban escasos veinte metros cuadrados. Emma había oído hablar de ellas: fruto de la especulación del suelo y de la alta demanda de vivienda, se habían construido esas casas que se llamaban «de pasillo» o «de pasadizo», en el interior de edificios, y a las que se acostumbraba a acceder a través del vestíbulo de este último o, incluso, a través de una casa, la «casa tapón», como se las vino a conocer.

En el caso de la de Antonio, y tras cruzar el vestíbulo del edificio principal, se encontraron en un pasillo estrecho que daba a esas cuatro barracas que ocupaban la casi totalidad del patio interior, dejando solo ese estrecho margen de superficie para poder acceder. Tras abrir, Antonio tuvo que encogerse para cruzar la puerta. Dentro, una sola habitación que servía para todo: cocina, comedor, dormitorio. El retrete, le señaló el albañil, estaba en la primera planta del edificio y lo compartían con quienes residían en ella. Tampoco disponían de agua corriente o luz de gas.

Emma observó el desorden y la suciedad en la casa de un hombre que vivía solo.

—¿A cuántas mujeres habrás traído aquí?

La pregunta le surgió espontánea, tal como había acudido a su pensamiento. La expresión de estupor de Antonio, que acababa de encender una lámpara de aceite que logró poco más que resaltar las sombras, la indujo a retractarse, y a punto estaba cuando decidió que no. ¿Cuántas mujeres habría habido en la vida del albañil?

—Soy muy bruto para que me quiera alguien —contestó el otro—. Tú lo sabes.

Entre la luz titilante de la lámpara, Emma lo miró de arriba abajo. Era cierto: era bruto. El viaje de regreso del Coll, más de una hora de caminata, la había despejado por completo del alcohol y de la excitación tras el discurso. La ternura y el alivio que había sentido apoyada en su pecho quedaba atrás, en la montaña. Ella misma le había pedido que le enseñara su casa. Antonio habría sido incapaz de citarla. Sin embargo ahora, allí, encerrada en esa habitación lúgubre, el ánimo de Emma se enfriaba. Le dio la espalda. No oyó que él se moviese. Aquello podía ser el principio o el final. Debía decidir. Tragó saliva. Le daba miedo su poder, su tamaño, su brusquedad, pero llevaban tiempo saliendo y jamás le había ocasionado el más mínimo daño.

—¿Quieres decir que soy la primera? —resolvió dejándose llevar por su instinto.

Emma se volvió y se acercó, no más de dos pasos, no había más espacio, y quedó por debajo de un hombre que balbuceaba una contestación ininteligible.

—Dime que sí —le pidió la muchacha—, engáñame.

—Es que yo…

—Calla, entonces.

Emma le acarició el pecho y lo abrazó. Sus manos no se alcanzaban por detrás. Percibió su olor a sudor tras un día entero; era acre, fuerte. ¿Desagradable? No podría decirlo, todavía no, podía ser cualquier cosa. Antonio colocó las manos en su espalda. Emma se quedó quieta, encogida. ¡No sentía nada! Ninguna atracción. ¿Por qué? ¿Qué fallaba? Él la tomó por la nuca y apretó con delicadeza la cabeza contra su pecho. Emma notaba que sus cabellos se enredaban en los callos de su mano. ¿Qué le sucedía? Con Dalmau ya habría notado una corriente húmeda deslizándose por su entrepierna y ahora… ¡Dalmau! La tenía atrapada, continuaba secuestrada por aquel amor primerizo. Inclinó la cabeza hasta ver la barbilla de Antonio. «Bésame», le pidió.

Fue ella quien se decidió a introducir la lengua en la boca de Antonio tras un buen rato frotándose los labios mutuamente. ¿La encogía? ¿La había encogido? ¡No podía ser! Rio de forma apagada, sin separar los labios, después jugueteó en el interior de su boca y la buscó, presionó, la rozó con la suya, hasta que él se soltó, admitió el juego y terminó metiéndosela entera.

—¡Bruto! —Emma se separó y se echó a toser.

—Perdona.

—¿No sabías besar?

—No.

Emma dudó.

—Y… ¿lo demás?

—Eso sí.

Tardó en comprender que las prostitutas no gustaban de los besos.

—Ah. ¿Estás sano? ¿Limpio?

—Sí —aseguró Antonio—. Siempre llevo mucho cuidado. Me enseñó mi padre. ¿Quieres verlo? —añadió señalándose el pene.

—¡No, no, no! Bueno… —rectificó—, supongo que lo veré, ¿no? Tendré que verlo —añadió más para sí.

Volvió a ofrecerle los labios. Antonio fue más cuidadoso. Había apoyado las manos en su cintura, como si toda su atención tuviera que centrarse en aquel beso. Emma lo oyó respirar con cierta agitación. Aquello la animó y clavó las uñas en su espalda. Una de ellas se rompió. ¡Era como de hierro! Emma sintió una necesidad imperiosa de ver su torso, su vientre, su espalda, y le desabrochó la camisa. Él seguía besándola, chupando de su boca. Emma se separó cuando logró quitarle la camisa. Los músculos se confundían con el pelo ensortijado y con multitud de cicatrices, algunas simples marcas; un par de ellas, sin embargo, le atravesaban el pecho. Deslizó el dedo por el queloide de una, cruzado aquí y allá por los puntos de sutura con los que le habían cerrado la herida. Él la miraba hacer, respirando entrecortadamente. Emma se abrazó al torso desnudo y apoyó la mejilla en su pecho. «Eres como un toro —susurró—. Mi toro.»

Antonio se atrevió a deslizar los brazos hasta las nalgas de Emma, que se apretó todavía más contra él al notar cómo las estrujaba. Ahora sí: se notó húmeda. Deseaba que la poseyera. Se separó lo suficiente para que él pudiera contemplarla y se desprendió de su traje floreado, que se deslizó sobre su cuerpo como una gasa y quedó arrugado en el suelo, a sus pies. Luego peleó con el corsé hasta que siguió el mismo camino y se mostró a Antonio desnuda, solo con unas calzas largas, sus pechos grandes y firmes, los pezones ya erectos, alzados al cielo.

—Ven —lo llamó.

Cogió sus manos y las llevó hasta sus senos. Él los acarició. Fueron como mil punzadas al tiempo, que llevaron a Emma a sentir una sucesión de temblores que la obligaron a encogerse. La piel áspera y cortada de las manos de Antonio rascaba allí por donde pasaba. «¿Qué te ocurre?», preguntó él al ver que Emma se encogía. «¡Continúa! Por lo que más quieras», lo instó ella.

Aquellas manos pinchaban, unos levísimos aguijonazos que sobre la piel tersa y delicada de sus senos y su vientre se quedaban en el umbral del dolor, sin superarlo, sin causar daño alguno, originando no obstante un sinfín de sensaciones contradictorias que se mezclaban con el deseo y el recelo, confundiéndose con escalofríos cuando alguno de ellos era más fuerte o se juntaban varios a la vez.

—Vamos —acertó a decir Emma entre un par de sacudidas.

Allí mismo estaba la cama, junto a la pared. Se quitó las calzas mientras andaba hacia el lecho y estuvo a punto de caer. Él la sostuvo.

—Cuidado —le advirtió—. No tengas prisa.

—Sí que tengo prisa —lo corrigió ella abrazándolo con fuerza, ya totalmente desnuda—. Tengo mucha prisa. Tengo necesidad de sentirte dentro de mí. —Dudó un instante—. ¿Tienes gomas?

—No.

Vaciló otro instante y se tumbó en la cama, de espaldas, las piernas abiertas hacia él.

—Da igual. Luego me acompañarás a una de las clínicas de la parte vieja. ¡Desnúdate! —lo apremió cuando lo vio parado frente a ella, contemplándola. ¿Lo habría confundido con tanta urgencia?, llegó a pensar Emma. No. No, no, no, se asustó cuando Antonio destapó su pene erecto, inmenso, que temblaba pegado a su propio vientre.

—¡Oh! —La exclamación le surgió del alma—. ¡Madre mía! —añadió después, cuando el albañil ya se tumbaba sobre ella—. No me harás daño, ¿verdad?

—No… Claro que no.

—¡Júramelo! —le rogó Emma, entre juguetona y espantada.

—¡Te lo juro por Dios!

—¡Deja a Dios en paz! —le espetó—. ¡Y fóllame!

Emma se abrió de piernas lo más que pudo. Las levantó y abrazó, rodeándolas, las caderas de Antonio, mientras él, apoyado sobre los codos para no aplastarla, empezaba a introducir su miembro con delicadeza.

Emma creyó que la rompería.

—Así, despacio —jadeó. Luego rio, estúpidamente. Después aulló y se mordió el labio inferior. Era como si la desgajaran, como si estuvieran descuartizándola—. ¡Despacio! —le rogó.

Él obedeció y continuó con una lentitud que a Emma se le hizo exasperante: jadeaba y le golpeaba la espalda con los puños cerrados. Al cabo, notó que su cuerpo respondía y encerraba y envolvía a aquel miembro inmenso que pretendía separarla en dos piezas. Entonces el dolor dio paso a una sensación placentera.

—Ooooooh —suspiró.

Aquel jadeo marcó el inicio. Antonio empezó a moverse sobre ella, rítmicamente, sin urgencia. Agarrada con las piernas a sus caderas, Emma se arqueó por debajo de él, ofreciéndose. Él continuó, al mismo ritmo, cadencioso, casi mecánico, cinco, diez minutos. Quince. Emma jadeaba, sudaba, se contorsionaba. Estaba volviéndose loca.

—¡Más! —le exigió.

Antonio sonrió, y apretó.

Emma aulló.

—¡Más! —le pidió después.

Él se lo dio. Ella no pudo contener un grito de placer. Luego cerró la boca y sofocó sus jadeos. No resistió y volvió a aullar en la noche. Antonio continuó. Emma alcanzó el orgasmo antes que él. Todos sus músculos se tensaron. Deseaba que se detuviera. Quería separar las piernas y extender los brazos, y respirar, pero Antonio todavía tardó. Cuando llegó al éxtasis, ella temió que la destrozara.

Ni siquiera acertó a percibir la suciedad del local. Un primer piso en un edificio en el Raval de Barcelona, lleno de putas y de alguna mujer como ella. Emma parecía en trance. Había sido Antonio quien había preguntado por alguna clínica para las cosas del amor, «del sexo», le corrigió la vieja a la que se había dirigido. No le discutió, y la otra lo dirigió a un callejón tan estrecho que tuvieron que apretarse para poder pasar sin rozar las fachadas. En la entrada había un cartel desvaído: CLÍNICA LÓPEZ. SÍFILIS. GONORREA. HERPES. TODO TIPO DE INFECCIONES Y ENFERMEDADES DEL APARATO URINARIO. DUCHAS VAGINALES. PRIMER PISO.

Antonio pagó algo más de lo que costaba el tratamiento y pasó por delante de la tropa miserable que se amontonaba en la sala de espera.

—¿Cómo tienes esa tranca maravillosa, albañil? —le preguntó una mujer con el pelo tintado de violeta.

Antonio no la reconoció, aunque era evidente que ella sí que lo conocía cuando alargó el brazo hacia él, en tensión, con el puño cerrado y los labios apretados. Algunas rieron con voz cascada. Emma no pareció darse cuenta. Superada la sala de espera, accedieron a una estancia pequeña donde los recibió una enfermera que no escondía su hartazgo y su asco en unas facciones arrugadas, y que tumbó a Emma en una camilla, le levantó las faldas, le quitó las calzas, pero se detuvo en el momento en el que pretendía introducirle una manguera en la vagina.

—¿Y el doctor? —había inquirido Antonio.

—El doctor no se ocupa de estas cosas —replicó de malas formas la enfermera, retándolo con la mirada para saber si deseaba o no continuar con el tratamiento.

Antonio fue a consultar con Emma.

—Adelante —dijo ella.

La otra terminó de introducir la manguera, que venía conectada a un aparato de porcelana en forma de vasija cilíndrica, «el irrigador», lo nombraría más tarde la enfermera, que bombeaba agua con antiséptico, generalmente vinagre, en la vagina y el útero de la mujer. La enfermera puso el aparato en marcha y el líquido empezó a ser bombeado con fuerza en el interior de Emma, para salir por los lados del tubo y caer a una batea que la otra iba vaciando en un balde.

—Tendrán que hacérmelo triple —bromeó Emma en un momento en el que la enfermera salió de la estancia.

Antonio sonrió. Emma cerró los ojos y rememoró la noche. Una, dos, tres veces la había llevado al éxtasis su albañil. Tres ocasiones en las que creyó enloquecer. Jamás… jamás hubiera imaginado poder llegar a tal placer cuando recibía dentro de sí a Dalmau. No quería quedarse embarazada ahora. Hacía poco que conocía a Antonio. Le cogió la mano, áspera como cuando recorría su cuerpo. Todavía, allí mismo, tumbada en la camilla, sintió un pellizco de placer. Aún no quería un hijo suyo, pero lo cierto era que a partir de aquella noche sus relaciones habían cambiado. ¿Cuántas veces sería capaz de hacerle sentir tanto placer como esa noche?

Terminaron la ducha vaginal, abandonaron el local asqueroso y hediondo, y buscaron una taberna en la que desayunar. Sardinas en salazón sobre una buena rebanada de pan recién hecho y bien aceitado; más tostadas, estas con tocino y azúcar; huevos fritos, morcilla, ajos y cebollas, pan y vino, de todo ello dieron cuenta Emma y Antonio, comiendo sin hablar, al principio, saciando el hambre que padecían desde aquel arroz a la catalana que habían tomado casi veinticuatro horas antes. Luego, apaciguados los estómagos, llegaron los momentos de las miradas, de las sonrisas o de las risas cómplices.

—¡Bravo, Antonio! —imitó Emma el grito que a mitad de la noche había resonado desde la casa de al lado.

Ella se había quedado quieta, como si estuvieran espiándola. «¡Sigue, sigue!, bonita», la incitaron después, desde la casa del otro lado, en esta ocasión una inconfundible voz de mujer.

—¿Hacéis el amor todos juntos? —le preguntó en la taberna.

Antonio no supo qué contestar; escondió la mirada, como si estuviera avergonzado. Emma le cogió la mano.

—¿Vendrás a buscarme esta noche a la Fraternidad? —quiso saber, segura de la respuesta.

—Claro que sí.

A partir de la comida que se celebró en el Coll, la actividad de los republicanos resultó frenética. Crearon un nuevo partido, Unión Republicana, con el que acudir a las elecciones legislativas del mes de abril. Emma trabajó muy duro en su organización. Pese a los esfuerzos del gobierno de Madrid por garantizar unas elecciones limpias, se preveía un fraude masivo electoral en toda España. Los mítines se sucedieron durante los meses que aún faltaban para la votación. Se celebraban en locales cerrados, principalmente teatros del Paralelo, puesto que el gobernador había prohibido las reuniones callejeras. Emma acudió a todos ellos acompañando a Lerroux o a los diferentes oradores; «la Profesora», la llamaban

Habló en la mayoría de aquellos mítines. Poco tiempo, el estrictamente necesario para encarecer a las escasas mujeres presentes que debían cuidar de que el voto de su marido y de sus hijos, de sus padres y de todos sus familiares fuera hacia los republicanos. La mujer no tenía derecho al voto, ni mucho menos la posibilidad de presentarse a cargo alguno, por lo que, una vez cumplida aquella

misión, la intervención de la Profesora perdía sentido y era sustitui-
da por hombres.

Sus intervenciones eran entusiastas y vehementes; le gustaba hablar en público. Le traía a su padre a la memoria, en ocasiones de
forma tan vívida, tan real que tenía que luchar contra la nostalgia
que intentaba acongojarla. Aquella presencia, aquel recuerdo hacía
desvanecerse miedos o reparos; Emma se dirigía a su padre, buscaba
su complacencia, su aplauso, la gente no importaba. En los pocos
minutos que le concedían para hablar, levantaba pasiones en el auditorio. La educación, la Iglesia, la monarquía, la Iglesia, la Iglesia, la
Iglesia... Sus jefes le habían pedido que en aquellos mítines dejase
de lado el ataque al capital y a la burguesía puesto que en la Unión
Republicana confluían todo tipo de tendencias: de derechas, de centro y de izquierdas, unidas todas ellas por el rechazo a la monarquía.

Emma se negó a hablar si tenía que evitar el ataque al capital,
pero Lerroux la convenció: «El futuro de los países está en manos de
los obreros, pero primero tenemos que derribar una estructura podrida y viciada. Tenemos que conseguir que los caciques dejen de
controlar las elecciones. Debemos escalar cotas de poder poco a
poco. Una vez que lo consigamos, habrá llegado nuestro momento».

La monarquía, y la Iglesia, tan unida a ella, se convirtieron en el
objeto de todas las críticas. En ocasiones, desde la tribuna, Emma
temía oír voces que le recriminaran la muerte de Montserrat; que
alguna de aquellas libertarias que la acompañaban el día en que la
acribillaron se levantase y la acusase de la tragedia. No debían de estar
presentes y, si lo estaban, no se significaron. Muchos de sus conocidos, incluso de los que vivían en el barrio de Sant Antoni, se acercaban a saludarla y a felicitarla. Dalmau, no. Dalmau ya no vivía la
lucha obrera, le había confesado Josefa, y tampoco podría identifi-
carla con «la Profesora», en caso de que oyera o leyera de aquellos
mítines. Emma sentía pinchazos de ansiedad al pensar en ello; después de todo lo sucedido con Dalmau, no le habría disgustado que
la viera allí, enardeciendo a la gente, triunfando en la vida. La mano
fuerte y rugosa del albañil que la ayudaba a bajar de la tarima, des-
pejaba sin embargo cualquier deseo de reencuentro.

Lo cierto era que en aquellas elecciones volvieron a producirse fraudes masivos a lo largo del país: compras de votos; ruedas de votantes; censos falsos; muertos que votaban; colegios electorales escondidos; terratenientes y propietarios que imponían el voto a sus empleados y aparceros; actas falsificadas; carteros que no entregaban las de los pueblos. Los caciques conservadores continuaban cometiendo arbitrariedades impunemente.

Con todo, en Barcelona, donde Lerroux había exigido la máxima atención a sus seguidores y llegado a amenazar a las autoridades con disturbios si se producían irregularidades, los republicanos triplicaron en votos a los regionalistas, y la lista de Unión Republicana resultó íntegramente elegida.

Si la aportación de Emma a la escalada de los republicanos al poder a la que Lerroux se refería había sido coartada por intereses políticos, la Profesora tuvo oportunidad de vengarse de la censura y el escaso tiempo que le habían concedido en la campaña electoral poco después en un mitin en la plaza de toros de la Barceloneta, muy cerca del lazareto donde compraban los pollos. En torno a quince mil personas, doce mil sentadas en las localidades y el resto en la arena, se dieron cita en el coso taurino para conmemorar el aniversario del proceso de Montjuïc, del que habían hecho causa los republicanos, exigiendo la revisión del juicio, la amnistía de los condenados y la restitución de su honor.

Emma vivió el espectáculo que se sucedía cada tarde de toros y que en ocasiones había presenciado por encontrarse con Matías en los alrededores: a la espera de una limosna, un sinfín de tullidos con flautas y acordeones competían entre ellos a ver qué grupo tocaba más fuerte y captaba la atención del aficionado. La disonancia atacaba los oídos. Pese a todo, Emma fue generosa con unos de aquellos lisiados y tiró unos céntimos que tampoco le sobraban a ella en la gorra raída que tenían a los pies.

—¿Por qué les das? —le preguntó Antonio.

—Para que me den buena suerte...

—¿Ahora eres supersticiosa? —se burló él.

Emma se encogió de hombros, pero nada más superar los accesos a la plaza de toros se dio cuenta de que necesitaría suerte, mucha suerte. Los miles de personas que abarrotaban el coso se le vinieron encima; no se trataba de un teatro ni de un circo cerrado, con unos centenares de espectadores que difícilmente llegarían a superar el millar. Aquello le pareció impresionante, aterrador.

—No sé si podré —confesó al albañil corriendo la mirada por las gradas ya a rebosar.

La contestación de Antonio se perdió entre el vocerío. Emma tampoco prestó atención. Sudaba, preocupada, atemorizada ante el gentío. Los encontró Romero, el ayudante de Joaquín Truchero, y les abrió paso hasta la tribuna que se alzaba junto a la puerta de salida de toriles.

«Por aquí podré escapar», pensó Emma con ironía mientras era presentada a los demás oradores a los que saludaba, mecánicamente, sin atender a nombres ni conversaciones, más preocupada por si sabían de sus miedos por el sudor de sus manos. Estaban todos sentados en primera fila, bajo la tarima. A Antonio lo había acomodado Romero algunas filas por detrás, allí casi donde el público ya permanecía en pie en la arena de la plaza. Entre todos aquellos políticos, Emma empequeñeció: se sentía sola. Era una simple vendedora de pollos que, además, conseguía de forma fraudulenta. No había contado a nadie de la Fraternidad a qué se dedicaba realmente, por más que Joaquín Truchero insistía en conocer algún detalle más de aquel «Vendo comida» con que Emma había despachado su curiosidad. Cualquiera de los oradores que iban a intervenir, por el contrario, eran personajes de prestigio, vestidos con americanas oscuras, corbatas y bombines, hombres serios y circunspectos, hombres que la doblaban en años.

Emma había preparado un discurso con la ayuda y la paciencia de Antonio, que la escuchaba una y otra vez. Ahora se había borrado todo de su memoria. No se acordaba de una sola palabra… Se removió inquieta en la silla. El acto había dado inicio y los gritos de los oradores por hacerse oír en aquella plaza inmensa la distraían. Aplausos, vítores a un hombre que alzaba el puño en la tribuna y que ya había terminado su discurso. ¿Cuándo le tocaba a ella? Si por lo menos estuviera Antonio a su lado… Volvió la cabeza y trató de encontrarlo, pero no lo consiguió. Miró la puerta de toriles. Por ahí podía escapar.

La llamaron. Subió a la tribuna. «¡La Profesora!», la presentaron. El público la aplaudió. Emma dudó unos instantes. Miró en su derredor. La gente esperaba. Ahí, en aquella plaza las tardes de corrida, si se mantenía el silencio podía oírse el sonido de las pezuñas de los toros al embestir. Emma oyó el toser de algunos.

—¡A mi padre lo asesinaron en Montjuïc!

No había sido necesario que gritase tanto como los anteriores a ella. Sonó como esa pezuña del toro arañando la arena. Los que estaban sentados en el albero se levantaron; en las graderías los imitaron y la gente, puesta en pie, la aplaudió.

Los vítores y el recuerdo de su padre la llevaron en volandas. Recordó su discurso, y gritó por encima de todo aquel gentío. El gobierno seguía sin reconocer las torturas. La Iglesia, actuando como la Inquisición, había legitimado moralmente aquella injusticia. ¿Cómo no iban a haber torturado a los detenidos? Ella las vio, de niña, y se apartó de su padre por miedo a sus deformidades. El público se mantenía en vilo ante tal confesión. «No volví a verlo.» Entonces calló, la garganta agarrotada, incapaz de decir una palabra más, y estalló en llanto en la tribuna de oradores, frente al público. ¡Sí, ella era huérfana de aquel proceso injusto! Al principio trató de ocultar sus lágrimas, luego apretó los labios y, en silencio, se irguió delante de quince mil espectadores que elevaron un unánime rugido al cielo.

—¡Que se os oiga desde el castillo! —chilló uno de los líderes republicanos que acudió en socorro de Emma al mismo tiempo que señalaba la montaña de Montjuïc, que se alzaba por encima de ellos en el otro extremo de la costa barcelonesa.

—«La Profesora enardeció a la concurrencia —leía a la mañana siguiente en voz alta para todos los parroquianos un anciano en la taberna en la que Emma y Antonio se habían citado para desayunar, cercana a la obra en la que este trabajaba—. Huérfana de un anarquista condenado de forma injusta en el proceso, la oradora embelesó a los asistentes con un discurso tremendamente emotivo que alcanzó su cenit con las lágrimas sentidas...»

Emma y Antonio se miraron con cariño por encima de la mesa a la que se sentaban, compartida con otros obreros que iban y venían, pocos de los cuales dejaron de dar un buen repaso a la mujer que acompañaba al albañil.

—Hablaste muy bien —la felicitó en ese momento Antonio.

—¡Escuchad! —gritó el lector, llamando la atención de los obreros que atestaban el local—. «Al mismo tiempo que los republicanos persiguen la revisión y condena de un proceso que avergonzó y humilló a España frente a cualquier país civilizado, y que supuso la muerte y el destierro de muchas personas inocentes, cuya redención y reconocimiento también se pretenden, la burguesía, el clero y las autoridades de esta ciudad celebraban un baile, envueltos en el acostumbrado lujo con el que insultan al pueblo empobrecido, con el objeto de recoger fondos en su campaña contra la blasfemia en calles y talleres…»

—¡Me cago en Dios! —se oyó desde una de las mesas, lo que originó una retahíla de insultos y procacidades anticlericales.

—Bien, bien, bien —alzó la voz el viejo una vez que se tranquilizó el ambiente—, ¿queréis que lea o no? —preguntó. El asentimiento fue general—. Bien… «Calles y talleres…» —repitió—. Sí. «En el acto presidido…»

Emma dejó de prestar atención hasta que la cita de un nombre la sobresaltó: Dalmau Sala.

—«El joven y reconocido pintor y ceramista —estaba leyendo el anciano—, que durante toda la velada estuvo afectuosamente acompañado por la señorita Irene Amat, hija de uno de los grandes industriales textiles de nuestro país, se puso en el mayor de los ridículos al ser incapaz de pronunciar palabra alguna, después de ser invitado a la tarima a fin de agradecer los esfuerzos de ese grupo de abnegadas mujeres que tanto bien pretenden para la sociedad expulsando al demonio de nuestras bocas. La paradoja se produjo cuando el pintor, en lugar de hablar, vomitó encima de una de esas señoras, por lo que fue invitado a abandonar el lujoso local, mientras hay quien sostiene que la víctima del vómito vomitó a su vez ciertas blasfemias que fueron mal recibidas por tan piadoso auditorio.»

Nuevos improperios y risas llenaron el local.

Emma permanecía encogida en la silla. «Burgueses.» «Lujo.» «Afectuosamente acompañado.» «Ridículo.» «Vómito.» «En verdad te han robado el alma, Dalmau», concluyó recordando las palabras de Josefa. Respiró hondo, una, dos veces. Recuperó su postura en la silla, erguida, y se dirigió a Antonio, que comía tranquilamente:

—Te quiero, albañil —soltó de repente.

El otro se atragantó con el huevo y la patata que en aquel momento estaba llevándose a la boca, y estalló en un ataque de tos.

8

Un par de noches con anterioridad, Maravillas y Delfín deambulaban por la plaza de Catalunya y la calle Rivadeneyra, pidiendo limosna a los curiosos que se detenían en las cercanías del café-restaurante la Maison Dorée deslumbrados por los coches de caballos que esperaban la salida de sus propietarios. Los *trinxeraires* no eran los únicos: muchos como ellos asaltaban a la gente o aguardaban para hurtar al descuido una bolsa. También había mendigos que no eran jóvenes, hombres y mujeres desastrados de todas las edades que, después de pedir en las casas del paseo de Gràcia o de tomar una sopa en las muchas instituciones de beneficencia a cargo de la Iglesia, probaban suerte en aquella reunión de ricos.

Lo cierto era que solo los más atrevidos se acercaban a las puertas del establecimiento, protegido por la Guardia Civil y la Municipal, atendidas las personalidades que se hallaban en su interior, o a los coches de caballos, con sus cocheros aparentemente distraídos, charlando y bromeando entre sí, pero que hacían restallar el látigo con habilidad tan pronto como alguien los rondaba.

Maravillas acababa de proponer a su hermano que se fueran de allí en busca de algún lugar en el que pasar la noche, cuando un camarero apareció por la puerta de servicio acompañando a un joven bien vestido que se dejaba llevar, trastabillando. La *trinxeraire* agarró del brazo a Delfín y lo detuvo.

—Espera —le ordenó.

—No —se quejó el otro al mirar hacia donde lo hacía su hermana y descubrir a Dalmau—. Estoy cansado, vamos a dormir.

—Vete si quieres —replicó Maravillas.

Delfín no lo hizo.

Dalmau respiró hondo el aire de la noche y se enfrentó a cuantas miradas recaían sobre él. El frescor no fue suficiente para despejarlo.

—¿Se encuentra usted bien? —se interesó el camarero, que había tenido la consideración de evitar tratarlo como a un vulgar borracho.

—No —respondió Dalmau, la lengua apelmazada, el sabor a vómito en su boca.

—¿Desea un coche de punto? —le preguntó el otro haciendo ademán de llamar a uno.

—No…, gracias —logró articular Dalmau.

El hombre se despidió y desapareció en el interior del local. Dalmau pareció pensar unos instantes; las risas y las burlas con las que lo habían despedido de la Maison Dorée todavía ardían en su amor propio. El estómago se le revolvió una vez más y una arcada atacó su boca. «Burgueses hijos de puta», musitó a la vez que, tambaleante, se encaminaba hacia las Ramblas. Necesitaba beber. Maravillas y Delfín lo siguieron. Cruzaron la avenida y se internaron en el Raval. Luego, los *trinxeraires* lo vieron entrar en la primera taberna que encontró en la calle Tallers. Maravillas se apostó en el exterior, Delfín, después de gruñir unas protestas ininteligibles, se acercó a un portal, se tumbó en su vano y se acurrucó en busca del sueño. No duró ni cinco minutos; una prostituta vieja lo sacó a patadas tras regresar de un servicio. Mientras tanto, Dalmau había ocupado una mesa solitaria y el tabernero ya le había servido su primera bebida: absenta. Maravillas conocía aquel licor verde que podía llegar a originar alucinaciones; en alguna ocasión lo había probado. En el estado en el que se encontraba, Dalmau no aguantaría dos vasos como aquel antes de caer inconsciente, máxime si los bebía sin diluir en agua y con azúcar como parecía pretender. Delfín encontró otro portal, un poco más allá. La prostituta vieja paseaba la mirada de uno a otro.

—¡Eh! —le gritó a Maravillas—, a ver si vas a espantarme a la clientela.

—Si son clientes tuyos, estarán curados de espantos —replicó la *trinxeraire*.

Un par de hombres que pasaban por la calle rieron la contestación. La puta examinó a Maravillas de arriba abajo: sucia y harapienta, con montones de ropa ajada por encima y telas enrolladas en los pies a guisa de zapatos. Pequeña, delgada, cadavérica.

—Tienes una lengua muy suelta —le recriminó pensando en que, vieja como era, ni siquiera podría perseguirla.

—A diferencia de ti, yo no la uso para mamársela a los tíos.

—Lo dicho —se conformó la prostituta. Luego negó con la cabeza y escupió—. Por Dios que algún día te veré aquí mismo, chupándosela a un sifilítico —sentenció.

Maravillas miró a los ojos de la vieja, turbios, vacíos de sentimiento alguno, ni siquiera ira, y calló. Luego volvió a prestar atención al interior de la taberna. Otro vaso. El primero debía de haberlo bebido Dalmau de un solo trago. Una mujer, borracha, pintarrajeada, de tetas inmensas apretadas bajo un corsé que pugnaba por reventar y con un gran moño que se sostenía tieso sobre su cabeza, se sentó a la mesa, a su lado. El tabernero le sirvió vino sin que Dalmau hubiera pedido ninguna copa ni aceptado su presencia. Maravillas se irritó y se acercó a la puerta instintivamente. El tabernero no fue tan clemente como la prostituta: tal como la vio, agarró una tranca que tenía sobre el mostrador y se encaminó hacia la *trinxeraire*, que escapó corriendo perseguida por las carcajadas de la puta vieja.

—Dale fuerte, Mateu —incitó esta al tabernero, que no llegó a cruzar la puerta de su establecimiento.

Cuando Maravillas se atrevió a regresar a la puerta de la taberna, la mujer del moño ya tenía cogida la mano de Dalmau y le hablaba, sin que este pareciera escucharla; ella tampoco podía oír lo que decía. Otro vaso de absenta. Maravillas lo vio beber, un trago, dos...

—La «copera» no lo soltará —le dijo a su espalda la vieja. Maravillas se volvió—. La «copera» —indicó la prostituta señalando con el mentón hacia la mujer de la taberna—. Los borrachos son su especialidad. Por eso la admite Mateu ahí dentro; los desvalija en un visto y no visto, y se reparten el dinero. Si ese es tu amigo… Solo tienes que esperar. Cuando tenga los bolsillos vacíos, lo echarán a la calle.

Como si le hiciera caso y hubiera decidido esperar, Maravillas se apoyó de espaldas contra la fachada del edificio desde el que se veía la taberna, justo al lado del portal donde esperaba a sus clientes la vieja prostituta, que se vio sorprendida por la osadía de la muchacha al apostarse tan cerca de ella.

—¿Qué tienes tú con ese? —le preguntó señalando con el mentón al interior de la taberna. La *trinxeraire* no contestó—. No importa —continuó la otra—, dentro de poco no tendrás nada que ver. —Ahora sí que reaccionó Maravillas, que se volvió hacia la vieja requiriendo una explicación. La otra volvió a señalar con el mentón, en esta ocasión hacia el inicio de la calle Tallers, donde se veía a dos hombres vestidos con frac y acompañados por un par de criados—. Ahí vienen sus amigos —advirtió la prostituta.

Se trataba de un hombre mayor y otro joven. En el de grandes patillas tupidas que se unían al bigote Maravillas reconoció al dueño de la fábrica de cerámica donde Dalmau trabajaba y donde la había dibujado. Al joven no lo había visto nunca: Amadeo, oyó que lo llamaba el de las patillas. No tardaron en llegar a su altura, en asomarse a la taberna y en reconocer a Dalmau.

—¡Aquí está! —gritó el maestro a los dos criados—. Tú ve en busca del coche; tú conmigo —los repartió.

Estos obedecieron. El primero se volvió y corrió hacia las Ramblas y el otro entró en el establecimiento con don Manuel. Maravillas se acercó aprovechando que el tabernero estaba pendiente de aquellos dos señores y vio que la «copera» desaparecía entre las demás mesas. Se preguntó si habría robado ya a Dalmau. El criado y Amadeo lo levantaron y lo cargaron como si fuera un peso muerto; Dalmau no respondía. El otro, el de las patillas, atendía las reclamaciones del tabernero, que exigía que se le pagasen varios vasos de absenta, más de los que Dalmau había tomado, así como una frasca entera de vino.

—No pague, don Manuel —le recomendó Amadeo—. En estas tabernas no fían. Se paga al contado, vaso a vaso.

—Los señores… —trató de defenderse el tabernero.

—Buen hombre —lo interrumpió don Manuel, buscando la billetera en el bolsillo interior de su frac—, me extraña que, en tan poco rato, este joven pueda haber bebido todo eso que usted sostiene, pero no le discutiré. ¿Qué se debe?

Mientras aquel pagaba, Maravillas se apretó contra la pared puesto que el coche de caballos llegó y se paró delante de la puerta de la taberna. La *trinxeraire* quedó a la altura de la rueda trasera, encajada.

—¿Dónde vive Dalmau? —preguntó Amadeo.

—Sé que en la ciudad vieja —contestó don Manuel—, pero no dónde exactamente.

—¿Y entonces adónde lo llevamos? —inquirió Amadeo bajo la atenta mirada del cochero desde el pescante.

El maestro pensó unos instantes.

—¡A mi casa! —ordenó al cabo.

Encaramaron como un peso muerto a Dalmau al coche. Subieron don Manuel y Amadeo, los criados lo hicieron a los estribos posteriores, y el cochero arreó a los caballos. Maravillas se puso de puntillas para que la rueda no la pisase y siguió al coche con la mirada. Luego, en silencio, se encaminó hacia las Ramblas.

—¡Eh! —llamó su atención la prostituta vieja—, te olvidas del chico.

Dalmau se dejó caer en la cama y cerró los ojos en un intento vano de expulsar de su cabeza el dolor que reventó en ella por el mero hecho de incorporarse. Oyó voces apagadas, fuera de la estancia en la que se encontraba. Empezó a recordar: la fiesta, el ridículo, la taberna, una mujer… Su memoria se detenía ahí. Respiró varias veces y abrió los ojos, sin moverse: la habitación estaba tenuemente iluminada a través de un tragaluz. Era pequeña y sobria. La cama y una jofaina sobre una cómoda, y en una esquina, una silla de madera basta y asiento de cáñamo sobre el que había un montón de ropa bien doblada. ¿La suya? Advirtió su desnudez. No había nada más en el cuarto. La luz provenía de un patio y apenas iluminaba aquella habitación interior, sin ventanas. Dalmau decidió incorporarse, pero se mareó. Su cabeza volvió a convertirse en una bomba a punto de estallar, cosa que casi sucedió en el momento en el que se abrió la puerta y entró la luz y el aire y el ruido, todo de repente. La vida lo golpeó.

—¿Ya ha despertado el señor?

Tardó en reconocer la voz y la inmensa presencia de Anna, la cocinera de don Manuel y doña Celia. Desconcertado, se dijo que tal vez estuviera en su casa.

—Sí —se adelantó Anna a su pregunta—, has dormido en casa de don Manuel Bello. Al parecer no sabía adónde llevarte, y si te hubiera dejado solo no habrías dado un paso. —Escuchando a la cocinera, Dalmau recordó su desnudez e hizo por taparse. La otra se rio y le señaló la entrepierna, cubierta con la sábana—. Tanto alardear, tanto alardear que si esto y lo de más allá, y la tienes tan pequeña como cualquiera…

—¡Por Dios, Anna! —se quejó él volviendo a cerrar los ojos—. ¿De quién es la habitación?

—De una de las criadas. Han tenido que compartir cama para que tú pudieras dormir la borrachera.

La cocinera esperó.

—Lo siento —se disculpó Dalmau con voz ronca—. ¿Qué hora es?

—Bien entrada la mañana. El señor ha dicho que no te molestásemos. Traeré un tazón de caldo, te reconfortará.

Así fue: a pesar de que solo su olor le daba náuseas, el caldo lo reanimó, y Dalmau se levantó, se lavó con el agua de la jofaina y se vistió con las ropas de la noche anterior. Aun evitando el frac, que Anna tenía colgado en alguna parte, se sintió incómodo; la camisa y los pantalones le picaban, parecían rasgarle la piel. Salió de la habitación y se encontró en la zona de servicio de la casa del maestro. Habitaciones para las criadas, trasteros, la despensa y la cocina, a la que se dirigió.

No llegó. Úrsula le salió al paso y lo miró con displicencia. La calamitosa escena de la noche anterior revivió en la mente de Dalmau como un fogonazo. Entonces, con aquella muchacha delante, lo presintió.

—Fuiste tú —la acusó—. Fuiste tú la que organizaste lo del discurso. ¡Tú!

—Te lo advertí, alfarero —lo interrumpió ella de forma cortante, señalándolo con el índice a la altura de su vientre.

—Tú sabías de mi aprensión a hablar en público; tu padre... o mosén Jacint... Uno de ellos debió de contártelo.

—No me hiciste caso —insistió la otra.

—Eres una... —Dalmau se calló, la indignación no pudo con la prudencia.

—¿Qué? ¿Qué es lo que soy?

Úrsula mudó radicalmente el tono de voz: ahora era zalamero. La joven se acercó a él con una mirada chispeante en los ojos.

—¡Estás loca! —exclamó Dalmau retrocediendo un paso.

La otra se detuvo.

—¿Prefieres continuar la guerra?

—¡Que te jodan! —le espetó, harto tanto de ella como de la conversación.

No fue a la cocina. Tampoco recogió el frac. No se despidió de Anna. Salió de aquella casa con un portazo tras de sí.

Dalmau caminó hasta la fábrica de azulejos. Bebió agua de una fuente. No había comido durante casi veinticuatro horas, y el caldo y sobre todo la discusión con Úrsula le habían reportado algo de apetito, por lo que se detuvo en el puesto de un vendedor ambulante que ofrecía bocadillos. Pidió uno de longaniza, pero cuando fue a pagar comprobó que no tenía un céntimo. La imagen de la mujer de las tetas grandes y el moño tieso que hasta entonces había permanecido en la nebulosa de la borrachera cobró vida con nitidez, y Dalmau hasta pudo sentir cómo lo tocaba, cómo lo manoseaba. Supuso que ahí quedaron sus dineros. El vendedor lo miró con recelo al verlo buscar y rebuscar en los bolsillos, y retiró el bocadillo que le tendía.

Dalmau le contestó frunciendo los labios y encogiéndose de hombros.

—¿Me lo cambia por una pajarita? —pretendió bromear después, extrayendo la corbata arrugada del bolsillo.

El del puesto ambulante no se inmutó.

—No —contestó—. Pero sí por los zapatos.

257

—No creo que le viniesen —se despidió Dalmau.

En la puerta de entrada de la fábrica encargó a Paco que le llevase algo de comer al taller; luego se irguió, suspiró y se encaminó al despacho de don Manuel.

—Quería… —titubeó tras llamar a la puerta, abrir un resquicio y asomar la cabeza a través de él—. Quería disculparme.

—Entra —lo instó el maestro, indicándole una de las sillas de cortesía que había frente a su mesa, él sentado tras ella.

Dalmau no deseaba mantener la conversación que preveía se le venía encima, pero sabía que no podía eludirla: la merecía. Así que aguantó la mirada de don Manuel y se deshizo en excusas antes de que su maestro empezara a hablar.

—Lamento mucho lo sucedido, de verdad… Pero ustedes eran conscientes de que no sé hablar en público —se defendió Dalmau nada más tomar asiento.

—No haberlo hecho —replicó don Manuel—. No tenías obligación alguna de salir a pronunciar ningún discurso.

—Me alentaron, me aplaudieron, me presionaron… —se justificó él.

—Estabas borracho, hijo.

—No me di cuenta de lo mucho que había bebido. Y luego, con los nervios de tener que hablar allí, delante de toda esa gente… Lo siento mucho —concluyó, incapaz de encontrar nada más que decir.

El silencio se instaló entre ellos. Dalmau se pasó la lengua por los labios todavía resecos. Bajó la cabeza, cogió aire, volvió a levantarla y se dio cuenta de que don Manuel tenía aún algunas cosas que decirle:

—Debes evitar la bebida en esos eventos. ¿Cuántas veces te he dicho que la imagen es muy importante? Vestir bien, comportarse con decencia, esas cosas son las que marcan el éxito, sí, también para los artistas. ¿Cómo no te diste cuenta de que no estabas en condiciones de ponerte a dar un discurso?

—Hubo quien me presionó para subir a ese estrado… —dijo Dalmau. «Su hija, por ejemplo», le habría gustado añadir—. Se burlaron de mí, don Manuel, a conciencia. Me trataron…

—No lo veas de ese modo… —lo interrumpió su maestro.

—… como lo que soy. Un obrero, hijo de obreros, que vive en el casco viejo de la ciudad y que no merece la menor consideración ni respeto.

Se hizo otro silencio, pero en esta ocasión ninguno de los dos lo quebró. Dalmau pensaba que ya había dicho bastante. Por su parte, don Manuel veía que sus argumentos flaqueaban ante la posición de su pupilo. No podía negarlo: él mismo había visto a la gente señalarlo y reírse de él. ¡La misma Celia había disfrutado con desvergüenza del escarnio del muchacho!

—Intenta controlar el alcohol —le repitió, como último consejo—. ¿Vendrás a almorzar a casa? —terminó proponiéndole, la culpa presente en su tono.

Dalmau se excusó en el mucho trabajo pendiente, aunque en realidad haría lo posible por no volver a ver a aquella arpía que el maestro tenía como hija. Úrsula había conseguido humillarlo. Dalmau fue a su taller y, mientras volvía a ponerse la ropa corriente que había dejado allí cuando se mudó en la fábrica para que su madre no lo viera ataviado con un frac y todo lo demás, recordó a Irene, la muchacha angelical con la que había bailado y bebido. ¿Qué pensaría ahora de él? Se le encogió el estómago al verse vomitando a los pies de la señora de negro. Irene no querría saber nada de él. Todos se habrían reído a su costa, seguro; quizá todavía estuvieran haciéndolo. Suspiró. Trató de olvidar. Se sintió mucho más cómodo con su camisa, sus pantalones y sus zapatos viejos. Terminaba de abrocharse la blusa de trabajo con la que se movía por el taller, cuando Paco le subió la comida: sopa de col con pan, y butifarra con judías blancas salteadas con tocino. Pagó la cuenta que el viejo vigilante le presentó con dinero que tenía guardado en el taller. Probó la sopa de col. Su madre preparaba una sopa de col exquisita, con queso rallado que se fundía con el calor; aquella no llevaba queso. Su madre… Si ella supiera lo sucedido… No había ido a dormir. No era la primera noche ni sería la última. Él le decía que dormía en el taller o en casa de algún amigo; ella asentía con el recelo marcado en cada uno de sus rasgos. En algunas ocasiones, cuando se encontraban en casa, ella trataba de entablar una conversación acerca de esas nuevas costumbres, «vicios» se atrevió a calificarlas un día, que estaban consumiéndole rostro y cuerpo, pero Dalmau nunca le había dado pie a proseguir por ese camino. «Madre, soy mayor para saber lo que hago.»

Josefa le preparaba el desayuno si estaba en casa y, sentada junto a él, desviaba la conversación hacia cualquier tema que no conllevara que él se levantara airado y se marchara ante su insistencia. También le daba de comer y cenar, si aparecía a las horas correspondientes. Cocinaba muy bien, pensó Dalmau después de sorber otra cucharada de sopa de col. Miró la frasca de vino que acompañaba la comida y algo en su estómago y en su cabeza se quejó. Dudó en beberlo, pero después de otro par de cucharadas de sopa se sirvió y dio un buen trago. Le sentó bien, reconoció, muy bien, se dijo al cabo de un par de vasos. Las imágenes de la noche anterior acudieron en tropel a su cabeza: Úrsula, Irene, el maestro, la señora de negro, el público atento a un discurso que no llegaba, las risas… ¡las carcajadas! En otro rincón de su mente flotaban otras sombras: la de su madre, la de Emma… Retiró la comida y cogió el lápiz y los papeles que había esparcidos sobre la mesa. Examinó uno de los bocetos. Aquellas carcajadas… Rasgó el papel. Fue como una catarsis. En pocos minutos estaba enfrascado en su trabajo. Diseñaba azulejos con motivos florales para fabricar en serie. A juicio de Dalmau, la dificultad de aquella tarea era que existían muchos modelos con motivos similares. Debían de ser diferentes, le había dicho al maestro, había que prescindir de las hojas de acanto, puso como ejemplo, y buscar algo nuevo, moderno. Don Manuel torció el gesto al oír el calificativo. «Le gustará», prometió Dalmau.

Se inspiraba en los libros franceses de los que disponía don Manuel. No entendía el idioma, pero los dibujos detallados que colmaban sus páginas eran más que suficientes. Pasó el día inclinado sobre su mesa de dibujo haciendo pruebas y más pruebas, incluyendo las flores o partes de ellas en dibujos geométricos, combinándolos, coloreando… hasta que, como siempre, Paco tuvo que advertirle de lo tardío de la hora. Dejó las flores y los bocetos y se fijó en el caballete con el cuadro que estaba pintando cubierto por una sábana. Podía continuar con él, pero no se sintió con ánimos. Decidió salir:

por suerte, guardaba dinero en el taller, bien escondido, para casos de emergencia como ese. Cuando cruzó la puerta, se detuvo: no se sentía con ánimos de acudir a su casa. Tampoco de buscar a Amadeo o José o cualquiera de aquellos jóvenes burgueses en alguno de los cafés o restaurantes donde ahora deberían estar preparando la noche. No estaba seguro de cómo lo recibirían; suponía que, desde la noche anterior, debía de haber sido el tema central de sus conversaciones. Era inevitable: las burlas habrían sido crueles.

Así pues, deambuló por el barrio de Sant Antoni. En un par de ocasiones pasó por delante de la casa de comidas de Bertrán; el rumor de las conversaciones llegaba hasta la calle. El rostro de Emma se abrió paso desde aquel rincón del cerebro adonde la había confinado. Un leve mareo, como si sus sentimientos hubieran huido de repente de su cuerpo, dejándolo vacío, lo obligó a detenerse en la calle. «¡Gilipollas!», se insultó. Tuvo la felicidad a su alcance y la dejó escapar. Emma aparecía de forma recurrente en sus recuerdos. En ocasiones lo llevaba a una nostalgia opresiva, que lo encogía y le impedía respirar con normalidad; en otras a la ira: todavía desconocía quién había robado los desnudos, y aquella ignorancia lo hería y lo ponía frenético. Debía a toda costa decir a Emma que él no los había vendido. No lo creería, sin duda lo odiaba, pero él necesitaba explicárselo. Sin embargo, Emma se había desvanecido, ni los *trinxeraires*, que tenían ojos en toda la ciudad, habían conseguido encontrarla. Con Emma en su memoria, decidió entrar en otra casa de comidas, más humilde que Ca Bertrán. Al cabo de un par de horas abandonaba el local canturreando y trastabillando; lo acompañaban el operario de una fábrica de gas y un pocero con los que había compartido mesa redonda, *escudella* con sus carnes, patatas y garbanzos, varias frascas de vino y demasiadas copas de anís. Los tres se perdieron en la ciudad vieja. Era la única manera de difuminar la imagen de Emma.

El percance de la Maison Dorée supuso un punto de inflexión en la vida de Dalmau, que buscó en la noche y el alcohol un refugio a su soledad. Las sospechas que albergaba acerca de la consideración en la que lo tendrían todos aquellos burgueses que se habían reído de él se vieron confirmadas pocos días después en un café cantante del Raval, cuando se topó con varios de ellos que gustaban del libertinaje, que alardeaban de su condición y se exhibían gastando su dinero en locales cuanto más lúgubres mejor, antes de regresar a la comodidad y el lujo de sus palacetes y pisos del Eixample. Durante un tiempo él mismo había formado parte de aquel espectáculo, ahora lo hacía con obreros o, sencillamente, solo.

Se encontraba en un local por detrás de las atarazanas, una tabernucha a la que se accedía a través de un pasillo tenebroso que partía de la calle del Cid. En el interior, una barra, mesas y un escenario diminuto desde el que artistas viejos y fracasados trataban de llamar la atención de un público que estaba más por las partidas de naipes ilegales que se jugaban en uno de los rincones del café, por las mujeres que revoloteaban de una mesa a otra en busca de clientes dispuestos a satisfacer algo de dinero, o por la conversación o el alcohol. La música, pues, no era más que un ruido infernal que había que vencer elevando el tono de voz. Barcelona estaba llena de locales como aquel, donde el sexo, el juego y el alcohol, cuando no la morfina o el opio, atentaban contra la familia y la virtud de las gentes, promoviendo la criminalidad y el vicio, a juicio y declaración de las autoridades que, sin embargo, nada podían hacer contra todos aquellos antros.

Sería de madrugada cuando se presentó el grupo de jóvenes ricos, cuyos fracs revelaban que venían de un concierto, quizá del teatro o de alguna fiesta que pretendían alargar en la noche. Dalmau los miró y creyó advertir risas entre ellos. Percibió que alguien lo señalaba.

Estaba sentado a una mesa heterogénea: tres obreros sin empleo, radicales, probablemente anarquistas, pensaba él; una mujer loca que algún día debió de ser rica y que decía llamarse de manera diferente cada vez que era presentada, y un par de bohemios más pobres que las ratas, artistas sin éxito que, sin embargo, eran capaces de pontificar sobre cualquier tema de conversación, lo que originaba tales discusiones con los anarquistas que hasta espantaban a las prostitutas que se acercaban a ellos. Varias botellas de licor vacías, la mayoría invitación de Dalmau, atestiguaban cuánto habían bebido todos ellos hasta entonces.

Dalmau observaba a los burgueses. Más risas, más conversaciones, desvergonzadas, despectivas hacia él a juzgar por los gestos que ni siquiera trataban de esconder. La ira fue encendiéndose en Dalmau a medida que cruzaba la mirada con alguno de ellos. Un joven, con una sombra de barba y bigote, se permitió incluso brindar con él desde la distancia.

—¿Venís conmigo? —preguntó Dalmau a sus acompañantes.

—¿Adónde? —inquirió uno de los anarquistas.

—A dar una paliza a esa panda de maricones.

Los tres obreros se levantaron de la mesa antes aún que Dalmau. La mujer chilló, nerviosa, y se sumó a ellos. Los otros dos no se atrevieron a abandonar sus sillas. Los cuatro, con la mujer tras ellos, se dirigieron hacia el grupo de burgueses, que eran siete u ocho. No les hicieron ninguna pregunta, no hubo retos ni increpaciones; simplemente se abalanzaron sobre ellos sin mediar palabra. Dalmau hizo lo propio, imitando a sus compañeros.

Los jóvenes no se arredraron. Tampoco estaban tan borrachos como Dalmau y los suyos, cuyo coraje inicial desapareció tan pronto como la torpeza de sus movimientos descubrió lo absurdo y precipitado de su ataque.

Dalmau no había peleado nunca en su vida. Falló con estrépito el primer puñetazo que pretendió propinar a uno de sus contrincantes, y el empuje lo llevó a caer de bruces sobre otros dos, que no erraron en su castigo: dos puñetazos seguidos en su vientre y otro en su rostro dieron con él en el suelo, del que fue incapaz de levantarse. Los obreros no tuvieron mejor suerte. Animados por los chillidos y saltitos de la loca, acertaron algunos golpes, pero recibieron muchos más, sobre todo cuando intervinieron el dueño y un par de matones que vigilaban las mesas de juego; el primero a bastonazos, los otros dos, grandes, imponentes, a simples puñadas.

La reyerta no duró ni un par de minutos. Los obreros y la mujer fueron expulsados del local a empujones; a Dalmau lo agarraron de pantalones y americana, lo levantaron del suelo en volandas y lo lanzaron al callejón, como simple basura. Los anarquistas lo ayudaron a levantarse, sucio, embarrado.

—¿Continuamos en otro café? —propuso uno de ellos cuando Dalmau logró por fin afianzar los dos pies en el suelo.

La loca aplaudió de contento. Dalmau contestó volviendo la cabeza y vomitando todo lo que llevaba dentro.

A aquellas noches crápulas a las que Dalmau ponía fin durmiendo en algún hostal, en su taller en la fábrica, en la calle incluso, pero difícilmente en su casa, avergonzado de lo que su madre diría o, más que eso, de lo que no diría —de su mirada acusadora, quizá de su llanto silencioso—, fueron sumándose el cansancio y un espíritu aturdido y desasosegado durante los días, que no pasó desapercibido a don Manuel: no solo por las ojeras, la palidez y el aspecto desastrado de su pupilo, sino también por la escasa calidad de sus propuestas profesionales. El maestro supo de la pelea en el café cantante. Úrsula, enterada por haberse convertido el suceso en habladuría en tertulias y reuniones de jóvenes de alta cuna, no tardó en comentarlo a lo largo de una comida, simulando ingenuidad e inocencia, mostrándose escandalizada ante lo que, sarcásticamente, calificó de «murmuraciones con toda seguridad falsas y tendenciosas». A ello sumó el maestro el conocimiento que tuvo acerca de que Dalmau, si bien cumplía con su labor de diseño en la fábrica, había incumplido los plazos de entrega de un par de trabajos que le habían encargado en persona, de forma independiente a su labor con los azulejos: el cartel de las fiestas patronales de un barrio de Barcelona, y un exlibris. Al final, se decidió a hablar con él.

—Estoy pasando un mal momento —se excusó Dalmau.

El maestro lo agarró del antebrazo y lo atrajo hacia sí mientras paseaban por la fábrica.

—Me gustaría ayudarte —le ofreció—. Creo que, si retomases tu educación religiosa con mosén Jacint, Dios te mostraría un camino diferente al que estás tomando ahora.

«¡Dios!» Era complejo hablar de Dios con el maestro.

—Don Manuel, no sé cuáles son esos caminos que me mostraría el Señor, lo que sí sé es que aquellos por los que voy ahora son a los que me han abocado sus amigos y los hijos de sus amigos, con su desprecio y su humillación hacia mi persona. Jugaron conmigo. Me animaron para después machacarme.

—Pero… —Don Manuel no encontró palabras para expresarse.

—No —zanjó Dalmau en tono firme—. Fue culpa mía. Fui un ingenuo. Un imbécil. Eso es lo que veo reflejado en el rostro de mi madre cada vez que evitamos hablar de ello.

—No te tortures, hijo. Eres un maestro. Un genio. Superarás todo esto, te lo aseguro, pero tienes que rectificar; no continúes maltratando tu cuerpo y tu espíritu. Olvídate de querellas y trabaja, y si es de la mano de Jesucristo, mejor. Triunfarás en tu vida.

A raíz de aquella corta conversación, don Manuel se empeñó en proteger a aquel muchacho al que había ayudado a crecer, y en cuya situación actual creía tener cierta responsabilidad, por haberlo promocionado, por haberlo presentado en sociedad cuando a buen seguro no estaba preparado para ello. A partir de ahí, la presión para que acudiera a su casa a comer y compartiese con la familia Bello más momentos fue tal que Dalmau terminó consintiendo pese a la promesa que se había efectuado de no ver más a Úrsula. De todas formas, concluyó, le preocupaba muy poco lo que pudiera hacerle la muchacha y, al fin y al cabo, probablemente la situación sería más incómoda para ella que para él.

—¿Tus padres y el mosén saben que me has acariciado la polla? —cuchicheó al oído de ella en su regreso al piso de paseo de Gràcia.

—Ninguno de ellos te creería —contestó Úrsula sin precauciones.

Dalmau miró a uno y otro lado. No había nadie lo suficientemente cerca para oírlos.

—¿Quieres que lo probemos?

—No eres más que un borracho —masculló la otra mostrando, no obstante, una sonrisa encantadora—. Un alfarero que se acercó a tocar el cielo para caer en el lodo como lo que es: un perro. Un resentido con los que son más que tú. Adelante. Hazlo.

—Lo haré —afirmó Dalmau, deseoso por avergonzar a aquella deslenguada.

—Sorpréndeme —lo desafió ella, sin el menor atisbo de temor.

Dalmau se contuvo. Era consciente de que, lo creyeran o no, aquella revelación supondría su despido de la fábrica de don Manuel. Y si perdía su trabajo, su vida se desmoronaría sin remisión.

—Dalmau me ha dicho que quería contaros algo —lo retó Úrsula cuando los demás se acercaron al comedor con doña Celia al frente.

—¿Ah, sí? —preguntó mosén Jacint cogiendo a Dalmau del brazo, con aquella delicadeza vigorosa con que solo sabían hacerlo los curas.

—No… No, no. Era una broma. ¡Un chiste! Si quiere, que lo cuente ella.

Mientras tanto, todos se iban sentando a la mesa.

—¿Hija? —la instó don Manuel tras colocarse la servilleta.

—No me atrevo, padre —se excusó la joven con simulado recato—. Es… es un poco atrevido.

—¡Dalmau! —saltó doña Celia—. ¡No te invitamos a esta casa para que perviertas a nuestra hija!

—Querida… —intervino don Manuel.

—Doña Celia… —terció al mismo tiempo el religioso.

Úrsula y Dalmau no se enfrentaron directamente, como si no se atreviesen, pero el instante en que sus miradas se cruzaron se convirtió en un fogonazo a través del que la muchacha lo desafió de nuevo, orgullosa, altanera, soberbia… Dalmau contuvo la respiración. ¡Había sido extraordinario! ¡Deslumbrante! Cerró los ojos para retener ese segundo. Tenía que pintarlo. Tenía que poder trasladar esas sensaciones a una tela. La capacidad de transmitir… Hacía tiempo que no pintaba. Todavía no había llegado a destapar el lienzo que descansaba sobre el caballete. Recordó que una vez había pintado los ojos de uno de los chavales que malvivían en la fábrica, luego rompió su obra porque llegó a creer que el chico lo había engañado. Los ojos de Úrsula no mentían: su insolencia era real.

—¿Qué contestas, joven?

Era mosén Jacint quien le preguntaba. Había perdido el hilo de la conversación.

—Supongo que Úrsula habrá malinterpretado mis palabras —trató de escapar.

—Cuéntanos entonces ese chiste —replicó la madre.

—No querría causarle a usted la misma impresión, doña Celia. Estoy convencido de que su inteligencia no la llevaría a ese error —aprovechó para insultar a su hija—, pero entienda que prefiera no correr ese riesgo.

Los hombres asintieron, y si la señora de la casa esperaba una disculpa, no la obtuvo.

Preocupado por su ánimo, don Manuel no le dio un momento de respiro. A las invitaciones a su casa se añadió la obligación de acompañarlo en las visitas que regularmente efectuaba el maestro a los clientes potenciales.

—¿Y mi trabajo? —se quejó Dalmau—. Los diseños…

—De momento tenemos suficientes diseños propios de azulejos para trabajar más de un año si fuera menester. Me gustaría que conocieses otra de las vertientes de este negocio: vender. Evidentemente, yo no vendo —aclaró como si no pudiese rebajarse a ese nivel—, pero es del todo imprescindible mantener vivo el contacto con aquellos que deciden a quién compran y a quién no. ¿De qué nos sirve elaborar los mejores azulejos, si después no somos capaces de colocarlos en el mercado?

Don Manuel esperó la reacción de Dalmau, que aceptó sin excesivo entusiasmo, como si todo lo que lo alejara de su taller fuera una contrariedad. Sin embargo, el maestro necesitaba que Dalmau se implicara algo más en el negocio, no solo en el diseño y en la creatividad. Sus dos hijas no contaban; unos posibles esposos menos todavía, puesto que el objetivo era que aquellos que se casaran con sus hijas aportaran mucho más de lo que estas tenían, nunca que tuvieran que depender de la fábrica del suegro para vivir, y, por lo que respectaba al pequeño, al heredero, todavía le quedaban muchos años para poder siquiera acercarse a una obra. Ante esa tesitura y la posibilidad siempre presente de que a don Manuel le sucediera algo, la única apuesta que cabía era la de aquel vástago de un anarquista condenado a muerte al que casi había prohijado.

Dalmau conocía las obras modernistas, a sus arquitectos y sus

267

equipos, sobre todo a muchos de los capataces que en numerosas ocasiones habían presenciado cómo Dalmau se arrodillaba y trabajaba en la colocación de sus azulejos y cerámicas; la gran mayoría de aquellos encargados lo tenían por un experto en esas labores. Por otra parte, la fama alcanzada después de dibujar a los *trinxeraires* y de ciertos trabajos excelentes, ya en la cerámica, ya en el diseño, y que le habían abierto esas puertas, se había desvanecido tras su ridículo en la fiesta de las señoras de negro y la pelea en el café cantante. No había hecho nada por defender su prestigio, por reivindicar su nombre como artista, ni mucho menos por seguir codeándose con aquellos que, como el maestro sostenía, decidían a quién comprar y a quién no; su deriva personal lo llevó a vivir las noches y soportar los días. Quizá don Manuel percibía aquella dejadez, su apatía, y pretendía aguijonearlo para que volviera a sentirse atraído por un mundo al que, por otra parte, él mismo, si no fuera por mero interés económico, tampoco se acercaría en exceso.

Así pues, volvieron a visitar el Park Güell que Gaudí estaba construyendo. Se trataba de un terreno inmenso, de unas quince hectáreas, que el industrial Eusebi Güell, mecenas de Gaudí, pretendía urbanizar y vender por parcelas —sesenta tenía previstas— para residencia de sus iguales. El parque se ubicaba lejos del centro de la ciudad, por encima de Gràcia, y don Manuel y Dalmau accedieron a él en coche de caballos, con el que se internaron en la finca para recorrer sus caminos, el maestro en un silencio hosco ante la exhibición creativa que Gaudí les ofrecía incluso en unas simples avenidas.

El parque había cambiado desde la última vez que Dalmau lo visitó con su maestro. Todas aquellas ideas que Gaudí manifestaba como los sueños de un loco iluminado se habían ido haciendo realidad. Dalmau rogó al cochero que se detuviera y bajó del carruaje para acercarse a los maceteros de piedra, instalados en lo alto de columnas irregulares, podría decirse que tambaleantes, como construidas por un niño, de más de dos metros de altura que se alineaban a ambos lados de un puente. Sin siquiera pedir permiso a don Manuel, dejó el camino y descendió debajo del puente. Allí se detuvo, ante las columnas inclinadas que mediante bóvedas aguantaban la carretera y que formaban un pórtico por el cual podía transitarse. Las columnas eran todas diferentes, salomónicas unas, cilíndricas otras, de distintas secciones, algunas con refuerzos, todas construidas en piedra basta, rústica. Dalmau empequeñeció ante el movimiento y la llamada a la naturaleza que el observador sentía cuando deambulaba entre ellas; una perspectiva cambiante, inimaginable, diferente desde cada ángulo en el que uno pudiera posicionarse.

Regresó al coche con la sensibilidad exacerbada. Subió y se sentó de nuevo junto al maestro, quien ordenó al cochero que siguiera y los llevase a la entrada, donde esperaba encontrar a Gaudí. Si los caminos y puentes le habían entusiasmado, los dos edificios erigidos a ambos lados de la puerta de entrada le exaltaron el espíritu: la conserjería y la casa del guarda, ambos de complejas cubiertas onduladas, coloreados, sin líneas rectas en su composición, con insólitas asimetrías en sus elementos.

Encontrarían a don Antoni Gaudí en la sala hipóstila, les anunciaron en la conserjería.

Más allá de la entrada arrancaba una escalera monumental de dos ramales, separados por una cascada de agua, que llevaba a la sala hipóstila que a su vez soportaba la cubierta en la que Gaudí había diseñado un teatro abierto, diáfano, un lugar en el que los futuros moradores del parque pudieran desarrollar todo tipo de actividades. La sala hipóstila estaba compuesta por ochenta y seis columnas estriadas, de orden dórico, que terminaban en un techo abovedado irregular, como olas llamadas a ser cubiertas por el *trencadís* que tanto utilizaba el genial arquitecto. Los espacios entre columnas permitían instalar puestos de mercado para que los habitantes de la urbanización tuvieran dónde comprar sin necesidad de bajar hasta Barcelona.

Allí se encontraron el ceramista y el arquitecto, rodeado este de sus ayudantes, entre los que se mezcló Dalmau tras saludar a Gaudí. Los dos hombres charlaron del Park Güell y de la obra que vendría a culminar la urbanización: la iglesia, una capilla que se construiría en el lugar más elevado del parque, desde donde protegería a sus habitantes. Si don Manuel era devoto cristiano, Gaudí, el arquitecto de Dios, lo era tanto como él; un hombre de misa, confesión y comunión diarias.

—No logro imaginar cómo será esa iglesia después de ver los edificios de la entrada y la Sagrada Familia —reconoció don Manuel mientras el arquitecto le señalaba el lugar exacto, por encima de ellos, en el que el templo se alzaría.

Dalmau no llegó a oír la respuesta de Gaudí, quien tomó a don Manuel del brazo y le habló al oído, pero sí vio que los dos sonreían y que su maestro traía a colación el objeto de su visita.

—Confío que en esa obra cuentes conmigo para los azulejos y la cerámica —le pidió—. Nada me gustaría más que colaborar en la construcción de la casa de nuestro Señor.

Gaudí asintió, pero lo cierto, a decir de don Manuel, una vez en el coche de vuelta a Barcelona, era que lo único que en verdad había obtenido ese día era su compromiso de surtirle gratuitamente de los desechos y restos de cerámica de la fábrica para que el arquitecto los utilizase en el *trencadís* con que recubría parte de sus obras.

Ese mismo día, al atardecer, todavía con la genialidad de Gaudí machacando sus sensaciones, Dalmau retiró la sábana que cubría el caballete, guardó el lienzo inacabado junto a los demás que iba amontonando en su taller, y puso uno en blanco, como si con esa acción hiciera público que pretendía afrontar una nueva obra. Se retiró, se sentó a su mesa, cogió papel y empezó a bosquejar aquellos ojos cuya mirada soberbia aún flotaba en su recuerdo y a los que deseaba dar vida a través de aquella tela en blanco.

No lo consiguió. Dibujó y rompió varios bocetos, alguno de ellos con tan escasos trazos que un espectador ignorante ni siquiera habría sido capaz de adivinar el objetivo del artista. Y cuanto más pugnaba y fracasaba, más revivían en su memoria las columnas inclinadas que sostenían la calzada; las cubiertas onduladas de los edificios de entrada al parque; las ventanas irregulares; la imponente sala hipóstila con su techo lleno de bóvedas desiguales… Si allí, entre las obras, se había sentido alterado, ahora lo atenazó una sensación que pesaba sobre su mano a la hora de dibujar, que la hacía lenta, imprecisa, vulgar. «¿Miedo? —se preguntó en voz alta Dalmau—. No puedo tener miedo. ¡Es ridículo!» Rasgó el último boceto. «Solo estoy impresionado. Eso es. Sí. Tengo la cabeza en otra parte. Es lógico. Es difícil liberarse de la impresión que causan los genios.»

Abandonó su taller. Lanzó unos céntimos a los dos chavales que buscaban el calor de los hornos en aquel final de año frío, se despidió de Paco, se cerró el abrigo, se caló la gorra hasta las orejas y anduvo hasta el Raval, tan cruel como acogedor, para perderse una vez más en la noche barcelonesa. Un tropel de imágenes bailaba en su cabeza: las señoras de negro; Gaudí; su madre; más señoras de negro; el maestro; Irene, etérea, delicada; Úrsula, desalmada. Y por encima de todas, Emma. Siempre Emma… «¿Dónde estás? ¿Qué ha sido de ti?» Un par de copas…, quizá tres, y todas aquellas visiones lo abandonarían, como si quisieran escapar de la borrachera.

Anna, la cocinera de don Manuel, los premió aquel día con un estofado de ternera: carne de la pata del animal troceada y sofrita con tocino. En el jugo que quedaba de esa cocción se sofreía cebolla cortada. A todo junto se le añadía vino blanco, ajo picado, perejil, sal y pimienta. En los días en los que Dalmau comía en la cocina se había extrañado por cómo se guisaba ese plato. Una vez todo en la olla, el fuego ardiendo lento, Anna la tapaba con papel de estraza agarrado a las paredes de la olla con pasta de harina y encima colocaba una cazoleta con agua. Dalmau preguntó para qué ponía la cazoleta y ella contestó algo relativo al vapor que producía el agua y que caía sobre el papel. Dalmau insistió en saber por qué, y la otra se encogió de hombros. «Porque siempre se ha hecho así», contestó.

Con cazoleta o sin ella, el estofado estaba exquisito. Dalmau comía, atendía la conversación de don Manuel y soportaba los silencios o murmullos de doña Celia, a menudo más expresivos que las palabras de su esposo, convencido como lo estaba de que aquella mujer lo odiaba. Los repasos que daba a sus ropas, sin el menor disimulo, con gesto asqueado, anunciaban sin equívoco lo que opinaba de él, de sus orígenes, de su familia. Los comentarios mordaces que aprovechaba para lanzar a la menor oportunidad, poniendo en duda su cultura, desgraciadamente escasa salvo en lo relacionado con la cerámica, el dibujo y determinadas artes, eran frecuentes.

—¿Toca usted algún instrumento, Dalmau? —le preguntó un mediodía en el que la conversación en la mesa versó sobre el nuevo programa del Liceo—. Musical, quiero decir —añadió a modo de puntilla.

Dalmau pensó unos instantes, doña Celia atenta a él, el maestro con los ojos casi cerrados, quizá avergonzado, y Úrsula exultante ante el reto.

—¡Ah! Suerte que ha concretado usted lo de «musical», doña Celia, porque a menudo toco el pedal de la máquina de coser de mi madre, que hace un zumbido monótono, tan aburrido como lo son algunos conciertos de esos a los que acuden los entendidos —respondió Dalmau. La mujer se irguió ofendida. Dalmau, no obstante, la proveyó de su satisfacción—: Los otros, los musicales, no. En mi casa nunca entró otro instrumento o aparato que no fuese esa máquina de coser. Éramos pobres, ¿sabe? No recuerdo ni una flauta. Aunque a veces silbábamos.

Superadas esas situaciones de tensión, Dalmau aprovechaba los momentos en los que don Manuel o doña Celia se dirigían a Úrsula para, por encima de cubertería de plata y cristalería fina, fijar la mirada sobre ella simulando atención, cuando lo que realmente deseaba era que lo retara de nuevo con sus ojos, aunque fuera con intención de avergonzarlo. Retenía la primera sensación de hacía días, la que lo llevó a intentar trasladar aquella soberbia a un cuadro, pero ninguno de los bocetos lo satisfacía. Era consciente de que a esos dibujos que ahora desechaba les faltaba aquel color tenue en el que estaban llamados a destacar; la perspectiva de un cuadro; el rostro de alguna mujer que los enmarcase, pero el problema estribaba en que ni siquiera acertaba en el simple bosquejo, en el objetivo, en el motivo central.

Don Manuel había continuado solicitando su presencia cuando iba a visitar las obras. Igual que lo acompañó al Park Güell de Gaudí, acudió a la casa Lleó Morera que modificaba Domènech en la misma manzana del paseo de Gràcia en la que Puig había reformado la casa Amatller. En ambos casos se trataba de edificios antiguos construidos al amparo del plan de Cerdá tras el derribo de las murallas de Barcelona, antes de que el nuevo arte, el modernismo, llegara a la Ciudad Condal. Construcciones funcionales, serias, arquitectónicamente correctas, pero sin ninguna circunstancia destacable que no fuera su emplazamiento inmejorable. Contra esa uniformidad y aburrida regularidad urbanística proyectada por un ingeniero de caminos como era Cerdá, que además había sido impuesto por Madrid, era contra la que se habían alzado los arquitectos de Barcelona y muchos de los propietarios e inversores catalanes.

Hasta el Ayuntamiento modificó sus criterios puesto que, tras la Exposición Universal de 1888, dictó una nueva regulación de las ordenanzas de la edificación en la que se asumía la posibilidad de elementos decorativos en las fachadas, los coronamientos, las tribunas… La austeridad del siglo xix dio paso al lujo y la ornamentación, a la singularidad, con lo que, al albur de unas industrias que tanto enriquecían a la burguesía como empobrecían a sus empleados, muchos adinerados quisieron reformar aquellos edificios monótonos que no llegaban a contar cincuenta años para adaptarlos a los nuevos tiempos, y por encima de todo a esa corriente de fantasía artística.

Eso era lo que sucedía con la casa Lleó Morera en la que Domènech se hallaba realizando uno de los mejores trabajos de la ciudad en arquitectura y decoración, entendiendo esta última no como algo independiente, un añadido, sino como parte integrante del propio edificio. Absorto, Dalmau lo escuchó hablar de la comunión de luz, color y formas en los interiores del mismo. Y para todo ello, contaba con los mejores artistas del momento: Arnau, Juyol, Serra, Rigalt, Escofet, Bru, Homar. Eran los grandes, y trabajaban cada cual en su especialidad: mosaicos, cerámicas, esculturas, maderas…, todos dirigidos y controlados por el gran arquitecto. Domènech apostaba por un eclecticismo modernista y por la profusión de elementos decorativos en fachadas e interiores, pero a diferencia de Gaudí, quien retorcía piedras, en su obra se advertía un orden, un seductor equilibrio estético.

No era lo mismo que transitar por el paseo de Gràcia, como tantas veces había hecho Dalmau a lo largo de su vida, y contemplar los edificios. Con esas visitas, el joven profundizaba en las razones, los motivos, la pasión con la que aquellos maestros, todos: arquitectos y artistas, afrontaban sus proyectos. Domènech era un erudito. Un hombre culto de una profunda formación que prefería evitar las comidas para poder estar en soledad y cultivar la lectura. Político, escritor, articulista, historiador, profesor, arquitecto, prócer de la sociedad catalana; todos aquellos méritos y cualidades concurrían en una persona que, sin embargo, diseñaba con entusiasmo el detalle de un mueble o de una veleta, de un desagüe o de una chimenea.

Gaudí y Domènech. Dos genios. Ambos fascinantes, atrevidos, osados en su obra. Aquel explosivo; este equilibrado. Uno soberbio, el otro sereno. Dalmau se comparaba con ambos, sin encontrar virtudes propias que pudiera asemejar a las de ninguno de ellos. No era culto ni atrevido. En realidad, no era más que el hijo de un matrimonio de anarquistas, de dos obreros, que tuvo la fortuna de destacar en el dibujo y de que su maestro se fijase en él y lo cobijase. Ese hijo del anarquismo y de la pobreza, envanecido por un par de éxitos, se había atrevido hacía poco a coquetear con la soberbia, y la gente rica no se lo había permitido y lo había humillado en público. Esbozó un ojo en el papel que tenía delante y lo juzgó sin clemencia: era vulgar. Los genios conseguían mostrar su arte en el objeto más inicuo, hasta en el picaporte de una puerta. Intentó pintar de nuevo el ojo de Úrsula. Otra vez. Y otra. Rasgó unos papeles, arrugó el resto.

Decidió pasar a otros objetos: las flores, por ejemplo, que siempre había plasmado de forma magistral. Ese día, no le gustaron. Ni tampoco los cuerpos, que dibujó a continuación. Era como si le hubieran robado la magia.

—¿A qué vienen esas miradas, alfarero? —le preguntó Úrsula un día, después de comer, en un momento en el que se encontraron solos.

A la luz de la araña de cristal que colgaba del techo sobre la mesa, cubierta por un mantel verdoso, primorosamente bordado con elementos florales diseñados por el propio maestro, refulgían los cubiertos y las copas, pero, como si jugueteara con él, Úrsula había estado escondiéndole la mirada durante toda la comida.

Dalmau hizo lo posible por disimular su sobresalto y la miró de arriba abajo: la hija mayor de don Manuel Bello parecía haberse liberado del influjo reaccionario de sus padres. Vestía un traje morado claro, violeta, de falda larga que rozaba el suelo, todo él adornado con bordados y puntillas negras cuya gracilidad y delicadeza multiplicaba por mil los movimientos de la muchacha, como si ella misma, siguiendo los dictados del modernismo, del *art nouveau* francés en el que se fijaba la moda femenina, pretendiese ser etérea. Su tórax, entallado por un corsé que le apretaba el vientre y le elevaba los pechos, se alzaba sobre su cintura de avispa.

—Continúas mirándome. —Úrsula lo extrajo de su contemplación.

La media sonrisa insolente que se dibujó en sus labios molestó a Dalmau, pero en realidad esa era la Úrsula que él buscaba. Quería verla orgullosa, insolente. La necesitaba imperiosa.

Con extrema delicadeza, Dalmau deslizó uno de sus dedos, de arriba abajo, por la cintura de la muchacha.

Ella trató de disimular un estremecimiento. Luego alzó el mentón y lo retó con sus ojos arrogantes. Dalmau sintió un escalofrío que corrió por su espalda. ¿Cómo podía esa muchacha tan joven expresar tanta dureza? Úrsula cogió el dedo de Dalmau que había delineado el perfil de su vientre, quieto ahora en uno de sus muslos, y lo puso sobre su pubis. Se hallaban a la entrada del salón de música, a la vista de cualquiera que pasara. Tiró de él hacia dentro de la sala y se resguardaron tras una puerta. Allí, Úrsula introdujo la mano en el calzón de Dalmau. Él quiso verle los ojos: continuaban siendo fríos y duros.

Dalmau trató de procurarle placer, aunque fuera por encima de aquel vestido morado adornado con puntillas. Quería comprobar si variaba su expresión, si se convertía en una joven explosiva, anhelante, pero Úrsula se mantuvo hierática.

—Dejémoslo ya, o romperás el juguete —le advirtió transcurrido un tiempo tras el que ella se había limitado a acariciarle el pene erecto, mientras él no hacía más que aguzar el oído y mirar hacia el pasillo.

Úrsula lo traspasó una vez más con su mirada.

—Mi muñeco —apuntó con decisión—. Nunca he roto ninguno.

Consiguió pintar los ojos de la muchacha, pero no fue en su taller ni en su mesa de trabajo, con sus hojas de dibujo o en un lienzo sobre el caballete. Lo logró al cabo de un par de noches, borracho, en uno de aquellos antros escondidos en lo más oscuro y sucio de la ciudad; uno de esos a los que había que llegar apartando basura y sorteando cuerpos tendidos. Se cansó de la compañía, ya que de hecho ni siquiera sabía quiénes eran. Le repugnó la vieja que, con aliento a enferma, se acercó a él para que la invitase a beber. Balbuceaba, escupía las palabras; su mano estaba pegajosa. Dalmau le pagó una copa de aguardiente con dátiles confitados, pero no permitió que se sentase a su lado. Poco le importó a la furcia, que se tambaleó en dirección a la mesa vecina con su licor. La música chirriaba y Dalmau se sintió mal. Le molestaba el aire, el humo y el hedor. La respiración se le agitó y se llevó la mano al pecho como si con ello pudiera detener el corazón, que le apretaba. Ahí notó la libretilla que siempre llevaba en el bolsillo interior de la americana y la sacó.

Le costó fijar la mirada. Cogió el lápiz y, a la escasa luz del local, dibujó, y reconoció a Úrsula, su soberbia, su altanería. «¡Alfarero!», le gritó aquel ojo solo esbozado. Alguien se asomó por encima de su hombro con curiosidad. Él lo apartó de un manotazo torpe. Un vaso cayó al suelo. Los cristales y el líquido reventaron cerca de los pies de Dalmau y lo mojaron. El hombre se quejó, pero Dalmau no era capaz de prestarle atención. «¡Camarero! —gritó él levantando la mano con el lápiz a modo de batuta—. ¡Otra copa!» Contorneó la pupila. Era fácil. ¡Fluía! Cada pequeña mancha que punteó en el interior del iris lo insultó. Ahí estaba ella, en una sencilla mácula no mayor que un punto. Se levantó, tiró la silla, cogió el vaso para dar cuenta del licor antes de irse y se la llevó a los labios. Sin embargo, en el último momento rectificó; lo depositó sobre la mesa con un fuerte golpe, y el contenido saltó y se derramó. Se disculpó en voz baja, a pesar de que no había nadie a su lado. Guardó la libretilla y buscó el aire frío de la noche. Justo al tomar el callejón, tropezó sin querer con un mendigo.

—¡Imbécil! —le gritó este.

Dalmau volvió a disculparse. Entonces sintió la necesidad de ir a su casa.

Por la mañana, después de lavarse, se sentó la mesa de la cocina con el dibujo en las manos. Su madre vio la libretilla, arrugada y con manchas de humedad, mientras le servía el desayuno, y torció el gesto. Dalmau no se apercibió, permanecía absorto en el dibujo. Lo que no había podido pintar durante días lo había conseguido en un instante bajo la inconsciencia vaporosa a la que lo transportaba el alcohol. El lápiz había volado sin esfuerzo, con una técnica tan ágil y ligera como profunda en su contenido.

—¿Le gusta, madre? —preguntó mostrándole el dibujo.

—¿Cómo es ella? —inquirió Josefa después de coger el cuaderno y examinarlo unos instantes.

—¿No es usted capaz de adivinarlo?

—¿A través de un ojo dibujado? —La madre rio—. Solo soy una costurera, hijo.

Dalmau la miró. Lo que ella acababa de decir no era cierto. Era mucho más que una costurera: era su madre, aunque en los últimos tiempos no estuviese tratándola con el cariño que se merecía. No había terminado aquel pensamiento cuando Josefa ya estaba sentada tras su máquina de coser. Dalmau suspiró en cuanto el ronroneo monótono del pedal inundó la estancia. Dejó el dibujo sobre la mesa. No podía seguir: Úrsula había desaparecido de él. Sin embargo, la noche anterior… «¡La noche anterior estabas borracho!», se dijo.

—Madre —se oyó llamar. Ella, en la habitación contigua, en el dormitorio donde aprovechaba la poca luz que se colaba por la ventana para coser, hizo una leve pausa, como si lo invitase a hablar. Dalmau aprovechó el momento de silencio y añadió—: Gracias por el desayuno.

—A ti, Dalmau, por acordarte de mí y volver a casa.

—¡No diga esas cosas, madre!

—Dalmau, ten cuidado. Ya sé que no me debes explicaciones, eres todo un hombre, pero no te dejes llevar por el vicio; eres joven, tienes toda una vida de éxito por delante, no la malbarates como tantos y tantos desgraciados que no encuentran una sola razón para dar el siguiente paso.

El silencio, incluso el de la máquina, se hizo en las dos estancias y ocupó toda la casa. Dalmau fue a hablar, pero Josefa se le adelantó y empezó a trabajar de nuevo. Él se levantó y se dirigió al dormitorio de su madre. No cosía. Balanceaba el pie en el pedal de hierro labrado y lloraba con la ropa blanca arrugada en sus manos, fuera del alcance de la aguja.

Dalmau le acarició el cabello. Josefa permaneció sentada. Luego le agarró la cabeza y la apretó contra sí. Hacía demasiado tiempo que no la cogía así y la estrechaba contra su vientre.

—No llore, se lo ruego.

—Dalmau —sollozó ella—, luché mucho junto a tu padre. Lo perdí, y también a tu hermana. —Josefa alzó la cabeza y recuperó cierto aplomo—. La vida no ha sido generosa conmigo. Tomás terminará igual el día menos pensado. Solo me quedas tú. No nos falles, te lo suplico. ¿Qué sentido habría tenido mi existencia, la de tu padre y la de tu hermana, nuestra lucha? Conseguimos que estudiases, que adquirieses esos conocimientos que debían garantizarte la libertad, algo que nosotros no disfrutamos, reclamando nuestros derechos con bombas y revoluciones. Utiliza bien tu libertad, Dalmau, es el único legado de tu padre.

Dalmau la abrazó con la respiración entrecortada y el corazón oprimido. Era culpa suya. Hacía tiempo que no le prestaba la menor atención, más allá de dejarle algunas monedas en la mesa de la cocina. Las raras noches que acudía a dormir a su casa lo hacía a unas horas intempestivas y en un estado lamentable. Ella tenía que darse cuenta de su olor, de la suciedad y del aspecto de unas ropas que cada quince días lavaba en uno de los lavaderos públicos cerca del puerto; del escándalo que en ocasiones organizaba para llegar hasta su dormitorio, bebido, tropezando con los escasos muebles que se interponían en su camino. Quizá alguien le hubiera efectuado algún comentario. La gente disfrutaba chismorreando. ¿Qué sabía su madre de sus vicios? «Tienes toda una vida de éxito», le había dicho. «Ten cuidado», le había advertido también.

Ese día no fue a trabajar. Mandó recado a don Manuel con un chaval al que le dio un par de céntimos de propina y ninguna excusa que trasladar, y a media mañana convenció a su madre para salir de casa. Se acercaba la Navidad. En la familia de Tomás Sala no la habían celebrado nunca, pero una cosa era ser anarquista y anticlerical, y otra muy diferente poder permanecer ajeno a la fiesta que se vivía en Barcelona.

Dalmau y su madre, ella agarrada con orgullo al brazo de su hijo, pasearon por unas calles de la ciudad vieja en las que se habían instalado multitud de mercados y puestos ambulantes. Las tiendas estables, por su parte, aparecían decoradas para atraer a los compradores que transitaban entre el griterío de los vendedores que ofrecían sus productos: en las Ramblas se vendían turrones y frutas del tiempo; en la calle de Cortes, quincalla. Josefa toqueteó unos cuantos dedales y tijeras. «¿Quiere que le regale alguno?», le ofreció Dalmau. Ella se opuso, sonriente. En la gran plaza de la Constitución que se abría entre los magníficos edificios del Ayuntamiento y de la Audiencia, que siglos antes había sido del General de Cataluña, se establecía un mercado con todo tipo de figurillas para belenes y decoración navideña. Madre e hijo se sumaron al gentío admirado que se desplazaba entre las mesas. Vírgenes, niños Jesús, santos, ángeles, pastores..., miles de figuras de barro cocido se exponían a los barceloneses. Dalmau no pudo menos de reconocer algunos trabajos ciertamente bellos y primorosos por cuya autoría se interesó mientras su madre escuchaba atenta, como si presenciase una conferencia.

Les dio el mediodía y Dalmau se empeñó en invitar a su madre. Comieron en la calle de Lancaster, ya en el Raval, entre la del Arc del Teatre y la del Conde del Asalto, en la taberna del Tall de Bacallà, un local humilde especializado en ese tipo de pescado y en el que por unos céntimos servían una tajada de bacalao frito o en salsa, a gusto del comensal, más pan y vino.

Luego volvieron a recorrer las calles atestadas en dirección al paseo de la Indústria, donde vendían los pavos vivos, y después hacia la Rambla de Catalunya, donde hacían lo propio con las aves y la caza. La luz decaía en una tarde de diciembre que se hacía oscura y fría. Todavía no se había encendido el alumbrado público de la Rambla de Catalunya, por lo que algunos vendedores utilizaban quinqués o velas con los que intentaban iluminar sus puestos callejeros.

—¿Compramos un pollo? —propuso Dalmau a su madre, más atento a los grandes edificios que se alineaban en esa calle que en el mercado que se extendía a sus pies.

La pregunta, inocente, reventó no obstante en los oídos de Josefa. ¿Y si Emma estaba vendiendo allí? No era arriesgado suponer que su jefe participara en una feria de pollos y aves.

—Vámonos —instó a su hijo.

Dalmau la miró con la extrañeza en el rostro.

—¿Qué pasa?

—Estoy cansada, hijo. Vámonos, por favor.

Josefa no miraba a su hijo. Escrutaba en las sombras, entre el gentío que los rodeaba. Dalmau siguió su mirada.

—Puede usted sentarse mientras yo voy a por él —insistió sin dejar de fijarse en los puestos.

—Hace frío, Dalmau —lo interrumpió ella—. No quiero sentarme. Quiero volver a casa.

—De acuerdo, como usted diga —cedió Dalmau.

Josefa respiró. No podía decírselo, se lo había prometido a Emma: la muchacha estaba embarazada del albañil. Emma se había ido a vivir con el hombre con el que mantenía relaciones. Hacía tiempo que le había hablado de Antonio, quizá sin el entusiasmo al que la tenía acostumbrada cuando se confiaba a ella, pero no sin un atisbo de afecto e ilusión que no le pasó inadvertido. Luego le comunicó su embarazo. Antes de que conociera al albañil, e incluso después de que empezara a salir con él, Josefa había mantenido la íntima esperanza de que Emma regresara y fuera capaz de enderezar la vida de su hijo. Lo había pensado muchas veces, cuando lo aguardaba en vano por las noches o lo oía regresar borracho. Y aquel deseo se afianzaba ante las ojeras moradas con las que su hijo despertaba al día siguiente, al oído de su voz ronca, quebrada, o a la visión de sus movimientos lentos, tremendamente dolorosos en ocasiones. Dalmau necesitaba una buena mujer a su lado. Pero su ilusión se desvaneció haría poco más de un mes, en el momento en que Emma fue a visitarla embarazada de varios meses. La joven le había pedido que no le contara de ella a Dalmau, y Josefa también la quería, como a una hija que casi había prohijado tras la muerte de su padre.

—¡Madre! —Dalmau la cogió del brazo—. ¿No es aquella...?

Josefa forzó la vista. Estaban en el otro lado del paseo, pero sí, lo era. Ya habían pasado por allí. Debía de haber estado oculta por el gentío. «¡Mala suerte!», pensó. Solo quedaban tres o cuatro paradas para finalizar la calle y allí estaba Emma, notoriamente preñada, con un pollo colgando de su mano, atendiendo a una pareja. Un viejo se sentaba a su lado, sobre un cajón.

—¡Emma! —gritó Dalmau.

La muchacha se volvió al oír su nombre y vio primero a Josefa, que abrió los brazos en señal de impotencia, dándole a entender que el encuentro no había sido deseado. Luego su mirada se topó con la de Dalmau, que volvió a gritar su nombre:

—¡Emma!

Un grupo de personas se cruzaron entre ellos. Dalmau hizo por apartarlos para dirigirse al puesto de pollos. Un anciano contra el que chocó se molestó. «¡Más cuidado!», le recriminó. Dalmau no hizo caso. Dos jóvenes salieron en defensa del primero y se encararon con Dalmau al comprobar que no cejaba. Él ni siquiera los miró cuando se interpusieron en su camino, la vista fija allí donde había visto a Emma, ahora tapada por más gente todavía que paseaba en un sentido u otro, se detenía frente a los cajones de los vendedores o hacía sus compras navideñas. Se desesperó al perderla de vista. «Discúlpese», le exigió uno de los hombres que lo retenían. «Perdón», admitió Dalmau al mismo tiempo que trataba de zafarse de ellos. Lo dejaron ir. Se apresuró para tropezar con más gente y, a trompicones, llegó hasta el puesto de pollos. Solo estaba el viejo, sentado encima del cajón.

—¿Y la muchacha! —preguntó Dalmau.

El otro lo miró desde abajo.

—¿Cristina? —preguntó Matías a su vez.

—No, Cristina, no. ¡Emma! Esa chica se llama Emma.

El viejo le mostró los cinco dientes negros y torcidos que le quedaban.

—Siento llevarle la contraria —le dijo—, pero se llama Cristina. Se lo aseguro. La conozco desde hace años, desde que nació. Es mi sobrina.

—¿Su sobrina? ¿Está seguro?

—Por supuesto

—¿Y dónde está ahora?

—¿La conoce?

—A Emma, sí. A… ¿Cristina, ha dicho? No…

—Entonces ¿por qué voy a contárselo?

—Habría jurado que era ella —comentó Dalmau a su madre, que ya se había acercado al puesto, donde el pollero atendía desde el cajón, sin levantarse, a una mujer que preguntaba por uno de sus animales.

—Yo también, hijo, yo también —mintió Josefa.

Esa noche Dalmau volvió a salir a cenar. A punto había estado de discutir con su madre a causa de Emma. Haberla visto, o eso seguía creyendo, hizo que olvidara la crudeza con la que Josefa había atajado sus deseos en otros tiempos. ¿Por qué tenía que olvidarla? Eso era lo que ella le aconsejaba.

—¿Por qué? —insistió Dalmau—. Dígame, madre.

Josefa se mantuvo en silencio. Por un momento, en el puesto de los pollos, había vibrado ante el sueño de que Dalmau y Emma volvieran juntos. Asumió la imposibilidad de sus deseos. Emma estaba embarazada y, además, había escapado. Parecía suficiente declaración: ni siquiera quería ver a su hijo. Era su decisión, y había que respetarla.

—Ya le hiciste bastante daño —alegó Josefa al cabo.

—¡Madre!

«¡Era todo cierto!», se recriminaba Dalmau mientras cenaba la consabida *escudella i carn d'olla* sentado a la mesa redonda de una casa de comidas. Sus vecinos habían ido reemplazándose a medida que transcurría el tiempo y él tampoco les daba conversación. Se sentaban, a su derecha o a su izquierda, y le hacían preguntas que él no contestaba. Alguno insistía. En vano. Dalmau se encogía al imaginar a esas hienas a las que su madre se refería contándole de sus noches en los cafés cantante…, o en alguna casa de putas o tirado en una calle. Así que bebió, porque el vino y el licor lo ayudaban a enterrar preocupaciones, pero el recuerdo de Emma acudió a su pensamiento. No había querido hacerle daño alguno, ¿cómo iba a perjudicarla si siempre la había amado? De repente se percató de que pronto haría dos años de la muerte de Montserrat. ¡Dos años! Y con esa súbita idea lo asaltó otra, más dolorosa: les había fallado a las tres mujeres de su vida, su madre, su hermana y su novia. A la única que parecía no haber defraudado era a aquella *trinxeraire*, Maravillas, que de cuando en cuando se le aparecía en el lugar y el momento más insospechados, ya fuera por la mañana, bajo la luz radiante que acostumbraba a iluminar el paseo de Gràcia, como si los ricos hubieran comprado para ellos todo el sol, ya a altas horas de la madrugada, en el callejón más oscuro y hediondo de la ciudad vieja. Maravillas era capaz de mostrar un esbozo de sonrisa en aquel rostro enfermizo, demacrado y sucio que él recompensaba con unas monedas. Tenía una imagen borrosa, casi punzante, de aquella *trinxeraire* y su hermano ayudándolo a caminar en la noche; ni siquiera recordaba adónde lo habían llevado. Eso era todo lo que tenía: una pordiosera que le sonreía y lo ayudaba cuando estaba bebido. Suspiró. Miró al hombre que se sentaba a su derecha y dedujo, por cómo vestía y por el estado de su blusa, que se trataba de un obrero, un operario de alguna fábrica en la que se trabajaba con máquinas y aceite. Sorbía ruidosamente la sopa. Se había presentado al sentarse, eso lo recordaba, no así el nombre.

—Yo me llamo Dalmau —anunció como si no hubieran transcurrido varios minutos desde entonces.

El hombre dejó la cuchara a medio camino de su boca, goteando sobre la escudilla.

—Dalmau —repitió pensativo—. Llegas tarde a la conversación, muchacho.

Y volvió a sorber su sopa.

Esa noche, lejos de la casa de comidas, entre el humo, la música, los gritos y el hedor de algún tugurio desconocido por más ocasiones que lo hubiera visitado, cuando el alcohol había ahogado culpas y conciencia, sacó su libretilla y dibujó al obrero que sorbía la sopa a su derecha, logrando el efecto de que la cuchara temblequeara en su mano dibujada.

Regresó a la Rambla de Catalunya, a la feria de pollos, al día siguiente: el viejo desdentado, sentado en su cajón, estaba acompañado por una muchacha gorda y poco agraciada, a la cual resultaba imposible confundir con Emma.

Un ojo y una cuchara. Un obrero. Una casa. Una puta. Un escritor fracasado. Un amigo. Otra casa. Una flor... marchita. Otro amigo. ¿En verdad eran amigos? Todos aquellos dibujos y muchos otros fueron llenando las páginas de la libretilla de Dalmau al ritmo de copas y brindis y recuerdos perdidos. Bebió más, y llegó el día en que llevó una botella de aguardiente al taller. «Trabajo mejor», se excusó a sí mismo. Y era cierto: su imaginación volaba, su creatividad se exaltaba; tras dos vasos de aguardiente desaparecían la timidez y los recelos, y no se veía coartado por la personalidad y las obras maestras de genios como Gaudí, Domènech, Casas o Nonell.

Y cuando llegaba el mediodía y don Manuel lo invitaba a comer a su casa, los efectos del alcohol habían menguado y podía comportarse con corrección hasta que reincidía con un par de copas de vino en el almuerzo. Entonces alegaba cansancio para disculpar su aturdimiento. «No consigo conciliar el sueño.» «Mi madre está enferma y tengo que velarla», mentía. Se sumó a las siestas que ya practicaban don Manuel y mosén Jacint en las ocasiones en que este último se presentaba a la comida, aquel en su propio dormitorio, en la cama, el religioso en uno de los sillones de una salita anexa al comedor donde nadie entraba a turbar su descanso y que quedaba en penumbra tras entornar las persianas. El mosén no molestaba a Dalmau; caía en un sueño profundo nada más cruzar las manos sobre su vientre y cerrar los ojos. Quien sí lo hacía era Úrsula, y en aquellos momentos en que la casa estaba como aletargada, doña Celia sentada en la tribuna que sobrevolaba el paseo de Gràcia, cabeceando con una labor que le resbalaba de las manos, los demás durmiendo, el personal descansando, la joven arrancaba a Dalmau de su descanso y tiraba de él hasta algún lugar en el que se sabían solos.

—Mi muñeco —susurraba Úrsula antes de arrinconarlo contra alguna esquina.

9

Emma se perdió entre la multitud nada más ver a Dalmau y a su madre. «Toma el pollo —urgió a Matías tirándole el animal—, y no me conoces, recuerda: ¡no existo!» En solo un par de pasos apresurados logró confundirse con la gente; entonces, encogida, se asomó entre cabezas y espaldas para ver cómo llegaba Dalmau al cajón del pollero. Vio negar a uno y discutir al otro. Josefa seguía parada en el lado opuesto de la Rambla de Catalunya, con la mirada ahora en su hijo, ahora en los transeúntes, buscándola, sin duda. Se apartó todavía más y acarició su barriga; la tranquilizaba. ¿Por qué había huido? Había sido un acto reflejo, inconsciente. Miró a su espalda. Dalmau no la seguía. Se detuvo junto al portal de un edificio y respiró hondo, sorprendida por el ritmo acelerado de su corazón. Estaba convencida de que podía volver al puesto de pollos y enfrentarse a él, a ese pasado que creía haber dejado definitivamente atrás. Siempre había sido consciente de que un día u otro se cruzarían, pero en cada ocasión que esa posibilidad le venía a la mente rechazaba considerarla. Y ahora, convertida en realidad, había corrido a esconderse.

La última vez que había sabido de Dalmau fue en aquella taberna donde el lector de periódicos habló de su incidente en la fiesta de la Maison Dorée; los momentos en que estaba con Josefa evitaban hablar de él. El día de la taberna declaró su amor al albañil. Parada junto a la fachada del edificio, sonrió al recordar cómo se atragantó Antonio; luego, torpe, como siempre, como era él, no supo qué decir, y ella tuvo que poner fin a sus balbuceos dándole un beso en la boca que fue celebrado por la concurrencia.

Eso había sucedido hacía varios meses, antes de que Dalmau la vislumbrase en el mercado de pollos de Navidad. Tras escuchar de su vida en el periódico, todo fue fácil para Emma, que se despidió de la casera para mudarse a casa de Antonio. Cuando la mujer la interrogó por su futuro, estuvo a punto de contestarle que se iba con un hombre, a vivir en pecado, cansada de rosarios, prevenciones y culpas, que se iba porque no aguantaba más permanecer siempre vigilante para evitar al diablo, que al parecer acechaba en cualquier rincón de aquella casa, pero en lugar de eso la engañó diciéndole que había venido a Barcelona un familiar con el que pensaba refugiarse. Luego la mujer le permitió besarla por primera vez en todo aquel tiempo y Emma notó correr por sus mejillas unas lágrimas que no eran impostadas. Como tampoco lo eran las muchas otras que vertió Dora, su compañera de cama, a la que abrazó con fuerza.

—No me voy de la ciudad —quiso tranquilizarla.

Luego estuvo a punto de bromear con los pelos de conejo con los que se levantaba cada día y que había llegado a odiar, pero se contuvo a tiempo. Las relaciones entre su amiga y el sombrerero no iban por buen camino: habían aparecido algunos impertinentes pelos de aquellos animales en bombines, sombreros de copa y hasta en gorras, y no era la primera vez. Después de la delación por parte de algún compañero que se llamaba amigo suyo, Juan Manuel fue corregido por el maestro sombrerero y el otro trasladó su malestar a la intimidad con Dora. Evitaba acercarse demasiado a ella, como si se tratara de una apestada.

—Ya no me besa ni me toca —se había quejado la joven una de esas noches en las que se confesaban la una a la otra.

Emma estuvo a punto de decirle que cambiara de novio, que olvidase a alguien que optaba por los bombines en lugar de hacerlo por ella, por más pelos de conejo que aportase a su convivencia; que buscase a alguien como Antonio, cariñoso y atento, pero una bestia en la cama, un monstruo que daba tanto miedo como placer, porque Emma no se acostumbraba a tener encima, o debajo, a tal inmensidad desatada. Se notó húmeda con solo pensar en él; la llevaba al éxtasis una y otra vez. Había momentos en los que deseaba, casi necesitaba, que detuviera su frenesí: se sentía morir, sus fuerzas desvanecidas, incapaz de seguir su ritmo, de soportar su peso, y lo apartaba, y él preguntaba preocupado si le había hecho daño. ¿Daño? «No te empeñes en llevarme más allá de las estrellas», contestaba ella.

—Eres trabajadora, seria cuando toca y jovial cuando se tercia; joven y guapa —decidió replicar ese día a Dora tras el recuerdo de su propia felicidad. ¿Por qué no aconsejarle que también ella la buscara? No le apetecía procurar por aquel tipejo—. Busca alguien que no esté dispuesto a cambiarte por un sombrero.

No sirvió de nada. Dora lloró, igual que lo hizo después, en la despedida. Emma prometió que no se olvidaría de ella, que se verían con frecuencia, aunque arreglase lo de Juan Manuel. Sí. Si eso era lo que ella deseaba… Sí, seguro. Sí, sí, sí…, tuvo que repetir mil veces. Después, con sus escasas pertenencias y un nudo en el estómago, caminó hasta la calle de Trafalgar, donde cogió el tranvía que llevaba a Sant Andreu. Se bajó a la altura del Clot y desde allí, provista de un duplicado de las llaves que Antonio le había proporcionado, se dirigió a su nueva casa: una sola habitación, ¡un palacio!

Era el mes de mayo de 1903. La temperatura era agradable; el cielo lucía de un azul intenso y el sol brillaba, aunque ninguno de sus rayos penetraba en el patio de luces del edificio, donde Emma se encontró con dos mujeres desvergonzadamente sentadas en el pasillo que lindaba con las cuatro casuchas. Un montón de niños escandalizaban y chocaban entre ellos, encerrados en aquel lugar tremendamente estrecho y corto. Era imposible que todos fueran hijos suyos.

—Los cuidamos por unos céntimos —le aclaró una de las dos mujeres, que dejó a un lado la labor que estaba bordando, ante su expresión—. Me llamo Emilia. Ella es Pura —añadió señalando a la otra.

—Siempre te vas corriendo por la mañana, antes de que lleguen los chavales —la sorprendió la tal Pura.

El rostro de Emma debió de mudar a tal estado que ambas rieron.

—¡Ooooooh! —jadeó Emilia, que cerró los ojos, se llevó su labor al pecho y se encogió simulando placer.

Emma se sonrojó al comprender que la oían. ¡Eran las que a veces hablaban a través de las paredes! Intentó librarse de ellas entrando en la casa, pero no acertó con la llave en la cerradura. Su mano temblaba, y uno de los niños tironeaba de su falda.

—¡Sigue! ¡Sí! ¡Sí! ¡Sí! —añadió Pura.

—Esta gritaba más que tú… —comentó la otra señalando a su compañera— la noche que su marido tenía ganas de ella.

—¡Dios, qué tiempos aquellos! —se lamentó la aludida, y se secó el sudor de la frente.

Ambas soltaron una carcajada cargada de nostalgia.

—No te enfades —insistió una.

—No, mujer. Somos inofensivas.

Emma cejó en su empeño y fue entonces cuando la llave entró. No la giró, se apoyó de espaldas en la puerta de la casa de Antonio y se volvió hacia ellas: dos mujeres vapuleadas por la vida.

—En realidad, te envidiamos —afirmó la última.

—¡No puedes imaginar cuánto, muchacha!

Emma sonrió.

—¿Grito mucho? —les preguntó.

—Poco me parece con ese albañil encima…

—Sigue haciéndolo —interrumpió la otra—, a ver si nuestros hombres recuerdan para qué sirve lo que les cuelga entre las piernas.

Las tres rieron. Emma se presentó. Esa noche gritó y jadeó sin aprensión, con el rostro de Emilia y Pura mezclándose a destellos con Antonio y los escasos objetos de aquella casa minúscula. Había hablado con ellas durante mucho rato, y llegó a palpar esa envidia que le habían advertido. Una conversación triste disfrazada por la ironía y el sarcasmo de dos mujeres hartas de vivir. No debían de ser tan mayores, pero se sentían viejas, feas, inútiles como mujeres.

—Disfruta ahora, Emma, con toda tu alma —le aconsejó Emilia con amargura mientras Pura asentía—, porque en cada ocasión en la que te entregas a un hombre, este te roba un pedazo de tu juventud y de tu belleza para regalárselo un día a otra.

¿Era su juventud robada la que Dalmau entregaba a las chicas burguesas?, se preguntó Emma cuando oyó a Antonio respirar pausadamente a su lado, ocupando la casi totalidad de la cama. Chascó la lengua en la oscuridad. Lo primero que harían cuando les sobrase una peseta, se dijo olvidando a Dalmau, sería comprar una cama más grande. No cabían los dos en esa: él dormía despatarrado y ella de costado, en el borde. Deslizó la mano hasta el pecho del albañil, jugueteó unos instantes con sus pelos largos, los enredó entre sus dedos, tiró con fuerza y arrancó unos cuantos. Antonio ni se movió. Ella suspiró y se arrimó a él, a empujones, para no caer del lecho.

Entabló amistad con Emilia y Pura. Charlaban y se ayudaban. La primera estaba casada con un curtidor y tenía tres hijos vivos de los seis que había parido, unos jóvenes que iban y venían, dormían o no, y aparecían cuando tenían hambre o se encontraban en un aprieto. Pura, por su parte, lo estaba con un trabajador de una fábrica de papel cercana. Las dos niñas que le sobrevivían eran menores que los chicos de Emilia y todavía se amontonaban junto a ellos en la habitación que tenían por vivienda. Un viudo sucio, viejo y malcarado que vivía de trajinar aquí y allá, y que subarrendaba su casucha a familias enteras con las que convivía, ocupaba la cuarta de las chozas que se enfrentaban al pasillo.

El año de 1903 había empezado en Barcelona con una importante conflictividad laboral. Tintoreros, carpinteros y panaderos pelearon por sus derechos y lograron parte de sus reivindicaciones. Emma trabajaba con el pollero, pero en cuanto daban cuenta de la escasa mercancía de la que disponían, corría a unirse a las mujeres y los niños que acompañaban a sus hombres. Los carpinteros fueron los que más tardaron en conseguir un acuerdo. Luchaban por la jornada de ocho horas, un derecho del que trabajadores de otros oficios como los albañiles ya disfrutaban, y no dudaron en utilizar la fuerza en el momento en el que los patronos los sustituyeron por esquiroles.

Fue similar a cuando junto a Montserrat tumbaron el tranvía en las Ramblas. En este caso se trató de un carro que transportaba maderas que no estaban convenientemente selladas por la sociedad obrera correspondiente a los carpinteros.

Los guardias que acompañaban al transporte huyeron, igual que el carretero, en cuanto se toparon con un piquete que los detuvo a la altura de la esquina de las calles Roger de Llúria con la de Provença. Junto a otras mujeres, Emma corrió entre los carpinteros. Unos desengancharon las mulas y las apartaron. Emma consiguió hacerse un sitio junto a la caja del carro, grande y larga, lo suficiente para cargar con todos aquellos tablones. También era pesada. A Emma le pareció que más incluso que el tranvía, quizá porque no tenía a su lado a Montserrat.

—¡Empujad! —oyó que los animaban.

Alguien se apoyó por detrás de ella, más alto, los brazos por encima de sus hombros.

—¡Empujad más fuerte! —gritó a su oído aquel hombre.

Ella obedeció. «¿Dónde estás, hermana?», pensaba con los ojos húmedos, sintiendo a Montserrat a su lado. Aulló de satisfacción y de orgullo cuando el carro empezó a balancearse.

—¡Mírame! —gritó al cielo cuando el carro volcó.

Las maderas se desparramaron con estruendo. Los huelguistas tardaron poco en echar unas teas encendidas sobre ellas y el fuego iluminó el atardecer. Emma volvió a mirar al cielo. ¡Montserrat no estaba allí! Ni tampoco en el infierno. No estaba en ningún sitio porque su vida había acabado, pensó sin poder evitar las lágrimas.

—Bravo —la felicitó el hombre que había empujado por detrás de ella.

Emma se sorbió la nariz y asintió.

Esa misma noche, con Antonio y otros albañiles acompañando a parte de los huelguistas, se colaron en dos obras en construcción, como hacían muchos otros a lo largo de Barcelona, y desmontaron y destrozaron los elementos de carpintería que había en ellas.

—Profesora —la sorprendió a Emma un hombre ya mayor—, ¿quieres?

Y le ofreció un hacha. Solo pedían trabajar ocho horas al día y mejoras de salarios para dar de comer a sus hijos, pensó ella mientras agarraba la herramienta por el mango. Era pesada. En cambio, los contratistas, ¿cuánto ganaban los contratistas?

—¡Aaaaaah! —gritó. Y descargó el hacha sobre el marco de madera de una ventana por colocar.

Y los burgueses que encargaban o financiaban esos edificios,

¿cuánto dinero tenían? Fue a gritar otra vez para golpear de nuevo, pero la hoja del hacha se había quedado incrustada en la madera. Tironeó de ella en vano. Los hombres sonrieron, pero antes de que Emma se quejase, Antonio agarró el mango con una sola mano y la arrancó.

—Otro —la animó entregándosela.

No llegó a hacerlo porque avisaron de que llegaba la Guardia Civil. Abandonaron el edificio y la policía los persiguió en la noche. Corrieron en la oscuridad con los cascos de los caballos y los gritos de sus jinetes atronando tras ellos. Emma escapó con su mano aferrada por la de Antonio, que no la soltó. Continuaron corriendo incluso cuando ya no se oía a sus perseguidores. Los demás se habían ido dispersando por diferentes calles de la ciudad. Cuando no pudieron más, detuvieron la carrera: se inclinaron y apoyaron las manos sobre las rodillas, resollando, tratando de recuperar la respiración. Volvieron la cabeza para mirarse y se echaron a reír entre toses. Estaban cerca del mar, y continuaron andando despacio hasta la playa, entonces solitaria.

—¡Rebélate! —gritó Emma señalando la luna, que rielaba sobre un mar negro en calma. Antonio pasó un brazo por encima de sus hombros y la atrajo hacia él, los dos frente al mar, en pie en la arena, solo unos pasos más allá de donde terminaba aquel río de plata que la luna dibujaba sobre las aguas—. No puede… —susurró ella—, la luna no puede permanecer ajena a todo lo que sucede en esta ciudad, a tanta injusticia… —continuó. Antonio la apretó—. No debería seguir mostrando tanta belleza cuando los niños mueren de hambre.

—La belleza también es para nosotros —se atrevió a replicar Antonio—. Es algo que los ricos no pueden quitarnos.

—Y qué hacemos con ella, ¿se la damos a comer a los niños?

El albañil calló. Quiso besarla, pero Emma apartó el rostro.

Los carpinteros consiguieron su jornada de ocho horas a cambio de que muchos perdieran su trabajo. Los patronos no volvían a contar con ellos y, en su lugar, contrataban a los esquiroles que los habían apoyado durante la crisis. Eso sucedía en casi todos los ramos de la industria y los oficios. Meses más tarde, después de una huelga de los trabajadores de una compañía de gas, solo sesenta trabajadores de los más de cuatrocientos que la habían seguido continuaron en la empresa.

Mientras su vida personal se asentaba junto a su albañil en un entorno feliz aunque socialmente convulso, y su ocupación laboral continuaba ligada al pollero, su actividad dentro del partido republicano, fuera de su apoyo a huelgas, mítines y cualquier manifestación que defendiera los derechos de los obreros, había derivado significativamente hacia el mundo de las mujeres. Continuaba con sus clases nocturnas, y los dirigentes, encabezados por Lerroux, habían abrazado la causa de la educación de niños, obreros y mujeres analfabetos como uno de los grandes objetivos del partido, en pugna directa y declarada con las instituciones eclesiásticas que, según ellos, pretendían hacerse con el control de la sociedad a través de sus grandes colegios, y la seducción y el engaño de sus alumnos mediante las doctrinas deístas.

A partir de la fundación de la Fraternidad en el edificio cercano a la Universidad de Barcelona, fueron naciendo multitud de ellas en los diversos barrios de la ciudad, no tan importantes como la creada por Lerroux pero sí mucho más grandes y, por supuesto, más activas que los cerca de media docena de antiguos casinos republicanos, entidades decadentes cuyas actividades se limitaban a organizar entierros laicos, escarnecer a la Iglesia con ocasión de sus festividades y organizar una comida anual para celebrar la Primera República proclamada hacía treinta años, pero que no duró ni dos antes de que se restaurara la monarquía borbónica, y de cuyo recuerdo vivían a la par que sucumbían con agonía unos ancianos nostálgicos.

Sin embargo, al albur del empuje y el éxito electoral de los nuevos republicanos, crecieron las fraternidades, y en ellas debía haber escuelas, también cooperativas y consultorios médicos y jurídicos. Junto a esas instituciones, proliferaron las agrupaciones de carácter social, de cooperación en los barrios, de defensa, de hospitalidad.

Emma había triunfado como maestra y oradora; su sinceridad y su dialéctica, llana, directa y apasionada, llegaron a conmover a unas masas obreras necesitadas de dirigentes en momentos de cambios convulsos. El éxito la rodeó de compañeros celosos, dispuestos a perjudicarla para que no les hiciese sombra; ella lo percibió. Sin embargo, también le trajo la compañía de otras mujeres que lideraban movimientos dedicados a procurar por la liberación femenina y la lucha por la igualdad en sus derechos. La buscaron en la Fraternidad, y Emma las acogió con hospitalidad e interés, principalmente porque la mayoría de esas activistas defendía la laicidad del Estado, como sucedía en Francia, y basaba su acción en un anticlericalismo que coincidía con sus ideas. Feministas, se llamaban. Sin embargo, no tardó en darse cuenta del gran abismo que se abría entre ellas. Se trataba de mujeres cultas, viajeras, pequeñas burguesas algunas de ellas, otras maestras o estudiantes universitarias, escritoras, y hasta una médica… Todas rebeldes, radicales.

Le hablaron de la libertad de conciencia, de una ética civil alejada de postulados religiosos, de la igualdad de sexos y de la fraternidad universal. Dominaban la dialéctica, y cuando supieron que daba clases a obreras se explayaron en los principios de la Escuela Moderna, donde muchas realizaban sus actividades.

—Hay que aumentar la energía espiritual de los niños…

—Y respetar su individualidad liberando sus potenciales espirituales.

—El niño debe abandonar cualquier postura egoísta; hay que educarlos en la cooperación.

—Sí, es imprescindible poner su individualidad al servicio de la colectividad.

«Espíritu, individualidad, cooperación…» ¡Si ella solo enseñaba a trazar y enganchar letras a mujeres desafortunadas! «Una a se escribe así», y dibujaba el caparazón, lo llamaba «el caparazón», entre dos líneas horizontales que había delineado en el encerado, iguales que las que ellas tenían en sus cuadernos; luego lo cerraba con un trazo en diagonal, hacia la línea de arriba, otro trazo recto hasta tocar la de abajo y el tercero, un rabito, otra vez hacia arriba, en diagonal. «Tres líneas, ¿veis?», les decía. Y lo repetía. Y ellas la imitaban. ¿Dónde quedaba ahí la potencia espiritual?

—Hay que educarlos en el respeto mutuo a los derechos del otro sexo.

—Eso…

—¿Sabéis por qué la i lleva un puntito encima? —decidió intervenir Emma. Aquellas mujeres tenían que saber quién era ella, sus orígenes humildes, aunque sus propias vestimentas ya la diferenciaban. Quizá la hubieran oído en alguna ocasión: era aquella a cuyo padre, anarquista, habían torturado y matado en el proceso de Montjuïc—. Es que me lo ha preguntado una alumna, Jacinta —mintió ante la sorpresa de las feministas—, y no he sabido qué decirle.

Las otras dudaron.

—Para diferenciarla —terminó afirmando una.

—¿De qué?

—De la u. Si la i no llevara un punto encima, la u no sería más que dos íes juntas.

Ahora fue Emma la que pensó.

—¿Y conocéis alguna palabra que lleve dos íes juntas? —insistió al cabo. Las otras torcieron el gesto. No obtuvo contestación—. Si no existe ninguna palabra con dos íes juntas, ¿para qué diferenciarla de la u?

—Tampoco tiene tanta importancia. —Golpeó el aire con la mano una maestra—. Es solo un punto.

—¡Uy! Eso tendríais que decírselo a Jacinta. Es una buena persona, pero un rato pesada.

Y las dejó, alegando que tenía que hacer y convencida de que eso del feminismo, por atractivo que pareciera, la superaba. Probablemente, pensó al cabo de unos instantes, ya relajada, aquellas mujeres no habían tenido la intención de humillarla, pero su superioridad intelectual era tal que, aunque no quisieran, se situaban por encima de las demás. Y eso cuando no eran esas demás las que se inclinaban inconscientemente. ¿O no? ¿O en verdad disfrutaban alardeando de su cultura? Emma no supo contestarse. Lo que sí sabía era que los rivales de las feministas no eran las mujeres, sino los hombres, los mismos republicanos como Joaquín Truchero que se llenaban la boca de derechos y libertades pero temían a una mujer libre, a una mujer que se apartase de sus deberes familiares tradicionales y cuestionase su posición de sometimiento al hombre.

En cualquier caso, el crecimiento del nuevo partido de Lerroux: Unión Republicana, necesitaba de la acción de las mujeres, por lo que el cometido de Emma no se centró solo en procurar educación a un número determinado de obreras analfabetas, sino que le propusieron luchar contra la pasividad femenina. Emma debía enardecer el espíritu de sus congéneres, despertar su interés por la educación.

Así la instruyó Joaquín Truchero en una reunión que sostuvieron en su despacho:

—Busca a las mujeres, a todas aquellas que escapan al control del partido. Con las obreras y las operarias de fábricas y talleres ya tenemos contacto; están al tanto de nuestra organización y de nuestra lucha, la viven tanto como los hombres. ¿Qué te voy a decir a ti? Ya las conoces: están en los mítines, acuden a tus clases. Sin embargo, existen trabajadoras alejadas de nuestro campo de acción a las que no conseguimos llegar con tanta facilidad. —Emma esperó a que el joven líder republicano, que había hecho una pausa, retomara el discurso—. Me refiero a las obreras de la aguja —continuó, aludiendo a quienes como Josefa dedicaban su vida a coser— y a las criadas que sirven en las casas; decenas de miles de mujeres que escapan a organizaciones, sindicatos y asociaciones obreras. No están organizadas, no tenemos ningún control ni influencia sobre ellas.

Emma pensó en las palabras de Joaquín. Era cierto: conocía a muchas de esas mujeres.

—Ya doy clases aquí por las noches —alegó—. Esto que me propones no es como acudir a un mitin de vez en cuando. Significaría una labor constante, diaria. No puedo dejar mi trabajo para dedicarme al partido. ¿De qué comería?

—Aquí no cobramos. Lo sabes —afirmó el otro, tajante—. De todas formas… —Tras la mesa a la que estaba sentado, en un despacho pequeño, Joaquín la examinó con aquella mirada lasciva que tanto la incomodaba. Por lo dicho hasta ese momento, Emma habría esperado cualquier propuesta inadecuada que le reportara algún dinero complementario, pero nunca las palabras que oyó—:Tú trabajas vendiendo pollos y gallinas por las casas… —adujo, y Emma no pudo ocultar su sobresalto al darse cuenta de que conocía su ocupación—. ¿Qué mejor oportunidad que la de entrar en las casas burguesas con tus pollos para llegar a toda esa masa de obreras domésticas?

Le dijo que sí, sorprendida, alterada, sin pensarlo, Quería salir de allí y evitar preguntas sobre su trabajo como pollera; además, necesitaba librarse de su opresión impúdica, buscar el aire del exterior como si este pudiera limpiar esa pátina de suciedad que había dejado sobre su piel la mirada obscena del joven. Suspiró al verse fuera del despacho. «¿También sabrá cómo consigue Matías esas gallinas?», se preguntó mientras notaba el frescor estimulante. La sonrisa con la que Joaquín la había despedido resultaba indescifrable para la muchacha: una mezcla de deseo y burla, de condescendencia y satisfacción.

Lo habló con Antonio y con sus nuevas amigas de pasillo, Emilia y Pura, y decidió afrontar aquel nuevo reto tal como le había propuesto el republicano: aprovechando su acceso a las criadas de las casas burguesas. Se contaban unas veinte mil mujeres dedicadas al servicio doméstico en Barcelona, la gran mayoría proveniente de la propia ciudad y del resto de Cataluña, de su campo y de sus pueblos. Las edades de aquellas mujeres iban desde los quince años hasta los cincuenta, aunque el grupo más numeroso era de edad similar a la de Emma: veinte años. Jóvenes a la espera de contraer matrimonio y librarse del servicio en casas ricas para tener que hacerlo para sus hombres en viviendas míseras, quizá compartidas, con retretes vecinales, sin agua corriente, sin luz de gas, sin comodidades de ninguna clase.

Esas chicas eran iguales que Emma. ¿Acaso no vivía ella en una choza en un pasillo junto a un hombre bueno pero pobre? Supuso que la gran mayoría debería estar dispuesta a luchar, a aprender, a desprenderse de presiones religiosas, de culpas y pecados, para afrontar vidas nuevas en libertad. No fue así. Todas se negaron a oírla. Se escondían, avergonzadas, apocadas, como si el solo hecho de hablar de libertad, de cultura y de derechos sociales fuera una falta. Trabajaban más horas que en la industria: días y noches estaban pendientes de sus señores; el servicio doméstico estaba expresamente excluido de la jornada laboral de doce horas. No disfrutaban de festivos, como sí tenían la mayoría de los trabajadores. La ley del descanso dominical estaba todavía en discusión en el Parlamento de Madrid, había oído Emma en la Fraternidad; toda una paradoja para una anticlerical como ella: las normas religiosas que desde el Medievo exigían el descanso en el día del Señor habían sido derogadas el siglo anterior, pero esa misma sociedad no había promulgado ninguna otra que estableciese festivos para los asalariados.

Las criadas no estaban incluidas en ninguno de los preceptos laborales que, mejor o peor, regulaban las relaciones entre empresarios y trabajadores; no contaban con protección alguna. Ni sindicatos obreros ni partidos políticos se preocupaban de las criadas. ¡Nadie hacía nada por ellas! Emma no tardó en comprender que Joaquín le había encomendado una labor imposible. No existía organización alguna que agrupase a todas aquellas mujeres. Accedían a su trabajo a través de recomendaciones entre señoras —«Es una buena chica, limpia, de fiar»— cuando no por la intermediación de la Iglesia, siempre presente, que disponía de escuelas donde las jóvenes aprendían a servir, a obedecer y a temer a Dios, como el colegio de María Inmaculada, con cerca de mil alumnas, aquel al que habían propuesto acudir a Emma las monjas de la Sagrada Familia el día que se refugió en el asilo del Parque después de que su tío Sebastián la desahuciara.

Se llamaban Mari Cruz, Cristina, Coloma, Estela, Susanna, Violante, Remei…

A una la había forzado su señor. «Pero me ha dado cinco pesetas, ¡y me pidió perdón!», «¡El propio señor don Marcelino! A mí. Me pidió perdón, a mí…».

—No hables tanto con las criadas —le recriminaba Matías.

—Hablaré lo que quiera.

«¿No piensas denunciarlo?», se exaltó Emma ante aquella niña de diecisiete años, de rostro redondo y lozano, tanto como lo eran las formas de su cuerpo joven. «Fue culpa mía —declaró ella—. Lo seduje, aunque fuera sin querer —aclaró con rapidez—. El señor Marcelino es un hombre… con sus debilidades…» Emma esperó, impaciente, ya airada por lo que sabía que vendría después: «Eso me dijo mosén Juan, el párroco». Había acertado. «¡De buena cristiana es perdonar!», levantó la voz la joven en el momento en que Emma torció el gesto y le dio la espalda.

No debía juzgarlas, se reprochó mientras lavaba la ropa de Antonio y la suya en un lavadero cercano al Rec Comtal: un antiguo acueducto romano convertido en canal de riego que nacía en el río Besos y que discurría por detrás de la iglesia de Santa María de la Mar. El lavadero era, como la gran mayoría de los que existían en Barcelona, un negocio privado en el que el propietario arrendaba puestos para lavar y proporcionaba jabón. Se trataba de un estanque rectangular, de obra, que contaba con más de medio centenar de bancas, todas ocupadas por mujeres que, codo con codo, lavaban, hablaban, chillaban, reían o cantaban mientras metían las manos en el agua helada y frotaban las prendas sobre las tablas inclinadas de madera estriada. En lugares como aquel se reunían, obligadas, la gran mayoría de las mujeres de Barcelona cuyas casas no disponían de agua corriente, y mucho menos, por lo tanto, de un lavadero. «Son ignorantes», le dijo la mujer que lavaba a su lado, después de que Emma hubiera comentado su fracaso con las criadas. «Además, tienen miedo —replicó ella—. He llegado a decirles que yo podía enseñarles a leer y escribir.» ¿Dónde y cuándo iban a hacerlo?, se quejaban aquellas que mostraban algún interés. Nunca salían de casa de los señores y la tarde en que les daban unas horas libres festejaban con sus novios en un banco del parque o, si disponían de algunos dineros fuera de aquellos que atesoraban para el ajuar que aportarían a sus matrimonios, lo gastaban en el Paralelo.

«¿Alguna vez has ido al cine?», le preguntó una de esas muchachas de pueblo. No, Emma no había ido nunca. La otra sonrió con picardía. «El obispo y los curas condenan los cines porque están oscuros y puedes besarte.»

«¿Besar?» «¿Nunca has…?» Emma no sabía ni cómo plantearlo. «¿Qué?», la instó a proseguir la muchacha. «¿Nunca te ha tocado?», preguntó Emma al fin, retractándose de su propósito inicial de hablar de un buen revolcón.

—En esta casa no volveremos a vender una gallina —le reprochó Matías después de que la criada, tan airada como avergonzada, los echara a empujones, amenazando con avisar a la señora. «¡O a la policía!», aulló mientras bajaban por la escalera.

—¡No, a la policía, no! ¡Ve a la parroquia! —replicó Emma también a gritos sin hacer caso a las quejas de Matías—. ¡Ve a quejarte al cura y que sea él quien te meta mano! ¡Será la mano de Dios!

No conseguía captarlas. Sus propios novios: obreros y tenderos, hiladores, curtidores o tejedores, muchos de ellos republicanos, algunos hasta simpatizantes anarquistas, se lo vetaban. «Es mejor que aprendas a coser y a cocinar —le contaron a Emma que les pedían—, cosas de la casa, mujer, eso es lo que importa, cosas de los niños.»

Después de las huelgas de los primeros meses del año, en junio se recrudeció la lucha laboral. Los descargadores de carbón pararon y los patronos los sustituyeron por esquiroles. A raíz de ello se sumaron los carreteros, que corrieron la misma suerte. Zapateros, torneros y aserradores incrementaron la conflictividad laboral. Por ello, cuando, a mitad de junio, los albañiles decidieron ir a la huelga en reclamación de mejoras salariales se encontraron con una ciudad militarizada.

Más de treinta mil trabajadores, de los que catorce mil eran albañiles, vivieron la huelga del verano de 1903. Fue un salto cualitativo para Emma. Los albañiles, fueran oficiales o peones, constituían el oficio que más recurría a la violencia en la defensa de sus reivindicaciones. Los piquetes eran frecuentes, y los grupos más pequeños, que pasaban desapercibidos para la policía pero que actuaban con tanta o más dureza, se multiplicaban. Emma acompañó a su albañil a clausurar obras. Los esquiroles se amedrentaban ante aquellas gentes; habían sido varias las palizas que habían recibido e incluso uno de ellos había muerto. Pero la Guardia Civil y los regimientos militares que habían ido llegando a Barcelona actuaban con tanta dureza como ellos. Las cargas de caballería, con los sables de los guardias golpeando a la gente, se sucedían, y empezaron a aparecer las armas, como en la huelga general en la que cerca de un año y medio antes había fallecido Montserrat.

Antonio y Emma vivieron uno de aquellos intercambios de disparos entre huelguistas y fuerzas del orden alrededor de una obra en construcción. El albañil obligó a la muchacha a protegerse tras un montón de sacos terreros.

—Hoy es el último día que me acompañas —le dijo alzando la voz para hacerse oír entre los gritos e insultos de sus compañeros.

—¡Ja! —Emma rio—. No ha nacido el hombre…

—Cierto —la interrumpió él, cogiendo su rostro con aquellas manos fuertes y callosas—. No ha nacido —repitió—, pero… yo quiero que nazca.

Emma vaciló un segundo, luego entendió y palideció antes de que la ira la hiciera enrojecer: ¡aquellas arpías! ¡Le habían prometido que no dirían nada! Habían dejado de lado cualquier precaución a la hora de hacer el amor, y Emma no estaba dispuesta a someterse a más duchas vaginales. ¿Cómo no iba a quedarse embarazada de aquel vigor convertido en hombre? Pero no deseaba preocuparlo más en un momento en el que ni trabajaba ni cobraba jornales. Por ahora, mientras no fuera evidente, no era necesario contárselo; lo haría cuando todo se hubiera solucionado; pero Emilia y Pura no tardaron ni cuatro días en interpretar las señales de un embarazo que Emma terminó confesando.

—¡Hijas de puta! Me prometieron que no dirían nada.

Antonio le pidió que callara poniendo un dedo sobre sus labios.

—No debes arriesgarte —insistió.

Cuando volvió a casa, Emma recorrió el pasillo sorteando niños, pero sin mirar a ninguna de sus dos amigas, como siempre sentadas en sus sillas, con los remiendos de ropa que les encargaban en sus manos. Ellas simularon no mirarla tampoco, absortas en sus labores. Emma abrió la puerta y, cuando iba a entrar, se volvió y hablaron las tres a la vez. Ninguna terminó su frase:

—¡Os pedí que no dijerais que estaba preñada!

—¡Hay disparos!

—¡Tu madre jamás te habría permitido ir allí!

Las tres se miraron. Hasta los niños parecieron serenarse unos instantes antes de que una tras otra sonrieran.

Era el primer lunes del mes de agosto, un día en el que el sol de verano parecía no querer entregar la ciudad a la noche, y Emma hablaba con varias lavanderas. Se lo había indicado la mujer que lavaba al lado de ella en el establecimiento del Rec Comtal tras oír de su fracaso con las criadas: «Son muchas las lavanderas de Horta que bajan los lunes a buscar la ropa de las casas ricas del Eixample. Se trata de otro tipo de mujeres. Duras. Independientes».

Barcelona entera conocía a las lavanderas que los lunes y los viernes recorrían la ciudad cargadas con imponentes fardos sobre sus espaldas. A principios de semana recogían la ropa sucia; a finales la devolvían limpia para que los burgueses pudieran mudarse de ropa interior los domingos.

Los albañiles continuaban en huelga y ella había trabajado todo el día con el pollero. Necesitaban dinero para el alquiler y para la comida, pero Matías tampoco disponía de más gallinas para vender. «Hay las que hay», le respondió tras escuchar sus ruegos. Antonio continuaba sin permitir que lo acompañase por lo que, una vez terminadas las existencias de animales y hasta que diese la noche y acudiese a dar sus clases de letras y números los días en que le tocaba, Emma necesitaba volcarse en algún cometido; la casa se le caía encima, no podía limpiar más, no tenía qué cocinar, y la chiquillería que Pura y Emilia cuidaban desquiciaba sus nervios. Por eso había acudido a ver a las lavanderas.

—Siempre es bueno aprender los números y a leer —terció una de ellas frente al hostal, la mayor de la media docena que en aquel momento esperaba la llegada de las demás y que intervino al ver el gesto de desidia de una niña ante las propuestas de Emma—. Si no sabemos leer y tampoco de números, al final las señoras nos engañan con la ropa y los dineros, y no ganamos lo mismo.

La niña cambió de actitud, las demás se acercaron para oír bien lo que tenía que decirles, y Emma sintió un escalofrío al percibir el interés por aprender de aquellas mujeres humildes. Sí. Tal como le habían dicho, eran muy diferentes a las criadas. La población de Horta se hallaba por encima de Barcelona, en un valle que contaba con numerosas rieras y minas de agua que sus vecinos supieron aprovechar para ofrecer a la gran ciudad y a sus burgueses, ricos o no, la posibilidad de lavar sus ropas por precios módicos. En Barcelona eran escasos los edificios con agua corriente, tanto como los que hubieran previsto la instalación de un lavadero, aun contando con ese servicio. Las mujeres de Horta sí que lo hicieron y convirtieron su pueblo, entonces en proceso de anexión a Barcelona, en una inmensa lavandería que controlaban ellas mismas. Centenares de mujeres, algunas propietarias de sus negocios, otras familiares empleadas, muchas simples asalariadas, lavaban toda la semana, de sol a sol cuando no por las noches, y los lunes y los viernes recorrían cerca de siete kilómetros hasta llegar a la ciudad, a pie, con las ropas metidas en carros si podían pagarlos; luego las repartían o las recogían por las casas cargando con los bultos sobre sus cuellos y cabezas. Establecían su punto de reunión en la plaza de la Catedral, en un hostal ubicado junto a la casa de los Canónigos, justo donde Emma se hallaba hablando con ellas, del que partirían de vuelta a Horta en el momento en que todas se reunieran.

Emma miró las decenas de carros uncidos a mulas que esperaban los fardos de ropa sucia que iban amontonándose en sus cajas a medida que las mujeres regresaban a la plaza de la Catedral cargadas con ellos. Luego las contempló partir, agotadas después de un duro día de trabajo pateando la ciudad. Las esperaban siete kilómetros de ascenso y probablemente empezarían esa misma noche a separar la ropa por familias. Doscientas, quizá trescientas mujeres o más, en filas largas y desordenadas, entre decenas de carros cargados de ropa, a las que los ciudadanos abrían paso. Ante ese éxodo, Emma tuvo la impresión de que Barcelona se vaciaba. Un día subiría ella también a Horta a concretar su propuesta; eso era lo que había convenido con la mujer mayor frente al hostal.

La huelga de albañiles continuaba el día en que Emma decidió ir a ver a Josefa. Hacía tiempo que no la visitaba. La esperó a la hora que sabía acostumbraba a ir a entregar sus labores, buscar alguna nueva y, en su caso, comprar algo de comida. La abordó en la calle.

Se saludaron como si fueran madre e hija y, tras pasear un rato, Emma le anunció su embarazo. Ninguna de las dos pudo reprimir las lágrimas. Luego hablaron de Antonio, de la casa del pasillo, del bebé… Emma se confió y confesó sus sueños: varios hijos, mucho trabajo, y sobre todo luchar y luchar por los derechos de los obreros y las mujeres. «¿Y el matrimonio?», se interesó Josefa. La joven se encogió de hombros; no habían hablado de ello. «Pues no lo dejes de lado —le aconsejó—, que se comprometa.» Evitaron mencionar a Dalmau, pese a lo cual flotó entre ellas a lo largo de todo su encuentro, en el que Emma terminó preguntándole por las obreras de la aguja. ¿Acudirían a las escuelas republicanas? La madre de Dalmau rememoró con nostalgia los días en los que ella también había luchado por objetivos como aquel. La educación se alzaba como uno de los más importantes, y ella misma era producto de ese empeño: hija de obreros sin cualificación, analfabeta, había aprendido las letras y los números ya casada, portando a sus hijos en el vientre; sin embargo, el exilio y fallecimiento de su esposo truncaron ilusiones y esperanzas, y ataron a Josefa a la aguja y el hilo, para luchar exclusivamente por su familia. Luego Dalmau le regaló la máquina de coser…

—No creo que consigas mucho entre las costureras —aseveró, no obstante—. Ya sabes que incluso trabajamos a la luz de las velas, ya oscurecido, por unos jornales míseros. Ninguna tendrá tiempo… ni fuerzas. Entre camisa y camisa, entre puño y puño, tienen que atender a su prole, a su marido, a su casa: la comida, la limpieza. Somos esclavas, Emma, y las esclavas permanecen en la ignorancia. ¡Las criadas viven mejor que nosotras! Ellas gozan de habitación y comida en la vivienda de sus señores.

Tampoco existía sindicato alguno que protegiera a las costureras. No contaban con organización que las agrupase y representase. Dispersas, carentes de una identidad común e incapaces de luchar unidas, se hallaban a merced de la voluntad de intermediarios e industriales, que las explotaban y fijaban los precios y condiciones laborales a su libre albedrío.

Con todo, regresaron tras sus pasos y Josefa la acompañó hasta las cercanías del local donde el intermediario repartía la ropa para coser y la recibía ya elaborada.

—Que no sepan que te he traído yo —rogó a la muchacha señalándole desde la distancia el lugar exacto—. Me quedaría sin trabajo.

La cautela…, incluso el temor en boca de quien Emma había admirado por su honestidad, su fortaleza y su tesón se convirtieron en el guion de las conversaciones que mantuvo con un par de costureras.

Una rio con sarcasmo. «¿Estudiar? Debes de estar de broma.» La segunda, delgada y ojerosa, macilenta, quiso contestarle, pero un acceso de tos se lo impidió. Luego le costó hablar, como si respiración y palabra no fueran de consuno. ¿Bronquitis, tuberculosis? Emma sabía que esas eran las principales enfermedades que asolaban a las obreras de la aguja, sentadas horas y horas en ambientes infectos como los que se alzaban del subsuelo putrefacto de Barcelona. Aquella joven envejecida esbozó una sonrisa tremendamente triste. «Me gustaría, pero tengo prisa», le dijo antes de alejarse a pasitos cortos y lentos por una calle estrecha y oscura del barrio viejo. Cuando no era más que un dibujo en la distancia, se detuvo para cambiar cansinamente de un brazo a otro el cesto de ropa por coser con el que cargaba.

Emma no volvió a verla. Durante lo que restaba de día, la sonrisa desconsolada de aquella costurera repiqueteó en su conciencia. La imaginó con sus hijos; seguro que los tenía. Ellos la consumían, lo mismo que su esposo. Quizá también una madre, o un suegro viejo, o algún familiar inválido o enfermo; los había, muchos, que tenían que malvivir su agonía de la mano de la caridad y las atenciones de algún pariente. ¡Abnegadas mujeres! Y ella tratando de convencerlas para que estudiasen. Negó con la cabeza y se detuvo antes de entrar en el aula de la Fraternidad, donde ya la esperaban algunas de sus alumnas. ¿Estaba haciendo bien? ¿Qué derecho tenía a interferir en la vida de esas personas, a fantasear con un camino maravilloso por el que la realidad, cruel, les impedía transitar?

Abrió la puerta y los aplausos de su media docena de alumnas, puestas en pie, la sobresaltaron.

—¿Qué…?

—¡Felicidades! —gritaron las otras al unísono.

Sobre su mesa descansaba un paquetito envuelto en tela. «¿Para mí?», preguntó Emma acercándose. Unas contestaron que sí, otras asintieron; todas ilusionadas, radiantes. Ella lo abrió. Ropa de bebé. De lino. Blanca. Delicada. Una camisa y un faldón. Olían bien, a fresco, a alguna planta aromática, lavanda, le pareció. Se le escaparon las lágrimas. Sus alumnas no disponían de muchos más recursos que las costureras o las lavanderas. El llanto permitió aflorar el torbellino de sentimientos vividos ese día: Josefa, el estallido de alegría y los besos con los que trató de ocultar un desencanto reprimido al oír que iba a tener un hijo de otro que no era Dalmau. Emma lo había percibido, sí, igual que había sentido la presencia opresora de Dalmau sobre ella. Comunicar su embarazo a Josefa conllevaba algo así como la ruptura definitiva con su pasado. Luego se enfrentó a la realidad de otras mujeres: las costureras. Aquella que rio con tristeza ante su propuesta y la que vio su contestación interrumpida por la tos. No había querido probar con más. La duda y la congoja la habían acompañado hasta la Fraternidad, y ahora recibía un regalo que hizo que sus piernas flaquearan. Se abrazó a sus alumnas y lloró.

Existían zonas del municipio de Horta que no eran sino un barrizal perfumado: la mezcolanza de la tierra con el agua jabonosa. No había cloacas y las lavanderas desaguaban en las calles. Pese a que Antonio le había suplicado que tomara un tranvía para llegar hasta Horta, y que ella le prometió que así lo haría tras aceptar de su mano unos céntimos que supuso significaban los ahorros del albañil, decidió subir andando; se encontraba bien, fuerte y sana, y desde el Clot, donde ellos vivían, tampoco había tanta distancia.

En Horta preguntó por Montserrat, que así se llamaba la lavandera vieja que había hablado a su favor frente al hostal. El nombre le traía a la memoria a la amiga, a la hermana que había perdido sin que llegaran a perdonarse la una a la otra. Una punzada de culpa se instaló en su estómago: Montserrat había muerto, y ella era feliz.

La lavandera acompañó a Emma a buscar a sus compañeras de más edad, a las dueñas de los negocios, por las casas bajas, de dos pisos como máximo, la mayoría de ellas encaladas de blanco, con patios, huertos y lavaderos grandes. Emma fue comprobando lo duro de aquel trabajo: empezaban a las cuatro de la madrugada y les costaba terminar en la noche. Vio cómo lavaban la ropa blanca y la de color en pilas diferentes. «La más sucia aparte», le dijeron. «Generalmente los pañales de los niños», añadió otra señalando con el mentón hacia un vientre hinchado. En otras casas estaban blanqueando con agua caliente, lejía y ceniza de madera la ropa que previamente habían lavado, y en otras ya las tendían en tejados, huertos o en el propio campo a lo largo del cual se diseminaban las casas del pueblo.

Se reunieron junto a un lavadero grande, y Emma les habló de la importancia de la educación y de los derechos de las mujeres, obviando las implicaciones anticlericales. Ellas tenían sus negocios, y las que no, compartían los proyectos y los principios de las primeras; en cierto sentido, habían superado la atávica sumisión al hombre, a sus esposos y a sus padres, pero Emma tampoco podía saber si se habían liberado de Dios y de sus representantes en la tierra. Encontró una audiencia predispuesta y prometió que el partido se ocuparía de que allí, en algún ateneo o fraternidad, pudieran acceder a la enseñanza, convencida de que el tiempo iría segregando a quienes estaban dispuestas a forjar su destino de aquellas que lo confiaban a los designios divinos.

Después de casi tres meses de parón, los albañiles perdieron la huelga; no consiguieron ninguna de sus reivindicaciones y se vieron forzados a retornar al trabajo. También fracasaron los empleados del gas y los de los tranvías, entre otros oficios. Las patronales mantuvieron una férrea oposición a la lucha obrera. La Guardia Civil y el ejército reprimieron con dureza las movilizaciones. Las autoridades reclutaron a un batallón de ingenieros del ejército para sustituir a los huelguistas en aquellos servicios indispensables en la vida diaria de las gentes, pero quizá lo más contundente fue la posición del gobernador civil de Barcelona, quien amenazó con detener y procesar por sedición, bajo la temida jurisdicción militar que tanto daño había hecho en procesos como el de Montjuïc, a los trabajadores que iniciaran una huelga ajena a fines económicos, lo que puso fin a los paros solidarios entre oficios y cualquier otro intento de huelga general. Todo ello no solo llevó al desengaño de muchos trabajadores que se reintegraron a sus labores, arrastrando a los demás, sino también al desmantelamiento del poder sindical y de las estructuras con las que los asalariados contaban para la defensa de sus derechos.

Emma apretó con fuerza puños y labios para no gritar y caer en el llanto tras recibir la noticia por parte de Antonio. No quedó ahí: el albañil había sido uno de los cabecillas destacados de las revueltas obreras, por lo que los contratistas evitaban emplearlo.

—No me faltará trabajo —aseguró sin embargo a Emma.

No le faltaría, ciertamente, pero Emma sabía el tipo de faenas a las que podría optar a partir de ese momento: obras sin la menor medida de seguridad. Otras ilegales. Jornadas interminables. Trabajos peligrosos por unos salarios mezquinos e insignificantes que eran rechazados por los demás.

—A mí tampoco me faltará —prometió ella.

—Tú debes procurar por el niño. Tienes que…

—¡Valgo tanto como tú! —se revolvió Emma.

—No —la contradijo Antonio—. Vales mucho más. Cuídate…, por favor.

Tampoco fue capaz de encontrar ningún trabajo complementario a la venta de pollos con Matías. Estaba dispuesta a dejar sus actividades políticas: mítines, clases nocturnas y todo aquel esfuerzo por convencer a las mujeres de que acudieran a las escuelas republicanas. Tal como prometió, consiguió de Joaquín Truchero una profesora que acudía a Horta a enseñar a las lavanderas que lo deseaban. Ella misma estuvo el día en que inauguraron el aula en un ateneo, en segunda o tercera fila, por detrás de todas las personalidades del partido que acudieron al acto. No le importó; allí, junto a otras jóvenes, estaba la niña que había torcido el gesto a las puertas del hostal de la plaza de la Catedral. Siguió trabajando, en este caso con las planchadoras. Si la mayor parte de las lavanderas profesionales se hallaban fuera de Barcelona, las planchadoras, por el contrario, tenían sus establecimientos en la ciudad, en el propio Eixample, allí donde vivían los ricos. Era también un trabajo duro, en el que las mujeres utilizaban durante horas pesadas planchas de hierro fundido que calentaban con brasas de carbón, y tan mal pagado como el de las lavanderas, pero con una diferencia trascendental que interesó a Emma: las planchadoras se consideraban mal pagadas por la competencia que les hacían desde diversos conventos, en los que las monjas utilizaban a las mujeres y las niñas allí acogidas para planchar y reventar los precios, dada la mano de obra barata que empleaban.

Aquella era una de las causas por las que republicanos y anarquistas abanderaban el anticlericalismo: la competencia desleal que en ciertos oficios se les hacía desde conventos y monasterios.

Pero ni siquiera en alguno de esos conventos habría encontrado trabajo Emma; se le notaba el embarazo y la rechazaban sin contemplaciones. Lo intentó aquí y allá. Hasta se reunió con Dora para ver si podría ir a cortar pelo de conejo. «La última embarazada que trabajó con nosotras —le advirtió esta negando enérgicamente con la cabeza— abortó un niño… ¡peludo!» La muchacha seguía en relaciones con el sombrerero, le contó después, pero antes de reunirse con él se desnudaba por completo en su habitación, sacudía toda su ropa, se cepillaba mil veces el cabello, que además tapaba con un pañuelo, y se sometía a una minuciosa inspección; luego salía al portal, donde él la esperaba.

—¡Ni un pelo! —añadió tras explicar con gestos airados todo lo que tenía que hacer para ver a su novio—. Te juro que, si encuentra uno de ellos en un bombín o en una gorra, no será mío.

—¿No sería más práctico que fuera él quien se limpiara los pelos antes de acudir a la sombrerería?

Dora resopló, antes de contestar:

—Sí, pero dice que como los pelos los traigo yo… Si pretendo continuar con él, ya sé lo que me toca.

Tal era la tesitura que vivía Emma en la Navidad de 1903 cuando se instaló junto al pollero en un cajón de la Rambla de Catalunya. Entonces nunca pensó que Josefa y Dalmau pasearían por allí y la descubrirían. Trató de explicárselo a Matías después de que los otros dos desaparecieran y transcurriese un buen rato, pero terminaron discutiendo.

—¿Y qué me importa a mí si ese tío fue tu novio? Lo que quiero es que trabajes y, en lugar de eso, últimamente no haces más que crear problemas con todo ese lío de los colegios y la educación. Y encima ahora, cuando más gente hay, cuando más podemos vender y a precios iguales a los de los demás, me dejas colgado media tarde.

—¡No ha sido media tarde!

—Lo que sea. ¡Ni un minuto más!

Un par de mujeres examinaban los pollos.

—No puedo volver —anunció Emma en voz baja para no espantar a las compradoras, convencida de que Dalmau regresaría. Lo presentía… ¡Lo sabía!—. Esperaremos a que termine la feria, ¿de acuerdo?

—No esperaremos nada, bonita —la amenazó el viejo sin ningún tipo de precaución—. Si mañana no estás a primera hora, olvídate de seguir conmigo.

Las mujeres dejaron de interesarse por la mercancía y prestaron atención, descaradamente, a la disputa.

—No estoy hablando de mañana —replicó Emma—. Me refiero a ahora mismo. Tengo que irme y no podré volver a la feria.

—Si te vas, no hace falta que vuelvas, ni a la feria ni después de ella.

—Matías, por favor.

—No.

—Págame mi parte de hoy —le exigió Emma, enfadada. El otro rebuscó y le entregó los dineros sin siquiera mirarla. Luego hizo ademán de dirigirse a las clientas—. No compren ustedes estas gallinas, señoras —se le adelantó Emma—, están enfermas. Explícales dónde las obtienes —retó al viejo antes de darle la espalda.

Se arrepintió una y mil veces ya antes de llegar a casa. No era el momento de mostrarse rebelde. Antonio trabajaba muy por encima de las ocho horas que tanto les había costado conseguir a los albañiles y no cobraba ni la mitad de lo que antes le pagaban por una jornada normal. Regresaba agotado, decepcionado. Emma percibía que aquel hombretón, agradable por naturaleza, tenía que esfor-

310

zarse ahora por esbozar una sonrisa; Antonio no sabía disimular. Y ella ni siquiera imaginaba cómo podría explicarle que había perdido su trabajo por evitar a un antiguo novio del que tampoco le había hablado, ella, que enardecía a los obreros en los mítines. Ella, que había preguntado a una criada si su novio la tocaba. Pero había tenido miedo, un pánico incontrolable. «¡Estúpida!», se insultó. Necesitaban esos dineros para comer. El alquiler de la barraca del pasillo se llevaba casi todos los que ganaban. Emilia y Pura la ayudaban a vestir las patatas y las acelgas, a engañar la vista y el sabor, le decían. «Las mismas patatas de ayer; un plato diferente el de hoy.»

—Esto sí que es crear cosas nuevas —exclamó con sarcasmo una de ellas agitando los brazos en el aire—, no lo que hace ese Gaudí en la Sagrada Familia. Me gustaría ver cómo afrontaba ese loco el hambre de un niño que lleva una semana comiendo el mismo pan duro y las mismas patatas.

Esa noche Emma no reveló nada al albañil; lo acogió cariñosa, solícita, y le ofreció una sopa de patatas y cebolla que consiguió cocinar con un hueso de vaca ya hervido en una ocasión en otra sopa que Pura había hecho para su familia. Daba poco sabor, probablemente ninguno, pero verlo flotando en la cazuela levantaba el ánimo, la convenció su amiga en el momento de entregárselo. Al día siguiente arreglaría el asunto con Matías. Se disculparía. Y si Dalmau aparecía por la feria de los pollos, le hablaría de Antonio, y de su hijo, y de su felicidad al lado de un hombre como aquel.

Se presentó en casa del pollero al amanecer, cuando el sol pugnaba por filtrarse entre un oscuro y tupido ambiente húmedo. Hacía mucho frío y el aliento de Emma se convertía en vaharadas. El abrigo, que casi no cerraba por encima de su barriga, era totalmente insuficiente para protegerla del tiempo inclemente; quizá después, cuando el sol iluminase, le serviría de algo. Matías le franqueó el paso para que se cobijase en una casa que disponía de una estufa de carbón que la mantenía caliente. Emma tardó en recuperarse.

—Disculpa —le dijo antes incluso de quitarse la bufanda—. Perdóname. Estaba alterada. En mi estado…

Matías la dejaba hablar. Le ofreció un café con leche. Él bebía anís, y asentía como si la entendiese.

Emma continuó disculpándose:

—Ese chico había sido mi novio… Y no estaba preparada para hablar con él.

Unos golpes en la puerta de la casa interrumpieron su discurso. Matías se levantó y abrió a una muchacha gorda, tan aterida de frío como Emma.

—Te presento a Rosario —le dijo cogiendo de la mano a la recién llegada y haciéndola entrar.

—Hola —la saludó Emma con un mal presagio que se vio confirmado tal como la otra dio un respingo y soltó un gritito histérico por el pellizco que el viejo le propinó en el culo.

—¡Matías! —lo regañó la chica con falso recato.

Emma dudó unos instantes. Creía haber controlado la lascivia de aquel vejestorio, creía haberlo tenido atado a su deseo, pero ahora aparecía una gorda que se dejaba tocar el culo. Respiró hondo y se irguió. ¡No iba a consentir…! Pero entonces vio su barriga de embarazada y la torpeza le pesó más que su angustia por perder el trabajo.

—¡Cabrón! —se despidió pasando por en medio de los dos, empujando a ambos con rabia.

10

Maestro, maestro...

Al oír que lo llamaban, Dalmau se detuvo en el puente que cruzaba sobre la línea férrea que atravesaba Barcelona por la calle de Aragó. Varios metros por debajo, encajonados entre unos muros de contención sólidos, circulaban los trenes. Maravillas y su hermano, los dos *trinxeraires* que entraban y salían de su vida, habían aparecido delante de él como por ensalmo. Dalmau los examinó una vez más; nunca se acostumbraría a la dimensión de miseria y suciedad con la que cargaban.

—¡Ya la he encontrado! —exclamó la muchacha.

Dalmau negó con la cabeza. Venía de comer de casa de don Manuel y había bebido. Luego, mientras los demás se amodorraban en un salón u otro, Úrsula se le había echado encima. En esa ocasión se refugiaron en un cuartucho lleno de trastos ubicado en la terraza extensísima que daba al patio de luces por detrás del edificio. Desde allí, por una escalera accesoria, se llegaba a una zona compleja de instalaciones comunes del inmueble, a las entradas traseras de las tiendas de la planta baja y a una puerta de servicio pequeña que daba a la calle directamente.

Úrsula frotó su miembro erecto, como siempre hacía. Dalmau había conseguido que evitara la brusquedad, y cuando eyaculaba, ella soltaba alguna exclamación de asco y apartaba la mano para no mancharse. Él nunca quedaba completamente satisfecho.

—¿Cuánto tiempo serás capaz de mantenerte en tu renuncia al placer que tu cuerpo te pide cada vez que me tocas?

—Alfarero impertinente y engreído.

Eran los mismos insultos de siempre, pero el tono había perdido acritud, y hasta su mirada, esa que había consternado a Dalmau por no poder reflejarla en un lienzo, se dulcificaba de cuando en cuando.

Él apretó su pecho, por encima del traje y de los bordados que adornaban su escote, conforme permitía la muchacha.

—¿Acaso no te gusta? —Úrsula no contestó—. Sí, ¿verdad? Pues no puedes imaginar lo que te gustaría si te mordisquease el pezón.

—¡Calla, marrano!

Pero Dalmau notaba que en cada ocasión en que se encontraban a solas, que eran más y más frecuentes, Úrsula daba un pequeño paso adelante; cerraba los ojos y se abandonaba a un placer que, tal como se entraba en casa de don Manuel Bello y su esposa doña Celia, era sustituido por la culpa y el pecado, como si al visitante le arrancasen la alegre capa que portaba de la calle y lo vistieran con otra, oscura, negra, pesada. Y Dalmau no podía negar que disfrutaba con aquel juego; era consciente de que algún día Úrsula se le entregaría y sus ojos suplicarían. Fantaseaba con ese momento y aquellos ojos que imaginaba indefensos, rendidos, húmedos, excitados, mendicantes.

Con el recuerdo de aquella sensación, dulce y desafiante a la vez, se cerró el abrigo para protegerse del frío de un día nublado del mes de febrero de aquel año de 1904, y dirigió su atención a Maravillas.

—¿Qué has encontrado? —preguntó distraído a la muchacha, hurgando ya en su bolsillo en busca de unos céntimos con los que librarse de los *trinxeraires*.

—A aquella chica a la que buscabas. Emma…

—Tàsies —la ayudó Dalmau, repentinamente despierto.

—Esa.

—Maravillas —la reprendió él tras unos instantes en los que recordó las veces que lo había engañado para obtener unos dineros—, han sido muchas las ocasiones en que me has dicho lo mismo y…

—¡Esta vez sí! —lo interrumpió la pordiosera, acercándose.

Un tren pasó por debajo de ellos e impidió a Dalmau oír lo que la *trinxeraire* decía; el traqueteo y los chirridos rebotaron en los muros de contención y se elevaron hasta ellos y los edificios cercanos como si surgieran de una verdadera caja de resonancia. Con todo, pudo imaginarlo ante la intervención de Delfín, a quien Maravillas señalaba instándolo a hablar.

—Sí que la hemos encontrado —corroboró el otro.

«¿Qué va a decir el muchacho, siempre sometido a las órdenes de su hermana?», pensó Dalmau. Sin embargo, cedió, arguyendo que tampoco perdía nada por probar una vez más.

—Si no habéis acertado —cedió sin muchas expectativas—, juro que nunca más os daré un céntimo.

—¿Y si hemos acertado? —lo retó Maravillas.

—Os recompensaré.

La *trinxeraire* reprimió una sonrisa; no quería que Dalmau pudiera imaginar siquiera hasta qué punto habían jugado con él. En su lugar asintió con seriedad, como si en efecto arriesgara sus limosnas a la posibilidad de un nuevo error. Pero la contingencia no existía, simplemente porque siempre había sabido dónde se encontraba Emma. Creyó haberla perdido el día en que desapareció de la casa donde compartía cama con Dora, pero la buscó con el pollero y la siguió hasta la Fraternidad Republicana y después a la casa del albañil. De cuando en cuando, la jornada en que sus correrías los llevaban hasta las cercanías de donde Emma podía encontrarse, se preocupaba de renovar sus noticias. A fin y al cabo, ¿qué diferencia había entre dormir cerca de las casas ricas del Eixample y en aquel barrio en el que Emma y su albañil vivían? En uno u otro sitio tenían que resguardarse en un portal hasta que alguien los echaba a patadas en mitad de la noche, a veces un vecino, a veces alguien más fuerte que ellos y que les robaba el refugio. Se enteró de que Emma había perdido su trabajo con el pollero porque vio a este con otra. No sabía en qué trabajaba, si es que lo hacía, pero sí que seguía viviendo con el albañil. «¿Y por qué ahora sí que se lo vamos a decir?», le preguntó Delfín después de que ella le revelara sus planes. «¿No te das cuenta de que está preñada de varios meses?», replicó Maravillas. El otro asintió. «Pues eso. ¿Cómo va el maestro a querer a una tía que está preñada de otro?» ¿Que qué ganaba ella?, se interrogó la *trinxeraire* después de que su hermano se lo preguntara. «Dinero», le contestó bruscamente solo para zafarse de su curiosidad. Sin embargo, la cuestión estaba ahí: ¿qué ganaba Maravillas que no fuera ese dinero? Nada. Jamás podría optar a acercarse a Dalmau más que para pedirle limosna, o si estaba borracho y se tambaleaba en la noche y caía al suelo. Entonces, cuando Delfín se distraía, ella se atrevía a acariciarle con cuidado el cabello astroso. Él balbuceaba incoherencias, y a menudo vomitaba y se recuperaba. En otras ocasiones aparecía una prostituta, o un ratero que los apartaba a manotazos para robar a Dalmau. Pero él pocas veces llevaba algo de dinero después de recorrer los tugurios de la noche, aunque en una ocasión le robaron los zapatos, y en otra la gorra y el abrigo. Maravillas no ganaba nada, en efecto, pero quería que Dalmau viese a aquella mujer, a la que tanto parecía querer, con esa barriga enorme que le había hecho el albañil. Además, se trataba de la misma que un día le negó un mendrugo: se lo merecía.

Dalmau tembló al observar a Emma, escondido detrás de un árbol en un solar en el que se había apostado con los *trinxeraires*, enfrente de donde Maravillas le había asegurado que habitaba: un degradado edificio oscuro de renta barata, destinado a que los obreros vivieran hacinados, como podía deducirse del griterío que surgía de cada uno de los pisos, a modo de una macabra caja de música. Dalmau se encogió ante el vientre que parecía a punto de estallar, pero más ante su aspecto, con las ropas ajadas y un rostro demacrado y triste. Todo en ella clamaba desgracia y mala fortuna.

—¡Te lo he dicho! —se jactó Maravillas—. Ahora va a llevar la comida a su esposo a la obra en la que trabaja. Es albañil. Lo hace cada día. ¿Ves esa cazuela y el pan?

Dalmau asintió estúpidamente, paralizado por una mezcla de tristeza y sorpresa. Una llamarada pareció querer devorarle las vísceras al tiempo que un par de lágrimas corrían por sus mejillas: aquella no era la joven con la que había compartido amor, ilusiones, alegrías y momentos de placer irrepetibles; a la que había pintado desnuda con deleite. Se estremeció al verla andar sin gracia, con pesadez, como un pato, con las piernas abiertas debido al peso y el volumen que soportaban.

—¿La seguimos? —propuso Maravillas.

Dalmau negó con la cabeza, escondiendo las lágrimas. Seguirla solo lo conduciría hasta ese esposo al que Emma llevaba la comida, y no quería conocerlo por más que sintiera el impulso contrario. Mientras él vacilaba, Emma se alejaba. Debía de pasar frío con ese abrigo raído abierto y que colgaba por ambos lados de su barriga, incapaz de rodear su cintura. Dalmau sintió ese frío: lo notaba instalado en sus entrañas, una sensación que se había abalanzado sobre él a la vista de Emma. Por un momento se preguntó si ella llevaría en su vientre un varón o una niña, y de inmediato se maldijo. ¿Qué le importaba el sexo del hijo del albañil? Él la había dejado escapar: no insistió en el momento en que debió hacerlo; no fueron suficientes sus ruegos. Luego no se atrevió a hacer nada por recuperarla, y el día en que se decidió y entró en Ca Bertrán preguntando por ella tras la exposición de los dibujos de los *trinxeraires*, como si el amor debiera haber esperado a su éxito, Emma ya no estaba.

El bamboleo de la muchacha al andar permitió que Dalmau la reconociera aun en la distancia. El horizonte gris y oscuro hacia el que la vio encaminarse aumentó su angustia y su tristeza. El cielo pesaba. Todo lo oprimía. Buscó apoyo con la mano, mareado, en el tronco del árbol. Boqueó: le faltaba el aire, y se sintió febril. Temblaba, asustado. ¿Cómo había sido capaz de permitir que Emma terminara así?

Esa tarde no fue a trabajar. Pagó generosamente a Maravillas y a su hermano, a los que mandó a la fábrica con recado de que estaba en las obras de la casa Lleó Morera. Don Manuel lo celebraría, ya que Domènech continuaba con edificaciones magníficas que requerían gran cantidad de cerámica. Dalmau, por su parte, recorrió las tabernas del Raval, con la imagen de Emma persiguiéndolo, fea, patosa, gorda, torpe, pero siempre por delante. A media tarde se entregó a una puta; tenía que huir de Emma.

—¡No, no, no! —gritó cuando la otra, ya desnuda, intentó excitarlo con las manos. Su pene permanecía flácido—. ¡Déjame!

Todavía veía andar a Emma con aquel vaivén de preñada, dirigiéndose al horizonte gris, caminando hacia su esposo.

—Toma esto —oyó a la puta.

Dalmau estaba tumbado en el catre de una habitación que olía mal. Le pareció que fuera llovía. Las gotas repiqueteaban sobre un tejado metálico que debía de haber en el patio de luces al que daba la ventana de la habitación, componiendo una sinfonía lúgubre. La prostituta, una de esas muchas mujeres cuya edad se ocultaba tras las huellas de su profesión, vestida con una bata azul descolorida, se sentó en el borde de la cama, que protestó con un crujido ruidoso. La mujer sostenía una jeringa en la mano. Dalmau sabía lo que contenía: morfina. Muchos la consumían, todos la ensalzaban.

—Dame tu brazo —le pidió ella. Dalmau vaciló—. Olvidarás todas esas penas que tanto te afligen —le prometió.

Él extendió el brazo. Emma seguía ahí, por delante de él, torturándolo. Notó el pinchazo en el bíceps y, al cabo de unos instantes, lo asaltaron las náuseas y una sequedad rugosa se instaló en su boca. La mujer trató de tranquilizarlo mientras se revolvía en la cama, sudoroso, con arcadas constantes y la bilis estallando en su garganta.

—Tranquilo —le susurraba al oído al mismo tiempo que lo acariciaba—. Pasará rápido. Tranquilo. Respira… Tranquilo.

Al cabo, el malestar menguó y, poco a poco, Dalmau se serenó. Las gotas sobre el tejado metálico dejaron de repiquetear impertinentes y amenazadoras para sonar acompasadas y cadenciosas. La puta le pareció atractiva: una bailarina joven que se desnudaba con sensualidad extrema. La bata azul flotó en el aire, ligera, etérea, antes de caer al suelo, igual que flotaba él sobre la cama. No oyó lo que la mujer decía y, sin embargo, hablaba; percibió sus palabras en el aire, rozándolo, zalameras y cariñosas primero, exigentes después.

Dalmau despertó en su cama, en su casa. No recordaba… ¿Cómo había llegado hasta allí? La bata azul, la mujer, el sexo y el camino de regreso fueron mostrándose paulatinamente, como si él mismo dibujara aquellos sucesos en un lienzo y la tela fuera ganando color. El corazón le latió con fuerza y se llevó ambas manos al pecho: le dolía. Permaneció quieto sufriendo aquel dolor punzante. Sin embargo, la angustia se desvaneció al cabo de unos pocos minutos. Se tocó el brazo, allí donde una costra diminuta daba fe del pinchazo. La rascó. Morfina. Esperó un rato por si regresaba la sensación de ansiedad y el dolor, pero no. Se encontraba bien. Se sentó en la cama con recelo, temiendo marearse. Incluso esa sensación desapareció en cuanto se levantó y extendió las manos por delante de sí como para convencerse. Acompañó esa acción con un saltito y cuatro pasos. «¡Cojonudo!», se dijo. No había tenido tiempo de beber demasiado licor, solo un poco de vino, y tenía la cabeza despejada, más que nunca. «Quizá tengan razón esos que tanto alaban la morfina», pensó justo antes de que el recuerdo de Emma, el motivo por el que la había consumido, lo abofeteara.

—Madre —llamó saliendo de su habitación.

Josefa le preparó un buen desayuno: pan seco, tocino y un tazón de leche, sin café; no tenía, se excusó. También apartó la máquina de coser y se sentó con él, contenta porque lo vio comer; no acostumbraba a tener ese apetito los días que dormía en casa. Además, hablaba con voz serena en lugar de toser y carraspear para expulsar las miasmas de la noche.

—Ayer vi a Emma —confesó entre bocado y bocado. Josefa notó que se le encogía el estómago—. Estaba embarazada, casi a punto de parir, diría. Y en un estado verdaderamente lamentable. Creo que iré a ofrecerle ayuda, quizá algo de dinero.

—¡No!

Dalmau retrocedió un paso y chocó con algo que a punto estuvo de hacerle caer. Su madre le había dicho lo mismo: «¡No!». Una advertencia a la que hizo caso omiso. Emma solo le había permitido entrar en aquella barraca diminuta, los ojos todavía tremendamente abiertos, el habla balbuceante, cuando los niños que correteaban por el pasillo se le echaron encima ante la curiosidad abrumadora de las dos mujeres sentadas que los cuidaban. «No cometas ese error —le había aconsejado su madre—. Emma es orgullosa. No aceptará.» Acertó: Emma se recuperó de la sorpresa de su visita y alzó el mentón. Dalmau sonrió. Ella no.

—¿Qué quieres?

Sus primeras palabras fueron más duras que una bofetada. «Si está en un estado tan lamentable como dices, lo último que deseará la muchacha será que la veas», le había advertido Josefa. Emma trató de tapar la bata raída con la que se movía por la casa con un chal que llevaba sobre los hombros. De poco sirvió. Alzó todavía más el mentón pretendiendo con ello que Dalmau no bajara la mirada hasta sus pies, envueltos en un par de calcetines viejos de Antonio que los hacían inmensos. Los niños los rodeaban.

—Entra —le ofreció de mala gana.

«Solo conseguirás humillarla», había añadido Josefa. Pero él había discutido con empeño esos argumentos. Había pasado suficiente tiempo, alegó. Y si ya estaba con otro… «¿Por qué? —le preguntó la madre—. Déjala. Olvídala.» Solo quería ayudarla, insistió él, por el amor que se habían profesado, por el cariño que todavía le tenía. Emma ya habría olvidado los problemas que tuvieron. Seguro. «Hijo —sentenció la mujer—, el dolor y la ira, como muchos otros sentimientos, no se olvidan, solo se arrinconan, y renacen con tanto o más vigor con una simple chispa capaz de prenderlos de nuevo.»

—¿Cómo estás? —preguntó Dalmau a Emma.

Ella rio con sarcasmo señalándose la barriga y la casa.

—¿No lo ves? ¿A eso has venido, a reírte de cómo estoy y cómo vivo? ¿No tuviste suficiente con arrastrarme desnuda por Barcelona con tus dibujos?

—Yo no tuve la culpa de los dibujos… —intentó excusarse Dalmau antes de que Emma lo interrumpiera.

—Eso es cierto, la tuve yo por permitir que me pintaras…

—Quiero decir que me los robaron.

—… y por confiar en ti —zanjó Emma.

Dalmau se veía desarbolado.

—No… Yo… quería ayudarte. He sabido que… En fin… Bueno, creía que podría darte algo de dinero. Me han dicho…

—No sé lo que te han dicho, pero no necesito nada de ti.

—Insisto. Me gustaría…

Emma lo interrumpió entonces con la negativa de la que su madre lo había advertido: «¡No!».

Lo que Josefa no había tenido oportunidad de advertir a su hijo era que si una mujer con el carácter de Emma se sentía herida y humillada, antes de llorar, antes de mostrarse vulnerable, se revolvería como una leona. La mujer compadeció a Dalmau mientras cosía.

Él no había prestado atención a aquellos consejos. Emma lo maltrataría.

—Emma —insistió Dalmau recuperando ese paso que antes había perdido. Ella, por el contrario, no se movió; permaneció quieta, erguida, retándolo—. Siempre te quise. No… ¡Nunca quise hacerte daño! Te quiero. Sigo queriéndote. —Emma lo dejaba hablar—. Podríamos volver a… —Dalmau desvió la mirada hacia la barriga de la muchacha y comprendió el alcance de la barbaridad que había estado a punto de decir. Abrió los brazos a modo de disculpa—. Fui un imbécil al no insistir, al no perseguirte, al no arrodillarme ante ti. Tuvimos problemas. El alcohol… La muerte de Montserrat… Podríamos haberlos resuelto. Nos amábamos lo suficiente para superar todo ello, y yo…, créeme, sigo amándote.

—¡Cabrón! —le gritó Emma, lo mismo que había aullado frente a una vaquería después de que Bertrán la despidiera de la casa de comidas, cuando se plantó en la fábrica de azulejos y no encontró allí a Dalmau—. ¡Cabrón! —repitió con rabia, apretando los puños, pugnando para que el dolor reventara en su boca y no en sus ojos con una riada de lágrimas.

Desde el día en que la despidieron de la casa de comidas por los desnudos todo se había precipitado y su vida se había desmoronado. Sí, quería a Antonio, y a aquel hijo por nacer, pero malvivían. ¡No tenían qué comer! El albañil adelgazaba para que ella alimentase a una criatura a la que ningún futuro podían ofrecerle. Embarazada, no conseguía encontrar trabajo alguno. Hubo quien se apiadó de ella: «¿Qué sabes hacer, muchacha?». «Cocinar —podría haber contestado—, o vender gallinas enfermas robadas en el lazareto y dar discursos revolucionarios a las mujeres para que renieguen de los curas, de la Iglesia y hasta de sus hombres si se tercia.» Preñada e inexperta, ni siquiera aquel que hubiera estado dispuesto a ayudarla se atrevió. Emma había terminado acudiendo a la Fraternidad Republicana y llamando a la puerta de Joaquín Truchero. El joven político continuaba prosperando de la mano de Lerroux, el líder indiscutible de la masa obrera catalana.

—¿Qué quieres? —le preguntó a modo de saludo desde detrás de su escritorio, sin levantar más que un segundo la mirada de los papeles que leía, sin invitarla a sentarse.

La hostilidad con que Truchero recibió a Emma entonces había ido creciendo en igual medida en la que lo hizo su barriga, de la misma forma en la que la lujuria con la que antes la miraba se había convertido en eso: un escaso segundo de atención antes de despreciar su presencia y volver a enfrascarse en la documentación que estudiaba.

—¿Qué quieres? —repitió el joven ante el silencio de Emma.

—Necesito un trabajo —contestó ella con todo el aplomo posible.

—Media Barcelona necesita un trabajo. —Con esas palabras, Joaquín Truchero enfrentó su mirada a la de Emma, quien presintió al instante la dureza con la que continuaría su discurso—: Pero la gran mayoría de esa media Barcelona está formada por hombres que tienen que mantener a sus familias, a sus mujeres e hijos. Las mujeres están siendo contratadas a bajo precio para sustituir a los hombres en las fábricas a medida que estas se mecanizan, y los niños mueren de hambre. Es tu hombre quien, después de haberte dejado preñada, debería mantenerte… ¿O no es suficiente hombre para eso?

Emma fue incapaz de replicar. La decisión con la que había entrado y expresado esa primera frase se vino abajo, y sucedió lo que tanto había temido: se le escaparon las lágrimas. Ella, que tan poco había llorado a lo largo de su vida, caía ahora en el llanto ante el problema más trivial, la complicación más fútil. «No te preocupes —trató de tranquilizarla Emilia en el pasillo de las casas—, esto de llorar como tontas acostumbra a suceder a las embarazadas; parece ser que en el momento en el que más reivindicamos nuestra naturaleza de mujer, que es cuando concebimos, es también cuando más torpes, débiles y necias nos volvemos. ¿Cómo pretendemos que después nos respete toda esa panda de hijos de puta que de lo único que saben alardear es de un pedazo de carne que en ocasiones se les pone dura… y nunca el tiempo suficiente?»

—Nada conseguirás con esas lágrimas —la trajo de nuevo a la realidad Joaquín Truchero—. Veo que la gran Profesora no es más que otra quejica llorona. Ya se lo había advertido al jefe y a los demás —le espetó. Emma continuó sin reaccionar, como si aquel peso tremendo que colgaba de su vientre la tuviera paralizada, física y anímicamente. Y lloraba, en pie, quieta. ¡No podía impedirlo!—.

Emma, ya no te quedan argumentos para continuar engañando a la gente. A estas alturas, el mundo sabe que tu padre murió en lo de Montjuïc; todos conocen de sobra que a quien tú llamas «hermana» también cayó en la huelga general de hace dos años, y todos se han cansado de correr contigo y las demás mujeres y un puñado de niños delante de la Guardia Civil. Ya está. Se ha terminado. Ya está. Ahora actúa como esas otras mujeres, como esas a las que das clases. Aprende de ellas. No lloran. Sus hombres trabajan y ellas hacen lo que sea necesario. ¿Te imaginas que todas vinieran a la Fraternidad cuando tienen problemas?

Tras soltarle todo aquello, Joaquín Truchero había vuelto de nuevo su atención hacia los papeles, dando por terminada la conversación. Emma había permanecido un instante en el mismo sitio, hasta que le dio la espalda y salió de la estancia en silencio.

Y ahora aparecía Dalmau en su casa, en esa habitación miserable, y lo hacía vanidoso, alardeando de sus dineros, despreciándola con su limosna…

Emma tembló, ya la habían humillado demasiado.

—¡Cabrón! —repitió.

—Tranquilízate —le pidió Dalmau adelantando un brazo para cogerla del codo.

Ella se zafó del contacto con un movimiento violento.

—Vete de aquí, ¡desgraciado! —gritó—. ¡No quiero volver a verte en mi puta vida! —continuó aullando a su espalda mientras Dalmau sorteaba a los chiquillos que corrían por el pasillo—. ¡Olvídate de mí! No existo para ti. ¡A mala hora te conocí, rufián asqueroso! ¡No quiero…!

Emma lo siguió hasta la portería y luego hasta la calle, gritando, insultándolo. Dalmau se volvió y lo intentó una vez más:

—Te he querido y te…

—¡Vete a la mierda! ¡Así te mueras con tus dineros y tus putas burguesas! ¡Cabrón…!

—Emma —llamó su atención Pura, que la había seguido. Ella se volvió sofocada, airada hacia la otra, como si fuera a continuar su diatriba—. Ya no está, hija —se le adelantó la mujer—. Tranquilízate. Ya se ha ido —añadió señalando la espalda de Dalmau.

Josefa aceleró el pedal de la máquina de coser; pateaba con fuerza. Dalmau era incauto. Probablemente fuera un genio; dibujaba y pintaba como tal, pero sabía poco de la vida. De buen corazón, también, aunque maleable. No era un luchador. No le haría bien esa visita. No. Pretendía recuperar a Emma, esa era la verdad. ¡Incluso embarazada de otro! ¡Qué locura! Él lo había negado. El cariño…, el aprecio por un amor pasado, había tratado de justificarse. ¡Mentira! Ella era su madre, y había percibido sus propósitos verdaderos con tanta claridad como si los hubiera anunciado al modo en que lo hacían aquellos hombres que se colgaban carteles del cuello hasta los pies, por delante y por detrás, y los paseaban por las calles de Barcelona. Dalmau vivía en un mundo fantástico, el de un artista acostumbrado a hacer realidad sus sueños plasmándolos en lienzos o en piezas de cerámica. Josefa movió de forma defectuosa el puño de camisa que estaba cosiendo. Quiso rectificar y el hilo se atascó. Le costó detener la máquina y se sucedieron unas cuantas puntadas más. Había malbaratado una pieza. Se llevó las manos al rostro y lloró. Igual que hacía Emma, sola en su casa, derrotada en la cama, manos y brazos protegiendo su barriga del peligro desconocido. Igual que Dalmau, que andaba anhelando ya cualquier ayuda que le procurase el olvido. Nunca hubiera imaginado tal comportamiento de Emma, unas reacciones tan airadas por más que su madre se lo había advertido. Aquella no era su Emma. Había cambiado. La miseria, el embarazo, muy probablemente ese albañil… que quizá la maltrataba. Sí, probablemente lo hiciera; se percibía. Emma estaba amargada, y cualquier esperanza que Dalmau pudiera albergar, siquiera fuera la de gozar de su amistad, de alcanzar un perdón que necesitaba, se había desvanecido. Sí, necesitaba ayuda para olvidar.

La encontró esa noche, después de intentar idear algún nuevo modelo de azulejo que calmase los requerimientos de don Manuel. Fue en vano. No lo consiguió pese a acompañar sus esfuerzos con buenas dosis de aguardiente; sus pensamientos estaban con Emma, enzarzados en la tristeza y la desgracia que destilaba su aspecto, y su creatividad había quedado enterrada bajo el rencor con el que lo había tratado, como larvada para no volver a molestar a la muchacha, por lejos que estuviera, por ignorante que permaneciera ante la obra de Dalmau. Ni siquiera se detuvo a cenar; un café cantante enclavado en una de las decenas de callejones de la Barcelona vieja satisfizo sus deseos. Como en muchos otros antros, allí se consumía morfina, de cuando en cuando alguien fumaba una cachimba de opio, y también se tomaba heroína, un opiáceo más moderno que muchos médicos recetaban para curar la adicción a la morfina. De ahí el nombre que le había puesto la empresa farmacéutica alemana que la comercializaba: heroína, de la que sostenían no era tan adictiva como la morfina, aunque, según había oído Dalmau, no parecía que sustituir una droga por la otra conllevara beneficio alguno para el adicto.

La morfina no estaba tan extendida por Barcelona como pudiera estarlo en París, Londres, Berlín, o en muchas de las grandes ciudades americanas, pero se consumía con tanta regularidad que era frecuente que en los partes que los médicos municipales hacían públicos se consignaran diligencias por intoxicaciones morfínicas. En principio, Dalmau había pensado en dirigirse a una droguería y comprar una botellita de morfina; sabía que los drogueros vendían todos esos productos relativamente baratos, pero se lo replanteó ante su inexperiencia y la posibilidad de que un error en la dosis o en su manejo pudiera causarle algún mal. Por esa razón optó por dirigirse al Cielo Negro; sin duda allí estaría Adolfo López, un poeta que escribía sus versos al dictado de la morfina, sumergido en ese estado de placidez y creatividad al que en numerosas ocasiones había invitado a sumarse a Dalmau.

El poeta se calificaba como modernista; nunca tenía dinero para pagar las consumiciones del café cantante, aunque la morfina no acostumbraba a faltarle. Dalmau sentía cierta admiración por aquel hombre de cabello ralo y largo, gris y sucio, de levita consumida, camisa y corbata que habían cedido su color a los lamparones, y bombín deforme.

—Hijo —había pontificado el poeta en una ocasión en la que Dalmau se sentó a su mesa, la de siempre, la del rincón junto a la tarima—, esto del modernismo en la literatura es algo bastante sencillo: se trata de coger un montón de palabras raras, sonoras y complicadas, de esas que la gente normal no domina, y juntarlas entre sí. ¡«Opalescente»!, por ejemplo. ¿Qué te parece «opalescente»? —preguntó, y Dalmau sonrió como si se tratara de una broma—. Pues entonces hablas de la opalescencia de... Bueno, siempre es mejor que sea algo que no puede tener color: la brisa, por ejemplo. «Murmuraba la brisa opalescente...» —propuso al caso—. Y después atribuyes a cosas inanimadas adjetivos que jamás podrían aplicárseles: «Entre los arbotantes cansados de los palacios de la Arcadia...» —cantó como si estuviera ya componiendo.

—Eso no tiene ningún sentido —le dijo Dalmau.

—¡Qué importa eso! Es una simple cuestión de estética. Eso es lo que se pretende: la belleza. No se trata de transmitir ideas. Eso era antes. Ahora se persigue... —El poeta agitó las manos en el aire—. La hermosura..., incluso en la muerte. Lo único que tiene importancia es eso: el arte. El arte por el arte. No existe institución, ni territorio, ni autoridad ni sentimiento que venga a imponernos una sola letra.

Dalmau lo había pensado en el silencio que se producía cuando el otro desaparecía tras el pinchazo de su aguja oxidada. ¿Acaso no ocurría algo similar con esa arquitectura que tanto lo impactaba? Una indefinible mezcla de estilos arquitectónicos en algunos casos, ese eclecticismo de Domènech o Puig, algo así como lo de coger palabras complejas y sonoras y juntarlas, o colorear el viento, un beso o una sonrisa, empresa tan fantástica como el empeño de Gaudí por dotar de movimiento a las piedras. El arte por el arte; esa era la actitud que tanto repudiaba don Manuel. El arte debía tener un objetivo, sostenía el maestro: fortalecer el país, defender el catolicismo. Para los reaccionarios era imposible entender un arte que buscara el espíritu en sí mismo y no en valores ajenos.

«No se puede petrificar el arte», anunciaba el poeta a Dalmau. Y en cada ocasión en que se sentaban juntos —uno con un vaso de licor, el otro con su morfina; uno viejo y bohemio, fracasado, el otro joven, en auge creativo; los dos melancólicos— se unían en una comunión espiritual que acostumbraba a terminar con ambos agarrados, tambaleándose a lo largo de las calles abiertas en la noche.

Dalmau había pintado un retrato del poeta que este, orgulloso y agradecido, había clavado en la pared de detrás de su mesa del Cielo Negro, la de la esquina, junto a la tarima, esa a la que Dalmau se dirigió el día en que Emma le escupió su inquina. En el escenario, una joven vestida con un traje amarillo y grandes topos negros, adornado con faralaes que volteaban en su falda, el pelo recogido con una peineta y castañuelas en ambas manos, pugnaba por captar la atención de un público que charlaba, reía, jugaba, bebía y gritaba, indiferente al arte flamenco que la bailarina pretendía transmitir al son de una guitarra y las coplas de un cantaor ronco.

Junto al poeta, un par de mujeres y un gitano de cabello largo y negro y barba poblada que decía ser el tío de la niña que bailaba. «Mala gente», le habían advertido alguna noche a Dalmau, que ahora arrastraba una silla desde otra mesa para sentarse.

—Buenas —saludó una vez que estuvo al lado de Adolfo.

El poeta sonrió y le palmeó varias veces el muslo con cariño. El gitano emitió un gruñido en contestación; probablemente era el único del local que estaba pendiente del devenir de la bailarina taconeando por la tarima. Las mujeres ni siquiera se enteraron de la presencia del recién llegado: viajaban con la mirada perdida. Adolfo levantó una mano para llamar al camarero, pero Dalmau se la bajó.

—No —le dijo—. Hoy no quiero alcohol.

No fueron necesarias mayores explicaciones.

—Estabas destinado —reveló el viejo mostrando sus dientes careados, uno de los cuales parecía bailar en sus encías tanto como lo hacía la gitanilla de amarillo—. Los genios como tú no pueden conformarse con un mundo de sensaciones limitadas. Verás que ahí —añadió golpeando con un dedo la jeringa que descansaba sobre la mesa— todo es infinito.

Esa noche Dalmau aprendió a pincharse. En realidad, era sencillo clavar la aguja en la pierna o en el brazo. Podía hacerlo en la vena, pero era más complicado. Mejor clavarse la aguja directamente en el muslo, a través del pantalón. Una inyección como máximo.

—Equivale a este volumen. —El poeta le enseñó la jeringa—. Yo que tú no superaría esa inyección diaria, si es que acudes a la morfina cada día, que tampoco es necesario —le explicó después—.

Si te mantienes en ese consumo, alcanzarás lo que se llama «el punto del opio». Disfrutarás de la droga sin caer en la intoxicación crónica ni en los trastornos que origina la abstinencia, un peligro del que debes ser consciente.

De lo único que era consciente Dalmau era de que quería olvidar a esa Emma que llevaba martirizándolo el día entero. Vaciló una vez que se vio con la jeringa en la mano, a modo de cuchillo.

—No es necesario que la claves con fuerza, como si quisieras matar a alguien, aunque un poco de ímpetu sí que hace falta —le aconsejó el poeta después de prepararle la inyección e indicarle dónde debía pincharse: por el lado, en el muslo.

Y Dalmau se la clavó. Despreció el dolor con los dientes apretados. Luego inyectó el líquido y esperó en silencio a que surtiera efecto y lo transportase a un universo en el que Emma no existiera.

Si el alcohol lo había ayudado a apartar complejos y había contribuido a que recuperase la maestría en sus dibujos y pinturas, la morfina guio la mano de Dalmau hacia la genialidad. Las formas, los colores, las sombras, el espíritu, el impacto vital que surgía del lienzo… Dalmau alargaba las jornadas laborales y, después de trabajar en la cerámica o en los diferentes encargos comerciales que le efectuaban, pintaba en la tranquilidad de una fábrica en silencio. En ocasiones el amanecer lo pillaba allí mismo, derrotado en una silla, en el suelo incluso, después de que su energía y la vorágine creativa menguaran al ritmo en que lo hacían los efectos de la droga.

Se había reencontrado con la pintura y no le costaba ver reflejadas en su obra aquellas cualidades que hasta hacía un tiempo tanto envidiaba de los grandes maestros del modernismo. Poco a poco, los cuadros iban acumulándose en el taller: algunos aparentemente inacabados, simples estudios, atrevidos en su concepción; otros finalizados, la mayoría de ellos lúgubres, oscuros, resultado de los bocetos que tomaba en sus salidas nocturnas a los cafés cantante, los teatros y los prostíbulos, tan distintos de aquellos desnudos de mujeres que solía esbozar en sus cuadernos. Aquellos que quería entrever en las muchachas que disfrutaban del sol y que los ricos habían comprado para sus pisos del paseo de Gràcia tres años antes.

También aprendió a comprender los edificios modernistas a los que continuaba acudiendo con asiduidad, unas veces para entregar o vigilar cómo ponían las piezas cerámicas que suministraba la fábrica de don Manuel, otras para mantener contacto con arquitectos y maestros de obras a fin de conseguir nuevos pedidos. La construcción empezaba a sufrir una tremenda crisis económica que estaba dejando privados de trabajo a albañiles, carpinteros, yeseros, herreros y cuantos vivían de los oficios relacionados con ella, pero eso sucedía en los edificios baratos, en las obras vulgares. En Barcelona, los ricos cada vez eran más ricos y erigían monumentos destinados a inmortalizarse mientras los humildes morían de hambre.

Domènech continuaba construyendo la casa Lleó en la misma manzana que la Amatller, junto a la cual el industrial del textil Josep Batlló había contratado a Gaudí para que también reformase un edificio antiguo. Los andamios ya cubrían la fachada de una construcción que, según los comentarios que llegaron a oídos de Dalmau, estaba destinada a convertirse en el palacio de la fantasía. Tres edificios en una misma manzana, en la misma fachada al paseo de Gràcia. Los tres mejores arquitectos del modernismo. Los tres diferentes. Los tres geniales.

Además de la casa Batlló recién iniciada, Gaudí continuaba con el Park Güell, la torre Bellesguard y la Sagrada Familia. Puig construía la casa Terrades, en la Diagonal, y el palacio del barón de Quadras, en la misma calle, a escasa distancia de la otra. Domènech, por su parte, seguía con la casa Lleó y el hospital de la Santa Creu i Sant Pau. Todas ellas obras magníficas, y Dalmau, que iba de una a otra, se extasiaba con cada detalle que aquellos hechiceros del diseño iban añadiéndoles: coronamientos, tribunas, gárgolas, columnas, estatuas, maderas, azulejos, mosaicos, hierros, vitrales… El joven pintor y ceramista vivía una época de exacerbación de la sensibilidad. Creía controlar ese punto del opio del que le hablara Adolfo López. Había comprado una jeringa con aguja de plata que venía en una caja de níquel, se procuraba la morfina en una droguería de la ciudad vieja, en la plaza Real, cerca del ayuntamiento, y solo se inyectaba en el momento de pintar, de crear una obra, incluso aquellas que esperaban don Manuel o sus propios clientes. Hasta entonces nunca había superado la dosis que el viejo poeta le había recomendado.

Luego, cuando no estaba bajo los efectos de la droga, la sola posibilidad de controlarla, de acariciar la caja de níquel en su bolsillo sin extraerla por más que su cuerpo reclamase otro pinchazo, saberse superior a una fuerza devoradora de tal magnitud, lo inclinaba hacia una actitud orgullosa y en cierta manera soberbia. Bebía poco; quizá un aguardiente o dos cuando Emma acudía a su conciencia para recriminarle otra vez su desgracia, aunque el hecho de haber dejado tras de sí las borracheras perpetuas le había proporcionado un equilibrio y una serenidad de los que hacía tiempo no disfrutaba.

Don Manuel se mostraba tremendamente satisfecho con su labor y con la nueva disposición de su pupilo ante la vida. Mosén Jacint lo felicitaba, y hasta doña Celia se permitió sonreírle en un par de ocasiones. Y entre aquellos burgueses bien dispuestos hacia él, las relaciones con Úrsula se habían ido afianzando. Dalmau consentía que lo considerase su muñeco, como ella se jactaba a menudo; al fin y al cabo, no era más que un juego. Lejos quedaba ya la humillación en la fiesta de las señoras de negro, e incluso aquel anhelo por pertenecer a una clase social que no le correspondía. A veces pensaba en cómo habría sido su vida junto a Irene Amat, la rubita heredera del imperio textil. No lograba imaginárselo. Sin embargo, sí que estaba obsesionado con esa muchacha de mirada turbulenta de la que esperaba una humillación que sabía que llegaría. Úrsula, por su parte, trataba de mantenerse altanera, soberbia, dominando a su muñeco, cerrando su espíritu al pecado y experimentando con él lo que nunca se atrevería a proponer siquiera a uno de sus iguales. Lo arrastraba de un lado a otro de la casa, un piso inmenso con muchas habitaciones, principales y de servicio, armarios más amplios que algunos de los cuartos donde vivían los obreros, trasteros, fresquera y hasta una capilla; una vivienda de pasillos larguísimos que iban desde la fachada que daba a paseo de Gràcia hasta la opuesta que se abría al patio interior de manzana, y de allí a la cubierta de la construcción que formaba esa terraza inmensa y ajardinada en cuyo cuartucho de acceso, donde se guardaban los trastos, acostumbraban a disfrutar de mayor intimidad. No obstante, para llegar hasta allí había que cruzar la terraza, a la vista indiscreta de quienes pudieran hallarse tras los vitrales de colores que componían la fachada posterior del edificio.

En cada ocasión en que se escondían, Dalmau trataba de llevar a Úrsula a un nivel superior. En una de ellas, mientras la muchacha lo toqueteaba, besándolo sin entregarse, Dalmau notó que los labios de Úrsula se detenían un segundo de más sobre los suyos. Probó con la lengua y los lamió. Úrsula se dejó hacer. Dalmau repitió y ella abrió la boca un poco, con timidez, lo suficiente para que él le introdujese su lengua. «¡Qué asco!», se quejó ese día, pero al siguiente, abrió la boca con deseo. Una semana después, Dalmau llegó a acariciarle directamente, sin blondas ni sedas ni corsé de por medio, un pezón erecto. Úrsula se quedó quieta, a la espera. «¿Rezas?», le preguntó él justo antes de proporcionarle un dulce pellizco que le arrancó un quejido de placer.

Esa misma semana, Dalmau había repetido inyección en un mismo día. Trabajaba en unos azulejos, pero no acertaba, no quedaba satisfecho, y eso le causó ansiedad e inquietud. «No pasará nada», se dijo al palpar la caja de níquel en el bolsillo de su bata. No era más que un error, un simple tropiezo, pero para cuando Úrsula sintió una descarga eléctrica que recorrió su cuerpo y la puso en tensión, alerta, tras permitir que él le tocara los pechos y lamiera sus pezones, Dalmau ya se pinchaba con regularidad dos veces al día.

Un anochecer, tras una cena con invitados, los dos escondidos en el cuartucho de la terraza al que pudieron acceder amparados en las sombras y en la oscuridad tras los vitrales, cuya falta de luz les aseguraba en cierta medida que nadie los observaba, se abrazaron y toquetearon hasta que Dalmau eyaculó.

—Podría salir por aquí —propuso él—. Me ahorraría regresar al piso y despedirme.

—Y yo podría hacerlo contigo —lo sorprendió Úrsula.

—¿Salir conmigo a la calle? ¿Solos los dos? ¿Sin nadie que nos controle?

—Sí.

—Es una locura, Úrsula.

—¿Acaso no es también lo que estamos haciendo? Espérame aquí —le ordenó dejándolo con la palabra en la boca.

Disfrutaron de la noche del Paralelo, la de los obreros, Dalmau vestido como cualquiera de ellos, con su americana, su camisa sin cuello y sin corbata, y su gorra; Úrsula disfrazada con ropa vieja de algunas criadas que había ido quedando en la casa y que, al no ser de nadie en concreto, se hallaba a disposición de las mujeres del servicio las raras veces en las que salían a cortejar con sus pretendientes. A un traje marrón oscuro, tan ajado y oscuro como anodino, y a unos zapatos negros rozados de medio tacón, Úrsula añadió un sombrero que le tapaba medio rostro.

—Podrías cruzarte con tu madre, que no te reconocería —afirmó Dalmau al verla.

No fue una sola noche, y en las repetidas ocasiones que escaparon del piso de paseo de Gràcia, cuando Úrsula simulaba dormir en su habitación, se dirigieron al Paralelo, donde bailaron mezclados entre la gente en locales atestados; acudieron al teatro, e incluso al cine; pasearon entre las barracas de feria y de circo que se habían instalado en aquella vía de alegría y perdición, especialmente entre las instaladas alrededor del Circo Teatro Español. Presenciaron peleas de boxeo y vieron figuras de cera; tragafuegos, faquires que se traspasaban el cuerpo con espadas, hombres forzudos, contorsionistas, perros amaestrados, magos y ventrílocuos. Úrsula borró la sonrisa perenne que iluminaba su rostro ante la visión de los seres deformes que también se exponían en las barracas: mujeres barbudas o con cuatro piernas; hombres con dos torsos y dos cabezas o con piernas y pies inmensos, como elefantes; otros con huesos tan finos como agujas; niñas que andaban como los animales, a cuatro patas…

Dalmau se veía obligado a restringir aquellas salidas nocturnas que Úrsula le rogaba comida tras comida. Algún día la descubrirían; entrarían en su dormitorio y se darían cuenta de que lo que había bajo las mantas no eran más que almohadas.

—¿Y tu hermana? —se interesó Dalmau—, ¿acaso no sospecha nada?

—La última vez que mi hermana entró en mi dormitorio salió llorando con la marca del lomo de un libro cruzando su mejilla. Se cuidará mucho de repetirlo. Yo no entro en el suyo, ella no debe hacerlo en el mío.

—¿Y tus padres?

—Cuando salgo de casa, ellos ya se han retirado a sus estancias. Mi padre jamás entraría en mi dormitorio, antes se lo pediría a mi madre, y esta… Podría quemarse la casa antes de que ella saliera al pasillo sin estar vestida, peinada y acicalada convenientemente.

—¿El servicio no dirá nada? —insistió Dalmau, preocupado.

—El servicio no se mueve de su zona —replicó Úrsula con desdén—. Nadie nos descubrirá. No podemos ser más cuidadosos: tomamos medidas, vigilamos que no esté el sereno…, hasta tenemos las dos llaves.

Era cierto. Lo hacían todo con mucha discreción, hasta el punto de que la llave que abría la puerta del cuartucho a la escalera por la que escapaban continuaban dejándola dentro de este, para que, si alguien acudía, la encontrara en el interior, con la puerta cerrada, que ellos se ocupaban de atrancar con otra copia de la llave que escondían en la raja que había bajo uno de los peldaños. Aun así, Dalmau tenía serios problemas para negarse a la voluntad de la muchacha. Cada mediodía en que él acudía a casa de don Manuel, Úrsula insistía con similar apremio con el que buscaba sexo.

—Por la noche —le decía él—. Esta noche vendré, y disfrutaremos en nuestro cuartito y después iremos al Paralelo.

Y entonces los ojos de Úrsula brillaban. Seguía llamándolo su «muñeco», pero atrás quedaba la arrogancia con la que hasta entonces lo había tratado. Dalmau ya no esperaba esa humillación con la que había soñado. Úrsula era otra mujer: alegre, dispuesta, entregada, y Dalmau se encontraba a gusto con ella.

Esa noche la hija del maestro alcanzó su primer orgasmo en el cuartucho. Dalmau la masturbó por encima de su ropa interior, empapada bajo la falda levantada. Ella ahogó jadeos y gemidos mientras los dedos acariciaban su vulva. «¡Oh!», repetía. Intentó separarse, arrepentida, pero Dalmau no la soltó. Los gemidos de ella siguieron. Úrsula se doblaba sobre sí, agarrándose el vientre, dando sacudidas; gemía, y jadeaba y enmudecía. Fue incapaz de reprimir por completo un alarido de placer, que resonó como el maullido de un gato en la oscuridad y el silencio del inmenso patio de manzana, cuando conoció el éxtasis por primera vez.

—Virgen santa —susurró después—, ¿qué es esto? —Y se escondió de la mirada de Dalmau, como si se sintiera culpable—. Nadie me había hablado de… —dijo a su espalda—. ¡Dios todopoderoso! No imaginaba que mi cuerpo pudiera llegar a sentir con tal intensidad. Ninguna de mis amigas conoce esta locura.

—¿Se la enseñamos? —bromeó él.

—Nunca he prestado mis juguetes —replicó ella recuperando la compostura.

Poco después, Úrsula bailaba con fluidez, riendo, entre decenas de parejas que se movían en una de las muchas salas del Paralelo.

Sin embargo, para entonces Dalmau ya había empezado a caer en las garras de la morfina. Los pinchazos perdían eficacia: la euforia duraba menos tiempo; la creatividad se distraía. Y entre dosis y dosis, temblaba, tenía escalofríos y náuseas, fiebre; le costaba respirar y le dolían las piernas y la espalda. Así que decidió aumentar las dosis, doblando el número de inyecciones. De esa forma compartía con la droga no solo la pintura y su trabajo en la fábrica, sino su vida entera, incluyendo las visitas a arquitectos y maestros de obras. Dalmau se presentaba sereno y calmado bajo los efectos del opiáceo, pero con la sensibilidad exaltada en una condición tal que los edificios se le venían encima. Los azulejos lo deslumbraban. Las superficies vidriadas de la cerámica destellaban resaltando los colores; aquí y allá un reflejo azul, rojo, amarillo… llamaba su atención de forma ininterrumpida, y él se entregaba a ese martilleo sensitivo con placer, satisfecho por cuanto que algunas de aquellas piezas habían sido idea suya. Pero si la cerámica le golpeaba los sentidos, las decoraciones profusas lo confundían, y las formas onduladas de fachadas y cubiertas, escaleras y barandas lo mareaban como si él mismo se deslizara sobre ellas sin cesar. Aquel estilo de construir, decorar, pintar y hasta escribir, aquel empeño por impactar en las personas, ya fuera curvando hierros donde hasta entonces habían permanecido rectos, ya retorciendo las palabras para atreverse a colorear a Dios, creaba una angustia en Dalmau que solo era capaz de combatir superando ese apogeo de magia.

Y para ello pintaba. Lo hacía cada día con mayor pasión, con mayor atrevimiento. Ocultaba sus obras a don Manuel —las guardaba en una carpeta grande que cada vez estaba más llena—, y con la cerámica procuraba reprimir esos impulsos que lo llevaban a jugar con la luz, con los colores y con unas figuras más y más lánguidas y etéreas, para no asustar a su maestro.

Fue un día en el que don Manuel le comunicó que tenía que acudir junto a su esposa a una comida a casa de alguien importante para celebrar algo a lo que Dalmau no prestó la menor atención.

—Ve tú a comer a casa —le rogó—. Estará mosén Jacint, pero ya sabes que las niñas no le hacen excesivo caso; le tienen ganada la voluntad. Quizá si estás tú, sean algo más decorosas.

Tal como el maestro le había señalado, a falta del matrimonio, mosén Jacint vino a ocupar el puesto del cabeza de familia, y el escolapio, libre de la mirada siempre reprobadora de doña Celia, aprovechó para beber mucho más vino del que se atrevía a tomar sometido a aquella vigilancia. Ni siquiera llegó a la salita en la que hacía la siesta; se durmió en la mesa, frente al plato vacío del postre. La hermana de Úrsula rio y salió del comedor con el pequeño. Una de las criadas entró a recoger y ofrecer cafés, pero Úrsula chistó, se llevó el índice a los labios y le señaló con un movimiento de la cabeza al religioso que dormía.

—Dejadlo por ahora —susurró—. No volváis a entrar, ya os avisaré cuando despierte —ordenó. La otra salió del comedor de puntillas, y ahora fue Úrsula la que rio en dirección a Dalmau—. ¿Y si nos engaña? —planteó.

—Duerme como un bendito —sentenció Dalmau, risueño.

Luego sirvió una copa de vino a la muchacha. Excluyendo algunas celebraciones, en ocasiones Úrsula bebía la mitad de una copa de vino diluido en agua en presencia de su padre, en algo así como un acto de rebeldía de ambos contra la madre, que se quejaba y soltaba algún bufido de protesta. «Jesucristo bebía vino —la acalló un día don Manuel—, y eligió el vino para ofrecernos una parte de su sacrificio.»

—Tu hija no es Jesucristo —replicó doña Celia—. Es solo una niña a la que el vino puede hacerle perder el sentido… y con él la virtud y la decencia —añadió con el ceño fruncido.

Dalmau no había vivido esa conversación, pero sí que, tal como doña Celia había advertido a su esposo, vio chispear los ojos de Úrsula después de que diera cuenta en solo un par de tragos de aquella primera copa. Mosén Jacint continuaba roncando, sin mostrar incomodidad alguna por permanecer en una de las sillas del comedor. Dalmau sirvió otro par más de copas de vino y, mientras la muchacha bebía la suya, bosquejó en su libretilla una caricatura del mosén que hizo que Úrsula se atragantase y estallase en tosidos tan pronto como volvió la hoja y se la mostró por encima de la mesa. El religioso tan solo se removió un poco antes de volver a roncar. Dalmau señaló a la joven y empezó a garabatear en una nueva hoja. Úrsula se sirvió ella misma otra copa.

—¡Huy! —exclamó después de verter un reguero de gotas de vino sobre el mantel rosa adamascado y antes de dar un generoso sorbo al vino.

No había terminado esa copa cuando Dalmau le mostró su rostro dibujado en la libretilla. Los hombros, a diferencia de como vestía Úrsula en ese momento, aparecían desnudos, y por debajo de la línea que formaban con el nacimiento del cuello, no había nada. Ella abrió las manos en señal de incomprensión.

—¡Falta todo! —se quejó.

—Pero no lo veo —adujo él.

Úrsula bebió más y simuló confusión al retraer el mentón, encoger el cuello y mirarse el vestido que tapaba sus pechos.

—Está todo aquí abajo —balbuceó.

—Sí, pero escondido.

Dalmau sirvió dos copas más.

—Huuuy —cantó ella corriendo el dedo por encima del mantel a la espera de que cayeran esas últimas gotas impertinentes del escanciador de cristal labrado.

Brindaron entre risas mientras mosén Jacint, ajeno a todo, continuaba roncando.

—¿Quieres que te dibuje así, escondiendo tu belleza? —Después de todas las veces en las que ella lo había utilizado como su juguete, a Úrsula ya solo le restaba superar dos retos: entregar su virginidad, una virtud que defendía con tenacidad, y mostrarse desnuda frente a Dalmau más allá de lo que pudiera entreverse mientras él la acariciaba—. ¿No quieres verte como la diosa que eres?

Para sorpresa de Dalmau, Úrsula deslizó uno de sus tirantes por el brazo y forzó el vestido hasta dejar al descubierto uno de sus pechos. Dalmau miró hacia el mosén, sentado a la vera de la muchacha. Ella se apercibió y sus ojos se incendiaron.

—Vamos —lo instó recomponiendo su aspecto.

Escanció de un solo trago el vino de su enésima copa y tiró de Dalmau hasta el taller de su padre. En cuanto cruzaron el umbral de la puerta, Úrsula trató de echar la llave, pero no atinaba y al final tuvo que hacerlo Dalmau.

—No sé si este es el lugar adecuado... —planteó él al comprobar la cantidad de lienzos con imágenes de santos, iglesias y escenas bíblicas que los rodeaban.

La muchacha siguió su mirada.

—¡Ja! —exclamó de repente. Se situó al lado del cuadro de una Virgen amamantando al Niño y alzó sus pechos con las manos—. ¿Ves? Es lo mismo. —Rio—. No tenemos de qué preocup... preoccc...

—Preocuparnos —la ayudó él.

—Eso.

Dalmau busco un papel grande en blanco, y lo dispuso sobre un lienzo que ya descansaba en un caballete, tapando el boceto de algún mártir casi descuartizado que el maestro debía de estar pintando. Acto seguido dispuso lo necesario para dibujar a la muchacha, al carboncillo, quizá con unos toques de pastel. Tendrían poco tiempo y tampoco había hecho ningún boceto más allá del que acababa de dibujar en su libretilla.

—Ayúdame con el corsé —oyó que Úrsula le pedía, sentada en el suelo, enredada en sus propias ropas.

—Voy —contestó Dalmau.

Buscó la caja de níquel en su bolsillo, extrajo la jeringa, la cargó del botellín que también llevaba en la americana y se pinchó en la pierna sin que la joven hubiera tenido tiempo siquiera de volver la cabeza hacia él.

Luego tuvo que luchar con el corsé, con el traje, con trabillas y abotonaduras, además de con una Úrsula totalmente borracha que no colaboraba. Al final la muchacha quedó vestida con solo una camisa de lino transparente. Dalmau se sentó en un sillón bajo, mullido y cómodo, y desde allí la observó. Ella se levantó del suelo agarrándose a la pata de una mesa, se quitó aquella última prenda con torpeza y tembló de forma evidente al presentarse a Dalmau desnuda.

Él también se levantó y pasó junto a ella para dirigirse al caballete.

—Eres preciosa —deseó adularla, para lo que le acarició una mejilla con el dorso de sus dedos. Luego rozó, también con el dorso de la mano, uno de los pezones de la muchacha, que respondió endureciéndose. Dalmau se separó de ella y la observó desnuda por primera vez: joven e incitante, pero su objetivo era pintarla, quizá después disfrutaran del placer que Úrsula había conocido días atrás—. Bien —añadió ya delante del papel en blanco, el carboncillo en su mano derecha—. Muévete.

La otra lo miró espantada.

—¿Qué quieres que haga? —balbuceó moviendo con ganas los dos brazos en el aire. Los paró y se rio tontamente de su broma.

—Quiero que te muestres como la diosa que eres —le pidió Dalmau—. Que me cautives con tu sensualidad. Que me hagas padecer no poder tocarte…

«Quiero que el aire se derrita al rozar tu cuerpo; que los olores se esfumen ante el del deseo que emana de entre tus piernas.» «Quiero que el tiempo se detenga por fin, rendido a la eternidad de tu belleza.» «Quiero…» Dalmau dudaba: no sabía si estaba dirigiéndose a aquella muchacha que se empeñaba en complacerlo con posturas forzadas, al estilo de las modelos groseras de los cartones pornográficos que se vendían en las calles, o si estaba hablando con Emma, como hacía algunos años, cuando la dibujaba. La morfina lo traicionaba ahora, le traía a Emma de vuelta.

—Quiero que la noche se ilumine para que el universo entero contemple a la reina de la pasión.

Úrsula se quedó quieta, tratando de entender lo que Dalmau le pedía. Esas mismas palabras, sin embargo, habían originado en su día que Emma alzara la vista al cielo y retara a las infinitas estrellas arqueando la espalda y acariciándose para exhibirse, joven, bella, inmortal: la reina de la pasión. Emma… Dalmau sintió frío, y tembló. Los efectos de la morfina desaparecían, más pronto que nunca. Era como si el recuerdo de Emma hubiera absorbido la droga en un instante, igual que hacía con su corazón, con sus sentimientos, como si le recriminase que pretendiese de otra lo que había sido suyo y solo suyo. Dalmau rebuscó de nuevo en sus bolsillos.

—¿Qué más…? ¿Qué quieres que haga? —preguntó Úrsula con voz pastosa—. ¿No te gusta?

Dalmau no le prestó atención. De repente, sintió la urgencia de escapar. Llenó la jeringa hasta que la morfina rebosó y volvió a pincharse en la pierna. Úrsula lo contemplaba, absorta en sus movimientos. Dalmau se dio cuenta de que la dosis había sido excesiva y tuvo que buscar asiento en el silloncito. Allí, con los ojos cerrados, esperó a que las náuseas pasaran. Y mientras pugnaba por alejar a Emma de sus recuerdos Úrsula se acercó a la jeringa que había quedado en la mesa, junto al botellín. «Morfina», acertó a leer pese a su estado de ebriedad. Un remedio inocuo, se dijo. Su madre la utilizaba aquellos días en los que sollozaba postrada en su cama, quejándose porque creía morir debido a los terribles dolores de espalda que padecía esporádicamente. Doña Celia también tenía una jeringuilla; se la había proporcionado el doctor Ramírez, el que atendía a la familia. Úrsula estuvo presente el día en el que el médico enseñó a su madre a usar la jeringa para evitar tener que acudir a la casa cada vez que la asaltaban los dolores. «Atiende a las explicaciones del doctor, hija —había instado doña Celia a Úrsula—, por si en el momento oportuno yo necesitara tu ayuda.» En ocasiones la necesitó. En ocasiones Úrsula se había visto tentada de pincharse aquellas gotas que restaban en la jeringa… Era muy fácil. Ahora cogió la jeringa de Dalmau, la llenó, entera, a rebosar, como le había visto hacer a él y, sin dudar, se la clavó en el muslo e inyectó lentamente la droga.

Dalmau usó varias hojas de papel que sustituía con urgencia sobre el lienzo del mártir descuartizado que el maestro pintaba. Dibujaba compulsivamente. Ante él, Úrsula temblaba, jadeaba, sudaba, caía al suelo y se arrastraba a cuatro patas hasta que conseguía levantarse. La muchacha sufría: no podía respirar, el aire no le llegaba a los pulmones. Trató de hablar. No lo consiguió y suplicó ayuda extendiendo un brazo tembloroso. Úrsula no llegó a distinguir con nitidez a ese pintor que la dibujaba con frenesí. ¿Quién era? ¿Qué hacía allí? Un Dalmau superado por la morfina, por su parte, tampoco fue capaz de interpretar la perentoriedad y trascendencia de los gestos de la muchacha.

En su lugar, contempló el sudor que empapaba el cuerpo de Úrsula como el brillo que acompañaba a las diosas. La vio temblar, sí, de pasión contenida, y jadeó con ella porque el universo entero le hacía el amor. «Sigue así», la jaleaba. «Bien, ¡muy bien!», exclamó cuando ella cayó a cuatro patas. La dibujó. «¡La reina de las bestias!» «Continúa. Búscame. Mírame.» Aquellos ojos que lo habían hipnotizado, y que no consiguió plasmar hasta que el alcohol le marcó el camino, no lograron ahora hacerle llegar el mensaje de muerte que iba plasmándose en sus pupilas. Y en su lugar, el desmayo que la falta de aire fue originando en Úrsula, la apatía, la inmovilidad quedaron reflejados en los dibujos de Dalmau como la mayor muestra de sensualidad y voluptuosidad a la que podía acceder una mujer que serpenteaba entre estertores por el suelo, con la mirada perdida, vacía, encogida, tiritando, abrazándose...

El carboncillo coloreó en negro la agonía de la joven desnuda, tumbada a los pies de Dalmau, y continuó haciéndolo durante mucho rato después de que el último aliento surgiera como un hilo delgado que se rompió para separarla de los vivos.

—Magnífico —susurraba Dalmau procurando que sus palabras no rompieran el mágico discurrir del carboncillo sobre el papel—. Sí. ¡Genial!

La puerta reventó a la tercera embestida y se abrió con un crujido que rompió el silencio tétrico que reinaba en el interior del taller de don Manuel. Este fue el primero en entrar. Lo siguió mosén Jacint, ya santiguándose, y doña Celia, chillando histérica a la vista del cuerpo de su hija desnudo y deslavazado en el suelo. El personal de servicio quedó amontonado bajo el dintel de la puerta descerrajada sin atreverse a entrar; una de las criadas tapó los ojos del hijo menor del matrimonio, otra lo intentó sin éxito con la hermana de Úrsula.

Dalmau permanecía sentado en aquel sillón bajo y cómodo, trastornado, con la mirada fija en un punto indeterminado y rodeado de dibujos esparcidos por el suelo. El maestro miró a su hija y luego a él.

—¡Qué has hecho, desgraciado! —exclamó antes de arrodillarse junto al cuerpo de su hija y buscar el pulso en su muñeca.

—¿Vive? —inquirió con un hilo de voz doña Celia.

—No lo sé —contestó su esposo—. ¡Yo qué sé, por Dios! —Dejó la muñeca y la palmeó en el rostro—. Hija. ¡Dios santo! ¡Responde! ¡Úrsula!

—¿Vive? —insistió doña Celia, quieta en pie sobre el cuerpo de su hija.

—¡Y yo qué sé! —estalló el maestro—. No noto nada. ¡Úrsula! —Agitó su rostro—. ¡No sé qué tengo que notar!

—El pulso —terció mosén Jacint.

—No lo sé. No lo encuentro… No sé si lo hago bien. No sé si lo busco en el lugar adecuado. ¿Y si fuese muy débil?

—¡Id en busca de un médico! —ordenó el religioso a los que se amontonaban en la puerta.

—Ya han ido, mosén.

—Muévela, Manuel —lo instó su esposa—, muévela, a ver si vuelve en sí…

El maestro zarandeó a su hija, que en un momento determinado mostró su desnudez completa. Doña Celia se tapó los pechos, como si fueran los suyos los que hubieran sido expuestos; luego examinó el taller, encontró lo que buscaba y cubrió el cuerpo de su hija con una sábana de las que su marido utilizaba para proteger sus pinturas. No la tapaba por completo. La mujer, de forma maquinal, tiró de la sábana hacia abajo para ocultar las piernas, pero entonces dejó al aire los hombros y el nacimiento de los senos. Y cuando rodeó a la muchacha y tiró de la sábana en el sentido contrario para tapar los hombros, los muslos aparecieron por abajo. Pareció que iba a repetir la operación, pero en lugar de ello estalló en llanto. Mosén Jacint se arrodilló junto a la cabeza de la muchacha y, con el crucifijo alzado en una de sus manos, empezó a rezar.

—¿Y los santos óleos? —sollozó entonces la madre—. ¿No debería usted administrarle ese último sacramento?

—No se puede si ya está muerta —interrumpió el religioso sus oraciones para responder a doña Celia.

—¡Y quién dice que está muerta! ¡No sé si está muerta! —aulló don Manuel arrancándose un mechón de la patilla que iba a juntarse con su bigote tupido—. No soy médico. ¿Y si todavía le queda un halo de vida? ¿Quién asegura que mi hija no está viva?

—Pues si no lo sabemos —insistió doña Celia—, adminístrele los santos óleos, mosén.

—No los tengo aquí —se quejó el otro.

—¡Pues corra a buscarlos!

En ese momento y sin mediar palabra, Anna, la cocinera, se arrodilló con dificultad entre los dos hombres y arrimó un espejito limpio por debajo de la nariz de Úrsula. La mayoría de los presentes contuvo esa respiración que ellos mismos esperaban empañase el espejo. Transcurrió algún minuto, mucho más rato del que una persona podría aguantar sin respirar, y el espejo no se empañó. La cocinera negó con la cabeza y entregó el espejo a don Manuel a modo de prueba del fallecimiento de su hija. Le costó levantarse del suelo, obesa, entre los dos hombres, frente al cadáver de la joven. Nadie hizo por ayudarla. Respiró profundo cuando lo logró, e inconscientemente fue a apoyarse en uno de los brazos del sillón en el que Dalmau todavía permanecía ajeno a cuanto lo rodeaba.

—¡Desgraciado! —le escupió.

Una de las criadas buscó otra sábana y terminó de cubrir por completo a Úrsula. Mosén Jacint continuaba con sus rezos, y doña Celia lloraba agarrada a una vecina que ya había comparecido en la casa al oír el alboroto y los gritos. Don Manuel se volvió hacia Dalmau y observó el entorno; su mirada se posó en los dibujos.

—¡Recójalos! —ladró a una de las criadas.

Luego vio la morfina. Cogió el botellín y cerró los ojos antes de lanzarlo con fuerza contra la pared, donde reventó.

—¡Hijo de puta! —Agarró a Dalmau de la camisa y lo levantó del sillón. No consiguió alzarlo hasta mantenerlo frente a su rostro como pretendía: era un peso muerto—. ¿Qué le has hecho a mi niña, piojoso?

Encolerizado, con el rostro encendido y escupiendo las palabras, don Manuel trató de mantener vertical a Dalmau con una sola mano para así abofetearle el rostro con la otra. La camisa se desgarró y el joven resbaló hasta golpear contra el brazo del sillón y caer al suelo. Solo gimió.

—¡Asqueroso bastardo! —lo insultó don Manuel pateándole la barriga—. ¡Canalla! ¡Hereje! ¿Cómo he podido confiar en ti? ¡Te mataré!

Y le soltó otra patada, y muchas más. Alguien trato de detenerlo, quizá otro vecino recién llegado, pero una mujer lo agarró del hombro y se lo impidió. Hecha esa excepción, nadie reaccionó, y permitieron aquella paliza a un Dalmau que instintivamente se encogió y se tapó la cabeza, hasta que don Manuel, derrotado, se llevó las manos al rostro y cayó de rodillas.

Trasladaron a Dalmau al cuartelillo de la Guardia Municipal de la calle del Rosselló, donde lo encarcelaron después de que los servicios de asistencia del Ayuntamiento de la ciudad se llevaran el cadáver de Úrsula al hospital de la Santa Cruz, y comparecieran la policía y el juez, junto con un médico forense, a levantar el correspondiente atestado. Los curiosos amontonados en la calle se apartaron respetuosamente para dejar paso a la camilla. Luego envolvieron a los agentes que empujaban a un Dalmau esposado que, si bien parecía algo más despierto, era evidente que permanecía todavía bajo los efectos de la sobredosis de morfina que se había inyectado.

—¿Por qué lo tienen encerrado?

La pregunta, apocada, tímida, había surgido de boca de Josefa. Se hallaba sentada en el borde de un poyo encastrado en la pared del cuartelillo, la que daba frente a los escritorios de los policías. El ambiente estaba cargado de humo de tabaco y del sudor de las decenas de personas que pasaban por allí. El ruido era constante, como un rumor que no fuera a interrumpirse jamás; entraban unos y salían otros, y el alboroto no cesaba. Pese al bullicio, Tomás oyó la pregunta de su madre. No era la primera vez que la formulaba desde que esa tarde, hacía ya muchas horas, se había sentado en aquel poyo para permanecer erguida, impertérrita, como si con esa postura reclamase un derecho que los policías estaban obligados a concederle.

—Ya se lo he dicho, madre —contestó el hijo procurando hacerlo con dulzura—. Dalmau no ha hecho nada malo. Lo liberarán en un momento u otro.

—Entonces ¿por qué tardan tanto?

«Porque son unos hijos de la gran puta», estuvo tentado de contestarle, igual que lo había estado las otras veces que Josefa había preguntado lo mismo. Ella lo sabía. Había luchado, había conocido la soberbia de los poderosos. Pero una vez más la observó allí sentada, en el borde del poyo, moviendo las manos en el regazo igual que si cosiera.

—Es el papeleo, madre. No tardarán —añadió acariciándole el cabello.

No podían tardar. Alguien que había presenciado la detención de Dalmau en el paseo de Gràcia y que lo conocía había difundido la noticia que, como mala que era, llegó a oídos de Josefa en menos de una hora. La mujer corrió en busca de Tomás, el mayor de los hermanos, el anarquista, quien volvió a buscar la ayuda del abogado Fuster. No habría transcurrido hora y media y los tres estaban ya en el cuartelillo de la calle del Rosselló. Tomás y su madre se sentaron en el poyo; Fuster empezó a ir de un funcionario a otro, interrogándolos, exigiendo, sonriendo a unos y fingiendo seriedad con otros.

—Tengo que ir al juzgado —les dijo al cabo—. Allí es adonde están llevando todas estas diligencias.

—¿Cuánto tardarás? —preguntó Tomás.

—No lo sé. Habré de ver qué es lo que tienen, y los exámenes que han hecho al cadáver, y las pruebas y tal y cual y todo eso…

El abogado, de pelo corto y canoso, había tenido oportunidad de comprobar todas las diligencias, serias, urgentes y escrupulosas que, dada la personalidad de la fallecida y de su padre, se habían llevado a cabo por parte del juzgado y de los órganos a él adscritos.

—No tardarán, señora Josefa —se sumó el letrado de vuelta en el cuartelillo, entrada ya la noche y sentándose a su lado para acompañarla—. Su hijo —repitió una vez más— no ha cometido ningún delito, y ellos lo saben. El médico forense ha examinado con detenimiento el cadáver de la joven y no ha encontrado la más mínima señal de violencia o maltrato. No hay moratones, no hay marcas, no hay heridas. Incluso ha muerto virgen. Tampoco había signo alguno de que hubiera sido forzada. La causa de muerte por asfixia es corriente en este tipo de situaciones y el pinchazo de morfina en su pierna es notorio y evidente. Dalmau no ha hecho nada malo. Incluso aunque hubiera sido él quien le hubiera pinchado, eso no constituye delito alguno. La chica estaba borracha y al parecer se inyectó una cantidad importante de droga; algo falló en su naturaleza. No es la primera vez. El juez ya ha decretado la libertad de Dalmau: he visto la resolución.

—Entonces ¿por qué no lo sueltan? —musitó Josefa.

Al cabo de una hora más de espera comprendieron la razón de la demora. Don Manuel, demacrado, con el rostro macilento y las ropas arrugadas, se presentó en el cuartelillo de Rosselló. Lo acompañaban un par de oficiales de la Guardia Civil, militares, ajenos a la Guardia Municipal. Cruzó con paso firme la entrada sin mirar a nadie, se introdujo en la zona de los escritorios y desapareció tras una puerta.

—¿Adónde va? —preguntó Tomás a Fuster.

El abogado movió la cabeza en señal de incomprensión, y no tardó un segundo en interrogar a un policía de los que recibían a la gente.

—¿Adónde va ese hombre? —preguntó Fuster. El otro se encogió de hombros—. Quiero ver a mi cliente ahora mismo —exigió.

—No puede —dijo el guardia en tono rotundo.

—Tengo derecho a ver a mi cliente. Esos dos guardias civiles y el padre de la joven muerta estarán con él...

—No necesariamente.

—¡Quiero verlo ya!

Fuster hizo caso omiso a la nueva negativa por parte del policía y trató de superar la zona para cruzar la puerta. Un par más de agentes se abalanzaron sobre él y lo inmovilizaron. El abogado no peleó.

—¡Soy letrado! —gritó—, y exijo ver a mi cliente.

Ninguno de los policías aflojó la presa.

—Escuchen... —Tomás se acercó a ellos bajando la voz—. Ustedes me conocen, ¿verdad? —A su pregunta, uno de ellos asintió, los demás no—. Me llamo Tomás Sala. Hace tiempo que estoy limpio y por eso permanezco en libertad, pero les juro por lo más sagrado de todos esos santos en los que creen ustedes que, como no nos acompañen a la celda en la que está mi hermano y lo pongan de inmediato en libertad, no cesaré hasta que este cuartelillo reviente por los aires con ustedes dentro. De hecho, ya hay algunos compañeros fuera, esperando mis instrucciones —mintió, aunque sí que era cierto que varios anarquistas habían ido presentándose frente al cuartelillo para saber de los sucesos.

Los dos policías que no conocían a Tomás interrogaron con la mirada al tercero, quien soltó al abogado Fuster en respuesta.

—Detrás de ustedes —los instó este una vez libre y tras recomponerse las ropas.

Llegaron justo cuando los dos números de la Guardia Civil arrastraban a Dalmau por un pasillo desde la celda común.

—¿Adónde lo llevan? —gritó Fuster corriendo para interceptarlos.

—¿Qué pretenden hacer con él? —añadió Tomás.

Los guardias civiles vacilaron mientras los tres policías del cuartelillo de Rosselló permanecían a la expectativa.

—Vamos a interrogarlo —alegó con insolencia uno de los guardias civiles.

—No hay razón para ello —replicó el abogado Fuster—. El juez ha ordenado su libertad sin cargos. —Tras oírlo, alguien fue a decir algo—. ¡De inmediato! —exigió el letrado.

Uno de los agentes soltó el brazo de Dalmau, agarró a Fuster por el cuello y lo estrelló de espaldas contra la pared; el abogado boqueó en busca de aire.

—Nos da igual uno que tres, ¡imbécil! —masculló el guardia civil.

—¡No saldrán ustedes vivos de aquí, bastardos! —los amenazó Tomás.

Fuster trató de mantener la calma cuando el guardia civil aflojó la presión sobre su garganta.

—¿Ahora matan ustedes también a los abogados? ¿Se dan cuenta de lo que significaría eso? Todos los letrados de Barcelona, republicanos o monárquicos, de derechas o de izquierdas, se les echarán encima.

El silencio se hizo entre los presentes en aquel pasillo oscuro y maloliente. Solo la respiración agitada de Dalmau, que temblaba y alternaba su peso de un pie a otro en un baile incesable, quebraba la tensión.

—¿Se responsabilizarán ustedes de esta tragedia? —insistió el abogado dirigiéndose ahora a los tres guardias municipales del cuartelillo. Dos de ellos negaron con la cabeza, el tercero escondió la mirada—. Vámonos entonces —sentenció Fuster tirando de uno de los brazos de Dalmau.

No consiguió llevárselo. Don Manuel se lo impidió agarrándolo del otro brazo.

—Te mataré —le escupió a la cara, agitándolo—. Pagarás por lo que le has hecho a mi hija. Juro por Dios que no cesaré hasta verte muerto, a ti y a todos los tuyos.

—Empiece usted por mí, beato asqueroso —lo retó Tomás empujándolo.

Los guardias civiles se revolvieron, Tomás y Fuster también. Los policías de Rosselló se interpusieron entre los dos grupos.

—Váyanse —exigieron a Tomás.

El abogado no lo pensó más y empujó a los hermanos a lo largo del pasillo mientras los policías formaban una barrera frente a la Guardia Civil. Josefa saltó del poyo al ver aparecer a su hijo. Intentó abrazarlo, pero Dalmau la rechazó. A la luz de la planta baja, presentaba los ojos inflamados, inyectados en sangre, la ropa sucia y rota; sudaba copiosamente y estaba pálido, con todos los músculos en tensión, prestos a reventar.

—¡Mis cosas! —gritó girando sobre sí, haciendo caso omiso a su madre, a su hermano y al abogado—. ¿Dónde están mis pertenencias?

—Voy a por ellas —se ofreció Fuster.

—Ve afuera, hermano —le ofreció Tomás agarrándolo del codo. Dalmau se zafó de su ayuda con un gesto brusco.

—Hijo, por favor —suplicó su madre.

—¡Mis cosas! —insistió Dalmau dejando a los otros y dirigiéndose hacia Fuster, que hablaba con un policía.

—Sufre la abstinencia de la droga —comentó Tomás a su madre—. Opio, ¿morfina? ¿Usted lo sabía, madre?

—¿Por qué las madres tenemos que saberlo todo? ¿Acaso lo sabías tú, Tomás?

—¡Había un botellín de morfina! —se oyó gritar a Dalmau en pie frente al escritorio del policía, revolviendo inútilmente sus efectos personales—. ¿Dónde está? ¿Quién lo tiene?

—Mi hija lo tiene. —Era don Manuel quien hablaba, ya en el piso superior—. Ese botellín que tanto buscas es lo que la ha llevado a la muerte.

Dalmau fue incapaz de cruzar una mirada con su maestro. En su lugar, agarró descuidadamente sus efectos y se los metió en los bolsillos. Cogió su abrigo y su gorra, y abandonó a toda prisa el cuartelillo sin despedirse de nadie.

—Hijo… —trató de detenerlo Josefa sin éxito.

Ninguno de los tres siguió a Dalmau una vez que este salió del cuartelillo de la calle del Rosselló.

—En su estado, no vale la pena intentar nada. No hará caso a nadie hasta que logre pincharse de nuevo —razonó Tomás.

—¿Y después? —susurró Josefa, como si no se atreviera a preguntarlo en voz alta.

En ese momento, don Manuel y los dos guardias civiles discurrieron por delante de ellos en dirección a la salida.

—Lo acompaño en el sentimiento —aprovechó para condolerse Josefa con don Manuel.

—¿Usted? —preguntó el otro con sorna, deteniéndose frente a la mujer—. Ha sido su hijo quien…

—No —lo interrumpió ella—. Ha sido usted —añadió. El maestro frunció el ceño—. Sí, ha sido usted el que con sus adulaciones e intereses ha permitido que un buen chaval se torciese. Ustedes, los ricos, disponen de las personas a su voluntad, se aprovechan de ellas, las malean y después se quejan. Quizá usted haya perdido a una hija, y lo siento de veras, pero ¿qué me ha dejado a mí? Un espantajo que vagará por la miseria hasta morir tirado en una cuneta.

—Eso es lo que espero y deseo, señora —sentenció don Manuel Bello.

11

Le habían pegado en tantas ocasiones que el dolor había llegado a convertirse en una sensación, si no placentera, sí esencial en su vida. Lo que Maravillas no controlaba era el hambre: la necesidad de comer, algo, un mendrugo reverdecido, la enloquecía. El frío la llevaba a encogerse al resguardo de una esquina, quieta, temblorosa, rendida a la posibilidad de no volver a abrir los ojos al día siguiente. Sensaciones como el amor o el placer no existían en la vida de una *trinxeraire* que vagaba por las calles desde que tenía uso de razón. El dolor, sin embargo, la acompañaba como algo que siempre hubiera vivido con ella, ahora más agudo, ahora menos… Delfín decía que su padre le pegó nada más nacer, que a las pocas horas ya presentaba varios moratones.

—¿Qué sabrás tú?, si eres menor que yo, imbécil —replicó ella tras pensar unos instantes.

—¿Y quién te ha dicho a ti que soy menor que tú?

Nadie, esa era la verdad. Maravillas no se atrevía siquiera a sostener que ella y Delfín fueran hermanos. No tenía ningún recuerdo de su infancia que los relacionase. Lo cierto era que tampoco los tenía de ella misma. En ocasiones se le manifestaban como fogonazos: rostros desdibujados, mucha gente, muchos niños, mendigos; entornos hediondos; hambre y miseria; frío; gritos y llantos, y mucho dolor. Y un día en la calle, limosneando, cuando los detuvo un policía, Delfín dijo que era su hermano, o quizá fuera ella quien lo hizo.

—¡Claro que soy mayor que tú! —quiso imponerse—. ¿Estás tonto? ¿No ves que soy mayor?

El otro la miró de arriba abajo. Ambos, como todos los niños de la calle, solo abundaban en ropas viejas y suciedad, en lo demás todos eran producto de la desnutrición y las enfermedades: escuálidos, pequeños, algunos casi enanos, de cuerpos esqueléticos y rostros pálidos y demacrados.

—¿Quién te defendió ayer por la noche? —insistió Delfín—, ¿eh?, ¿eh? ¿Quién fue? Si no fuera mayor que tú, ¿te habría defendido? ¿Cómo va el menor a defender al mayor? Es siempre al revés. ¡Reconócelo!

Siguieron andando entre la gente. La mayoría de las personas los evitaba, pero había quienes amenazaban con apartarlos de su camino. Maravillas y Delfín, como todos los *trinxeraires*, percibían a estos últimos y los sorteaban; era una de las primeras lecciones de los niños de la calle: si no aprendías a burlar a aquellos desaprensivos, no hacían más que caerte pescozones y bofetadas, como si fueras un perro al que se podía insultar, golpear y escupir. Más tarde los hermanos se separaron para dejar paso a un carretón de dos ruedas cargado de paja, del que tiraba un hombre. Sí, Delfín había salido en su defensa, aunque poco importaba que lo hubiera hecho: la primera bofetada le había desgarrado el corazón al ritmo que su cabeza giraba con fuerza en el aire; poco más podían dolerle otros golpes. Delfín se había interpuesto antes de que le propinara la segunda bofetada, quizá la que le llevara el rostro al otro lado, quizá la que habría conseguido que sus heridas cicatrizasen como correspondía a una desgraciada como ella, sin derecho a pensar en el corazón más que cuando fallaba. Delfín se había llevado aquel segundo golpe. Estaba destinado a Maravillas y le habría venido bien. El dolor curaba, el dolor los mantenía vivos y alertas; el dolor les recordaba quiénes eran.

—No necesitaba que me defendieras —recriminó entonces a su hermano.

—Pues no volveré a hacerlo. —En esa ocasión cambiaron de acera para no toparse con un policía que venía en su dirección—. Pero sigo siendo mayor que tú —insistió Delfín una vez que hubieron superado el peligro—. ¿Adónde vamos?

—Quiero ver a esa zorra.

Delfín resopló. No dijo nada. Sabía que no conseguiría que

Maravillas cambiara de parecer. Dalmau, su Dalmau, la había abofeteado. Sí, la noche anterior lo habían encontrado vagando por las calles del Raval, solo, nervioso, sudoroso. Delfín llegó a advertírselo a su hermana: «No vayas. No te acerques. Le falta un pinchazo». Se trataba de un drogadicto peligroso. «No lo hagas, Maravillas», añadió cuando ella se liberó de su mano y se dirigió hacia Dalmau.

Le dijo que era una puta, una ramera que le había destrozado la vida mostrándole dónde estaba Emma, llevándolo hasta su casa para encontrarla embarazada de otro hombre. ¿Por qué lo había hecho si lo sabía? Había caído en la morfina por culpa de Maravillas, solo por culpa de ella; si no lo hubiera llevado….

—¿Tienes morfina? —le preguntó entre insulto e insulto. Maravillas negó—. ¿Y dinero para comprar? —inquirió. Tampoco—. ¿Y tú? —añadió en dirección a Delfín, que reculó negando con la cabeza—. ¡Perra asquerosa! —volvió a dirigirse a Maravillas—. ¡Me has llevado a la miseria! ¿Quién te había pedido que la buscases? ¡Ya la había olvidado! ¡Y sabías que estaba preñada de otro!

Entonces su cuerpo se sacudió por la abstinencia, y el temblor se convirtió en convulsiones que pareció que iban a dar con él en el suelo, pero que, en lugar de eso, lo llevaron a golpear con fuerza el rostro de Maravillas. Delfín corrió y se interpuso entre los dos; el siguiente golpe fue para él.

—Me habéis destrozado la vida —escupió Dalmau como si aquellos arrebatos violentos lo hubieran extenuado—. Te odio, muchacha. No has hecho más que traerme la desgracia. Desde que te pinté, mi vida ha sido un calvario. ¡Muérete! No quiero verte nunca más.

Maravillas no lloró, permaneció encogida en un portal, arrimada a Delfín durante lo que quedaba de noche. El dolor le recordaba que no debía hacerlo, que la habían parido sin lágrimas, igual que los había que nacían sin un brazo o una pierna.

—¿Para qué quieres ver a la zorra esa? —le preguntó su hermano cuando, después de que amaneciera, ella le propusiera ir al encuentro de Emma.

—Dalmau no sabe lo que dice —lo excusó Maravillas—. Estaba drogado. Pero esa hija de puta sí sabe lo que hace, y lo ha hundido.

—No es problema nuestro, Maravillas. Uno no vivirá mucho. Morirá rápido, lo sabes. Y si no es así, lo matarán el día que intente robar algo para comprar droga, o lo meterán en la cárcel, lo que será peor. Y la otra, ¿qué te importa? ¿Por qué no nos olvidamos de los dos?

—¿Dalmau morirá? —se planteó la *trinxeraire*—. Seguro —terminó contestándose—. ¿Quién te dice que no moriré yo antes? ¿O tú? Mañana mismo: el tifus o la tuberculosis, la viruela…. o un navajazo. ¿No lo vivimos cada día? ¿Te acuerdas de aquel que llamaban el Peludo? —dijo Maravillas. Delfín asintió. Ya tenía noticia, pero permitió que su hermana continuara—: Pues murió ayer. Y el día antes la putilla aquella que se refugiaba a nuestro lado, ¿recuerdas? —También la recordaba Delfín, sí—. Y el anterior… —No continuó—. Mañana podemos ser nosotros, Delfín. Yo quiero ver a esa zorra por la que Dalmau llora; lo del maestro es lo único bonito que me ha pasado en la vida. Solo quiero verla —apostilló. El otro soltó media carcajada de incredulidad—. No vengas si no quieres.

—Está embarazada —apuntó Delfín como si con ello pudiera hacer que su hermana relegase cualquier mala intención que tuviera para con Emma.

—Ya habrá parido.

Así era. Emma transportaba a su bebé anudado al pecho con un pañuelo grande que cubría por completo a la pequeña. Llevaba la comida para Antonio, a la obra en la que Maravillas sabía que el albañil trabajaba, una casa de cinco plantas que estaban construyendo en un callejón del barrio de Sant Pere. Allí era casi imposible moverse. Los andamios invadían parte de la calle ya estrecha de por sí. La gente trataba de circular por ella sorteando los acopios para la obra, ladrillos, sacos de arena, tablones… Unos gritaban, otros se quejaban y alguno que otro bromeaba. Y allí estaba Emma, como otras mujeres, a la espera de que el capataz diera por terminada la jornada matutina y los albañiles que trabajaban en la obra descendieran de los andamios.

—¿Y ahora? —preguntó Delfín a su hermana, los dos parados solo un par de pasos más allá, junto a una casa semiderruida al otro lado de la calle, enfrente de la que estaban construyendo.

«¿Ahora?», pensó Maravillas con la mirada fija en Emma. Podía tocarla.

—¡Aparta de ahí, sanguijuela! —oyó que le gritaban por detrás.

Se volvió para toparse con un carro de cuatro ruedas que transportaba maderas para la construcción. Un percherón grande tiraba de él, nervioso por los gritos y los latigazos del carretero, necesarios para circular por aquellos callejones de la ciudad antigua.

«Ahora verás», pensó Maravillas, y en lugar de apartarse para dejar paso al carro, la niña simuló tropezar justo al paso del percherón, al que asustó agitando en el aire las mil ropas con que se cubría, como si pretendiera evitar caer por delante de él. La reacción fue inmediata: el caballo se asustó y saltó con violencia hacia el lado opuesto, aquel en el que se encontraban Emma y las demás mujeres, que huyeron despavoridas por delante del animal.

Maravillas vio que escapaban todas saltando sobre los tarros de comida, el pan y las botas de vino; dio media vuelta y rio triunfadora mirando a su hermano, imitando a las mujeres, corriendo sobre el sitio y braceando, bromeando como si huyera asustada, hasta que un estruendo llamó su atención: no solo el caballo se había arrimado a la pared opuesta, originando la fuga de las esposas de los albañiles, sino que además el carro había seguido la misma trayectoria y una de las ruedas había chocado con las maderas que sostenían el andamiaje por delante de la fachada de la obra.

El carretero oyó un primer crujido, percibió el peligro que se avecinaba y, en lugar de luchar con el caballo, saltó del carro para evitar que le cayera encima la obra. Libre el percherón de control, atascada la rueda en uno de los postes de madera, el animal trató de liberarse sin conseguir otra cosa que el andamio se tambaleara y que cubos, agua, arena y maderas le cayeran encima, lo que lo enloqueció todavía más y lo llevó a empujar con todo el poder de su inmensa grupa partida y sus patas gruesas como troncos, arrastrando en esa ocasión el andamio entero, la obra de la fachada a la que sostenía y, con ello, a los albañiles que trabajaban y que cayeron desde metros de altura envueltos en escombros, cascotes, tablones y ladrillos.

Todavía no se había levantado el polvo que se acumulaba en el callejón y el percherón seguía pateando tumbado en el suelo, herido, atado al carro, cuando las mujeres de los albañiles se lanzaron en busca de sus esposos. Poco después de que a los relinchos del animal se sumasen los quejidos de los heridos y los gritos de las mujeres, las campanas de la iglesia cercana de Sant Pere de les Puelles empezaron a tocar en señal de alarma: rápido y repetidamente.

Emma ni veía ni podía respirar. «¡Cuidado con las patadas del caballo!», oyó que alguien advertía. Tapó a Julia, su hija, por completo, y trató de apartarse del lugar en el que se oían los golpes de los cascos del percherón contra el suelo y los escombros. En la calleja estrecha, a modo de un gran tubo, parecía que el polvo en suspensión no fuera a desaparecer nunca. «¡Antonio!», gritó. Chocó con alguien; otra mujer. «¡Ramón!», gritaba aquella.

—¡Antonio!

Parada sobre las maderas, no oyó contestación. Su alarido se mezcló con otros tantos, y poco a poco, con los quejidos de dolor de los heridos, los gritos de la gente que iba apareciendo, los relinchos agudos del percherón y el tañido de las campanas de Sant Pere. Llegaron más caballos: la policía. El polvo empezó a desvanecerse y mejoró la visión de la escena. Todos estaban sucios. Emma envolvió todavía más a su niña en el pañuelo en el que la llevaba. No se la oía, pero la sabía viva; la notaba palpitar contra su pecho. Alguien, un policía, empezó a dar órdenes, pero nadie le hizo caso. La gente levantaba tablones y ruinas tratando de liberar a los albañiles atrapados. Algunas mujeres ayudaban; otras, como Emma, permanecían quietas, con la respiración contenida, mirando aquí y allá hasta lograr reconocer a quien buscaban. De repente lo vio: lo extraían dos hombres tirando de él por los brazos, como si fuera un muñeco. Ella saltó por encima de un par de tablones y a punto estuvo de tropezar.

—¡Tengan cuidado! —les recriminó.

Los dos se detuvieron. No soltaron a Antonio, que quedó medio colgando.

—Señora… —empezó a decir uno de ellos.

—¡Guardia! —llamó el otro.

Alguien la agarró de los hombros, desde atrás.

—Está muerto —le susurró al mismo tiempo que los otros dos continuaban tirando del cadáver.

Emma lo contempló, grande y fuerte. No había sangre. No presentaba ninguna herida. ¿Cómo iba a morir un hombre así?

—No —replicó en voz muy baja.

El policía la sujetó por los hombros con más fuerza mientras terminaban de extraer el cuerpo de Antonio y lo colocaban contra la fachada de la casa de enfrente, junto a otro muerto y un par de heridos sentados contra la pared. Entonces la soltó. Emma se volvió hacia él.

—No —repitió.

El guardia frunció la boca.

Emma se arrodilló junto al cadáver de Antonio ajena a las tareas de desescombro. Con la mano izquierda, por encima del pañuelo, agarraba la cabeza de su niña, con la derecha acariciaba el cabello astroso de Antonio. No podía creer que estuviera muerto. Le golpeó la mejilla, intentando hacerlo reaccionar. Un médico joven del dispensario municipal del Parque, el servicio más cercano a la zona, se arrodilló junto a ella.

—Lo comprobaremos —le dijo con dulzura buscando el pulso en una de sus muñecas—. Lo siento —sentenció cuando, tras un rato de engaño, consideró que Emma estaría algo más dispuesta a aceptar el trágico diagnóstico.

A partir de ahí, la sucesión de hechos se confundió en la mente de Emma. Lloró. Lo hizo sobre el cadáver de su albañil, imponente aun muerto, agarrando a Julia con todas sus fuerzas. Trataron de levantarla, pero ella se opuso. «Hay que llevarse a los muertos y los heridos, señora», oyó que le decían. Cejó en su resistencia y el médico joven la ayudó a ponerse en pie, y sin moverse vio cómo cargaban a su Antonio en un carro abierto. «Al hospital de la Santa Cruz», contestaron a la pregunta que brotó rasgada de su garganta. Aunque ella necesitaba tocarlo una vez más, no le dejaron hacerlo: traían otro herido

—Vaya primero a su casa —le aconsejaron—. Una morgue no es lugar para un bebé.

Alguien la abrazó, una mujer

—¿Dónde vives? —le preguntó.

Emma tartamudeó. Un par de buenas samaritanas se prestaron a acompañarla.

—¿Y la cazuela con la comida, y la bota de vino? —se le ocurrió preguntar a Emma después de confesar que ni siquiera llevaba los diez céntimos que costaba el tranvía.

Las otras la tranquilizaron: buscarían la cazuela y la bota de vino, le aseguraron, además pagaron el tranvía de su bolsillo.

Ya en el pasillo del patio de luces al que daban las casuchas, Emilia y Pura no necesitaron más que un instante para hacerse cargo de la situación. Emma continuaba cubierta de polvo, el cabello embadurnado en tierra, igual que sus ropas. Solo en su rostro, las lágrimas habían abierto unos regueros limpios. Casi tuvieron que arrebatarle a su hija. Sin dejar de vigilar a los niños, la acostaron. La limpiaron y le ofrecieron un caldo que no probó. Quien sí mamó fue Julia. «Es una mujer fuerte», se dijeron la una a la otra en silencio a la vista de la leche que no había perdido. Pero ninguna de las dos habría podido asegurar hasta cuando duraría esa fortaleza.

El municipio se hizo cargo del entierro tras comprobar la falta de recursos de Emma. Lo hizo rápido, en menos de cuarenta y ocho horas puesto que corría el mes de agosto de 1904 y el calor apretaba. Pese a la premura, Emma se vio sorprendida por la presencia de casi una docena de personas. Los otros dos muertos que se habían producido con el derrumbe no fueron inhumados en el recinto libre, sino en la zona católica, adonde fueron los representantes de la propiedad de las obras. Ella no había tenido tiempo de comunicar a nadie su desgracia. Tampoco tenía a quién decírselo: podría habérselo contado a Dora, pero estaba segura de que el sombrerero no le habría permitido acudir, no fuera a mancharse. Y en cuanto a Josefa… Hacía tiempo que no la veía, desde que Dalmau se presentara aquel día con la intención de ayudarla. Además, solo podía haber sido Josefa quien indicara a su hijo dónde vivía, o con quién lo hacía, o la que le proporcionara algún dato para dar con ella, así que Emma no podía evitar albergar sentimientos encontrados hacia la madre de Dalmau. Emilia y Pura no habían podido acudir; ya habían hecho bastante. Y tampoco conocía a la familia de Antonio; sabía que había una madre y un par de hermanas con las que no tenía trato y que vivían en un pueblo de las cercanías de Barcelona. «En la boda te las presentaré», le prometía siempre él, pero tal como les iban las cosas, el enlace se atrasaba una y otra vez.

Sin embargo, allí estaban algunos de aquellos compañeros que habían corrido junto a ellos en la última huelga de la construcción. «¡Viva la República!», gritó uno de ellos con el brazo en alto cuando los sepultureros bajaron el féretro de Antonio a la fosa común. «Esto le habría gustado», pensó Emma dibujando media sonrisa en sus labios. Nadie atacó a la Iglesia, quizá por respeto al dolor de las familias que algo más allá enterraban a sus seres queridos.

Y para sorpresa de Emma, también estaba Joaquín Truchero, en esta ocasión con los zapatos limpios y brillantes, acompañado por Romero, su ayudante. Desde que había parido a la niña y las cosas se les habían torcido, Emma no acudía a dar las clases nocturnas.

—Te traslado el sentir de todo el partido y el mío propio. —Truchero le tendió la mano cuando Antonio ya había desaparecido bajo la tierra y el duelo se despedía.

—Gracias —contestó Emma extendiendo su mano derecha mientras con la otra agarraba a su niña, otra vez oculta junto a su pecho por un pañuelo grande—. Truchero… —llamó su atención cuando el otro hizo ademán de dejarla. El líder joven se volvió hacia ella—. Necesito un trabajo.

—Ya hablamos de eso, Emma. Ya sabes cuál es mi respuesta.

—Mi compañero, el padre de mi hija, ha muerto por estar en las listas de los malditos…

La mayoría de quienes habían acudido al entierro rodeaban ahora a Emma y a los dos funcionarios del partido.

—Yo también estoy desde la última huelga; me incluyeron con Antonio —alegó uno de los hombres.

—Pues yo me libré —apuntó otro.

—Antonio murió porque tuvo que trabajar por poco jornal y en condiciones inseguras —siguió Emma—, y todo eso sucedió por hacer caso al partido y luchar por los derechos de los trabajadores.

—Son muchos los que luchan, muchos los que están sin empleo y muchos los que sufren las consecuencias —replicó Truchero.

—No parece que tú seas uno de ellos —lo increpó uno de los albañiles.

Emma volvió a mirar los zapatos relucientes de Truchero; el joven quizá se había equivocado lustrándolos.

—Seguro que hay muchos de esos —terció otro en ayuda de Emma—, pero Antonio ha muerto, y deja una mujer sin recursos y una criatura de meses, y es de ella de quien estamos hablando.

—En las fraternidades podrán ayudarla.

—No quiero ayuda. Quiero trabajo. —La voz de Emma se había endurecido—. Si no podéis mediar en ello, no servís a los obreros, y menos a los que luchan por vosotros.

—El partido no está para atenderos uno por uno.

—Di a Lerroux —lo amenazó Emma— que o me consigue un trabajo decente, o volveré a buscar a las mujeres y a dar mítines, pero en esta ocasión para desengañarlas de esa revolución de la que tanto habláis.

Emma y Truchero enfrentaron sus miradas. El sol caía a plomo y hasta los sepultureros estaban pendientes de la situación. Emma apretó mandíbula y puños como hacía en los momentos en los que se enfrentaba a la Guardia Civil, con Montserrat a su lado, cuando unos y otros se retaban; entonces no existían los republicanos más que como un grupo de nostálgicos viejos. Ellas sí; ellas estaban ahí, desde pequeñas, y aguantaban las miradas cargadas de odio de unos policías resentidos a los que no les permitían cargar contra mujeres y niños. Truchero ni siquiera tenía los arrestos de los guardias, no era más que un joven radical y servil, y eso jugaba en su contra, algo que demostró unos segundos después, cuando asintió con la cabeza, cediendo a la presión.

—Soy cocinera —le recordó Emma cuando el otro ya se iba.

Romero ni siquiera se atrevió a ofrecerle la mano; se despidió de ella tocándose el ala del bombín.

Pero aquella actitud no le sirvió cuando después se dirigió a la obra, acompañada por solo un par de amigos de Antonio. Pese al tiempo transcurrido, los escombros todavía aparecían amontonados a un lado, lo suficiente para permitir el tránsito por el callejón, y unos albañiles se afanaban en terminar de apuntalar la construcción. Había bastante gente: operarios, constructores, funcionarios, y muchos curiosos. Emma preguntó por el capataz a quien parecía un vigilante.

—¿Por qué quieres verlo? —se interesó este.

—Porque el padre de mi hija falleció aquí mismo hace dos días.

Emma corrió la mirada por el suelo, como si quisiera indicarle el lugar exacto en el que Antonio había muerto, pero antes de que levantara de nuevo la cabeza, el vigilante ya se había aproximado a un hombre que controlaba de cerca las labores de apuntalamiento y que mudó su atención al escuchar las palabras que el otro le dijo al oído. En un instante estaba al lado de Emma, con la gorra estrujada entre las manos.

—Lo siento —le dijo—. ¿Qué hacéis vosotros aquí? —añadió dirigiéndose a la pareja de albañiles que hacían costado a Emma y a los que era evidente que conocía.

—Venimos del entierro de un compañero —contestó con malos modos uno de ellos—. Uno que también fue amigo tuyo antes de que te dedicases a contratar esquiroles y a explotar a los obreros.

—¿Habláis de Antonio? —preguntó el capataz, aunque en el fondo sabía la respuesta; no había reconocido a Emma, quien asintió. El hombre suspiró—. Le advertí que no era ese el camino…

—¿El camino de defender los derechos de los trabajadores? —saltó Emma.

—El camino de alimentar a los suyos —replicó el encargado—. Pero tampoco querría discutir contigo —trató de librarse.

Para entonces ya se les habían acercado otras personas.

—¿Qué desea? —inquirió directamente a Emma un hombre bien vestido, de negro riguroso, camisa blanca, corbata colorada y una barba poblada y bien cuidada.

—Don José Sancho —lo presentó el capataz—, el propietario del edificio.

—Mi… —«¿Mi qué?», terminaba siempre preguntándose Emma. No habían llegado a casarse—. El padre de mi hija falleció hace dos días en esta obra.

—Mi más sentido pésame —se condolió el burgués.

—Querría reclamar la indemnización que pudiera corresponder a la huérfana por el accidente.

Propietario y capataz torcieron el gesto. Los dos albañiles amigos de Antonio que acompañaban a Emma la apoyaban en silencio, aunque ya le habían advertido de camino a la obra que no le pagarían ni un céntimo. «Quiero oírlo de su boca», se empeñó ella. Y así fue:

—No corresponde indemnización alguna, mujer —le negó el propietario.

—Pero…

—El accidente —intervino el capataz— no se produjo como consecuencia de los trabajos en la obra, ni de negligencia o falta de seguridad por parte de la propiedad. Nosotros no tenemos la culpa de que un caballo loco se lanzara contra el andamio.

—¡Antonio tampoco la tuvo! —exclamó Emma.

—Ya, eso es cierto —consintió el hombre—. Por eso se trata de un caso de fuerza mayor, ¿entiendes? Nadie ha tenido la culpa… Salvo que quieras reclamar contra el carretero, pero este también lo perdió todo: carro y caballo. Ni siquiera recuperarías el dinero que gastases en abogados y procuradores.

—El padre de mi hija trabajaba para ustedes —insistió ella.

—Si desea acudir a los juzgados —trató de poner fin a la conversación el propietario ante la gente que se iba acumulando—, está en su derecho.

—Ustedes… —Emma señaló con el índice al burgués. Escupía las palabras—: Ustedes son la escoria del mundo. Dejan viudas y huérfanos solo para ganar algunos dineros más. Ese andamio era frágil e inestable. Cuatro maderos mal puestos en medio de un callejón, sin ninguna protección. Solo les interesa ahorrar dinero.

—Nadie obligó a Antonio a trabajar en esta obra —terció el capataz—. Se trataba de un albañil experto. Si fuera cierto lo que dices, habría rechazado la faena.

El cinismo con el que el capataz soltó la frase, cuando bien sabía que era el hambre y la necesidad los que llevaban a los hombres a aceptar aquellas condiciones precarias, exasperó a Emma.

—¡Hijo de puta! —Emma se abalanzó sobre él.

El hombre retrocedió, aunque tampoco fue menester que lo hiciera mucho, puesto que Emma se detuvo al recordar que cargaba con su niña.

—¡Perros ruines! —insultó entonces a todos los presentes—. ¡Miserables!

Un policía que vigilaba la obra se dirigió hacia ella. El burgués hizo un gesto negativo con la cabeza.

—La mujer se encuentra muy alterada —intervino—. Es lógico, dadas las circunstancias. No le tendremos en cuenta los insultos. ¿Se debía algún jornal al padre de su hija? —preguntó al capataz.

Emma, airada, encendida, la mandíbula apretada, los miró a todos, uno a uno, deteniéndose en el policía, que permanecía expectante. La rabia la impulsaba a actuar, pero la razón se impuso: ¿qué sería de su niña si la detenían? Escupió al suelo e hizo ademán de escapar de allí incluso renunciando a las cuatro monedas que le ofrecían. «Necesitas esos dineros», le susurraron los amigos de Antonio. Terminó delante del burgués, de aquel hombre con levita negra y barba cuidada, tratando de no extender la mano en espera de aquellas pesetas que el otro contaba con parsimonia. Al final tuvo que hacerlo. La mano no acompañó su voluntad, y tembló.

Antes de que se fuera, se acercó una mujer que le entregó una bota de vino, limpia y engrasada.

—La cazuela no la encontramos —confesó. Emma se abrazó a ella—. Sé fuerte —le dijo al oído—. Tu hija te necesita. No cedas. Muchas hemos pasado por esto.

Si no hubiera existido ese caballo, le explicaron después los albañiles, ya de camino a casa, tampoco le habrían pagado. En justicia, deberían hacerlo: existía una ley desde hacía poco más de cuatro años que lo establecía. Sin embargo, los jueces seguían exigiendo la concurrencia de algún tipo de culpa por parte del empresario, y eso era muy difícil de probar, máxime cuando los propios compañeros del accidentado acostumbraban a negarse a declarar contra su patrón por miedo a perder el trabajo.

Limpiaba platos y tazas con la arena arcillosa de Montjuïc, igual que hacía en la casa de comidas de Bertrán. Fregaba suelo y mesas del café-restaurante de la Fraternidad Republicana, lámparas, puertas y cubiertos. Limpiar y fregar; ese fue el trabajo que Truchero le procuró. Tres noches a la semana reinició las clases a las obreras. El tiempo transcurría desde la muerte de Antonio, y la gente que entonces se volcó en ella, alguna con generosidad, había regresado a sus rutinas y a sus propias desgracias. Emma lloraba por las noches, y al tiempo en que el recuerdo de Antonio se le escapaba entre las lágrimas, los problemas crecían, como si la vuelta a la vida hubiera decidido mostrarse mucho más cruel incluso de lo que ella ya preveía.

Las tres pesetas que ganaba de jornal diario no eran suficientes para procurar la alimentación de ella y de su hija y pagar el alquiler de aquel cuartucho indecente en el pasillo. Había logrado aguantar un par de meses, pero el propietario del edificio, otro burgués enriquecido a costa de los humildes, ya le había mandado a su administrador, un viejo calvo y delgado que olía mal y temblaba, quien, sin la menor consideración por el hecho de que estuviera dando de mamar a Julia, la amenazó con el desahucio inmediato, salvo… La mirada cargada de lujuria que rebosó por aquellos ojos acuosos desoló a Emma. Le faltaba su hombre, su albañil, y hasta un bellaco viejo pretendía aprovecharse de su necesidad. Volvía a aquella vida: la del colchonero y el pollero.

—¡Váyase a tomar…! —Calló y rectificó a tiempo—. ¿De qué plazo estaríamos hablando? —inquirió levantándose del lecho y apartando a Julia lo suficiente para que aquel indeseable vislumbrase parte de su pecho.

—No sé… —El administrador se acercó a ella—. ¿Cuánto necesitarías?

Emma dejó a la niña en la cama y se volvió hacia el viejo con su pecho ya completamente al descubierto, el pezón erecto, rebosando una leche que se negaba a dejar de manar. Al sátiro se le escapó la baba por entre la comisura de los labios. Alargó la mano para tocar el seno joven de Emma, y esta le lanzó una patada a la entrepierna. El hombre aulló y se llevó las manos a los testículos, y Emma volvió a patearlo. Y una tercera vez, hasta que cayó al suelo doblado.

—De momento me vas a conceder un mes más, ¿verdad? —dijo Emma. El otro no contestó—. ¿Verdad? —insistió dejándose caer de rodillas sobre el torso del viejo, que pareció crujir como si se hubiera roto.

—Sí —tosió este.

Le obligó a firmar un recibo, como si Emma hubiera pagado un mes más. Lo hizo con la navaja de Antonio presionando sobre sus riñones; se la habían dado en la morgue del hospital, con el resto de sus efectos personales. El albañil hacía servir esa navaja para todo, desde cortar el pan y pinchar las patatas que Emma le llevaba para comer, hasta juguetear con ella y tallar trozos de madera que jamás tenían el menor parecido con aquello que decía haber pretendido esculpir. Emma siempre reía y se burlaba de él cuando veía el resultado final.

—No tiene validez algo firmado bajo coacción. —El viejo la despertó de su ensoñación.

Emma apretó la punta de la navaja. «Debería llevarla siempre encima», se juró en ese momento.

—Pero sí que tendría validez si me lo hubieras firmado después de sobarme el coño, ¿eso es lo que quieres decir? —Ahora apretó la navaja mucho más, hasta que notó cómo se clavaba en la carne y el viejo se retorcía de dolor—. Cuando haya pasado este mes, ven a mirarme la otra teta.

Ahora se acercaba ese día, y no tenía dinero. La mayor parte de él se le iba en comida; debía alimentarse bien para que la leche fluyera y su hija creciera sana. Necesitaba algo de ropa para Julia de cara al invierno, aunque fuera usada, además de velas, carbón, y de pagar algún billete de tranvía el día en que se veía incapaz de recorrer media Barcelona a pie para llegar al trabajo. La única facilidad era que dejaba a la niña en la guardería de la Fraternidad, donde la cuidaban y adonde acudía para darle de mamar cada vez que la avisaban.

Había vuelto a utilizar la navaja de Antonio un día en que el encargado del café le recriminó por enésima vez sus constantes idas y venidas. En esa ocasión el hombre la atacó con mayor acritud, con modales violentos, quizá porque había bebido más de la cuenta.

—¡No puede ser! ¡No puedes estar yendo y viniendo todo el día! La limpieza se detiene y nos quedamos sin copas, ni vasos ni…

Emma se acercó a él.

—Lo siento —quiso excusarse.

A partir de ahí se interrumpieron el uno al otro:

—No es suficiente….

—Ya sabes que tengo una hija…

—¡Pues que se ocupe otra!

—Tengo que darle de mamar.

—Búscate un ama de cría…

El hombre malinterpretó la distancia a la que Emma se le aproximó. Estaba tan cerca que podía tocarla. El hedor a aguardiente fue insoportable para la muchacha.

—No puedo pagar un ama de cría —masculló.

—Pues entonces tendrás que compensarlo de otra manera… —insinuó él.

El hombre calló al notar la punta de la navaja apretando sus testículos. Reculó, pero Emma presionó más. El otro siguió andando hacia atrás, los brazos casi levantados, hasta chocar de espalda con la pared. Emma no cedió.

—Te castraré como vuelvas a meterte conmigo o con mi hija. ¿Lo entiendes?

Sin embargo, Emma estaba segura de que el administrador no caería en el mismo engaño que ya lo había llevado a regalarle un mes más de la casucha del pasillo. Ese día, Emma no tenía clase nocturna y sabía que le restaba una posibilidad. De la Fraternidad, al lado de la Universidad de Barcelona, se dirigió al barrio de Sant Antoni, allí donde había vivido con su tío Sebastián y sus primos. Eran dos pasos, aunque se trataba de un camino y una zona que había tratado de evitar desde el día en que la echaron de casa.

La puerta estaba abierta, así que llamó y entró sin aguardar respuesta. Estaban todos cenando: su tío, Rosa y sus dos primos. Tardaron en reaccionar, hasta que su prima se levantó y corrió a abrazarla. Emma permitió que se le escaparan las lágrimas.

—Poned un plato más —ordenó Rosa.

—No… —trató de rechazar Emma.

Los demás no se movieron.

—¿No me ha oído, padre? —gritó la otra.

Emma solo quería recuperar la estilográfica con el capuchón de oro que había pertenecido a su padre; seguro que con ella podría pagar un mes más de alquiler, quizá dos, pero terminó dando cuenta de una buena sopa con hortalizas y carne en abundancia, como correspondía a un trabajador del matadero, mientras Rosa jugaba con Julia, sentada esta a horcajadas encima de sus piernas.

Antonio, su esposo, sí, se había casado, decidió contar, había muerto en un accidente. Era albañil. «¿El accidente del caballo que se volvió loco y se llevó por delante el andamio?» «Ese mismo», ratificó a uno de sus primos tras su pregunta. El rictus de desaprobación con el que su tío Sebastián la había acogido se dulcificó al oírla, y hasta se permitió agarrar una de las manitas de Julia, a su lado en la mesa. Emma trató de no contar mucho más. Trabajaba en la Fraternidad, aunque ya no participaba en los mítines republicanos. Las mujeres tenían poco que contar y por lo visto ella ya había agotado cuanto podía decir. El tío Sebastián fue en busca de la estilográfica, antes incluso de finalizar su plato.

—¿Por qué no se la regalaste a tu esposo cuando os casasteis? —inquirió como de pasada antes de sentarse de nuevo y llevarse otra cucharada a la boca.

La pluma había quedado encima de la mesa delicadamente envuelta en una gasa.

«¿Por qué no se la regalé?», se planteó Emma mientras hasta su hija parecía esperar su respuesta.

—Porque no sabía escribir —zanjó la cuestión—. No quería ponerlo en evidencia.

El tío Sebastián terminó la cena y se fue de casa. Tenía turno de noche. Dudó antes de acercarse a la mesa para despedirse. «¿Volverás a vernos?», le preguntó. Emma se levantó y lo besó por encima de la frente. Él esbozó una sonrisa. Poco más tarde los dos hermanos salieron a tomar una copa, por lo que Emma y Rosa quedaron a solas y, sentadas en la cama que tanto tiempo habían compartido, llorando y riendo, con Julia profundamente dormida entre ellas, se contaron cuanto les había sucedido desde el día en que se separaron.

Por su prima supo Emma de Dalmau. Nadie tenía noticias de él. Algunos decían que lo habían visto aquí o allá, aunque todos coincidían en que siempre iba borracho o drogado, como un pordiosero más de los que se movían en las sombras de la noche.

—¿Y Josefa? —preguntó Emma.

—Mil años más vieja, pero sin perder su carácter. En ocasiones me cruzo con ella —recordó Rosa—. Cuentan que una noche apareció Dalmau y se llevó cuanto de valor había en la casa. Dicen también… Aunque no sé si dar crédito…

—¿Qué? —la apremió Emma.

—Dicen que maltrató a su madre. Que ella intentó detenerlo, calmarlo, hablarle, pero… —Rosa calló. Emma recordó el puñetazo que le había propinado a ella misma, en el café del Paralelo—. No sé, cada cual cuenta una cosa diferente, ya sabes cómo es esto. En cualquier caso, sin la ayuda económica que su hijo le proporcionaba, Josefa se ha visto obligada a realquilar la habitación de Dalmau a una familia recién llegada de un pueblo de Lérida: un matrimonio con dos hijos pequeños.

Pese a que ya había anochecido cuando se despidió de su prima, Emma caminó hasta la calle Bertrellans. Si perdía el último tranvía podría refugiarse en la Fraternidad para evitar la caminata hasta su casa; siempre había alguien que dormía por allí escondido y no sería la primera vez que ella lo hacía. Muchos eran los empleados que, a falta de recursos, dormían sobre los mostradores de las tiendas en las que trabajaban y hasta llegaban a vivir en ellas. Entre los ruidos de la noche, Emma oyó el ronroneo de la máquina de coser antes incluso de comprobar el tenue refulgir de la vela a cuya luz trabajaba Josefa, y que ni siquiera llegaba a iluminar el alféizar de la ventana de su dormitorio. No podía creer lo que Rosa le había contado, no lograba imaginar a un Dalmau drogado y desaparecido. Durante la conversación con su prima, el parloteo incesante de esta le había impedido hacerse cargo de la trascendencia de la situación, pero tal como salió a la noche, tal como se internó en la ciudad vieja y el hedor y la humedad de sus calles la envolvieron, la culpa y los recuerdos atenazaron sus pensamientos. «¿Y si ha muerto?», se preguntó. Un escalofrío se añadió a la angustia que le originaba el entorno. Tapó a su hija. La última vez que lo había visto lo insultó, lo despreció. Ni siquiera creyó una palabra de la explicación que él le dio sobre el robo de los desnudos. Un obrero que fumaba apoyado en la fachada de un edificio la piropeó. Emma palpó la navaja. Tampoco podría hacerle nada ese hombre, pero sus propios gritos resonarían en la callejuela y alguien la ayudaría, ¿o no? Aceleró el paso y miró al obrero antes de introducirse en el portal oscuro de la casa de Josefa: él continuaba apoyado contra la pared.

Las olió ya desde la escalera: gallinas. Después de trabajar con el pollero, reconocería ese tufo hasta el momento exacto anterior a su muerte, cuando los sentidos ya deberían haberlo abandonado a uno. Al parecer, los inquilinos de Josefa habían ocupado el descansillo diminuto que se abría frente a las diversas puertas de los pisos, porque allí jugaban dos niños pequeños casi desnudos y se amontonaban dos jaulas con un par de gallinas cada una. No era suya, nunca había sido su casa por más que en una época pensara que algún día lo sería y, aun así, se sintió como invadida en su intimidad al asomarse a la puerta y ver a dos agricultores recién llegados del campo, sucios y malolientes, sentados a la mesa de la cocina. La navaja de Antonio parecía de juguete al lado de la que reposaba sobre la mesa junto a una hogaza de pan duro.

No golpeó sobre el marco de la puerta, ni siquiera carraspeó para llamar la atención de aquellos dos, se limitó a entrar, sin saludar.

—Vengo a ver a Josefa —anunció dirigiéndose directamente a su dormitorio.

Los otros tampoco se sobresaltaron.

El ruido de la máquina de coser se detuvo antes de que Emma, esta vez sí, golpeara con los nudillos. Josefa la recibió con los brazos abiertos y lágrimas en los ojos, como si hubiera estado esperándola durante mucho tiempo.

Se llevó la cuna de Julia, la ropa personal y la de cama, un par de platos y otro de vasos, algunos cubiertos, la navaja, la pluma y la muñeca de trapo de la niña. Tampoco cabía nada más en casa de Josefa.

Consiguió que el repartidor de hielo de la Fraternidad le hiciese el porte de la cuna y lo demás en su carreta a cambio del abrigo viejo de Antonio que hasta entonces había conservado porque tapaba con él a Julia por las noches. Lo poco que restaba después de haber ido vendiendo objetos y tras permitir que Pura y Emilia eligieran un recuerdo lo liquidó a un chamarilero por unas pesetas que les vendrían muy bien ahora que arreciaba el frío de aquel invierno de 1905.

Emma no sabría decir si habría llegado a pedírselo, pero creyó desmayarse de gratitud en el momento en el que Josefa se lo propuso: «Venid a vivir aquí conmigo». Fue como si toda la tensión acumulada desde la muerte de Antonio escapara por los poros de su piel. No lloró, no podía llorar más después de que una y otra se hubieran explayado en sus desgracias. «No era él, no era él, no era él», excusó Josefa a su hijo en cuanto confesó a Emma que sí, que le había pegado la noche en que entró a robar. Tras la proposición, Emma se dejó caer en la cama en la que permanecía sentada hablando con Josefa.

—¿Significa eso que sí? —preguntó Josefa. Emma asintió con la cabeza, arrastrando el rostro por encima de la colcha—. Le diré a esta familia que tiene que marcharse y ocuparás el cuarto de Dalmau.

Josefa ya le había comentado que no creía que Dalmau regresara nunca. Su hermano, Tomás, había utilizado todos sus contactos en el mundo anarquista para intentar dar con él: supo de su deriva y de su descenso al infierno. «Parece que allí se instaló —murmuró la mujer con los ojos húmedos—, junto al diablo.» Después no lograron encontrarlo. De repente nadie más dio razón de él; había desaparecido de la ciudad.

—Estará muerto —sollozó la mujer—. Lo habrán recogido de las calles, indocumentado, como uno más de esos mendigos que acaban en ella.

Emma la abrazó mientras Josefa caía en un llanto cansino, espasmódico. «No he podido enterrarlo», repetía una y otra vez. La joven se vio arrastrada por el dolor y la tristeza de la mujer y notó que le corrían las lágrimas por las mejillas. «No debo llorar por él», se recriminó para sí. Dalmau no lo merecía. Pero la muerte… Eso tampoco se lo habría deseado nunca.

—No pierda la esperanza, Josefa —susurró—. Dalmau vino a verme, ¿sabe? —comentó después—. Lo hizo para ofrecerme dinero.

—Le advertí que no fuera.

Emma vaciló un instante, pero si iba a vivir allí, necesitaba saberlo:

—¿Por qué le dio mis señas?

—Yo no lo hice.

—Y entonces ¿cómo llegó hasta mí? —preguntó Emma, sorprendida.

—Lo ignoro, Emma. No sé cómo te encontró.

Transcurrieron unos instantes, en los que la mujer se dejó llevar por el dolor y Emma por la intriga de cómo había llegado Dalmau hasta su puerta.

«De cualquier forma —tuvo que reconocer al final—, una simple coincidencia habría sido suficiente.»

—Y los subarrendados —inquirió entonces la joven para apartar a Josefa de su tristeza al mismo tiempo que señalaba hacia la cocina—, ¿cree que se marcharán?

—Les devolveré su dinero —afirmó Josefa tras un suspiro con el que puso fin a su llanto—. Son mala gente. Los niños…, bueno, no son más que niños, revoltosos como todos, y ella es una desgraciada que recibe una paliza tras otra. Todos son muy rústicos, muy brutos y sucios, pero él, Anastasi, es peligroso. Me engañó quien me los recomendó y me equivoqué al juzgarlos. Los días en que ese animal se excede con la bebida, tiemblo encerrada en mi dormitorio. Tienen que irse. Entre tú y yo saldremos adelante.

—¿Y si no aceptan que les devuelva su dinero?

No lo aceptaron. Anastasi golpeó con tanta fuerza la mesa de la cocina que hasta las gallinas dejaron de cloquear en sus jaulas y los niños se asomaron desde el descansillo.

—¡Hace unos días te pagué el mes entero, y pienso estar aquí el mes entero! —aulló el rústico—. No tengo tiempo para ponerme a buscar otra casa, he de encontrar un trabajo.

—Pues no parece que lo busques con mucho ahínco —replicó Josefa. Anastasi la traspasó con la mirada. Emma se arrimó a ella para hacer causa común frente al hombre—. Siempre estás ahí sentado, o en la taberna de abajo —le recriminó la mujer.

—¿Me vas a decir tú lo que tengo que hacer?

—Por supuesto…

—Oigan… —El heladero que esperaba instrucciones acerca de dónde debía dejar la cuna de la niña interrumpió la discusión—. ¿Qué hago con esto?

—Póngala usted en el descansillo, con las gallinas —ordenó Anastasi.

—En mi dormitorio —lo corrigió Josefa. Emma, sorprendida, la interrogó con la mirada—. Será solo un mes —la tranquilizó la otra—. La cuna cabrá entre el armario y los pies de la cama, que compartiremos durante ese tiempo.

—Y el día que te canses de la vieja, puedes venir conmigo —rio el otro.

Remei, la esposa de Anastasi, también sentada a la mesa, ni siquiera torció el gesto.

—Antes me… suicido.

La mano de Josefa en el antebrazo de Emma la llevó a callar.

El dormitorio de Josefa terminó lleno a rebosar, tanto que era casi imposible andar por él. La cama estaba pegada a una esquina para que, de esta forma, junto a la ventana, cupieran la máquina de coser, la banqueta, las cestas y demás enseres necesarios para la ropa y la costura. A los pies de la cama había un armario de madera, con un espejo picado colgado del interior de una de las puertas, que fue donde Emma guardó su ropa y la de Julia, no sin antes darse cuenta de que allí también estaba la de Dalmau, que Josefa debía de haber sacado de la habitación que ahora ocupaban Anastasi y su familia. A la joven se le encogió el corazón al rozar aquellas prendas porque se las había visto puestas cuando eran novios y ahora lo más probable era que hubiera muerto. El problema era que, acomodada la cuna, las puertas del armario no abrían. «No te preocupes, tendremos que moverla para abrirlo», le dijo Josefa, ya sentada tras su máquina, presta a trabajar de nuevo. Entre cama, cuna, armario, máquina y enseres, en la habitación solo quedaba espacio para una mesilla y una jofaina con agua.

—Cuídate de ese hombre —advirtió Josefa a Emma—. Y cierra la puerta con llave.

La otra le mostró la navaja mientras obedecía. Josefa evitó comentarios y empujó el pedal de la máquina de coser. Emma se sentó en la esquina de la cama que daba a la pared, y se llevó a la niña al pecho. Luego se desvistió hasta quedarse solo con la camisa, se arrastró por la cama a cuatro patas hasta llegar a Josefa, y la besó en la mejilla.

—No trabaje tanto —le rogó.

—Ya sabes que soy de poco dormir —contestó ella.

Lo último que Emma pensó antes de conciliar el sueño fue en las veces en que tanto ella como Dalmau se habían quejado del rumor monótono y cansino de la máquina de coser que molestaba la pureza de sus promesas de amor y sus risas ingenuas, en la necesidad económica que implicaba el uso constante del aparato, y sobre todo en la miseria que se obtenía tras una jornada de catorce horas de trabajo. Esa noche, sin embargo, encontró en el ruido del pedal y el correteo de la aguja sobre la ropa blanca el arrullo cariñoso que necesitaba para alcanzar el descanso.

Emma y Josefa contaban los días que faltaban para que Anastasi y su familia abandonaran el piso de la calle Bertrellans, una vivienda que se había convertido en un lugar opresivo, peligroso incluso para Emma. Remei, como tampoco Anastasi, no conseguía ese prometido trabajo que hacía soñar a los agricultores hasta llevarlos a abandonar sus tierras y emigrar a la ciudad. La crisis económica afectaba ya a multitud de oficios y labores. Más de un veinte por ciento de las mujeres que trabajaban en el textil estaban sin empleo. En la construcción los porcentajes eran trágicos: el cincuenta por ciento de los carpinteros no tenían ocupación y, sin embargo, en las fábricas de Barcelona trabajaban más de veintidós mil niños. Remei era basta, inculta, analfabeta, incapaz de prestar servicio alguno para la burguesía catalana, e ignoraba cualquier otro oficio que pudiera llevarla a optar a un empleo. Con todo, Anastasi era mucho peor que su esposa. Emma lo había visto por la Fraternidad, acompañando como un matón de poca monta a los grupos de republicanos que o bien actuaban como guardaespaldas de los líderes, o bien eran los encargados de sembrar el pánico ciudadano y de boicotear manifestaciones o eventos contrarios a sus ideas.

Porque la violencia había regresado a Barcelona. Ya en el año anterior, 1904, los anarquistas habían renunciado al compromiso adquirido tras el fracaso de la huelga general de 1902 y habían vuelto a sembrar de bombas las calles de la ciudad; si Lerroux prometía la revolución a los obreros, los libertarios no iban a quedarse atrás. Los activistas de partidos políticos y sindicatos andaban armados con pistolas, y las reyertas se sucedían, hasta el punto de que las asociaciones de comerciantes solicitaban permiso a las instituciones para la creación de una policía privada que solventase la ineficacia de la municipal. Mientras, las pocas huelgas que las sociedades obreras se atrevían a afrontar en una situación como aquella fracasaban en su casi totalidad. En 1904 los paros se redujeron en un sesenta por ciento con respecto al año que lo precedía, y la gran mayoría de ellas se vieron frustradas por la intransigencia de los patronos, que hasta se negaban de forma insolente a cumplir el descanso dominical obligatorio regulado por ley en marzo del año anterior.

Así las cosas, y salvo cuando Anastasi era llamado a una acción concreta o decidía ir a emborracharse a alguna taberna, porque sus buenos dineros parecían reportarle aquellas correrías, los dos campesinos y los hijos que Josefa había calificado tan benévolamente de «revoltosos» dejaban transcurrir las horas de forma casi impúdica sentados a la mesa de la cocina, discutiendo a gritos los padres hasta que Anastasi ponía fin a la disputa con un manotazo que en ocasiones alcanzaba a Remei en el hombro o en el rostro, porque los chavales preveían el estallido de violencia de su padre con mayor exactitud que la de un marino avezado para predecir tormenta, y huían raudos.

—¿Ya va buscando una nueva vivienda? —se interesaba Josefa a medida que pasaban los días.

Anastasi contestaba unas veces y gruñía otras. «No se preocupe usted», le recriminó en una ocasión. «Hay muchas casas que nos acogerán; la gente necesita el dinero», soltó en otra. «Me iré cuando cambie a mi mujer por esa muchacha que le calienta la cama», rio en la última, haciendo un gesto con la cabeza en dirección a Emma, como si la invitase a entrar en el dormitorio que había sido de Dalmau.

Pese a que la ira se lo reclamaba, Emma no replicó al matón y bajó la mirada para ni siquiera retarlo con ella. Aquella era la promesa que Josefa le había arrancado: silencio. «No te enfrentes a él», le ordenó. Y eso era lo que hacía: esquivarlo cuando lo tenía delante; cubrirse con todo tipo de ropas para evitar sus miradas; encerrarse en el dormitorio de Josefa; callar, callar y callar incluso con Remei, a la que le habría gustado alentar a la oposición, a enfrentarse a su esposo, a luchar contra la sumisión. «No lo hagas —la convenció Josefa—. Te indigna tanto como a mí, pero queda poco, niña. Unos días y se irán.»

Y ese día se acercaba sin que Anastasi ni su familia hicieran nada por procurarse otro lugar en el que discutir en torno a una mesa de cocina, con los niños corriendo por la casa y las gallinas en el descansillo. Era primera hora de la mañana; Josefa esperaba a que Remei terminara de dar el desayuno a los suyos, para empezar a preparar el de ellas dos. Emma había dado el pecho a su hija y acababa de asearse con el agua de la jofaina. Los niños entraban y salían al descansillo. Anastasi paseaba en ropa interior por la cocina rascándose la cabeza, la barriga, el culo, los testículos, cuando de repente tres hombres ocuparon el hueco de la puerta abierta.

—¿Dalmau Sala? —preguntó uno de ellos agitando unos papeles que llevaba en la mano.

Josefa se volvió hacia ellos.

—No está —acertó a contestar—. ¿Saben algo de él? —inquirió con las manos adelantadas hacia aquellos tres desconocidos, como si pidiera limosna.

—¿Quién es usted? —preguntó el hombre.

—Su madre.

—¿Y ustedes? —preguntó Emma, ya detrás de Josefa, con la niña en brazos, adelantándose a la siguiente pregunta del recién llegado.

—Soy el oficial de la escribanía del juzgado de primera instancia de Atarazanas —contestó con displicencia. Acto seguido señaló a los hombres que lo acompañaban—. Y ellos son los alguaciles, y los ordenanzas —añadió indicando todavía más atrás, hacia el descansillo y la escalera.

—¡Dalmau! —exclamó Josefa abalanzándose hacia los funcionarios judiciales—. ¿Qué le ha pasado?

—No sabemos nada de su hijo —la interrumpió el oficial mientras permitía que los alguaciles se interpusieran en el camino de Josefa—. ¿Dice usted que no está aquí? —Al oírlo, Josefa se detuvo. Anastasi se había apartado con discreción en cuanto supo que eran funcionarios judiciales. Remei continuaba con el desayuno que los niños le exigían, ajenos a todo, y Emma notó un extraño cosquilleo que no presagiaba nada bueno—. ¿Dónde está?

—¿Dalmau? —inquirió Josefa con ingenuidad.

—Por supuesto, Dalmau Sala.

—No lo sé. Hace tiempo que desconozco el paradero de mi hijo…, si es que vive.

El oficial y los alguaciles pasearon la mirada por los presentes, deteniéndose en Anastasi.

—¿Quién es usted? —preguntó uno de ellos.

—Un subarrendado —contestó Josefa.

—Anastasi Jové —contestó al mismo tiempo el otro—. ¿Quieren mi cédula?

—Sí —lo apremió el oficial—. Bien. Dalmau Sala no está y usted dice ser su madre… —Consultó los papeles que llevaba—. Josefa Port, ¿es cierto?

—Sí.

Emma se acercó a Josefa. El cosquilleo aumentaba.

—Bien. Esto también le concierne. Tome. —El oficial le alargó unos papeles, que Josefa cogió como si quemaran—. Se trata de una demanda que don Manuel Bello ha formulado contra ustedes dos, Dalmau Sala y Josefa Port —concretó—. Les reclama la cantidad de… —El hombre trató de calcularlo allí mismo—. No lo sé exactamente, pero cerca del equivalente de mil doscientas pesetas en oro, más los intereses.

—¿Cómo? —sollozó Josefa.

—Pues eso. El señor Bello les reclama mil doscientas pesetas.

—¿A ella, a la madre? —terció Emma.

—Sí. A ella también. —Ahora fue el oficial quien ojeó los papeles—. Señora —ladró—, aquí dice que usted firmó un contrato por el que el señor Bello prestaba a su hijo la cantidad de mil quinientas pesetas de oro para librarse del servicio militar. ¿No es así?

—Sí — acertó a reconocer Josefa—, pero…

—Pero nada —la interrumpió el otro—. Se han dejado de pagar las cuotas de cien pesetas anuales y el contrato está vencido. Venimos a embargar.

—Las gallinas son mías —saltó en ese momento Anastasi.

—¿Tiene usted contrato de subarrendamiento? —le preguntó el oficial.

—No. Yo solo le pago a ella una cantidad mensual.

—Entonces todo lo que hay en esta casa, en principio, pertenece a la inquilina —lo acalló el otro con un cansino manotazo al aire—. Discútalo usted con el juez. Empezad —ordenó a los alguaciles, que dieron paso a varios ordenanzas que esperaban en el descansillo.

Gallinas; navajas, las dos, la grande de Anastasi y la pequeña de Emma; la pluma con el capuchón de oro del padre de Emma; cuadros y algunos dibujos de Dalmau enmarcados; figuras de cristal; un traje y unos zapatos casi nuevos de Anastasi que acababa de comprarse para acudir a su trabajo y de los que alardeaba como si fuera un marqués, y una bolsa con bastantes dineros que encontraron debajo de su colchón: lo que había traído del pueblo de Lérida tras liquidar una mísera propiedad rústica que exigía más sudores que beneficios procuraba, además de lo que llevaba ganado como matón en Barcelona, cerca de cuatrocientas pesetas en total.

—¡Esto es mío! —aulló Anastasi mirando al oficial, y a los dos alguaciles y los ordenanzas que los acompañaban, como si sopesara la posibilidad de agarrar la bolsa y huir. «Ni se te ocurra», leyó los pensamientos del funcionario—. Es mío —insistió entonces Anastasi.

—Dígaselo al juez —repitió el oficial con cierta sorna, ya sentado a la mesa de la cocina, con las monedas dispuestas en montoncitos frente a él, para relacionar su cuantía en la nota de bienes embargados.

Y mientras los hijos de Anastasi peleaban a dentelladas con los ordenanzas para que no se llevasen las gallinas, los dos alguaciles cruzaron la casa y pasaron por delante de Josefa cargando con la banqueta, los cestos de ropa blanca y la magnífica máquina de coser adquirida en la casa del señor Escuder, de la calle Avinyó.

Emma, con Julia en un brazo, tuvo que apresurarse para agarrar a Josefa a tiempo, repentinamente pálida, con la boca abierta pero incapaz de emitir sonido alguno, antes de que se desplomara al paso de su máquina de coser en manos de aquellos expoliadores despiadados.

Solo había estado en la fábrica de azulejos la vez que llegó hasta allí para insultar a Dalmau por haber vendido los desnudos que había dibujado de ella. Aquel día no llegó a entrar, y este tampoco se lo permitieron después de que Paco informase a don Manuel de que la que había sido novia de Dalmau quería verlo.

—¿Para qué? —le había preguntado el vigilante.

—Un asunto particular.

Paco había negado con la cabeza, igual que negaba cuando regresó a la caseta de entrada para comunicar a Emma la negativa de don Manuel.

—Puedo esperar —propuso ella—. ¿Mañana? —insistió ante el constante movimiento de cabeza por parte del vigilante.

—No te recibirá, muchacha. No te empeñes.

¿Cómo no iba a empeñarse? Don Manuel los había llevado a la ruina. Salvo las camas, las ropas de ordinario y el mobiliario y los utensilios para cocinar y comer, la casa había quedado vacía, y ni de lejos cubría la deuda. Josefa se había trastornado. Si la adicción a la droga y la desaparición de Dalmau ya la habían conmocionado, que unos extraños violaran su intimidad, el lugar donde compartiera vida con su marido, donde criara a sus hijos, su refugio, le originaron una turbación que Emma no supo controlar. Josefa buscaba la máquina de coser y cuando no la encontraba al lado de la cama, donde debía estar, donde había estado durante años, negaba con la cabeza y murmuraba como si no lo entendiera, y salía a la cocina, y al descansillo, y volvía al dormitorio aparentemente convencida de que encontraría la máquina. Y la máquina no estaba.

—Esperaré aquí —dijo Emma al vigilante apostándose por fuera de la verja de la fábrica de azulejos.

—Haz lo que te plazca, pero no conseguirás nada, muchacha —replicó el otro.

Debía conseguirlo. ¿Qué ganaba don Manuel perjudicando a una mujer como Josefa? Ella también había perdido un hijo. Lo habían pervertido, se lamentó en más de una ocasión a Emma; aquellos burgueses habían robado el alma de Dalmau y este, ingenuo, había caído en la soberbia, en la riqueza y finalmente en el vicio.

Por su parte, Anastasi había seguido a los funcionarios hasta los juzgados de Atarazanas y ya había buscado un abogado que luchara por recuperar sus pertenencias como subarrendatario, aunque no tenía excesivas oportunidades, les comentó el abogado José María Fuster, después de presentarse en casa de Josefa otra vez de la mano de Tomás, leer la demanda que habían notificado los funcionarios y oír de boca de una Josefa alterada y titubeante que, en efecto, había firmado aquel contrato para librar a Dalmau del servicio militar.

Emma pensaba en ello, y en la furia que se desataría en el momento en el que Anastasi regresara del juzgado, cuando se abrió la puerta de la fábrica de azulejos y el coche de caballos que acostumbraba a traspasarla a un trotecillo cómodo lo hizo al galope, aunque no lo suficiente para que Emma no llegara a vislumbrar al hombre de patillas grandes y tupidas que iba en su interior y que le sostuvo la mirada. Corrió tras el coche, pero lo único que consiguió fue tragar el polvo del camino y que la golpeara la lluvia de piedrecillas que lanzaban sus ruedas.

Emma pateó al aire. Era tarde y no podía perder más tiempo. Había implorado ese permiso en el trabajo de la Fraternidad; Julia querría mamar y su jefe estaría exigiendo a gritos vasos y tazas limpios. No podía arriesgarse a perder ese empleo, puesto que parecía que el suyo iba a ser el único dinero que entraría en casa de Josefa de momento, porque el matón, que probablemente seguiría protegiendo a unos y extorsionando a otros, aunque fuera sin su traje y sus zapatos casi nuevos, ya las había advertido de que él y su familia no se movían de allí y de que no pensaba pagar un céntimo hasta que logarse recuperar lo que le pertenecía. El problema, pensaba

Emma mientras rehacía el camino de la fábrica de azulejos hasta la Fraternidad, sería cómo lograrían pagar ellas el alquiler principal.

Trabajó con ahínco lo que restaba de día. A menudo pensaba en Josefa y en la dura vida de aquella pobre mujer. Había perdido al marido y a su hija, Montserrat, por la causa obrera; había perdido a su hijo Dalmau por todo lo contrario, porque los burgueses le habían robado el alma, y ahora la despojaban de cuanto tenía. Era imprescindible que hablase con don Manuel; si tan buen católico era como decían, tendría que ser compasivo. Estaba claro que en la fábrica no lograría entrar, y tampoco sabía exactamente dónde vivía. En algún edificio del paseo de Gràcia, le había comentado en numerosas ocasiones Dalmau, en un piso de techos altísimos y que daba a una terraza inmensa en el patio de manzana, con infinidad de habitaciones, cuadros, luces, plata y mil cosas más. Pero Emma no sabía dónde. Aunque lo que sí sabía era a quién podía recurrir.

—Querría ver a mosén Jacint.

A pesar de que casi había anochecido, en los escolapios de la ronda de Sant Antoni se continuaban dando clases por la noche, igual que en las fraternidades y los ateneos. Allí las había dado Dalmau, mientras ella suplantaba a Montserrat y aprendía catecismo en el correccional de las monjas del Buen Pastor. Previamente fue a dejar a Julia a la calle Bertrellans, al cuidado de Josefa, a quien también le dio algo de comida, y después acudió a los escolapios y se presentó al portero como la novia de Dalmau Sala. Este admitió que lo conocía, de cuando daba clases allí, y la hizo esperar en una habitación sobria y oscura, como parecían ser todas las de los religiosos, presidida por un Cristo crucificado, con una mesa de madera y varias sillas alrededor.

—Tú debes de ser…

Emma lo había visto entrar por la puerta con su sotana negra. El religioso no le ofreció la mano.

—Emma Tàsies. Fui novia de Dalmau… Dalmau Sala.

—Ya, ya —la interrumpió mosén Jacint—. Sé quién es. ¿Y qué te trae por aquí?

Emma se lanzó a explicar las razones que la habían llevado a acudir a mosén Jacint, quien la escuchó inexpresivo hasta que la joven comentó que hacía mucho tiempo que nadie sabía de Dalmau y que lo daban por muerto.

—¿Estáis seguros? —preguntó.

—No. Es imposible tener esa certeza. Pero alguien lo habría visto. Su madre lo da por muerto, y ahora… Como le he dicho, le han quitado el único medio de vida con que contaba. Es viuda y no tiene ayuda alguna. Morirá también.

—¿Y tú quieres que don Manuel le devuelva la máquina de coser?

—Sí. Mosén, sé lo que sucedió entre Dalmau y la hija de don Manuel y los trágicos resultados, pero sé también que don Manuel es un buen cristiano, y que los buenos cristianos, aun injuriados, deben perdonar y no conservar ni rencor, ni odio ni deseo de venganza. —Emma había preparado esa parte del discurso desde que decidió ir a ver al religioso, quien se irguió en su silla ante tales razonamientos—. ¿No cree usted que las pocas pesetas que don Manuel consiga recuperar de esa máquina de coser vieja no son más que una venganza odiosa en la madre de Dalmau?

—Tendrás oportunidad de preguntárselo tú misma.

Fue al día siguiente. «¡Juro que le rajaré los cojones si no me deja ir!», tuvo que imponerse Emma al jefe del café de la Fraternidad, a pesar de no disponer ya de la navaja, para que le concediera un nuevo permiso. Mosén Jacint le había hecho llegar recado de que don Manuel la recibiría antes de la comida, en su casa, cuya dirección también le hacía saber.

Tenía que conseguirlo: Josefa se consumía por momentos.

La hicieron subir al principal por la escalera de servicio, y allí esperar de pie, más de media hora, hasta que la misma criada que la había mirado con un deje de desprecio al abrir la puerta la acompañó ahora a la zona noble. Dalmau no había exagerado al describir la magnificencia y las riquezas que adornaban aquella casa. «Ten cuidado de no tocar ni romper nada», se permitió advertirle la criada.

La recibieron en el salón principal, don Manuel, vestido de luto riguroso, y mosén Jacint, sentados en sendos sofás. Ni la saludaron ni la invitaron a tomar asiento.

—O sea, que ¿crees que debo perdonar —fue lo primero que dijo el maestro, con ella en pie frente a los dos y la criada a su espalda— y no vengarme en la madre de quien mató a mi hija?

—Él no la mató —adujo Emma.

—¿Has venido a discutir de eso?

—No, no he venido a discutir de eso —rectificó Emma—. Y sí, creo que no debería usted buscar venganza en la madre de Dalmau. Es una mujer que morirá si no dispone de esa máquina; solo sabe coser y, tal como está el trabajo en nuestra ciudad, no podrá subsistir sin ella. —Tomó aire y se tragó el orgullo—: Imploro su caridad, don Manuel.

—Hablas de caridad, ¡virtud cristiana donde las haya! —exclamó el otro—, y mosén Jacint me ha comentado las razones que argüiste ayer…

El maestro dejó la frase en el aire.

—Sí —creyó verse obligada a responder Emma.

—Pero eres revolucionaria, anarquista o republicana. ¡Ahora están todos mezclados! —se quejó con asco—. ¿Cómo es posible que busques argumentos cristianos para defender tus pretensiones?

—¿Aceptaría usted razonamientos estrictamente sociales? —Al instante comprendió que había vuelto a equivocarse. Buscó ayuda en el religioso. No la encontró—. Quiero decir…

—Sé a lo que te refieres —la interrumpió don Manuel—: a las razones que enarboláis en huelgas, reyertas y manifestaciones. Las conozco y las sufro. Pero, en cualquier caso, de lo que me doy cuenta es de que los revolucionarios utilizáis unos u otros argumentos según os convengan. Eso se llama «hipocresía».

—No he venido a insultarlo.

—Pero sí que lo haces. Te burlas de mis creencias, de mi religión…

—Pretendo ser respetuosa con los demás. No es mi intención hacer tal cosa.

—Sí que lo es —terció don Manuel—. Os pasáis el día blasfemando, acusando a la Iglesia y a los creyentes de todos los males.

Pero luego no dudáis en apelar a conceptos como la caridad cristiana para saliros con la vuestra. ¿No lo ve así, mosén?

Mosén Jacint asintió, sin decir nada.

—Sois unos falsarios —continuó don Manuel—. No tenéis ni honor ni vergüenza y pretendéis que accedamos a vuestros ruegos invocando el nombre de un Dios en el que ni siquiera creéis.

Emma aguantó aquel duro discurso, tragándose el orgullo que la empujaba a defender su causa, la de los obreros, y a reivindicar la dignidad que había en ella.

—Quizá —intervino mosén Jacint—, quizá don Manuel se sentiría más benévolo si le dijeras el paradero de Dalmau…

—Eso no lo sé, mosén —replicó Emma.

—¡Nunca saben nada! —se burló don Manuel—. Solo piden y piden sin dar nada a cambio. Son unos parásitos que se aprovechan de nuestras fábricas y que ni siquiera agradecen que les demos la oportunidad de trabajar. ¿Dónde estaríais sin esos patronos a los que tanto criticáis? ¿Qué sería de gente como tú, desgraciada, si en esta ciudad no hubiera un lugar en el que te emplearan? Ya te lo digo yo: terminarías en la calle, vendiendo tu cuerpo y el de tu hija, porque no tienes ni moral, ni decencia ni temor de Dios… Dalmau es escoria y, si tú anduviste con él, tienes que ser de su misma calaña… ¡Escoria!

A Emma le fallaron las rodillas. Las palabras de don Manuel la golpearon en ellas como si se tratara de una barra de hierro. Trastabilló, se apoyó en una mesilla y volcó un jarrón, que se hizo añicos contra el suelo. Nadie se movió en la estancia. El mundo se le vino encima de repente. La asaltó tal congoja que no pudo impedir que las lágrimas corrieran por sus mejillas, allí mismo, delante de don Manuel y del mosén. No hizo nada por esconder su infortunio; los otros tampoco hicieron por consolarla y permanecieron firmes, erguidos en sus asientos.

—¿Y qué quieren que haga? —sollozó. Ninguno contestó. Emma hipaba, con las manos entrelazadas con fuerza por delante de su vientre—. ¿Quieren que les suplique?

Se hincó de rodillas. Una esquirla del jarrón se le clavó en la derecha, que empezó a sangrar y a manchar la alfombra. Mosén Jacint se levantó como si quisiera poner fin al asunto.

—No —la detuvo don Manuel—. No queremos que nos supliques a nosotros, muchacha. Arrodíllate ante Dios y suplícale a Él —añadió señalando un Cristo crucificado que colgaba de la pared.

Emma rindió la cabeza, el mentón contra el pecho, y tal vez habría obedecido si no hubiera visto en los labios de don Manuel una sonrisa burlona, condescendiente. Supo que su gesto no serviría de nada, que aquel hombre jamás cedería porque estaba cegado por un odio inmenso.

—¡Basta! —gritó poniéndose de pie, haciendo caso omiso a su rodilla, que sangraba profusamente—. No pienso arrodillarme más. Ni ante ustedes ni ante su Dios. Ya lo hice en el pasado… —Se echó a reír, y con la risa volvió la fuerza, la dignidad—. Ustedes se creen muy listos, pero no saben nada. Creyeron que Montserrat, la hermana de Dalmau, asistía a sus estúpidos rezos como una oveja descarriada, pero ella nunca lo hizo. Fui yo, sí, yo, quien suplanté a la hermana de Dalmau. ¡No saben cómo nos reímos de las monjas! ¿Quieren que les recite el padrenuestro? Aún lo recuerdo…

—¡Fuera! ¡Vete de aquí, blasfema! —aulló don Manuel—. Deberíamos quitarte a tu hija, ramera, antes de que la vendas a cualquier rufián. ¿Quieres que le devolvamos a esa anciana su máquina de coser? Pues entonces vuelve al convento del Buen Pastor, pide perdón a las monjas a las que engañaste; ingresa en él y danos a tu hija. Le buscaremos una buena casa, lejos de una perdida mentirosa como tú.

—¡No! —gritó Emma—. No permitiré que se acerquen a mi hija. Lucharé contra ustedes y mi niña estará a mi lado. Y si es necesario, moriremos juntas.

SEGUNDA
PARTE

12

Lo llamaban Pekín porque se trataba de un arrabal creado a finales del siglo XIX por trabajadores chinos o filipinos —la gente discutía al respecto—, pero en cualquier caso orientales, que habían emigrado a Barcelona desde las islas españolas de Cuba o Filipinas durante las guerras que se produjeron en ellas y que finalizaron con la derrota de España en su conflicto contra Estados Unidos. Allí, un número indeterminado de desheredados, sin recursos, encontraron un lugar donde asentarse en la estrecha franja de playa que existía entre el mar y la vía del tren que llevaba a Francia por Mataró, junto a la desembocadura de la riera de Horta, en una zona cercana al puerto y a la Barceloneta.

Y allí, en la playa, sin ningún tipo de servicio y a riesgo de los temporales marinos que regularmente devastaban la zona, se levantó un conjunto de barracas construidas con maderas, barro, cañas, telas y cualquier otro elemento capaz de ofrecer un mínimo resguardo. Con el tiempo, muchos de aquellos orientales fueron desplazados por inmigrantes que acudían a Barcelona y que no tenían dónde vivir, por lo que el barrio de Pekín se convirtió en una mezcolanza de gentes y razas, pescadores y chamarileros, jornaleros y vendedores de lo que fuese, incluido sexo, a menudo infantil, barato, que atraía a todo tipo de depravados.

Era en Pekín donde Maravillas y Delfín vendían los objetos que robaban al descuido. Don Ricardo conservaba rasgos orientales en una tez morena, herencia de una abuela cubana negra. El hombre, que a su vez se había casado con una catalana, habitaba junto a esta en una barraca de madera atestada animales, de todo tipo de trastos y artículos, y de niños, cinco hijos les vivían. Ricardo, obeso, permanecía siempre sentado, tapado con una manta y junto a una estufa de hierro, probablemente la única que debía de existir en todo Pekín, cuyo humo escapaba por las rendijas del tubo que a modo de chimenea se elevaba hasta el tejado, haciendo irrespirable el aire y creando un ambiente opresivo en el interior de la chabola. Maravillas estaba convencida de que el hombre dormía allí mismo, en ese sofá destartalado en el que recibía a sus clientes. Nunca lo había visto en pie.

La *trinxeraire* había conseguido ese día, sin embargo, que el receptador se irguiese y que la inmensa papada que acostumbraba a permanecer flácida bajo su cuello se tensara alrededor de toda su mandíbula.

—Te lo advertí —susurró por lo bajo Delfín a su hermana después de que esta anunciara su propuesta—. Lo has hecho enfadar.

Ella no le hizo caso.

—¿Me estás vendiendo a este tío? —se extrañó don Ricardo señalando a Dalmau, a quien Delfín trataba de mantener en pie—. ¡Suéltalo! —ordenó al chico. Dalmau cayó al suelo en cuanto Delfín obedeció—. Pero si está muerto —recriminó entonces a Maravillas.

—Todavía no —alegó esta.

—Pero casi.

Un perrillo ratonero, de morro largo, olisqueó a Dalmau, tirado en el suelo, inconsciente.

—Si se muere, no te lo cobro —propuso la otra con desparpajo.

—Pero ¿piensas que voy a pagarte un céntimo por esto? Me han vendido mujeres, niños, niñas, algún invertido, pero esto... ¿Qué le pasa? Droga, ¿no?

—Morfina.

—No tiene solución. La morfina no tiene cura.

—Este no lleva mucho tiempo enganchado —le explicó Maravillas—. Meses. No debe de estar tan jodido por dentro.

—¿Y qué quieres que haga con él? ¿Cuál sería el trato?

—Tú lo tienes por aquí. Si se muere, nada.

—¿Quién me devolvería el dinero de la comida que haya podido darle hasta que se muera?

—Es tu riesgo —lo interrumpió la otra.

Don Ricardo entornó sus ojillos orientales. Aquella *trinxeraire* le gustaba. Traía buenos productos, y era osada. En una Barcelona en la que el hambre y la miseria amenazaban a la mayoría de la población, y con un ejército de *trinxeraires*, mendigos y rateros recorriéndola de arriba abajo, era difícil obtener botines sustanciosos: alguna cartera de cuando en cuando; ropa; artículos de las tiendas, pero Maravillas había llegado a presentarse con un borriquillo, y en otra ocasión con el tricornio y el sable de un guardia civil que don Ricardo no había puesto a la venta y guardaba con entusiasmo. Ahora se le presentaba con un drogadicto moribundo.

—¿Y si vive? —quiso saber el delincuente.

—Es un gran pintor —contestó ella—. ¿Cuánto te cuestan esas tarjetas con las mujeres desnudas? —preguntó Maravillas señalando un montoncito de postales pornográficas que había encima de una mesa, entre unos binóculos y dos tazas de café desportilladas—. Él te las haría gratis. Y lo que tú le pidieses. Pintaría desnuda a la mujer que le dijeses. Quizá hasta haría un gran retrato tuyo —lo tentó extendiendo los brazos.

—¿Y tú qué ganarías? —preguntó don Ricardo tras pensarlo unos instantes.

—Sé que eres generoso.

Don Ricardo soltó una carcajada.

—¿Yo? ¿Tanto te interesa este morfinómano? —la descubrió.

Delfín, que hasta entonces había estado más pendiente del perro y los niños que rondaban a Dalmau, negó con la cabeza, como si también hubiera advertido a su hermana que el gordo la pillaría.

—¡No seas estúpido! —se arriesgó Maravillas, insultando al otro—. Es solo un negocio. Si te interesa, de acuerdo; si no, lo tiramos allí, en la playa —añadió señalando hacia la orilla—, para que se lo lleve el mar.

—De acuerdo. Me lo quedo.

Maravillas reprimió soltar en un bufido todo el aire que había mantenido en sus pulmones mientras el obeso se lo pensaba. Venderle a Dalmau era la única solución que se le había ocurrido después de toparse con él, moribundo, en una calle del Raval. El mismo día en que Emma extorsionaba al administrador de la barraca de Antonio, y solventaba el apremiante problema de vivienda de ella y de su hija por ese mes más que le había arrancado a palos, Dalmau era cargado a hombros por un par de *trinxeraires*, que lo transportaban a lo que sería su nuevo hogar: Pekín. «¿Morirá? —se preguntó Maravillas al notar la flacidez de todos sus músculos—. Lo más probable», se contestó a sí misma. Sin embargo, no podía hacer más por él. Los servicios municipales ni siquiera lo recogían. Cuando lo encontraban tirado en el suelo lo pateaban con la puntera de sus zapatos a fin de comprobar si estaba muerto para, tan pronto como se movía, ignorarlo.

No existía tratamiento para los morfinómanos, aunque tampoco lo había para los muchos alcohólicos que llevaban a los dispensarios, pero después de un par de caldos calientes y unas horas de sueño, unos retornaban a las calles incluso jurando no volver a beber, promesa de la que renegaban a las puertas de la primera taberna, mientras que los otros, los drogadictos, sufrían trágicos episodios de abstinencia frente a los que los sanitarios nada podían hacer. Los hospitales no admitían a los adictos a la droga como enfermos; los asilos y centros de beneficencia tampoco los querían, por lo que en los dispensarios había que tratarlos con algún sustitutivo: alcohol —los médicos de los ricos recomendaban champán, pero allí se les daba el que tuvieran a mano—, o cualquier otro medicamento que incluyera en su composición morfina o heroína, como los brebajes para la tos. Luego, ya reanimados, los soltaban a la espera de su seguro regreso. Los ricos del champán, por su parte, acudían a sanatorios, generalmente emplazados en el sur de Francia, donde se curaban para recaer en el vicio nada más traspasar sus puertas de salida, pero los desheredados como Dalmau solo podían alargar su agonía robando o mendigando, a la espera de la muerte.

—Tú —oyó Maravillas que ordenaba don Ricardo a uno de los esbirros que siempre lo rondaban—, ocúpate de este. Dale algo de beber. ¡Agua, no, coño! —le recriminó al verlo agarrar una jarra—. ¡Vino, anís o aguardiente! Lo que sea hasta que despierte. Luego procura que coma algo.

Maravillas observó a Dalmau, tendido en el mismo lugar en el que había caído de manos de Delfín. El perro ratonero lo vigilaba. Poco se parecía aquel desecho humano al pintor que había triunfado con los dibujos de los *trinxeraires* o con la cerámica. Vestía igual que cualquier mendigo, con capas de ropas rasgadas y destrozadas que se tapaban unas a otras, y retales y hojas de periódico atados con cuerdas por zapatos. Barbudo. Sucio. Pálido. Demacrado. La *trinxeraire* creyó verlo reaccionar después de que el esbirro de don Ricardo le introdujera algo de anís en la boca. Dalmau llegó a abrir los ojos, y Maravillas se escondió detrás de un biombo negro con la laca cuarteada que en su día había mostrado delicados adornos orientales. Desde allí siguió observándolo, ajena a que el obeso no la perdía de vista, y lo empujó mentalmente apretando dientes y puños cuando Dalmau intentó ponerse en pie. Sus esfuerzos no tuvieron recompensa alguna: Dalmau no lo consiguió.

—Lo haré por ti, Maravillas —la arrancó de su atención la voz de don Ricardo—. Si vive, pintará ese cuadro que me has propuesto, y luego te lo devolveré o lo dejaré marchar, lo que tú digas, pero me deberás una… Lo que te pida. ¿Trato hecho?

—Solo si él está curado —le exigió la otra.

Don Ricardo se encogió de hombros y extendió los brazos con las manos abiertas en señal de ignorancia.

—Nadie puede asegurar el camino que tomará un drogadicto. No me pidas lo que es imposible.

—Trato hecho —consintió no obstante Maravillas tras pensar unos instantes.

Don Ricardo asintió con la cabeza y la papada se le comió media mandíbula inferior.

—Mételo en el mar y que despierte de una puta vez —ordenó luego a su esbirro.

—¿Así piensas curarlo? —mostró su sorpresa Maravillas.

—No sé. No soy médico —le contestó el otro—, pero es lo que hago con los borrachos, y funciona. De todas formas, estate tranquila, muchacha: el ratonero se ha arrimado a él y te garantizo que este animal no se acerca a nada que huela a muerte.

Maravillas salió de la barraca para presenciar cómo arrastraban a

Dalmau hasta la orilla. Era el otoño del año de 1904, y el mar, algo revuelto, aparecía gris bajo un cielo cubierto. Maravillas tembló con la sola brisa cargada de arena que le revolvía las ropas. El hombre empujó a Dalmau hacia el agua, pero él no quiso mojarse, y una vez que el agua fría llegó a nivel de las rodillas de Dalmau y este se detuvo, el otro se limitó a apremiarlo con gritos y gestos para que se internase en el mar. Dalmau no hizo caso y permaneció quieto, encogido ante las salpicaduras de las olas que iban a romper contra él. La *trinxeraire* dio media vuelta e hizo un gesto a Delfín para que la siguiera.

—¿Y qué harás cuando don Ricardo te devuelva a Dalmau? —le preguntó su hermano ya lejos de Pekín—. Podríamos haberle sacado algún dinero al gordo ese.

Ella se encogió de hombros.

Pocos eran los métodos clínicos para curar la adicción a la morfina, pues. A la sustitución de la droga por algún otro tóxico como el alcohol, ya fuera de forma brusca o instantánea, a lo largo de algunos días, ya fuera siguiendo una terapia más lenta, solía añadirse la vigilancia estricta del adicto y, en el caso de los pudientes, la realización de actividades tanto físicas como psíquicas.

Don Ricardo, obviamente, optó por el método brusco.

—Como me entere de que alguien le proporciona un solo soplo de morfina o algo parecido al pintor, le corto los cojones —advirtió a sus familiares y empleados—. Dadle alcohol, y en el momento en que se tenga en pie, a trabajar. No le deis oportunidad ni de pensar.

Y así lo hicieron. Lo que quedaba de Dalmau, un joven barbudo, con greñas, esquelético y macilento, fue acomodado y aherrojado por un tobillo en un cuartucho sin puerta que se abría entre dos chabolas, en la arena, un par de cajas como todo mobiliario y la protección de una manta para paliar el frío. El ratonero se quedó fuera, junto a otros perros de razas dispares.

—Vigiladlo bien —les ordenó el esbirro de don Ricardo.

Y así lo hizo aquella jauría, bien adiestrada en tareas como esa. Siempre había alguno por los alrededores.

Encerrado, Dalmau sufrió ataques de angustia provocados por la abstinencia de la morfina. Diarreas y vómitos que nadie limpiaba y quedaban allí mismo; espasmos musculares, dolores insufribles… Gritaba, se arañaba y golpeaba las maderas de la chabola con pies y puños, cuando no con la cabeza. Un montón de niños semidesnudos, que acostumbraban a burlarse de él escupiéndole y lanzándole basura, gritaban y lo incitaban a herirse más todavía cuando alcanzaba el paroxismo. En esos momentos solía aparecer alguien del entorno de don Ricardo y le ofrecía de beber.

—¡Morfina! —se atrevió a exigir a gritos en una de esas ocasiones—. ¡Quiero morfina!

El esbirro, que había acudido con un vaso de anís, lo dejó encima de una caja y propinó a Dalmau una bofetada que lo hizo rebotar contra la pared.

Los niños que no habían escapado ante la llegada del hombre rieron y aplaudieron.

—Estás muerto, imbécil —le insultó el esbirro—. No sé por qué desperdicia el jefe sus esfuerzos contigo. —A continuación, en lugar de dejar allí el anís, cogió el vaso y le lanzó el contenido al rostro—. Chúpalo si quieres.

Dalmau trató de responder, pero solo consiguió balbucir unas palabras ininteligibles. Todavía no estaba muerto, quiso decir.

Le daban de comer. Restos de pescado fétidos, los de las hortalizas de las ollas, y algún mendrugo. En Pekín abundaban los pescadores. Y el alcohol lo reanimaba en ocasiones; entonces era capaz de ordenar ciertos pensamientos y hasta recordaba: Emma, Úrsula, el maestro, su madre… Aunque en esos momentos de lucidez le extrañaba su situación, allí, entre barracas, encadenado.

—Perteneces a don Ricardo —le contestó uno de sus hombres el día en que Dalmau logró plantear la pregunta, con dificultad porque le costaba hablar.

Generalmente, durante los breves períodos en los que no estaba preso de la angustia, la fiebre o la simple locura, balbucía unas palabras que se atascaban entre su boca llagada y sus labios resecos.

—Yo no… —quiso replicar antes de que el otro lo agarrara del cuello.

—Tú sí. Tú no eres más que escoria que no mereces el pan que se te da. Agradécelo. ¿Has entendido? Perteneces a don Ricardo, acéptalo. ¿O prefieres morir?

Dalmau no contestó. Ese mismo día, como la mayor parte de ellos, regresó al vacío inmenso en que se hundía su espíritu, en lo más profundo de una sima oscura en la que solo la avidez por pincharse de nuevo le procuraba algo de luz. Y llegó la noche en que esa luminaria fue haciéndose más y más intensa al compás de sus temblores. Con la morfina como único deseo, nada lo retenía en aquel lugar. Tenía que regresar a la ciudad y mendigar, robar..., matar si fuera necesario para conseguir una dosis de morfina. Cogió una piedra de las que le lanzaban los niños y, con la abstinencia nublándole cualquier precaución, empezó a golpear la madera en la que estaba encastrada la argolla de la que colgaba la cadena que lo mantenía atado. Al repiqueteo que atronó en la noche se sumaron los ladridos de los perros.

—¡Don Ricardo! ¡Su pintor pretende escaparse! —se oyó desde una chabola.

Al cabo de unos minutos, uno de los esbirros se presentó en el cuartucho y apartó a los animales a patadas. Dalmau continuó golpeando las maderas, obcecado, sin percibir la presencia del hombre que, con indolencia, como si fuera una molestia, terminó pegándole un par de bofetadas y una patada en el estómago que lo dejaron sin respiración, encogido en el suelo.

—No escandalices —le dijo el esbirro tal que hablase con un niño—. La gente quiere dormir.

—El jefe ha dicho —le comunicaron a la mañana siguiente— que, si tienes fuerzas para tratar de escapar, también las tendrás para trabajar.

Entonces supo Dalmau lo que significaba ser propiedad de don Ricardo. A partir del día siguiente tuvo que ayudar en todas las tareas necesarias para el mantenimiento del almacén y la barraca del traficante, y las de sus esbirros. Por las mañanas, antes de salir, le daban alcohol suficiente para que iniciase la jornada en condiciones, siempre acompañado por uno de los sicarios que controlaban que no huyera.

Casi a diario, lo utilizaron para recorrer las playas en busca de maderas o cualquier otro desecho que hubiera traído el mar; si la calefacción de don Ricardo utilizaba carbón, los demás se calentaban con fuegos de leña.

—¡Imbécil! —lo insultó una de las mujeres, quizá la querida de algún esbirro, a las que acompañaba cribando cada palmo de arena de la playa, cuando Dalmau pasó por alto una rama seca semienterrada—. ¡Recógela!

—Perdón —alcanzó a excusarse Dalmau. Él mismo se sorprendió por su excusa, limpia y clara—. Perdón —repitió para convencerse al mismo tiempo que se agachaba para recoger lo que se quedó en una ramita ridícula.

—El perdón en las iglesias —replicó la mujer dándole un par de empujones, como si quisiera despertarlo—. Aquí vienes a trabajar, no a rezar.

Aquella solo lo empujó. Otro día acompañó a la esposa del traficante hasta una barca que acababa de volver del mar.

—¡Toma —le gritaron desde lo alto de la nave, ya varada en la orilla—, el encargo de don Ricardo!

El cubo resbaló de las manos de Dalmau por el peso, y los pescados se desparramaron en la arena. El pescador le propinó una primera bofetada que ya lo derribó, borrando la visión de Dalmau de un par de aquellos peces que coleaban frenéticamente sobre la arena como si quisieran reptar hasta el mar y escapar. Tampoco pudo escapar Dalmau del pescador, que se cebó en él pateándole el estómago.

—¡Para que sigas pensando en la droga! —gritaba el marinero mientras se ensañaba—. ¡Parásito asqueroso! Deberíais morir todos.

Ante la pasividad del esbirro que en cada momento lo acompañaba, seguían los golpes y los insultos. En alguna ocasión, cuando lo atacaban las convulsiones por la abstinencia y gritaba exigiendo morfina, volvieron a tirarlo al mar mientras los niños reían, se burlaban y alguno de ellos, entre los perros que saltaban por encima de las olas, incluso lo seguía y se introducía en la orilla para salpicarlo todavía más, lanzándole agua con las manos a modo de cazos. Nadie parecía conceder el menor valor a su vida: podía morirse. Eso era lo que oía Dalmau que decían: «A don Ricardo no le importa. Si no se muere, se curará». Había veces en que lo devolvían inconsciente del trabajo. Enfermó y padeció episodios de fiebre; entonces lo envolvían en ropas y continuaban con el alcohol, las hortalizas y el pescado podrido. Uno de los días en que acababan de traerlo de trabajar en la playa, aparecieron Maravillas y su hermano, y se acercaron al cuartucho.

Dalmau ni siquiera los reconoció. Cayó rendido sobre la manta y se encogió en posición fetal.

—¿No lo matarás? —preguntó la *trinxeraire* a don Ricardo—. No tiene fuerzas para tanto trabajo.

—Al contrario, muchacha. Es imprescindible que haga cosas, que se mueva, que trabaje, que se olvide de la droga. Solo de esa manera llegará a pintar mi cuadro y podré devolvértelo. Si en el camino se muere, mala suerte.

Maravillas asintió.

El trabajo fue incrementándose con el transcurso de los días: acudir hasta los pescadores; transportar leña, agua, ropa… Cualquier tarea servía. También se endurecieron las condiciones con que lo trataban. Disminuyó el alcohol, hasta tal punto que Dalmau llegó a suplicar por un trago como antes lo hacía por la morfina.

—¡Muérete! —le contestaban.

Llevaba ya casi tres meses recluido en Pekín, y empezó a sentir rencor cuando le pegaban, hasta que un día se defendió de un pescador que al grito de «¡Hala, hala!», le pateó el culo para que anduviese más rápido cargado con el cubo. Dalmau dio unos pasos más apresurados por el simple impulso de la patada, luego dejó caer el cubo sobre la arena y se revolvió contra aquel hombre que lo había maltratado mil veces desde que llegara a Pekín. Y pese a su desplante, el pescador consiguió hacerlo una vez más: el odio incipiente en Dalmau no encontró apoyo en un cuerpo enfermizo incapaz de pelear.

También lo asaltó el hambre; una sensación que le removió la conciencia, porque fue algo así como nacer de nuevo a la vida. Dejó de conformarse con tragar la bazofia que le servían a diario y reclamó, sin éxito alguno, alimentos en condiciones. Don Ricardo dio orden de que continuaran con el pescado medio podrido, las hortalizas y los mendrugos. Con todo, su boca empezó a salivar, aunque fuera al recuerdo de los potajes y las comidas de los que había disfrutado en su vida, y las llagas y heridas en su boca y sus labios fueron curándose. Mejoró en el habla, que ganó fluidez, y en la visión… y en la comprensión. «¿Qué coño hago aquí?», se preguntaba sin cesar. Seguía deseando la morfina y el alcohol, pero ya no sufría los terribles accesos de locura, ni las fiebres ni las convulsiones. A medida que el invierno de aquel año de 1905 iba declinando y el sol del Mediterráneo ganaba en luminosidad y calor, los días dejaron de ser un infierno en el que la mente de Dalmau vagaba sin el menor contacto con la realidad. Una sonrisa, al cielo limpio, al mar, o incluso al perrillo ratonero que continuaba vigilándolo junto a un destello de ilusión que devolvió el brillo a sus ojos se alzaron como los pilares sobre los que recuperó las ganas de vivir.

—Quiero ver a don Ricardo —pidió una mañana a uno de los esbirros que le llevó el desayuno.

Dalmau no conocía a aquel que se había proclamado su dueño. Sabía que vivía en la barraca con la que lindaba su cuartucho. Oía entrar y salir a mucha gente, a todas horas; oía discusiones y en ocasiones gritos, pero nunca lo había visto.

—Tienes trabajo que hacer —le contestó el otro, sin concederle la menor importancia.

Insistió en verlo a lo largo de los días hasta que, una mañana, cuando creía que iban a llevarlo a trabajar, lo introdujeron en la barraca.

—¿Así que tú eres mi pintor?

Dalmau tardó unos instantes en acostumbrar su visión a la penumbra y el humo de la estufa que flotaba en la estancia. Cuando lo consiguió se sorprendió ante la multitud de objetos amontonados. Era como si se encontrase en un bazar, en cuyo centro, junto a la estufa de hierro que originaba el humo, se hallaba quien debía de ser don Ricardo: obeso, sentado en su sillón y tapado con una manta. Por allí se encontraban un par de esbirros, y dos o tres niños en los que reconoció a algunos de los que se burlaban de él, pero que no le prestaron la menor atención. Allí solo contaba don Ricardo.

Dalmau vaciló. La imagen de aquel hombre era tan extraña que no supo qué decir.

—¿Qué quieres? —insistió el otro.

—¿Por qué dicen que soy de su propiedad? —acertó a plantear.

—Porque es así —contestó don Ricardo. Dalmau se limitó a abrir una mano y enseñar la palma como si aquel signo mostrara mayor desaprobación que cualquier palabra—. Te trajeron muerto y te he salvado la vida. Me perteneces.

—Pero…

—Podría matarte ahora mismo —lo interrumpió el otro—. Nadie te echaría de menos. Nadie reclamaría tu cadáver. La gente te da por muerto.

Dalmau, en pie frente a don Ricardo, frunció las cejas y bajó la mirada al suelo. Probablemente aquel obeso aposentado en su sillón y tapado con una manta como si fuera una vieja tenía razón: nadie lo echaría de menos. A su memoria llegó como un fogonazo el recuerdo del día en el que asaltó la casa de su madre y la saqueó para comprar droga. Gritos, insultos, sus manos temblorosas, la búsqueda obsesiva del dinero, de objetos que vender… Y aun así intuía que se le escapaba algo, como si aquellas imágenes que bombardeaban su cerebro no fueran completas y le escondiesen una realidad que, sin embargo, era capaz de encogerle el estómago en una sensación de angustia que hacía tiempo no padecía. ¿Y Emma? La recordaba casada con un albañil del que esperaba un hijo. No le quedaba nadie, ni siquiera aquellos con los que había trabajado. Después de dilapidar el dinero que tenía ahorrado y escondido en casa de su madre, y de malbaratar cuanto le había robado, que era poco puesto que poco tenía, se presentó en la fábrica de azulejos en busca de sus pertenencias: sus bocetos, sus cuadros, su bata, con la intención de saldarlos para conseguir algunas dosis. No quedaba nada de lo suyo, le transmitió Paco con semblante agrio y voz dura. Aquel anciano al que había llamado «amigo» le miraba directamente al rostro, recriminándole la muerte de Úrsula, mostrándole su repulsa por aquello en lo que se había convertido. Era prerrogativa de los viejos no esconder sus sentimientos, al contrario que hacían Pedro y Mauricio, los dos chavales que continuaban viviendo en la fábrica y que, como muchos otros desde los ventanales, contemplaban la escena con disimulo.

«Quemadas. —El viejo escupía las palabras—. En los hornos.» Eso era lo que le había ordenado don Manuel que dijera si aparecía Dalmau. El vigilante fue más allá. Él mismo las había quemado, aseguró mientras movía en el aire unos dedos que eran todo pellejo, simulando humo que ascendía. «¿Y los derechos de la muchacha?», replicó en el momento en que Dalmau se quejó de que hubieran dispuesto de sus pertenencias. Luego le increpó como asesino, con una voz que se apagó mientras le daba la espalda.

«Asesino.» ¿Lo había sido?, se preguntó Dalmau levantando la mirada hacia don Ricardo, que lo escrutaba con sus ojillos medio orientales. En su momento, la morfina había sorteado contestaciones y culpas, pero ahora, gozando de cierta serenidad conseguida a palos, la duda lo asaltó. Pese a su carácter arisco y soberbio, Úrsula no era más que una joven ingenua, deseosa de conocer unas experiencias que su familia, su sociedad y la Iglesia le escondían. Recordó su indescriptible emoción cuando tuvo su primer orgasmo y el universo entero se abrió a sus placeres. Si la tarde siguiente él no hubiera estado drogado, Úrsula no habría muerto.

—¿Por qué no me matas? —La pregunta le surgió de forma inconsciente: quizá aquella fuera la solución a una vida fracasada en la que solo había conseguido hacer sufrir a los suyos.

Tras proponerlo, Dalmau se sintió tremendamente relajado, hasta que llegó la contestación del obeso:

—Porque tienes que pintarme un cuadro. Uno que ocupe ese hueco en la pared —añadió señalando hacia atrás un espacio vacío y de dimensiones considerables para un retrato—. El día que hayas terminado, podrás irte con Maravillas.

—¿Maravillas?

—Ella te trajo. Ese fue mi acuerdo con la mendiga.

Dalmau no se imaginó yendo a sitio alguno que no fueran otra vez las calles, con más razón de la mano de una *trinxeraire*.

—Con lo que me das de comer, es imposible que pinte ningún retrato —se le ocurrió decir de repente.

Dalmau extendió el brazo con la mano y los dedos abiertos, la palma hacia abajo, y no tuvo que esforzarse ni en simular, porque de muñeca adelante, todo temblaba en el aire.

Tenía que remontarse a su época de estudiante en la Llotja para encontrar alguna pintura salida de su mano similar a la que acababa de ofrecer al obeso. Era horrorosa. Sin embargo, a don Ricardo le encantó, igual que a la riada de vecinos que un día tras otro se habían presentado en la barraca para, susurrando detrás de Dalmau, comprobar el progreso de los bocetos y después las pinceladas que iban plasmando a un cacique hierático en su sillón, siempre tapado con su manta. Si ya era el primer vecino en Pekín en poseer una calefacción de hierro, ahora añadiría un retrato, algo mucho más difícil de conseguir.

Dalmau observó el cuadro: era tan realista que podía tomarse como una gran fotografía, pero con una definición cromática aún no alcanzada por esa técnica moderna. Aquel día iban a colgarlo en la pared de madera de la barraca, por lo que don Ricardo había invitado a algunos vecinos, entre los cuales se encontraban los que habían maltratado a Dalmau, a los que este no les prestó mayor atención, centrado como estaba en el retrato: ni un ápice de arte, de sentimiento; se trataba del exclusivo reflejo de la realidad sin la menor interpretación ni aporte personal del artista. Dalmau no había llegado ni a acercarse al alma o al espíritu de aquel hombre, del lugar en el que vivía y las gentes que lo envolvían.

Se había dado cuenta al dibujarlo y pintarlo, con mano relativamente firme después de que don Ricardo hubiera variado su situación personal en las barracas. Comía ahora, mejor que nadie, aunque continuaba durmiendo aherrojado en el cuartucho y vigilado por los perros, si bien disponía de ropa de cama y de una almohada. También le habían proporcionado algunas prendas de vestir, viejas pero en buen estado, zapatos y hasta una gorra.

—Los mendigos entran y salen de mi casa con rapidez, nada más que para venderme sus botines —explicó don Ricardo el día en que se las entregó—, pero si vas a permanecer en ella, cerca de mí, pintándome, no quiero verte así —añadió señalando sus harapos como si quisiera excusar su generosidad—. Además, ¿quién creería que un desgraciado pueda pintar mi retrato?

Por primera vez desde que estaba en Pekín, se lavó a conciencia con el agua que un airado esbirro al que se le había encargado la labor iba añadiendo a una jofaina, y después, por recomendación de don Ricardo, consiguió que un barbero que vivía en otra de las barracas le igualase la barba que caía por su mentón hasta taparle el cuello; dos o tres tijeretazos rápidos que la dejaron recta, pero que nada pudieron hacer para evitar que continuara mostrando un aspecto ralo y pobre. El propio barbero, finalizada la tarea, rodeó a Dalmau para hacer lo mismo con el cabello, que cortó expeditivamente dejándolo largo a ras de los hombros.

Los vítores y aplausos resonaron en la barraca en el momento en el que el retrato, por el solo hecho de ser colgado, pasó a convertirse en un elemento inherente a la vivienda. Don Ricardo se había levantado para presenciar el acto, destapando aquellas piernas que mantenía siempre escondidas bajo la manta: dos pilares que Dalmau imaginó de carne blanda bajo los pantalones que vestía, prieto un muslo contra el otro por encima de las rodillas, para abrirse en ángulo por debajo de estas, como si las pantorrillas se hubieran ido separando por no poder resistir el peso que soportaban. En cualquier caso, don Ricardo no duró mucho en pie, puesto que regresó a su trono y a su manta tan pronto como comprobó que el cuadro aguantaba en la pared colgado de un par de clavos. Y mientras los invitados se arremolinaban en torno a él y lo felicitaban, Dalmau, con la mirada puesta en el retrato, notó que los trazos, las formas y los colores golpeaban sus ojos.

Aquella era una sensación que lo había acompañado a lo largo de todo el mes de trabajo. Hasta el marrón pálido con el que había pintado las carnes del nieto de la cubana le rechinaba. Y no sería por falta de recursos, puesto que don Ricardo cumplió con todas las exigencias de material que Dalmau planteó. Alcohol o morfina; eso era lo que le faltaba. Unos buenos tragos de absenta habrían suavizado mente y pincel, y una inyección habría conseguido que aquellos ojillos, ahora inexpresivos, transmitieran vida y emociones, igual que sucedió con los de Úrsula, que nacieron al arte de la mano del alcohol. Don Ricardo le ofrecía vino en el desayuno, en la comida y en la cena. Dalmau no lo probó. Los baños en el mar, las palizas, las fiebres, la angustia permanente y la locura vivida durante los últimos tres meses le apartaron de aquellos simples vasos de alcohol. Los deseaba, como todavía en momentos anhelaba una dosis de morfina, pero algo había cambiado en él. Llevaba tiempo sin probarla y ahora se veía capaz de aplacar su avidez; le daban más miedo las calles, la soledad, la inmundicia y el hambre, que el pánico que antes sufría por prescindir de su droga, a riesgo incluso, como concluyó al dar la espalda al retrato, de haber perdido el don de pintar. Su arte, esa genialidad de la que llegó a creerse dotado y que lo acercó a los grandes maestros de la Barcelona del modernismo.

Lo había intentado. Durante el día se preguntaba si no sería el modelo, aquel hombre obeso, el entorno o verse compelido a pintar para recuperar la libertad perdida lo que retraía su espíritu, la razón que acallaba la magia que lo había acompañado hasta caer tendido en las calles, pero por las noches, cuando, solo y a la luz de una vela, trataba de crear alguna otra obra tan sencilla como dibujar con carboncillo en un papel al perrillo ratonero tumbado a la entrada del cuartucho, y no conseguía hacerlo, se convenció de que nada tenía que ver esa barraca y la miseria que lo envolvía. Había perdido el alma.

—Don Ricardo… —Dalmau se coló entre la gente que lo rodeaba—. Entiendo que está usted satisfecho con el trabajo.

—Sí. Mucho. ¿Te vas? —preguntó el aludido. Dalmau asintió—. Toma. —El hombre lo detuvo; una mano en la que un esbirro dejó caer unas monedas que don Ricardo ofrecía ahora a Dalmau—. Esto te ayudará unos días. Por cierto, Maravillas está fuera; le mandé aviso —añadió. Dalmau le tendió la mano después de guardarse las monedas y don Ricardo se la estrechó antes de continuar—: Y si no te encuentras a gusto en la ciudad, ya sabes dónde tienes tu barrio.

Dalmau soltó una risa sardónica.

—¿Con todos estos? —preguntó paseando la mirada por algunos de aquellos esbirros que lo habían golpeado una y otra vez, por el pescador que le dio patadas mientras estaba tirado en el suelo, por el tipo que le pateó el culo, por aquel otro que…

—No seas injusto. Todos estos —interrumpió don Ricardo su escrutinio— son los que te han librado de tu vicio. Veremos si ahora eres capaz de aguantar. Pocos salen de la mierda en la que estabas metido tú.

—¿Aún tendré que darles las gracias? —continuó Dalmau con su sarcasmo.

—Deberías hacerlo —contestó el obeso con seriedad.

El tono de aquel hombre le hizo recapacitar. Quizá tuviera razón. Habían sido duros, pero aquellos golpes y los revolcones en el mar cuando se ponía frenético lo habían llevado poco a poco a olvidar su ansiedad, hasta que le dolieron más el esfuerzo y el maltrato que la carencia de la droga.

—Gracias a todos —cedió antes de salir de la barraca.

Fuera lo esperaban Maravillas y Delfín, entre un grupo de curiosos que no habían sido invitados a la celebración. Dalmau se acercó a los *trinxeraires*, los llamó y juntos se apartaron de los demás, en dirección a la playa.

—¿Qué tal, maestro? —lo saludó la muchacha.

Dalmau la miró. A lo largo del mes que había tardado en pintar el retrato, las buenas comidas habían mejorado su propio aspecto, pero la *trinxeraire* se mantenía igual de harapienta, sucia y cadavérica que siempre.

—Dice don Ricardo que fuisteis vosotros quienes me encontrasteis en la calle y me trajisteis aquí.

—Sí —contestó Maravillas—. Te dábamos por muerto…

—Gracias, entonces.

—¿Solo eso? —La muchacha frunció las cejas.

Dalmau dio un respingo.

—He visto cómo te pagaba el gordo —le recriminó Delfín.

—Sí, pero… —Dalmau asintió y sacó las monedas que don Ricardo acababa de entregarle—. ¿Cuánto queréis?

—¿Qué vale tu vida? —le preguntó Maravillas.

Él volcó las monedas en la mano abierta de la muchacha.

—¿Estamos en paces ahora?

—Sí —contestó la otra—. Hasta la próxima.

—¿Qué próxima? —inquirió Dalmau. Desnutrida, sucia y harapienta, maloliente, desamparada, la sombra espectral que acompañaba a Maravillas transportó de nuevo a Dalmau a las calles embarradas por las que se había arrastrado. El rostro de la *trinxeraire*, los ojos hundidos en cuencas moradas, los labios resecos y partidos, costras en su frente y sus mejillas, permaneció inexpresivo. Dalmau buscó su mirada: vacía, muerta, y comprendió lo que quería decirle—. No habrá próxima vez —afirmó—. No volveré a caer en esa trampa.

Maravillas frunció los labios y empujó a su hermano de nuevo hacia la línea de barracas que conformaban Pekín.

En el asilo del Parque le concederían una cama, desayuno y una sopa por las noches durante tres jornadas de estancia como máximo. Fue el primer lugar al que se le ocurrió acudir tras seguir la línea del tren que llevaba hasta la estación de Francia, a unos pasos del establecimiento benéfico. El recepcionista del pabellón de hombres que admitía a los acogidos no lo identificó hasta que proporcionó su nombre, «Dalmau Sala», y, aun así, tardó unos instantes en reconocer en aquel joven de barba rala y cabello largo, vestido con ropa vieja, pero aseado, al drogadicto que tantas noches había terminado en el dispensario anexo al asilo.

El hombre fue a decir algo, pero optó por callar; eran muchos los que aparentemente se rehabilitaban para recaer en el vicio al poco tiempo. No deseaba equivocarse una vez más e ilusionarse con la suerte de alguno de aquellos menesterosos que buscaban ayuda en la beneficencia: la ciudad era dura y los años que llevaba en el oficio lo habían curtido lo suficiente. «Dalmau Sala», anotó el hombre en el libro de registro.

—¿Profesión? —preguntó después con voz cansina.

—Ceramista —afirmó Dalmau con voz firme.

Lo había pensado durante el camino desde Pekín. Dejando de lado el diseño de piezas y la pintura, lo único que sabía hacer era trabajar la cerámica y colocarla en obra. Como había comprobado mientras pintaba el retrato de don Ricardo, su capacidad creativa había desaparecido y, en cualquier caso, el de diseñador en una fábrica de cerámica era un puesto de trabajo imposible de conseguir. Era de todo punto absurdo presentarse en alguna de las fábricas que había en Barcelona pretendiendo que lo contratasen como tal. Con todo, lo que nadie podía discutirle era su experiencia en la instalación de la cerámica en obra; se trataba de una tarea que realizaba desde que entró a trabajar para don Manuel Bello. Los albañiles, más acostumbrados a trabajar con todo tipo de materiales, del ladrillo a la piedra, a menudo no prestaban la suficiente atención a la colocación de las piezas de cerámica: el azulejo había que tratarlo con delicadeza, casi con cariño. Fábricas había pocas y puestos de trabajo de diseñadores menos todavía, pero obras, sin embargo, había las suficientes para que Dalmau encontrara un empleo satisfactorio.

Con esa idea se mezcló con los cerca de cincuenta hombres, mendigos u obreros sin ocupación, que no llegaban a llenar las camas de la institución benéfica; el clima templado de la primavera mediterránea permitía a otros muchos necesitados pernoctar al raso, o quizá era que muchos de ellos ya habían agotado las tres noches que se les concedían en el asilo antes de que transcurrieran los dos meses necesarios para regresar en solicitud de refugio. Dalmau disponía de esos tres días para encontrar un trabajo que le permitiera alquilar una habitación, quizá una simple cama, y aprovechar esa oportunidad que a través de *trinxeraires* y ladrones la vida le había concedido. Dio cuenta de la sopa que sirvieron las monjas, rodeado de hombres que la sorbían ruidosamente, con avidez, atentos, mirando de reojo a los que se sentaban a su lado, protegiendo su comida. Desechó el vino aguado y se lo cedió al de su derecha. Muchas habían sido las ocasiones en que, a medida que progresaba el retrato de don Ricardo y su libertad se acercaba, había barajado la idea de volver junto a su madre. Al ritmo de su pintura, Dalmau fue descubriendo qué fue lo que sucedió aquella noche en que irrumpió en esa casa que ahora contemplaba como una alternativa. Pincelada a pincelada, su consciencia fue recuperando un episodio que él mismo había hundido en el olvido. Y terminó por ver a su madre tirada en el suelo, con el labio sangrando después de que... de que él... Una sucesión de arcadas dolorosas le llenaron la boca de bilis, hasta que tuvo que asomarse fuera del cuartucho para vomitar su desesperación ante una realidad que desde ese momento no había dejado de torturarlo. No. Después de haberle pegado…, sí, pegado, no se atrevía a presentarse ante Josefa. Trabajaría como cualquier obrero, ajeno a quimeras, a ilusiones y esperanzas impropias de los humildes, y quizá algún día pudiera atreverse a pedirle perdón. Ignoraba si su madre se lo concedería. Pensar en ella era revivir su condición miserable, no existía nada peor que un hijo que maltrataba a quien le ha dado la vida, el cariño, sus cuidados y atenciones. Quizá tuviera que vivir el resto de sus días sin aquel perdón.

Agradeció el camastro, por duro que fuera, y hasta le complació oírlo rechinar cada vez que se movía y se sumaba al concierto de rumores, quejidos y toses que sonaba en el dormitorio, mientras imaginaba el recorrido que emprendería al día siguiente en busca de trabajo. Conocía mucha gente: ceramistas, capataces, constructores… ¿Qué habría sido de su madre? Se dio la vuelta en la cama. ¿Cómo se las habría arreglado sin su ayuda económica? Dalmau se tumbó de espaldas y permaneció quieto, mirando un techo que intuía en las sombras. Su madre se colaba una y otra vez en sus pensamientos. No podía aplazar el contacto con ella hasta que… ¿tuviera un trabajo?, ¿se hubiera establecido?, ¿el tiempo hubiera borrado la afrenta a la que la había sometido? ¡Tenía que saber de ella! Solo pensar en su madre, andando con su cesto de ropa blanca, le agarrotó la garganta. Dio otra vuelta en la cama. «Serán muchos los constructores que desearán contratarme», pensó, y esa confianza fue el mejor de los sedantes. Se levantó sereno y fresco al alba. Hacía mucho tiempo que no se sentía tan vivo, tan dispuesto. Desayunó, poco, aunque la insatisfacción se desvaneció en el mismo instante en que puso un pie en la calle de Sicília. El sol, muy bajo todavía, anunciaba su intención de acompañarlo. No disponía de un céntimo, ya que todo se lo había dado a Maravillas y a su hermano. Respiró hondo y se dirigió al paseo de Gràcia, donde los ricos seguían pagando al sol para que se centrase en ellos.

En su camino, dejó atrás algunas obras modernistas en construcción, aquellas en las que las artes aplicadas, y con ellas la cerámica, se utilizaban como un recurso exuberante que en buena medida caracterizaba ese nuevo estilo no solo de construir, sino incluso de afrontar la vida. Dalmau las conocía por haber estado en ellas mientras trabajaba para don Manuel: la casa de Modest Andreu en la calle Alí Bei, del arquitecto Telm Fernández; la de Francesc Burés, en la calle Ausiàs March, que levantaba el maestro de obras Berenguer, el más íntimo e imprescindible de los colaboradores de Gaudí, y que consiguió reunir en el vestíbulo y el piso principal del edificio uno de los mayores exponentes del modernismo; la casa Mulleras, del arquitecto Sagnier, en el paseo de Gràcia como la de Malagrida, que empezaba a construir Codina. Desde allí, evitando carros de mano o tirados por mulas, tranvías, doncellas, mozos de las panaderías llevando el pan a las casas, criadas y empleados que se dirigían presurosos a sus puestos de trabajo, entre los plátanos que sombreaban la avenida, Dalmau ya llegó a ver la casa Lleó Morera de Domènech, en la siguiente manzana. La fachada era principalmente de piedra y ventanales grandes, lo que aligeraba la profusión de unos elementos decorativos que, de no ser así, podrían haberse considerado excesivos, recargados. Dalmau sabía que, en el interior, el maestro arquitecto utilizaba la cerámica; sin embargo, aquellas obras ya debían de estar acabadas.

Continuó unos metros, superó la casa Amatller de Puig y, lindando con ella, se topó con la casa Batlló que estaba construyendo Gaudí sobre lo que Dalmau recordó como un edificio anodino, vulgar, de líneas rectas y balcones regulares, nacido al amparo de la fiebre constructora del Eixample de Barcelona y del urbanismo aburrido y uniforme que Cerdá había propuesto; un modelo, una visión de ciudad y un convencionalismo a los que desafiaban los genios modernistas.

Dalmau contempló la casa Batlló tras los plátanos y el andamiaje que cubría la fachada, y se dijo que había perdido mucho tiempo con la droga y su drástica rehabilitación en Pekín. Era evidente que aquel edificio ya definido en sus líneas y formas cuando Dalmau trabajaba para don Manuel se alzaba ahora sobre la casa Amatller con la que lindaba, como si pretendiera devorarla. El remate triangular escalonado y rectilíneo que hasta entonces había descollado, imponente, sobre las azoteas de las dos casas contiguas a la del chocolatero Amatller, se veía ahora superado por el lomo ondulante de un dragón que coronaba la de Batlló. Y la fachada que, si en el primer inmueble se mostraba a través de duros motivos geométricos, en su vecina, la de Gaudí, se había convertido en algo sinuoso, en busca de ese movimiento que el arquitecto perseguía en sus obras y que había conseguido a base de repicar a mano el muro original para lograr que dejara de ser un lienzo regular.

Y toda esa construcción, el lomo del dragón y la fachada, debía recubrirse de cerámica. El dragón mediante piezas en forma de escamas tornasoladas superpuestas; la fachada, con el famoso *trencadís* que tanto utilizaba el genio, en este caso de vidrios de colores y azulejos redondos para emular la superficie de un lago, con sus ondulaciones y sus nenúfares. Un verdadero homenaje al vidrio, a la porcelana y a la cerámica, que en la casa Batlló vendría a sustituir a la piedra o al ladrillo para convertirse en la verdadera piel del edificio.

—¿Puedo probar yo, Joan?

Dalmau se había acercado al andamio de madera que cubría la fachada, donde a aquellas horas tempranas se daban cita los albañiles, y efectuó la pregunta a espaldas del capataz, Joan Soler, un hombre calvo, mayor pero fuerte, que se esforzaba por esconder una cojera fruto de un accidente. Este se volvió al oír su nombre de pila; se conocían, habían coincidido en varias obras a lo largo de los años y cualquiera de los dos sostendría sin temor a equivocarse que la relación que entablaron alcanzó cierta amistad. El hombre pareció reconocer la voz, pero tardó en hacerlo con el joven delgado y barbudo que lo interrogaba también con los ojos.

—¿Eres tú? —preguntó a su vez. Dalmau asintió. El otro resopló—. Sé… Dijeron… —No quiso continuar—. La gente te daba por muerto.

—Y lo estuve.

—¿Qué te trae por aquí?

Dalmau señaló un cajón grande de madera en el que se amontonaban fragmentos de vidrios de colores, uno de los materiales con los que Gaudí trabajaba su famoso *trencadís*. Sabía cuál era el método del maestro: pedía a los albañiles que eligieran trozos de cerámica, en este caso de vidrio, por colores, por tonos de cada color, por formas, por tamaños, y que cada cual los recopilara en sus correspondientes capazos; luego, él mismo examinaba las espuertas y juzgaba la sensibilidad de sus trabajadores. Aquellos que habían sido capaces de acertar con la variedad, las formas, los colores y sus tonalidades serían quienes se ocuparían, bajo su supervisión o la de sus ayudantes, de componer el *trencadís*.

—Me gustaría probar con los vidrios.

—¿Quieres trabajar como albañil? —se extrañó el capataz—. Tú estás demasiado preparado para hacer eso.

—No, Joan —lo interrumpió Dalmau al mismo tiempo que negaba con la cabeza—. Eso es lo que quiero hacer. Necesito trabajar. Lo he pasado muy mal, y ni siquiera tengo qué comer ni dónde dormir —confesó—. No sería capaz de tirar una plomada o levantar un muro, pero bien sabes que, si de cerámica se trata, soy un experto.

—Por mí estás contratado. Serás de mucha ayuda, aquí el vidrio y la cerámica son elementos esenciales. Solo tengo que decírselo al…

—Joan —lo interrumpió Dalmau—. Preferiría que cuanta menos gente sepa quién soy, mejor. No tengo mucho de lo que enorgullecerme.

El capataz le adelantó un par de jornales para que superara su necesidad acuciante, después de que Josep Maria Jujol, colaborador de Gaudí, hurgase en el capazo de Dalmau, analizara los vidrios elegidos, le hiciera varias preguntas sobre la técnica de colocación de la cerámica, que Dalmau contestó con la cabeza gacha, y lo eligiese como uno de aquellos que acompañarían a los que ya trabajaban en el *trencadís* de la fachada de la casa Batlló.

Desde esa mañana Dalmau empezó a formar parte de una obra que otros creaban y dirigían. Él debía cubrir con pequeños pedazos de colores de vidrio roto toda la fachada de un edificio, por encima de las tribunas de ventanas irregulares sostenidas por columnas delgadas, y que por su forma peculiar terminarían dando a la casa el sobrenombre de «la casa de los Huesos».

El corazón pareció ponérsele en marcha al término de la jornada. Hasta entonces había latido al ritmo lento y pausado con el que se componía un mosaico abstracto y ondulante de vidrios de colores. Ahora, a medida que descendía por el paseo de Gràcia en dirección a la ciudad vieja, la respiración y el pulso se le dispararon. Se detuvo e inspiró hondo en la plaza de Catalunya, en la intersección de las dos calles grandes que la cruzaban en aspa, una desde donde él venía hasta las Ramblas, y la otra desde el Portal de l'Àngel hasta la Rambla de Catalunya. Continuó por la calle Rivadeneyra, donde la Maison Dorée, el restaurante en que fue objeto de burla y donde dio comienzo su decadencia personal, superó las obras de la nueva iglesia de Santa Anna, el claustro y la iglesia vieja, y llegó a la embocadura de la calle de Bertrellans, donde vivía su madre. Un carretero le gritó que se apartase, pero Dalmau permaneció quieto, sin atreverse a poner un pie en aquel callejón en el que, si se extendían los brazos, casi podían tocarse las fachadas de uno y otro lado; acceder a aquel espacio tan opresivo, con los edificios alzándose por encima de uno mismo para ocultar el sol e impedir que el aire corriera, era tanto como entrar en su casa. El carretero insistió en sus prisas. Dalmau reaccionó y arrimó la espalda a una de las paredes de una edificación de la calle de Santa Anna, mucho más ancha. Luego volvió a mirar. Allí lo conocían todos: el matrimonio dueño de la mercería, aunque quizá ya fuera su hijo quien la regentara. Con él había jugado mil veces en la calle, de niños. También podían reconocerlo el de la carpintería, el panadero o el barbero, así como el de la taberna y tantos otros… Temió que su nombre rebotase de un muro a otro, como lo hacían los gritos y hasta las simples conversaciones de la gente, pero nadie lo llamó. Quizá sus ropas viejas de obrero, su delgadez, y la barba y el cabello, largos, todavía ralos, escondían al Dalmau que aquellas gentes conocían; quizá fuera simplemente su apatía y la melancolía que emanaba de todo él lo que confundía a sus antiguos vecinos.

Deambuló por la zona con la mirada siempre puesta en la bocacalle de su infancia. Las obras de la iglesia nueva de Santa Anna, el tránsito incesante de feligreses y mendigos en busca de ayuda, de los barceloneses que utilizaban aquel camino para internarse en la ciudad vieja, o de los alumnos nocturnos que acudían a las clases que se daban en los claustros superiores de la iglesia, permitió a Dalmau mezclarse con todos ellos, ir y venir tantas veces como quiso, pero en ninguna de ellas se atrevió a internarse en la calle Bertrellans y subir hasta el piso de su madre. No soportaba el recuerdo de haberle pegado; cerraba los ojos y negaba con la cabeza al pensar en ello. Quizá ella lo perdonase, pero la vergüenza le impedía implorar tal generosidad. ¿Cómo había sido capaz de hacer algo semejante?

La Voladora. Así se llamaba la taberna, tan estrecha que entre las mesas pegadas a la pared y la barra solo cabía una persona en pie. El suelo y las paredes estaban pringosos y el olor avinagrado escapaba por la misma puerta por la que Dalmau había pasado ya varias veces, recordando la infinidad de ocasiones en las que a lo largo de su infancia y juventud había acudido a comprar vino en garrafas. David, así se llamaba el tabernero. Un hombre afable y conversador. La duda, la ruindad, la infamia que sentía sobre sí recordaron a su cuerpo cómo resolvía aquellos dilemas meses atrás. Dalmau tembló, un espasmo que no pudo contener, y se encontró observando la puerta de La Voladora. Dos, tres vinos, y todo habría pasado; ninguna culpa lo acecharía. Quizá uno, solo uno, le concediera la valentía que ahora le faltaba para subir a donde su madre y pedirle perdón. Dio un paso hacia la puerta, pero se detuvo antes de entrar. No podía. No debía. «No volveré a caer en esa trampa», había prometido solo un día antes a la *trinxeraire* que le salvó la vida. Los baños en el mar; los golpes de los marineros; los ladridos de los perros, las burlas de los niños… Apretó los puños, dio media vuelta y se encaminó con paso firme a la casa en la que había nacido.

—¿Dalmau? —Él se volvió al oír aquella voz inesperada. ¡Emma! El corazón le dio un vuelco al verla—. ¿Eres tú? —inquirió ella acercándose un paso, para examinarlo de cerca, con la sorpresa marcada en sus ojos—. Te… te dábamos por muerto —anunció antes de retroceder, bruscamente, como si los recuerdos la hubieran asaltado de repente—. ¿Qué haces aquí? —preguntó con frialdad.

Se la veía cansada, pero continuaba siendo bella y arrogante. Exhalaba sensualidad. Incluso entre la gente y el hedor de aquellas calles, Dalmau creyó reconocer su olor, aquel que desprendía su vientre cuando él apoyaba en él la cabeza… y lo lamía. Esbozó una sonrisa. La sorpresa inicial estaba dando paso a muchas otras emociones que, por un instante, lo dejaron sin habla. Se alegraba tanto de verla que era capaz de soportar cualquier cosa que quisiera decirle, cualquier acusación que saliera de esa mujer a la que nunca había olvidado.

—¿Qué te pasa? —Emma lo arrancó con malos modos de esa especie de trance en el que parecía haber caído.

Dalmau borró su sonrisa y, como si se tratara de una bofetada, la brusquedad de la actitud de Emma también borró esas sensaciones placenteras, nostálgicas, que apenas se habían asomado a su espíritu, para recordarle que el cuerpo de ella, sus anhelos, su amor pertenecían ahora a otro hombre.

Un par de personas discurrió entre los dos, parados en la bocacalle de Bertrellans, y, como si se hubiera abierto un camino, otras lo siguieron, rompiendo con su paso el débil lazo que todavía pudiera unirlos.

—Vengo a ver a mi madre —contestó él con seriedad en un momento en que no pasaba nadie—. Necesito su perdón.

—¡Cabrón! —lo insultó Emma.

—¡Ese lenguaje! —le recriminó un hombre que se dirigía a la iglesia.

—¡Váyase a la mierda! —replicó Emma.

El individuo hizo ademán de volverse; ella le plantó cara antes de que Dalmau pudiera reaccionar, y el otro evitó problemas y continuó su camino. Dalmau percibió la agresividad exagerada de Emma, como si su aparición hubiera desatado la ira.

—¿Vienes a pedir perdón? —continuó Emma en el mismo tono ya dirigiéndose a Dalmau—. ¿Por qué exactamente? La maltrataste, le pegaste y le robaste cuanto tenía. Desapareciste y sufrió tu muerte sin funeral y sin entierro, y por si todo ello no fuera poco, el meapilas hijo de la gran puta de tu maestro le puso un pleito por el dinero que tú le debías por librarte del ejército, y se ha llevado lo único que dejaste en la casa: la máquina de coser; esa máquina ruidosa que le permitía pagar el alquiler, comer y sentirse una persona independiente.

Emma percibió la congoja en el rostro de Dalmau tras su diatriba. A pesar de que no se habían movido, ya nadie transitaba entre ellos; era como si la tensión hubiese creado una especie de barrera que la gente no se atrevía a rebasar.

—¿Por qué vas a pedirle perdón? —insistió la joven ahondando en el pesar de Dalmau.

—Vengo a pedirle perdón por todo —se recuperó Dalmau—. Si es necesario, me disculparé por haber nacido.

Y ante el asombro de Emma, la sorteó y enfiló la calle Bertre-llans, en penumbra, pese a que aún era de día. Dalmau resopló y alzó la cabeza en busca del sol. No lo encontró; allí no estaba. Esa era la vida que les correspondía a ellos: oscura y fría.

—Ahora estás sereno, o al menos lo pareces, pero ¿cuánto tar-darás en volver a emborracharte o pincharte después de disculpar-te? —le preguntó ella, tras sus pasos—. ¿Una semana? ¿Un mes?

—Eres cruel —le recriminó Dalmau sin volverse.

—No, Dalmau, no. No lo soy. He sufrido viendo a Josefa… Vivimos con ella —aclaró.

Dalmau vaciló en su andar decidido ante tal afirmación.

—¿Vivís aquí? —preguntó deteniéndose, sin comprender—. ¿Por qué?

—La he visto sufrir mucho por ti —insistió Emma haciendo caso omiso a su pregunta—, demasiado. ¿Y si recaes? ¿Y si vuelves a la droga? Es frecuente, muy frecuente.

—¿Quiénes vivís con mi madre? —insistió él, pensando en el albañil. «¿También vive con mi madre?», se preguntó con amargura.

—Mi hija Julia y yo. Antonio… murió —se vio obligada a aclarar.

—Lo siento —musitó Dalmau, arrepentido de aquellos celos que había sentido unos segundos antes.

—¿Y si recaes? —inquirió Emma, despreciando sus condolen-cias—. ¿Qué vas a ofrecerle a tu madre?

Dalmau miró hacia la entrada de su casa, a un par de metros, antes de enfrentarse a ella:

—Nada, Emma —le contestó—. No voy a ofrecerle nada por-que nada tengo. Soy un desecho al que dos mendigos con más dig-nidad que yo recogieron moribundo de la calle. Solo pretendo su perdón. Ni siquiera, como bien dices —añadió pensando en lo poco que había faltado para que entrara en La Voladora y pidiera un vino—, puedo garantizarle que no volveré a caer en el vicio.

Emma no contestó. Algo en las palabras de él la conmovió más que si hubiera pronunciado unas promesas distintas. Dalmau superó aquellos dos metros, traspasó el portal y subió la escalera, estrecha, húmeda y de peldaños rotos. Emma permaneció atrás, en la calle, turbada por un sinfín de sensaciones encontradas, contradictorias:

no podía evitar la rabia, y al mismo tiempo tampoco podía negar que la alegraba verlo. Saber que estaba vivo, que estaba allí. Reaccionó al cabo de unos segundos y corrió tras él. La puerta de la casa estaba abierta de par en par, y en el descansillo jugaban escandalosamente los hijos de Anastasi y Remei.

—Son realquilados —consideró necesario avisarle Emma, que casi le había dado alcance—. Ocupan tu habitación.

Advertido, Dalmau entró y saludó con un movimiento de la cabeza a la mujer que desvainaba guisantes sentada a la mesa de la cocina. No quiso inspeccionar la estancia. Se acercó hasta la habitación de su madre, abierta, respiró hondo, golpeó un par de veces sobre el marco de la puerta y entró. Josefa estaba sentada en una silla medio desvencijada en el lugar que ocupaba la máquina de coser. Ahora cosía a mano, despacio, con los brazos algo levantados hacia la ventana, tratando de captar la luz que no le proporcionaba el cabo de una vela de parafina que ardía sobre un cartón en el alféizar. Dalmau no pudo impedir que la mirada se le desviase hacia una cuna encajada entre la cama y el armario en la que dormía una niña. Cuando volvió la atención hacia su madre, la labor blanca descansaba en su regazo, y ella, al verlo, se puso a temblar a la vez que sonreía abiertamente. La sonrisa trasladó a Dalmau a su infancia: era la misma con la que lo recibía de niño, y lo abrazaba, y le revolvía el cabello y le hacía cosquillas para terminar preguntándole cómo le había ido el día.

—¡Hijo! —exclamó Josefa—. Lo sabía, lo sabía. Sabía que no estabas muerto.

La sonrisa mudó en lágrimas. Dalmau no se atrevió a responder a sus brazos extendidos y permaneció bajo el marco de la puerta. Emma se quedó detrás de él.

—Lo siento, madre —logró arrancar de su garganta agarrotada—. Siento todo el daño que le he originado. Lo lamento de veras.

Fue Josefa quien se levantó, con decisión, enjugándose las lágrimas con el brazo, y cruzó en dos pasos el dormitorio hasta abrazar a Dalmau.

—No lo merezco, madre.

Ella lo agarraba del torso y, con la cabeza apoyada contra su pecho, susurraba, como si rezase. Dalmau creyó oír el nombre de su padre, Tomás, varias veces. Y «Gracias», muchas más.

—Perdóneme —insistió él.

—No hay nada que perdonar, Dalmau —acertó a afirmar la mujer—. Eres mi hijo. Saberte vivo… y sano —añadió separándose un poco de él, para cogerle los brazos y zarandeárselos, como si con ello quisiera ratificar sus palabras— es la mayor alegría que he tenido en mi vida. Todo queda atrás, Dalmau. Las madres no recordamos las afrentas de aquellos a quienes hemos parido; siempre formarás parte de mí.

Dalmau sintió un escalofrío que recorrió todo su cuerpo tras escuchar esa confesión. Él, que llegó a dudar del perdón, que tanto había tardado en osar suplicarlo, que se escondía… No existía el rencor entre una madre y un hijo, de ahí la sencillez y la sinceridad de la postura de Josefa, aunque incluso así…

—Pero le pegué. Necesito que me perdone, madre, que me lo diga. Necesito oírlo.

—¡Aquí el único que tiene que perdonar soy yo!

Dalmau volvió la cabeza a tiempo para ver como un hombre corpulento y basto apartaba a Emma con violencia, que quedó detrás de él, encajonada en el pasillo.

—¿Quién es este?

Dalmau no pudo continuar. Inesperadamente, el hombre lo abofeteó en la cara. Salvo Emma, los demás se hallaban en un espacio diminuto: entre la cama, la cuna, la pared y la puerta.

—¡Anastasi!

El grito partió de Emma. Dalmau apartó a su madre, pero no pudo evitar recibir una nueva bofetada. Entonces fue él quien lanzó un puñetazo que acertó de lleno en el rostro de Anastasi. Tal fue el rugido que surgió de la bocaza del hombre al verse golpeado que atronó por encima de los gritos de Emma, los de Josefa, y hasta del llanto de la niña que se había despertado sobresaltada. Al mismo tiempo, el matón se echó hacia atrás con fuerza hasta chocar con la pared del pasillo que daba a la habitación de Josefa y chafar a Emma contra ella. La joven se golpeó espalda y cabeza y cayó al suelo, desmadejada. Dalmau, encolerizado, se abalanzó sobre Anastasi con ambos puños por delante. No acertó. El otro desvió sus golpes con unos antebrazos que a Dalmau se le asemejaron a barras de hierro, y de repente se vio agarrado del cuello, con una mano que lo abarcaba casi entero y que empezó a presionar hasta dejarlo sin respiración. De tal guisa lo arrastró hasta la cocina, donde lo sentó a la mesa en la que su mujer continuaba desvainando guisantes.

—Entonces tú debes de ser el famoso Dalmau, el morfinómano muerto —empezó a decir mientras tomaba asiento al otro lado de la mesa, enfrente de él—. ¿Me equivoco?

—Sí —contestó Dalmau con la voz tomada. Tosió, aún le costaba respirar—. Soy yo.

La mujer recogía con prisa los guisantes para ponerlos a salvo del seguro estallido de violencia de su esposo; los hijos del matrimonio, sucios y mocosos, hacían costado a su padre mientras Josefa se había colocado a espaldas de su hijo y Emma, dolorida, acunaba a Julia en sus brazos procurando que callara.

—Por tu culpa —continuó Anastasi, señalando a Dalmau— he perdido mucho dinero, más de cuatrocientas pesetas, mis ahorros. Mi navaja, mi traje nuevo, todo lo que tenía. Calcula ochocientas pesetas.

—¿Por qué? —inquirió Dalmau, extrañado—. ¿Qué tengo yo que ver…?

—Cuando los del juzgado vinieron a embargar a esta casa, por tu deuda, también se llevaron lo mío.

—El contrato que firmaste con don Manuel para que te librara del ejército —creyó necesario explicarle Josefa, ignorante de que ya lo había hecho Emma.

—Ya —asintió Dalmau.

—Ya… ¿Y ahora qué? —gruñó Anastasi. El golpe que esperaba Remei cayó como un mazazo sobre la mesa. Solo restaban por recoger algunos guisantes, que saltaron por el aire. Anastasi traspasó a Dalmau con la mirada—. ¿Cómo vas a devolverme todo eso?

—No tengo nada.

—Sí —lo corrigió el matón alargando la última vocal—. Sí que tienes. Tienes una madre, y a esa —añadió señalando a Emma—. Algo tendrá que ver contigo.

—Pero ellas no tienen la culpa de nada.

—Te aseguro que ellas pagarán por ti, si no solventas mi problema. ¿Me has entendido? Tardaría bastante poco en recuperarlo si vendo a la chica. ¿Lo comprendes? Es más arriesgado para mí, pero no dudaré en hacerlo si alguien no me devuelve lo que es mío.

Emma miro a Anastasi con el odio marcado en su cejo fruncido. Eran muchas las ocasiones en que la había amenazado con hacerlo, con prostituirla, con venderla a algún proxeneta. Tanto se lo advirtió que un día en el que Emma se encontró en la Fraternidad con aquel par de amigos de Antonio que la acompañaron en el funeral les contó su problema. Fueron cuatro los albañiles que, después, esperaron a Anastasi en la puerta de la casa de la calle Bertrellans. La conversación duró lo estrictamente necesario para que el matón tomase buena nota de las funestas consecuencias que tendrían para él y su familia la desaparición de Emma o cualquier desgracia que pudiera padecer. A partir de ahí, los últimos dos meses en aquella casa los habían vivido en un equilibrio precario, en una tensión insufrible. Emma no podía marcharse, tampoco tenía adónde ir, aunque lo que más le preocupaba era dejar a Josefa en manos de un energúmeno que se negaba a mudarse y, en cualquier caso, Josefa no estaba dispuesta a abandonar su hogar. Así se lo había dicho: «Hija, de aquí solo me sacarán con los pies por delante». Aun así, Anastasi continuaba amenazándola, y ella presentía que aquel hombre era capaz de cualquier maldad, por más que cuatro albañiles con sus propios problemas hubieran tratado de atemorizarlo un día a la puerta de la casa.

—Y ahora corre a buscar mis dineros —exigió Anastasi a Dalmau señalando con el pulgar vuelto la puerta de la casa, a su espalda—, y no vuelvas por aquí si no es con ellos. ¿No me has oído! —gritó al ver que el otro vacilaba.

—No vas a ser tú quien me ordene lo que debo o no debo hacer en mi casa.

Anastasi se levantó bruscamente. Dalmau también.

—Hijo… —le rogó Josefa, temiendo las consecuencias.

—Haz caso a tu madre —gruñó el matón.

Josefa imploró con la mirada. Dalmau cedió, se acercó a ella y esta vez fue él quien la abrazó.

415

—Perdóneme por todos los problemas que le he originado.

—Tienes mi perdón, Dalmau.

—¡Venga! ¡Largo! —lo apremió Anastasi.

—Lo siento —le dijo a Emma al pasar a su lado.

Le habría gustado hablar con ella, explicarse, disculparse también, mil veces, pero percibió en aquella mujer valiente, ahora mucho más curtida en la vida que la joven que dejó atrás hacía unos años, la desconfianza y quizá mucho de ese rencor que no había llegado a anidar en su madre. Emma mantenía agarrada a su hija por delante de sí, a modo de escudo, como si fuera el sentido de su vida, su luz.

—¿Nos veremos? —inquirió Dalmau en su lugar.

—Vivo aquí —contestó ella con cierta acritud.

—Pero que no te vea yo en esta casa —terció Anastasi— sin el dinero que me debes.

Dalmau ni siquiera miró al matón; en su lugar, dirigió la mirada hacia Emma, buscando en ella el rescoldo de los sentimientos que un día los unieron.

Emma no se lo concedió.

13

Esa noche Emma vio sonreír a Josefa mientras desmenuzaba un mendrugo, algunas de cuyas migas, pocas, se llevaba ella a la boca, para introducir la mayoría en la de Julia, empapadas en leche. Esa noche hasta la oyó canturrear mientras lo hacía. Cenaban tarde, después de que lo hicieran Anastasi y su familia, con la esperanza de que se hubieran disipado, o confundido con el hedor de calles y casas, los aromas de las comidas con las que Remei atendía a los suyos. En cuanto oscurecía, el matón no tardaba en salir a trabajar en algún garito como vigilante o tan solo a beber; su esposa recogía sus cazuelas, guardaba celosamente los restos de los alimentos, si sobraban, y se retiraba. Con anterioridad, una vez saciados, los dos salvajes que el matrimonio realquilado tenía por hijos desaparecían por la escalera y los descansillos, donde gritaban, corrían y se peleaban hasta caer rendidos; en ocasiones regresaban a la casa, en otras Anastasi o algún vecino los encontraba durmiendo en algún rincón.

Josefa y Emma esperaban a que Remei cerrara la puerta de su dormitorio, y entonces se sentaban con la niña alrededor de la mesa de la cocina. Lo cierto era que nunca llegaba a desaparecer por completo la fragancia de las comidas anteriores, que las perseguía hasta la cama en forma de pesadilla, recordando a las dos mujeres, noche tras noche, su situación crítica. No tenían dinero suficiente. Cosiendo a mano, Josefa no llegaba a cobrar una décima parte de lo que conseguía antes de que le quitaran la máquina, y Emma continuaba ganando las tres míseras pesetas de jornal que le pagaban en el centro republicano. Robaba comida en la Fraternidad, y se peleaba por los restos que quedaban en los platillos de los clientes. La ayuda solidaria que el partido distribuía a través de sus asociaciones se agotaba en aquellos obreros y familias que ni siquiera tenían trabajo. La crisis económica se agravaba; la tecnología aplicada a los procesos industriales dejaba sin empleo a miles de personas; la inmigración del campo había traído a Barcelona una ingente masa obrera sin cualificar que se prestaba a trabajar por salarios cada vez menores, y la gente enfermaba e incluso moría de hambre. Josefa y Emma tenían que hacer frente al alquiler del piso de la calle Bertrellans; Anastasi no contribuía con la excusa del dinero que el juzgado le había quitado por su culpa, y ellas, cuando contaban las monedas que día a día arañaban al pan y a la ropa para pagar al casero, temblaban atemorizadas ante la sola posibilidad de terminar vagando por las calles con la pequeña Julia a cuestas. Luego, el día en que cubrían las veinticinco pesetas que costaba la casa, respiraban tranquilas. «Un mes más», se decían en silencio. El resto de sus ingresos les daba para malvivir: leche aguada y sin nata; hortalizas y legumbres rancias, pan duro y carnes de aquellas que Emma sabía que habían sido adulteradas —en un par de ocasiones pidió socorro a su tío Sebastián, quien le procuró carne barata de cierta calidad a regañadientes, puesto que perdía el beneficio de venderla a otros por mayor precio; su prima Rosa la ayudó en otras tantas a espaldas de su padre, pero su familia también sufría la crisis y había muchas bocas que alimentar—, y todo eso siempre con la incertidumbre y la angustia de una enfermedad, de la niña la más preocupante, un accidente o un imprevisto al que no pudieran hacer frente.

Sin embargo, esa noche, Josefa sonreía. «Ha conseguido trabajo en una obra importante en el paseo de Gràcia», le había contado a Emma antes de cenar, las dos en su dormitorio, sentadas en la cama y con Julia gateando entre ellas, esperando su turno mientras Anastasi y sus hijos gritaban y discutían durante su cena. «Mira lo que me ha dado —añadió y, como si se tratara de un tesoro, le mostró unas monedas que encerraba en la palma de la mano—. Nos ayudará. Ha prometido que nos ayudará.» Emma rememoró el momento en el que la espalda de Dalmau se perdió en el descansillo oscuro: Josefa reaccionó, como si las amenazas de Anastasi hubieran dejado de resonar en la casa, en su cabeza, en su ánimo incluso, y libre su voluntad de aquel secuestro al que las sometía el matón con su violencia, corrió tras él.

—¡Dalmau! —se oyó en la escalera—. ¡Espera, hijo!

A su vuelta, poco más de una hora después, Emma se vio obligada a alejar de sí todos los pensamientos que había venido barajando tras la reaparición de Dalmau ante la vorágine de emociones que asaltaban a Josefa. La mujer lloró y rio entre balbuceos.

—Lo sabía —sostuvo una y otra vez—, sabía que Dalmau vivía. —Josefa cogió la mano a Emma y después la abrazó—. Está bien. Ya no toma droga ni alcohol —sollozó a su oído.

«¡Le pegó!», se estremeció Emma. Y le robó lo poco que tenía. «¿Y si recae?», se preguntó, porque sabía que era lo más frecuente: la gran mayoría recaía en la droga. ¡No podía decírselo! Así que en su lugar asintió y correspondió a su abrazo.

—Trabaja. Dice que solo va a trabajar en las obras. Que ya no pinta. ¡Mejor que no pinte! Fue la pintura la que lo destruyó. Toda esa gente que lo rodeaba lo hizo cambiar.

Ahora Josefa se había separado de Emma y la tenía cogida de los brazos mientras continuaba hablando de su hijo, exultante, esperanzada. «La pintura también me destrozó a mí», se lamentó para sí Emma. Aquellos desnudos que corrieron de mano en mano por la casa de comidas de Bertrán y luego… ¿Por dónde más lo habrían hecho? Sintió una punzada en el estómago como cada vez que se imaginaba deseada por hombres sucios y lascivos ante aquellas poses tremendamente sensuales en las que Dalmau la retrató. Solo era una niña, ingenua, enamorada.

—¡Saldrá adelante! —pronosticó Josefa, compartiendo aquel deseo con Emma.

—Claro que sí —la animó la joven, que ocultó su escepticismo—. Lo hará.

¿Le habría contado Josefa algo de ella durante esa hora en la que habían estado hablando? ¿Le habría preguntado él? Emma recordó la mirada entre desdichada y curiosa con la que Dalmau se había despedido.

—Dice que le gustaría hablar contigo. Arreglar las cosas —añadió entonces Josefa, como si adivinase sus pensamientos.

—Josefa… —saltó Emma para aclarar la situación.

—No te preocupes. Ya le he dicho que no. Te hizo mucho daño, y tú no eres su madre como para perdonarlo sin condiciones.

Madre e hijo juntos, charlando, reconciliados, visualizó Emma.

—Si quiere que me vaya para que él pueda volver aquí con usted… —le propuso.

—Moriría si me quitases a esta niña. —Josefa sonrió y achuchó a la pequeña, que jugaba con un retal de tela sobre la cama—. No, hija —afirmó con seriedad—. Dalmau se recuperará… confío y lo deseo, pero, sea cual sea el que le depara el destino, su sitio ya no es este.

Josefa dejó transcurrir unos instantes en silencio. Emma había venido a sustituir a su familia y ocupado el lugar de su hija muerta, reconoció frunciendo los labios, y Julia… ¿qué decir de la niña? Dalmau era un hombre, libre, sin ataduras; era él quien debía encontrar su lugar fuera de aquella casa. No permitiría que Emma y Julia se vieran perjudicadas por nada.

—Este hogar —habló en voz alta, continuando con sus pensamientos— es el que nos corresponde a nosotras, y nuestro objetivo no tiene que ser otro que cuidar de esta preciosidad. Que Dalmau nos ayude a salir adelante, ese es su deber; necesitaremos mucha suerte si queremos solventar el problema de Anastasi. No acierto a imaginar cómo nos desharemos de él… —Negó con la cabeza antes de mudar radicalmente su ánimo, obligándose a mostrar de nuevo su alegría—. Además, no me imagino durmiendo con él en esta cama —bromeó.

«Poca ayuda podrá proporcionarnos Dalmau si con el jornal de un albañil tiene que cubrir también sus necesidades», pensó la joven, aunque calló por no desalentarla.

Esa noche, después de cenar, cuando Josefa ya respiraba acompasadamente en el lecho, Emma se incorporó procurando no turbar su sueño. Ella no lograba conciliarlo, con sus ideas saltando de forma incontrolada de Dalmau a Josefa, de la droga a los desnudos, a Antonio y otra vez a Dalmau, a sus ilusiones compartidas, a su amor…, a Montserrat… ¡Creía volverse loca! Además, la posibilidad, la cuestión que en verdad la angustiaba, se asomaba tímida por detrás de cada imagen de aquellas que la mantenían despierta: ¿debía perdonarlo? Ni siquiera deseaba planteárselo. Quizá ante la convicción de que Dalmau había muerto a consecuencia de la morfina, Emma llegó a enterrar odios y rencores y los recuerdos se delinearon a partir de entonces a base de retazos de felicidad, pero ahora que sabía que estaba vivo dudaba entre retornar al odio o perdonarlo. Sacudió la cabeza como si quisiera alejar de sí cualquier pensamiento.

—Tú eres el único fin en mi vida —susurró entonces por encima de la barandilla de la cuna en la que Julia dormía.

También había sido problemático que la niña conciliara el sueño. Emma lo achacó a la tensión vivida ese día; Josefa, cuando se la quitó de las manos para acunarla, disintió. «No come ni bien ni suficiente», sentenció. Las inquietudes que hasta ese momento la habían hostigado se esfumaron ante la posibilidad apuntada por Josefa. Necesitaban más comida, más recursos para criar a su hija, y Emma creía saber cómo conseguirlos. Escuchó la respiración de Julia en la noche, tranquila, pausada, luego la acarició durante un rato y la desazón que unos y otros le habían originado fue desapareciendo al ritmo con el que las yemas de sus dedos se deslizaban por encima de la delicada piel de su hija.

—Tú lo eres todo para mí —reiteró antes de volver a tumbarse al lado de Josefa.

Josefa y Emma, con su hija, salieron de la casa temprano; las campanas de Santa Anna acababan de anunciar las seis de la mañana. Si cenaban después de que Anastasi y su familia lo hicieran, los tiempos en el desayuno eran a la inversa: primero lo hacían ellas mientras el matón recuperaba el sueño perdido durante la noche. Se despidieron en la calle. Josefa hizo cosquillas a Julia, quien, tras revolverse en los brazos de su madre, la premió con una risotada tan maravillosa que vino a alegrar hasta el ambiente de aquel callejón adormecido. Emma se encaminó a la Fraternidad y Josefa al intermediario de la ropa blanca. Llevaba pocas labores y sabía que a cambio le darían apenas unos céntimos, no más. La costura era el oficio peor pagado de Barcelona: centenares de mujeres trabajaban gratis en los conventos en los que permanecían encerradas y las monjas reventaban los precios, pero si además se hacía a mano, resultaba imposible conseguir un jornal decente. La cesta de Josefa, que en ocasiones iba repleta de prendas elaboradas, se balanceaba ahora liviana, colgando de uno de sus brazos.

El intermediario no la sorprendió. Una miseria. Además, rechazó el cuello mal cosido de una camisa. El hombre revisaba escrupulosamente los trabajos de Josefa desde que esta no disponía de la máquina. «No tienes bien la vista ni las manos», justificaba su celo desmedido. Si en ocasiones Josefa discutía tal afirmación, en esta no: tenía la mente en Santa Anna, adonde pensaba dirigirse después de guardar sin contarlos siquiera los céntimos que el intermediario le había dado.

—¿Cómo sabes que no te engaño? —le preguntó el otro ante lo que interpretó como una muestra de desidia.

—Llevas toda la vida engañándonos a todas —se revolvió Josefa—. ¿Qué importancia tendrían unos céntimos más o menos?

Sin esperar su respuesta, dio media vuelta y se encaminó hacia la iglesia de Santa Anna.

—Busco a mosén Pedro —anunció al sacerdote que ocupaba la planta baja del edificio de la rectoría, junto al primoroso y grácil claustro gótico, cuadrado, de diez arcadas por lado.

La rectoría y el claustro venían a interponerse entre la iglesia antigua, parte de cuya construcción se remontaba al siglo XII, y la iglesia nueva que estaba levantándose en esa época, más grande, en un intento de emular a la de Santa María del Pi y la de Betlem, y que se alargaba hasta la Rambla, teniendo prevista su entrada por la calle de Rivadeneyra.

El sacerdote al que Josefa se dirigió la inspeccionó de arriba abajo antes de contestarle. Su trabajo no era el de portero; estaba allí para ocuparse de las urgencias de los enfermos. En cualquier caso, no le supuso molestia alguna informar a aquella mujer a la que jamás había visto en la iglesia.

—Mosén Pedro tiene ya muchos años. Está retirado. Ya no atiende a las parroquianas, aunque tampoco creo que tú lo seas.

—Soy amiga de mosén Pedro —replicó Josefa evitando cualquier referencia a su condición de feligresa.

—No sabía que mosén Pedro...

—Por favor, mándale recado de que está aquí Josefa Port, la... la madre de aquella niña que salvó de un pervertido. Él sabrá.

El sacerdote atendió la petición de Josefa y mandó recado con un monaguillo; mosén Pedro era querido y respetado en Santa Anna, y el religioso, aun escéptico, no quiso arriesgarse a despedir a una mujer que efectivamente pudiera ser su amiga. «Lo encontrarás en el claustro», le anunció al cabo de unos minutos, cuando el chaval volvió corriendo y resoplando.

Josefa lo vio en pie, apoyado en un bastón, al fondo de una de las galerías. Se dirigió hacia él, dudando si mantener la seriedad adoptada desde que había accedido a las instalaciones del templo. Al final, a un par de pasos de aquel sacerdote que se le presentaba mucho más viejo de lo que lo recordaba, esbozó una sonrisa.

—Mosén —lo saludó.

—Josefa —se limitó a contestar él.

El religioso la invitó a pasear junto a él, recorriendo el claustro cuadrangular. La primavera se percibía en las plantas y en los árboles, pocos en aquel reducido espacio, cuatro o cinco, pero que florecían en todo su esplendor. Durante unos minutos anduvieron en silencio, hasta que mosén Pedro aclaró lo que en ese momento estaba calculando Josefa.

—Nueve años.

—Sí —confirmó ella.

Ese era el tiempo transcurrido desde que el 7 de junio de 1896 la procesión del Corpus que había partido de la iglesia de Santa María de la Mar fuera atacada con una bomba. Murieron doce personas y medio centenar quedaron heridas. La vida de Josefa se derrumbó tras la detención de Tomás y de la casi totalidad de sus compañeros anarquistas que podrían haberla ayudado. Tomás hijo contaba dieciséis años, Dalmau catorce, Montserrat doce, y Josefa se encontró sin dinero, sin amigos, sin intermediarios que le proporcionaran ropa que coser, y tratada como infame por gran parte de la sociedad que la rodeaba. Sus hijos respondieron. Dalmau incluso planteó abandonar sus estudios en la Llotja. Josefa dudó, pero entonces don Manuel lo contrató en su fábrica. Montserrat también consiguió trabajo en el textil, y Tomás ya lo hacía en el taller de un latonero. Sin embargo, exceptuando el sueldo de Tomás, los otros dos se reducían a salarios de niños, destinados a complementar los ingresos de los padres, nunca a sostener una familia.

Fue mosén Pedro quien, por esas fechas, presenció desde el exterior de Santa Anna que un hombre obeso, relativamente bien vestido, alargaba un bocadillo de tocino a una niña que en ese momento accedía a la calle Bertrellans. La pequeña se acercó, el hombre arrancó un pedazo y la niña se lo llevó a la boca con avidez, temiendo que no fuera verdad, que se lo quitaran. El hombre arrancó otro trozo y la tentó con él, hablándole con ternura e introduciéndose en el portal oscuro de un edificio. La niña no dudó un instante. Tragó casi sin masticar lo que ya tenía en la boca e hizo ademán de seguirlo al interior. Pero entonces el sacerdote echó mano al pedazo que, como si se tratara de un cebo, asomaba por fuera del portal y tiró de él hasta arrancarlo de las manos del hombre que permanecía escondido en las sombras.

El pervertido salió, sorprendido, y al toparse con el rostro encendido del religioso gritó y trató de escapar, pero mosén Pedro lo aferró del brazo y lo detuvo. Algunos curiosos empezaron a arremolinarse alrededor de la pareja. El sacerdote llamó a la niña, le dio el pedazo que acababa de coger y, tras arrebatar al hombre el resto del bocadillo, se lo entregó también.

—Seguro que ella lo necesita más que tú, ¿verdad? —espetó al depravado—. Dios sabe que te sobra grasa… y malas intenciones. —El otro gimoteó y adoptó una posición contrita. Mosén Pedro no le consintió tal ardid, lo zarandeó y elevó la voz ante unos vecinos que aumentaban en número—. ¡Ni se te ocurra volver a acercarte a esta iglesia ni a las calles de alrededor! ¡Fijaos bien en él! —apremió a quienes los rodeaban, muchos de ellos parroquianos conocidos—. No es más que un rufián que pretende forzar a niñas inocentes como ella. —Y señaló con el mentón a Montserrat, que, ajena a todo, se concentraba en devorar su bocadillo de tocino—. Si volvéis a verlo por aquí, ¡echadlo a patadas!

—¡No será necesario volver a verlo! —chilló uno de los presentes abalanzándose contra el obeso.

La gente lo siguió, y lo corrieron por la calle Bertrellans entre puñetazos, patadas, insultos y escupitajos.

Fue mosén Pedro quien acompañó a Montserrat a su casa, y quien habló con Josefa. Le contó lo sucedido; ella tembló ante la imagen de su niña siendo violada en un portal oscuro, húmedo y hediondo y, recuperada la compostura, prometió tomar medidas. Ya le había hablado de los hombres malos, sostuvo, aunque insistiría.

—Tiene hambre —le advirtió el mosén.

—¿Y quién no? —contestó ella.

—La Iglesia ayuda a familias en tu situación. Tenemos recursos.

—Usted no me conoce —lo interrumpió Josefa.

—Sí —la sorprendió el religioso—. Eres la esposa de uno de los anarquistas detenidos por la bomba del Corpus.

—Y entonces ¿qué hace aquí, conmigo? —inquirió ella, atónita.

—No creo que tu esposo fuera el responsable. Ni siquiera creo que lo hicieran los anarquistas. La bomba estalló en la cola del cortejo, no en su cabecera, donde procesionaban las autoridades. ¿Para qué iban a matar a ciudadanos humildes? —Josefa asintió. Esos eran los argumentos que utilizaban los anarquistas. Nadie había reivindicado el atentado—. Pero en cualquier caso… —continuó el sacerdote— y aunque él hubiera tomado parte, todos somos hijos de Dios.

—Los anarquistas no creemos en Dios. No podemos ser hijos Suyos —rebatió la mujer con cierta sorna.

—Pero pasáis hambre igual que los que sí creen en Él.

Ahí asintió Josefa, que pensó unos instantes.

—Mosén —dijo al cabo con voz serena—, mi esposo permanece preso en Montjuïc y está siendo torturado con crueldad. Probablemente lo condenen a muerte. No puso la bomba, pero sí que ha luchado siempre contra la Iglesia. ¿Usted cree que yo, su esposa, podría aprovecharme de su favor mientras él sostiene la bandera libertaria tras los muros de ese castillo maldito a costa incluso de su vida?

Mosén Pedro asintió en gesto de comprensión.

—Si cambias de opinión o algún día me necesitas, no dudes en acudir a mí —le ofreció antes de encaminarse hacia la puerta.

—Gracias por lo que ha hecho por mi niña, padre —le agradeció ella mientras lo acompañaba hasta el descansillo—. Y también por su ofrecimiento —terminó reconociéndole cuando el otro ya descendía por la escalera.

Lo cierto fue que, al día siguiente, uno de los intermediarios de ropa blanca que ya la había despedido en varias ocasiones, y al que

Josefa fue a suplicar una vez más, le llenó el cesto a rebosar sin explicación alguna. Ella no preguntó, pero en silencio pensó en aquel buen hombre que la tarde anterior había estado en su casa. Ese día trabajó casi las veinticuatro horas, como si necesitara recuperar el tiempo perdido. Cosiendo a mano desde el amanecer a la escasa luz solar que se negaba a colarse entre los edificios apiñados de los pobres, y por la noche a la que le proporcionaban los cabos de vela de parafina cuyo precio regateaba enérgica con los chamarileros que vendían artículos usados por las calles.

—Montserrat murió —le dijo ahora Josefa a mosén Pedro, como si retomase el interés del sacerdote por la niña a la que había defendido hacía nueve años.

—Lo sé —la sorprendió el religioso—. Tu hija era popular en este barrio —se explicó. Ambos volvieron a guardar unos instantes de silencio—. Recé por ella —confesó al cabo.

Josefa se encogió de hombros.

—Mosén, no creemos en otra vida más allá. No sirve de nada rezar por alguien muerto.

—Bueno… —admitió el otro mostrándole unos ojos vidriosos, ya cansados—, si Montserrat no existe en ningún más allá, no puede haberle molestado que rece por ella, y si efectivamente existe más allá, no le vendrá mal, ¿no crees?

Josefa se permitió sonreír.

—Si fuera como ustedes predican, mi niña estaría en el infierno.

—Dios es clemente. Tanto como para ayudarte a ti también —añadió el sacerdote, dándole pie a que revelara la razón de una visita que no podía pretender otra cosa que socorro.

Su nieta, Julia, padecía hambre, explicó Josefa, arrogándose el parentesco. Solo contaba un año y estaba desnutrida. Caería enferma o, en el mejor de los casos, crecería raquítica como la mayoría de los hijos de los obreros. Ella volvía a coser a mano y la madre de la pequeña ganaba una miseria. No tenían dinero y necesitaba ayuda, sí. ¿Estaría dispuesta a cumplir las exigencias que la Iglesia tenía para acceder a la beneficencia de Santa Anna?, planteó el sacerdote. Josefa asintió; haría lo que fuera necesario, entregaría su alma al diablo, si existiera, a cambio de conseguir alimentos para la pequeña. No obstante, no dijo nada de eso a sabiendas de que lo que mosén Pedro podía pedirle era lo único que no estaba dispuesta a aceptar.

—Te ayudaré —prometió mosén Pedro—, porque en caso contrario jamás cumplirías los requisitos que se piden en esta parroquia.

—Usted sabe que no me convertiré —intervino Josefa—. ¿Por qué lo hace, entonces?

—Porque, con independencia de vuestras opiniones acerca de la Iglesia, el Señor desea que tú, como tantos otros, seáis conscientes de que nosotros, sus vicarios en la tierra, sus sacerdotes, somos buenas personas.

Mosén Pedro inscribió a Josefa en el padrón de pobres de la parroquia, y convenció a la Junta de Beneficencia, que se encargaba de examinar a los necesitados, de la idoneidad de la mujer para recibir la ayuda puesto que no se trataba de un problema de holgazanería o de mendicidad, algo que la parroquia rechazaba, sino que aquella mujer era una obrera que, trabajando en la costura, no llegaba a cubrir sus necesidades ni las de una nieta pequeña a su cargo, mintió el religioso, evitando hablar de la madre.

Hecho eso, mosén Pedro entregó a Josefa una tarjeta en cuyo anverso constaba su nombre y dirección, mientras que en el dorso se relacionaban las obligaciones que su titular asumía para recibir la ayuda. Josefa las leyó con detenimiento antes de firmar. «No blasfemar ni dar escándalo.» En su interior resonaron los insultos que tanto Tomas como Montserrat habían vertido contra la Iglesia; ella misma había insultado y atacado sin piedad a las mujeres crédulas que se ponían en manos de curas y religiosos, y Emma también lo había hecho con vehemencia durante toda su vida, ahora con más odio y saña si cabía, tras la humillación sufrida en su última reunión con don Manuel. Sus muertos no la molestarían más que en las noches en las que no lograba conciliar el sueño, pero Emma... ¿cómo reaccionaría ante lo que estaba haciendo? ¡Julia necesitaba comida!, se excusó antes de saltar al segundo compromiso que se leía en la tarjeta: «No frecuentar casas de bebidas de juego ni similares». Exigencia vana: no lo hacía. En tercer lugar, se obligaba a «respetar a los sacerdotes y demás autoridades» y, por último, «a portarse como persona honrada y cristiana». Sabiéndose observada por mosén Pedro, Josefa releyó en silencio lo que se le asemejaba la sentencia de muerte de sus ideales, de su lucha, de todo aquello en lo que había creído junto a su familia. En el momento que levantó la mirada de la tarjeta, los ojos húmedos, las lágrimas pugnando por brotar, mosén Pedro escondió la suya, como si no deseara presenciar la humillación de una mujer honesta y coherente con sus principios que ahora se veía obligada a ceder por el amor que profesaba a esa nieta hambrienta.

—¿Tanto la quieres? —preguntó en un susurro el religioso, atreviéndose a mirarla.

Las lágrimas ya corrían libres por el rostro de Josefa. Intentó contestar, pero no le surgieron las palabras, así que carraspeó.

—Con todo mi ser —acertó a decir al cabo—. Necesito verla reír. Julia tiene derecho a vivir alegre y feliz, como la niña que es. Moriría si le sucediese algo.

Mosén Pedro asintió, consciente de que solo un sentimiento tan intenso podía llevar a una anarquista como Josefa a renunciar a sus creencias. «Firma», la instó, temeroso de que una reacción visceral la llevara a desistir y la niña no percibiera la ayuda que tanto necesitaba. Josefa respiró hondo, varias veces, apretó los labios y, tras asentir en agradecimiento hacia el sacerdote, firmó la tarjeta con pulso firme, tanto como lo era la culpa que sentía ante la memoria de su esposo y de su hija por aquella traición.

Con ese documento, Josefa debía presentarse todos los viernes a las doce de la mañana en la iglesia, en los claustros superiores de la parroquia, donde, tras rezar el rosario y escuchar el sermón del sacerdote junto a casi un centenar más de pobres admitidos en Santa Anna, recibiría un bono para canjear en las tiendas del barrio por un pan de tres libras de primera calidad, judías y arroz. En ocasiones señaladas también se entregaban bonos de carne, gallina y leche.

El primer viernes en el que Josefa se reunió con un centenar más de indigentes en el segundo piso del claustro de la iglesia de Santa Anna, apretujada entre ellos, el hedor a sudor, alcohol y suciedad golpeando sus sentidos, todos impacientes a la espera de que el cura pusiera fin a sus eternas admoniciones, la mujer corrió con sus bonos a trocarlos por pan y hortalizas en las tiendas, y esa noche, cuando

Emma le preguntó acerca de la comida entre aspavientos de incredulidad, ella se limitó a deslizar la tarjeta por encima de la mesa.

—¡Qué significa esto! —prorrumpió la joven, encolerizada tras echarle un simple vistazo—. ¡Portarse como cristiana y respetar…!

Pero calló. Josefa ni siquiera la miraba. Animaba a Julia con todo tipo de extravagancias y payasadas a que comiera el espeso puré de judías verdes con arroz y pan que había cocinado. «Esta niña bonita —canturreaba— crecerá fuerte y sana y será la más guapa y la más lista de todo el barrio.»

—Come, cariño —instó a la pequeña metiéndole una nueva cucharada en la boca, sin querer volverse hacia su madre por no descubrirla llorando.

Josefa había renunciado a toda una vida de lucha, a la vez que traicionado la memoria de su esposo y de Montserrat, ambos asesinados por defender unos principios que la mujer siempre asumió como suyos. Se había entregado a la Iglesia, a los curas. ¡Y todo por alimentar a su niña, a su hija!

—Sigo sin creer en Dios —confesó a Emma con una sonrisa esa noche, tras dejar en la cuna a la niña, saciada, y acomodarse junto a la ventana, donde encendió una vela para continuar cosiendo.

—Estoy segura de eso —replicó la otra, ya acostada en la cama; tampoco había espacio en aquella habitación para otra cosa—, pero admitimos la limosna de la Iglesia, nos humillamos ante ellos ¡Las obligaciones escritas en esa tarjeta…! Siempre hemos sostenido que ese es el primer paso para caer en sus redes.

Josefa dejó de coser y se mantuvo unos instantes en silencio.

—Cierto —reconoció al cabo.

—Discúlpeme —le rogó Emma al instante volviéndose hacia ella desde la cama—. No tengo derecho a recriminarle nada. Le agradezco…

—Vivimos tiempos muy difíciles, hija —la interrumpió Josefa—. ¿Sabes? No me siento mal por haberlo hecho. La sonrisa de esta niña está por encima de cualquier sacrificio.

«Sacrificio.» Emma simuló dormir, y para ello permaneció quieta, acompasando su respiración por más que aquella palabra no dejara de repicar en su mente, aturdiéndola: sacrificio. Josefa acababa de mostrarle el camino, tremendamente alejado de la conmiseración con la que vivía hasta entonces. No cabía conformarse. No cabía lamentarse de la situación o de la fortuna. Era necesario luchar. Engañar si era menester. Utilizar cuantas armas estuvieran a su alcance. Abrió un ojo y, entre las pestañas, observó a contraluz a Josefa cosiendo a la escasa iluminación de la vela.

—Gracias —susurró.

—A vosotras —contestó Josefa sin apartar la atención de la labor que cosía—. Sin vuestro cariño no habría superado la desaparición de Dalmau.

Al día siguiente, Emma esperaba en el pasillo al que se abría la puerta del despacho de Joaquín Truchero a que este o su ayudante, Romero, con quien ya había hablado, la hicieran pasar. La Fraternidad bullía de actividad y de hombres que iban y venían, que leían, algunos en voz alta para los demás, o que, enfervorizados, discutían de política.

Fue el propio líder republicano quien atendió a Emma. Abrió la puerta de su despacho, que lo hacía hacia dentro, y esbozando una sonrisa, con una mano apoyada en el picaporte y la otra extendida, la invitó a entrar. Lo hizo sin apartarse, ocupando por lo tanto la mitad del hueco que quedaba bajo el dintel con la aparente excusa de mantener la puerta abierta para ella. Emma tuvo que ladearse para pasar junto al joven; aun así, sus pechos rozaron el de Truchero, quien ensanchó la sonrisa.

—Hacía tiempo que no charlábamos —comentó el joven tras saludarla y ofrecerle asiento en una de las dos sillas que descansaban frente a su escritorio.

Emma se sentó y, para su sorpresa, él se limitó a apoyar las nalgas en el borde de la mesa, con las piernas algo estiradas hacia ella. Comprendió que no podría mover la suyas sin rozar las de él. Desde allí, desde la posición de dominio que le concedía aquella altura sobre la joven y en un silencio que pretendía disimular con una estúpida mímica facial —frunciendo los labios, asintiendo, sonriendo—, Truchero la escrutó como si examinara un objeto a subasta. Instintivamente, Emma trató de ocultar sus manos, enrojecidas y con la piel cuarteada de tanto fregar platos y tazas, pero no lo consiguió. No supo qué hacer con ellas, dónde esconderlas. Truchero se apercibió y se irguió en su posición, arrogante, como si el apuro de la joven lo complaciera. Emma temió que la tensión le provocara una salida de la leche; todavía complementaba la alimentación de Julia con su pecho. Manos de criada, leche en su camisa, ¡qué lejos estaba de aquella joven arrebatadora que enardecía a la gente con sus discursos!

—Sé de ti a través de tu jefe —empezó a decir él.

Emma no lo escuchó. Con disimulo, se miró las manos y se sintió fea. ¿Cómo llevaría el cabello? No se atrevió a tocárselo. ¿Y sus ropas? Desde la muerte de Antonio casi no había prestado atención a su aspecto. Julia, Josefa, Anastasi, la necesidad, el hambre…

—¿Qué es lo que querías? —terminó su discurso Truchero.

Ella no se enteró y el silencio se hizo entre ambos. El otro movió las manos, animándola.

—¿Qué? —preguntó Emma.

—Digo que qué es lo que querías. Que por qué has pedido verme.

Si tan fea estaba, discurrió ella, por qué aquel hombre la miraba con la lujuria rebosando de todo su ser. Volvió a mirarse las manos, en esta ocasión con descaro, extendiéndolas y girándolas por delante de su vientre. Chascó la lengua y negó con la cabeza.

—No son las manos de una burguesa —lamentó.

—No —corroboró él—, son las de una obrera, una trabajadora —añadió con orgullo, como si estuviera dispuesto a iniciar un mitin.

Emma se levantó. Igualaba a Truchero en altura. Quizá sus manos no fueran bonitas, pero en ese instante, sabiéndose deseada, sintió su cuerpo por primera vez en mucho tiempo, un cuerpo nuevo tras el nacimiento de Julia, firme, voluptuoso. Un escalofrío le recorrió la espalda excitando unos impulsos arrinconados tras la muerte de Antonio. No deseaba a Truchero… ¿O sí? Hacía tiempo que no disfrutaba del sexo más que en soledad y silencio, con rapidez, casi sin placer. No quiso profundizar en ello, pero en cualquier caso intuyó que podía dominarlo, que conseguiría que ese hombre cumpliera su voluntad y satisficiera sus deseos.

—Las de una obrera, sí. —Sus cuerpos estaban encajonados entre la mesa, en la que Truchero todavía permanecía apoyado, y la silla de la que Emma se había levantado. Se olían—. Una obrera que está cansada de un salario de tres pesetas al día…

—Eso podría arreglarse —la interrumpió el otro con voz melosa y poniéndole una mano en la cintura. Emma sonrió ante lo ridículo de aquel tono en alguien en quien la energía en su voz constituía su arma más utilizada. Truchero malinterpretó su sonrisa y deslizó la mano hasta su nalga. Emma lo preveía, era evidente; aun así, tuvo que reprimir un estremecimiento—. ¿Qué es lo que quieres? —repitió, y le apretó el culo.

—Quiero un puesto de cocinera en la Casa del Pueblo —exigió ella—, con un buen sueldo.

—Todavía no está terminada —alegó Truchero, encelado, jadeante—. Tendrías que esperar…

Emma le cogió la mano y la apartó de sus nalgas con sorna.

—En ese caso, tú también tendrás que esperar.

—Pero…

Emma sorteó la silla y se separó del joven.

—Seguro que habrá mucho que preparar, aunque la cocina no esté abierta. Dicen que queda un año más o menos, ¿es así?

—Cierto —confirmó Truchero—, pero ya hay gente que se ocupa de ello: maestros de obras, proveedores… No hay trabajo suficiente para que te pague un salario de esa categoría. ¿Por qué no aspiras a algo más sencillo?

Emma sonrió con socarronería, estiró el cuello y alzó el mentón con seguridad, a modo de advertencia de que lo que Truchero dijera podía contrariar sus expectativas. Sus pechos, generosos y tersos, se alzaban por encima de un vientre plano y unas caderas redondeadas que enmarcaban un pubis que el republicano no dejaba de mirar. Se sintió poderosa, tremendamente poderosa.

—Eso es lo que quiero —afirmó—. Si no hay suficiente trabajo en la construcción de la cocina de la Casa del Pueblo, empléame también en otras tareas. Sé que el partido está preparando revueltas. —Truchero dio un respingo—. ¡Lo sabe todo el mundo que corre por aquí! —le soltó ella antes de continuar—. Siempre necesitaréis gente que organice, que controle y ayude, y sabes que los compañeros me tienen en consideración desde mis mítines y mis clases para las obreras. Tú me pagas un buen sueldo por ambas labores, y yo no te defraudaré ni en una ni en la otra. Sé cocinar bien; es mi trabajo, y en cuanto al activismo… Ya me conoces.

Truchero dio un paso hacia Emma, y ella hacia atrás. Él se detuvo.

—Eso que pides… —empezó a decir, tratando de controlar la respiración.

—Si tú no eres capaz, podría dirigirme a otros líderes del partido. Muchos de ellos me ofrecieron ayuda cuando los mítines —lo amenazó—. Se mostraban ciertamente cariñosos.

Por la mente de Truchero desfilaron nombres e imágenes de camaradas, unos amigos, otros no, que no dudarían un segundo en satisfacer a Emma.

—Veré qué puedo hacer —se comprometió entonces.

—No —se sorprendió Emma replicando—, no veas qué puedes hacer, ¡hazlo!

La joven lo premió con una sonrisa insinuante como despedida y abandonó el despacho dejándolo desconcertado. Tal como cerró la puerta, las rodillas le temblaron hasta casi hacerla caer. Se apoyó en la pared y recorrió el pasillo con urgencia, alejándose de la posibilidad de que Truchero abriera la puerta y la viera en aquel estado. Dobló la esquina y, libre ya del riesgo, se apoyó en la pared del edificio, mareada, temblando. ¿Qué había hecho? Se había comportado como una vulgar prostituta, igual que la gorda asquerosa que le robó su trabajo con el pollero porque permitió que este le pellizcara el culo. ¡Truchero también se lo había pellizcado! No, se corrigió al mismo tiempo que golpeaba con fuerza la pared con la palma de la mano. No era ninguna puta. Pensó en Julia; era la hora de darle de mamar. Respiró hondo, varias veces, y se encaminó hacia la guardería de la fraternidad. «Sacrificio», se repitió. No, no se había vendido como lo hacían las putas; ella, sencillamente, se había inmolado por su hija, por Josefa. ¿Qué otra cosa podía ofrecer que no fuera su cuerpo? Sus encantos eran las únicas armas con las que podía luchar. ¿Y qué era el cuerpo? ¿Qué importancia tenía el sexo para quien no lo consideraba pecado?

Dalmau ni siquiera agotó las tres noches a que tenía derecho en el asilo del Parque, y el tercer día se mudó a un albergue para obreros que el Ayuntamiento había inaugurado a finales del año de 1904 en la calle del Cid, en el Raval. Joan, el capataz, le había conseguido una plaza en el establecimiento, que contaba con setenta y cinco camas por las que los huéspedes desembolsaban quince céntimos por noche. El albergue estaba destinado exclusivamente a obreros, y la obligación de pago, siquiera de una cantidad ínfima, casi simbólica, como eran esos quince céntimos, alejaba del mismo a mendigos y desamparados. Los obreros tenían derecho a cama, dos sábanas, dos mantas en invierno y toallas, pues disponía de lavabos con jabón y hasta de un servicio de baños gratuito. Podían entrar en el albergue desde las siete hasta las nueve de la noche, hora en la que un médico comprobaba la salud de los huéspedes, y debían abandonarlo entre las seis y las ocho de la mañana.

A diferencia del asilo del Parque, donde se mezclaban todo tipo de personas necesitadas, con la consiguiente barahúnda, altercados y reyertas, en el albergue del Cid los obreros acudían para descansar y poder afrontar la siguiente jornada con fuerza suficiente. Imperaba cierto orden que ellos mismos imponían, y sobre todo el silencio preciso para conciliar el sueño una vez que se apagaban las luces.

No muy lejos del albergue, en un callejón que partía de la misma calle del Cid, se hallaba la taberna inmunda donde Dalmau, acompañado de un ejército de cuatro anarquistas y una loca, todos borrachos, se había abalanzado sobre el grupo de burgueses jóvenes que se burlaban de él tras el escándalo de la Maison Dorée. Dalmau revivió la paliza que aquellos jóvenes sanos y fuertes le habían propinado. «¡Imbécil!», se dijo. También allí, en el centro del Raval, regresó a los olores y el ambiente de la calle Bertrellans. Humedad y cloacas rotas. Hedor. Tierra y suelos emponzoñados. Niños pálidos y enjutos, desnutridos…, tristes. Toses crónicas y carraspeos forzados, casi agónicos, que en el silencio nocturno surgían de decenas de habitaciones pregonando la tuberculosis: la muerte.

Ya la primera noche, entre las discusiones de los vecinos que se colaban por las ventanas abiertas y los ronquidos de los obreros, Dalmau escuchó insomne aquellos macabros recitales tísicos. Al igual que los olores, eran los mismos sonidos que inundaban la calle Bertrellans desde que era un niño. Sin embargo, en aquellos años hacía caso omiso a ruidos y reyertas, y dormía, mientras que ahora permanecía despierto cavilando cómo solventar el problema con el matón que reclamaba a su madre una deuda de ochocientas pesetas. Josefa se había confirmado en la conversación que sostuvieron fuera de la casa. No sabía qué cantidad, reconoció la mujer, pero desde luego a Anastasi le habían embargado cuanto tenía: una bolsa con dineros y todos sus bienes… y cuatro gallinas, lo sorprendió añadiendo con una carcajada. El perdón de su madre confortaba a Dalmau, pero la situación le angustiaba: era imposible conseguir tal cantidad. Y las amenazas que el matón había vertido sobre Emma… ¡Emma! Su madre le había aconsejado que, si pretendía recuperarla, esperase, que dejase correr el tiempo, que demostrase que era un hombre de bien, no un drogadicto, que trabajase hasta poder ofrecerle algún futuro. Él, sin embargo, preguntó y preguntó y preguntó. «¡Déjala en paz! —ladró Josefa, harta de su insistencia—. O conseguirás que te odie.»

Y entre las amenazas del matón, las penurias de su madre y la renuncia obligada que esta le había exigido para con Emma, un último motivo de intranquilidad venía a sumarse en esos momentos en los que lo asaltaba la angustia: don Manuel. Había humillado a Emma. El cabrón había permitido que la joven se postrara delante de él, con la rodilla sangrando, y le suplicara, como le había relatado su madre con lágrimas en los ojos. También se había ensañado con esta. El rico ceramista no tenía ninguna necesidad de embargar la máquina de coser ni los objetos de la casa. Ciertamente, Dalmau no había llegado a amortizar el crédito que don Manuel le concedió para librarse del ejército, pero por ese Dios con el que todos aquellos beatos se llenaban la boca que los beneficios que su trabajo habían proporcionado al maestro multiplicaban por mil la deuda pendiente. ¡Lo había explotado!, como hacían todos los burgueses e industriales ricos con los menos favorecidos, tanto que incluso llegó a insinuarle que le perdonaría la deuda. ¿Qué culpa tenían ellas en la muerte de Úrsula? Ninguna. Podía entender que don Manuel lo odiara a él como causante de aquella desgracia, pero ensañarse con sus seres queridos no mostraba más que la ruindad que se escondía tras esa pátina de caridad

435

cristiana con la que se disfrazaban aquellos meapilas. Su antiguo maestro había dañado y perjudicado a su familia, los había maltratado y acercado a la ruina, y eso lo corroía y le hacía revolverse inquieto allí donde se hallara y, cada vez que el ceramista se colaba en sus pensamientos, el odio crecía y reventaba en su interior.

Dalmau no bebía. Evitaba almorzar y cenar en las casas de comidas, que pese a ser asequibles resultaban más caras que las casas de beneficencia. Acudía al comedor de obreros de Santa Madrona, en la calle Calàbria, junto al Paralelo, donde las Hijas de la Caridad de San Vicente de Paúl regentaban un restaurante a precios aún más baratos. Allí cenaba en silencio y frugalmente, ahorrando hasta el último céntimo para entregárselo a su madre; luego compraba lo que desayunaría y comería al día siguiente a pie de obra, lo guardaba en una cazuela, caminaba por el Paralelo haciendo caso omiso a sus fiestas y su bullicio, llegaba hasta la calle del Cid y, tras saludar al médico, que por conocerlo no lo examinaba, y a los demás obreros que ya estaban allí, se acostaba, aunque en ocasiones continuaba hasta el puerto y se perdía en la contemplación de los barcos ya amarrados o anclados que lo abarrotaban con sus centenares de mástiles enhiestos hacia el cielo, bailando al son de una sinfonía diferente, como si peleasen entre ellos por expresar su personalidad.

Aquellos barcos de madera de todo tipo y tamaño que, aparentemente desamparados, respondían al impulso del oleaje y los vientos que soplaban en el puerto cada cual a su suerte, recordaban a Dalmau las piezas que conformaban el mural de vidrio de la casa Batlló: todas diferentes, cristales y azulejos, cada uno formando parte imprescindible de una obra maestra que componía algo similar a ese fascinante espectáculo de mástiles en movimiento, que iban ganando presencia a medida que oscurecía y la visión del horizonte solo se veía turbada por un ejército de agujas negras que arañaban el cielo.

El trabajo en aquella obra mágica y los ratos en que se encontraba con su madre para entregarle los dineros que había ahorrado de sus jornales constituían los dos momentos en los que Dalmau alcanzaba cierta felicidad. Las curvas y el brillo casi cegador de los azulejos grandes llamados a ser las escamas del dragón, que Dalmau admiraba casi con reverencia, dándoles una apariencia diferente por más que las piezas fueran iguales, consciente del arte que conllevaba su diseño y fabricación, tanto como la labor de colocarlas con esmero y delicadeza, disipaban sus preocupaciones, de igual forma que lo conseguía la sonrisa y el agradecimiento de Josefa al recibir su ayuda. En esos momentos, charlaban y ella le contaba de Emma… Hasta que la realidad regresaba impertinente a recordarle al matón y sus amenazas.

Algo tenía que hacer para solventar aquella situación creada por culpa de la venganza del maestro en las personas de Josefa y Emma. Encaramado en lo alto del andamio, con el paseo de Gràcia y los burgueses a sus pies, más cerca del sol de los ricos y de una brisa que desde el mar arrastraba todos los olores de aquella ciudad tan injusta con los humildes, Dalmau podía ver la casa en la que vivían don Manuel y su familia, una manzana más allá, en el mismo paseo a la altura de la calle de València, la siguiente una vez que se cruzaba el puente que superaba las vías del tren. Era tarde. Joan, el capataz, anunció el fin de la jornada y los compañeros de Dalmau iniciaron un apresurado descenso por el andamio.

—¿No bajas? —le preguntó Demetrio, un compañero que tuvo que colgarse sobre el vacío para poder esquivar a Dalmau, acuclillado sobre un madero.

Necesitaba pensar, tranquilo, solo, en silencio.

—No —contestó, por lo tanto, al mismo tiempo que lo ayudaba a volver a tomar pie sobre el madero—. Hay dos o tres escamas de estas —añadió señalando unos azulejos de un color azul brillante que iba degradándose sobre el lomo del dragón para convertirse en verde, rojo u ocre, todos ellos iguales, de la misma forma y medida, curvos, superpuestos unos a otros— que no han quedado bien fijadas a la obra —mintió, y acompañó su engaño forzando el movimiento de la última escama que acababa de colocar anclada con unos ganchos a una base diferente en cada pieza, con lo que Gaudí conseguía la sinuosidad y ondulación del lomo del dragón—, y tengo miedo de que puedan desprenderse y arrastrar más piezas con ellas. Se trata de fijarlas un poco más y esperar un rato; no tengo inconveniente.

Demetrio, miembro activo de la Sociedad Obrera de Albañiles de Barcelona, aunque desde la huelga general de 1902 y con la crisis económica los sindicatos como aquel habían perdido casi toda representatividad, frunció cejas y frente antes de contestar:

—De acuerdo, pero quiero que tengas en cuenta que nos ha costado mucho esfuerzo y penalidades conseguir una jornada de ocho horas. Hubo camaradas que murieron o vieron morir de hambre a sus hijos pequeños. Esto será una excepción, pero cumple la jornada. No vengas tú ahora a joder nuestros logros. Aunque no tengas inconveniente en trabajar más horas, aquí se acaba cuando se ha cumplido el horario, ¿has entendido?

Dalmau asintió y le pidió que, una vez abajo, comunicara el problema al capataz, insistió en que no se preocuparan, que abandonaría la obra tan pronto como estuviera seguro de que las escamas estaban bien fijas y, sin esperar una respuesta que le volvió en forma de gruñido, simuló volcar la atención en aquellos azulejos que aducía que se movían.

En poco rato la obra quedó desierta, y en algo más el paseo de Gràcia empezó a despejarse de caballeros y damas que caminaban, de coches de caballos y de vendedores ambulantes. Las tiendas cerraron y los mendigos que perseguían a la gente suplicando caridad se apostaron ahora frente a los portales de las casas ricas con el fin de ocupar un buen lugar para cuando los criados repartieran los restos de las comidas de sus señores. Dalmau presenció el declive de la arteria más importante de la ciudad, escondido en lo alto del andamio que rodeaba la fachada de la casa Batlló, desde donde gozaba de una perspectiva privilegiada.

Las farolas del paseo empezaron a encenderse, igual que las luces del interior de las casas y los pisos de la gran avenida, antes incluso de que hubiera anochecido por completo. Dalmau se sintió agredido, como si tuviera que tomar partido en la lucha entre el resplandor rojizo del sol que se ocultaba y el brillo blanco de las luces de gas; dos mundos encontrados, uno natural, el otro artificial. Apostó por el sol, capaz de jugar con la oscuridad que asoló Barcelona una vez que se puso por completo. Dirigió la mirada hacia la casa del maestro. La tribuna que volaba sobre el paseo de Gràcia, allí desde donde doña Celia y sus hijas controlaban cuanto sucedía en la vía pública, al mismo tiempo que se dejaban ver, orgullosas, por encima del gentío, se hallaba iluminada. Dalmau apretó los labios y negó con la cabeza al pensar en Úrsula. Empezaron mal, muy mal, pero poco a poco fueron... ¿encariñándose? ¿Queriéndose? Úrsula no fue una mala persona; era caprichosa, como correspondía a la hija mimada de un burgués rico, pero quizá no mala. Y sí, ciertamente, Úrsula había muerto por su culpa; algunas noches la muchacha comparecía en sus sueños para recordárselo. Sin embargo, el día en que falleció, trataba de excusarse Dalmau, él estaba drogado y la morfina nublaba su juicio. Él no le proporcionó la droga esa tarde, y durante sus relaciones jamás llegó a ofrecerle morfina. Pese a todo, Úrsula, de cuando en cuando, acudía a él para aguijonear unos remordimientos de los que Dalmau tampoco llegaba a liberarse.

Por el contrario, su padre, don Manuel, que siempre gozó de la consideración de Dalmau, terminó portándose de forma ruin y cruel con Emma y Josefa. Poco respeto merecía. Si lo responsabilizaba de la muerte de su hija, su desaparición y supuesto fallecimiento deberían haber puesto punto final al suceso luctuoso. En lugar de ello, y ya creyéndolo muerto, don Manuel se había abalanzado sobre un par de mujeres indefensas como un vulgar carroñero.

Con la muerte de Úrsula en su cabeza, Dalmau repasó aquellos días y concluyó que nunca había llegado a plantearse si entre ellos existía algo más profundo que el sexo o las escapadas nocturnas al Paralelo. ¡Las escapadas nocturnas! Una idea repiqueteó en su cabeza y fue tomando cuerpo durante las horas en que permaneció escondido en el andamio mientras se repetía que don Manuel no merecía ningún respeto tras vengarse en Emma y Josefa. Luego, cuando las luces de casas y pisos se sumaron al sol y se apagaron, descendió sin hacer ruido, no sin antes comprobar que el recorrido del sereno que vigilaba la zona lo llevaba a la parte más alejada, desde donde lo oyó cantar la hora a voz en grito: «¡La una de la madrugada!».

Franqueó el puente del ferrocarril sobre la calle de Aragó y se dirigió al edificio de quien había sido su maestro. Se cruzó con algunas personas que no le prestaron atención, y en unos pasos se hallaba frente a la puerta de servicio, pequeña, que daba a las traseras de las tiendas de la planta baja, a algunos servicios comunes, y a aquella escalera que ascendía hasta el cuarto de los trastos y herramientas de la inmensa terraza de la que disfrutaba don Manuel. Inspiró con fuerza en el momento de accionar la manija de hierro forjado de la puerta. Debería estar cerrada para impedir que la gente se colara en aquel pasillo, puesto que más lejos no se podía llegar, pero Dalmau sabía que eso no era lo usual. Había empleados de las tiendas que salían más tarde y que no tenían llave para cerrar; recordaba incluso que una muchacha vivía en la misma tienda donde trabajaba, un establecimiento dedicado a la venta de telas costosas, y que entraba y salía como si fuera su casa. El portero del edificio, que ocupaba junto a su familia un piso diminuto en el ático, no estaba dispuesto a romper su descanso para bajar una y otra vez a controlar si la puerta de servicio a la calle estaba o no cerrada.

Y no lo estaba, como comprobó Dalmau al accionar la manija. Cerró tras de sí y se dirigió a la puerta que daba a la escalera que ascendía al cuartito. Había transcurrido bastante tiempo desde la muerte de Úrsula, pero, salvo alguna incidencia especial, nadie tenía por qué haberse dado cuenta de la falta del duplicado de la llave que, efectivamente, permanecía en la raja que había bajo uno de los peldaños, donde la introdujeron en la última escapada al Paralelo. Con la llave en la mano, Dalmau vaciló: abrir aquella puerta significaba allanar la casa de don Manuel, aunque la imagen de Emma arrodillada suplicando ayuda acudió a su mente para zanjar cualquier duda. La introdujo en la cerradura, abrió, cerró de nuevo y subió la escalera. En un instante se encontró en el patio que servía de terraza a don Manuel. Las fachadas interiores de las casas de la manzana se alzaban sobre Dalmau, encajonándolo bajo un pedazo de ese mismo cielo estrellado que hacía un rato había contemplado, infinito, desde lo alto del andamio, como si en cada ocasión en la que se acercaba a don Manuel perdiera algo de su libertad. Anduvo con decisión hacia el edificio, para dar sensación de normalidad a cualquiera que pudiera estar mirando desde las ventanas de las casas que rodeaban el patio, aunque vio pocas luces encendidas y menos movimiento tras ellas.

La fachada correspondiente al piso de don Manuel que daba a la terraza constituía una galería construida en madera en toda su longitud hasta la altura de la cadera de un hombre y, a partir de ahí, soportaba una maravillosa vidriera en la que se alternaban ninfas etéreas disfrutando de innumerables elementos vegetales. La vidriera, una obra de arte, se había realizado siguiendo las técnicas modernistas: el juego de luces y colores no era el resultado de la pintura sobre el vidrio, sino que se formaba a través de la combinación de diferentes fragmentos de ese material de distintos tonos, perdiendo el emplomado su carácter meramente de soporte para convertirse en un elemento estético de relevancia. En la oscuridad, Dalmau solo pudo intuir las figuras, pero recordaba como si lo llevara grabado en su retina el asombroso juego de luces y colores que se producía cuando el sol lo iluminaba.

Las vidrieras eran utilizadas por todos los grandes arquitectos modernistas: Domènech había evolucionado desde los vitrales góticos con motivos historicistas del café-restaurant de la Exposición Universal de 1888 hasta el esplendor estilístico, jugando con la luz, el color y la textura del vidrio, en la de la galería de la casa Lleó, con gallinas y pájaros en un entorno de verdor que se perdía en montañas azules. Puig continuaba un tanto apegado al historicismo, y Gaudí, a quien se le recriminaba no haber concedido excesiva importancia a los vitrales en algunas de sus obras, los utilizaba ahora en la casa Batlló de forma magistral, encauzando sus efectos luminosos incluso sobre la cerámica para crear el movimiento de las piedras.

La llave de una de las puertas de la galería permanecía escondida, igual que sucedía con la de acceso a la escalera, bajo la cornisa que coronaba el muro que rodeaba la terraza. Era evidente que ni don Manuel ni su esposa habían sospechado de las salidas nocturnas de Úrsula, y nadie se había preocupado de aquellos duplicados. Dalmau respiró el silencio y la quietud de la casa una vez que hubo cerrado la puerta de la galería. La conocía a la perfección. La siguiente estancia era el comedor. Lo recorrió con cuidado, en la penumbra que originaban algunas luces todavía encendidas en la casa; Dalmau sabía cuáles eran: las velas de la capilla que jamás se apagaban.

Sobre la mesa del comedor descansaban un par de candelabros de plata, grandes, aparentemente pesados. Dalmau no supo calcular si por esas piezas le darían las ochocientas pesetas que necesitaba para liquidar la deuda de Anastasi, más lo que pudiera quedar por pagar de su propia deuda en el juzgado, puesto que la máquina de coser y los objetos embargados a su madre y destinados a ser vendidos en subasta pública no llegarían a cubrir el importe reclamado. Planeaba dirigirse a Pekín y negociar con don Ricardo. Excepción hecha de todos los degenerados con los que a raíz de su adicción a la morfina había tratado en su descenso a los infiernos, y con los que no deseaba volver a cruzarse, no conocía a nadie más en el mercado negro al que pudiera acudir para vender un objeto robado. Con todo, era consciente de la dureza con la que don Ricardo regateaba los precios, lo había presenciado mientras pintaba su retrato. Se trataba de un ventajista al que poco le importaban las circunstancias de quienes pretendían hacer negocios con él. Dalmau fue testigo de verdaderos expolios, aunque en aquellas situaciones, juzgando que quien vendía era tan ladrón como quien compraba, poco le importó que por un collar de esmeraldas se pagase menos de lo que le había costado a él su frac de segunda mano.

Don Ricardo no sería mucho más generoso con él, por lo que desechó los candelabros. Necesitaba algún objeto cuyo valor fuera muy superior a la cantidad que él necesitaba. Pensó unos instantes, los imprescindibles para entender que aquel resplandor titilante que rompía la oscuridad de la vivienda era la solución a su dilema. Don Manuel no acostumbraba a ostentar sus riquezas, que las tenía, y muchas. Quizá alardeaba de algunos cuadros de pintores prestigiosos que adornaban su casa, pero más por su valor artístico y la admiración que profesaba hacia sus autores que por el precio pagado por ellos. Sin embargo, existía en su casa un objeto del que Manuel Bello no podía dejar de vanagloriarse: un relicario de plata maciza en forma de cruz con múltiples incrustaciones de piedras preciosas: diamantes, rubíes, zafiros y esmeraldas. En el centro de los brazos de la cruz se abría una cámara redonda protegida por cuarzo transparente en cuyo interior, a decir de don Manuel, reposaban reliquias de san Inocencio. Dalmau se dirigió hacia la capilla. La casa continuaba en silencio, aunque algún que otro sonido venía a romperlo de forma intempestiva: un golpe de tos, crujidos de madera; el grito de un borracho en la calle… Al oírlos, Dalmau se detenía, sin saber muy bien por qué. ¿Qué haría si alguien lo descubría allí parado? Luego, cuando la casa recobraba la tranquilidad, seguía el camino hacia la luz. «¡Incalculable!», recordó que llegó a contestarle el maestro un día en que Dalmau le preguntó acerca del valor de aquella obra de arte, después de habérsela enseñado sin permitirle tocarla.

«Tiene más de mil años», le aseguró en otra ocasión. «El obispo me la ha pedido para la catedral —se enorgulleció en una comida frente a toda la familia—. Le he prometido que lo tendré en cuenta en mi testamento.» Solo Dalmau se percató de la mueca de rabia que, durante un segundo, quizá dos, contrajo el rostro de doña Celia al conocer el destino del relicario.

Pesaba. Bastante. Y era más grande de lo que Dalmau recordaba. Se trataba de un objeto sagrado. Resopló y se dijo que Dios no existía. Allí mismo, en la capilla, cogió unos paños bordados blancos que estaban sobre el altar y envolvió la cruz. La cargó y se volvió para escapar. Era la primera vez en su vida que robaba algo, pero don Manuel los había humillado y arruinado. Con ese crucifijo quedaría zanjada la cuestión. Salió y, en la penumbra del pasillo, percibió cómo resaltaba el blanco; más lo haría pues en la oscuridad de la noche, comprendió antes de continuar. Así que volvió, dejó la cruz y abrió un armario donde colgaban las casullas que utilizaba el sacerdote, mosén Jacint generalmente, para oficiar la misa. Encontró una de color negro y vistió la cruz con ella. Salir de la capilla lo enfrentó de nuevo a la quietud y el silencio. La casa olía bien: a ceras y perfumes. Inspiró hondo. La luz que escapaba de las velas de la capilla casi no llegaba a iluminar los altísimos techos artesonados. El posible sentimiento de culpa por el delito que estaba cometiendo se esfumó ante la riqueza que podía palparse en aquella casa. Una máquina de coser y cuatro enseres que cuantos vivían allí habrían rechazado. Ese era el daño que don Manuel había pretendido causarle a su madre, porque a él lo daban por muerto, y el embargo de los bienes de Anastasi no había sido más que una casualidad. Lo cierto era que lo único de valor que había en la casa de Josefa era la máquina de coser.

Escupió hacia la capilla; la Iglesia y sus adeptos, laicos o religiosos, no habían hecho más que causarle problemas, a él, a su familia y a sus seres queridos. Luego se encaminó a la terraza sin adoptar las precauciones tomadas a la entrada. Andaba rápido, haciendo caso omiso a los crujidos de la noche hasta que, en el pasillo de las habitaciones principales, donde dormían los miembros de la familia, un ruido metálico, continuado, atronó en el silencio y lo llevó a saltar hasta detenerse de espaldas a una de las paredes. Dudó en salir corriendo, pero con la cruz a cuestas le sería difícil y despertaría a todos los habitantes de aquella casa. No se decidía; empezaba a sudar cuando el ruido metálico fue transformándose en el de un chorro líquido. Dalmau expulso el aire que había contenido en sus pulmones: don Manuel orinaba en su bacinilla. Sonrió y prosiguió hacia la terraza con la impresión de que la meada del maestro había conseguido que hasta los cimientos del edificio temblasen.

No le costó salir de la casa ni descender hasta la planta baja; con el objetivo de deshacerse de ellas, se llevó las llaves duplicadas que utilizaba con Úrsula para fugarse. La puerta de servicio al paseo de Gràcia continuaba abierta y, tras asomarse y comprobar que el sereno no rondaba por allí, trató de confundirse con las fachadas e inició el descenso hasta el puerto. Serían las dos de la madrugada y quedaba mucha noche por delante, la suficiente para llegar a Pekín y esperar a que amaneciera, cuando don Ricardo lo atendería. Anduvo con cuidado, atento a serenos y policías, apartándose de los portales en cuyo interior podía estar refugiado un mendigo. Las calles estaban casi desiertas y los viandantes hacían por no cruzarse entre sí; nadie quería tener un mal encuentro. Aun así, un par de pordioseros borrachos le interceptaron el paso y lo siguieron durante un buen trecho, uno a cada lado, pidiéndole dinero, preguntándole qué llevaba escondido bajo aquella manta negra, tratando de tocarla, tirando de su chaqueta para que se detuviera. Al final, el silencio de Dalmau los irritó y, en lugar de andar a su lado, se plantaron delante de él, impidiéndole continuar. Dalmau se vio reflejado en aquellos dos desgraciados que balbucían y escupían el alcohol artificial y barato con que los envenenaban cada noche. Él había pasado por lo mismo. ¿Habría acosado también a algún ciudadano? No lo recordaba, pero era probable. Lo que sí sabía con certeza era que aquellos dos no aguantarían en pie un empujón leve.

—Da… ¡danos esto…! Negro. Esto… negro… que llevas —balbució uno de ellos agarrando uno de los picos de la casulla.

Tal como el borracho tiraba de la tela, Dalmau hizo girar la cruz y lo golpeó en el mentón con el brazo más largo. No quiso utilizar excesiva fuerza; aun así, el hombre trastabilló hacia atrás y cayó de espaldas al suelo.

—¿Tú también quieres? —preguntó al otro, que se apartó de él y se apresuró a escapar con paso inseguro, abandonando a su compañero tirado en medio de la calle.

«Así es la noche», rememoró Dalmau antes de continuar. Había sido mucho más fácil de lo que se temía mientras aquellos dos lo acosaban. La cruz era como un arma. En realidad… Dalmau cambió la forma de transportar el relicario y lo agarró como si se tratara de una escopeta escondida bajo la casulla negra. La poca visibilidad aconsejó a otros noctámbulos, estos sí más maleantes que borrachos, sobre todo ya en el camino de Pekín, no acercarse a aquel tipo que andaba con paso firme, sin reparar en posibles peligros, con algo que parecía una escopeta.

La línea de barracas frente al mar dormía tranquila. El primero que lo recibió fue el perro ratonero, que curiosamente no le ladró. De inmediato, un esbirro se asomó a la puerta de la chabola de don Ricardo.

—¿Qué haces aquí, pintor? —inquirió tras acostumbrar su visión a la oscuridad.

—Tengo que ver a don Ricardo.

—¿A estas horas? ¿Estás loco? ¿Qué llevas ahí? —añadió señalando la cruz—. ¿Una escopeta?

—Algo parecido. ¿Puedo esperarlo? —preguntó Dalmau haciendo un gesto con su cabeza hacia el cuartucho sin puertas en el que había vivido la agonía de su curación.

El esbirro sonrió.

—Es tu casa —accedió.

Emma se recompuso la ropa interior, trató de alisar el vestido estirándolo a manotazos, con prisas, y luego se arregló el cabello. Truchero, con la bragueta del pantalón ya abotonada, le ofreció un peine que extrajo del bolsillo interior de su americana. Ella lo rechazó y se ahuecó la melena con los dedos de las manos. Había sido un encuentro rápido, casi urgente, como los otros dos mantenidos con el joven republicano: siempre en su despacho, con la puerta atrancada por dentro, y tras haber enviado a Romero a cumplir algún mandado que nunca daba por finalizado antes de comprobar que el acceso volvía a estar franco; ellos fornicando en un sofá viejo de dos plazas que descansaba junto a una pared, solitario, absurdo, sin otra función aparente que la de acogerlos en sus escarceos amorosos.

—Eres preciosa —la aduló Truchero al mismo tiempo que con un solo dedo, extendido, acariciaba uno de sus senos por encima de la ropa—. Una diosa: Atenea, Cibeles… ¡Hispania!

—Déjate de tonterías, Joaquín —le recriminó ella retirándole el dedo. El otro reaccionó con una mueca similar a la de los pucheros de un niño antes de echarse a llorar—. Ya está bien por hoy —añadió dirigiéndose hacia la puerta.

—Quiero más —trató de detenerla Truchero en su camino.

—Necesito ir al lavabo —se excusó Emma con firmeza—. No te preocupes, seguro que volvemos a vernos —ironizó.

Se limpió la vagina lo mejor que pudo. Truchero no deseaba usar gomas. «Quiero notarte, sentirte; deseo rozar tu interior sin nada que se interponga entre nosotros —aducía—, y ese capuchón…» Tardaría poco en convencerlo u obligarlo, celebró Emma. Lo supo el primer día en que se entregó a él, en el momento en el que se le mostró totalmente desnuda en el despacho. Él lo exigió, pero cuando Emma se alzó sobre sí misma, orgullosa de su cuerpo, el rostro del republicano se descompuso y ella presenció cómo caían, una tras otra, todas las máscaras tras las que aquel se ocultaba para hacer gala de la vanidad y la arrogancia que mostraba en su trato diario. Truchero la acarició como lo haría un niño, con devoción más que con lujuria, y recorrió su cuerpo tocándola con delicadeza, hasta que de repente todo fue rápido, como si el joven dirigente hubiera despertado de un sueño y comprendido que en cualquier momento podía presentarse en su despacho alguno de los líderes del partido.

Ese día, Emma terminó en el mismo lavabo en el que ahora se limpiaba. No había sido tan traumático como sospechaba. No sintió culpa alguna, ni siquiera asco: Truchero era un joven sano, limpio y hasta bien parecido; aunque lo cierto era que estaba persuadida, convencida de que debía hacerlo tras la postura de Josefa frente a la Iglesia; porque si aquella muestra de entrega y amor no fuera suficiente, una noche al cabo de un par de semanas, Dalmau se presentó en casa de su madre acompañado del abogado Fuster con las ochocientas pesetas que Anastasi les reclamaba, y quinientas más para cerrar definitivamente en los juzgados la deuda contraída con don Manuel.

«¿De dónde has sacado tal dineral? ¿Qué has hecho, hijo?», lo interrogaba Josefa en susurros a la entrada del dormitorio, en el pasillo, apartados de las negociaciones que el letrado sostenía con Anastasi, ambos sentados a la mesa del comedor, para que abandonase la casa y firmase unos documentos por los que reconocía no gozar de crédito alguno contra Josefa y Dalmau. «Nada, madre —se empeñó este por su parte en sostener una y otra vez—. No se preocupe.» Emma asistía a la conversación desde el interior de la habitación, con Julia en brazos, de nuevo como escudo protector, como si la presencia de Dalmau la atacara. Sin duda había cambiado. Tenía casi dos años más que ella, o sea, que contaría con unos veintitrés, pero aparentaba diez más por lo menos. Vestía la misma ropa vieja que llevaba el día en que reapareció sorpresivamente tras haberlo dado por muerto, y estaba tan delgado como entonces, quizá más, conjeturó Emma. Aún llevaba el cabello largo, al igual que la barba, que le colgaba rala, a mechones, por debajo del mentón, y aunque se lo veía limpio —Emma sabía por boca de Josefa que en el albergue había baños—, tanto su mirada como su cuerpo transpiraban una sensación de tristeza y desamparo que hizo que la joven apretara a la niña contra su pecho.

Reprobó la postura de Dalmau, que continuaba negándose a satisfacer la curiosidad de una Josefa por cuya imaginación Emma sabía que desfilaban decenas de hipótesis acerca del origen de esos dineros, ninguna buena.

—¿Por qué no quieres decirnos cómo has conseguido esas mil trescientas pesetas? —interrumpió con brusquedad la discusión entre madre e hijo.

Los ojos de Dalmau se iluminaron ante el solo hecho de que Emma se dirigiera a él.

Había robado. Dalmau dio cumplida cuenta de las circunstancias del robo para terminar afirmando que le aterraba que Anastasi llegara a cumplir las amenazas vertidas contra Emma. «¡Sé defenderme sola!», replicó ella sin pensarlo, motivando hasta una mueca de indignación en Josefa.

—Gracias en cualquier caso —terminó concediéndole.

Por eso el día en que Emma se desnudó ante Truchero por primera vez, la actitud de Josefa y de su hijo atenuaron los sentimientos de repulsa y vergüenza que la asaltaban a medida que se desprendía de sus ropas, escrutada con lascivia por un hombre con la respiración ahora acelerada, ahora contenida. Dalmau había robado por ella, pensó mientras se quitaba las medias delante de Truchero. Continuó con el vestido floreado que llevaba, fresco, liviano, y luego con la ropa interior. Sus manos sudaban y temblaban. Le faltaba el corsé para quedar completamente desnuda. Truchero le había prometido trescientas pesetas al mes, el salario máximo que cobraba un cocinero de segunda con manutención incluida, por un puesto de trabajo en la Casa del Pueblo. ¡Trescientas pesetas al mes! Y los cobraría desde ese mismo día, añadió; aquel en el que se desnudaría, calló ella. Ayudaría en el diseño y las obras de la cocina hasta que se inaugurara y se abriera a los camaradas, y mientras tanto, como el trabajo no era mucho, la designaron enlace entre los líderes del partido y las cuadrillas de jóvenes bárbaros republicanos que se dedicaban al activismo callejero. Se ocupaba de transmitir las órdenes propuestas y quejas de unos a otros. Cerró los ojos pensando en Julia y en el futuro que podría ofrecerle con aquel dinero mientras se desanudaba el corsé con una torpeza que le habría gustado soslayar. El húmedo y caluroso verano barcelonés se les echaba encima, pero Emma sintió una corriente helada que la hizo estremecerse en el momento en que dejó caer la prenda al suelo para presentarse totalmente desnuda. Respiró hondo, un par de veces, y abrió los ojos al impulso de la sentencia de Josefa: «La sonrisa de esta niña está por encima de cualquier sacrificio».

14

El robo del relicario de san Inocencio tuvo una repercusión excepcional en Barcelona. El alcalde, el capitán general, y hasta el cardenal y obispo de Barcelona se interesaron personalmente en el asunto, haciendo del mismo el objetivo prioritario de las fuerzas de seguridad de la ciudad. Desde lo alto del andamio que cubría el lomo ondulado y brillante del dragón que coronaba la casa Batlló, Dalmau contemplaba el movimiento de policías, periodistas, curiosos y coches de caballos que iban y venían a casa de don Manuel.

—¿Qué pasará ahí? —preguntó uno de los albañiles.

—Ni idea —contestó él.

Al día siguiente la noticia se publicaba en todos los diarios de la ciudad. Los conservadores como *El Diario de Barcelona*, *El Correo Catalán*, *La Vanguardia* o *El Noticiero Universal* calificaban el expolio en una franja de opinión que se movía entre el simple robo por motivos económicos y el insulto a la comunidad cristiana a través de un intolerable sacrilegio. Por su parte, la prensa republicana, como *El Diluvio* o *La Publicidad*, el órgano de difusión de Lerroux, el más implacable y cruento en su campaña anticlerical, *La Campana de Gràcia* o *L'Esquella de la Torratxa*, se burlaban del robo con todo tipo de artículos satíricos y viñetas sarcásticas, en algunas de las cuales podía verse al fantasma de san Inocencio colándose en casa del maestro para, tras sobrevolar el lecho en el que dormía con doña Celia, recuperar sus huesos y fugarse dejando tras de sí un río de carcajadas que sobresaltaban y despertaban al matrimonio, o a una familia escuálida y hambrienta utilizando las reliquias para aderezar una olla hirviente en la que solo flotaban las mondas de algunas patatas. En lo que sí coincidieron todos ellos, conservadores, regionalistas, liberales o republicanos, fue en recalcar la cuantiosa recompensa que públicamente ofreció el afamado industrial ceramista don Manuel Bello por la recuperación de cruz y reliquias: diez mil pesetas de oro, unas monedas que ya no se acuñaban y que la gente atesoraba, entre ellas doña Celia, quien recriminó a su esposo la oferta efectuada, máxime teniendo en cuenta que esos objetos acabarían siendo legados a la catedral tras su muerte.

—Mi patrimonio íntegro, fábrica incluida, entregaría a cambio de recuperar las reliquias de san Inocencio —replicó don Manuel con una sinceridad que asustó a su mujer.

La presión de las autoridades movilizó a Guardia Civil y Guardia Municipal, que hicieron redadas indiscriminadas en todas las casas en las que les constaba que se vendían objetos robados. Por su parte, los dineros prometidos excitaron a todo aquel que traficaba en Barcelona o mantenía contactos con el hampa, desde grandes traficantes hasta simples buhoneros. Los rumores se dispararon y multitud de bribones hacían cola a las puertas de la casa de don Manuel asegurando conocer indicios y pistas que llevarían a la recuperación de las reliquias. Muchas iglesias organizaron rogativas públicas por la pronta aparición, sanos y salvos, sin haber sido profanados, de los restos de san Inocencio, al mismo tiempo que adivinas, magas y brujas ofrecían sus servicios a don Manuel o eran entrevistadas en los periódicos, en los que sostenían todo tipo de teorías acerca del robo, a cuál más peregrina, desde que otros santos habían hecho rehén a san Inocencio debido a luchas de poder intestinas en el más allá, hasta una supuesta alianza entre el santo y el diablo, por el que este último habría enterrado las reliquias en algún lugar de la ciudad sobre las que crecería un árbol maldito que enraizaría directamente con el infierno. En las tensiones por hacerse con el poder en el cielo ningún ciudadano pudo inmiscuirse, pero hubo quien se dedicó a excavar allí donde observaba tierra revuelta en fecha reciente, en busca de esos pedazos de hueso que tanta desgracia traerían a Barcelona en caso de que, efectivamente, se sellara el pacto demoniaco.

Barcelona entera discutía y especulaba acerca de las reliquias. En las tabernas y en las casas de comidas se escuchaba con atención a quien leía los periódicos en voz alta; en el albergue de la calle del Cid el robo fue objeto de conversación durante varias noches, y quien más quien menos tenía su propia opinión al respecto. Mientras, desde su privilegiado puesto de observación, Dalmau veía con inquietud las peleas a las puertas de la casa de don Manuel, el despliegue de policías y las imprevisibles consecuencias de su delito. Como era habitual en él, don Ricardo, aposentado en su sillón, con la manta sobre las piernas pese a la calidez del clima, había regateado sin clemencia el precio de la cruz.

—Es una pieza muy difícil de colocar —se quejaba—. ¿Quién va a querer los huesos de un santo como no sea la Iglesia? ¿Y cómo se la vendo a la Iglesia? Me detendrán.

—¿Y toda esa plata y las piedras preciosas engastadas? —inquirió Dalmau.

—¿Cuántas quieres ver de esas? —El tratante obeso hurgó con dificultad en uno de sus bolsillos y extrajo varios diamantes en bruto—. Sobran gemas sin trabajar, pintor. Hoy la gente quiere joyas modernistas. Tú entiendes de eso, ¿no? Piedras preciosas brillantes y bien cortadas, engarzadas en oro en figuras de mujer, en las alas de una libélula o en la cola de un pavo real.

Don Ricardo hizo revolotear con socarronería sus manos gordas en el aire, burlándose de esa nueva moda, mientras Dalmau efectivamente recordaba las joyas creadas por Lluís Masriera, en las que el diseño predominaba incluso sobre las gemas y los demás materiales preciosos, siempre en busca del valor artístico de la pieza. El nuevo estilo modernista, seguidor del *art nouveau* encabezado por el orfebre francés René Lalique, se nutría del naturalismo y el simbolismo, y se basaba en el color, la pedrería variada, el uso de perlas y marfil y, sobre todo, el del esmalte traslúcido, todo ello montado generalmente sobre oro. Fauna exótica, flores, aves, reptiles, cisnes, cigüeñas, insectos, dragones y animales fantásticos, o la figura femenina, estilizada, etérea, delicada: hadas y princesas, pero a diferencia del uso que de ella pudieran hacer otros orfebres como los franceses, en Barcelona nunca se la presentaba desnuda, siguiendo los preceptos de los artistas católicos adscritos al círculo de los Llucs al que pertenecía Masriera, platero, excelente pintor, escritor, director de teatro, escenógrafo y actor, un intelectual culto, artista completo, igual que los grandes arquitectos o los pintores modernistas.

Dalmau visionó todas aquellas joyas en su memoria y las comparó con el basto crucifijo de plata labrada apoyado ahora contra un biombo, con simples boquetes en los que venían incrustados los rubíes y las demás gemas sin trabajar. La decepción apareció en su rostro, momento en el que el tratante obeso supo de su victoria.

—Te haré un favor, pintor —llamó entonces la atención de Dalmau—. ¿Qué cantidad es la que necesitas?

Desde su bastión en lo alto de la casa Batlló, Dalmau se preguntó si la policía habría detenido a don Ricardo y si, de haber sido así, este lo delataría. Levantó la vista al cielo puesto que el estómago se le encogió originándole un leve mareo que no podía permitirse, encaramado como estaba en un tablón sobre el lomo del dragón de Gaudí.

A don Ricardo no lo habían detenido; tenía suficientes policías y autoridades sobornados para que no lo hicieran, pero sí que recibió la visita de los agentes, obligada por tratarse de uno de los mayores traficantes de Barcelona. Diez mil pesetas en oro azuzaron la codicia de don Ricardo. Si restaba las mil trescientas en billetes de cien pesetas, gastados y manoseados, pagadas a Dalmau, el beneficio en un corto espacio de tiempo era espectacular.

—Yo no tengo nada que ver con ese asunto —adujo en un momento determinado a la pareja de policías que permanecían en pie delante del sillón—, ya saben ustedes que mi negocio es limpio, nunca compro mercancía de procedencia… dudosa. —El rictus de incredulidad que apareció en el rostro de aquellos dos funcionarios que resistían la humillación de escuchar a un delincuente, en pie, en el centro de una chabola miserable asentada directamente sobre la arena de la playa y repleta de objetos robados fue lo suficientemente expresivo para que don Ricardo simulase sentirse ofendido e insistiese—: ¿Acaso lo dudan? Puedo acreditar la propiedad de todo esto que ven.

—Vale, vale, vale —lo interrumpió uno de los policías, un hombre que llevaba permanentemente colgando de los labios un cigarrillo, encendido o apagado, lo que parecía importarle poco—. Entonces ¿cómo sabes de la cruz?

—Yo sé muchas cosas —replicó el tratante con dureza—. Sé cosas incluso de usted —continuó, señalando al policía que lo había interrumpido—. ¿Quiere que se las cuente? —El otro negó con la cabeza—. Pues también sé de esa cruz, y podría recuperarla de manos de aquel que la ha robado.

Al día siguiente, a escondidas, con discreción, al objeto de evitar a la prensa y no presionar al traficante obeso, como le recomendaron los agentes que habían estado hablando con él y que regresaron a Pekín para acompañarlo, el propio don Manuel Bello se desplazó en un coche de punto y se personó en la chabola frente al mar.

—Déjenos hablar a nosotros —reiteró a don Manuel el policía del cigarrillo mientras entraban en la barraca y sorteaban muebles, objetos, todo tipo de trastos, perros que ladraban y niños que corrían por su interior. Varios esbirros, apostados entre el aparente desorden, vigilaban a los recién llegados.

Don Ricardo los recibió como siempre: sentado en su sillón, con la manta sobre las piernas y envuelto en el humo que perdía la chimenea de la calefacción, que esa mañana había puesto en funcionamiento a su máxima potencia para crear un ambiente hostil, dada la agradable temperatura que reinaba ese día soleado en la costa mediterránea.

—Buenos días, don Ricardo —lo saludó el policía que acababa de hablar con el maestro y que se convirtió en el portavoz del grupo—, le presento a don Manuel Bello, el ciudadano al que han robado esa cruz de la que usted puede saber algo.

El traficante hizo un gesto con la cabeza hacia don Manuel, que se frotaba los ojos a causa del escozor originado por el humo.

—¿Dicen que está usted dispuesto a pagar diez mil pesetas en oro para recuperar esa cruz? —preguntó don Ricardo, que quería oírlo de boca del propio maestro sin prestar mayor atención a su incomodidad.

—Así es —afirmó don Manuel.

—Una actitud que lo honra —halagó el traficante—. No toda la gente, por más religiosa que sea…

—Abreviemos —lo interrumpió el policía, consciente del mal rato que el maestro estaba pasando—. ¿Qué procedimiento plantea para devolver esa reliquia?

—Yo no devuelvo nada. Lo haría quien la robó. Yo solo mediaría por buena voluntad. No estaría bien que Barcelona perdiese unas reliquias tan importantes como esas —ironizó.

—¿Y…? —insistió el policía.

—Pues imagino que la persona que ahora tiene la cruz o alguien en quien confíe podría entregarla en alguna iglesia, Santa María de la Mar, por ejemplo, cerca del mar, como estas chabolas y, cuando los curas de esa iglesia confirmen que tienen las reliquias, el señor —concretó haciendo un gesto hacia don Manuel—, que estará con ustedes y mis hombres en otro lugar, entregará el dinero para que yo se lo haga llegar a esa persona.

—¿Le parece bien? —inquirió el policía dirigiéndose al maestro.

—Ustedes son los profesionales —se conformó este algo recuperado, pese a mostrar unos ojos irritados, inyectados en sangre.

—¿Cuándo lo haríamos? —preguntó el policía.

—Cuando ustedes quieran. Yo ya lo tengo hablado con…

—¡Dalmau!

El grito estalló en la chabola. Policías y traficante se volvieron hacia el maestro, que permanecía con la mirada clavada en el cuadro del obeso que colgaba en la pared a su espalda.

—Dalmau —repitió don Manuel, acercándose hasta encararse con el traficante.

Los diversos esbirros que controlaban el encuentro cerraron de inmediato el círculo en torno a los visitantes y su jefe, varios de ellos con la mano escondida a su espalda, buscando el arma. Algunos objetos cayeron al suelo sembrando mayor desconcierto. Los perros volvieron a ladrar.

«Quietos.» «Tranquilos», trataron de calmar los ánimos los policías extendiendo las manos abiertas. Los secuaces de don Ricardo se detuvieron a una orden de este, los de las manos a la espalda manteniéndolas ocultas.

—¿Qué quiere decir, señor Bello? —lo interrogó el policía que hasta entonces había llevado la iniciativa.

—Pues eso —ladró don Manuel, excitado, señalando el cuadro con un índice tembloroso—, que ese retrato lo ha pintado Dalmau Sala, el aprendiz que... ¡asesinó a mi hija Úrsula! Debe de estar vivo y escondido. Es él quien ha robado las reliquias de san Inocencio. ¡Ahora lo entiendo todo!

—¿Es cierto? —intervino el otro policía.

—Cierto, ¿qué? —inquirió con tranquilidad don Ricardo, que se acomodó todavía más en el sillón, distinguiéndose con tal actitud de la excitación del maestro—. Ese cuadro lo pintó un vagabundo que me pidió ayuda....

—¡Dalmau! ¡Es su firma! —lo interrumpió don Manuel.

—Ignoro si Dalmau o Pedro. Yo lo llamaba «pintor», simplemente. Por aquí no preguntamos mucho por los nombres, ¿verdad, chicos? —Algunos esbirros asintieron, otros rieron—. Él necesitaba dinero y yo se lo di a cambio del retrato. ¿A que es bueno? —El traficante hizo ademán de volverse para admirar el cuadro, pero su cuello no dio de sí lo suficiente, y cejó en el empeño mientras maldecía por lo bajo el hecho de que aquel meapilas hubiera reconocido la autoría del retrato. Decidió no arriesgarse ahora a devolver las reliquias para que nadie pudiera relacionarlo con el robo. Sería más laborioso y arriesgado, pero en cualquier país extranjero, Francia o Italia, por ejemplo, obtendría más dinero que el que ofrecía el santurrón aquel de las patillas—. Si ese pintor —continuó hablando— es el que ha robado las reliquias no tengo ni idea, pero lo que sí les diré es que entonces no me necesitan a mí para nada. Aclárense con... ¿Cómo ha dicho que se llama? Eso: Dalmau —añadió cuando uno de los policías le apuntó el nombre.

—¿Ese Dalmau era el que iba a devolver la cruz a través de usted? —lo interrogó el policía del cigarrillo.

—No.

—Pero si no sabía su nombre... —quiso tenderle una trampa el otro policía.

—Pero sé que no era mi pintor —se defendió el traficante con una sonrisa—. Digo yo que si fue el pintor el que robó las reliquias, deberán ustedes tratar con él.

—Entonces… ¿el que se las ofreció para que mediara en la devolución?

Don Ricardo se encogió de hombros. El maestro seguía la conversación de uno a otro, sin dejar de mirar de reojo el retrato.

—Se habrá equivocado el hombre. Es algo mayor.

—Ya —se burló uno de los policías.

—¿Y tiene idea de dónde puede estar ese Dalmau? Su pintor… —inquirió el otro.

—Aquí tampoco preguntamos de dónde viene o adónde va la gente. —En esta ocasión el tono de voz de don Ricardo fue cortante—. Bien, parece que no tenemos nada más que hablar. Si no están interesados en ningún objeto. —El traficante ofreció su mercancía corriendo una mano en el aire, luego esperó, un segundo nada más, y ante el silencio de maestro y policías, los despidió—: Ha sido una pena que no hayamos podido hacer negocios. Tú —ordenó a uno de los esbirros—, acompáñalos.

—Pero entonces… —reaccionó don Manuel—. ¿Qué hay de las reliquias de san Inocencio?

—Pídaselas usted a ese…

—Dalmau —lo ayudó en esta ocasión uno de sus hombres al percibir el titubeo de su jefe.

—Ese. Un placer, señores.

Don Manuel vaciló antes de abandonar la barraca, pero los policías, atentos a los esbirros del traficante, le señalaron la puerta de forma imperiosa.

—Ha perdido usted definitivamente sus reliquias —le comunicó el del cigarrillo nada más cruzarla.

—¿Qué quiere decir?

—Ha hablado usted de más, señor Bello —le recriminó.

—¡Las robó Dalmau! —exclamó don Manuel al mismo tiempo que concluía que el muy canalla estaba vivo, mientras que él lo daba por muerto.

—Es posible. Y se las vendió al gordo. Está claro que se conocen. Por eso mismo nunca aparecerán por aquí; el traficante no permitirá que nadie lo relacione con Dalmau más allá del retrato.

—Pues… ¡pues registren ustedes la chabola! ¡Llamen a la Guardia Civil! ¡Encuentren a san Inocencio!

—¿Cree usted que ese ladrón tiene la cruz ahí? No la encontraría ni todo el ejército.

—¡Hablaré con el capitán general!

Ninguno de los policías efectuó el menor comentario mientras el maestro continuaba gritando y subía al coche de caballos que los esperaba. En ese momento, en el interior de la chabola, don Ricardo hablaba con sus hombres:

—Buscad a la *trinxeraire* esa, Maravillas, y decidle que advierta al pintor que van a por él. El muchacho me hace gracia. El retrato es muy bueno. Y, por si acaso, aunque no creo que se atrevan a venir a Pekín, llevaos de aquí todo lo que pudiera incriminarnos. Tendremos que esperar un tiempo a que todos estos beatos se olviden de las reliquias y entierren de una vez por todas a san Inocencio. Que ya sería hora, joder.

Don Ricardo rio su propio chiste antes de agitar las manos para que sus hombres se pusieran en movimiento.

—Te busca la gente de don Ricardo.

El mensaje llegó a Maravillas el mismo día en el que el traficante lo ordenó. Poco importaba en qué lugar de Barcelona se encontrara la muchacha; existían ciertas personas en el mundo de la delincuencia, uno de ellos don Ricardo, cuyos requerimientos quemaban en las bocas de ladrones, estafadores, mendigos y *trinxeraires*. Solo entre estos últimos se contaban cerca de diez mil niños que vagabundeaban por las calles.

Maravillas y Delfín corrieron a Pekín, escucharon a don Ricardo y regresaron a Barcelona con anterioridad a que el capataz de las obras de la casa Batlló diera por finalizada la jornada. La niña sabía que allí trabajaba Dalmau. También sabía dónde dormía y dónde comía, y lo peor de todo: dónde vivía la puta que se había casado con el albañil. La *trinxeraire* no quería matarlo —en realidad, nunca se había parado a pensar la razón por la que asustó a aquel percherón—, pero una vez acaecido el accidente, supuso que Emma desaparecería de la vida de Dalmau y, en lugar de eso, la muy cabrona se había colado en la casa de su madre. Y él la había visto, y volvía a hablar con ella, y ya no existía albañil alguno que pudiera impedírselo.

—Tú lo mataste —se burlaba de ella Delfín.

Su hermano le insistió mil veces que olvidara de una vez al pintor y cuanto lo rodeaba, y durante una temporada Maravillas así lo hizo y no se acercó más a Dalmau, aunque siguió vigilándolo. Ahora lo esperaba en la esquina del paseo de Gràcia con la calle Diputació, en el chaflán de la casa Lleó de Domènech i Montaner y por donde discurriría Dalmau en esa rutina diaria que debía llevarlo al comedor para obreros de Santa Madrona.

—No tengo más dinero —advirtió Dalmau a la pareja de *trinxeraires* nada más ver que se acercaban a él.

Luego se sintió confuso. No hacía mucho desde la última vez que se cruzaron: el día en que abandonó Pekín, y sin embargo se trataba de niños que no crecían, incluso le dio la impresión de que empequeñecían en su miseria, de que cada vez estaban más encogidos, más sucios, más delgados y demacrados.

—Tengo un recado de don Ricardo —anunció Maravillas al llegar a su lado.

La *trinxeraire* le contó de la visita del maestro y dos policías a Pekín. «¡Dos policías!», recalcó su hermano. A Dalmau no le sorprendió: don Ricardo no iba a dejar escapar la recompensa de diez mil pesetas en oro.

—¿Y le ha dado la cruz? —preguntó.

—¿Qué cruz? ¡Cómo va a dársela! Don Ricardo no tiene esa cruz que busca tu maestro.

—Ya no es mi maestro.

—Pero lo fue.

Dalmau resopló: no tenía sentido discutir con una *trinxeraire*.

—Entonces ¿qué recado tienes que darme?

—Pues que tu maestro vio el retrato que le hiciste a don Ricardo y enseguida se puso a gritar como un loco que eras tú quien había robado la cruz. —Dalmau sintió una oleada de sudor frío que se instaló en todo su cuerpo—. Don Ricardo dice que tengas cuidado, que van a por ti.

Dalmau creyó que la conversación terminaba ahí, se despidió y agradeció a Maravillas el mensaje. Chascó la lengua en el momento de reiterarle que no tenía dinero que darles, y tal como hizo ademán de continuar con su camino, la muchacha añadió otra advertencia:

—También me ha dicho que guardes silencio. Que te aprecia, pero que si te vas de la lengua lo pasarás mucho peor que con la droga. ¿Lo entiendes? —le preguntó Maravillas. Dalmau asintió—. ¿Lo has entendido?

—¿A qué viene tanta insistencia? —se revolvió él.

—Don Ricardo me ha dicho que lo hiciera, que estuviera segura de que entiendes el mensaje.

—Dile que sí, que lo he entendido perfectamente, y que descuide: no tendrá problema alguno.

Esa noche le fue difícil conciliar el sueño en el albergue. Con la ayuda de su hermano Tomás y del abogado Fuster, había tomado alguna medida para prevenir que pudieran acusarlo del delito que los dos primeros le obligaron a confesar tras pedirles ayuda con el documento que necesitaba para liquidar la deuda de Anastasi.

—¿Quién podría relacionarme con ese robo? —planteó en voz alta Dalmau—. Nadie me vio.

—A menudo, las pruebas que aparecen en la investigación de los delitos provienen de meras coincidencias o de las situaciones más peregrinas e inimaginables —le respondió el abogado.

Si por alguna razón lo detenían, concluyeron los tres, no podría dar cuenta de dónde había dormido la noche del robo; en el albergue llevaban un control estricto de los huéspedes. Por eso, una vez que habían solventado el tema de Anastasi, y este abandonó la casa de Josefa junto con su familia, se dirigieron a un hostal en el que la gente dormía hasta en el suelo, las camas calientes se compartían y no había momento alguno en el que no estuvieran ocupadas, en ocasiones por prostitutas que se vendían entre los numerosos clientes. La dueña del hostal, Emilia, una vieja amiga de anarquistas, no requirió de muchas explicaciones cuando Tomás señaló a su hermano, que estaba a su lado, y le sugirió que esa noche había dormido en su establecimiento.

459

—¿Sabe usted, señor policía —bromeó la mujer—, por qué estoy tan segura de que ese hombre durmió aquí? —La vieja, acartonada, hizo una pausa que sirvió para que Tomás y el abogado se miraran y sonrieran; la conocían bien—. ¡Porque lo hizo conmigo! —afirmó con un simpático deje de lujuria en unas muecas que descompusieron todas sus arrugas, como si fueran a resquebrajarse—. ¿Acaso no te gustaría? —atacó a Dalmau ante su expresión.

—Sí, claro —acudió en su ayuda Tomás.

—Sí, sí —se vio forzado a repetir Dalmau ante la mirada que le lanzó su hermano.

—¡Ah! —La dueña del hostal pareció perdonar su indecisión.

Les faltaba encontrar una razón plausible para que Dalmau hubiera dormido en un hostal maloliente en lugar de hacerlo en el albergue con baños para los obreros, planteó Fuster ya en la calle, después de haber entregado unas monedas a la hostelera.

—Eso es sencillo —contestó Dalmau—. Tuve que quedarme más tiempo en la obra y cuando salí de ella, pasadas las nueve de la noche, ya no pude acudir al albergue puesto que solo admiten la entrada hasta esa hora.

—¿Alguien podría testificar que te quedaste más tiempo en la obra? —inquirió el letrado.

—Sí, por supuesto —afirmó Dalmau.

—Y el matón ese al que pagasteis las ochocientas pesetas —terció Tomas—, ¿no podría delatar a Dalmau? Resulta sospechoso que el día antes de que Dalmau le devolviera el dinero alguien robara las reliquias al señor Bello, el mismo que le embargó sus bienes.

—Podría —contestó Fuster—. Sin embargo, el documento que le hice firmar no incluía ni pago ni cantidad alguna; simplemente decía que renunciaba a cualquier crédito contra Josefa o Dalmau por reconocer que no había sido culpa suya el embargo y todo eso, y tal y cual. A través del matón ese nadie podría relacionar cuantías; ni siquiera existe constancia de pago alguno. En cuanto al resto, es decir, las quinientas pesetas para liquidar definitivamente la deuda en el juzgado, pensé lo mismo que tú: ese dinero iría a parar a Bello, con lo que este sí que aduciría esa casualidad, la del pago de Dalmau o de su madre de una cantidad importante para unos trabaja-dores justo cuando le han robado la puñetera cruz, y sería revelador.

—¿Entonces…? —lo apremió Tomás.

—Tengo guardado el dinero. Los juzgados son tremendamente lentos. Tardarán mucho en subastar los bienes y las gallinas, que a estas alturas ya se habrán muerto o se las habrá comido alguien —bromeó—, y por lo tanto todavía queda mucho hasta que se sepa la cuantía definitiva de la deuda. Ya habrá tiempo para pagar, inclu-so mediante plazos de poca cuantía, como si nos costase hacerlo para que de esta manera nadie pueda sospechar.

Pese a aquellas prevenciones, la mañana pilló a Dalmau arrastran-do piernas y espíritu en dirección a la casa Batlló tras la insoportable duermevela en la que había transcurrido la noche, vuelta tras vuelta sobre el catre, dormitando unos minutos para despertar después su-dando, angustiado. Amanecía y en el paseo de Gràcia la vida empeza-ba a mostrarse a través del ruido y el vocerío formado por criadas y empleados y mendigos y vendedores ambulantes y carreteros con sus carros y sus mulas, algunos con prisas, yendo de acá para allá, otros moviéndose con sosiego como si esperasen a despertar con el día. Los gritos de carboneros y panaderos reñían con el chirriar de los tranvías que circulaban a rebosar de viajeros, algunos encaramados a los te-chos, a lo que se sumaba el estruendo del tren a Madrid que ya cir-culaba, un poco más allá, por el agujero de la calle de Aragó.

Y entre toda esa algarabía Dalmau creyó oír… ¡No! ¡No podía ser! La voz chillona de uno de esos niños que vendían periódicos en las esquinas de las calles taladró su cabeza para descender hasta las plantas de los pies, dejando a su paso un desasosiego que lo ma-reó y lo obligó a buscar apoyo en uno de los plataneros.

—¡Descubierto el ladrón de las reliquias! —Junto al árbol, Dal-mau escuchó los gritos de aquel chaval. Cuanto más fuerte chillara, cuanto más exagerase los titulares, más periódicos vendería, y aquel, el apostado en una de las esquinas con mayor afluencia de posibles lectores de Barcelona, sabía cómo captar su atención—. ¡El cera-mista don Manuel Bello denuncia a la policía a su aprendiz: Dal-mau Sala!

Dalmau tembló al ver cómo al chaval le arrebataban los periódicos de las manos. Se sintió observado. Echó un vistazo a su alrededor: nada. Quizá alguna mirada perdida, indiferente. «¡La policía busca al ladrón!» Se irguió y se separó un paso del árbol simulando tranquilidad. «¡El ceramista Bello ofrece una recompensa de cien pesetas por cualquier información que conduzca a su paradero!» «¡Hijo de puta! —masculló Dalmau ante esa nueva proclama—, ¡hijo de puta! ¡Cabrón asqueroso!» ¿Ladrón? Si don Manuel no hubiera buscado venganza en su madre, él no se habría visto obligado a robarle. Solo había recuperado las mil trescientas pesetas para que su madre y Emma vivieran tranquilas, sin la violencia y la constante amenaza de Anastasi, y con el embargo judicial saldado por completo, incluidos intereses y costas, cuando el abogado Fuster terminara de pagar aquellas quinientas pesetas. Él, por su parte, con su trabajo, sentía haber devuelto con creces el préstamo que en su día le efectuara don Manuel para librarse del servicio militar; eso debería haberlo tenido en cuenta el muy cabrón: sus creaciones lo habían hecho mucho más rico de lo que era. No podía ser, pues, una simple cuestión de dinero. Se trataba de una venganza personal, ruin y miserable por parte de un burgués adinerado en una costurera humilde y ya mayor como su madre. Pero pese a todos esos argumentos que Dalmau barajaba en su cabeza, la gente seguía comprando el periódico. Muchos pasaban por su lado, ajenos a su presencia, embebidos en la noticia o discutiendo. Le pareció ver el dibujo de su rostro, en grande, en el centro de la portada. No le habría costado al maestro retratarlo; tenía buena mano para ello. Trató de tranquilizarse: era casi imposible que con su aspecto actual lo reconocieran, pero ¿qué sucedería con quienes había tenido contacto recientemente? Los albañiles de la casa Batlló, los obreros del albergue y los del comedor de Santa Madrona, el personal del asilo del Parque… Ninguno lo había relacionado con el Dalmau Sala que trabajaba en el taller de don Manuel Bello, pero ahora lo conocían. Por cien pesetas, muchos estarían ya en los cuartelillos de la policía. Habrían oído la noticia en las tabernas y en las casas de comidas de boca de quienes sabían leer. ¡Maldita la hora en que pintó el retrato del traficante! De no haberlo reconocido don Manuel, nunca habría llegado a imaginar que era él quien había robado la cruz puesto que debía de seguir convencido de que estaba muerto.

Oyó las campanas de las iglesias anunciando las siete de la mañana. Llegaba tarde a la obra. Rio con ironía para sí al percatarse de que ya no importaba. No podía presentarse a trabajar, aunque se acercó como si aquella casa revolucionaria en su estilo y concepción pudiera acogerlo, tomando la precaución de hacerlo por el lado opuesto del paseo de Gràcia. A las puertas del apeadero modernista del tren que se levantaba en el centro de la calle de Aragó, solo un edificio por encima de la casa Batlló, varios niños cargados con periódicos, que sorteaban los coches de caballos y a sus cocheros, mezclados entre vendedores, vagabundos y viajeros, competían entre sí vociferando, cada cual más y más clamoroso, más estridente, para atraer y robar un cliente al de al lado. «Dalmau Sala.» «Reliquias.» «Ladrón.» «Policía.» Tenían prevista su coartada para la noche del robo, pero ante los rugidos de los vendedores, que como si fueran impactos golpeaban a Dalmau, toda ella le pareció ingenua, ridícula. ¿Quién daría crédito al cuento de su noche de pasión con una vieja tiesa y seca? De repente se le vino abajo toda confianza, se le encogió el estómago y, por instinto, se arrimó cuanto pudo al muro del edificio, para sobresaltarse desde allí, céreo y encogido, con la escena que se producía al otro lado del paseo, donde el capataz y varios albañiles debatían con dos guardias municipales. Supo que lo habían delatado. Uno de quienes había sido compañero, lo recordaba, Genaro, señaló hacia arriba, hacia el lomo del dragón, sin duda explicando a los guardias dónde trabajaba. Ingenuamente Dalmau desvió la mirada hacia lo alto del andamio. Genaro nunca le había parecido mala persona; quizá tampoco fuese él el delator.

—Si te quedas ahí, te detendrán muy pronto. Pareces un muerto, tieso y pálido que alguien ha dejado apoyado de pie contra el muro para que los del Ayuntamiento lo metan en una caja de pino. —Maravillas rio. La *trinxeraire* permanecía plantada frente a Dalmau, sucia como siempre. Dalmau nunca la había oído hablar tanto de corrido. No recordaba que hubiera llegado a encadenar tantas palabras juntas. Le pareció nerviosa. Fue a preguntarle por su hermano, Delfín, inseparable, pero la otra se le adelantó—: Ven, sígueme. Te esconderé hasta que decidas qué hacer.

—¿En Pekín? —inquirió Dalmau.

463

—Allí no quieren ni verte. Mejor que no te acerques. Sígueme —insistió, y lo apremió con gestos imperativos.

Los guardias municipales continuaban discutiendo con el capataz y los demás albañiles. Dalmau siguió los pasos de la *trinxeraire*; sería la segunda vez que lo salvaba, o quizá más, dadas todas aquellas noches en que llegó a caer en la calle, drogado, que siquiera recordaba. Giraron hacia la derecha por la calle de Aragó, caminando por el espacio estrecho que se abría entre el muro de contención del túnel a cielo abierto por el que circulaba el tren y las fachadas de las casas.

—¿Adónde vamos? —preguntó Dalmau a la muchacha, desde atrás, andando en fila.

—A un sitio seguro. No te preocupes.

Superaron varias manzanas de casas, y en la esquina de la calle del Bruc, mientras Dalmau miraba a su izquierda, hacia el mercado y la iglesia de la Concepció, aparecieron varios guardias municipales que permanecían escondidos tras el último edificio y que se abalanzaron violentamente sobre él. Dalmau no tuvo la menor oportunidad para reaccionar.

—¡Dalmau Sala! —oyó de boca de uno que lo golpeó en el estómago con el extremo de su porra.

—Quedas detenido —le informó un segundo, que aprovechó que Dalmau se doblaba por el dolor, con la respiración cortada, para tirar de sus muñecas hacia atrás y esposarlo con las manos a la espalda.

Transcurrieron escasos segundos, y cuando Dalmau consiguió recuperar la respiración se encontró esposado y escoltado por un par de guardias que lo agarraban de los brazos. No entendía lo que había sucedido. Los guardias habían surgido de detrás de la esquina como si estuvieran esperándolo, y eso solo podía significar…

—¡Me has traicionado! —recriminó a Maravillas, algo apartada de la reyerta.

La muchacha frunció la boca y se encogió de hombros, un gesto este último casi imperceptible bajo las varias capas de ropa y retales atados que la cubrían y que desentonaban con los vestidos ligeros y de colores vivos que empezaban a llenar la ciudad.

—Al final te habrían detenido —se excusó la *trinxeraire*—. Lo dijo Delfín. Solo tenían que esperar a que fueras a ver a tu madre o a la puta esa… —Dalmau se volvió con tal brusquedad al oír el insulto hacia Emma que a punto estuvo de zafarse de los guardias, quienes respondieron aumentando la fuerza con la que ahora casi lo arrastraban al cuartelillo de la Concepció—. Sabes que te habrían detenido —siguió diciéndole Maravillas, tratando de acompasar su paso al de los guardias—. Delfín dice que habría sido así.

Lo último que Dalmau oyó antes de ser obligado a entrar a empujones en el cuartelillo fue a Maravillas reclamando sus cien pesetas de recompensa.

—¡Tendrás que esperar a que llegue el ceramista! —le gritó uno de los policías—. Ya han ido a avisarlo.

—Han detenido al tío que robó la cruz con los huesos esos.

El comentario lo efectuó un muchacho de no más de dieciséis años que acababa de unirse al grupo de jóvenes bárbaros que esperaban en la calle, delante de una iglesia a cuyos parroquianos pretendían asediar en el momento en que accedieran al templo. Emma casi no escuchó las respuestas que se atropellaron en las bocas de la quincena de activistas callejeros que conformaban aquella partida: «¡Lástima!» «Los tuvo bien puestos el tío.» «Ojalá haya profanado esos putos huesos.» «Eso es lo que deberíamos hacer todos: robar las jodidas cruces de toda la ciudad.» «¡Uf, las hay muy grandes!» La queja originó algunas risas, más chanzas, y burlas e insultos hacia la Iglesia y los religiosos.

—¿Dónde está detenido? —preguntó Emma entre un alboroto que cesó en gran medida ante el interés que mostró.

Muchos se volvieron hacia ella. En el poco tiempo que llevaba desde que dejara el café de la Fraternidad, a la espera de la apertura de la Casa del Pueblo y las cocinas cuya construcción controlaba casi a diario, Emma había superado su papel de simple enlace hasta convertirse en una de las dirigentes de los jóvenes bárbaros. No le costó: la Profesora no tuvo ningún problema en ser reconocida como una líder dentro de aquellas partidas de radicales de barrios obreros de entre dieciséis y veinticinco años que Lerroux utilizaba como milicia contra los grupos opositores y la Iglesia. La mayoría de ellos la habían escuchado con pasión en los multitudinarios mítines republicanos; los más jóvenes, y alguno que no lo era tanto, quedaron prendados de ella: guapa, voluptuosa, ardiente, luchadora, oradora, huérfana de una víctima de Montjuïc, mártir ella misma… Muchos la convirtieron en el objeto de sus fantasías, por lo que desde el momento en el que la vieron aparecer por las tabernas y las fraternidades obreras en las que se reunían, buen número de ellos se rindieron incondicionalmente a sus deseos.

—No es mi intención ocupar vuestros puestos —tranquilizó sin embargo a los capitanes que hasta entonces dirigían aquellas guerrillas urbanas—, seguid considerándome como el enlace con los jefes.

Desde entonces los había acompañado como una más a reventar multitud de bodas, bautizos y funerales católicos, irrumpiendo en iglesias y cementerios, insultando y vejando a los sacerdotes al mismo tiempo que llamaban a los ciudadanos a rebelarse contra la religión.

—¡Ese cura —gritaba Emma señalando al celebrante y dirigiéndose al novio, tan airado como asustado ante la irrupción en su boda de un grupo de energúmenos— conocerá los pecados de tu esposa sin que tú ni siquiera te enteres! ¡Y la perdonará a cambio de un puñado de oraciones… y quizá una mamada en el mismo confesonario! Y tú nunca sabrás si te ha sido infiel, o si ha tenido que robar o prostituirse por el pan de vuestros hijos, porque no lo hablaréis, porque no habrá confianza entre vosotros, porque tus problemas y los suyos se ventilarán en esta iglesia, a tus espaldas, ante la gran mentira que es ese Dios y sus secuaces, no ante ti, que eres su compañero y deberías ser su apoyo. ¿No lo entiendes!

Luego llegaba la policía y escapaban antes de que los detuviesen, tras tirar candelabros, arrasar con las flores y la decoración y soltar cuatro blasfemias. Celebraban parrilladas de carne al lado de las iglesias en algunos de los numerosos días de ayuno preceptivo, procesiones civiles en Semana Santa, y también se colaban en los mítines de los partidos políticos de la oposición o a las reuniones de las sociedades conservadoras para boicotearlas. Aquello era más peligroso puesto que los otros se defendían, por lo que acostumbraban a ir en buen número. Entonces aparecían en escena palos, navajas y hasta alguna pistola, razón por la cual Emma exigió a Truchero que le entregara una de las armas de un arsenal llegado de Francia. «No volverás a ponerme una mano encima hasta que no tenga una de esas pistolas», lo amenazó a modo de ultimátum. Truchero no tardó en cobrarse el precio a los pocos días, tras entregarle una Browning semiautomática modelo 1903 fabricada en Bélgica, que Emma nunca había llegado a disparar por más que este le enseñara como hacerlo, pero que siempre llevaba consigo en sus razias violentas con los jóvenes bárbaros, hasta que Josefa tuvo conocimiento de ello y se lo impidió alegando que, si la usaba o la detenían con ella, el delito sería mucho mayor.

—Está en el cuartelillo de la Concepció —contestó el chaval que había dado noticia de la detención de Dalmau.

Emma suspiró y se despidió de los jóvenes al mismo tiempo que negaba con la cabeza.

—¿Adónde vas?

—¿Qué piensas hacer?

Las preguntas se sucedieron.

—No lo sé —contestó ella—. Iré al cuartelillo. En cualquier caso, no es asunto vuestro… Quiero decir —corrigió su tono—, que no es un asunto del partido ni tiene nada que ver con nuestros propósitos.

—¿El detenido es amigo tuyo? —inquirió otro de ellos.

Emma asintió.

—Fue mi novio —añadió después—. Teníamos tanta relación que ahora hasta vivo en casa de su madre.

—No sería la primera vez que ayudamos a algún amigo fuera de nuestras horas de trabajo —soltó un tercero, originando un coro de carcajadas y hasta algunos breves comentarios que rememoraban aquellas acciones. «¿Te acuerdas…?», pudo oírse de boca de varios de ellos.

—Os lo agradezco, pero insisto en que no querría originaros problemas por un asunto particular.

—Es un tío que robó una cruz con reliquias a uno de los mayores meapilas de la ciudad —intervino Vicenç, el joven capitán de la partida— y que ahora está detenido en el cuartelillo que los burgueses ricos utilizan para coartar las libertades de los obreros;

¿por qué sostienes que es un asunto particular? Iglesia, santos, policía, burgueses… ¡No tenemos otros enemigos! A ese amigo tuyo habría que erigirle una estatua por un robo que tanto ha jodido a los católicos. ¡Te acompañamos!

Emma no creyó conveniente defender la supuesta inocencia de Dalmau frente a unos compañeros que, durante los instantes en que tardó en tomar esa decisión, fueron sumándose exaltados, a las palabras de su capitán.

—No sé si habrá que erigirle una estatua —dijo cuando ya la empujaban de camino al cuartelillo, superadas las dudas sobre la autoría de Dalmau, que decidió olvidar y dejar como estaban—, pero lo que sí sé es que, si consiguiéramos liberarlo, sería él quien pintaría cuadros para la Casa del Pueblo.

—¿Eso es lo que quieres, liberarlo del cuartelillo de la Concepció? —le preguntó Vicenç, que caminaba a su lado.

—Sí. No sé… Supongo —vaciló la muchacha.

—Sería el lugar indicado. Una vez que lo trasladen a la cárcel modelo o a Montjuïc, ya será imposible hacerlo. —El recuerdo de Montjuïc y de las torturas sufridas por su padre hizo temblar a Emma. Vicenç pareció entender sus temores cuando ella se retrasó, como confundida—. Sí —le dijo—, allí puede pasarle cualquier cosa a tu amigo.

—Hay que sacarlo de ahí —afirmó Emma con contundencia, reponiéndose.

—En el interior del cuartelillo —explicó Vicenç— no habrá más de cinco guardias.

Emma asintió. Conocía los números: la Guardia Municipal de Barcelona estaba compuesta por casi un millar de efectivos que trabajaban por turnos de ocho horas, lo que dejaba cada turno con un personal de poco más de trescientos guardias, los que a su vez se repartían en los veintitrés cuartelillos distribuidos por la ciudad. Eso significaba una media de diez guardias por comisaría. Si a esos diez guardias se les restaban los que debían estar de servicio a caballo o pateando las calles y controlando los barrios, y los enfermos, prever que la guarnición que restaba en el interior la formaran cinco efectivos parecía bastante acertado.

—Nosotros somos muchos más —se jactó Vicenç al mismo tiempo que llamaba a un par de muchachos, que se acercaron a él, escucharon con atención sus instrucciones y se separaron del grupo a la carrera.

El capitán de aquel contingente de jóvenes bárbaros continuó dando órdenes a unos y otros hasta llegar al cuartelillo de la Concepció, donde el resto de ellos se distribuyó por las calles tal como los había instruido Vicenç, quien no deseaba que la policía se percatase de su presencia hasta que los dos primeros no hubieran asaltado la iglesia de la Concepció, ubicada justo en la manzana colindante. Emma y Vicenç, apostados en el murete que protegía el subterráneo por el que circulaba el tren a Madrid, frente al cuartelillo, esperaron observándolo: se trataba de un gran edificio municipal que compartía la alcaldía de barrio con las dependencias de la comisaría. El inmueble, de tres pisos, había sido construido a finales del siglo anterior siguiendo las tendencias medievalizantes que tan en boga estaban en aquel momento. El portal estaba compuesto por tres arcadas que ocupaban toda la línea de fachada. Un solo policía, más atento a lo que sucedía dentro que fuera, en la calle, se apoyaba en una de las rejas de espaldas a ellos.

Al cabo, un sacristán llegó a la carrera y se dirigió al guardia que estaba junto a las rejas, a quien habló de forma atropellada, gesticulando y señalando sin cesar hacia donde se encontraba la iglesia de la Concepció.

—Parece que los nuestros han hecho un buen trabajo —susurró Vicenç a Emma.

—¿Y ahora? —preguntó ella.

—Espera.

En unos instantes dos guardias abandonaban el cuartelillo en pos del sacristán. «Ya son menos», musitó Vicenç. Indicó a otros jóvenes bárbaros que siguieran adelante con el plan, y Emma vio introducirse a tres de ellos, que se confundieron con los ciudadanos que realizaban gestiones administrativas en las oficinas municipales. El guardia de la puerta ya ni vigilaba y no hacía más que ir de esta a las dependencias policiales y regresar. No les fue difícil a los tres muchachos hacerse con una papelera que llenaron con un par de legajos, la escondieron tras una columna y le prendieron fuego. La humareda que se produjo enseguida fue considerable. Dos de los jóvenes salieron de detrás de la columna al grito de ¡fuego!, mientras el otro continuaba alimentando las llamas con más papel.

—¿No se quemará el edificio? —se preocupó Emma.

—No —la tranquilizó Vicenç a la vez que indicaba al resto de los jóvenes que entrasen en él—. Es solo una papelera que se apaga con un cubo de agua y que está en un lugar en el que no hay más objetos que puedan arder. El propósito es que produzca mucho humo y cunda el pánico. No se trata de causar ninguna masacre.

Y el pánico, como había previsto el capitán, llegó en escasos segundos. Los jóvenes gritaban simulando terror y azuzaban a la gente a que huyera. El humo iba en aumento. Se sucedieron las carreras, los atropellos y los alaridos de espanto. Los guardias salieron del cuartelillo, situado en el ala del edificio opuesto a las oficinas, para encontrarse con el caos absoluto. Aquel fue el momento en el que una decena de jóvenes bárbaros se introdujo en las dependencias policiales. Vicenç tenía razón: entre las salidas de unos y otros, allí dentro no quedaban más que dos policías que vigilaban a un hombre esposado con el rostro herido y sangrante, al que mantenían sentado detrás de una mesa. Junto a él, había otro hombre vestido de negro, de patillas grandes y pobladas que llegaban a unirse con el bigote.

Los jóvenes aprovecharon la sorpresa. Unos cuantos se abalanzaron sobre los policías y don Manuel hasta dar con los tres en el suelo. Los demás cogieron a Dalmau en volandas y lo llevaron afuera. En unos segundos, tras sortear a funcionarios y curiosos que desde el exterior veían cómo el humo ya se disipaba, todos corrían por la calle de Aragó en dirección al parque. Entre el gentío, don Manuel exigía a gritos a los guardias que persiguiesen a los asaltantes, pero aquellos estaban más preocupados por comprobar los daños del edificio, con el fuego ya apagado, que en ir tras una pandilla de revolucionarios.

Don Manuel continuó gritando con el brazo alzado al cielo y la mirada iracunda, perdida en el rastro de Dalmau. Su obsesión le impidió percatarse de que un par de *trinxeraires* le hurtaban la cartera y el reloj, que colgaba de una cadena de su chaleco, y se escabullían entre la multitud convencidos de que el botín era superior a las cien pesetas que el ceramista se había negado a pagarles con malos modos.

15

Dalmau escuchó el diagnóstico del doctor al que habían mandado llamar, tremendamente dolorido puesto que su madre impidió que el médico le suministrara un calmante compuesto de morfina. «Es preferible el dolor —se opuso la mujer— a recordarle el sabor de la droga.» Un diente partido por la mitad, dos que le bailaban en las encías —«Aguantarán», pronosticó el doctor—, y el tabique nasal roto. «No puedo descartar que exista algún daño en la mandíbula; el tiempo lo dirá, aunque me inclinaría por desecharlo; el resto —alegó— son contusiones más o menos considerables, pero que sanarán sin problema.»

El médico le recomendó reposo y gruñó agitando las manos ante toda la gente que se acumulaba en el piso, indicando que era imposible que su paciente descansara con tal alboroto, por lo que entre unos y otros trasladaron a Dalmau a la que había sido su cama, que Emma volvió a ceder para regresar con Julia a la de Josefa. Allí, en la oscuridad y el silencio que poco a poco fue haciéndose en la casa, y en la absoluta quietud que trataba de mantener para evitar las punzadas de dolor, estallaron las emociones. Lo habían torturado para saber de las reliquias de san Inocencio, con don Manuel siempre presente hasta que el caos por el incendio invadió el edificio. Pero él no confesó. Las bofetadas y los puñetazos le recordaron los recibidos en Pekín, y temía más la ira de don Ricardo que a aquellos policías. Maravillas se coló en sus pensamientos; un día lo recogía de la calle y de una muerte casi segura, otro lo entregaba a las autoridades. También lo engañó cuando le pagaba para que buscase a Emma, estaba convencido. Se trataba de una *trinxeraire* de reacciones imprevisibles, como todos los niños mendigos desnutridos y analfabetos incapaces de actuar con coherencia. Ninguno era de fiar.

Tumbado en la cama, Dalmau revivió el estruendo originado por los jóvenes bárbaros en el cuartelillo. Luego lo sacaron de allí, aturdido y herido, y lo obligaron a correr. Entonces reconoció a Emma junto a él. Trató de hablar con ella, pero no tenía resuello. Ya en casa, alguien le comentó que Emma había organizado todo aquel revuelo para liberarlo. Ante esa revelación, la sangre corrió con fuerza en su interior golpeando rítmicamente las zonas lesionadas de su cuerpo. Notó el bombeo en su nariz rota, en su boca, en los moratones que cubrían su rostro, un dolor sordo y persistente que vino a sumarse al que había arrasado cualquier ilusión en el momento en que Emma hizo su entrada en la casa.

La vislumbró entre los jóvenes bárbaros que entraban y salían del piso, abarrotado, vecinos y curiosos que se colaban con desfachatez, incluso estaba el juez de guardia, que había comparecido de la mano del abogado Fuster. Emma se movía entre todos ellos acompañada de quien Dalmau supo después que se trataba de un líder republicano: altanero, joven y bien vestido, con toda probabilidad atractivo a las mujeres, que la cogía de la mano o de la cintura, la toqueteaba, la besaba o le susurraba al oído para acto seguido sonreír estúpidamente a los presentes. Al cabo, después de saludar a unos y otros, se acercaron a donde él permanecía sentado, y Emma se lo presentó: «Joaquín Truchero —anunció—, mi jefe».

—Bueno, ¡quizá algo más que tu jefe! —bromeó el aludido, al mismo tiempo que le propinaba una palmada en el culo.

Emma no se quejó; aguantó impertérrita.

Josefa torció el gesto.

El bombeo sobre las heridas de Dalmau disminuyó por completo. No escuchó lo que Truchero le decía. Mantuvo la mirada fija en Emma, quien aguantó su acoso con la misma frialdad con la que lo había hecho un instante antes con el republicano.

—¿Es cierto? —oyó Dalmau que le preguntaba el republicano.

«¿Qué?» «¿De qué habla?»

—No… —fue a decir.

—Emma me ha dicho que nos pintarás unos cuadros para la Casa del Pueblo —lo interrumpió Truchero ante su evidente desconcierto—. Te lo agradeceremos.

Vicenç, el capitán de los jóvenes barbaros, que se había acercado al oír la mención a los cuadros, intervino también:

—Fue lo que Emma nos prometió si te liberábamos.

Dalmau volvió a mirar a Emma, que frunció la boca como pidiéndole que ratificara su promesa. Acababa de ver cómo le tocaban el culo, y todas sus expectativas se habían derrumbado con la misma rapidez con la que habían renacido. Sin embargo, no fue capaz de contradecirla en público, de dejarla como una mentirosa incluso frente a aquel baboso que la toqueteaba, así que asintió.

Esa misma noche, tendido en la cama, inmóvil, Dalmau decidió abandonar cuanto antes aquella casa: un par de días, tres como máximo; no se veía con ánimos para compartir espacios con Emma, rozarla, oírla, respirar su aroma… Mientras sanaba, el juez interrogó a Demetrio, el albañil de la sociedad obrera que sabía que Dalmau había permanecido en la obra la noche en que se perpetró el robo en casa de don Manuel. También interrogó a Joan, el capataz, quien ratificó la declaración de su empleado, y después aprovechó para visitar a Dalmau y comunicarle con pesar que ya no tenía trabajo en la casa Batlló. La cuestión era que Gaudí, el arquitecto de Dios, más religioso incluso que Él, no lo pensó mucho tras escuchar de boca de don Manuel la historia del robo de las reliquias de san Inocencio y sus sospechas acerca de Dalmau, por lo que ordenó su despido sin dudarlo un instante. Lo sentía, sostuvo el capataz. Dalmau le creyó. Lo mismo que el juez tuvo que hacer con Emilia, la dueña del hostal a la que también llamó a declarar.

—¿Quiere usted decir que compartieron…? —El juez golpeó repetidamente sus manos, de lado, por los dedos índices extendidos, como si no se atreviera a reproducir lo que la mujer acababa de contarle.

—Exactamente —saltó la vieja anarquista, logrando que Fuster escondiese la mirada en una de las esquinas del despacho judicial; sabía lo que vendría a continuación—. La cama. Compartimos la cama; no había otra libre. Juntos, señor juez. Y el muchacho lo pasó bien, se lo aseguro. Yo ya soy vieja y reseca como para… que alguien me monte a lo bestia… —El juez le rogó silencio con un gesto, pero Emilia continuó con su papel—: Sin embargo todavía sé hacer disfrutar a un hombre.

Emilia agitó una de sus manos ahuecada arriba y abajo en el aire, igual que haría para masturbar a un hombre.

—¡Es suficiente! —bramó su señoría.

No existía prueba alguna que señalara a Dalmau Sala como el ladrón de las reliquias, resolvió el juez. La simple coincidencia de que hubiera pintado un retrato de quien después se había ofrecido a la policía para ayudarla a obtener la devolución del crucifijo ni demostraba ni conllevaba relación alguna con el robo. Además, era extraño que no se hubiera utilizado la fuerza para acceder a la casa. Don Manuel reconoció que Dalmau nunca había dispuesto de llaves de su piso. Nadie recordaba la existencia de duplicados, por lo que el juez se inclinaba a pensar que el robo era obra de profesionales más que de un hombre de las condiciones de Dalmau. Por último, de las pruebas practicadas se concluía que este había pasado la noche entera en la pensión de Emilia, de modo que no cabía medida alguna contra él. En cuanto al maltrato recibido por Dalmau en el cuartelillo, los guardias municipales sostuvieron unánimemente que el detenido había intentado escapar, que se había revuelto con violencia contra ellos, razón que los llevó a reducirlo por la fuerza.

Y todo quedó ahí, incluso para los bárbaros asaltantes a quienes nadie se atrevió a denunciar, ni siquiera los policías, por las posibles represalias. El único que bramaba y se quejaba era don Manuel Bello, que continuaba convencido de que Dalmau le había robado su bien más preciado y que volvió a vengarse en la madre de quien fuera su pupilo, consiguiendo que le retiraran la ayuda que la Iglesia le proporcionaba. El primer viernes después de que don Manuel reconociera al autor del cuadro colgado a espaldas del obeso de Pekín, a Josefa le impidieron el acceso al claustro de Santa Anna, allí donde proporcionaban los vales para el pan, el arroz y las judías. La mujer ni siquiera discutió cuando el cura portero le exigió con malos modos la devolución de su tarjeta de pobre, tratando de humillarla frente al centenar de infortunados que acudían en pos de una limosna.

—¡Has mentido, mujer! —le increpó—. Tú no eres cristiana. Eres una anarquista, una atea, una sacrílega.

—Sí. Todo eso soy —reconoció ella rasgando en dos su carnet de cristiana pobre.

La habitación que Dalmau había alquilado en la calle de Sepúlveda, en el barrio de Sant Antoni, en un edificio de renta construido a la catalana a finales del siglo anterior, era amplia y soleada, orientada al sudeste. Dalmau nunca había disfrutado de tanto espacio para él solo, y mucho menos de una ventana a la calle. Una cama con un colchón mullido, un armario, una mesa de trabajo con su silla, otra en la que descansaba una jofaina que doña Magdalena, la casera, siempre mantenía llena de agua limpia, constituían el mobiliario al que Dalmau había añadido un caballete en el que todavía no se había atrevido a poner tela alguna.

Antes de que, a la semana, Dalmau abandonara la casa de su madre con la nariz algo torcida hacia la derecha y el diente partido, con una barba que volvía a apuntar entre las costras, pero lo suficientemente recuperado, Emma le recordó su compromiso de pintar unos cuadros para la Casa del Pueblo.

—Ya no pinto —afirmó él. Ahora no necesitaba guardar las formas; estaban en familia.

—Pues tendrás que recuperar esa práctica —replicó ella con seriedad—. Eso es lo que prometí a la gente que acudió a salvarte… y que tú confirmaste.

—Me habían golpeado —se excusó Dalmau, no obstante tener muy presente el momento al que Emma se refería—. No recuerdo lo que dices. Además, no creo que pueda pintar nada —insistió en su postura.

—¿Por qué no vas a poder, hijo? —terció la madre para sorpresa de los otros dos—. Ya lo has hecho antes. Has pintado bien, muy bien. ¡Te premiaron! Trabaja y pinta.

Durante los días que Dalmau estuvo convalesciente, Joan, el capataz de las obras de la casa Batlló, fue a visitarlo en un par de ocasiones, en una de ellas para recomendarle que probase suerte en el taller de un mosaiquista italiano que colaboraba con los grandes arquitectos y que en ese momento lo hacía para Domènech en las nuevas obras del Palau de la Música Catalana, cuya primera piedra se había puesto ya: el 23 de abril, el día de Sant Jordi, el patrón de Cataluña.

—Sé que el italiano busca gente como tú, con tus cualidades. La faena que ha asumido es considerable y necesita personal. Eres una buena persona —se adelantó a la pregunta que Dalmau le formuló con la mirada—, nadie te acusa de nada, no creo que tengas problemas en ese sentido.

Dalmau conocía al italiano; solo había uno en Barcelona con taller abierto y lo suficientemente bueno para colaborar con Domènech y los demás grandes arquitectos: Mario Maragliano, aunque poca importancia concedió en aquel momento al consejo del capataz; ardía de celos al recuerdo de las manos entrelazadas de Emma y Truchero.

Josefa era consciente y se convenció mientras cosía: su hijo debía olvidar definitivamente a Emma, y para eso tenía que volver a triunfar, a encontrarse a sí mismo en aquello que lo apasionaba, en contra de lo que hasta entonces había pensado de la pintura y de la desgracia que llevó a la vida de Dalmau. No podía continuar siendo un obrero mediocre cuyo único objetivo en la vida fuera el de reparar unos errores cometidos al aliento del alcohol y la morfina. ¡Por lo menos debía intentarlo!

—¡Pinta! —lo exhortó el día en que Dalmau, con prisas por alejarse de Emma, se despidió para mudarse a su nueva habitación. Sin embargo, ninguno de los bocetos satisfacía a Dalmau, y los dibujos se amontonaban sobre la mesa de su nueva habitación.

«¡Pinta!» La exigencia de su madre lo perseguía cada vez que descartaba un nuevo boceto. No podía: nada lo complacía lo suficiente. Sus dibujos eran vulgares; ni siquiera los imaginaba plasmados en un cuadro. Era una sensación similar a la vivida aquellos días en que trataba de fijar en un simple papel la mirada altiva de Úrsula. Entonces lo solventó; ahora, un pinchazo…, quizá solo una copa de absenta le bastara para recuperar aquella vorágine creativa. ¡Un vino!, se planteaba a menudo. En esos momentos en los que lo asaltaba la tentación, cerraba los puños y se golpeaba los muslos suplicando al dolor que lo arrastrase de nuevo a las calles, como el miserable que fue, o que lo transportase a Pekín, a la barraca donde vivió su humillación antes de superar el vicio. «¿Cuánto tardarás en volver a emborracharte o pincharte después de disculparte?», le había preguntado Emma el día en que se encontraron tras su regreso del infierno.

Con el reto haciendo temblar sus manos, Dalmau cogía otro papel y se empeñaba en tirar unos trazos que sabía groseros, sin conseguir ahuyentar nunca del todo la imagen de Emma.

—Olvídala, hijo —le aconsejó también su madre el día en que se fue de casa.

Debía hacerlo. Atrás quedaban sus relaciones de juventud. Emma lo abandonó, aunque quizá fue él quien lo provocó, ¿qué importaba ya? Luego se lio con el albañil, del que tuvo una hija, y ahora resultaba ser más que una simple empleada para aquel republicano soberbio que le palmeaba el culo a modo de proclama. Rompió en pedazos el enésimo papel y aún de noche se encaminó a casa de su madre.

—Yo nunca me comprometí a pintar nada para la Casa del Pueblo de los republicanos.

Lo soltó tras un saludo frío a las dos mujeres, que, junto a la niña, cenaban plácidamente en el piso de la calle Bertrellans. La puerta estaba abierta, como era usual, en forma tal que el piso parecía medrar con el añadido del descansillo de la escalera. Emma dio un respingo. Josefa ladeó la cabeza, más intrigada que sorprendida.

—No, eso es cierto —reconoció Emma volviendo el torso en la silla, sin levantarse, para enfrentarse a Dalmau, en pie a un paso de ellas—. Lo hice yo en tu nombre. Tuve que hacerlo para que te liberaran. ¿Recuerdas? Estabas preso, y te torturaban.

—Y te lo agradezco —la interrumpió Dalmau—. Pero eso no implica que tenga que pintar tres cuadros.

—Mal me lo agradeces entonces —replicó Emma con severidad.

Dalmau se sintió molesto con la acritud de la joven. Sí, lo había liberado, pero si estaba preso no era por otra cosa que por ayudarlas, a su madre y a ella, a la pequeña Julia, por quitarles de encima la amenaza de Anastasi. Él tenía toda la culpa de lo sucedido. Él era el que se había librado del ejército, para luego caer en la droga y originar la ira de don Manuel con la muerte de Úrsula. Ninguna era culpable de lo que les había sucedido, pero tampoco parecía justo que Emma le negase mérito alguno. ¡Ella, que seguía viviendo en la casa, con su madre!

—Me encarcelaron por ayudaros —le soltó—, por robar esa cruz y así poder libraros de Anastasi.

—Yo no te lo pedí.

—Estamos igual: yo tampoco te pedí que me liberaras. —Emma torció el gesto—. Nuestras relaciones siempre han estado plagadas de malentendidos.

Dalmau no esperó respuesta. Besó a su madre, que permanecía atónita ante la agria disputa, y se permitió robarle un pedacito de carne que tenía en su plato. «Está buena», comentó al mismo tiempo que revolvía el cabello de Julia. La niña contestó con una risotada cristalina capaz de eliminar cualquier tensión. Dalmau no dio tiempo a que sucediera: se despidió para confundirse en la penumbra del descansillo. Su estómago, contraído desde que tomara la decisión de enfrentarse a Emma, se había distendido de repente. El hambre arremetió contra él, salivándole la boca de forma explosiva. Todavía llegaba a tiempo para cenar en el comedor de obreros de Santa Madrona.

Todos los viejos lugares del barrio de Sant Antoni por los que transitaba camino del taller del maestro italiano, y que hasta entonces prefería rodear porque le traían recuerdos dolorosos e inquietantes, se convirtieron a partir de esa noche en simples referencias sin más connotación que la de ser una historia ya superada junto a Emma: Ca Bertrán, que prosperaba como casa de comidas, siempre a rebosar de obreros; debía ir algún día a comer allí, se propuso como una prueba definitiva de la catarsis que estaba viviendo. Los escolapios.

478

La cárcel de Amalia. La casa que Emma habitaba junto a su tío y sus primos. El mercado de Sant Antoni, donde habían matado a Montserrat.

El taller de Mario Maragliano se hallaba en el Eixample de Barcelona, en los bajos de un edificio en la calle Girona por encima de la de Diputació, y se extendía por gran parte del interior de la manzana. A diferencia de la fábrica de azulejos de Manuel Bello, el del italiano era un taller más artesanal, con un horno al estilo árabe, abovedado pero de gran capacidad, alimentado con leña y que hundía la caldera en un subterráneo del patio, quedando por encima del nivel del suelo la cámara de cocción. El resto del espacio al aire libre estaba abarrotado de forma un tanto anárquica con secaderos, albercas, almacén y montones de arcilla. En el taller trabajaban una veintena de personas, muchas de ellas, como Dalmau, en las mesas de dibujo y composición de la planta baja.

Maragliano, un hombre de unos cuarenta años que había aprendido su oficio en Génova, desde donde se trasladó a Barcelona ya con el reconocimiento y la consideración de maestro en mosaicos romanos y bizantinos, conocía a Dalmau; sabía de su trabajo con don Manuel y apreciaba sus obras en cerámica, por lo que no dudó en contratarlo. El primer día charlaron durante un buen rato, el italiano con un deje de esa sonoridad casi musical de su lengua nativa, aunque evitaron hacerlo de política y de lo sucedido a Dalmau con la Guardia Municipal. La Iglesia y los Llucs tenían gran influencia en el mercado, mencionó el maestro, como si con ello excusara esa omisión. «Me consta», ratificó por su parte Dalmau con el esbozo de una sonrisa en sus labios todavía hinchados y amoratados.

El mosaiquista trabajaba en bastantes obras, tanto en Barcelona como fuera de ella —tenía abierto taller en Madrid— y con Domènech lo había hecho en la casa Lleó, y ahora en el Palau de la Música Catalana junto a otro de los grandes mosaiquistas de la época: Lluís Bru. Consciente Maragliano de la capacidad y el buen hacer que su nuevo empleado podía desarrollar, no quiso elevarlo, sin embargo, por encima de los trabajadores de los que ya disponía, con cuyos primeros oficiales lo equiparó. Además, Dalmau, que sin duda dominaba el dibujo y la cerámica, debía todavía familiarizarse con otra de las artes que distinguían al taller del italiano: el mosaico.

—Lástima que no sea el hospital de la Santa Creu i Sant Pau —comentó Dalmau refiriéndose a la obra que también dirigía Domènech en Barcelona—; allí hay mucho más trabajo para un taller como el suyo.

—Sí —reconoció el italiano—, el hospital es ciertamente una gran obra, inmensa, pero el Palau... ¿Sabes qué superficie ocupa el hospital? —Dalmau negó—. Más de trescientos mil metros cuadrados. Domènech está luciéndose en sus pabellones, puede hacerlo con una obra magna que es indudable que da mucho trabajo a los artistas como nosotros. Ahora, ¿sabes qué superficie ocupa el Palau de la Música? —No fue necesario que Dalmau volviera a negar; su gesto fue suficiente—. No llega a mil quinientos metros cuadrados, y eso en una parcela irregular, enclavada entre callejones de uno de los barrios más antiguos de la ciudad. Ni siquiera gozará de perspectiva, incrustado como lo estará entre edificios desde cuyas ventanas casi podrá tocarse su fachada. ¡El ciudadano se topará de repente con el Palau! Trescientos mil contra mil quinientos. Y en esos mil quinientos, deficientes, mal dispuestos, Domènech pretende recoger el espíritu de la música a través de la arquitectura; quiere exteriorizar la tradición catalana de los cantos corales promocionados por el Orfeó Català, que a la postre es la institución popular impulsora de la obra; también desea alcanzar el culmen del modernismo, que en la arquitectura de esta ciudad se halla en su cenit mientras en otros lugares se ve superada ya por otras tendencias artísticas, pero sobre todo quiere ofrecer un espacio al pueblo en el que la gente sencilla y humilde disfrute y viva la música; de ahí también su emplazamiento. Conozco los planes del arquitecto. Quizá el hospital sea una obra colosal, sí, será maravilloso, pero te aseguro una cosa: la posteridad recordará a Domènech por el Palau de la Música, y nosotros habremos colaborado a ello.

Codo con codo con el resto del personal, sentado con ellos a mesas largas, cubierto con un guardapolvo azul desteñido que le venía grande pero le transmitió una serenidad similar a la que sentía en lo alto del lomo del dragón de la casa Batlló, Dalmau empezó a trabajar en la fabricación y corte, técnica que desconocía por completo, de las teselas de cerámica que recubrirían las columnas, los techos y las fachadas del Palau conforme a los diseños del propio Domènech, a la espera de que pudieran montarse en obra, compaginando esa tarea con la de construcción sin que mosaiquistas y albañiles se molestasen. A la vista de los planos y los diseños, no tardó en comprender que, a diferencia de la casa Lleó e incluso del nuevo hospital, tal como Maragliano comentara, Domènech tenía prevista una efusión de piezas de cerámica, mosaicos y *trencadís* que, junto a las aportaciones de otras artes industriales, escultura, ebanistería, vidriería o forja, crearían un edificio sin parangón alguno en el mundo.

Y, al igual que compartía mesa de trabajo con el personal del taller, Dalmau también empezó a compartir con ellos ocio y diversiones. Gozaba de un buen salario y por lo tanto disponía de dinero; no tenía otras obligaciones que su sustento, que continuaba siendo frugal, el pago de la habitación y un dinero que iba ahorrando mes a mes para adquirir una nueva máquina de coser para su madre, quien se había negado a que siguiera ayudándola: «Emma tiene un buen salario —le dijo—, suficiente para las tres, y yo todavía gano un poco cosiendo. Aprovecha y arregla tu vida, hijo». Dalmau no quiso revelar a Josefa el esfuerzo que estaba haciendo por ahorrar la cantidad suficiente para esa máquina de coser. Un compañero del taller de mosaicos le aconsejó que acudiera al Monte de Piedad a pedir un préstamo y así poder adquirirla sin esperar, pero al enterarse de la identidad de las personas que dirigían la institución, desistió para no volver a encontrarse con amigos de don Manuel. Pensó también en pedir prestado a cualquiera de la infinidad de personas que se anunciaban en los periódicos ofreciendo dinero, mas aquello implicaba suscribir préstamos usurarios que, en ocasiones, llegaban a alcanzar hasta el diez por ciento diario de la cantidad dejada. Dalmau no quería caer en ese círculo vicioso que atrapaba a gran parte de los obreros cuando la necesidad acuciaba. Estaba bien ahorrar mes a mes, concluyó.

Y mientras, oyó reír y volvió a reír. Disfrutó de actividades sencillas, populares: fiestas que se organizaban en los barrios con variopintos espectáculos callejeros; entoldados públicos en los que se bailaba con alegría; reuniones en tabernas, bromas, discusiones y partidas de dados o de naipes en las que, por ignorancia, no se atrevía a jugar o apostar, y de cuando en cuando la visita a algún cine, un circo, un teatro o un frontón. Dalmau redescubrió la ciudad de su infancia: concursos hípicos en el parque; exposiciones de flores y plantas; conciertos de bandas civiles y militares en diferentes puntos de la ciudad; coros populares; concursos de bailes regionales; procesiones, comparsas, hogueras, y algo que no había visto de niño: carreras de automóviles. En Barcelona se contaban por entonces casi dos centenares de vehículos, que de repente atronaban las calles dejando tras de sí un humo azulado y maloliente, cuando no algún herido que no había tenido la oportunidad de apartarse a tiempo.

Algunos de esos automóviles fueron los que compitieron en el récord del kilómetro en línea recta, junto a bicicletas y motocicletas, además de corredores a pie, en la calle de Cortes, entre las calles Entença y Muntaner, animados por una banda de música y multitud de personas a lo largo del recorrido, entre ellos Dalmau, algunos de sus compañeros de taller y otros amigos. El automóvil vencedor culminó el recorrido en cincuenta y un segundos, una marca solo treinta segundos por debajo de la bicicleta ganadora en su competición, y muy por encima de la motocicleta que se alzó con el premio en su categoría.

Los domingos, después de disfrutar con sus amigos, Dalmau tomó por costumbre invitar a comer a su madre y paseaban hasta la casa de comidas que hubieran elegido, Josefa agarrada a su brazo, y mientras daban cuenta del menú charlaban y se contaban todo lo que no habían hablado en los años de vida de Dalmau.

El domingo 26 de abril de 1906, Lerroux inauguró la planta baja de la Casa del Pueblo, un edificio situado en la esquina de las calles de Aragó y de Casanova. Todavía se trabajaba en el resto del edificio. La zona más importante de aquella planta se correspondía con una sala inmensa a modo de teatro, con un escenario y dos galerías dobles a sus lados, que estaba destinada a todo tipo de mítines políticos de los republicanos, a representaciones teatrales, auditorio y, con carácter general, a restaurante.

Emma llevaba toda la semana trabajando a destajo, sin más descanso que un par de horas por las noches. Los dos primeros días aprovechó para correr a ver a Julia, al tercero ya anunció a Josefa que hasta que no lograran poner en marcha aquel monstruo le sería difícil volver; por lo menos allí buscaba un rincón donde tumbarse y aprovechar el poco tiempo del que disponía para descansar. Debía limpiar, comprar género, ordenar y comprobar la vajilla, los cubiertos y los vasos, las paellas, los cazos, cazuelas y ollas; ocuparse de la leña y el carbón para las cocinas de hierro y de la arena para limpiar los platos. En definitiva, ponerlo todo en marcha. Emma no defraudó a Félix, el jefe de cocina, como no lo había hecho durante el tiempo en que, por indicación de Truchero, colaboraron en la construcción; recordaba bien sus enseñanzas y experiencias en Ca Bertrán. Por debajo de Félix, dos cocineros de primera dirigían a cuatro de segunda, entre los que se encontraban Emma y otra mujer, Engracia, diez años mayor que ella aproximadamente, quienes a su vez podían dirigirse a gritos a un montón de pinches y camareros. Las cocinas eran grandes, con muchos fuegos, a la medida del salón, donde bien podrían sentarse más de quinientos obreros a los que habría que dar cumplida satisfacción, comensales, como llegaron a comprobar Emma y sus compañeros, que se sentían dueños del local, por lo que exigían lo que no se habrían atrevido en una casa de comidas. Muchos de ellos habían colaborado en su construcción de forma gratuita tras sus respectivas jornadas de trabajo, y los demás eran socios; esa era su casa: ¡la Casa del Pueblo! «Los obreros tendrán aquí un baluarte de sus derechos», anunció Lerroux en el discurso de inauguración, y vaya si los exigían.

El banquete de aquel 26 de abril se sirvió en una sala abarrotada, decorada con guirnaldas y banderas españolas y francesas, y amenizada por el Coro del Pueblo, que interpretó canciones catalanas y españolas, amén de *La Marsellesa*, himno revolucionario que fue vitoreado con pasión y que tuvo que repetirse en varias ocasiones. La comida fue la típica de las festividades de las casas catalanas que podían permitírselo: canelones, *xató*, pollo rostido y fricandó. Y de

483

postre: crema catalana y *mató de monja*. Se regó todo con agua y vino tinto, para luego pasar a los vinos dulces con los postres y a licores con los cafés. Emma tuvo cierta curiosidad por ver si aparecía por allí Matías, el de los pollos, pero el negocio le venía demasiado grande para tratar de colar su mercancía estropeada; en cualquier caso, le habría gustado saber quién acompañaba ahora al viejo desdentado.

Félix le encargó que se ocupase de preparar el *xató*, una ensalada típica de la costa catalana de la que solo se tenían noticias relativamente recientes, de mediados del siglo anterior, y cuya paternidad reclamaban varios pueblos al sur de Barcelona, en especial Sitges, Vilanova i la Geltrú y El Vendrell. Los ingredientes básicos eran la escarola, el atún salado, el bacalao también salado y desgajado, las anchoas y las aceitunas negras. Para acompañar todo ello se elaboraba una salsa, compuesta por ñoras, o pimientos rojos, pequeños y secos; almendras y avellanas tostadas; pan; ajos, sal, aceite de oliva y vinagre. Hasta ahí, todos los padres del *xató* parecían mostrarse de acuerdo, salvo alguna discrepancia con respecto a los frutos secos, pero las discusiones en la cocina de la Casa del Pueblo llegaron a ser casi virulentas cuando cada uno de los cocineros, incluidos los de segunda, quisieron opinar y lo hicieron sobre los demás alimentos y condimentos que debían incluirse en la salsa. «Guindilla —exigió uno—; debe llevar guindilla.» «¡No!, nunca», replicó otro. «El pan ha de ser frito», apuntó de nuevo el primero. «No —lo contradijeron—, debe ser tostado.» Y hasta hubo un tercero que insistió en que tenía que usarse solo la miga empapada en vinagre. Cebollas; tomates asados; más anchoas en la salsa… Con el bacalao y el atún ya desalado, Emma esperaba junto a los morteros para incluir definitivamente los componentes de la salsa y que los pinches empezaran a machacar. No conocía con detalle aquel plato, y se divertía oyéndolos discutir con encono el porqué de sus posturas: sobre el *xató* existía una verdadera contienda entre sus pretendidos creadores y no había mesa en la que después de una buena ensalada como aquella, y tras ensalzarla cortésmente, no se apuntara con sutileza acerca de lo que faltaba… o sobraba. Ni que decir tiene que, como en toda controversia, en algunos casos los ánimos se calentaban. En ello estaban en la cocina cuando Félix le guiñó un ojo.

—¡*Xató* al estilo de la Casa del Pueblo! —gritó Emma haciéndolos callar a todos—. ¡Fuera de mi lugar de trabajo! Yo decidiré.

Lo hizo, memorizando bien sus decisiones para ocasiones posteriores, aunque siempre vigilada de reojo por los demás, que se quejaban ostensiblemente o sonreían según hubiera elegido ella. Emma se divirtió a su costa, alzando los ingredientes discutidos en las manos para pensar durante un rato y desecharlos o utilizarlos en la salsa.

El *xató* gustó. Mucho, al igual que los canelones y el resto del ágape. Lerroux llamó a la sala a los cocineros y los pinches para felicitarlos y que recibieran el aplauso del medio millar de comensales. Emma y alguno de los demás se habían asomado durante el banquete, sobre todo cuando una coral de estudiantes valencianos se arrancó una vez más con *La Marsellesa*. Como acostumbraba a sucederle, a Emma se le erizó el vello mientras escuchaba con pasión el himno de la libertad y de la revolución.

En este caso, sin embargo, el equipo a cargo de Félix se introdujo entre las mesas hasta situarse lo más cerca posible de Lerroux y sus colaboradores. El político ensalzó a voz en grito la comida, propuso un brindis, y la gente se levantó para alzar sus copas por ellos. Emma reparó en Joaquín Truchero justo delante de ella, dos mesas más allá. Llevaban un tiempo en que se veían poco, cosa que la extrañó, y durante la última semana, debido a la inauguración, ni siquiera lo habían hecho. Ahora lo entendía. Truchero había encontrado otra compañía: una rubia delgada, pálida, etérea, como un hada, con un vestido de tirantes que colgaba lánguido de unos hombros flacos. La joven no brindaba hacia los cocineros sino hacia su acompañante; los brazos que sostenían las copas entrelazados y un largo beso en la boca después de beber, ajenos por completo al homenaje a los cocineros.

Entre los vítores y aplausos que siguieron al brindis, Emma tembló de rabia. ¡Truchero no le había contado nada! Debían de llevar algo más de un año de relación a lo largo del cual no le cabía duda de que él había mantenido relación con otras mujeres. No le había importado. Tampoco sentía celos de aquella rubia lánguida, pero esa presentación pública no era sino una bofetada a su orgullo y, lo más importante, la pérdida de aquel que la apoyaba dentro del partido y sus estructuras, y eso sí que le preocupaba.

—Como acostumbra a suceder, eres la última en enterarte de que ya no eres la putita del tonto ese —le dijo al oído Engracia, sin ocultar su satisfacción en el tono de voz—. ¿A qué atribuyes si no tanta sonrisita, interés en tu plato y guiños de ojos en la cocina? ¿Tú te crees que a alguno de ellos le importa una puta mierda el *xató* que hagas o dejes de preparar? La mayoría está pendiente de ver quién es el primero que te echa un buen polvo en algún rincón. —Emma se volvió con violencia hacia Engracia, a lo que la otra no le concedió la menor importancia—. Bienvenida al grupo de las repudiadas.

—¿Repudiada?

—¿Acaso no ves cómo te miran todos? —Por un instante, entre aplausos y gritos, Emma creyó ver recaer sobre sí las miradas de muchos de los presentes; se sintió turbada—. Sin rencores —la despertó Engracia—, todas hemos pasado por situaciones similares.

—Solo pretendía trabajar por un jornal digno.

Engracia se echó a reír.

—Son multitud las obreras que compaginan sus trabajos con la prostitución para ganar unas pesetillas de más. Sus maridos lo saben, y si no lo saben lo presumen, pero, en cualquier caso, lo toleran. ¿No sabes que hay un burdel donde todas las putas son carniceras que durante el día trabajan como tales? Es nuestro destino, chica. No te lamentes. Aprovéchalo tú que todavía puedes. Cierra los ojos, aprieta el culo… y después te lavas bien y olvidas.

Las dos se miraron. Los aplausos habían cesado: la gente charlaba en pie, dando por finalizado el banquete. Truchero reía y manoseaba con descaro a la joven rubia, igual que había hecho con Emma en tantas ocasiones. Sintió asco de sí al verse reflejada en aquella chica.

—No los mires más —le aconsejó Engracia—. No vale la pena. Ya has conseguido lo que querías: tu trabajo y tu jornal. Sin rencores —repitió—, ¿de acuerdo? Tenemos que ayudarnos unas a otras.

Emma asintió pensativa y apretó la mano que la otra le ofrecía.

Emma se entregó a su trabajo más que ninguno de sus compañeros. No volvió a tratar con Truchero, pese a que la Fraternidad cercana a la universidad se trasladó a la Casa del Pueblo, y de cuando en cuando se cruzaban. Josefa se convirtió en una verdadera abuela para Julia, a la que cuidaba y traía y llevaba. «No cosa tanto —le rogó Emma—. Tenemos suficiente para vivir las tres con lo que yo gano. Disfrute de la niña; ella la adora.» Por lo demás, en cuanto podía se sumaba a la lucha obrera y anticlerical. Barcelona continuaba viviendo una crisis que destruía familias y sembraba la enfermedad y la muerte entre los menesterosos. El desempleo continuaba ascendiendo en todos los oficios. Ese mismo mes de abril en el que Lerroux inauguró con tanto boato la Casa del Pueblo, San Francisco se vio asolada por un terremoto que derruyó gran parte de los edificios de la ciudad norteamericana. Al conocerse la noticia, los efectos devastadores del terremoto y los incendios posteriores, una cola interminable de albañiles y carpinteros se formó a las puertas del consulado de Estados Unidos para emigrar en busca de trabajo. El primero de mayo, los anarquistas propusieron una huelga general en reivindicación de las ocho horas de jornada laboral que la gran mayoría de los sectores no había conseguido. «Cada dos obreros que paren a las ocho horas cumplidas, en lugar de las doce que trabajan, crearán un puesto para un compañero sin empleo», sostenían los libertarios, que tenían preparados actos terroristas para ese día. Ni el argumento caló en unos obreros rodeados de esquiroles que ambicionaban sus puestos de trabajo, ni se sumaron al paro ni se produjo atentado alguno. La huelga resultó un fracaso, lo que arrojó a los anarquistas a un ostracismo político peor que el vivido tras la huelga general de 1902.

Siempre quedaba la lucha contra la Iglesia. Y los jóvenes bárbaros. Y los mítines políticos, en los que se enfrentaban unos contra otros. Pero Emma percibía que su situación personal no era la misma que hacía siquiera un par de semanas, cuando los bárbaros la aclamaban y la respetaban casi con veneración. Ahora algunos se insinuaban con descaro, se acercaban a ella y la rozaban. En alguna escaramuza llegó a notar cómo le tocaban el culo o que la agarraban de cualquier parte a la menor oportunidad. En las cocinas de la Casa del Pueblo no era diferente. Se sentía hostigada. Solo tenía que volverse de repente y, en muchas ocasiones, pillaba a algún pinche, camarero o cocinero con los ojos inyectados en deseo fijos en sus pechos, en sus caderas o en sus nalgas. Se tapaba cuanto podía, pero no podía ocultar su cuerpo voluptuoso.

—Tendrás que elegir —la sorprendió una noche Engracia, ambas acompañándose en la oscuridad hacia sus casas, relativamente cercanas.

—¿Qué quieres decir?

—Que mientras no tengas un hombre, van a acosarte. Y seguro que alguno se sobrepasará. Y a partir de ahí…

Emma recordó aquel mismo consejo, quizá no tan alarmista, de boca de Dora, su compañera de cama antes de ir a vivir con Antonio. ¿Habría conseguido casarse con el sombrerero? Mala solución tenía el problema de los pelos de conejo, pensó con una sonrisa.

—¿De qué te ríes? —la interrogó Engracia—. Tu situación no es para bromear. No eres capaz de imaginar lo que cuentan de ti.

—¿A qué te refieres?

—Pues que entre lo que Truchero alardeó, lo que los demás han imaginado y lo que unos y otros han ido añadiendo a medida que el bulo se hacía más y más grande, eres como una diosa del amor, libertina, accesible, fácil, abierta a cualquier experiencia por inmunda que sea. No sabes la de hombres que aseguran haber estado contigo.

—¡Estúpidos! —los insultó Emma burlándose de ellos, pese a no poder impedir que la asaltase un arrebato de ira que le revolvió el estómago.

—Sí, pero a todos estos estúpidos les gusta presumir de sus conquistas, reales o ficticias. Tú, mientras estuviste con Truchero, fuiste intocable, pero todavía no le había dado este el primer beso a la rubia esquelética con la que va ahora, que ya se rumoreaba que se habían montado encima de ti un par de tíos.

La bilis, agria, corrosiva, se instaló en la boca de Emma. Procuró que Engracia no se apercibiera de su malestar. Era consciente de que con su entrega a Truchero había dado pie a todos esos comentarios. Lo había pensado mil veces en la oscuridad de la noche, pero siempre llegaba a la misma conclusión: tenía que salir adelante, mantener a su hija, y si para ello debía hacer uso de su cuerpo, lo haría. Aun así, no podía evitar el dolor y la humillación de estar en boca de todos, como una vulgar ramera.

—Y tú, ¿cómo lo haces? —preguntó a Engracia.

La mujer, ya superada la treintena, aún hacía gala de ciertos encantos, algo marchitos quizá: los partos, el trabajo duro, su hombre, pero atractivos para aquellos muchos que no esperaban encontrar en sus casas más que cansancio, hastío por la vida, desidia e indiferencia.

—Manuel… —contestó dejando el nombre flotando en el aire.

—Sí.

Emma se irguió.

—Uno de los primeros cocineros.

—Lo sé.

—Está casado, mejor para mí, pero una mamadita aquí, un polvo muy de vez en cuando, rápido, un visto y no visto, sin necesidad siquiera de quitarme la falda, y ya está. Nadie más se acerca a mí.

Emma recordó al pollero y a aquel colchonero del que logró salvarse en el último instante. Y al administrador de la casa del pasillo, donde Pura y Emilia. Ciertamente, la convivencia con su albañil le había proporcionado tranquilidad y, tenía que reconocerlo, también la relación con Truchero. ¡Todo era una mierda en aquel mundo de hombres!

—Lucho con los jóvenes bárbaros —soltó de repente—. Peleo por el partido. Rompo manifestaciones y mítines; lo hago con violencia, arriesgando mi integridad. He conseguido un buen empleo. No puede ser que para mantenerlo tenga que entregarme a otro gilipollas. Necesito este trabajo, Engracia. Mi hija…, Josefa, su abuela… No tenemos otra cosa de la que vivir —se lamentó poco antes de que separaran sus caminos, una hacia la calle Bertrellans, la otra en dirección al mar, a la calle Escudellers, donde habitaba—. Todos los hombres son unos hijos de puta.

Engracia se detuvo. Emma también.

—No. No todos son así. Los hay bondadosos, pero son los menos. Hoy por hoy, como te he dicho, tú eres un trofeo: guapa, atractiva, joven, sola… y, según cuentan, una gran amante. Muchos de esos pinches que te miran no se atreverían a ponerte una mano encima, pero no porque no lo deseen. Sin embargo, hay otros muchos hombres que son soberbios, canallas, machos que tienen que demostrar su poder. ¡Hombres! Parece que el universo no se mueva más que al compás de los orgasmos de todos estos cabrones, como si le insuflaran potencia con sus jadeos y sus eyaculaciones. Piensa una cosa: en esta ciudad las niñas empiezan a prostituirse a los diez años. Las hay a centenares. El número de ellas que terminan asiladas en las casas de recogidas lo demuestran. —En ese momento la mujer golpeó el aire con una mano—. Pero además todas lo sabemos, no es ningún secreto. ¿Qué animales son los que pueden fornicar con criaturas a las que apenas les despuntan los pechos?

—Hombres —susurró Emma en la noche.

—¿Sabes cuántos juicios se han celebrado en Barcelona por violación de mujeres el año pasado? Me lo contó un funcionario de los juzgados del partido. ¿Cuántos dirías?

—No tengo idea. Hay violaciones cada día.

—¡Uno! Un solo juicio por violación a una mujer. En una ciudad como Barcelona, donde las niñas se prostituyen a los diez años. ¡Un solo juicio por violación! Ese es nuestro destino, Emma, el que han ideado para nosotras todos esos hombres que nos dirigen y que ni siquiera nos permiten votar. ¡Un solo juicio! Piénsalo bien.

Los malos presagios de Engracia no tardaron mucho en cumplirse. El otro cocinero de primera, de nombre Expedito, un hombre obeso y sudoroso, repulsivo, aprovechó su rango para acercarse a Emma en un momento en el que se encontraban solos en uno de los patios que daban a la cocina. La atacó por detrás, apretando la barriga contra su espalda y rodeándola con los brazos hasta llegar con las manos a sus pechos. Emma se revolvió. «Quieta —le ordenaba el otro mientras peleaba con ella para mantenerla agarrada—, quieta…, leona.»

—¡Suéltame, hijo de puta!

Emma no conseguía liberarse del abrazo de aquel hombre corpulento. Solo podía gritar, pedir ayuda. «Alguien tendrá que domarte, leona —le escupía al oído en ese momento Expedito mientras apretaba más y más uno de sus pechos, la otra mano ya bajando por su vientre—. Quiero que me hagas lo mismo que le hacías a Truchero cuando eras su zorrita; quiero que me hagas todo lo que dicen que haces tan bien.» El grito de auxilio se ahogó en la garganta de Emma. Allí no era más que una puta, comprendió: la querida de Truchero, la amante imaginaria de un montón de fanfarrones. Era lo mismo que pensaban aquellos bárbaros que antes la reverenciaban. ¿Quién la ayudaría? El cocinero ya hincaba los dedos en su entrepierna, jadeando, equivocado al entender las dudas de Emma como una entrega. «Así, así me gusta. Esa debe ser la actitud de una guarra», susurró tratando de subirle la falda, confiado. Emma lo sintió tras ella. No notaba su pene erecto porque la barriga de aquel desgraciado impedía el contacto con sus nalgas, pero sí que le notó el aliento sofocado justo en la nuca. No lo pensó. Bajó la cabeza para coger impulso y la alzó con toda la fuerza que le procuró la ira que estallaba dentro de sí.

Un golpe seco, violento. Un chasquido: la nariz de Expedito que reventaba. Emma se zafó de él, que tosía y sangraba como un cerdo. Escupió a sus pies y, temblando, insensible a su propio dolor en la parte posterior de la cabeza, buscó refugio en la fresquera donde guardaban la carne.

Desde ese día, las miradas libidinosas se transformaron en gélidas y huidizas. Nadie volvió a molestarla y, sin embargo, Emma vivía en permanente tensión, angustiada, en un ambiente de espera; conscientes todos de que algo tenía que suceder. Emma se movía con recelo, siempre alerta. Andaba por la calle presurosa, volviendo la mirada por más gente que la rodeara. No lograba conciliar el sueño. Habló con Engracia. «Tú has decidido», le contestó la cocinera.

—¿No teníamos que ayudarnos? —inquirió Emma, sorprendida por la frialdad de la respuesta.

—Y lo hice. Te advertí de lo que iba a suceder. Tú has planteado la guerra. No me metas en ella, tengo un marido medio tarado e hijos a los que alimentar.

Se confesó a Josefa.

—Saldremos adelante, hija —la animó la mujer después de aconsejarle que no cediera—. Hemos pasado por peores momentos.

Josefa no le recriminó su relación con Truchero. «Los hombres son como animales», sentenció antes de lanzarse a recordar experiencias, propias algunas, tan desconocidas como sorprendentes para Emma, ajenas las más. «Pero ¿de qué vamos a vivir?», pensó Emma ante aquel discurso. ¿De la poca ropa blanca que cosía a mano Josefa? ¿Del jornal de Dalmau si aceptaban que les diera algo? Además, ¿acaso la respetarían en otro empleo? Le costó sonreír a Josefa cuando esta puso fin a sus palabras.

—Ya lo arreglaré —prometió Emma—. Me he entregado al partido. ¡No pueden hacerme esto!

La primera vez fueron unos macarrones a la italiana. A los obreros les gustaban mucho y se trataba de un plato consistente y alimenticio. Emma los preparó con esmero. Hirvió la pasta y la apartó, en agua fría. Luego se puso con la salsa: cebolla y jamón sofritos en manteca con una hoja de laurel. En el momento en que vio que la cebolla empezaba a dorarse, echó ajos y tomate bien triturado para, al cabo de unos minutos, regarlo todo con caldo de carne. Unos minutos más y mezcló los macarrones. Ya preparados, emplató las primeras comandas que llegaron desde la sala y las calentó al horno cubiertas con una buena capa de queso rallado.

Trabajaba preparando nuevas raciones de macarrones con su correspondiente queso, cuando el jefe de los camareros entró dando gritos en la cocina:

—¡Esto es repugnante! —Y lanzó los tres primeros platos que se habían servido sobre la encimera en la que Emma trabajaba—. ¿Qué coño les has puesto, chica?

Emma se encogió de hombros con la mirada en los platos y los macarrones desparramados. Los había probado; estaban exquisitos.

—¡Esto no hay quien se lo coma! —insistió el otro—. Ahí dentro han estado a punto de pegarme.

—¿Qué es lo que pasa? —terció Félix, ya al lado de Emma y el camarero.

—Prueba —le dijo este con expresión de asco.

Lo hicieron simultáneamente Emma y el jefe de cocinas. Los escupieron al mismo tiempo también: agrios, como putrefactos.

—Alguien… —Emma paseó la mirada en su derredor; algunos se la mantuvieron, como Expedito, con la sonrisa contenida; otros la evitaron—. Alguien ha echado algún producto…

—¿Quién y por qué? —inquirió Félix. Emma no se atrevió a contestar. «¿Cuándo han podido hacerlo?», pensaba en su lugar. Una simple botellita de cualquier producto malsano en la olla, la bilis que extraían a los animales en el matadero, mientras ella estaba despistada—. No acuses sin pruebas, joven —oyó que le recriminaba Félix—. Esto es tu responsabilidad, la de nadie más. La manteca debía de estar fermentada y ni te has enterado.

—Estaba bien —replicó ella.

El jefe de cocinas hizo como que la espantaba con una de las manos.

—¡Anulad este plato del menú! —gritó a nadie en particular—. En cuanto a ti, te descontaré de tu jornal estas pérdidas —añadió dirigiéndose a Emma y señalando ahora con disgusto la olla de macarrones—. Y si se repite una situación así…

Se repitió. Emma creyó que podría gobernar la situación y permanecer siempre atenta. Las cocinas eran como un mundo con vida propia, incontrolable: movimiento constante, órdenes, errores, discusiones, fuego, olores… Fueron unos fideos a la cazuela. También devueltos, también gritos, y excusas, y miradas y silencios. Y los fideos que sabían a rata muerta.

—Te lo advertí —le espetó Félix—. Te dije que, si volvía a pasar, perderías el empleo.

Emma lo dejó con la palabra en la boca y abandonó corriendo la cocina. A su espalda oyó el grito de su jefe despidiéndola del trabajo. Truchero no la recibió. Romero, su secretario, la trató con condescendencia, como si fuera una niña. «¿Tú también te has acostado conmigo?», vomitó ante su actitud. La expresión del apocado administrativo la convenció de que sí, de que él era uno de los que difundían las mentiras de las que Engracia le había hablado.

—¡Estúpido! —lo increpó Emma—. Tú jamás lograrás acercarte siquiera a una mujer como yo. No eres suficiente hombre. Di a tu jefe…

—¿Qué tiene que decirme? —Truchero asomó por detrás.

Emma lo miró con ira.

—Que, si no me ayudas tú, acudiré al mismísimo Lerroux o a quien sea necesario para que sepan lo que está sucediendo en las cocinas.

—Lo que está sucediendo en las cocinas… —escupió Truchero— es que no sabes cocinar. Fueron unos macarrones, ¿no? —Emma se sobresaltó. Sabía lo de los macarrones—. Y hoy, ¿qué plato ha sido el que has estropeado hoy? —El líder republicano dejó transcurrir unos segundos durante los que Emma entendió que la había vencido, por lo que se preparó para sus siguientes palabras—: Ese es tu problema, Emma. No es otro. Podrás mamársela a Lerroux o a todos los dirigentes de este partido que, si no sabes cocinar, no te mantendrán en la cocina, porque allí quien manda no es otro que Félix. Quizá, si te esfuerzas en tus otras labores, te nombren puta oficial del partido. Entonces volverás por aquí para que Romero se divierta contigo.

—¡Cabrones! —chilló ella.

La furia con la que insultó a los dos hombres desapareció sin embargo nada más volverse y alejarse un par de pasos. Luchó por no estallar en llanto. Truchero le había conseguido aquel empleo y no se lo había quitado tras reemplazarla por la rubia, pero tampoco estaba dispuesto a ayudarla. Ni Expedito ni ninguno de los que trabajaban en las cocinas y habían arruinado sus comidas podían aportarle más que esa protección de la que Dora y Engracia hablaban. ¡No necesitaba protección de hombre alguno! Una cosa era entregarse con un objetivo como el de procurar lo mejor para su hija y otra muy diferente era convertirse en la prostituta de alguien que nada le daba, alguien cuyo único recurso era el de chantajearla con la pérdida de lo que tanto le había costado conseguir. Pero Truchero tenía razón: nadie, ni Lerroux ni dirigente alguno, la mantendrían en su trabajo en contra de la opinión de Félix, que acababa de despedirla. Al compás de esos pensamientos se golpeó contra las paredes. Luego abandonó la Casa del Pueblo y esperó escondida junto a las vías del tren a que anocheciera y cerraran las cocinas. Entonces siguió al grupo de trabajadores que salieron de ellas hasta que fueron desperdigándose.

—Sabes que no he sido yo —prorrumpió tras interceptar a Félix, ya andando solo, en el barrio viejo de Barcelona.

El jefe de cocinas frunció los labios, negó con la cabeza y abrió las manos en gesto de impotencia.

Se miraron unos instantes. «Lo siento», balbució ella en repetidas ocasiones.

El hombre suspiró.

—Lo único que deseo es que mis cocinas funcionen, Emma. Mi familia depende de ello, y nada ni nadie pondrá en peligro el bienestar de los míos. No quiero saber nada de lo que sucede entre vosotros, de vuestras rencillas o vuestros anhelos. No es mi problema. ¿Lo has entendido? —El cocinero la observó. Emma asentía con la cabeza, el mentón tembloroso, aguantando las lágrimas. Félix se apiadó de ella—. Tienes otra oportunidad —le ofreció—. Soluciona lo que tengas que solucionar, porque será la última.

Luego siguió su camino y los sonidos de la noche asaltaron a Emma, que se encogió bajo un cielo negro, sin estrellas. Unas corrientes de aire que quizá no fueran más que la brisa proveniente del mar se convirtieron en la ventisca helada con que la golpeó una ciudad hostil. Entonces estalló en llanto, y los temblores que originaron en ella el desamparo y la soledad se agarraron a su espíritu y sustituyeron un sueño que ni de madrugada logró conciliar.

16

Me encanta!
Josefa se acercó para examinarlo con mayor detenimiento. Julia, que acababa de cumplir tres años, la siguió con expresión pícara. Dalmau sonrió ante el descaro de la niña, igual que lo hicieron doña Magdalena, su casera, y Gregoria, una joven atractiva que no había cumplido todavía los veinte, compañera de Dalmau en el taller de mosaicos de Maragliano. Se trataba de una muchacha tranquila y serena; una trabajadora minuciosa, de dedos largos y ágiles que le permitían dominar las teselas más pequeñas con una eficacia que ninguno de sus compañeros era capaz de igualar. Esos mismos dedos eran los que Dalmau acariciaba con delicadeza por encima de la mesa de un café, mientras paseaban agarrados de la mano por el parque o disfrutaban de algunas de las muchas diversiones que ofrecía la ciudad.

Dalmau había invitado a su madre y a Gregoria a su habitación para mostrarles el cuadro que iba a exhibir en la V Exposición Internacional de Bellas Artes e Industrias Artísticas de Barcelona. Josefa supuso que la joven sería capaz de dibujar en su memoria cada uno de los trazos de aquella obra a medida que su hijo había ido pintándola, y que la expectación mostrada no era más que una cortesía hacia ella, pero guardó silencio. Gregoria era católica —fervorosa, según llegó a confesarle Dalmau—, recatada, silenciosa y prudente, algo que repelía a Josefa porque se trataba del estereotipo de mujer tan denigrado por la doctrina anarquista. Sin embargo, su hijo había renacido y las sensaciones que transmitía aquel cuadro lo acreditaban, por lo que ella también callaba, y admitía la ignorada influencia que aquella muchacha, pese a sus creencias, podía haber ejercido sobre Dalmau.

Con aquellos pensamientos Josefa se dejó acariciar por la luz primaveral que entraba a raudales en la habitación de alquiler, lo que en sí ya era un espectáculo para quienes, como ella y la pequeña Julia, permanecían ocultas en edificios vetustos y callejas a cuál más estrecha, ajenas a ese sol mediterráneo que se vertía casi de forma impúdica en el resto de Barcelona. Dalmau había retirado con solemnidad la sábana que cubría el óleo en el momento en que las tres mujeres y la niña se alinearon, también con cierta ceremonia, frente al cuadro. El sol golpeó las sombras coloreadas que se movían en un sinfín de grises de tonalidades diferentes, según la técnica de los grandes impresionistas franceses y asumida por su pintor predilecto, Ramon Casas, consistente en no utilizar el pigmento negro para oscurecer los colores.

Dalmau la conocía y la había estudiado, pero la ayuda de Maragliano durante el año que había tardado en pintar el cuadro desde que decidió intentarlo de nuevo fue decisiva. El italiano se comportó como un verdadero maestro, en ocasiones más ilusionado en la obra que el propio autor. Obtener un gris de la mezcla del negro era una simple cuestión de medida; pretenderlo con rojos, verdes y azules se convertía en un ejercicio de creación, de entender la luz, de buscar la mirada profunda mucho más allá de lo convencional.

Y Dalmau había recuperado la magia, y lo había conseguido de forma gradual, sin traumatismos, a medida que su espíritu se acomodaba a la vida, a la alegría de sus compañeros, a la sonrisa de Gregoria, al maestro Maragliano y al Palau de la Música, a los ánimos de Josefa, que domingo tras domingo lo incitaba a volver a pintar, e incluso a la pequeña Julia, a quien su madre ya llevaba a comer, como si fuera su nieta, como si se tratara de una huérfana prohijada. «Píntame un dibujo», le pidió la niña en una de esas comidas. Dalmau entornó los ojos hacia su madre, que se encogió de hombros como si no fuera con ella, al mismo tiempo, sin embargo, que apresuraba a un camarero para que les llevase papel y lápiz. Dalmau tardó en complacer a la niña y entregarle el dibujo ya terminado. Lo examinó, y el rostro de Julia volcó en sus recuerdos, de forma caótica, a Emma y su juventud compartida. Julia no se parecía excesivamente a su madre, los rasgos toscos de su padre albañil destacaban por encima de cualquier herencia materna, y eso era lo que Dalmau había plasmado en el papel: una copia fiel de la realidad. Pero el dibujo vivía, transmitía perspectivas más allá de sus meros trazos. Dalmau cerró los ojos y agradeció su fortuna: su mano volvía a ser capaz de embrujar.

Despertó de su ensoñación al notar que el papel volaba de sus manos: su madre. Josefa lo había presentido. Examinó el rostro de Julia y tras asentir, se lo entregó a la niña.

—Toma, cariño. ¡Qué guapa estás!

Luego, mientras Julia proclamaba su contento con una larga exclamación, miró a su hijo: no hablaban de Emma.

Dalmau le había preguntado en alguna ocasión. «Ya no me afecta saber de ella», aseguraba. Su madre no le contestaba. No hablaban de Emma.

El cuadro que iba a presentar a la Exposición de Bellas Artes de Barcelona, y que ahora contemplaban todos en silencio, extasiados, en esa habitación soleada, reflejaba la vida en el taller de Maragliano: varias personas, de ambos sexos, trabajaban sobre una mesa alargada en un gran mosaico inacabado que representaba a cinco hadas que retozaban a la orilla de un río, en un llano arenoso. Dos de aquellas figuras etéreas, volátiles, aparecían ya terminadas, desnudas; las tres restantes solo contaban con las teselas de partes de su cuerpo, igual que el río o el terreno. Dalmau había elegido la hora en la que el sol se ponía en Barcelona, creando un contraste entre las tonalidades de los mosaiquistas y su entorno de trabajo con la luz que desprendía la arena y la piel clara de las hadas. Tampoco había sido su intención presentarse a un certamen de la categoría de aquel, al que concurrirían grandes maestros catalanes modernistas como Casas, Rusiñol o Utrillo, españoles del prestigio de Zuloaga, De Beruete o De Regoyos, y otros de numerosos países europeos: Portugal, Inglaterra, Italia, Alemania, Francia, esta última con una significativa representación del impresionismo francés, una muestra de la pintura que tanto había influido en el modernismo y que nunca había sido contemplada en la ciudad. Por primera vez en la historia, los barceloneses podrían detenerse ante una muestra conjunta de obras de Édouard Manet, Claude Monet, Camille Pissarro, Auguste Renoir o Alfred Sisley entre otros.

Novecientos autores con un total de más de dos mil obras entre las cuales, para sorpresa de Dalmau, puesto que sabía que muchos Llucs, incluido don Manuel Bello, tenían una participación activa en la organización de la feria, se había colado *El taller de mosaicos*, como Dalmau tituló la suya, y lo consiguió por empeño personal del maestro Maragliano quien, a través del secretario general del Jurado de Admisión y alma de aquella exposición como de muchas otras anteriores, Carlos Pirozzini, amigo nacido en Barcelona pero hijo de un italiano, obtuvo la aceptación del cuadro de su empleado con un valor de adquisición de cuatrocientas pesetas.

Josefa abandonó la habitación de Dalmau en el momento en el que Julia empezó a corretear por ella. «¿Un café?», le ofreció doña Magdalena, y la acompañó a la cocina. Dalmau y Gregoria permanecieron delante del cuadro. Él la agarró de la cintura, la atrajo hacia sí y le dio un beso en la boca. Ella se lo devolvió pero sin abrirla, unos besos que no por castos dejaban de ser pecado; aquello era lo más a lo que la pareja había llegado en unas relaciones mediatizadas por el párroco con el que Gregoria se confesaba en la iglesia de Sant Miquel del Port, la que correspondía a la Barceloneta, en tierra ganada al mar, junto al puerto. Gregoria vivía en ese barrio, en la calle Ginebra, con su padre, un funcionario de Correos; su madre, que trabajaba en una pequeña fábrica de chocolate envolviendo a mano las tabletas en papel; tres hermanos, dos chicas y un varón, todos menores que ella, y una abuela, la madre de su madre, que se empeñaba en asumir las tareas domésticas originando más problemas que proporcionando ayuda efectiva.

Dalmau era consciente de que la religión suponía un problema en un idilio que no terminaba de afianzarse precisamente por esa razón. Al principio, Gregoria había tratado de atraerlo hacia la Iglesia; a la tercera discusión cejó en sus intentos y se limitaba a mostrar sus creencias en actitudes como aquella. A Dalmau le recordaba a la Úrsula de los primeros días, la que mantenía prietos los labios, pero con una gran diferencia: entonces Dalmau pretendía vencer la resistencia de la muchacha; hoy, pese a unas relaciones insatisfactorias en el plano sexual, se encontraba feliz acompañado de aquella chica serena de dedos largos y ágiles que lo había apoyado con firmeza y confianza en su reencuentro con la pintura.

Estaba convencido de que si insistía, con cariño, con delicadeza, vencería las prevenciones y el pecado que esgrimía el párroco de Sant Miquel en el púlpito y en el confesonario, y Gregoria se entregaría. Lo intuía en sus suspiros o en la momentánea agitación de su pecho en las ocasiones en que la cogía de la cintura o cuando sus cuerpos, casual o intencionadamente, se rozaban más allá de lo conveniente, como les sucedía en los bailes, en los tranvías atestados de pasajeros o en algunos espectáculos, en el momento en que el público los aprisionaba a la entrada o a la salida. Sin embargo, Dalmau no insistía: tenía que ser ella la que diera el paso; no deseaba causar el menor daño a la muchacha, y menos que algún día se lo recriminara, tal como había sucedido con Emma.

Mientras, el año transcurrido desde que entrara a trabajar en el taller de Maragliano había supuesto para Dalmau volver a beber de la creatividad y la magia de un gran arquitecto como Domènech y de los maestros de las artes aplicadas, igual que le sucedió en la casa Batlló de Gaudí. Gregoria le insuflaba parte de la serenidad y el equilibrio que a ella le sobraban; el Palau de la Música lo saciaba de colores, formas, reflejos, metáforas… Todavía no había sonado música alguna más allá de los silbidos o las cancioncillas de los albañiles y demás operarios, cuando Dalmau ya bailaba al son de un sinfín de sensaciones que continuaban centelleando en su interior una vez finalizada la jornada. Domènech preveía la apertura del Palau en un plazo inferior a un año. Ahora, las obras de decoración superaban con mucho a las estrictas de albañilería.

El maestro de arquitectos había vuelto al ladrillo visto, rojo, como hiciera en la Exposición Universal de 1888, recuperando la tradición a través de un material propio de Cataluña, de la tierra. Sin embargo, allí donde no lo había fluía la fantasía en piedra, cerámica, vidrio o hierro. Dalmau y los suyos habían recubierto la doble columnata del balcón principal de la fachada con mosaicos, en una combinación de colores, formas geométricas y vegetales distintos en cada uno de los fustes, igual que las demás columnas de la otra fachada, de las dos que daban a la calle y las del auditorio en sus tres niveles; no así las columnas de piedra del vestíbulo y de la doble escalera, que presentaban motivos florales, siempre diferentes y en el mismo material, bajo unos techos abovedados y unas paredes recubiertas con cerámica.

El auditorio en el que trabajaba a destajo, y que tendría un aforo aproximado de dos mil personas, suponía una incógnita para Dalmau. El espacio estaba diseñado exclusivamente para conciertos, sin necesidad por lo tanto de tramoyas, por lo que finalizaba en una pared curvada por detrás del escenario, a la vista del público, en la que también trabajaban los empleados de Maragliano. El fondo de toda esa pared estaría formado por *trencadís* ejecutado con fragmentos de cerámica en tonalidades rojizas, sobre la que se superpondrían los bustos de dieciocho figuras de jóvenes intérpretes femeninas, una orquesta de musas, cada una con un instrumento musical diferente, salvo una de ellas que representaba la voz humana, el canto, todas creadas por el escultor Eusebi Arnau. En cuanto al resto del cuerpo de esas figuras, de cintura para abajo —sus piernas, sus vestidos y sus pies—, Domènech había decidido que solo ofrecieran dos dimensiones, logradas a través de mosaicos diseñados por el italiano Maragliano. Faldas de colores y motivos heráldicos en representación de épocas, lugares y países diversos. Los instrumentos, por su parte, también gozaban de significación. Los había relacionados con el folclore español como la gaita gallega, las castañuelas andaluzas, el tambor vasco, o el *flabiol* y el *tamborí* catalán, pero también la pandereta zíngara o la flauta sudamericana. Junto a estos se representaban instrumentos antiguos: el arpa, la lira o la cítara, así como algunos un poco más modernos que habían ido perfeccionándose hasta entrar en las orquestas: el violín, el triángulo o la flauta travesera.

El caos era total en lo que un día sería el auditorio: movimiento, polvo, gritos, órdenes y ruido, mucho, el de infinidad de martillos y máquinas.

—No alcanzo a imaginar cómo quedará todo esto —comentó Dalmau al maestro mosaiquista en un descanso, los dos junto a la

501

pared de cierre en la que trabajaban los vestidos y las piernas de las intérpretes, bajo el espacio destinado al órgano, de frente a la platea, como si se tratara de dos músicos en el escenario.

Los trabajadores de los diversos artistas que colaboraban con Domènech se movían sin prestarse atención: ebanistas, ceramistas, herreros, escultores, pero sobre todo, allí dentro, vidrieros.

—Observa —contestó el italiano con su voz melodiosa señalándole los laterales del auditorio—: no hay muros. Las paredes están abiertas al exterior. Es… como una caja de cristal. Los operarios cubrirán todos esos huecos con vitrales emplomados. Es el primer edificio en este país que se construye de esta forma: con vanos de tal magnitud en la estructura, y especialmente en Cataluña, donde es usual que las paredes soporten al edificio, exactamente lo contrario. La luz entrará por todos esos ventanales, incluso por aquellos últimos —añadió, y señaló ahora el fondo superior del segundo piso—. A esa iluminación lateral se sumará la cenital, la que se cuele desde lo alto a través de la claraboya inmensa que se prevé instalar ahí arriba. —En este caso alzó la vista al techo, a un hueco que aguardaba la lucerna—. He visto el diseño y reconozco que me resulta difícil definirla. Esperemos a verla instalada. ¡Será fabulosa!

Ese era el espíritu que bullía dentro de Dalmau: el de la creatividad y de la imaginación desbordantes, el de la constante sensibilidad en todo lo que hacía, en cuanto tocaba o miraba, buscando ese detalle que caracterizaba la decoración de Domènech, tratando de evadirse de la apabullante visión de conjunto de las cosas, del mundo mismo; un monstruo incontrolable que se abalanzaba sobre él: las calles, el puerto, la multitud…, para descubrir la sonrisa en la boca de una muchacha que se le acerca en el sentido opuesto y que ensombrece a cuantos la rodean, dejándolos fuera de la visión, o el desconchado en la pintura de una barca que hace saltar su nombre. *La Concordia*, logra leer Dalmau, sin embargo, puesto que su patrón ha repintado las letras aun con escasa pericia. Los detalles, los detalles. Luego, como sucedía con la obra de Domènech, podía alzarse la mirada y enfrentarse a un universo anárquico, caótico, como corresponde a la unión de la sonrisa de una chica con el nombre mal pintado de una barca de pesca. Eso es lo que pretendía ser el Palau de la Música: un reino de mil detalles que ansiaba encontrar el orden en la emoción y la sensibilidad del espectador.

Y eso, precisamente, es lo que Dalmau deseaba plasmar en su obra, en su vida incluso. Creía haberlo conseguido en su cuadro *El taller de mosaicos*, en el que la conjunción de los detalles terminaba por mostrar al espectador un resultado maravilloso, al decir de Maragliano y de algún otro entendido al que enseñaron el cuadro. Además, ¿no se lo habían admitido en la exposición junto a los grandes maestros del mundo de la pintura? Eso fue lo que lo animó cuando, acompañado de Gregoria, se vio como engullido, empequeñecido ante la magnificencia del palacio de Bellas Artes de Barcelona, un edificio monumental en ladrillo y hierro visto, como era habitual en las construcciones efímeras de las ferias, levantado con motivo de la Exposición Universal de 1888 de Barcelona, y que se ubicaba frente al Parque, el lugar por el que paseaban los domingos entre los árboles, las fuentes y las flores, pero también allí donde estaba el dispensario en el que había acabado muchas de su noches de alcohol y morfina, con su asilo encima: tres días de refugio cada dos meses.

El palacio conformaba un edificio rectangular, con una torre en cada uno de sus ángulos, compuesto por tres espacios. En la planta baja, la nave central, el doble de amplia que las laterales y con cerca de dos mil metros cuadrados de superficie, se alzaba diáfana hasta una gran claraboya a treinta y cinco metros de altura. Las naves laterales de la planta baja se dividían en salas de exposiciones que daban al gran salón central, mientras que en el piso superior terminaban en una balconada perimetral que se abría sobre el salón. El palacio se había concebido para acoger exposiciones temporales y permanentes, conciertos, a pesar de que su acústica no era la ideal, muestras de todo tipo de productos, así como congresos, mítines, fiestas y actividades de ocio para los barceloneses.

Dalmau y Gregoria se detuvieron un instante bajo la balconada sustentada por columnas que daba acceso al salón central. A su derecha y su izquierda: la secretaría y las oficinas; al frente, el espacio ya repleto de obras a la espera de ser colocadas en sus lugares de exposición, casi todas embaladas: pinturas y esculturas la mayoría, pero también muebles, mosaicos, lámparas, plafones, arquillas, vidrieras, altares y chimeneas, puertas… Al fondo del salón un órgano magnífico, construido por Aquilino Amezua, y la escalera noble que llevaban al piso superior.

A Dalmau le pareció que el cuadro que sostenía en las manos dejó de pesar de repente para convertirse en una carga liviana, como si hubiera perdido consistencia ante tal magnitud de obras firmadas por grandes maestros. Creyó reconocer a algunos pintores y escultores, hasta arquitectos como Puig i Cadafalch, charlando y paseando por el lugar, puesto que la mayoría de ellos formaban parte de las diversas comisiones encargadas de la organización del certamen. Todos aquellos genios se saludaban y reían, despreocupados, mientras el estómago de Dalmau se retorcía y todo él se sentía intimidado. Su cuadro continuó menguando hasta parecerle una simple hoja de papel que exigía que la arrugase, hiciese una bola con ella y la lanzase a la primera papelera que encontrara.

—¿Qué desean? —La pregunta partió de una mujer ya mayor, de modales pausados y cabello cano, que se dirigió a ellos y se alineó a su lado, frente al salón central, como si fuera la primera vez que lo viera—. Impresiona, ¿verdad? —añadió.

Dalmau y Gregoria asintieron con la cabeza al mismo tiempo.

—¿Traen un cuadro a la exposición? —insistió la mujer después de que transcurrieran unos segundos.

Dalmau reaccionó.

—Sí, sí.

Doña Beatriz, que así se llamaba la señora, los atendió con cortesía exquisita en las oficinas ubicadas a la izquierda del vestíbulo. Dalmau Sala, sí, constaba en las listas. Un cuadro. *El taller de mosaicos.* Sí. ¿Era ese? No, no hacía falta que lo desembalara. Doña Beatriz extrajo del cajón de su mesa un formulario que empezó a rellenar con letra preciosista. Nombre, dirección, título del cuadro… «Cuatrocientas pesetas, ¿verdad?», quiso confirmar antes de anotar el precio. «Descríbame de manera sucinta el cuadro», rogó a Dalmau. «Suficiente», lo interrumpió con una sonrisa viendo que el otro se extendía. La mujer registró la entrada de la obra, que numeró y marcó convenientemente, y entregó a Dalmau el documento que acreditaba su titularidad.

—Suerte —lo despidió después ofreciéndole la mano—. No todos pueden conseguirlo, pero me gustaría que un pintor catalán y joven como usted ganase alguno de los premios establecidos por el jurado.

—Ojalá. —Dalmau sonrió.

—He oído buenos comentarios acerca de su trabajo de boca de algunos miembros del comité de admisiones —le confesó en un susurro doña Beatriz, antes de guiñarle un ojo—. Tenga confianza.

Con aquel halago, Dalmau vivió esperanzado los días que restaban hasta el 23 de abril, día de Sant Jordi, patrón de Cataluña, fecha señalada para la inauguración de la muestra. Maragliano le confirmó las palabras de doña Beatriz: su obra había causado buena impresión a varios miembros del jurado. Gregoria lo animaba, sonreía y hasta se permitió especular con lo que podrían hacer si le concedían una de aquellas distinciones.

—El mejor premio es el del rey: seis mil pesetas. ¿Te lo imaginas, Dalmau? ¡Seis mil pesetas! Y si además vendieras el cuadro, que seguro que lo vendes, cuatrocientas más. ¡Una verdadera fortuna!

Entonces en sus ojos, generalmente plácidos, brillaba una ilusión desbordante que Dalmau trataba de aplacar: no era posible que él, al fin y al cabo un principiante, se situara por encima de los grandes maestros.

—Bueno —cedía Gregoria tras pensar unos segundos—, pero existen cerca de treinta premios diferentes.

—Nos conformaremos con uno de mil pesetas, ¿de acuerdo? —bromeó Dalmau.

—Lo ganarás. Seguro. He rezado para que…

Un gesto torvo en el rostro de Dalmau detuvo sus palabras.

Su madre también lo alentaba los domingos durante las comidas, un ánimo que hasta pudo encontrar en las palabras de la pequeña Julia, quien había enseñado su retrato en la escuela de la Casa del Pueblo, y todos los niños, todos, todos, todos, querían que Dalmau les dibujara uno, y ella les había dicho… Y Josefa revolvía el cabello de la niña sonriendo, acercaba su cara para besarla en la mejilla, aunque la otra luchaba por zafarse para que no la interrumpiera:

«Hay una niña, María se llama, y a esa sí que tienes que pintarla, pero a Gustavo no, ¿eh?» Y Josefa miraba a su hijo, que simulaba prestar atención a la niña. Y se sonreían entre ellos. No. No hablaban de Emma, aunque ahora era a Josefa a quien le habría gustado que él insistiera como lo hacía antes. Anhelaba que ese nuevo Dalmau, el mismo que en su último cumpleaños se había presentado sonriente en el piso de la calle Bertrellans con una vieja máquina de coser como regalo, retomase su relación con Emma y dejara de lado a esa muchacha católica que tanto la irritaba.

Un par de periódicos incluyeron referencias a *El taller de mosaicos*, críticas ambas que coincidían en celebrar el regreso de Dalmau Sala, el dibujante que llegó a pintar las almas de los *trinxeraires*, y que tras una serie de desafortunadas experiencias vitales iba a sorprender ahora al público de la ciudad con una magnífica obra que destacaba sobre las demás y que, al decir de aquellos entendidos, gozaba de serias probabilidades de triunfar en la muestra.

Mientras, Dalmau continuó volcado en el Palau de la Música, en el *trencadís* de la pared y los mosaicos que formaban los cuerpos de las intérpretes esculpidas por Eusebi Arnau. Trabajaba junto a los demás operarios de Maragliano, entre ellos Gregoria, arrodillada en el suelo y concentrada en la colocación de las teselas de una de las musas de la música, abstracción que Dalmau aprovechó para observarla desde el extremo opuesto del escenario curvo, donde él se ocupaba de los ropajes de la diosa que tocaba la flauta travesera. Con el cabello castaño recogido en una cola de caballo para que no le molestara, la muchacha mostraba el perfil de una joven atractiva, de rasgos tan delicados como serenos. Era delgada, de pechos pequeños y curvas difusas, cuando menos bajo los trajes holgados con los que acostumbraba a vestir; en cualquier caso, pensó Dalmau en aquel mismo momento, no se trataba de una mujer voluptuosa, arrolladora, atrevida. Gregoria era pausada, cauta, minuciosa…

Dalmau percibía que sus relaciones habían cambiado desde el momento en el que se presentó a la Exposición Internacional de Bellas Artes. El apoyo que había recibido por parte de Gregoria mientras pintaba el cuadro, la admisión en el certamen, la entrega de la obra, los comentarios, las posibilidades de éxito habían afianzado su noviazgo, si es que aquellas relaciones castas podían considerarse como tal. Lo cierto era que todos esos sucesos también habían hecho cambiar a Dalmau: volvía a pintar, la magia había regresado a sus ojos y a sus manos, a su espíritu. Las sensaciones eran de nuevo apabullantes, abrumadoras en ocasiones, y todo ello no se debía al alcohol ni a la morfina, sino a un equilibrio en su vida en la que aquella muchacha que continuaba absorta, arrodillada a los pies de una musa que tocaba el violín, había desempeñado un papel imprescindible. Dalmau sintió un torbellino de ternura que le erizó el vello. Le habría gustado cruzar el escenario, agarrarla, alzarla en brazos y llevarla a algún lugar recóndito donde hacerle el amor, con afecto, sin asustarla. Trató de ahuyentar esas fantasías en un momento en que Gregoria, cansada de permanecer en la misma posición, cerró los ojos y echó la cabeza y los hombros hacia atrás para arquear la espalda y desentumecerse; la visión de los pechos de la muchacha, firmes por delante de ella, como si retase a la misma diosa a la que trataba de dar vida en la pared del auditorio, desconcertó por completo a Dalmau, que vio como su deseo estallaba descontrolado.

Se dio la vuelta y se acuclilló ante su propia musa, la de la flauta travesera. Gregoria era católica, lamentó entonces. Ese era el gran abismo que se abría entre ellos. Sus padres también eran católicos, demasiado, según la joven le había llegado a dar a entender de unos progenitores a los que no se había atrevido a presentar a su novio. Si todo se desarrollaba conforme a las expectativas de Dalmau, y volvía a pintar y triunfaba, o cuando menos tenía reconocimiento y podía vivir de su arte, habría llegado el momento de formar una familia, de tener esposa e hijos, y una casa propia, y... Deseaba hacerlo con Gregoria, pero ¿cómo superar las íntimas convicciones religiosas de la muchacha? Él no estaba dispuesto a abrazar la religión católica, ni siquiera en un alarde de hipocresía, con engaño, bajo reserva mental, y le constaba que ella tampoco iba a prescindir de sus creencias; la religión acompañaba a Gregoria como un halo que flotaba alrededor de ella, que inspiraba sus palabras y, sobre todo, su actuar rutinario: la culpa, el perdón, la misericordia hacia los demás, y esa generosidad divina capaz de convertir los errores y los pecados en anécdotas.

Dalmau no acertaba a imaginar cómo se desataría ese nudo que impedía una relación plena entre ellos, pero sí que presentía que la exposición iba a ser un punto de inflexión en sus vidas; por eso, cuando el día de Sant Jordi no se inauguró el certamen puesto que las obras que venían de Portugal y Japón se habían retrasado, se sintió decepcionado. Con todo, Dalmau, como los demás artistas, fue autorizado a acceder al palacio y controlar su cuadro, lo que hizo acompañado de Gregoria. *El taller de mosaicos* se exponía en la sala octava, en el piso principal, en una de las salas de exposiciones que daban al salón de fiestas. Casas y Rusiñol exponían en la sala cuarta; Dalmau pudo ver a través de la puerta abierta los más de veinte cuadros de los pintores modernistas que llenaban las paredes, pero no se atrevió a entrar. Ya lo haría cuando se inaugurase la exposición; entonces dedicaría horas, días enteros probablemente, a contemplar esas obras maestras, como también las de los impresionistas franceses, en la sala once, algo que deseaba con un interés desmedido.

Gregoria apretó la mano de Dalmau al entrar en la sala que les correspondía y descubrir *El taller de mosaicos* resaltando entre casi cuarenta cuadros colgados de las paredes y varias obras de escultura en su centro, entre ellas una de Eusebi Arnau esculpida en mármol: *Retrato*, se titulaba; el mismo escultor de las musas del Palau de la Música en las que ambos trabajaban. A diferencia de la sala en la que exponían Casas y Rusiñol, restringida a ellos dos, en la octava lo hacían treinta y dos pintores y seis escultores, por lo que eran varios los artistas que rondaban por allí, y fueron varios también los que se dirigieron a Dalmau cuando repararon en que este se plantaba frente a aquel cuadro de tonos grises obtenidos sin el uso del negro, rotos de repente por la luz que brotaba de un mosaico a medio acabar.

«Gran obra.» «Te felicito, muchacho.» «Deberías haberle puesto un precio más alto.» Los elogios y comentarios apabullaron a Dalmau, que no sabía qué contestar a unos artistas ya consagrados. «Ya me lo había anunciado Maragliano.» «¡Premio seguro!»

Cuatro días más tarde, el sábado 27 de abril, se inauguró oficialmente la V Exposición de Bellas Artes e Industrias Artísticas de Barcelona. Dalmau tuvo que pedir un día de fiesta a Maragliano;

Gregoria se sumó a él, si bien haciendo cálculos acerca de lo que perdería por esa jornada y cómo lo excusaría ante sus padres en el momento de entregarles los dineros que ganaba.

—¡Miénteles! —rugió Dalmau ya de camino al palacio de Bellas Artes, como si la voz surgiera del mismo infierno y fuera el diablo el que la tentara.

—¡Dalmau! —replicó ella—. ¿Te gustaría que te mintiera a ti?

—¿Por qué ibas a hacerlo?

—Porque si miento a unos podría mentir a otros, ¿no?

Él negó con la cabeza.

—No te preocupes por ese dinero, cariño. Tengo la impresión de que después de esta exposición las cosas cambiarán para nosotros. —Se miraron. Gregoria andaba colgada de su brazo. No dijo nada—. Arreglaremos lo que haya que arreglar —quiso animarla él—. Lo conseguiremos.

Alrededor de medio millar de personas se apiñaba frente al palacio de Bellas Artes, en cuya escalera de acceso fueron sucediéndose los discursos de las autoridades. Dalmau escuchó sus palabras con escaso interés, impaciente por que se abrieran las puertas y fuera el público el que juzgase su obra. Necesitaba ver la reacción de la gente corriente, no la de su madre o su novia, o la de críticos o artistas; quería examinar las expresiones de personas extrañas, tratar de captar las posibles emociones que les provocase la visión de *El taller de mosaicos*.

Al final cesaron los parlamentos y se franqueó el paso a los asistentes. Dalmau y Gregoria se hicieron a un lado en lo alto de la escalera; la gente discurría por delante de ellos.

—¿No entramos? —se extrañó la joven.

—Mi madre me dijo que vendría. La entrada cuesta una peseta, pero yo tengo tres invitaciones de cortesía.

Fue Josefa quien los encontró a ellos. La mujer tuvo que esforzarse tanto por subir los escalones como por no desairar a Gregoria; cada día se sentía más molesta pensando que aquella beata suplantaba a Emma. Besó a su hijo con la respiración todavía entrecortada por el esfuerzo y ofreció la mano a la otra con cierto despecho. Dalmau esperó unos instantes a que su madre recuperara el resuello, preocupado

509

por que un solo tramo de escalera supusiera tal ahogo. «¿Cuántos descansos deberá efectuar, pues, para subir hasta el piso de la calle Bertrellans?», se preguntó cuando las dos mujeres lo siguieron y accedieron al palacio de las Bellas Artes, un edificio que había cobrado vida con el público que se movía por los salones, deteniéndose aquí y allá, frente a cuadros y esculturas, cuchicheando, señalando, acercándose y alejándose o buscando perspectivas antes de caer absortos ante una pintura. El sol se colaba por la claraboya y los laterales e inundaba de luz el lugar. Dalmau respiró hondo: aquel espacio que hasta entonces había permanecido aletargado vibraba ahora a través de unas obras de arte que golpeaban al espectador con su cromatismo y su composición. No, no era la gente; eran las obras las que hablaban, las que, sabiéndose contempladas, nacían como seres independientes, vivos, depositarias de las mil emociones que los artistas vertían en ellas, y que ahora reventaban para trasladarlas a los hombres y mujeres llamados a juzgarlas. ¡La magia del arte! Se acercaban a la sala octava, en una de las esquinas del piso principal del palacio, y Dalmau creyó ver salir por su puerta, comentarios, elogios, colores y luz. Tal vez se refirieran a sus grises, esos que tanto le había costado conseguir, o a la luz del mosaico. ¿Cuántas personas estarían contemplando *El taller de mosaicos*?

Nadie.

Dalmau no superó el vano de la puerta de acceso a la sala de exposiciones. Un claro en la pared se extendía allí donde su obra había estado colgada. La gente miraba extrañada aquel vacío absurdo entre el abarrotamiento de pinturas.

—¿Dónde está? —se atrevió a preguntar Gregoria.

—¿Qué? —inquirió a su vez Josefa.

Dalmau se adentró en la sala con paso titubeante hasta situarse en el propio centro, desde donde giró sobre sí mismo para examinar todas las obras que colgaban de las paredes.

No estaba en ninguna de ellas. En aquella sala no habían variado su emplazamiento.

—La habrán ubicado en un lugar mejor, más representativo —alegó Gregoria, convencida de ello, ante el desconcierto que mostró Dalmau.

—Seguro —apuntó Josefa.

Dalmau se dirigió hacia un bedel que vigilaba desde una esquina. Las dos mujeres lo vieron señalar el hueco en la pared mientras interrogaba al vigilante, el cual poco debía de saber por los gestos con los que negaba, ignorancia que no obstaba para que Dalmau señalara cada vez con mayor insistencia.

—Estará en un emplazamiento sobresaliente —insistió Gregoria—, el cuadro se lo merece.

Josefa se limitó a asentir, atenta a cómo su hijo se dirigía hacia ellas.

—¡A las oficinas! —las instó al pasar por su lado, sin detenerse siquiera.

Doña Beatriz los recibió con la cabeza gacha, titubeante, su elegancia, educación y cortesía de días anteriores perdida en negativas y excusas: «Yo no sé nada», repetía una y otra vez.

—¿Cómo que no sabe nada? —gritaba Dalmau—. ¿Y mi cuadro? ¿Dónde está!

—No puede haber desaparecido —trataba de reconducir la discusión Gregoria al mismo tiempo.

—¿Qué ha sido de mi obra! —insistía Dalmau.

Josefa los veía discutir mordiéndose el labio inferior, cerrando los ojos cada vez que oía chillar a su hijo y negando con la cabeza al pensar que habían vuelto a pecar de ingenuos en un mundo que no era el suyo. Presumía lo peor, aunque no acertaba a imaginar qué era. Se miró: vestía el mismo traje de tela floreada que años antes había llevado a la primera exposición de Dalmau, la de los *trinxeraires*; no tenía otro. Gregoria también había echado mano a la ropa de los domingos, con la que debía ir a misa, suficiente por lo tanto para ella; ¿quién podía pretender más que Dios? En cuanto a Dalmau… Llevaba una americana zurcida y vieja, como su camisa y sus pantalones y su gorra y sus zapatos; unas ropas que su madre le había pedido mil veces que sustituyese por nuevas, a lo que él se negaba alegando que le resultaban cómodas, como si les tuviese cariño.

—¿Quieren pasar por aquí?

La invitación llegó desde su espalda, en la que un hombre, advertido por los gritos, les hacía señas para que lo siguiesen. Dalmau lo reconoció: Carlos Pirozzini, el secretario general de la exposición,

511

de rostro afable y un bigote canoso que, pese a revelar sus cerca de sesenta años, todavía conseguía elevarse por encima de las comisuras de sus labios en dos puntas con las que este acostumbraba a jugar.

Cruzaron el vestíbulo desde las oficinas hasta la secretaría general, justo al otro lado. Pirozzini les ofreció asiento tras una mesa. Ninguno de ellos lo aceptó y los tres permanecieron en pie. El secretario general decidió imitarlos.

—Su obra, señor Sala —empezó a decir el hombre antes de perder el coraje con el que había iniciado su discurso—, esta... cómo se llamaba... *El taller de mosaicos*, ¿no? —Dalmau y Josefa permanecieron impávidos; Gregoria, sin embargo, confirmó el título—. Bien, parece... —Dudó unos segundos—. La han tirado a la basura —confesó de corrido.

Dalmau enrojeció, los puños prietos, temblando de ira. Josefa tuvo que ayudar a Gregoria, que sufrió un amago de desmayo.

—¿Qué quiere decir —logró articular Dalmau todavía sin dar crédito a lo que acababa de oír— con que «la han tirado a la basura»?

—Pues exactamente eso. No es ninguna metáfora, ni mucho menos una burla; la han tirado a la basura por inmoral.

—¿Inmoral? ¿Quién la ha tirado? —saltó Dalmau.

—Siéntense, se lo ruego —insistió Pirozzini.

En esta ocasión sí lo hicieron, los tres, aunque más que sentarse, se desplomaron en las sillas que el secretario les había preparado, Dalmau entre las dos mujeres.

—Mire... —empezó a decir Pirozzini antes de que Dalmau lo interrumpiera.

—¿Quién?

—Los Llucs —contestó el secretario—. Alegaron que había varias muchachas desnudas en su cuadro y que eso era obsceno e inconveniente en una muestra como esta. Vaya por delante que no estoy de acuerdo.

Dalmau pensó en las jóvenes del mosaico, algunas inacabadas, otras desnudas bailando al lado del río. Debería haberlo previsto.

—¿Quién de los Llucs? —No concedió al secretario la oportunidad de contestar—. ¿Don...? —Quiso omitir el tratamiento—. Manuel Bello —terminó afirmando.

—Sí —confirmó Pirozzini.

—Hijo de puta.

—Le ruego modere usted su lenguaje —le llamó la atención el secretario, ya sentado tras su mesa, las manos entrelazadas por delante del pecho—. Mire, no comulgo con los Llucs ni con sus ideas excesivamente conservadoras, pero no ha sido usted el único que ha sufrido la censura por parte de los miembros de este círculo artístico. Sin ir más lejos, también han tirado a la basura, por deshonesta, una pequeña escultura en bronce de una mujer desnuda… ¿Sabe quién es el autor? —Pirozzini dejó que transcurrieran los segundos, Dalmau y las dos mujeres consternados delante de él—. Auguste Rodin. —El hombre esperó otros segundos para ver la impresión que causaba su revelación: ninguna—. ¡Auguste Rodin! —exclamó al cabo—. Un genio de la escultura, innovador en sus conceptos, como los impresionistas franceses, un maestro muy por encima de cualquiera de los miembros del Círculo de Sant Lluc. Pues una de sus esculturas también ha ido a la basura.

—¿Debería consolarme por ello? —se revolvió Dalmau.

Pirozzini presionó sus dedos entrelazados hasta que palidecieron, y suspiró.

—No, señor Sala. No es consuelo alguno. Pintó usted un gran cuadro, debo reconocerlo. Yo mismo me planteé comprarlo para mi colección particular, y lo habría hecho, pero así son las cosas. Es un hombre joven todavía. Podrá repetir…

—Usted sabe que no es por las muchachas desnudas. Se trata de una venganza personal de… Manuel Bello.

Le costaba excluir el tratamiento que tantos años había utilizado con el maestro.

—Lo ignoro.

—Los denunciaré.

—No conseguirá nada. Entrará en pleitos, y uno nunca sabe cómo terminan. Usted cedió un cuadro a la exposición por un precio de cuatrocientas pesetas; eso es lo máximo que podría reclamar, no existe otra obligación por parte de la institución, sería como si se lo hubieran comprado, ¿entiende? Si después lo han tirado a la basura o lo han colgado en la habitación de un burdel, poco puede importarle.

El silencio se hizo en la estancia que servía como secretaría hasta que Josefa lo rompió:

—Siempre ganan, hijo.

Pirozzini desvió un instante la mirada a Josefa, luego volvió a centrarla en Dalmau.

—Tengo autorización para ofrecerle ciento cincuenta pesetas por su cuadro.

—¡Valía cuatrocientas! —exclamó Dalmau.

—Acéptalas, hijo —le aconsejó Josefa—, acéptalas y olvida a todos estos… —Buscó la palabra antes de soltar un improperio. Tardó en dar con ella—: ¿Sinvergüenzas?

Josefa la dijo clavando la mirada en Pirozzini, quien asintió, admitiendo la bondad del vocablo. Gregoria permanecía muda, todavía pálida.

—Pero, madre…

—Nunca se acostumbran a pagar los precios de salida —terció el secretario.

—Acepta ese dinero, Dalmau. Este no es nuestro mundo.

Por segunda vez en su vida, Dalmau había tenido la esperanza de que sí lo fuera. ¡Don Manuel! Le extrañó que lo aceptaran en el certamen; ahora conocía la razón. Don Manuel lo esperaba. Si no hubiera sido por las hadas desnudas del río, habría encontrado otra forma de humillarlo. ¡Cuántas ilusiones a la basura, junto con su cuadro y la estatua de Rodin! Volvió la cabeza hacia Gregoria. La joven permanecía con la mirada baja, fija en su regazo. Un tintineo de monedas le hizo levantar la cabeza hacia el secretario: contaba los dineros y los ordenaba en montoncitos sobre la mesa, como si Dalmau ya hubiera aceptado el acuerdo. Interrogó en silencio a su madre, y Josefa asintió una vez más. «¡Cógelo!», le dijo con los ojos. ¿Y si no lo hacía? ¿Y si se levantaba, escupía a aquel hombre y se marchaba? Se removió inquieto en su asiento. Pirozzini continuaba con sus montoncitos. ¿Por qué no? Para ellos era una limosna. Para él, un insulto.

—No es necesario que siga cont…

La mano de Josefa en su antebrazo detuvo su discurso. Frunció los labios hacia él y luego le sonrió.

—Los obreros no tenemos derecho a renunciar al dinero —arguyó ella. El secretario dejó de contar. Gregoria alzó la mirada. Dalmau escuchó a su madre, atento, reflexionando acerca de sus palabras—. Deja los alardes de dignidad para los ricos y los necios. Si no deseas esa cantidad, en esta época de crisis hay muchos necesitados a los que ayudar. Camaradas que lo están pasando mal, que no tienen trabajo y sí hijos a los que no pueden dar de comer.

Dalmau entregó el dinero a Josefa en la misma escalera del palacio. «Guárdelo», le exigió con seriedad. No le dio oportunidad de objetar; descendió presuroso los escalones que restaban y se dispuso a dejar a las mujeres allí.

—Dalmau… —lo llamó Gregoria.

Él se volvió.

—Son los tuyos, Gregoria —respondió a su llamada—. Esos que han tirado el cuadro a la basura son los que después acuden a misa, como tú, y se confiesan y comulgan y se consideran mejores personas que las demás. No puedes estar en los dos lados, cariño.

La muchacha lloraba cuando Dalmau se encaminó con decisión hacia el barrio viejo. Josefa dudó, pero el desconsuelo de la joven la llevó a tirar de ella para apartarla hasta el extremo de la escalinata, donde la gente no tenía que sortearlas como hacían hasta entonces; luego se mantuvo en silencio.

—¿Cree usted que lo dice en serio? —preguntó entre sollozos la joven al cabo de un rato.

—Sí —se sinceró Josefa—. Dalmau no cederá en sus principios.

—¿Y tengo que hacerlo yo?

Gregoria no obtuvo contestación.

Dalmau entró en una taberna en la que pidió un vino. Después de su estancia en Pekín se mantuvo sin beber un solo trago durante mucho tiempo, hasta que las mismas estabilidad y serenidad que le habían permitido volver a pintar y a disfrutar de la vida lo persuadieron de que beber con moderación durante las comidas o en las salidas con Gregoria no lo llevaría de vuelta a la drogadicción ni al alcoholismo. No necesitaba mayor estímulo para crear que aquel que respiraba en el Palau de la Música. Ahora se llevó a la boca un vino repugnante, probablemente artificial, sofisticado, del que dio cuenta en un solo trago.

—Otro —pidió sin embargo deslizando el vaso hacia el camarero que estaba tras la barra.

Cenó en una casa de comidas a la que no acostumbraba a ir, escondiéndose de una Gregoria que quizá estuviera buscándolo, aunque era improbable que sus padres le permitieran salir sola ya anochecido, y dudaba que ella fuera capaz de mentir ni por salvar su relación. Se permitió un buen plato de caracoles con alioli, después de un primero consistente en garbanzos a la catalana, guisados con una picada de avellanas, perejil, ajo y huevos duros. La cazuela de caracoles fue generosa y concedió a Dalmau tiempo suficiente para ir pensando mientras con un palillo largo hurgaba en el interior de la concha hasta extraer el animal entero, lo untaba en el alioli que le habían servido en un platito aparte y lo comía. No tenía prisa alguna, y la rutina de hurgar, tirar, untar y comer, una y otra vez, los dedos manchados con la salsa y las diversas hierbas aromáticas con que asaban los caracoles, transportó su mente hasta Gregoria y don Manuel, a la religión y a esa sociedad que una vez más acababa de robarle su futuro y sus ilusiones. Se llevó un caracol a la boca. Contaba ya veintiséis años y se sintió viejo, como si se le hubiera escapado el tiempo destinado a triunfar, a darse a conocer como artista y gozar de esos elogios que algunos habían apuntado a la vista de *El taller de mosaicos*. Todo se había derrumbado por unos pechos jóvenes y un par de pubis inocentes solo esbozados en parte de un cuadro. Poco le importaba que una obra de Rodin hubiera seguido el mismo camino que la suya. Comió otro caracol, lo acompañó con un pedazo de pan bañado en la salsa de la cazuela rebosante de aceite y picada, y un sorbo de vino. Rodin era famoso y sus obras apreciadas mundialmente, salvo por extremistas como los Llucs; aquel desplante no le perjudicaría, pero a él… Nadie había clamado por la desaparición de su cuadro, y todos, modernistas o no, Llucs o bohemios, formaban parte de los diversos jurados de la exposición. No solo se trataba de don Manuel. El incidente con la obra de Rodin debía de ser conocido hasta por el operario más insignificante, por lo que el hecho de que el cuadro de Dalmau hubiera acompañado a la escultura del maestro francés también debía de ser público; ¿acaso no se habría regodeado don Manuel ante quien quisiera oírle acerca de la deshonestidad de la obra de Dalmau? Y pese a ello, nadie le había advertido, nadie había alzado la mano en su defensa. El único que quizá lo hubiera hecho, Maragliano, llevaba ya un par de semanas en su taller de Madrid. Esa era la realidad: él no era más que un obrero, antes ceramista, ahora mosaiquista, que no tenía cabida entre los grandes.

Y a ello había que añadir a Gregoria. Dalmau observó el cuerpo ensortijado del caracol ensartado en el palillo. Su relación había sido similar: retorcida, encorsetada por la religión, destinada…, sonrió con el caracol por delante y se lo metió en la boca: destinada a ser devorada por la realidad. Dios no existía. Se trataba de una ficción sostenida por personas como don Manuel, que aprovechaban la ignorancia del pueblo para conseguir sus objetivos: dominarlo. Bebió otro trago de vino. En este caso no soltó el vaso mientras se reafirmaba en que la Iglesia no era más que una máquina inmensamente rica y poderosa que jugaba igual que don Manuel, controlando a las personas, exigiéndoles obediencia, imponiéndoles su moral arcaica y sus preceptos, horadando sus conciencias con el pecado para amenazarlas con el fuego eterno, robándoles su libertad personal e individual. Era imposible continuar con Gregoria; la joven representaba todas aquellas atrocidades.

Bebió más vino mientras el palillo de pinchar caracoles se quebraba en su otra mano. ¡Cabrones todos ellos! ¡Santurrones de mierda! ¡Meapilas! No, ciertamente, su sitio no estaba allí, junto a quienes andaban por la vida de la mano de santos y vírgenes, pero no por ello debía desistir. Se animó.

Terminó con los caracoles y con la salsa, la picada y el pan, que untó hasta dejar limpia la cazuela, y pidió un flan de postre. Le sirvieron un buen pedazo aromatizado con vainilla. Un café. Sin copa. «No», contestó. No quería licor. Otro café, más fuerte si era posible. La comida y el café le sentaron el estómago y le despejaron la mente del vino consumido desde que había abandonado el palacio de Bellas Artes, lo suficiente para regresar a su casa, sentarse a la mesa de la habitación que tenía arrendada y, a la luz de una vela, empezar a trazar bocetos de iglesias envueltas en llamas mientras las gárgolas que, a través de su monstruosidad, asustaban y advertían al devoto de la maldad de cuanto sucedía en el exterior de los muros acogedores de los templos, cobraban vida y rompían vitrales para llevar el fuego y el vicio al interior de los lugares sagrados.

El amanecer despertó a Dalmau con la cabeza vencida sobre los muchos papeles en los que plasmaba y empezaba a tomar forma su nueva visión del arte: una pintura reivindicativa, alejada del concepto burgués del goce. Pintaría para las clases obreras. Representaría en sus obras la realidad de la lucha del pueblo, empezando por arremeter contra la Iglesia, poniendo de manifiesto sus abusos, los que acababan de reventar sus sueños. Eso había decidido, y eso fue lo que unánimemente le manifestaron las decenas de operarios que trabajaban en el auditorio del Palau de la Música esa misma mañana, cuando Dalmau, todavía anquilosado por haber dormido quizá un par de horas sentado en una silla, caído sobre la mesa en la que dibujaba, accedió al patio de butacas del palacio para dirigirse a la pared de cierre en la que todavía trabajaban los empleados de Maragliano en el *trencadís* y los mosaicos.

Llegaba con retraso. Ni siquiera había tenido tiempo de desayunar, por lo que tampoco tuvo oportunidad de escuchar a los lectores de periódicos de tabernas y casas de comidas que en voz alta compartían con los demás parroquianos los artículos de los diarios progresistas, que como una de las noticias del día hablaban de la escultura de Rodin que había terminado en la basura junto al cuadro de Dalmau Sala, el joven pintor catalán cuyo arte hacía sombra a los maestros del círculo de los Llucs por lo que, so pretexto de un seno y un pubis indecorosos en la miniatura de un hada, habían conseguido su objetivo artero de excluir su obra del conocimiento público. Las críticas eran aceradas. Los periodistas, republicanos o libertarios, se ensañaban con los Llucs y sus normas retrógradas que prohibían el desnudo femenino y fomentaban el concepto de una religión intransigente y reaccionaria.

518

Pero si Dalmau no había escuchado a aquellos pregoneros modernos, sí lo habían hecho muchos de los operarios que trabajaban la madera o el hierro, el cristal o la cerámica del Palau de la Música, y muchos de ellos, cercanos al arte, se sintieron insultados y se solidarizaron con aquel que pertenecía a su clase. «¡No desfallezcas, muchacho!», lo animó un ebanista, ya mayor, que aplaudió con timidez a su paso. Otros que trabajaban en el patio de butacas se irguieron o se volvieron hacia Dalmau y se sumaron a los aplausos. «Sigue pintando.» «Que no te venzan.» En un instante, la gran mayoría de aquellos que se movían por los andamios, trabajando las pequeñas bóvedas en abanico, en los arcos de la sala, en las viguetas del techo, muy juntas, combinadas con bóvedas de cerámica y a la espera de la gran claraboya; de los que se esforzaban en las vidrieras artísticas de las cortinas de cristal alzadas a modo de paredes; de los que lo hacían en las lámparas de hierro forjado, en los capiteles de las columnas, o en los suelos de baldosas o mosaico hidráulico y de sus propios compañeros mosaiquistas, estalló en un aplauso que atronó la sala de conciertos.

—¡El primer aplauso en este auditorio! —oyó que le gritaba alguien.

—El primer éxito —aseguró otro.

Dalmau se detuvo antes de subir al escenario donde se uniría a los suyos y paseó la mirada por todos aquellos artistas de los oficios que hacían grande el modernismo, asintiendo, con la garganta arañada y los ojos húmedos, y aplaudiéndolos a su vez. Esa gente era su público, no el burgués que pagaba una peseta por acceder a una exposición; ellos, y los obreros de las fábricas y los dependientes de las tiendas. A ellos tenía que dedicar su obra. ¡Cuántas veces se lo habían dicho! Su madre, Emma, incluso Montserrat antes de morir: el artista que hace de su trabajo un oficio se funde con las clases capitalistas. Se trataba de doctrinas libertarias, republicanas, progresistas. El arte pertenece al pueblo y debe ser disfrutado y difundido gratuitamente; la obra de arte no ha de convertirse en un bien económico del cual disfruten en exclusiva los ricos; tiene que nacer del pueblo, de la inmensa capacidad creativa de sus gentes, no de artistas profesionales. Emma le había pedido tres cuadros para la Casa del

Pueblo y él se los había negado. Cierto que entonces no pintaba, pero cuando estuvo en disposición de hacerlo creó una obra para ricos y burgueses a la que puso un precio de cuatrocientas pesetas. Dalmau ignoraba que Vicenç, el capitán de los jóvenes bárbaros, e incluso Truchero habían recriminado a Emma el incumplimiento del pintor, acusaciones de las que ella escapaba alegando que lo que no llegaron a pactar fue un plazo de entrega y que, si algún día llegaban, nunca sería tarde.

En su recorrido visual por el auditorio, Dalmau se topó con sus compañeros, y entre ellos, con Gregoria, que aplaudía con un vigor que amenazaba con dañar sus manos delicadas. Lloraba. Las lágrimas resbalaban por sus mejillas desde unos ojos enrojecidos, por encima de unas ojeras sombrías, testigos de una noche inquieta. Dalmau se detuvo un instante en ella, preguntándose si existía una solución para ambos.

—Podemos seguir igual. ¿Por qué deberíamos cambiar? Hemos sido muy felices hasta ahora.

Esa fue la contestación que Gregoria le proporcionó a la hora del almuerzo, sentados los dos en una casa de comidas, después de que ella se acercase a Dalmau y le plantease con la voz tomada que tenían que hablar. Él no evitó el encuentro; el cariño por esa muchacha, quizá incluso amor, Dalmau no lograba dilucidarlo, continuaba originándole unas incontrolables sensaciones en su interior: congoja al verla llorar; esperanza ante su alegría y sus ganas de vivir; deseo, mucho deseo. Pero cómo seguir igual si…

—Todo ha cambiado, Gregoria.

—No…

—Sí. —La muchacha lo miró implorante, sus ojos todavía irritados; ni siquiera había tocado la comida. Dalmau no podía retomar una relación que ahora comprendía totalmente hipócrita—. ¡Odio a la Iglesia! —exclamó de repente—. ¡Odio a los sacerdotes y a los beatos como mi antiguo maestro! Y voy a luchar contra ellos. Los humillaré, los atacaré y me mofaré de su Dios, sus vírgenes y sus santos en cuantas oportunidades se me presenten. ¿Estarías conmigo en esas condiciones? ¿Me apoyarías? ¿Renunciarías a tus creencias? ¿Apostatarías? ¿Dejarías a tu familia por mí?

Las lágrimas volvieron a resbalar por las mejillas de Gregoria. Dalmau sabía que no lo haría. No solo eran sus convicciones, profundas y viscerales, sino que además jamás daría ese disgusto a unos padres a los que reverenciaba. La familia de Gregoria era el modelo de institución controlada por la Iglesia. Si bien el trabajo del padre en Correos y el de la madre empaquetando tabletas de chocolate los excluía de la categoría de pobres de solemnidad, el número de componentes y sus carestías, una familia que, además de ellos y Gregoria, contaba con tres hijos menores que no trabajaban y la abuela, les otorgaba la condición de «familia necesitada», lo que les daba acceso a ayuda y bonos para comida. La Conferencia de San Vicente de Paúl que tenía local en la parroquia de Sant Miquel del Port era la institución encargada de proporcionar esas ayudas, tanto como la asistencia médica que procuraba en la casa de socorro que mantenía abierta en el paseo de Colón.

Las hermanas menores de Gregoria acudían gratuitamente, pese a que otros alumnos eran de pago, al colegio para niñas que la conferencia tenía en la calle Sevilla de la Barceloneta y que gestionaban las Hijas de la Caridad francesas. Lo mismo sucedía con el hermano, que estudiaba en la escuela de Montserrat, al lado del colegio de las chicas, también gestionado por las monjas francesas y financiado por la Conferencia de San Vicente de Paúl.

Salvo Dalmau y su trabajo con Maragliano, todo en la existencia de Gregoria giraba en torno a su iglesia, la religión y la familia. No, no apostataría. La muchacha calló y así se mantuvo, quieta, jugueteando con una cuchara, llorosa, la mirada fija en algún punto del mantel, sin tocar la comida, hasta que Dalmau dio por terminada la suya, pagó la de ambos y se encaminaron de vuelta al Palau de la Música, en silencio, sin rozarse.

Esa tarde, después del trabajo, Dalmau se dirigió a su habitación sin demorarse más que lo estrictamente necesario en saludos y algún que otro comentario acerca de lo sucedido con su cuadro en la Exposición Internacional de Bellas Artes. La cabeza le bullía con escenas que necesitaba esbozar, reflejar en los papeles para después desarrollarlas, perfeccionarlas y esconderlas a la posible curiosidad de la casera en una carpeta, para un día decidir si eran merecedoras de constituir el tema de la obra que se proponía ejecutar. A ello se dedicó mientras se alargó la luz natural de finales de aquel mes de abril de 1907. No había bebido, ni siquiera se lo había planteado. Las sombras le indicaron que tenía hambre y, justo cuando se aprestaba a recoger y guardar sus bocetos para ir al comedor de obreros de Santa Madrona, doña Magdalena llamó a su puerta y la abrió sin esperar contestación, como era su costumbre.

—Tienes visita, Dalmau —le anunció con una sonrisa ancha que ocupaba todo su rostro, antes de apartarse para dejar paso a Gregoria.

Luego cerró la puerta tras de sí, segura de que la integridad y la honradez de la joven, debidamente contrastada desde que coqueteaba con Dalmau, jamás la llevaría a mancillar el buen nombre de su casa.

—¿Qué haces…?

Gregoria no le permitió terminar y se abalanzó sobre él y lo besó apasionada en la boca, abriéndola, buscando su lengua, todo con la torpeza y la ingenuidad de un primer beso. Él la apartó.

—¿Qué pretendes, Gregoria?

—Te quiero —contestó ella—. No permitiré que me dejes.

Entonces empezó a desabotonarse el vestido. «No», trató de detenerla él. La prenda, lisa, holgada como las que siempre llevaba, primaveral, de tela fina, se deslizó hasta sus pies en un instante. Gregoria evitaba cruzar su mirada con la de él. «No», repitió Dalmau, esta vez sin convicción, absorto en el corsé que la chica ya desataba con aquellos dedos ágiles que parecían danzar con vida propia. Sus pechos se le presentaron como siempre los había imaginado: pequeños, bien formados, firmes, de pezones sonrosados en unas areolas limpias que casi se confundían con la piel. Cuando Dalmau logró desviar la atención de aquellos senos vírgenes, Gregoria se le mostraba ya desnuda por completo en el centro de la habitación, tremendamente bella, joven, deseable.

Se acercó y lo abrazó. Dalmau percibió sus temblores, y la muchacha trató de atenuarlos ocultando la cabeza en la base de su cuello. «Te amo», la oyó confesar contra su piel; la respiración acelerada. Dalmau no sabía qué hacer con las manos, que mantenía caídas a sus costados. No. No era eso lo que pretendía de Gregoria, aunque… aunque en aquel momento la habría arrastrado hasta la cama y le habría hecho el amor con toda la pasión que llevaba reprimida desde que iniciaran unas relaciones en las que el sexo, sin dejar de flotar entre dos personas en el esplendor de su vida, nunca llegó a materializarse. «Quiero vivir a tu lado», oyó que afirmaba la joven antes de buscar su boca en un nuevo beso. Dalmau se estremeció al roce de sus pechos, de su vientre, de sus manos deslizándose por su espalda. ¡No podía hacerlo! Gregoria jamás renunciaría a sus principios y, si estaba dispuesta, debían hablarlo. Aquello no era más que una huida hacia delante con el exclusivo objetivo de superar una situación traumática, sin pensar en el día siguiente, una decisión totalmente inconsciente y disparatada que no les traería más que problemas; la conocía, sabía cómo era.

—No —susurró Dalmau con premura. Gregoria continuaba tratando de introducir la lengua en la boca de él. Dalmau la apartó de sí. Tuvo que emplear más fuerza de la que habría deseado—. No sigas —le rogó.

—¿Por qué?

—No quiero que sea así…

—¡Estoy entregándome a ti! —lo interrumpió la muchacha abriendo los brazos en cruz, exponiéndose. Ahora temblaba toda ella, avergonzada. Las lágrimas se mezclaron en sus ojos con un arrebato de ira—. ¿No tienes suficiente? —lo retó.

—No, no, no. Vístete —le ordenó Dalmau, y se dirigió hacia la puerta—. Distraeré a doña Magdalena, no vaya a ser que se le ocurra entrar y te pille de esta guisa.

Cuando volvió, con un café que había pedido a la casera y que los mantuvo varios minutos ocupados en la cocina, Gregoria ya se había ido. Su despedida quedó plasmada encima de la mesa, en forma de dibujos rasgados, arrugados, algunos hechos trizas, otros tachados con saña. «¡Canalla!», había escrito en uno que presentaba el esbozo de una iglesia en llamas.

17

S i Josefa esperaba la oportunidad de poder mencionar a Emma en alguna conversación con su hijo, y tratar de rectificar así la postura que había mantenido hasta entonces pidiéndole que la olvidara, no sucedía lo mismo con respecto a Dalmau en los momentos en los que las dos mujeres coincidían en la cocina, por las noches, cuando Julia ya dormía y ellas trataban de evitar que las venciera el cansancio y la apatía, capaces de convertir la convivencia en una rutina insoportable.

—No podría iniciar relación alguna con un hombre, Josefa, y menos con su hijo —llegó a afirmar Emma para evitar cualquier suspicacia por parte de la madre a la hora de relatar las vivencias de Dalmau, unas experiencias que tampoco deseaba conocer pero que escuchaba simulando atención ante el contento con que Josefa las contaba; necesitaban ese optimismo, aunque fuera a costa de traer al recuerdo de Emma momentos muy lejanos en los que creía que la vida le sonreiría eternamente.

Josefa sabía a qué se refería Emma al avergonzarse de sí misma. No la habían despedido de las cocinas de la Casa del Pueblo ni había vuelto a tener problemas con sus comidas, y eso solo significaba que Emma se había sometido. En varias ocasiones la mujer trató de convencerla de que no debía martirizarse: fuera lo que fuese lo que sucedía en aquellas cocinas, lo hacía por su hija, por salir adelante, por sobrevivir, como tantas otras mujeres lo habían hecho y lo harían a lo largo de una historia en la que lo único permanente era la violencia y el egoísmo de los hombres. Emma no le contestaba, aunque sí lo hacía a la oscuridad, por las noches, cuando se revolvía inquieta en su cama o cuando la asaltaban las pesadillas y gritaba. ¿Qué otra solución le quedaba? Vivía por su hija, y para sonreír con ella había dejado de hacerlo con los demás, convirtiéndose en una mujer asqueada, incapaz de fantasear con el amor. Trabajaba exclusivamente por Julia, y para poder acariciar el rostro de la niña y llenarla de besos al mismo tiempo que le decía mil palabras bonitas tenía que esconder en lo más profundo de sus entrañas las caricias, los besos y los abusos con los que la humillaban a ella.

Esa noche Josefa le contó lo sucedido con *El taller de mosaicos* y las ciento cincuenta pesetas que Dalmau le había entregado para que guardase.

—Con ese dinero, lo que tenemos ahorrado y mi trabajo cosiendo —le propuso después— quizá podrías plantearte cambiar de trabajo.

—Otra vez ese hijo de puta de Manuel Bello —soltó Emma—. Me pasará lo mismo en cualquier sitio al que vaya a trabajar. ¡En Barcelona solo se juzga una violación al año! —repitió como una cantinela para regresar al maestro—. ¡Manuel Bello! Los católicos se han lanzado a las calles —afirmó—. Luchan activamente.

Las dos lo sabían. Desde finales del año anterior, 1906, los católicos habían sumado a las piadosas procesiones y romerías religiosas, en las que querían dar fe de sus creencias, los mítines y las concentraciones públicas como si conformaran un partido político. Iniciaron las protestas para defender sus derechos ante un proyecto de ley del gobierno liberal que consideraban perjudicial a sus intereses, pero a partir de ahí la lucha en las calles se generalizó. ¿Acaso no eran ellos igual de capaces que sus enemigos?, se preguntaban los medios de comunicación católicos. Por su parte, el anticlericalismo crecía: la pobreza y la crisis económica; las doctrinas liberales y progresistas, y el ejemplo de Francia, que ese año de 1906 había establecido definitivamente la separación entre el Estado y la Iglesia, excitaban el rencor entre quienes veían en esta el origen de todos sus males.

De las algaradas en los templos o en las procesiones se pasó a la lucha. No hacía ni tres meses, en enero, se habían reunido miles de fieles en un mitin en la plaza de toros de Las Arenas. Emma los esperó a la salida, junto con grupos de jóvenes bárbaros y otros activistas republicanos seguidores de Lerroux.

La pelea se entabló nada más finalizar el acto y se extendió por las calles adyacentes a la plaza. Una batalla campal en la que, además de la lucha cuerpo a cuerpo, una vez más se utilizaron piedras, garrotes, cuchillos y hasta pistolas. La policía, alertada por la posibilidad de alborotos tanto por parte de un bando como del otro, atendida la presencia de carlistas ultraconservadores y combativos en las filas católicas, cargó indistintamente contra todos ellos. Entre aquel fragor, caballos al galope, carreras, reyertas, gritos y disparos, Emma peleó con sus manos contra otras mujeres que mudaron el recogimiento del que hacían gala en misas, oficios y rosarios por un arrojo y una valentía alentados en la defensa de unas creencias realmente profundas. Había dejado la pistola en casa a ruegos de Josefa. «Lucharás —le había dicho esta—, y si alguien muere y la policía te pilla con un arma la sentencia será muy dura. Julia te necesita.»

Luego, cuando Emma se fue a pelear a las calles sin pistola, Josefa, como tantas veces, desvió sus preocupaciones hacia Julia y lo que sería de ella si algo le sucediera a su madre; en más de una ocasión Emma le había rogado que, si llegaba a producirse esa situación, se hiciera cargo de la niña. Josefa le aseguraba que lo haría, pero callaba que se sentía cansada, que veía abalanzarse la vejez sobre ella y que en esa visión no cabía una niña que ni siquiera habría alcanzado la pubertad, y eso la asustaba, mucho. Emma, por el contrario, afrontaba la lucha obrera con una vitalidad y una furia que llevaban a Josefa a ver reflejada en ella a la Montserrat de sus últimos días, cuando los sufrimientos padecidos en la cárcel llegaron a nublarle la prudencia. Ahora era Emma la que soportaba unos abusos que Josefa supuso similares a los de su hija, un maltrato que la humillaba como mujer; una opresión malsana de la que solo podía liberarse demostrando su fuerza en las calles, en la defensa tumultuaria de esos principios que anidaban en su espíritu desde muy niña. El anarquismo y la lucha obrera habían robado a Josefa a un esposo y a una hija, ¿qué más sacrificios le exigiría la vida? Respiró hondo: el cuerpo le pesaba. Respiró de nuevo; le costaba hacerlo en aquel ambiente pútrido.

Tosió. Era su propia lucha, la de su esposo, la de sus hijos, allí estaría ella, trató de animarse la vieja anarquista, para ocuparse de Julia si a Emma le sucedía algo.

Y mientras Josefa apretaba el pedal de la máquina de coser para alejar los malos presagios de su mente, Emma golpeaba con los puños, empujaba, arañaba, mordía y pateaba. Lastimó a varias mujeres, pero también la hirieron a ella; terminó con los nudillos desollados, moratones y arañazos, la ropa rasgada y el cabello tan sucio y enredado que parecía imposible que algún día pudiera volver a deslizar un peine entre su pelo. Sin embargo, fue capaz de regresar a la calle Bertrellans por sus medios, a diferencia de multitud de heridos que colapsaron hospitales y dispensarios municipales.

Josefa la curó, como hacía en otras ocasiones en las que regresaba de alguna correría contra religiosos o políticos: árnica en las contusiones y agua fénica en las heridas abiertas. Esa vez Emma estaba exultante. «No puede usted imaginar lo que ha sido —comentaba entre quejidos mientras la otra trataba de contener la sangre que le brotaba de una ceja—: una verdadera batalla. ¡Durísima! ¡Una locura! No sospechaba que esas meapilas fueran tan fuertes.» Luego reía y volvía a quejarse. La pequeña Julia, su hija, era su vida, sin duda, pero cuando Josefa oía a Emma defender su lucha, orgullosa, y enaltecer la causa obrera contra todos aquellos que trataban de menospreciar sus derechos, en especial la Iglesia y los religiosos, era consciente de que el espíritu de Emma renacía. «¡No quieren que los humildes prosperemos —sostenía airada la joven—, pretenden que nos conformemos tan solo con nuestra suerte, que nos sometamos a esa condición sin cuestionar la injusticia que lleva a nuestros hijos a morir de hambre!» La causa del pueblo era la que inoculaba pasión en su vida. Sí, Julia le proporcionaba cariño, amor y alegría, pero con independencia de ello, Emma necesitaba entusiasmo, frenesí, violencia incluso, para sentirse algo más cerca de la mujer que había dejado abandonada en aquella cocina indecente de la Casa del Pueblo. Día a día, Josefa percibía cómo, al compás de la miseria y la pobreza de sus iguales, crecía el odio en el interior de Emma hacia quienes deseaban convertirlos en esclavos en lugar de permitirles ser personas libres.

Pocos días después, cuando Emma regresó ya anochecido Josefa comentó con ella la noticia que su hijo le había dado:

—Dalmau está pintando uno de los cuadros que te debe.

Emma, quieta bajo el vano de la puerta de la habitación de Josefa, la observó. La mujer sonreía, ufana. La máquina de coser estaba dispuesta junto a la ventana, en el mismo lugar de siempre. Nada parecía haber cambiado, salvo la niña acostada en la cama de Josefa, tendida cuan larga era. Cada día se repetía la situación: Julia se dormía allí mientras Josefa cosía para que su madre, a la vuelta del trabajo, la trasladara a la cama que compartían las dos en la antigua habitación de Dalmau, la que carecía de ventanas. La niña, adormilada, con los ojos medio abiertos, sonreía un instante ante el abrazo y los besos de Emma para volver a caer dormida en su propia cama, ya vendida a un chamarilero una cuna en la que no cabía.

En esta ocasión, Emma esperó a despertar a su hija. No deseaba tener relación con Dalmau. No le importaban sus cuadros. En contra de lo que preveía, Dalmau había superado su adicción a la morfina, trabajaba en el Palau de la Música con su cerámica, en este caso a través de los mosaicos; había vuelto a pintar, con tanto arte que sus enemigos habían hecho desaparecer su cuadro. Si hubiera sido malo, no lo habrían tirado a la basura, se decía Emma. Lo habrían dejado expuesto para que los críticos lo vilipendiasen y el público se burlase de su obra mientras el maestro y los suyos se regodeaban con su escarnio. Había tenido una relación con una buena chica, aunque destinada al fracaso puesto que ella era una católica convencida, como sostenía Josefa y sentenció una vez más al comentarle que habían roto, que la muchacha, Gregoria, le parecía recordar que se llamaba, no estaba dispuesta a prescindir de su credo para seguir a Dalmau.

Y ella, Emma, ¿cómo se enfrentaría a ese Dalmau resurgido de la droga y del cieno de las calles de Barcelona? Era una simple cocinera que mantenía su puesto de trabajo a base de favores sexuales a un cocinero de primera obeso y sudoroso. Sí, podía hablar a Dalmau de su hija, Julia, decirle que entregaba su cuerpo y esa honra de la que solo podían hacer gala las burguesas ricas, por la pequeña, incluso por su madre, la de Dalmau, Josefa, y gritar que no se arrepentía de ello, y que cuando se hundía en la sima de la tristeza y la atenazaban el remordimiento y la culpa, peleaba con esos sentimientos clamando que era una buena mujer, alguien que se dejaba la vida por su pequeña. Pero todo eso no se atrevía a contárselo a ningún hombre, ni siquiera a Dalmau. Las putas, las trabajadoras que, como ella, se entregaban esporádica o regularmente a los hombres, también lo hacían por los suyos, por sus hijos, por sus maridos, por sus familias. Ninguna era rica, ninguna encontraba en el sexo más que humillación y unas pocas pesetas, quizá solo algunos céntimos que enseguida gastaban en comida, ropa o medicinas, y no por esa buena causa dejaban de ser tratadas como vulgares prostitutas. ¿Sería Dalmau capaz de entenderlo si se lo contaba? ¡Cuán a menudo, desde que por primera vez permitió que le levantaran la falda encerrada en una de las despensas de la Casa del Pueblo, ojos cerrados, puños y dientes apretados, había pensado en aquella criada a la que habían violado en la casa en la que prestaba servicios! No recordaba su nombre, pero sí el de su señor, ese lo tenía grabado: don Marcelino. ¡Y ella la había menospreciado por no denunciarlo!

Se sintió sucia. La voz se le quebró antes de responder a las palabras de Josefa:

—No quiero saber nada de los cuadros de su hijo.

Josefa dio un respingo, dejó de trastear con la máquina de coser y prestó atención a cómo Emma se refugiaba en su hija. Una mujer capaz de arriesgar su vida por la lucha obrera, una mujer capaz de entregar su cuerpo por atender a los demás… ¿no lo era de enfrentarse a Dalmau? Aquella postura era incoherente. Con todo lo que había sucedido y el tiempo transcurrido, Emma debería ser insensible a los actos o la presencia de Dalmau, incluso a su opinión. Josefa dejó escapar una sonrisa al pensar que quizá todavía quedase algún rescoldo de aquel maravilloso amor juvenil que los había unido años atrás.

—Buenas noches —la despidió.

Dalmau se detuvo bruscamente nada más abandonar el portal de la casa de doña Magdalena y poner un pie en la calle.

—¡Tú! —llegó a gritar logrando que los viandantes volvieran la cabeza hacia ellos.

Maravillas lo esperaba un poco apartada en la acera por donde circulaba la gente que, aun así, la evitaba. Habían transcurrido algo más de dos años desde la última vez que Dalmau viera a la *trinxeraire* y la muchacha estaba más demacrada. Calculó la edad que podría tener: la dibujó en 1902, esa fecha nunca se le borraría de la memoria puesto que era el año en que Montserrat falleció. En aquella ocasión Maravillas no supo decirle si contaba ocho o diez años, lo que suponía que hoy tendría entre trece y quince, y no había crecido ni un par de centímetros. Era como una muñeca vieja, sucia y rota; terrorífica.

—¡Cómo te atreves a venir a buscarme! —gritó de nuevo Dalmau con idéntico resultado: la gente volvió la cabeza hacia él y la pordiosera.

—Tengo que contarte una cosa de la que me he enterado —contestó Maravillas.

Dalmau se detuvo a un par de pasos de la *trinxeraire*, las manos por delante, imperiosas.

—¿Decirme? ¿Tú? ¿Qué vas a decirme? Me traicionaste. ¡Me entregaste a la policía! No quiero saber nada de ti.

—Yo no te traicioné —lo interrumpió ella—. No sé de qué me hablas.

—¡De la policía! —exclamó Dalmau. Maravillas negó con la cabeza—. De la mañana en que me detuvieron en el cuartelillo de la Concepció… —La chica continuaba negando con la cabeza, los labios apretados y las cejas, casi inexistentes, alzadas en señal de sorpresa—. ¡Tú y tu hermano…!

Dalmau miró alrededor por si veía a Delfín.

—Murió —se limitó a afirmar Maravillas—. Tuberculosis.

—Bueno… Lo… lo siento. Pero vosotros dos preparasteis esa encerrona para cobrar el rescate que Manuel Bello había ofrecido.

—No. No es cierto. Nosotros no te traicionamos. Nunca lo habríamos hecho.

Dalmau resopló. Era como cuando ella y su hermano lo llevaban a ver mujeres que sostenían que eran Emma. No regían correctamente, concluyó con otro resoplido.

—¿De qué te has enterado? —cedió al final con desconfianza.

Ella alargó la mano, mugrienta, envuelta en retales negros por más calor que estuviera haciendo durante ese mes de junio. Dalmau se llevó la suya al bolsillo.

—Las puertas de las iglesias son un buen lugar para pedir limosna —empezó a decir mientras el otro examinaba los dineros—. Mucha gente habla a la salida de misa.

Dalmau la apremió con la mano.

Gregoria había desvelado los proyectos del cuadro que tenía en mente: la iglesia, el fuego, las gárgolas que cobraban vida, sacerdotes huyendo, otros fornicando, el Papa sodomizado, Dios sometido por el diablo… Eran muchas las ideas, siquiera esbozadas, a las que la muchacha había tenido acceso mientras él preparaba un café para darle tiempo a que se vistiera sin que doña Magdalena la pillara. «¡Canalla!», había escrito Gregoria en uno de aquellos dibujos a modo de despedida. Dalmau no dio mayor importancia al insulto, convencido de que se debía a su rechazo, pero ahora comprendió que Gregoria había examinado los bocetos sobre los que pensaba desarrollar su cuadro. Maravillas le contó que la gente clamaba contra él. «En la iglesia de la Barceloneta», contestó a preguntas de Dalmau, quien deseaba asegurarse de que, por una razón u otra, la chica no estuviera engañándolo una vez más. «¿Qué iglesia? ¡Y yo qué sé! Todas son iguales. Algo del puerto… san algo del puerto.» Dalmau asintió: Sant Miquel del Port, la parroquia de Gregoria.

—Pues allí hay bastantes que quieren hacerte daño antes de que pintes ese cuadro —le advirtió la *trinxeraire*—. Cambia de habitación —le aconsejó acto seguido—, saben dónde vives.

Dalmau le pagó, Maravillas se mezcló entre la gente y desapareció tras un carro pequeño tirado por un borrico todavía más chico. Dalmau contempló cómo aquella sombra huidiza se movía con precaución entre los viandantes y se preguntó cuánto tiempo tardaría en tener nuevas noticias de ella y si sería para bien o para mal.

Para decepción de doña Magdalena, se mudó a otra habitación en el tercer y último piso de un edificio viejo e intrincado ubicado en una travesía de la calle Sant Pere més Alt, cerca del Palau de la Música. La advertencia de Maravillas solo vino a reforzar una decisión que ya tenía tomada: no podía pintar aquel cuadro en esa casa. No era necesario ninguno de los charlatanes de la escalera de la iglesia de Sant Miquel; sería la propia doña Magdalena la que destrozaría el lienzo y lo echaría de allí. «Quiero vivir más cerca de donde trabajo», se excusó con la mujer sin darle oportunidad a discutir; luego, la sorprendió con un beso en la mejilla.

Realmente quería vivir más cerca del Palau de la Música, proximidad que le permitía ir y volver a su nueva habitación en escasos minutos, sin perder un solo instante en otros menesteres. En eso convirtió su vida: trabajar en un edificio que día a día, a medida que las diversas artes y los varios oficios prosperaban, iba ganando en suntuosidad, para después correr a encerrarse en una habitación miserable, cuya única ventaja era la de que se abría a una terraza en la que tendían ropa las mujeres y que permitía la entrada de la escasa luz que, como sucedía en la Barcelona antigua, lograba descender hasta esos callejones.

Maragliano se lamentó por lo sucedido con *El taller de mosaicos*, poco más: los Llucs le daban mucho trabajo y no convenía enemistarse con ellos. «Hay gente ruin», se permitió añadir. Los había, tanto que al término de la Exposición Internacional de Bellas Artes la ciudad no adquirió ninguno de los cuadros de los maestros impresionistas franceses. Los miembros del jurado no llegaron a ofrecer por aquellas obras ni una quinta o sexta parte del valor en el que estaban tasadas, oferta que fue rechazada de plano por el marchante que los había cedido a la exposición, que en carta dirigida al propio Pirozzini, quien también había reducido el valor de la obra de Dalmau hasta casi una cuarta parte, se permitió calificar la oferta de «ridícula e insultante». La cicatería de cuatro engreídos dejó a los museos de Barcelona sin lo que habría sido una muestra de pintura de uno de los movimientos más importantes de la historia del arte.

Y mientras Dalmau presenciaba cómo se iniciaba el montaje de la inmensa claraboya en el techo del auditorio, y el grupo escultórico que, a modo de mascarón de proa de un barco, remataría la esquina de las dos fachadas del edificio, trabajaba en el cuadro que pretendía regalar a Emma y a la Casa del Pueblo. Con Gregoria no se hablaba, lo que había originado un cisma entre el personal del taller: la mayoría apoyaba a la muchacha, que había llorado frente a todo aquel que se había prestado a escuchar sus quejas; un par de operarios estaban con Dalmau y el resto permanecía ajeno al conflicto.

Los malos presagios de Maravillas no llegaron a cumplirse. Dalmau fue precavido durante los primeros días tras su traslado; sería muy sencillo para los católicos que querían «dañarlo», en palabras de la *trinxeraire*, esperar a que saliera del Palau y seguirlo hasta su nuevo domicilio. Sin embargo, transcurrieron las semanas y, al no percibir nada sospechoso, Dalmau se relajó. Y disfrutó, en el Palau de la Música, viendo crecer la magia de colores, formas y materiales, participando de ella, y en su casa, donde dibujaba y dibujaba antes de atreverse a dar la primera pincelada. También dibujó a alguna de las vecinas que acudían a tender y recoger la ropa. Mujeres trabajadoras que se colaban en su habitación por la puerta que daba a la terraza: un juego, una diversión, un entretenimiento, quizá el único del que disfrutarían antes de volver a sus hogares y afrontar el resto de un día probablemente gris, triste, desventurado. Hizo el amor con dos de ellas: Nieves y Marta, mayores que él, entre treinta y treinta y cinco años, calculó, las dos madres de varios hijos, casadas, obreras, las dos trabajadoras en las hilaturas de algodón, si bien en fábricas diferentes ubicadas en aquel mismo barrio de Sant Pere, de tradición en la industria textil, aunque en esos tiempos los burgueses trasladasen sus grandes instalaciones fuera de aquel entramado urbano medieval.

En todas las ocasiones se trató de relaciones casi desapasionadas por parte de ambas mujeres, como si fuera mucho más importante para ellas el engaño a sus esposos, a sus familias, el simple quebrantamiento de las normas, que el escaso placer sexual que obtenían. La mentira parecía reanimarlas; luchaban contra sí mismas más que contra su entorno. «Solo quiero sentirme diferente unos instantes, como si no fuera yo, ¿entiendes?», le confesó una de ellas un día en el que Dalmau se preocupó ante una pasividad excesiva. «Entonces ¿no disfrutas?», le preguntó él con ingenuidad. «Sí, sí —trató de tranquilizarlo la otra—. Solo que quizá de otra manera. No te importa, ¿verdad?» Estuvo tentado de responderle que sí, que le importaba, de recriminarle que una mujer era algo más que una perra que permanece quieta y sumisa mientras el macho la monta, pero ¿qué derecho tenía? En su lugar, le ofreció un vaso de vino que escanció de una garrafa que, desde que las conociera, tenía dispuesta para Nieves y Marta, aunque también para alguna otra, más recatada, que solo se colaba en su habitación para charlar un rato y admirar sus dibujos. Él también bebía, sin otra precaución que no fuera el exceso. Su espíritu ya no necesitaba drogas; estaba pleno, eufórico. Por el contrario, su aspecto físico parecía haberse forjado al fuego en Pekín para no cambiar: seguía igual de delgado, y la barba y el cabello, largos ambos, raleaban; su rostro continuaba demacrado, aunque, para satisfacción de su madre, el color macilento con que la droga llegó a teñir su piel mudó a otro algo más lozano. En cualquier caso, Dalmau se desprendió del celibato al que tan estúpidamente se había entregado por su relación con Gregoria, y con aquellas satisfacciones como único entretenimiento durante los días laborables de la semana decidió enfrentarse al lienzo en blanco que esperaba su mano.

Y pintó, cada día, cada minuto que no dedicaba al Palau de la Música, salvo los domingos, en que retomó la costumbre de pasear y comer con su madre y con Julia, después de la temporada con Gregoria en la que algunos de ellos, muchos más de los que debería, se reprochaba ahora, había fallado.

Fue en uno de esos domingos, ya en el mes de octubre de 1907, cuando Dalmau, ayudado por un par de chavales, hijos de Marta, se presentó en el piso de la calle Bertrellans con un cuadro de cerca de metro por metro y medio envuelto en una sábana vieja. Emma no estaba: los domingos se trabajaba a destajo en la Casa del Pueblo. Dejaron el cuadro apoyado contra el cabecero de su cama.

—¿Ninguna nota? —se extrañó su madre al ver salir a Dalmau de la habitación.

Él ladeó la cabeza.

—¿Recibe muchos cuadros? —se burló. Josefa golpeó el aire con una de las manos—. Bastante nota tiene ya con usted —añadió.

Tanto los periódicos afines a Lerroux como los que lo eran a Solidaritat Catalana, los conservadores o los realistas se ocuparon de enardecer el ambiente previo al día de la inauguración completa de la Casa del Pueblo, con todos los pisos ya terminados, en que el cuadro de Dalmau se mostraría al público colgado en un lugar privilegiado del salón que hacía las veces de restaurante, teatro y centro de reunión y de mítines. Lerroux necesitaba recuperar protagonismo ante los obreros y la clase política. Había sido expulsado de su partido, la Unión Republicana, por un atentado contra Cambó, candidato catalanista a las elecciones de abril de aquel año, ejecutado por activistas a sus órdenes tras una reyerta días anteriores entre los catalanistas y los republicanos radicales en la que un obrero lerrouxista había fallecido por un disparo de pistola. Sin embargo, el atentado contra Cambó, quien resultó herido de bala en el tórax, movilizó a los votantes logrando que Solidaritat, una amalgama de partidos de ideales en algunos casos antagónicos, apoyados por la Iglesia, arrasase en las elecciones de abril de 1907.

Lerroux, fortificado en la Casa del Pueblo y en las múltiples fraternidades que había ido constituyendo y promocionando, al frente de un ejército de líderes jóvenes, extremistas, seguidores incondicionales, continuó no obstante contando con el apoyo de la masa obrera, por lo que se propuso la constitución de un nuevo partido republicano, radical, ateo, socialista y revolucionario.

La sociedad catalana se dividió. Solidaritat encontró en el catalán, en su lengua y en su cultura la circunstancia que debía unirlos. Se enarboló la bandera del catalanismo contra los símbolos castellanos como podían ser las corridas de toros o los cafés cantante. Se acrecentó el desprecio hacia los obreros; el obrero catalán debería basar su vida en el trabajo y en el ahorro, no en la revolución, la reivindicación o la huelga, sostenían los de Solidaritat, y los enfrentamientos descendían a niveles tan personales como los ataques a las mujeres. Si los de Solidaritat tachaban de sucias a las lerrouxistas, las feministas republicanas reputaban a las del otro sector de tontas e ignorantes, y les negaban la condición de mujeres para rebajarlas a la de simples hembras.

La crisis económica avivaba odios, recelos y enfrentamientos. Las huelgas casi habían desaparecido y las pocas que se convocaban —en 1907 tan solo unas veinte— fracasaban: los obreros eran sustituidos por esquiroles, más económicos incluso. La falta de contestación por parte de sindicatos y sociedades de oficios entregó a los empresarios un poder absoluto que plasmaron en reglamentos tiránicos por los cuales se regían las condiciones de trabajo en sus fábricas. Las jornadas laborales seguían siendo inhumanas mientras el desempleo crecía. Ese año, el veinte por ciento de los tejedores, una masa salarial importante, estaba sin empleo, igual que el cincuenta por ciento de los zapateros o el veinticinco de los curtidores.

Toda esa confrontación, además de en las calles, se dirimía en la prensa. Lerroux, apartado de la Unión Republicana y carente de poder sobre el periódico que él mismo había creado, *El Progreso*, utilizó para publicar sus artículos sensacionalistas y demagógicos, los diarios que dirigían aquellos líderes jóvenes que habían mamado su furia. *La Rebeldía*, *El Descamisado*, el semanario *La Kábila*, incluso la revista feminista *El Gladiador*, fueron los órganos de expresión de un republicanismo radical, ajeno a ese catalanismo que defendía la Iglesia.

Y, así las cosas, Emma empezó a cumplir la promesa hecha cuando la liberación de Dalmau y llevó a la Casa del Pueblo aquel cuadro tan agresivo e irrespetuoso con la Iglesia; lo hizo en el momento álgido del enfrentamiento entre Lerroux y sus obreros contra el resto del mundo. El líder republicano decidió mostrarlo a los medios para crear controversia previa a la inauguración, por lo que, de un día para otro, Dalmau se convirtió en adalid de una enconada lucha política, social y religiosa, creador de una obra que a su vez fue elevada a icono de la confrontación. Críticos, periodistas y políticos discutieron a través de la prensa. Una multitud soliviantada prendiendo fuego a una iglesia que ya ardía por un costado. Las gárgolas que tanto atraían a Dalmau transformadas en monstruos que perseguían a unos religiosos en fuga cargados con sus tesoros. Muchos buscaron el modelo entre los templos de Barcelona y no lo encontraron. Los periódicos extremistas alabaron la imagen. «Muestra al pueblo el camino: destruir a la Iglesia.» «¡Adelante!», terminaban animando a los radicales. «¡Inadmisible!», se quejaban los conservadores. «¡Ofensivo!» «¡Blasfemo!» En una esquina del cuadro, un hombre agarrado a una gran cruz de plata, igual a la que contenía las reliquias de san Inocencio, era sodomizado por una cabra de cuernos inmensos y retorcidos. El rostro del hombre quedaba medio tapado por la cruz, pero las patillas tupidas que bajaban por sus mejillas hasta unirse al bigote señalaban sin lugar a duda a Manuel Bello, maestro ceramista. «Dalmau Sala fue su discípulo durante años —arguyó un articulista—, ¿quién mejor que él conocerá sus vicios?»

Todavía no se había procedido al acto de inauguración oficial y ya se produjeron altercados a las puertas de la Casa del Pueblo; varios grupos la apedrearon en diversas ocasiones, en otras entraron directamente en liza con los obreros que estaban dentro. Lerroux azuzó a sus seguidores y mantuvo la tensión alrededor del cuadro de Dalmau. Era su táctica: insultos y blasfemias; la promoción de peleas; artículos controvertidos y siempre exagerados; reyertas violentas con los carlistas defensores de la fe y de la Iglesia; asaltos a mítines, a celebraciones religiosas o incluso a reuniones festivas como los bailes de sardanas. Con todas aquellas actuaciones, el republicano consolidaba una identidad específica: la lucha contra ricos y burgueses. Y a tales fines reunía a los descontentos y a los excluidos de la sociedad en torno a la violencia y la agresión, creando un movimiento obrero imparable, todo bajo su control y liderazgo.

Fue el último domingo de octubre de 1907. El gran salón de la Casa del Pueblo se hallaba repleto, no solo por los que específicamente habían ido a presenciar la inauguración, sino también por gran parte de la multitud de socios que hacían uso de las instalaciones en un día festivo para los afortunados que, gozando de ese derecho, habían decidido sumarse a la celebración. Dalmau, de pie en la primera galería, donde se ubicaba el pianista, justo por encima de las cabezas de cuantos abarrotaban el salón, sintió la misma inquietud que el día de la inauguración de la Exposición Internacional de Bellas Artes. Pese a cuantas críticas se habían escrito ya sobre su cuadro, necesitaba examinar en los rostros de aquellas personas el impacto de su obra. Nada debía distraer la atención de los presentes, aunque probablemente la calidad artística de su trabajo se viera atropellada por las emociones, los intereses o la lucha obrera.

Miró a su derecha y vio a Emma. Frunció los labios, como quejándose por estar allí esperando a Lerroux y a sus líderes, y ella le contestó con una sonrisa forzada. Estaba radiante y atractiva. Josefa había alargado las noches de trabajo para coserle la ropa que ahora llevaba: una falda tubo azul marino que le caía hasta los tobillos, dejando sus pies a la vista, y una blusa blanca muy escotada que escondía el lino basto con el que estaba tejida bajo infinidad de preciosos encajes de seda de varios colores que Josefa había bordado sobre ella. Los adornos los había pedido prestados a la empleada de una tienda para la que, de cuando en cuando, realizaba algún trabajo. Al principio la mujer se había negado, aquellas blondas valían mucho dinero y si no se las devolvía, o si sufrían algún daño, tendría que pagarlas; no obstante, cambió de opinión cuando Josefa le confesó para qué las quería. «¡Mi esposo y yo pensamos acudir el día en que descubran ese cuadro!», reconoció exultante. Los zapatos también los pidió prestados, a una vecina, pero lo que más gustó a ambas mujeres fue el corsé, que Josefa no solo había adaptado al escote de la camisa de Emma, sino que además había aflojado y ahuecado en la parte en que le oprimía los pechos. «Dicen que en Francia ni siquiera lo usan —defendió sus arreglos—. Ahora usan… sostenes, una sola pieza de tela, con tirantes, que se ata por detrás y sujeta las tetas.» Las dos terminaron riendo. Así ataviada, elegante, sus curvas marcadas bajo la ropa y sus pechos liberados de un corsé opresor, balanceándose con sutileza a cada movimiento, Emma parecía una diosa por encima del vulgo. Sin embargo, se mostraba nerviosa, angustiada, mirando aquí y allá, corriendo la vista como una autómata, bruscamente; cambiaba de postura, agarrándose las manos por delante del vientre o llevándoselas con rapidez a la espalda, sin parar de moverse.

Desde que Dalmau dejara el cuadro apoyado contra el cabecero de la cama de Emma, ella lo había evitado; todas las gestiones con los republicanos y su donación a la Casa del Pueblo le llegaban a través de su madre. Aun así, pensar que Emma trabajaba en algo creado por él revolvió mil sentimientos que habían quedado atrapados en el olvido. ¿Por qué no podían siquiera recuperar la amistad? Quedaba muy atrás la muerte de Montserrat, y las culpas… si habían llegado a existir, así como las discusiones y aquellos malditos desnudos que nunca supo quién le robó. Los dos habían sufrido experiencias traumáticas: él su adicción a la morfina; ella la muerte de su esposo. ¡Ahora vivía con su madre! Les quedaba una vida entera por delante; ella contaría veinticuatro años, él dos más. Una corriente de cariño intenso recorrió el cuerpo entero de Dalmau. Volvió a mirarla y se percató de que ella continuaba nerviosa.

—Temo que nadie mire mi cuadro —se atrevió a decirle. Ella dio un respingo y torció el gesto. Él dudó si continuar. Decidió hacerlo—: Todos se fijarán en ti, poco les importará lo que yo haya hecho. Estás preciosa.

Emma se vio sorprendida. Hacía mucho tiempo que nadie la piropeaba. Trabajaba en las cocinas, y en ellas su feminidad había llegado a desaparecer en una especie de convenio tácito, un silencio cómplice entre cuantos se movían por allí: todos sabían de su sumisión a Expedito, nadie la molestaba, pero tampoco nadie la adulaba. Fuera de las cocinas… quizá algún comentario más procaz que seductor a su paso por las calles de Barcelona. ¡Y tenía que haber sido Dalmau el que la halagara! Dudó en confesarle que allí mismo, a sus pies, se encontraba algo parecido a un hombre que desde hacía más de un año se aprovechaba de ella de forma asquerosa y repugnante, porque, obeso, asmático y sudoroso, la obligaba a practicar unas perversiones a través de las que creía acercarse al placer que no alcanzaba de forma natural. ¿Qué diría Dalmau entonces? Se arrepintió de haberse dejado llevar por el entusiasmo de Josefa. Debería estar vistiendo su delantal de cocinera… ¡No! Ni siquiera debería ocupar su puesto.

—Imbécil —volcó su frustración sobre Dalmau.

—¡Guapa! —replicó él. Emma gruñó—. ¿Por qué estás tan nerviosa? —insistió Dalmau—. Tú deberías estar acostumbrada a hablar a la gente. La Profesora, me han dicho que te llamaban, ¿no?

¿Qué más le habrían dicho…? Quizá que muchos de los que estaban allí la consideraban una puta, la ramera de uno de los cocineros, cuando no eran ellos mismos los que mentían alardeando públicamente de haberse beneficiado de sus favores. Y ahora la exponían así vestida, como una mercancía, por encima de una multitud de hombres, muchos de los cuales no apartaban la vista de ella. Los veía cuchichear, señalarla, bromear entre ellos. Algunos le guiñaban un ojo en el momento en que sus miradas se cruzaban; otros le lanzaban besos. Había oído que, en algunos prostíbulos, las meretrices desfilaban por delante de los clientes hasta que estos elegían. Imaginó los sentimientos de aquellas mujeres.

—Creo que Lerroux —prosiguió Dalmau— espera que te dirijas al público. Hay muchas mujeres.

También se lo había comunicado a ella Romero, el secretario de Truchero: «Tendrás que hablar. Prepara unas palabras breves».

Con la ansiedad arañándole la garganta, la gente estalló en aplausos: Lerroux y toda su corte se desplazaban en fila por la galería, aplaudiendo y saludando a los suyos. Llegaron hasta donde los esperaban Emma y Dalmau, y el líder republicano los saludó: un apretón de manos a Dalmau y un celebrado par de besos a Emma. Lerroux incitó a Dalmau a descubrir su cuadro delante de los obreros que abarrotaban el lugar. Este quiso cederle el honor, y el republicano tiró de un cordón que hizo que la tela que cubría el lienzo se deslizase hasta el suelo. Los asistentes callaron ante la iglesia en llamas, un silencio que fue rompiéndose en rumores hasta que la concurrencia estalló en aplausos y aclamaciones. Dalmau olvidó examinar sus caras; su atención permanecía fija en Emma, en aquel rostro bello que tanto llegó a amar un día y a añorar muchos más. Ella había visto el cuadro, pero allí colgado, con la gente ovacionando, cobraba una dimensión diferente. Había sido pintado para ellos, para su causa, y aquella comunión elevaba la obra incluso por encima del arte, como si se hubiera convertido en parte de un proyecto universal. Dalmau lo percibió igual que Emma, a la que le corría una lágrima por la mejilla que apartó con celeridad tan pronto como se dio cuenta de que él la observaba. No importaba: Dalmau también lloraba. En ese momento, Lerroux se interpuso entre los dos, los cogió de las manos y los obligó a alzar los brazos con él. Los vítores arreciaron mientras el otro agitaba los brazos en el aire, luego los soltó y pidió silencio a la concurrencia. Habló de Emma. La Profesora. «¿La recordáis?» Un griterío quebró el silencio. Pues había sido gracias a ella, les dijo, que la Casa del Pueblo contaba con aquel maravilloso cuadro; ella lo había traído y también se había comprometido a aportar dos más, que formarían un conjunto llamado a recordar con terquedad a los republicanos, allí mismo, donde comían y se divertían, donde escuchaban los discursos y discutían de política, cuál era su misión última: «¡Destruir a la Iglesia!». Halagó a Dalmau hasta hacerse empalagoso. «Y no nos cobra por sus obras; nos las regala», confesó a la audiencia, que replicó con un rumor que fue extendiéndose por todo el salón.

—¡Es el pintor de los obreros! ¡El artista del pueblo! —El público volvió a estallar en aplausos—. Los republicanos le estaremos agradecidos eternamente. Aquí tiene a su familia. Tú también, Profesora; acéptame como ese padre que fue ejecutado de forma injusta por nuestros enemigos. Yo te protegeré. Empeño mi palabra ante todos mis camaradas. Nada os faltará por nuestra parte. Estamos en deuda con vosotros. ¡Mirad ese cuadro! —exigió entonces a la gente, manteniéndose unos instantes en silencio—. ¡Jóvenes bárbaros! —los llamó después, buscándolos entre los reunidos. Muchos alzaron las manos y aullaron—. Entrad a saco en la civilización decadente y miserable de este país sin ventura —los arengó—. ¡Destruid sus templos! —añadió señalando con insistencia el cuadro de Dalmau—. ¡Acabad con sus santos! —Los aplausos y vítores se habían convertido ahora en insultos y gritos de guerra—. ¡Alzad el velo de las novicias y elevadlas a la categoría de madres para civilizar la especie!

Ahora se añadieron las risotadas y hasta los ánimos de los reunidos. «¡Violadlas!» «¡Jodedlas!» «¡Folláoslas a todas!» «¡Desvirgadlas!»

Lerroux continuó con aquella arenga explosiva

—Asaltad los registros. Quemad todos los títulos de propiedad. Destruid la organización social de los ricos y los burgueses. Reclutad un ejército de proletarios para que el mundo tiemble. Sigue tú ahora —animó a Emma tomándola de la mano y acercándola al borde de la galería.

—¡Escupid a los curas…! —empezó a decir ella.

No pudo continuar. En ese momento sonaron algunos disparos justo a las puertas de la Casa del Pueblo y varias piedras rompieron los cristales de sus ventanas. Los carlistas y miembros de Solidaritat pretendían asaltar la Fraternidad Republicana tras oír las arengas de Lerroux contra la religión y las monjas. Había familias enteras en el interior del salón, con niños pequeños; aquello no era un mitin político. Los jóvenes bárbaros, junto con la mayoría de los obreros y algunas de sus mujeres, corrieron a defender a su gente y su territorio. Emma saltó de la galería y se unió a ellos, aullando como una endemoniada.

—La camisa… —acertó a advertirle Josefa, en primera fila, cuando la joven pasó al lado de ella y de Julia sin hacerles el menor caso.

La mujer negó con la cabeza, consciente de que aquellos encajes costaban mucho dinero. Sin embargo, los olvidó pronto. Aupó a la niña hasta la galería. «Vigílala», rogó a su hijo.

—¿Qué va a hacer, madre? —se preocupó Dalmau—. ¿No irá usted a salir?

E igual que Emma, Josefa desapareció entre la gente que todavía permanecía en el salón, aunque no fue a la calle, donde en la explanada abierta entre la fachada de la Casa del Pueblo y la vía del tren a Madrid se libraba una batalla campal. En su lugar, buscó la doble puerta batiente que comunicaba el salón con las cocinas. Allí la gente trabajaba, preparando la comida de ese domingo.

—No puede estar usted aquí, señora —la amonestó un camarero.

—Sí que puedo —replicó ella para sorpresa del otro.

—¿Quiere decir? —insistió el hombre.

—Expedito. Busco a Expedito. —Josefa recorrió la cocina con la mirada, aturdida ante el caos que la golpeó. Expedito. Aquel era el nombre que Emma escupía una y otra vez durante sus pesadillas—. ¿Quién es?

—Aquel —contestó el camarero señalando al cocinero obeso y empapado en sudor que, con gran esfuerzo, manipulaba y despedazaba el costillar de un buey sobre la encimera, armado de un cuchillo y un hacha de grandes dimensiones. Josefa suspiró—. Cuídese de ese hombre —le aconsejó el camarero al ver que la mujer se arrancaba hacia él con decisión.

Cruzó la cocina cautivando las miradas de pinches y cocineros. Los gritos y los ruidos menguaron. Hasta el propio Expedito se volvió antes de que Josefa llegara hasta él.

—¿Expedito? —preguntó ella, no obstante, una vez a su lado. El hombre sudaba copiosamente. En la mano todavía mantenía el cuchillo y todo él estaba manchado de sangre y salpicado de pedacitos de carne y huesos de las costillas.

—¿Quién es usted? ¿Qué quiere?

Félix, el jefe de cocineros, se acercó.

—Quiero recordarte lo que ha dicho Lerroux de Emma —susurró Josefa. La sola mención de Lerroux puso en tensión al cocinero—. Ha dicho que es su padre. Que sustituye al que le mataron en Montjuïc. Y que la protege. Que la protege, ¿entiendes? Y ha empeñado su palabra en ello. Públicamente. ¿Sabes lo que significa eso, canalla hijo de la gran puta? —masculló.

El rostro del cocinero, todavía sofocado por el esfuerzo con el costillar, enrojeció aún más. Expedito apretó los dedos sobre el mango del cuchillo y lo alzó. Félix hizo ademán de interponerse entre ellos, pero Josefa lo detuvo con un gesto.

—No tiene los cojones que hay que tener —tranquilizó al jefe de cocinas; luego penetró con sus ojos, cansados, hasta lo más profundo de aquel ser rastrero que tenía delante—. Soy la madre del pintor de ese cuadro que tanto ha gustado a tus jefes y a los periódicos y tanto ha ofendido a beatas y santurrones; la madre del pintor que tiene que regalar dos más a esta casa, y te advierto que, si le pones un dedo encima a Emma, si te atreves a dirigirle la palabra siquiera, ni llegarán los dos nuevos ni se quedará el que ya está. ¿Lo entiendes? Tú perderás tu trabajo y tú te irás con él —añadió dirigiéndose al jefe de cocinas—, por consentirlo. ¿Me he expresado con claridad?

—No volverá a suceder —prometió Félix.

—Los republicanos están en deuda con Emma y con mi hijo. Eso ha dicho Lerroux, ¡el gran Lerroux! Recordadlo siempre. Todos vosotros —añadió retando a cuantos se encontraban en ese momento en la cocina—, recordadlo.

Luego la abandonó. «Bravo», escuchó que susurraba a su paso el mismo camarero que había intentado impedirle el acceso y que permanecía todavía junto a las puertas batientes. Llegó hasta donde colgaba el cuadro de su hijo. Dalmau no estaba, pero Julia sí: jugaba con otros niños en el suelo, bajo la vigilancia de algunas madres. La pequeña la vio y sonrió, pero ni se acercó a ella ni dejó de jugar.

—¿Saben algo de mi hijo? —preguntó Josefa a las mujeres.

—¿El pintor? —inquirió a su vez una de ellas.

—Nos ha entregado a la niña, y antes de que dijéramos nada, ha salido corriendo, a pelearse. Los hombres parece que no saben hacer otra cosa que beber, apostar, pelearse y…

—Este también sabe pintar —la interrumpió una tercera.

Josefa escuchaba con la mirada puesta en la salida de la Casa del Pueblo, allí donde se amontonaban unos cuantos que presenciaban la trifulca; no reconoció a Dalmau en ninguno de ellos. Estaría fuera. Temió por él y se le encogió el estómago, pues sabía que la lucha no era lo suyo. Sin embargo, terminó sonriendo: su padre estaría orgulloso, tanto como ella. No quiso asomarse. Se limitó a esperar, como la mayoría de las demás mujeres, observando cómo jugaban los niños en el suelo.

Al cabo terminó la reyerta, y jóvenes bárbaros y obreros regresaron al salón, muchos contusionados o heridos. «Los carlistas lo han tenido peor», se consolaban entre ellos. «¡Les hemos dado una buena paliza!» «Corrían como esos curas del cuadro», se burló otro señalando el lienzo de Dalmau. «¡Para ir a darse por culo entre ellos!» Las risas volvieron a invadir el salón. Josefa, la pequeña Julia incluso, finalizada ya la diversión, permanecían a la espera de Emma y Dalmau. Aparecieron, jadeante ella, el cabello revuelto y aparentemente ilesa. Dalmau la seguía cojeando entre los jóvenes bárbaros que entraron como un pelotón, riendo la mayoría, como lo hacía un Dalmau que rechazaba su ayuda. Josefa inspiró con fuerza y exhaló el aire en un largo suspiro. Luego se fijó en la camisa de Emma, sucia, desgarrada, sin una sola de las blondas que la adornaban, el corsé a la vista. Tendría que utilizar las ciento cincuenta pesetas del monedero, que todavía conservaba ahorradas, para reponer todos aquellos encajes, se lamentaba, cuando Emma, todavía desde la distancia, la descubrió entre la gente, rebuscó en su falda y levantó la mano por encima de la cabeza de cuantos la rodeaban agitando la prenda bordada, intacta.

18

Había entrado el mes de noviembre, y fue en una de sus tardes, fría, húmeda y ya oscura, el aliento de Dalmau convirtiéndose en un vaho que venía a mezclarse con una especie de neblina hedionda que flotaba por encima de la calle mientras andaba presuroso a su habitación, cuando tres o cuatro personas lo rodearon. Andaba distraído componiendo en su mente el siguiente cuadro que se proponía pintar para la Casa del Pueblo, y tras un ingenuo «Disculpe» a quien le obstruía el paso trató de esquivarlo y seguir camino. Un puñetazo fuerte en la boca del estómago se lo impidió.

—¡Hereje! —resonó en el callejón.

Dalmau lo escuchó doblado, con las manos en el vientre, buscando el aire que no llegaba a sus pulmones. Una bofetada hizo que volviese la cabeza violentamente hacia el lado derecho.

—¡Cabrón! Dios no se apiadará de ti. ¡Vamos a matarte!

Dalmau intentó erguirse. Pero fue muy lento, y se encogió a la espera del siguiente golpe. En su lugar, sonó un disparo; no fue un ruido seco, contundente, sino más bien cascado. Dalmau no lo habría reconocido como tal; los otros sí.

—¡Nos atacan!

Sonó otro disparo. Los asaltantes huyeron, no sin antes golpear a Dalmau en la nuca y amenazarlo:

—Volveremos a por ti, hijo de puta. No te saldrá gratis injuriar a Dios, a sus vicarios y a su grey. Te queremos muerto.

Se perdieron en la neblina. Dalmau logró erguirse por fin, respirar y apoyarse en la pared de un edificio en el momento en que llegaron hasta él dos jóvenes bárbaros. «¿Estás bien?» «¿Te han hecho daño?» Lo asediaron a preguntas mientras lo palpaban y le abrían el abrigo para comprobar que no tuviera herida alguna.

—Estoy bien —terminó tranquilizándolos él—. ¿Quiénes sois? —inquirió pese a suponerlo.

Lo acompañaron hasta su habitación al mismo tiempo que le daban consejos. «Búscanos primero.» «Unos u otros estaremos siempre por aquí, o en tu casa o en el Palau, depende.» «¿Que por qué? —repitió extrañado la pregunta de Dalmau uno de ellos—. Pues porque Lerroux lo ha ordenado. Que te vigilemos, que te defendamos.» Se lo habían advertido en la Casa del Pueblo: los católicos podían atacarlo por su cuadro. Debía llevar cuidado. Fue como la primera vez, esa en la que Maravillas se presentó ante él con la historia que había oído en la escalera de la iglesia de la Barceloneta. Estuvo pendiente unos días, menos que la advertencia de la *trinxeraire*, y después se relajó. Por fortuna para él, quienes no cayeron en esa ligereza fueron los jóvenes bárbaros.

Ningún periódico escribió sobre aquel tiroteo producido en el barrio de Sant Pere. Cuatro gritos y un par de disparos no eran noticia en una ciudad que en aquel año de 1907 contaba ya diecisiete bombas callejeras con veintiuna víctimas. La policía no conseguía detener a los terroristas, supuestos anarquistas, y las medidas que se adoptaban, como la de obligar a que en cada casa existiera una portera para impedir que las bombas se colocasen en las entradas de los edificios, distaban mucho de ser eficaces. Ni los propietarios contrataron porteras ni las bombas se limitaban a las porterías, siendo uno de los lugares preferidos de los terroristas los urinarios públicos de las Ramblas, que acabaron por retirarse para evitar atentados. Ante tal incompetencia, asociaciones de empresarios y diversas corporaciones exigieron la creación de una policía particular, ajena a la del Estado, que era controlada desde Madrid, y que ese año se materializó con la contratación de un inspector de Scotland Yard, Charles Arrow, que no hablaba castellano ni catalán, pero que creó la Oficina de Investigación Criminal, con personal insuficiente para una ciudad como Barcelona, sin competencias definidas y que se demostraría, como bien se encargaron de augurar todos los periódicos, de éxito escaso y recorrido muy corto.

Y si el inglés Arrow había sido llamado como salvador de Barcelona, Emma lo fue de cuanto pudiera suceder a Dalmau, puesto que los jóvenes bárbaros que se ocupaban de su protección pasaron a informarle de cuantos incidentes se producían a su alrededor.

—¿Y por qué me lo contáis a mí? —gritó a los jóvenes, enfadada, la primera vez que acudieron a darle el parte, el día de los disparos.

Los dos bárbaros dudaron.

—Pues porque tú eres la jefa —alegó uno.

—¿Órdenes de Lerroux? —apuntó el otro encogiéndose de hombros.

—Órdenes de Lerroux —le confirmó Romero cuando subió a los despachos a comprobarlo.

—Pero yo no tengo nada que ver. ¿Por qué no se ocupa Vicenç?

—Órdenes del jefe —insistió el secretario haciendo ademán de cerrar la puerta—. Quéjate a él, como si fuera tu padre —añadió con tono burlón.

Emma no quería saber de Dalmau, que había vuelto a entrar en su vida como un torbellino. Recordaba sus halagos el día de la presentación del cuadro, su sincera insistencia pese a que ella lo insultara, pero lo que más acudía a su mente era su repentina aparición en la reyerta contra los católicos. Sin desearlo, la sonrisa se dibujaba en el rostro de Emma al revivir el ímpetu torpe con el que Dalmau se sumó a la pelea. En la trifulca, lo vio abalanzarse gritando contra un carlista, los brazos encogidos por delante con los puños dispuestos a golpear. Lo intentó, aunque el otro lo esquivó con facilidad. Emma temió que el carlista machacara a Dalmau, pero algunos jóvenes bárbaros aparecieron en su ayuda. Luego lo vio feliz, igual que un niño, abrazando a bárbaros y republicanos, satisfecho como si él solo hubiera puesto en fuga a todos los enemigos. Agitó la cabeza con violencia; no quería sonreír ante unas emociones que trataba de desterrar. No estaba preparada para ninguna relación; su cuerpo se ponía en tensión ante la sola posibilidad. ¡Mil veces había renegado de los hombres! Acababa de alcanzar la tranquilidad que le había procurado la estima y el apoyo público de Lerroux, y Engracia, la otra cocinera de segunda, le dio cumplida cuenta de la visita de Josefa a las cocinas.

Nadie la molestaba ya. Expedito le hacía el vacío, pero los demás la trataban con cortesía, incluso con cariño, como si acabara de superar una prueba muy dura. Con Josefa no habló del asunto. Después de que Engracia le refiriera el suceso le bulló la sangre, y habría corrido en ese mismo momento a la calle Bertrellans para exigir explicaciones de la razón por la que se inmiscuía en su vida, pero la ofuscación fue remitiendo al ritmo de cocción de una sopa de pescado. Varias *escórporas*, el rey de los peces de roca, tanta espina como sabor, pequeñas, para que se deshiciesen por completo en la olla con el agua hirviendo, y tres rapes de buen tamaño. Separó los rapes ya cocidos y coló el resto del caldo. Josefa lo había hecho con la mejor voluntad, se dijo a sí misma mientras quitaba las espinas y el hueso central del rape para aprovechar la carne. Y además le había salido bien: ahora la respetaban. Colada la sopa y limpio el rape, se centró en el sofrito de cebolla y tomate, que dejó en el fuego mientras preparaba la picada que lo acompañaría: piñones, almendras, ajo, miga de pan, perejil, un poco de azafrán y el toque definitivo que le proporcionaría un sabor exquisito: el hígado del rape. Además, pensó mientras majaba la picada maquinalmente, tratar aquel tema implicaría reconocer una situación que, no por sabida, nunca había llegado a verbalizarse; Josefa respetaba su intimidad y sus decisiones; jamás se lo echaría en cara. Mezcló el caldo, el pescado, el sofrito y la picada, dejó que hirviese lo necesario para que ligase, y preparó el pan tostado con el que se serviría la sopa. Quería a Josefa; una mujer que la había acogido como a una hija y que adoraba a Julia, tanto como para renegar de sus principios y acudir a la beneficencia de la Iglesia.

Aquella noche, cuando Emma volvió a casa y encontró a Josefa al pie de la máquina de coser, se limitó a sonreírle, darle un beso en la frente y pedirle que dejara de trabajar. No hablaron de su asalto a las cocinas, ni de Expedito ni de su nueva situación. Emma arrancó de manos de Josefa la ropa que cosía y charlaron acerca de Julia, que dormía plácidamente en la habitación.

A partir de ese día se sintió liberada, con un trabajo que le permitía mantener a su hija, acompañada de su familia y sin un hombre que la acosara y maltratara. Por eso no quería sonreír al recuerdo de Dalmau atacando torpemente al carlista; solo deseaba olvidar, dar tiempo a sus miedos y a su rencor, y vivir.

Maragliano le permitió quedarse hasta la inauguración del Palau de la Música, prevista en el plazo de un par de meses, a principios de febrero de 1908. Era un gran trabajador, lo felicitó el italiano, pero su pelea con Gregoria había enrarecido el ambiente que se respiraba en el taller. «La muchacha es muy querida entre los demás», alegó el maestro, a lo que había que añadir su protagonismo en los sucesos con los republicanos y las repercusiones que ello pudiera acarrearle en el mercado.

—Confío que hayas elegido el bando correcto —terminó deseándole Maragliano, si bien en el fondo de sus palabras se percibía cierto reproche.

Dalmau pensó unos instantes. Podía replicar que nadie lo había ayudado a permanecer en el otro bando, el del maestro, el de los pintores, y recriminárselo con mayor reproche que la invectiva sutil del mosaiquista, pero decidió no incidir en ello. Se había equivocado pretendiendo acceder a un mundo que no era el suyo.

—Estoy en el bando que me corresponde, maestro, el de los obreros, el de los asalariados de los talleres de artes.

Lo dejó ahí. Maragliano se dio por aludido, asintió con los labios prietos y le deseó suerte.

Dalmau permaneció quieto en el centro del escenario, pequeño, diseñado exclusivamente para orquestas y coros como el Orfeó Català. El órgano magnífico, imponente, se alzaba sobre él casi amenazador, en el segundo piso, a su espalda, por encima del lugar en el que los empleados de Maragliano ya finalizaban los mosaicos que formaban los vestidos de las musas, y el *trencadís* que cubriría toda aquella pared, la frontal. Pero lo que más impactaba en ese momento a trabajadores y maestros era la gran claraboya que los afamados vidrieros Rigalt y Granell habían instalado en el techo del auditorio. Un trabajo excepcional, inigualable al decir de quienes conocían el mundo y sus obras de arte. Despejada la zona de andamios y demás elementos de trabajo y seguridad, resplandeció la claraboya, configurada en un rectángulo de sesenta metros cuadrados, confeccionada con dos mil seiscientas piezas circulares de vidrio de varios colores, destacando el rojo y los tonos ocres en la estructura que descendía, inmensa, sobre el público de la platea. Había quien la comparaba con una cúpula invertida, con un globo o una campana, con un sol flameante o una lámpara encendida. Algunos se atrevieron a distinguir en ella el pecho de una de las cuarenta doncellas cuyo rostro grisáceo rodeaba geométricamente el rectángulo que componía la claraboya, a modo de un coro de ángeles. Dalmau, sin embargo, vio en aquel armazón de discos de colores que colgaba sobre el público un pezón: un pezón enorme que desde aquellas doncellas alimentaba de luz el interior del auditorio.

La claraboya venía a cerrar el universo de luz que Domènech había ideado. El auditorio se erguía como una caja de cristal: millares de vidrios emplomados, artísticos, tanto en las paredes, con sus muros cortina, como en el techo, llamados a inundar de luz de colores diferentes el templo de la música. En ese espacio, anárquico en su decoración, deslumbrante en su composición, luz y sonido se fundirían en un espectáculo increíble.

Las obras terminaban y el trabajo de Dalmau también finalizaría, igual que estaba acabando ya una época, la modernista, que había revolucionado conceptos y criterios, despertando a toda una sociedad dormida, hasta entonces aposentada en el neoclasicismo cuando no en la vulgaridad. Junto con el Palau de la Música, continuaba la construcción de dos grandes proyectos modernistas: la Sagrada Familia, de Gaudí, y el hospital de la Santa Creu i Sant Pau, de Domènech. Aparte de ellos, y ya finalizada la casa Batlló, el arquitecto de Dios afrontaba desde hacía dos años la construcción de un nuevo edificio en el paseo de Gràcia: la casa Milà, también llamada La Pedrera, una construcción en la que la piedra de la fachada, de las ventanas y los balcones, de los muros y las columnas se manifestaba en formas curvas, vivas, dinámicas, a las que se sumaba el retorcido entramado de hierros forjados de los balcones. El interior era similar: espacios irregulares, pasillos y patios laberínticos, siempre torcidos, ondulados, sinuosos, igual que las viviendas. Se decía que aquella sería la última obra civil de Gaudí antes de dedicarse por completo a la Sagrada Familia. A Dalmau le habían contado que la esposa del propietario, la señora Milà, se había quejado de que no veía un lugar recto en el que colocar su piano una vez que terminasen las obras, a lo que Gaudí, ensoberbecido, le recomendó que tocara la flauta.

Dalmau no consiguió verificar la autenticidad de esa habladuría, pero sí comprender que, al final, Gaudí había conseguido su objetivo: dar vida a la piedra, lograr que cobrara movimiento. Sin embargo, aquel último edificio modernista que se construía en el paseo de Gràcia de Barcelona no concitó la aprobación de la ciudadanía ni la de muchos intelectuales, que se burlaron de la obra y la criticaron con saña en un anticipo, en cuanto a la arquitectura correspondía, de un nuevo movimiento artístico y cultural ya en vigor desde que, en 1906, el filósofo y escritor Eugeni d'Ors lo definiera: el *noucentisme*. Se trataba de crear una corriente artística, literaria e incluso arquitectónica influida por la política, el catalanismo a ultranza que se vivía en la época; un arte social enredado con los objetivos políticos de la sociedad catalana. De la explosión de la magia del modernismo, individual, creativa, fantasiosa, la tendencia saltaba ahora a la razón, la estabilidad, la austeridad, el orden y la armonía, buceando siempre en las tradiciones mediterráneas y propias del pueblo catalán. En la arquitectura, suponía el regreso al clasicismo y a la proporción áurea. El artista perdía la independencia, debía integrarse en la estructura social catalana y trabajar por esta, ya fuera a través del arte o de las diversas manifestaciones culturales.

En realidad, pensó Dalmau, era más o menos lo que él estaba haciendo, si no por el catalanismo, sí por la clase obrera. El individualismo y la libertad que le permitían pintar aquello que deseaba, como sucediera con *El taller de mosaicos*, se vieron sustituidos por un objetivo político: enardecer al pueblo; levantarlo contra la Iglesia, igual que pretendían los *noucentistes* con sus valores nacionales.

El 9 de febrero de 1908, fecha de la inauguración solemne del Palau de la Música Catalana, Dalmau consiguió colarse entre los miles de privilegiados que pudieron acudir a ella. Unos arreglos de última hora, le dijo al portero, sí, claro, podían hablar con el maestro

Maragliano, o incluso con Domènech. «Ve a buscarlo», instó al hombre, él podía esperar, pero si se desprendía el mosaico que estaba suelto… «¡No hombre, no! —insistió, ahora ya frente a dos porteros malcarados que le impedían el acceso en la entrada del personal—. ¿Creéis que no tengo otra cosa que hacer un domingo? Coño, id a preguntar a alguien de una vez.» No lo hicieron. En su lugar, le exigieron la cédula personal y anotaron su nombre. «Si es mentira, te las verás conmigo», lo amenazó uno de ellos. Dalmau se encogió de hombros, como si no le importase. Luego le franquearon el paso.

Tras los discursos de las autoridades y la bendición del obispo, Dalmau, en pie tras la última fila de asientos del tercer piso, se dejó llevar por el concierto de la Orquesta Filarmónica de Berlín dirigida por Richard Strauss y las voces de la coral del Orfeó Català, música y cantos que por primera vez inundaron aquel espacio, rebosándolo, para acometer a la gente y sacudirla, arañando sus emociones con el apremio propio del esplendor efímero. Dalmau escuchó y se perdió en la luz que, como un intérprete más, entraba por ventanales y claraboya, tan silencioso como fulgurante, tiñendo voces y notas de colores, llevándolas hasta el espectador envueltas en destellos mágicos. El hechizo se completó con las obras de arte que rodeaban el espectáculo: la cerámica temblaba con la luz; el hierro forjado, sinuoso, jugueteaba con la música como si la retase a deslizarse por sus laberintos; la piedra sostenía unos sentimientos desbocados capaces de devorar el ambiente, y musas y esculturas sonreían y cantaban. Dalmau sintió que le faltaba el aire. La función continuaba, con mayor brío y magnificencia si cabía, pero él percibió con una intensidad abrumadora, tremendamente inquietante, que allí, en ese mismo momento, reunidos en el interior de la obra cumbre del modernismo catalán, se ponía punto final a una época.

Aquello que había oído y que ya contaba con manifestaciones en la literatura, la pintura y la escultura estaba viviéndolo ahora de la mano de miles de personas que en nombre de la política deseaban transformar el arte. El catalanismo vencía. Ya no habría más piedras en movimiento ni besos de colores ni cuadros en esa bruma que espoleaba la imaginación del espectador.

Se sintió consternado y abandonó el Palau de la Música mucho antes de que finalizase el concierto. El grupo escultórico que como si fuera el mascarón de proa de un barco se alzaba en la esquina de las dos fachadas se adhirió a su espalda durante su trayecto por la calle Sant Pere més Alt. Por delante de todos los demás personajes, una doncella que representaba la música catalana colgaba en el aire, el cabello al viento, la túnica que vestía pegada a su cuerpo, un brazo alzado, como si en realidad estuviera navegando; tras ella, rodeándola, el pueblo catalán simbolizado por los oficios y por encima de todos, espada en una mano y la bandera catalana en la otra, coraza y yelmo, Sant Jordi, patrón de Cataluña.

Dalmau dejaba atrás varios años de trabajo en un edificio mágico que, sin embargo, ya empezaba a recibir críticas por parte de los racionalistas, incapaces de entender, y menos de sentir, tal efusión de creatividad. Pero también dejaba atrás su oficio de ceramista. Desde que Maragliano le anunció que ya no continuaría con él, Dalmau inició un peregrinaje por los talleres y las fábricas de cerámica de Barcelona, grandes o pequeños, importantes o humildes. Nadie le ofreció un puesto de trabajo. «La crisis.» «Nos sobran empleados.» Aunque en alguno de ellos reconocieron la verdadera razón: «Si hay alguien en una lista negra en el mundo de la cerámica, ese eres tú, Dalmau Sala». Supo de las presiones de don Manuel; se las reconocieron expresamente. «Sí, ha venido aquí a hablar con el amo. Sí, de ti.» Pero no solo fue su antiguo maestro quien instó a los demás a no contratarlo; fueron otros muchos arquitectos, casi todos relacionados con los Llucs, quienes lograron que le cerraran las puertas. En realidad, la mayoría de todos aquellos arquitectos, maestros de obras y grandes industriales de la cerámica eran católicos, y si no, lo simulaban, y si realmente no lo eran ni lo simulaban, comulgaban con el catalanismo y, en último caso, con el conservadurismo, y todas aquellas ideas y tendencias chocaban con la actitud a favor de los obreros y las posturas anticlericales de Dalmau, tan aireadas y discutidas en la prensa, ya fuera para alabarlas o vilipendiarlas.

Hacía tiempo, pues, que había decidido buscar trabajo en otros sectores, siquiera como ayudante o limpiador, el trabajador más insignificante en unos procesos de fabricación que desconocía. No le importaba el salario mientras le alcanzara para comer y continuar pintando en la habitación que daba a la terraza donde las mujeres tendían la ropa. Aquellos cuadros constituían su objetivo en la vida: la lucha contra la Iglesia, contra el poder que representaba y que ejercía con dureza, como en ese momento, otra vez, negándole hasta el pan. No consiguió empleo: nadie necesitaba más personal, y menos aún sin experiencia. «Cobraré lo que usted quiera», trató de convencer a los primeros patrones que visitó. Lo omitió en las siguientes entrevistas; aquellos hombres se rieron, algunos sin reparos y a carcajadas; otros con cinismo. «Ya pagamos lo que queremos —fue la contestación unánime—, y si no les gusta, que vayan a la huelga.»

La desesperación había hecho presencia en el ánimo de Dalmau la mañana en que recibió la visita de Emma. Lo abordó en la misma calle Sant Pere Més Alt, con un joven bárbaro algo apartado, y su voz superada por el ruido que originaban los trabajos definitivos del grupo escultórico del mascarón de proa del Palau. Notó que la sangre fluía con ímpetu por todo su cuerpo. «No te oigo», le dijo señalándose la oreja con una mano mientras con la otra, sin pensar, la agarraba del brazo para apartarla del alboroto.

Emma saltó hacia atrás al solo contacto.

—¡No me toques!

—Disculpa —se excusó Dalmau, ya a resguardo del ruido—. No pretendía…

—Déjalo —lo interrumpió ella.

—¿Dejarlo? Me gustaría no tener que hacerlo. —Emma frunció las cejas, en una reacción defensiva—. Me gustaría volver a verte, no dejarlo. Mañana y el día siguiente…

El corazón le latía con fuerza, animándolo a continuar, como si participase de aquellos deseos y sentimientos que habían explotado en su interior nada más verla.

—Dalmau… —Emma suspiró—. Lo nuestro murió hace mucho tiempo.

—No es cierto, estamos vivos —replicó él—. Y si vivimos, ¿por qué no podríamos…?

—Porque no, Dalmau, porque no —volvió a interrumpirlo ella—. Quizá estemos vivos, pero en mí han muerto ya tantas cosas… —Durante mucho tiempo se había humillado ante Expedito, y eso la corroía y le impedía pensar con naturalidad en los hombres. Ante la sola fantasía de una relación sexual, la asaltaba la vergüenza, se sentía sucia, asqueada, y las perversiones del cocinero acudían a su recuerdo paralizando cuerpo y espíritu, incapaz de reaccionar. Lo intentó ahora. Respiró hondo. Expulsó parte de sus demonios y volvió a respirar—. La muerte —susurró entonces a Dalmau— no es algo que llegue de repente; sí, puede suceder en algunos casos, pero la mayoría de las veces nos acosa poco a poco, robándonos la felicidad, la amistad, la dignidad, hasta que al final nos asesta el golpe fatal. No pretendo que lo entiendas, Dalmau —añadió ante su gesto de incredulidad—, pero es así. De todos modos, no he venido a hablar de muertes y amoríos imposibles.

Josefa le había contado la situación de su hijo: no encontraba trabajo. Los republicanos, Lerroux el primero, tenían que ayudarlo, trató la mujer de convencer a Emma la misma noche en que Dalmau hizo su confesión. Él no cobraba por pintar, ni lo haría. Se trataba de su contribución a la lucha; otros morían de hambre o arriesgaban el bienestar de sus hijos y mujeres. Había perdido su trabajo con el mosaiquista entre otras cosas por su activismo político, una postura que le impedía encontrar otros empleos. Los republicanos debían reaccionar, tenían influencias, y además les interesaba: si Dalmau no comía ni podía pagar una habitación, tampoco pintaría.

—Trabajarías en las cuadrillas municipales que van a ocuparse del derribo de todas las casas necesarias para construir esa gran vía que irá desde aquí mismo, donde estamos, hasta el mar —le ofreció Emma después de reconocer que se había preocupado y estaba allí a instancias de Josefa—. Está previsto que las obras de demolición empiecen dentro de poco más de un mes. ¿Te interesa?

Dalmau conocía el proyecto, que efectivamente iba a ser ejecutado en aquel plazo el día que el rey Alfonso XIII acudiera a Barcelona para inaugurarlo. Se trataba de una de las tres grandes avenidas que Cerdá había previsto en su plan y de las cuales no se había desarrollado todavía ninguna. Esa, que se llamaría vía Laietana, era la primera y estaba destinada a conectar la ciudad moderna con el puerto. El trabajo consistía en derribar más de seiscientas casas, cuyos miles de habitantes serían desplazados a barracas míseras, sin servicios ni condiciones higiénicas, levantadas con urgencia en la misma playa o en la montaña de Montjuïc.

—Es un proyecto para los ricos —replicó él—. Infinidad de familias obreras van a ser obligadas a sustituir sus casas por chozas en lugares infectos. Y todo para que los industriales y los burgueses puedan llegar antes al puerto y construir sus grandes edificios en esa nueva zona.

—Cierto —reconoció Emma—, pero es lo único que me han ofrecido. Los republicanos tienen influencia en el Ayuntamiento.

—No lo sé, Emma —vaciló Dalmau ante el rechazo moral que le provocaba un proyecto urbanístico como aquel—. Necesito trabajar, pero me cuesta participar en eso.

—Entonces… —empezó a decir ella.

—Lo pensaré, aunque te adelanto que, si encuentro cualquier otro trabajo, por ruin que sea, no dudaré en aceptarlo.

Los dos se quedaron en silencio unos instantes, rehuyendo todo contacto visual.

—Es tu decisión.

—¿Quieres que te enseñe cómo va el segundo cuadro? —la sorprendió Dalmau de repente.

—¿Y tendría que conocer a esas dos mujeres a las que te follas? —se revolvió Emma sin pensar. Dalmau palideció y desvió la mirada hacia el joven bárbaro que, alejado de ellos, mataba el tiempo pateando piedras imaginarias en la calle y que no interrumpió su deambular—. No, no quiero —lo devolvió a la realidad Emma—. Ya veré el cuadro el día en que lo entregues a la Casa del Pueblo.

—Emma… —trató de excusarse Dalmau.

—No tienes que darme explicación alguna —le impidió continuar ella.

No deseaba relacionarse con él, pero tampoco podía evitar que la vida íntima de Dalmau la afectara; una contradicción interna que la angustiaba y a la que no encontraba escapatoria. En cualquier caso, no tenía derecho a cuestionar sus diversiones, se dijo al mismo tiempo que volvía a recriminarse plantearse con tal frivolidad, tratando de restarles importancia, los amoríos de Dalmau.

—Ya me dirás algo del trabajo —se despidió de forma brusca.

Emma se había prometido una y mil veces que jamás mencionaría las relaciones que Dalmau mantenía o dejaba de mantener con quien quisiera y, sin embargo, en la primera ocasión en que se encontraban se lo había reprochado. Le había salido de lo más profundo de sí, de forma inconsciente, como si fuera una navaja afilada que ocultaba en su interior y que, de repente, había surgido para herir. Pero ¿a quién hería? ¿Acaso Dalmau no tenía derecho a acostarse con quien le placiera?

El día en que dos jóvenes bárbaros de los que se ocupaban de vigilar a Dalmau le narraron entre risas y comentarios procaces las habladurías que las mujeres del barrio cotilleaban acerca de las relaciones del pintor con un par de vecinas de su inmueble, Emma notó que se vaciaba por dentro, como si todos sus órganos se encogiesen. «¡O más de dos!», exclamó una vieja desdentada cuya única labor a lo largo del día consistía en estar sentada en una silla a pie de calle, desvainando habas o guisantes, pelando patatas o limpiando de piedras lentejas y garbanzos. «¡Imbécil!», se insultó Emma. Pero las experiencias y las ilusiones de su juventud regresaban con fuerza, como si quisieran cegar la miseria y la torpeza a la que la condenó la fortuna. Sin embargo, aquellos destellos de esperanza le permitían soñar, un segundo que en su mente se convertía en infinito, hasta que regresaba Truchero, o Expedito, y Emma temblaba, o lloraba en soledad al ver cómo se emponzoñaban sus anhelos.

Truchero supuso el inicio de su entrega, de su sumisión, pero el hombre se ciñó al sexo convencional y a la exhibición: la jactancia pública. Entonces consiguió un trabajo bien remunerado que el otro, Expedito, puso en peligro hasta que ella se sometió. Con el cocinero superó cualquier umbral de vergüenza y humillación. Su inmensa barriga unida a un pene minúsculo le dificultaban la penetración. Sí, lo lograron en alguna ocasión, en posturas enrevesadas, ayudados con manteles enrollados a modo de almohadones, pero la propia experiencia, forzada cuando no ridícula, su ineptitud para el sexo, avergonzaba e irritaba al cocinero. En la mayoría de las ocasiones en las que la reclamaba, Expedito utilizaba los utensilios de cocina para disfrutar. El mazo usado para machacar en el mortero, cuanto más gordo mejor; los mangos de espumaderas y cazos; todo servía para introducirlo por la vagina y el recto de Emma… O el de él, mientras exigía que le chupase el pene, el culo, le lamiese la barriga o el pecho, que colgaba rollizo por encima de esta. Luego, en la cocina, le sonreía mientras utilizaba aquellos enseres sin haberlos lavado, y lamía el mazo del mortero simulando probar la picada.

—¿Y por qué me contáis la vida privada del pintor? —bramó Emma delante de los jóvenes bárbaros, espantando de sus recuerdos tales escenas.

—Por si hay que defenderlo también de los esposos cornudos —rio uno de ellos, sin amedrentarse ante el tono de su jefa.

Emma vaciló. Abrió las manos y las agitó en el aire.

—No… ¡Yo qué sé! —se quejó.

—Oh —terció el otro joven—, como lo pille uno de los cabrones, o los dos a la vez, nos quedamos sin pintor y sin cuadros para la Casa del Pueblo, y eso no le gustaría mucho a Lerroux… ni a nadie.

—Pues protegedlo también —admitió Emma—. Que no lo toque nadie.

Bastantes problemas tenía ya Lerroux, pensó Emma, como para añadir el que le supondría que un par de cornudos dieran una paliza a su pintor. Efectivamente, tal como había anunciado cuando lo expulsaron del partido republicano, en enero de 1908 constituyó una nueva organización republicana, el Partido Radical, pero solo un mes después se vio obligado a huir de España y refugiarse en Perpiñán debido a la pena de cárcel a la que los tribunales lo condenaron por la publicación de poesías subversivas. El partido y la acción política quedó en manos de los jóvenes violentos y extremistas como Truchero, que fue a quien Emma se dirigió para conseguir el nuevo trabajo de Dalmau, no sin cierto recelo por si la fuga de Lerroux pudiera afectar a su situación, duda que se disipó ante la actitud de quien había sido su amante, así como la de cuantos la rodeaban en las cocinas: incluso desde la distancia, Lerroux seguía siendo el líder, y sus decisiones eran indiscutibles.

Truchero ya no salía con la rubia que desplazó a Emma; ella lo había visto con alguna que otra en el restaurante de la Casa del

Pueblo, pero se comentaba que esas relaciones no eran nada serio. Quizá por eso el dirigente político pretendió a Emma. «Por lo bien que nos lo pasamos», le susurró al oído al mismo tiempo que, con delicadeza, como si no quisiera excederse, le acariciaba la espalda. «¡Un rodillazo en los cojones!», pensó Emma en aquel momento. Lo doblaría por la mitad. Aullaría de dolor. Estaba delante de ella; solo tenía que levantar con fuerza la rodilla y golpear.

—Si es por eso, olvídate —le susurró Emma a su vez, desechando la posibilidad del rodillazo—. Yo jamás disfruté contigo. Eres un amante pésimo. —Truchero se quedó inmóvil—. Pero, tranquilo —continuó—, nadie se enterará por mí. Nunca le haría eso a un camarada.

La inauguración del proyecto de construcción del nuevo gran eje urbano destinado a unir la ciudad ideada por Cerdá, el Eixample, con el puerto de Barcelona, se produjo un martes de marzo de 1908 en presencia del rey Alfonso XIII, numerosas personalidades y una multitud entre la que se encontraban Emma y Josefa. Tras los discursos, al monarca le entregaron una piqueta de plata y, al son de la marcha real, descendió de la tribuna real, una de las cinco que se habían instalado y en la que destacaba el sillón en el que permanecía sentado, se dirigió a un edificio propiedad del marqués de Monistrol, en el número 71 de la calle Ample, y golpeó sobre una piedra que cedió con rapidez y cayó.

—¿Qué coño aplauden? Imbéciles —insultó Emma a la multitud.

—Es su rey —contestó Josefa.

Estaban allí por la simple razón de que Dalmau nunca había llegado a aceptar aquel trabajo que suponía el desahucio de miles de personas humildes. Josefa sabía que desde que Emma se lo propusiera, Dalmau había continuado buscando una ocupación. No la encontraba, se vio obligado a reconocer en la comida del domingo anterior. Aun así, tampoco aseguró a su madre que aceptaría el trabajo como operario del Ayuntamiento, y desde entonces no se habían vuelto a ver.

—Allí está —afirmó Emma señalando una de las seis brigadas de obreros del Ayuntamiento que desfilaban por delante del rey.

Josefa trató de reconocerlo. No lo consiguió. La vista le fallaba; era mucho esfuerzo el de coser de doce a catorce horas diarias. Con todo, asintió con un rictus de aversión en el rostro. En su fuero interno deseaba que Dalmau rechazase el trabajo que desahuciaría a miles de personas para expulsarlas a las barracas de la playa, pero la situación de su hijo debía de ser lo suficientemente desesperada para tener que adscribirse a esas cuadrillas municipales de derribo. Lo lamentó mientras la gente vitoreaba a los obreros como si se tratase de soldados victoriosos regresando del campo de batalla. Una puesta en escena digna del monarca que había honrado a Barcelona con su presencia: por delante de los trabajadores municipales, dos carros, uno tirado por seis caballos y el otro por seis mulas, todos los animales enjaezados con gualdrapas de seda y oro, que transportaban las herramientas de los operarios. Encabezaba cada brigada un capataz con una rama de laurel de la que colgaba una nota con la referencia de la casa que debían derribar, y por detrás de cada una de ellas, una banda de música. Los militares y los guardias municipales iban vestidos de gala, refulgentes. En cuanto a las autoridades civiles, con frac y sombrero de copa ellos, engalanadas ellas con sedas y joyas.

—¡Ridículo! ¡Esperpéntico! Un derroche inadmisible en la época en la que vivimos, y un servilismo ofensivo —volvió a quejarse Emma—, como si fuéramos esclavos.

—Eso es la monarquía —arguyó Josefa—: despilfarro, excentricidad, poderío, capricho. Por eso somos republicanos.

Emma clavó la mirada en Dalmau a su paso por delante del rey: arrastraba los pies con la cabeza gacha. Los republicanos apoyaban el proyecto urbanístico, sí, pero ¿cómo se sentiría Dalmau traicionando a los suyos? Truchero podría haberle ofrecido otro puesto de trabajo; seguro que disponía de alternativas. Sin embargo, probablemente el rodillazo verbal a su hombría lo llevó a proponerle aquel como única posibilidad. Emma suspiró. Josefa seguía sin alcanzar a ver a su hijo, pero oyó el suspiro de Emma y percibió su desasosiego.

—No le queda otro remedio. Necesita comer —apuntó. Emma se limitó a asentir con la cabeza, pensativa. Ese movimiento sí que lo vio Josefa—. Tú también tenías que comer, y darle a tu hija… e incluso a mí.

—¿Qué quiere decir?

—Quiero decir que todos, en algún momento de la vida, nos hemos visto obligados a humillarnos y hacer algo inconveniente, por nuestro bien o el de los nuestros. Ahora es Dalmau. Antes fuiste tú. Deberías olvidar el pasado.

—No sabe de lo que habla, Josefa. Hay cosas que jamás pueden olvidarse.

La ceremonia había concluido y la gente se dispersaba después de que el rey desapareciera entre aplausos. Josefa y Emma decidieron rodear la ciudad por el paseo de Colón, que se abría a la fachada del puerto, antes que introducirse en aquellas callejuelas en las que, con toda seguridad, se toparían con alguna brigada derribando una casa.

—Todo se olvida, muchacha. Olvidamos hasta la muerte de nuestros seres queridos, que es la mayor desgracia que puede acaecernos.

—Josefa…

—¿Te acuerdas de Montserrat?

—¡Sí, claro! —protestó Emma, ofendida.

—¿Cuántas veces al día?

Caminaron unos pasos en silencio. El movimiento en el puerto era constante, caótico; el tiempo, primaveral, agradable; el olor a pescado, fuerte y turbador.

—No sea usted cruel —se quejó Emma.

—No lo soy. ¿Cuántas veces te acuerdas de Montserrat? ¿Una a la semana, quizá? Cuando tropiezas con algo que te la recuerda, ¿cierto?

—Josefa, por favor…

—Era mi hija, y me sucede algo parecido. Continúo llorándola aquellas noches en que me vence su ausencia dolorosa, pero seis años consiguen que sus rasgos se desdibujen en mi memoria y solo me quede su espíritu. Luego la vida diaria te engulle y tus pensamientos vagan de un lugar a otro al albur de los sucesos. Y la pena que me originó la muerte de Montserrat se apaciguó contigo y sobre todo con Julia. —Anduvieron en silencio, al sol templado, envueltas en gritos y olores—. No creo traicionar la memoria de mi hija por ello —afirmó al cabo Josefa—. Vuelve a la vida, Emma. Trata de disfrutar, ¡olvida!

—Josefa… —Más pasos, el silencio de ambas contra el alboroto del puerto—. He llegado al punto de ser incapaz de fantasear con un hombre. Ni siquiera en la cama, sola, a oscuras, puedo olvidar. Pensar en un hombre, en mantener sexo con él, me repele. Tiemblo, sudo, a veces me ahogo, igual que me pasaba cuando el hijo de puta del cocinero me agarraba del cuello, y apretaba y apretaba.

—No deberías pensar en el sexo.

Emma soltó una carcajada que interrumpió a Josefa.

—¡En eso es en lo que piensan ellos! No piensan en otra cosa en el momento en que están frente a una mujer. No nos ven más que como animales, bien lo sabe usted.

Por un momento Josefa creyó quedarse sin argumentos. Emma tenía razón, más todavía por tratarse de una mujer bella, atractiva, voluptuosa. El entorno quedaba almizclado tras su paso, pero no podía permitir que se hundiera en esa sima que la devoraba: tenía que sacarla de allí.

—Julia ya no es tan pequeña. —Emma se detuvo. ¿Qué pretendía decirle? Josefa comprendió cuánto podía afectarle la verdad que iba a descubrir—: Tu hija ya es capaz de darse cuenta de que su madre no es feliz. ¡No sirven los cuatro besos y abrazos que le das por la noche! Los porqués son constantes. «¿Por qué madre no viene a comer los domingos? Lo pasaría bien con nosotras y Dalmau.» «¿Por qué no está nunca?» «¿Por qué no me cuenta cuentos?» ¿Te acuerdas de algún cuento para niños, Emma? —A la pregunta de Josefa, la otra se mantuvo en silencio—. «¿Por qué nunca ríe?» Esa es una pregunta que Julia me ha repetido en varias ocasiones: «¿Por qué madre no ríe como usted, Josefa?». Entonces tengo que dejar de jugar con ella para que no me compare contigo. Si juego y río, pierdes tú; si dejo de jugar, pierde la niña. Tienes que volver a reír, cariño.

Emma lo intentó. Pidió más tiempo libre en las cocinas y se lo concedieron, igual que lo hacían cuando les comunicaba que iba a reventar algún mitin o con los jóvenes bárbaros a acosar rosarios y procesiones. Era la protegida de Lerroux. Algún domingo incluso se sumó a las comidas con Dalmau. Corría 1908, y en una de ellas este le comunicó que en breve terminaría el segundo cuadro.

—Pinta muy bien, madre —saltó en ese momento Julia—, a mí me ha dibujado. ¿Y a usted? Pídale que le haga un dibujo.

—Ya me los hizo, mi niña —contestó Emma asintiendo con tristeza, el recuerdo de los desnudos malditos en su mente.

—¿Y estaba guapa?

—Tu madre estaba muy guapa —terció Dalmau—, igual que lo está ahora.

Josefa se atragantó con la escudella y sus tosidos acallaron momentáneamente la conversación, hasta que respiró de nuevo, lo que tranquilizó a los suyos y a los comensales de las mesas de al lado, alguno de los cuales incluso se había levantado para hacer costado a Dalmau cuando golpeaba la espalda de su madre. Volvían a acudir a casas de comidas baratas, sucias y ruidosas, aquellas en las que por veinte céntimos se ofrecía pan, vino —o más bien ese sucedáneo elaborado con alcohol alemán, como corroboró Emma nada más probarlo, si bien calló—, escudella hervida con col y patatas, huesos, carcasas y tocino rancio de primero, y de segundo lengua o cualquier otro despojo que hubieran utilizado con la sopa. Dalmau ganaba poco dinero, mucho menos que con Maragliano puesto que el Ayuntamiento lo había contratado como peón de segunda, la categoría más baja dada su inexperiencia en la albañilería, por lo que su habitación y sustento le consumían gran parte del salario.

Superado el susto, Josefa, todavía un poco sofocada, sonrió a Emma y a Dalmau. Luego se dirigió a Julia:

—Sí. Tu madre estaba tan guapa como lo está ahora.

Emma no quiso mirar a Dalmau, y fijó los ojos en la mesa en la que comían. Lo que no pudo dejar de ver fueron sus manos, ahora callosas, con bastantes arañazos y alguna herida. Por un momento le recordaron las de su albañil, si bien no tan grandes ni poderosas. Dalmau trabajaba en algo similar a lo que hacía Antonio: derribando inmuebles, transportando piedras de la casa a los carros; todo eso le hería las manos. Cobraba poco dinero, eso lo sabía Emma, pero Dalmau no pretendía más. Parecía feliz con esas comidas de los domingos, su trabajo y su pintura…, su manera de luchar por los obreros, todo ello quizá amenizado con algún revolcón con aquellas vecinas guarras. Emma sintió un destello de ira hacia esas mujeres a las que ni siquiera era capaz de poner cara, aunque la reprimió con prontitud; no era asunto suyo. Su problema sí que podían ser las manos heridas de Dalmau, ya que tal vez afectaran a su pintura.

No fue así, puesto que Dalmau entregó a la Casa del Pueblo un segundo cuadro, magnífico como el primero a decir de muchos críticos, en el que volvía a aparecer una institución religiosa en llamas, en este caso un monasterio de frailes que corrían aterrorizados ante el pueblo alzado en armas.

—El fuego es el motivo central de los dos primeros cuadros, y no les quepa duda que se repetirá en la tercera entrega —anticipó Dalmau en el discurso espontáneo que le pidieron en la Casa del Pueblo. Dudó antes de decidirse a hablar, pero se lanzó al comprobar que la inseguridad y los nervios de otras épocas no atenazaban su estómago ni su garganta. Miró su cuadro. Esa era su fuerza, de ahí provenía su seguridad—. Debemos enseñar a los curas que amenazan y asustan a sus feligreses con el fuego eterno que en realidad no hay otro infierno que este, el que sufrimos nosotros, con la miseria, los salarios exiguos, humillantes, las condiciones de trabajo y las jornadas agotadoras, con la enfermedad de nuestros hijos y con la falta de comida y medicinas.

El público reunido en el salón de la Casa del Pueblo escuchaba sus palabras en un silencio casi reverencial. Emma, en esta ocasión entre la gente, temblaba de emoción, la garganta agarrotada, las lágrimas asomándose a sus ojos para allí ser atajadas casi con violencia con la manga de su camisa, tal que fueran una ofensa, una señal de debilidad. Josefa la agarró del brazo con cariño y la atrajo hacia sí. Dalmau continuaba hablando:

—De ese infierno que padecen los nuestros ni pueden ni deben escapar los ricos, los burgueses y los curas con sus rezos y sus plegarias.

La gente estalló en vítores. Josefa abrazó con fuerza a Emma, y Dalmau se sorprendió ante la vehemencia y dureza de su propio discurso. Pero era su triunfo; aquellos gritos y aplausos provenientes de simples obreros arrastraban al olvido el cuadro que don Manuel tiró a la basura, la persecución a la que lo habían sometido los católicos conservadores, y todas las afrentas recibidas de aquellos individuos. Ese era su lugar, junto a los suyos. Había tardado en entenderlo, pero las efusivas felicitaciones de los líderes republicanos del nuevo partido fundado por Lerroux, este refugiado en Argentina ahora, terminaron de confirmárselo. Dalmau miró a su madre y a Emma, a sus pies, abrazadas entre la gente, y les sonrió.

Aquel segundo cuadro originó similares controversias a las del anterior. Periódicos a favor, otros en contra. Declaraciones e insultos, entre ellos los de don Manuel Bello. Los republicanos, siguiendo las enseñanzas de Lerroux, atizaron las disputas a fin de crear esa violencia que aglutinaba al pueblo en torno a su formación política. Lo único en lo que se diferenció esa jornada festiva fue en la inexistencia de una reyerta a las puertas de la Casa del Pueblo, puesto que la policía había tomado las calles y sus alrededores.

Y de ahí al último cuadro, los tres que a modo de excusa Emma improvisó el día en que se dirigía con los jóvenes bárbaros al cuartelillo de la Concepció, pensó mientras los cuatro, Julia incluida, comían invitados en el restaurante de la Casa del Pueblo, rodeados por los líderes republicanos, que lo hacían sentados a otras mesas. Un menú exquisito: arroz con verduras y estofado de ternera, buen vino y manzana al horno de postre. Dalmau comió con ansia y precipitación, casi sin masticar y, a medida que daba cuenta de un plato, Josefa le cedía buena parte del suyo. Emma simulaba ocuparse de Julia, que hacía caso omiso de la comida para dirigirse a los demás, lanzándoles preguntas y más preguntas, aunque en realidad, mientras esperaba con el tenedor alzado a que la niña tuviera a bien llevárselo a la boca, Emma miraba de reojo a Dalmau.

Había leído las críticas de arte: Dalmau manejaba el pincel como un maestro consumado. Dominaba los colores, el espacio y la luz, aunque sobre todo las sombras. Cierto que las críticas que aparecían en los diarios católicos o catalanistas no eran tan positivas, pero por lo general, en un ejercicio de honestidad, tampoco se ensañaban con la calidad del pintor sino con la temática elegida: el fuego, el infierno, la violencia, la incitación a la masa a sublevarse contra la Iglesia. Y aquel era el hombre que tenía sentado delante de ella y que comía con fruición porque probablemente pasaba hambre en el día a día. Aquel era el hombre que había amado en su juventud y con el que había soñado vivir eternamente. Un hombre que cayó en el pozo más profundo de la desventura con la droga torciendo su razón, pero que consiguió salir de él. Un despreciado por la burguesía que había terminado reencontrándose con su gente, con su camino, y que se entregaba a él de forma altruista, sin pretender siquiera esa comida con que lo habían sorprendido y que disfrutaba como un menesteroso al que invitaban a un banquete: los ojos abiertos, el pan siempre en la mano, la boca permanentemente llena.

¿Y ella? El tenedor, hasta entonces firme frente a su hija, se inclinó y la comida cayó al plato. «¡Madre!», la regañó Julia pese a que hasta ese momento no había hecho caso alguno a sus esfuerzos para que comiera. Emma fue incapaz de levantar de nuevo el tenedor; en su lugar lo hizo Josefa. ¿Y ella?, se preguntó de nuevo Emma. Había vendido su cuerpo. No era más que una mujer desesperada que se lanzaba a la lucha contra católicos, catalanistas y todo aquel que se le pusiera por delante, como la vía de escape a una vida sin otro atractivo que una hija a la que debía ocultar que se había prostituido para proporcionarle una vida mejor. Lo contrario implicaría responsabilizar a su pequeña de ese error, y eso no lo haría jamás. La miró: Julia comía de mano de Josefa. Le sonrió y aprovechó un momento en que tenía la boca vacía para hacerle cosquillas en el costado.

—¡Conmigo no comías! —bromeó.

—Porque hay que ser más cariñosa —terció Dalmau—, ¿verdad, Julia?

Emma supo, Josefa también, que el reproche iba dirigido a ella; nada tenía que ver con la niña. ¿Cariño? ¿Hacía cuánto tiempo que no trataba a un hombre con cariño?

—Yo hago lo que… —trató de revolverse Emma, pero su hija se lo impidió.

—Mi madre es muy cariñosa —los sorprendió la niña—, y muy buena, y trabaja mucho para que Josefa y yo podamos comer y tengamos una casa.

Esa noche, Dalmau invitó a Emma a tomar una copa en el Paralelo: «Como cuando éramos jóvenes».

—Ya no lo somos, Dalmau —dijo ella rechazando la oferta.

—¿No cederás? —le preguntó después Josefa, las dos en casa.

No lo haría. No estaba preparada. Le gustaba el nuevo Dalmau, modesto, cariñoso con los suyos, entregado a la misma causa que ella, pero su cuerpo le decía que no cediera.

—No —contestó a Josefa.

Se empeñó en la cocina. Quiso aprender de Félix las recetas de esos platos típicos catalanes que llenaban los estómagos de los republicanos que acudían a la Casa del Pueblo: pies de puerco con nabos; pollo con pisto; caracoles con alioli; todo tipo de arroces: con pato, con bacalao; perdices a la catalana, guisadas con ajos y aguardiente. Sin embargo, cuanto más trabajaba, cuanto más intentaba distraer sus preocupaciones, más insistía Dalmau.

—¿Qué le pasa a su hijo? —preguntó a Josefa—. ¿No tiene intención de dejarme en paz?

—Pues no, no lo parece. ¿Quieres que intervenga?

—Sí. Dígale que me olvide de una vez por todas.

—¡Huy, no! Yo me refería a darle alguna buena noticia, algo como que aceptas ir a comer o a pasear con él.

—¡Josefa!

—Os quiero a los dos —se excusó la mujer.

—Ya sabe usted la razón que lo impide.

—No. No sé nada.

—Si se enterase Dalmau…

—Si se enterase Dalmau —la interrumpió la mujer—, debería estar orgulloso y felicitarte por todo lo que has hecho por Julia… y por mí, que soy su madre. No seas tan severa contigo misma, hija. ¿Estás segura de que el problema es Dalmau? —Emma irguió la cabeza y entornó la mirada en ese gesto de rudeza que la acompañaba desde que trabajaba en las cocinas. Josefa, sin embargo, continuó con la cuestión que ya flotaba entre ellas tras la anterior pregunta—: ¿Y si lo fueras tú?

—¿Qué quiere decir?

Josefa no contestó.

En 1908 se agravó la crisis económica, que afectó sobre todo a una industria destacada en Cataluña, la del algodón, que desde hacía años arrastraba problemas de superproducción acumulando existencias imposibles de absorber por el mercado, a lo que se añadió una constante alza internacional de precios del algodón en rama que llevaba a las fábricas a trabajar a pérdidas. Ese año, además, se produjo un descenso en casi dos tercios de las ventas a Filipinas, consecuencia de la expiración del tratado con Estados Unidos por el que ambas naciones se repartían aquel mercado transoceánico, pesando todavía más sobre la industria catalana la negociación de un nuevo tratado comercial con Cuba, que finalizaba en 1909. Empresas históricas de importación de algodón en rama se declararon en quiebra, a las que siguieron bancas comerciales. Factorías y firmas de corretaje tampoco pudieron soportar las condiciones de mercado y entraron en insolvencia.

Tras buscar nuevos mercados en los que abastecerse de algodón barato, como sucedió con el de la India, de peor calidad pero que se mezclaba con el americano, los grandes industriales textiles adoptaron las medidas temidas por la masa laboral: la reducción de personal. Un cuarenta por ciento de los hombres y un treinta por ciento de las mujeres empleados en Barcelona y en el valle del Ter fueron despedidos, mientras que para los restantes se reducían los salarios y se aumentaba la jornada de trabajo hasta las doce horas diarias. El recurso al cierre empresarial se asumió por numerosos fabricantes, que simulaban la venta de sus negocios textiles a hermanos, parientes o todo tipo de fiduciarios para declarar extinguidos los contratos de los empleados, imponerles nuevas condiciones mucho más gravosas para ellos y, en el caso de que no las aceptaran, sustituirlos por esquiroles dispuestos a trabajar a bajo coste.

Una multitudinaria masa laboral se sumó a quienes ya vivían en la miseria, y los rumores sobre una nueva huelga general empezaron a correr entre los obreros, las organizaciones políticas y las sociedades laborales.

La tensión social podía palparse. En octubre de 1908 los carreteros de Barcelona se declararon en huelga reivindicando sus derechos. Los empresarios, las agencias de transporte, se negaron a concesión alguna, despidieron a sus trabajadores y los sustituyeron por esquiroles. La violencia no tardó en aparecer. Los huelguistas mataron a un esquirol y la policía respondió con violencia en defensa de los empresarios. Emma colgó su delantal de cocinera y, tras provocar un suspiro de resignación por parte de Félix, se sumó a los carreteros en huelga, a los jóvenes bárbaros y a los obreros sin empleo que recorrían la ciudad armados para detener cualquier carro que violara el cese laboral.

El puerto y la estación del ferrocarril constituían los lugares en los que podía haber mayor tráfico de mercaderías, y por lo tanto de carreteros. Emma y sus jóvenes bárbaros se dirigieron hacia allí sin dudarlo. Entre las filas republicanas corrió el rumor de que se habían visto esquiroles en las cercanías de donde se procedía al derribo de los edificios necesarios para la construcción de la futura vía Laietana. Tras varios días de huelga, si los obreros no despejaban la zona de escombros, era imposible continuar con los trabajos.

—¡Vamos! —ordenó Emma a los bárbaros.

Rodeados de edificios a medio derruir, con el suelo lleno de cascotes, las brigadas municipales se apresuraban a cargarlos en tres carros tirados por mulas que rompían la huelga; operarios, esquiroles y animales protegidos por un destacamento montado de la Guardia Civil y varios agentes a pie armados con fusiles. Emma buscó a Dalmau entre ellos, pero no lo encontró. Quizá por fortuna estuviera en otra casa, alguna calle por encima de donde se hallaban ahora. Su indecisión le costó que uno de los jefes de los bárbaros se le adelantase:

—¡A por ellos!

El choque fue brutal. Los caballos no podían maniobrar entre tanto cascote, y alguno tropezó y cayó al suelo. Los huelguistas superaban con mucho a las fuerzas policiales, que en segundos se vieron envueltas en una lluvia de piedras. Se oyeron disparos. Emma dirigió un grupo contra los carreteros esquiroles que rompían la huelga.

—¡Malnacidos! ¡Traidores! —gritó mientras los perseguía hasta casi entremeterse en el destacamento de caballería de la Guardia Civil, adonde los otros habían corrido a refugiarse.

Tuvo que recular con los suyos. Las piedras de sus propios compañeros estuvieron a punto de alcanzarla.

—¡Atacad! ¡Atacad! —los animó embravecida.

569

Igual que la caballería estaba mermada en su efectividad entre tantos cascotes y paredes a medio derribar, los agentes de a pie estaban más preocupados por protegerse de las piedras que volaban sobre sus cabezas que de apuntar y disparar. Por su parte, los huelguistas iban creciendo en número a medida que los obreros de los alrededores se sumaban a la lucha por los derechos de sus compañeros. Mientras unos continuaban manteniendo a raya a la Guardia Civil, otros desuncieron a las mulas, que escaparon espantadas; luego volcaron las carretas, aún con piedras, y les prendieron fuego. Convenía empezar a retirarse, porque en breve llegarían refuerzos. Emma continuaba escrutando el lugar por si distinguía a Dalmau, y por fin lo vio: mantenía la espalda pegada a un muro, a refugio de las piedras que lanzaban los huelguistas.

—¡Fuera! —se oyó entre las filas de los activistas—. ¡Vámonos!

Huelguistas y republicanos obedecieron y huyeron, dispersándose por los callejones de la ciudad vieja, esa que estaban derribando para contentar a ricos y burgueses. La interrupción del ataque y del lanzamiento de piedras espoleó a la Guardia Civil, que hizo lo propio con sus caballos y salió en persecución de los agresores. De repente, Emma se encontró sola junto a un carro que ardía. Concentrada en la visión de Dalmau, había perdido unos segundos vitales para huir y los guardias civiles que no corrían tras los huelguistas se disponían a controlar la zona. Emma oyó las órdenes de sus oficiales, los insultos de los agentes, las promesas de venganza eterna, y se acuclilló tras la pantalla de fuego que surgía del carro; si la descubrían en aquel momento, serían capaces de cualquier cosa. El corazón se le encogió ante los aullidos de dolor de algún huelguista o republicano que debía de haber quedado atrás, herido. Se ensañaban con él. Emma se levantó de un salto.

—¿Qué piensas hacer, ingenua? —Un tirón en el brazo la detuvo y la obligó a volver a acuclillarse detrás del fuego.

Dalmau estaba a su lado. Aun en esa situación, Emma trató de liberar su brazo de la mano de Dalmau. El otro no se lo permitió y la zarandeó antes de continuar hablándole en susurros.

—¿Quieres que te detengan y que te juzgue un tribunal militar? Esos son guardias civiles, militares. Primero te pegarán una paliza, luego… luego ya puedes imaginarte lo que harán con una mujer como tú, y para terminar te condenarán a un montón de años de cárcel.

Los lamentos aumentaban a medida que los agentes encontraban a huelguistas heridos. Algunos se oían reprimidos, no por ello menos terroríficos. Emma imaginó a aquel camarada con los dientes apretados, luchando por no conceder a la policía la satisfacción de su suplicio. Otros, sin embargo, libres de toda prudencia, se alzaban directamente desgarradores. La Guardia Civil había sufrido una severa derrota, encajonados como habían quedado los agentes entre los cascotes, y en sus filas se contaban bastantes heridos por piedras. Ahora no estaban dispuestos a perdonar.

—¿Y qué quieres que haga? —replicó Emma encogida ante los gritos que no cesaban. Si pudiera luchar, enfrentarse a ellos, la sangre y la ira la cegarían, pero allí escondida, inerme, se sintió abandonada, frágil.

—Vamos.

Dalmau no le dio tiempo a decidirse. Tiró de ella con fuerza y cruzaron el espacio que los separaba de una de las casas en proceso de derribo. Oyeron gritos a sus espaldas: «¡Por ahí!», «¡Escapan!», «¡Detenedlos!». Aquella fuga era una locura, llegó a pensar Emma mientras seguía a Dalmau, saltando por encima de piedras y cascotes. Cruzaban edificios medio derribados con la Guardia Civil tras sus pasos, ordenándoles que se detuvieran. Emma creía que continuarían corriendo por una calle que se abría en el lugar donde había estado la fachada de una de las casas, cuando Dalmau se detuvo. Miró los pies de Emma, luego se agachó y le quitó una de las esparteñas y la lanzó al centro de la calle.

—¿Qué haces?

—¡Métete aquí, rápido!

Y la empujó por detrás de un muro solitario que en un rincón escondía la entrada a lo que había sido la bodega de la casa. Dalmau y Emma descendieron los cuatro escalones que llevaban al sótano, cuando los soldados se detenían frente a la calle.

—¡Allí! ¡Ha perdido un zapato!

Eso fue lo último que oyeron antes de dejar caer sobre sus cabezas la pesada puerta que clausuraba la bodega.

—No te hagas ilusiones —bromeó Dalmau mientras trataban de acostumbrarse a la escasa luz que penetraba por unos agujeros más pensados para ventilar que para proveer de iluminación a la bodega—, el vino se lo llevaron antes de abandonar la casa.

—Era una esparteña casi nueva —se quejó ella.

Se sentaron en el suelo, con la espalda apoyada contra la pared, una en un extremo y el otro en el opuesto. Se trataba de una bodega pequeña, capaz de contener cuatro o cinco cubas.

—¿No nos encontrarán aquí? —se preocupó Emma.

—Esta es mi zona de trabajo. En principio, nadie más tendría que venir por aquí, y hoy tampoco creo que trabaje nadie. Ya has visto que la bodega está escondida. Yo la mantenía abierta, pero una vez cerrada es muy difícil distinguir la puerta del resto del suelo; está cubierta por piezas de cerámica de idéntico dibujo que las demás de la estancia, incluso las junturas cuadran con las de la puerta. Un buen trabajo; las baldosas se confunden. Un escondite perfecto para el vino. No, no creo que nos encuentren. Podemos permanecer aquí todo el tiempo que deseemos…

—Que será el imprescindible para salir con seguridad —lo interrumpió ella.

—Yo esperaría a que anocheciera.

—Demasiado tiempo.

Pese a las reducidas dimensiones del lugar, casi no llegaban a verse. Una sombra frente a otra. Solo voces.

—¿Tanto me odias que no quieres estar conmigo unas pocas horas? Todo lo que sucedió cuando éramos…

—No te odio. En absoluto.

—Entonces ¿a qué viene este rechazo? Sé que no estás con otro hombre. Tampoco espero que te acuestes conmigo ni que te enamores de mí, solo que volvamos a ser amigos.

Las voces se convirtieron en respiraciones, casi más audibles que las primeras a medida que transcurría el tiempo. «¿Y si el problema fueras tú?» La cuestión planteada por Josefa repicaba en su cabeza.

—¿Tú crees que merezco este tratamiento por tu parte? —rompió el silencio Dalmau—. Sé que cometí muchos errores. Ya te pedí perdón entonces, probablemente no con la insistencia con la que debería haberlo hecho, pero así fueron las cosas. He vuelto a pedírtelo ya en esta etapa de nuestra vida, y si es necesario lo reitero ahora: perdóname, Emma, por todo el daño que pueda haberte hecho. Lo cierto es que vives con mi madre y que esta te quiere como a una hija, y a tu hija la adora como a una nieta. Me consta que son afectos recíprocos. ¿A qué ese desprecio, pues? ¿Por qué no podemos ser amigos?

«Porque no puedo volver a enamorarme de ti», pensó Emma. Le habría gustado reconocerlo, pero si lo hacía, después vendrían más preguntas. Y terminaría confesándole que se había visto obligada a entregarse a la lascivia de un degenerado, y a partir de ahí cualquier solución sería mala: Dalmau podría renunciar a ella, despreciarla como a una furcia, o por el contrario comprenderla y asumir su pasado como Josefa sostenía. Pero ¿cómo podría llegar Dalmau a entender sus acciones, si ella misma no lo conseguía? Notó que las lágrimas le corrían por las mejillas. No hallaba consuelo a su espíritu quebrado cuando, noche tras noche, las imágenes de sus humillaciones le removían una vez más las entrañas, y volvía a dolerle la entrepierna, la boca, los pechos. Ahora ya sollozaba, pero no le importaba. La tensión del ataque, el creerse detenida, la huida… Dalmau. Notaba la sensibilidad a flor de piel, las simples palabras la rozaban. Le parecía imposible llegar a olvidar algún día…

Se sobresaltó.

¡Dalmau le acariciaba una mejilla! Obsesionada con sus aflicciones y en la penumbra de la bodega, Emma no había llegado a percibir que Dalmau se le acercaba.

—¿Qué haces! —gritó, y le apartó la mano con un golpe violento—. ¿Qué te has creído!

Emma parecía totalmente fuera de sí. Dalmau creyó ver refulgir sus ojos entre esas lágrimas que lo habían llamado a sentarse a su lado y reaccionó abalanzándose sobre ella.

—¡Déjame! —se revolvió la mujer.

—Sí, sí —aceptó él en susurros al mismo tiempo que intentaba taparle la boca—. Pero no grites, por lo que más quieras. Nos descubrirán.

El empeño de uno por acallarla excitó la cólera irracional en la otra.

—¡No haberme tocado! —insistió Emma antes de que él lograra alcanzar su boca.

—Lo siento —se excusó Dalmau, una vez que logró tapársela. Tan solo se oía la respiración acelerada de Emma; sus intentos infructuosos por volver a hablar y a gritar quedaban en un murmullo apagado—. Únicamente pretendía consolarte. Te he visto llorar y he pensado… Tranquilízate, por favor. Jamás hubiera supuesto que reaccionarías así por acariciarte la mejilla.

Pero Emma no podía calmarse. La boca tapada, igual que estaba haciendo ahora Dalmau con la mano, pero con un paño de cocina asqueroso para impedir que gritase, ni siquiera que llamase la atención: así la forzaba Expedito algunas veces. Y en esos momentos, amordazada de nuevo, en una oscuridad turbadora, creyó volver a notar el mango duro de madera de algún utensilio de cocina hundirse en su recto después de rasgar su ano mientras el untuoso obeso jadeaba de gozo. Se revolvió contra Dalmau con el ímpetu que le proporcionó la rabia, y terminó dándole una patada en el estómago que lo alejó de ella.

—¡En tu vida vuelvas a tocarme! —gritó, poniéndose en pie.

—Silencio, te lo ruego.

—¡Vete a la mierda!

Y tal como lo decía empujó la puerta de la bodega hacia arriba y ascendió los escalones hasta el piso en ruinas. No adoptó precaución alguna, y tuvo la fortuna de que no hubiera ningún guardia civil. Miró a lo largo de la calle, abierta cuan larga era frente al edificio sin fachada, y reconoció su esparteña, tirada. Fue a por ella, se la calzó y se perdió presurosa por el entramado de la ciudad vieja sin mirar atrás, hacia un Dalmau con medio cuerpo fuera de la bodega y que, con un rictus de asombro en la boca, negaba con la cabeza.

19

En la entrega del tercer y último cuadro de Dalmau a la Casa del Pueblo, Emma no estuvo presente. Tenía demasiado trabajo en la cocina, alegó Josefa que le había dicho a modo de excusa. Tampoco concurrió tanta gente ni el acto obtuvo la resonancia de los dos anteriores en los medios de comunicación, por más que, continuando con el incendio de un convento de monjas tal como el pintor prometiera, el contenido fuera mucho más violento, procaz e insultante que el de los otros. Don Manuel firmó algunos artículos durísimos en la prensa católica, utilizando sin moderación alguna todo tipo de invectivas destinadas a denostar a Dalmau, tanto a nivel personal como artístico, pero, a excepción de aquellas diatribas, la atención pública estaba puesta en otros problemas.

Barcelona, como España entera, y con ella los periódicos, los políticos y sobre todo los obreros, se hallaba pendiente de los turbulentos acontecimientos que sucedían en el norte de África, en la zona del Rif, donde se enclavaban las ciudades españolas de Ceuta y Melilla. Como potencia colonial sobre aquel territorio, el gobierno español autorizó en el mes de junio de ese año de 1909 la salida de las tropas acantonadas en Melilla para imponer el orden ante la violencia y los ataques de las cabilas, las tribus bereberes que poblaban la región. Tras una acción bélica costosa en vidas humanas para ambas partes, en la que no faltó la invocación a la reina Isabel la Católica en su lucha contra los moros, se consiguió de nuevo el control del Rif y la apertura de las minas de hierro que allí explotaban una serie de grandes empresarios españoles, encabezados por el conde de Romanones en Madrid y el marqués de Comillas en Barcelona, y que debido a las revueltas de los cabileños permanecían cerradas e improductivas desde hacía más de nueve meses. Banqueros y ricos industriales que defendían sus inversiones en ferrocarriles y minas en el norte de África, junto con los militares, siempre heroicos, siempre deseosos de entrar en combate, forzaron al gobierno de Madrid a tomar esa primera decisión que se trató de encubrir como una acción de simple policía, pero periódicos y políticos, y hasta el pueblo llano, empezaban ya a vislumbrar una nueva guerra. Sobre la moral de la gente pesaba aún el desastre de 1898, acaecido apenas once años atrás, en el que de forma humillante se perdieron las colonias de Cuba, Puerto Rico y Filipinas, a lo que en este caso se unía la incertidumbre de pelear una vez más contra el enemigo atávico de los españoles: los moros. «Mil veces más peligroso que no ir a Marruecos será ir», se repetía en las calles y las tabernas.

España, invariablemente soberbia, negoció con marroquíes y cabileños desde la prepotencia, como si todavía fuera dueña de ese imperio en el que nunca se ponía el sol. Las empresas mineras defendieron sus intereses pactando con el cabecilla de los bereberes, el cual atacó al sultán y cedió el mando a su segundo, quien rompió todos los compromisos y levantó al pueblo rifeño contra aquellos que expoliaban sus riquezas naturales. Por su parte, el Estado español a través de su embajador en Marruecos realizaba unas declaraciones a la prensa extranjera en las que tildaba al nuevo sultán de agrio, descortés y carente de preparación alguna para gobernar el país; unas más que dudosas cartas de presentación ante las autoridades de un país que debía prestar su ayuda en tiempos de incertidumbre.

Con todo, Dalmau recibió vítores y aplausos tras descubrir el nuevo lienzo que cerraba la serie, y que ocupaba junto a los anteriores gran parte de una de las paredes de la sala de actos y restaurante de la Casa del Pueblo de los republicanos. Luego fue invitado a comer junto con Josefa y Julia, una niña que a lo largo de sus cinco años de vida había logrado suavizar los rasgos ásperos y toscos heredados de su padre, aunque mantenía el descaro de la madre.

576

—¿Tampoco vendrá hoy madre? —se quejó después de que el camarero les hubiera tomado nota del menú.

—Tu madre tiene mucho trabajo, cariño —trató de sortear la conversación Josefa.

Julia abrió la boca para replicar, pero Josefa negó con la cabeza, pacientemente, rogándole que no lo hiciera, así que la pequeña cedió y se dedicó a observar con insolencia a los comensales de las mesas en su derredor, no sin antes torcer el gesto. Los niños olvidan pronto; el mayor disgusto se desvanece en horas. Esa es la gran virtud de la infancia: han nacido para reír, para dejar de lado las desgracias y tornar a sus juegos y fantasías. Sin embargo, hasta Julia era capaz de percibir la tensión existente entre su madre y Dalmau. En varias ocasiones habían coincidido, discutieron, y Emma llegó incluso a mostrarse despectiva. Julia quería a Dalmau, adoraba a Josefa y veneraba a su madre, pero todo su mundo afectivo se desmoronaba tan pronto como ambos se encontraban. No se atrevió a preguntar a Emma por no contrariar los momentos de felicidad que vivían cuando regresaba del trabajo. Además, ¿qué culpa podía tener ella? ¡Era su madre! En su lugar, intentó satisfacer su curiosidad a través de Josefa, quien se perdió en excusas y nada le aclaró. «¿Por qué te peleas con mi madre?», decidió interrogar de improviso a Dalmau en una comida de los domingos.

—Porque la quiero.

Julia abrió los ojos tanto como le permitieron sus párpados.

—Entonces, si la quieres…

—No son cosas de niñas —la interrumpió Josefa, y acto seguido recriminó a su hijo la contestación.

—La quiero, sí —insistió el otro haciendo caso omiso a su madre—, pero ella no se atreve.

Josefa alzó la cabeza y miró al techo. Presentía lo que conllevaría aquella estúpida declaración de amor utilizando a Julia como celestina. Sabía cuál era la situación de Emma. Lo habían hablado, lo habían llorado juntas incluso. Emma no lograba superar su pasado y se manifestaba incapaz de amar a nadie con esa rémora. Su reacción fue la de encarcelar todavía más sus sentimientos, tanto más cuanto más la pretendía Dalmau, y buscar el desahogo en la política, en la lucha obrera, en el desprecio hacia la Iglesia, a la que continuaba haciendo responsable de todos los males que asolaban el universo. La muchacha se había radicalizado, y allí donde había un problema, allí donde alguien se atrevía a dar un mitin, estaba ella para aclamar o pelear. Días y noches los agotaba entre su trabajo en las cocinas y su actividad revolucionaria. Cada vez veía menos a su pequeña y Josefa llegó a percibir en ella el reflejo de su hija Montserrat tras salir de la cárcel, cuando sus palabras rezumaban odio por la sociedad, por la gente, por la vida misma. Montserrat murió, se repetía una y otra vez con las lágrimas corriendo por sus mejillas, temiendo idéntico desenlace para quien se había llamado su hermana.

No tardaron en hacerse realidad los presagios de Josefa acerca de las consecuencias de los comentarios de Dalmau a Julia. Emma lo buscó en las obras de derribo de la vía Laietana, le pidió un minuto y le sobró medio.

—No vuelvas a decir a mi hija que me quieres —lo recibió a modo de saludo, sin la menor discreción, a un par de pasos escasos de donde sus compañeros continuaban trabajando—, o que yo no me atrevo a quererte o cualquier otra estupidez que se te ocurra. Si no eres capaz de limitar tu conversación con Julia a los dibujos y a las muñecas, será preferible que no vuelvas a verla.

—Emma…

—Ni Emma ni leches. No hay nada entre nosotros ni volverá a haberlo nunca. Sigue divirtiéndote con tus vecinas y a mí déjame en paz, ¿has entendido? —Dalmau la miraba con la tristeza marcada en el rostro. Algunos de los albañiles presenciaban la escena en silencio—. ¿Has entendido? —repitió—. ¿Y vosotros qué miráis! ¿No tenéis faena! —terminó gritando a los demás.

—Para tener que aguantar a una como esa, mejor que la olvides, Dalmau —intervino uno de sus compañeros.

—Las encontrarás dulces y cariñosas —se sumó otro con sorna.

—¡Haz caso a tus amigos, Dalmau! —chilló Emma dando un manotazo al aire, aunque sin volver la cabeza para que nadie pudiera percibir sus ojos húmedos, ya de regreso a la Casa del Pueblo.

Lo que el gobierno de Madrid había calificado eufemísticamente de simple acción de policía en el norte de África, terminó convirtiéndose en lo que todos preveían: una guerra. En julio, los rifeños atacaron el ferrocarril y mataron a cuatro obreros españoles, poniendo en fuga al resto de los trabajadores que consiguieron huir en una locomotora con la que llegaron hasta Melilla. Desde allí se organizó una operación de castigo que finalizó con un número indeterminado de cabileños muertos por los efectos de la artillería y el fuego de ametralladora. En las filas españolas, el correctivo se cobró cuatro fallecidos, un oficial entre ellos, y más de veinte heridos. A partir de esa agresión a civiles indefensos, revelador de las verdaderas intenciones de las tribus rifeñas, el general de la plaza africana de Melilla solicitó refuerzos a la península para afrontar el conflicto.

Las dificultades pusieron de relieve, una vez más, como sucediera en la guerra de Cuba, la incompetencia y la soberbia de militares y políticos. Después de siglos de soberanía sobre las plazas africanas de Ceuta y Melilla, los militares españoles ni siquiera habían levantado planos topográficos de la región; desconocían las características físicas de los enclaves montañosos que necesitaban controlar, y tampoco sabían dónde desembarcar las tropas en caso de que fuera necesario hacerlo en la costa, lejos de los puertos de las plazas fuertes. La diplomacia, por su parte, volvió a basarse en la arrogancia con los moros y en la falta absoluta de habilidad. Ante la situación en el Rif, el sultán de Marruecos envió una misión diplomática especial a Madrid para convencer a los españoles de que retiraran sus efectivos, comprometiéndose a que las fuerzas marroquíes restaurarían el orden. Esa misión diplomática especial fue recibida y atendida por un subsecretario interino, que era un funcionario de nula representatividad, y por el mismo embajador que se había permitido insultar al sultán en los periódicos. Antes incluso de que la misión retornase a su país, las autoridades españolas felicitaban a las tropas españolas asentadas en África por el castigo infligido a los bereberes.

Pero con independencia de errores y negligencias, la peor lacra que rodeó la guerra de los Banqueros, como se la llamó por los intereses económicos en juego, fue la del orgullo personal y las envidias de los altos mandos del ejército español, defecto este que a lo largo de la historia llevaba a España a la decadencia. En julio de 1909 existía en Cádiz, en el sur de España, a veinticuatro horas de estar plenamente operativos en la zona del Rif con solo cruzar el estrecho de Gibraltar, un ejército de dieciséis mil hombres perfectamente preparados y pertrechados por orden del general Primo de Rivera, anterior ministro de la Guerra del gobierno de España, que previendo el enfrentamiento bélico en África tomó la decisión de crear aquel cuerpo de ejército profesional.

Con todo, el general Linares, ministro de la Guerra en época de la revuelta del Rif, desdeñó los esfuerzos y la visión de su antecesor y prescindió de las tropas acantonadas en el campo de Gibraltar, entonces al mando del general Orozco. En su lugar, y junto a los escasos soldados en activo, llamó a filas a los reservistas, hombres que habían cumplido con el ejército por lo menos seis años antes, en 1903, que se creían libres de obligaciones militares y que, confiados en ello, se habían casado, formado familias y traído hijos al mundo. La gran mayoría de ellos, catalanes, partirían del puerto de Barcelona.

En la Casa del Pueblo, sobre el estrado, sentada en una de las esquinas de la mesa que presidía la reunión republicana, de frente al salón del que se habían retirado las mesas del restaurante y en el que se acumulaban los obreros, furiosos por la medida adoptada por el gobierno de llamar a filas a los reservistas, Emma escuchaba los discursos de los líderes del partido y los vítores o abucheos que originaban.

—¿De que vivirán nuestras familias?

Esa era una de las preguntas que se repetían y que venían a interrumpir cualquier discurso.

—¿Qué comerán mis hijos?

Lo preguntaban las mujeres, algunas a gritos y alzando el puño, otras con lágrimas en los ojos, la miseria y la muerte ya rondando su entorno. El gentío estallaba entonces en protestas e insultos para con los ricos que se libraban de la guerra pagando mil quinientas pesetas, contra las autoridades de Madrid y contra la Iglesia, que apoyaba aquella guerra como si de una cruzada se tratara.

Eran jóvenes de alrededor de veinticinco años, los que tenía ella, incluso menos, pensó Emma al mismo tiempo que los contemplaba. Jóvenes que en su día cumplieron con el servicio activo, pero que ahora tenían esposa e hijos. Su llamada a filas significaba el hambre para sus seres queridos porque los soldados no cobraban nada. Se rumoreaba que el rey pretendía compensar a los reservistas con dos reales diarios, media peseta si en verdad cristalizaba tal alarde de generosidad del monarca. ¿De qué iban a vivir los suyos? Una familia con dos hijos requería de unos ingresos mínimos de ciento quince pesetas al mes para limitarse a sobrevivir.

Miles de familias truncadas. Hombres repentinamente enviados a la guerra, con una preparación militar que, aunque se les suponía, nunca llegaron a recibir en tiempos de paz para ahorrar costos, hasta el punto de que un regimiento de mil hombres terminaba compuesto por trescientos la mayor parte del año por problemas presupuestarios. Así era la milicia española: más generales que oficiales; más oficiales que soldados. El fantasma del Desastre de Cuba y Filipinas, con miles de soldados muertos por la impericia y la negligencia de sus mandos, sobrevolaba la Casa del Pueblo y toda España.

—¿Por qué no llaman a filas a los millares que han quedado fuera de cupo en los últimos años? —clamó una mujer—. Ellos no tienen esposas o hijos. Los jóvenes son quienes deberían ir a la guerra, no los padres de familia.

El auditorio republicano estalló en gritos e insultos. Los de la mesa presidencial se miraron entre sí. Muchos podían contestar a aquella pregunta, pero fue Emma quien se puso en pie y esperó a que la gente se calmase. Conocía la historia y las razones de aquella decisión tan injusta. El tío Sebastián, con quien vivía de niña, cuando la guerra de Cuba, no hacía más que quejarse de ello, una y otra vez, una cantinela que a ella se le quedó grabada: varios familiares que Emma ni siquiera conocía habían sido llamados a filas pese a tener esposa e hijos.

—¿Sabéis por qué han elegido a los reservistas? —Emma tomó la palabra cuando se planteó la cuestión. Luego esperó unos instantes, los necesarios para que se acallasen incluso los murmullos—. Pues porque si los militares reclutasen a los jóvenes, a los quintos que quedaron fuera de cupo por sorteo durante los últimos años, los ricos de esta ciudad perderían mucho dinero.

—¡Eso mismo ya sucedió en la guerra de Cuba! —exclamó alguien.

Emma asintió.

La gente volvió a los insultos y los abucheos, pero muchos de los presentes reclamaron silencio al grito de «¿Por qué?» o «¡Explícate!». Emma recordó palabra a palabra las quejas del tío Sebastián:

—Hay compañías de seguros que ganan muchísimo dinero asegurando que una persona sea o no llamada a filas. Si esa persona es reclutada, la compañía de seguros tiene que pagar las mil quinientas pesetas que cuesta la redención a metálico del servicio militar. Todos conocéis el sistema, aunque ninguno hayáis podido pagar lo que cuestan esas aseguradoras —añadió verbalizando lo que todos pensaban en aquel momento—. Bien, si son los reservistas los que van a la guerra, las compañías de seguros no pagan un céntimo: los reservistas que prestasteis servicio activo no teníais seguro; de haberlo tenido, ni siquiera hubierais entrado en el ejército, no seríais reservistas. Por el contrario, si se llama a todos los quintos que quedaron fuera de cupo, muchachos que resultaron afortunados en el sorteo, esas compañías de seguros tendrán que pagar todos los contratos que han firmado a razón de las mil quinientas pesetas, puesto que todos los quintos, sin excepción, serían llamados a la guerra y muchos de ellos tendrían seguro. Y eso —añadió Emma— es un perjuicio económico que los inversores ricos de esta ciudad ni pueden ni van a consentir. Ellos, los ricos…, y la Iglesia han declarado una guerra que nos venden como patriótica cuando no es más que una excusa para defender sus minas y sus ferrocarriles; ellos transportarán desde el puerto de Barcelona a nuestros hombres, en sus barcos, cobrando los portes al Estado, y por si todo eso fuera poco, ellos hasta deciden quién de los nuestros, de los humildes, de los miserables, debe o no morir. ¡Tú! ¡O tú! ¡Quizá tú! —Interrumpió su discurso señalando a algunos hombres—. Y esa macabra elección no la hacen por patriotismo, la hacen en consideración a sus beneficios.

Si alguien esperaba que el alboroto resurgiese, erró. Resonó algún grito, cierto, y también un par de insultos, que al momento cesaron ante la actitud de la mayoría de los obreros, quienes sintieron que las palabras de Emma horadaban su amor propio y arrasaban la poca dignidad que les quedaba después de entregar su vida en fábricas y talleres en jornadas inacabables y por unos salarios mezquinos. Los hombres no se atrevieron a mirar a sus esposas y a sus hijos, porque no tenían palabras para expresar lo que sentían. ¿Qué honra les restaba para ser reconocidos como los cabezas de familia? Se sintieron títeres cuyos hilos movían los ricos, hasta el punto de disponer de sus vidas. Se sintieron simples monigotes. Borregos. Y sabían que, junto con sus vidas, con las de los obreros bufones sometidos al capital, iban también las de los suyos.

Los rumores se reavivaron al cabo de unos instantes.

—¡Impuesto de sangre! —gritó entonces Emma desde el estrado—. Eso es lo que nos cobran a los pobres, a los que carecemos de recursos: un impuesto de sangre. —Paseó la mirada por el auditorio—. ¡Queremos pagarlo!

Un rugido atronador surgió de los centenares de bocas que abarrotaban la Casa del Pueblo.

—¿Vamos a pagarlo! —volvió a gritar Emma, el puño en alto, enardecida pese a que nadie podía oírla ya.

—¡Abajo la guerra!

Ese fue el eslogan adoptado por los republicanos del Partido Radical, y con él en la boca empezaron a manifestarse por toda Barcelona, aunque principalmente por las Ramblas, vía por la que descendían los batallones de soldados y donde también se encontraba el palacio del marqués de Comillas, objeto de la ira de todos los manifestantes. Los embarques de soldados de la tercera brigada se iniciaron el 11 de julio. Emma conocía a bastantes de esos reservistas que desfilaban por las Ramblas hacia un destino tan incierto como peligroso: dos camareros de la Casa del Pueblo; varios miembros de las brigadas de jóvenes bárbaros y muchos otros hombres, padres de familia de edad similar a la de ella, con niños pequeños, que se le acercaron tras su discurso en la Casa del Pueblo. Algunos habían intentado desertar, pero las autoridades, previsoras, incrementaron las medidas de vigilancia en caminos, trenes, puertos y fronteras. La detención fulminante de varios desertores y la publicidad que se concedió al éxito de la policía disuadieron a la gran mayoría de los reservistas de lanzarse a una aventura que, en caso de fracasar, conllevaba una pena superior incluso a la de acudir a la guerra contra los moros. Padres y madres desesperados pidieron soluciones a Emma. «¿Que hará el Partido Radical?» «¿Cómo nos defenderá?» «¿Dónde está Lerroux?» «¿Por qué no está aquí peleando por los suyos?» «Nosotros construimos esta casa porque él nos lo pidió.»

—Lerroux está regresando de Argentina —trató de tranquilizar Emma a la gente. No podía jurarlo, pero se comentaba que estaba decidido a volver a España amparado en la inmunidad parlamentaria que le procuraba su acta de diputado nacional obtenida en ausencia—. En cuanto a lo que haremos, os prometo que detendremos la guerra. ¡Lo conseguiremos! Iremos a la huelga general. Paralizaremos el país. Nuestros camaradas de Madrid y de algunas otras ciudades están con nosotros. Tendrán que hacernos caso. ¡Confiad!

El recurso a la huelga general se propuso como el mejor medio de presión, pero no fueron los republicanos radicales quienes lo hicieron, sino los socialistas, que se apresuraron a abanderar las protestas contra la guerra mientras los líderes radicales se mostraban complacientes con el gobierno de Madrid. Con todo, conscientes de que sus bases eran las que sufrían las consecuencias del conflicto, desviaron las culpas hacia la Iglesia, hacia aquellos católicos recalcitrantes, amigos del Papa, cuyos intereses económicos eran los que habían levantado en armas a los bereberes.

En cualquier caso, los obreros por un lado, los radicales y los anarquistas por otro, los socialistas y hasta los catalanistas con ellos, consiguieron que Barcelona se convirtiera en un polvorín a punto de estallar.

—Grita, hija —animó Emma a su pequeña—. ¡Venga! Dilo conmigo: ¡Abajo la guerra!

—¡Abajo la guerra! —repitió Julia alzando el puño al aire como su madre.

«¡Bravo!» «¡Muy bien!» «¡Ya eres de las nuestras!» Fueron Josefa y otras mujeres las que felicitaron a la niña, como hacían con todos los demás críos que, como Julia, acompañaban a sus madres a las manifestaciones. Ante la dureza con la que el gobernador pretendía imponer el orden, a través de la policía, de la Guardia Civil, de disparos al aire y de detenciones, los manifestantes volvieron a las tácticas de antaño: mujeres y niños por delante de los obreros para alterar el espíritu de las fuerzas del orden público. Emma se crecía y disfrutaba con la política de abierta confrontación adoptada por los radicales. ¡Más de seis mil habían llegado a congregarse frente a la Casa del Pueblo! Pero sobre todo contemplaba orgullosa la presencia de su niña y de Josefa, que se había empeñado en acompañarla en cuanto supo que Emma pretendía llevar a la pequeña. «No os dejaré solas», le dijo. Y no lo hizo. ¡Luchaban juntas! Eran su familia y las tenía a su lado. Llevaban ya varios días de manifestaciones y Emma se mostraba exultante, hasta el punto de terminar ronca cada jornada. Por las noches Julia caía rendida, y Josefa obligaba a Emma a callar por más que quisiera comentar lo acaecido durante el día mientras le proporcionaba unas pastillas gelatinosas que contenían cloro, boro y cocaína, indicadas para las afecciones de garganta, e indispensables, según rezaba el prospecto, para oradores y cantantes.

—Cantar no cantas —comentó Josefa con ironía en la primera ocasión en que se las dio—, pero como oradora no te gana nadie.

El domingo 18 de julio de 1909 no celebraron comida con Dalmau. Ese día estaba programado un nuevo embarque de tropas compuestas mayoritariamente por catalanes, y Josefa mandó recado a su hijo de que debían estar atentas al paso de los soldados. También ella se sentía revivir con las revueltas. Percibía la tensión en la ciudad, en sus gentes y hasta en sus edificios. A primera hora de la tarde se produjo el desfile, cuando no solo activistas y manifestantes lo esperaban, sino en un momento en el que la gente de Barcelona que había conseguido el derecho al descanso dominical se echaba a las calles para buscar un poco de aire y abandonar unas viviendas que se les caían encima, más todavía en aquel julio caluroso.

Las autoridades civiles y militares de Barcelona, arrogantes, continuaban menospreciando al obrero y, pese a mítines, manifestaciones y amenazas, en lugar de rodear la ciudad vieja para llegar hasta los barcos, condujeron a los soldados por el centro de esta, desde el cuartel del Bonsuccés, al principio de las Ramblas, hasta el puerto. Allí estaba Emma, con su hija de cinco años, y Josefa, y mujeres que lloraban con desconsuelo al paso de sus esposos, sobre cuyos hombros cargaban, como si se tratase de una impedimenta más, a sus hijos pequeños. Los oficiales, ante el gentío que se arracimaba en derredor de las filas, lo permitieron. Había ancianas que los animaban, pero la gran mayoría sollozaba también. Esposos y padres que partían a la guerra contra los moros y que dejaban atrás, en la miseria, sin recursos, a sus familias.

Emma, con la garganta agarrotada, apretó contra sí a Julia, a la que llevaba por delante agarrada de los hombros. Ella misma buscó el consuelo de Josefa y se arrimó a la mujer. No era momento de gritos ni consignas. La mayoría lo entendió y exigió respeto a quienes alzaban la voz. Un funeral masivo: el duelo de centenares de mujeres que entregaban a sus maridos al capricho de los ricos. Las tropas fueron fundiéndose con el pueblo. Emma cargó a Julia sobre los hombros y, con Josefa a su lado, entremetidas en las filas deslavazadas de soldados, mochilas y fusiles rodeándolas, se sumó a la procesión que continuaba descendiendo hacia el puerto. La tensión, contenida hasta el límite, reventó en el momento en que la inmensa comitiva se desparramó al acceder al amplio paseo de Colón, frente a los muelles. Allí estaban los barceloneses. Algún grito de ánimo, aislado, temeroso de romper el hechizo con el que se desplazaba la multitud. Unos primeros aplausos comedidos, que sin embargo no solo no cesaron sino que fueron elevándose progresivamente hasta alcanzar un fragor que hizo retumbar los adoquines de la calzada.

Emma no podía aplaudir porque sujetaba a su hija por los tobillos, pero la pequeña sí lo hacía, como Josefa, como muchas otras mujeres obreras, la mayoría dejando correr las lágrimas, como Emma. A los vítores empezaron a sumarse las reivindicaciones: «¡Abajo la guerra!». Emma oyó gritar a su hija y le temblaron las piernas. Se repuso y prosiguió con paso firme, con los dientes apretados, sacudiendo a Julia con los hombros, azuzándola para que tratase de elevar su voz infantil por encima de la algarabía. Era peligroso, y Emma lo sabía. Lo sabía la mujer que iba a su izquierda, con un crío sobre los hombros como ella, y también la de la derecha, que llevaba de la mano a un niño algo mayor. Lo sabían las de atrás, y las de los lados que formaban el frente de la manifestación. Todas ellas eran conscientes del riesgo que corrían tanto ellas como sus pequeños, pero estaban decididas a luchar por detener la injusticia.

«¡Abajo la guerra!», estallaba el grito en boca de mujeres y niños.

En el muelle los esperaba una considerable fuerza de policía bien armada que, sin consideración alguna, fue obligando a los soldados a separarse de sus seres queridos y embarcar a bordo del vapor *Cataluña*. La situación se desmandó cuando la multitud se percató de que allí adonde ellos tenían prohibido acceder sí lo habían hecho unas decenas de burguesas, ricas, señoras de la alta sociedad, ataviadas de negro como si acudiesen a un funeral, perfumadas y enjoyadas, que repartían medallitas religiosas y tabaco entre los soldados a modo de protectoras divinas, de enviadas de Dios, lo que no logró más que irritar a la tropa y a sus acompañantes. La gran mayoría de los soldados arrojaron las medallas al mar, con desprecio.

—¡Tirad también los fusiles! —se oyó desde la multitud.

«¡Que vayan los ricos a la guerra!» La policía exhibió sus armas a fin de detener la avalancha de civiles sobre el muelle. «¡Y los curas!» «¡Que vayan ellos a convertir a los moros!» «¡Que vayan a morir los ricos!» «¡O todos o nadie!»

Mientras los gritos y las amenazas arreciaban y la policía empezaba a disparar al aire para contener el tumulto, los oficiales apresuraron el embarque, retiraron la pasarela y el *Cataluña*, cargado de reservistas, zarpó. Todavía se despedían familiares y soldados cuando parte de la policía incrementó sus disparos al aire para disolver a la muchedumbre y otro grupo iniciaba las detenciones. Las mujeres con niños se habían retirado ante las primeras detonaciones, y Emma fue con ellas, hasta que encontró a Josefa y le entregó a la niña. «¡Cuide de ella!», le rogó antes de volverse, iracunda, hacia el muelle, como si policías, activistas y hasta militares estuvieran esperando su regreso. Se situó en primera fila, rodeada de mujeres que seguían asumiendo su papel de punta de lanza en defensa de sus hombres, y allí gritó más que nadie, pateó y escupió a los policías que formaban la barrera de contención. Un par de ellos se le echaron encima, ávidos por detener a la Profesora. La conocían: se había ganado a pulso constar en todas las listas de elementos conflictivos y revolucionarios que las autoridades manejaban. Emma no pudo maniobrar con agilidad. Trató de escapar, pero la agarraron antes de que diese tres pasos. Tiró del policía mientras buscaba ayuda. Un brazo fuerte la rodeó de la cintura impidiéndole continuar. El otro policía la agarró por el tórax y le apoyó una mano directamente en el pecho. «¡Hijos de puta!», gritó ella. Los policías la arrastraban, vencida, hacia el muelle, donde todavía permanecían las autoridades y las beatas por cuyos trajes y joyas iban a morir los reservistas catalanes.

Súbitamente se detuvieron.

—¡Soltadla!

Fue esa voz la que logró que las fuerzas que parecían haberla abandonado renacieran en Emma. Se revolvió contra los agentes con mayor ahínco. Nuevas voces conocidas entre los disparos al aire de la policía y el griterío. ¡Eran sus jóvenes bárbaros! Cinco, quizá más, a las órdenes de Vicenç. Rodearon a Emma y a los policías, que pedían ayuda a los suyos, aunque esta llegó del bando de los radicales, que ni siquiera tuvieron que utilizar la fuerza para liberar a Emma puesto que los dos agentes se retiraron reculando hacia el muelle y mostrando las palmas de las manos a media altura.

—Siempre metida en líos —bromeó Vicenç mientras se alejaba del lugar junto con Emma y los suyos.

Ese mismo 18 de julio en el que los ciudadanos de Barcelona se habían levantado contra los embarques de tropas se produjeron las primeras bajas importantes en el Rif. Los cabileños atacaron por sorpresa al ejército español ocasionándole más de trescientas bajas. La noticia llegó por cable al día siguiente, aunque el ejército tardaría mucho más en comunicar la identidad de los muertos, por lo que madres, esposas e hijos de los reservistas empezaron a sufrir su particular calvario: el de la espera angustiosa hasta saber si alguno de los suyos se contaba entre los fallecidos.

Emma vivió aquel tormento en primera persona. Se había refugiado en casa de Vicenç, en el barrio fabril de Sant Martí de Provençals, la Manchester catalana. Se trataba de una manzana en la que, como ocurría en muchas de las de aquella zona, las casas se integraban con las industrias, y así gran parte del terreno era ocupado por una fábrica o un taller y el resto, de forma caótica, por edificios de viviendas obreras. En el caso de la familia de Vicenç, su casa lindaba con una forja de grandes dimensiones que no solo hacía retumbar suelo y paredes con cada golpe del martillo pilón, sino que también incrementaba de forma agobiante la temperatura ya bochornosa de aquel mes de julio debido al calor que escapaba de sus hornos permanentemente encendidos. Allí, en el característico piso construido para alojar obreros —habitaciones oscuras con ventilación a patinejos, una sala de estar sin cocina siquiera y retretes compartidos—, se amontonaban los padres de Vicenç, él mismo y una hermana con un niño pequeño a cuyo marido habían llamado como reservista. Elvira se llamaba la joven, cuyo llanto constante desde que su esposo embarcase se había incrementado con la noticia de las primeras bajas. A instancias del propio Vicenç y de algunos otros líderes republicanos que coincidieron con la opinión del primero, se decidió que Emma se escondiese durante un tiempo en el barrio de Sant Martí, puesto que la policía no tardaría en iniciar detenciones. «De la cocina no te preocupes —la liberaron sus jefes—, te necesitamos mucho más en las calles.» Dada la nula reacción del gobierno ante las reivindicaciones obreras para que se detuviese la guerra, se hablaba ya abiertamente de una huelga general a nivel nacional liderada por los socialistas. En Madrid, uno de los embarques de reservistas en la estación de tren de Mediodía había terminado en una batalla campal, con las mujeres tumbadas sobre las vías, algunos vagones volcados y los seguidores de Pablo Iglesias peleando contra la policía.

Así las cosas, Julia quedó al cuidado de Josefa, y Emma al de los jóvenes bárbaros, que la rodeaban para que no sufriera daños ni fuera detenida en las manifestaciones que se sucedieron en Barcelona mientras se preparaba una huelga general a la que los líderes republicanos, con Lerroux todavía en el extranjero, prestaban su apoyo aunque, en una especie de doble juego, disimulaban su compromiso firme con las revueltas que se producían en la ciudad condal: ciertamente, enviaban allí a sus activistas y afiliados y llegaban incluso a vender pistolas, a plazos, en la propia Casa del Pueblo. Sin embargo, todo quedaba en aquel perfil bajo: el de Emma, sus bárbaros, los obreros y los anarquistas, que, huérfanos de organización estos últimos, se habían sumado a las filas republicanas. Noche tras noche, la multitud de manifestantes se concentraba en la plaza de la Universitat, donde la esperaba un destacamento especial de policía que disparaba al aire y trataba de hacer detenciones.

La situación en la ciudad empeoró. Las autoridades impusieron una censura informativa que impidió tener conocimiento de lo que sucedía en otras partes de España, principalmente en Madrid, pero eso no afectó a una población como la barcelonesa que siempre había luchado por sus derechos.

En unos días se supo que los cabileños del Rif, tras una semana de combates, habían roto las líneas españolas de aprovisionamiento. Las autoridades censuraron el conocimiento del número de bajas producidas entre los españoles, lo que solo consiguió que los rumores se extendiesen en tabernas y tertulias, multiplicando la catástrofe. Los reservistas, que como mucho habían disparado tres veces un rifle en su período de servicio activo, y de eso hacía ya años, desembarcaban para, sin descanso ni preparación alguna, ser destinados al frente a combatir con los bereberes, guerrilleros expertos que peleaban con ardor por su tierra y sus gentes.

Cuantas noticias llegaban a la ciudad, así como la postura intransigente de las autoridades, que habían reforzado su capacidad disuasoria con setecientos guardias civiles más, bien armados, muchos a caballo, enardecían todavía más a los obreros barceloneses. ¡Sus gentes morían como perros en una guerra iniciada por los ricos para defender sus intereses económicos!

Barcelona en un mes de julio cálido y bochornoso. El polvo de las calles sin adoquinar del barrio de Sant Martí se mezclaba con el sudor de la gente; ni siquiera las noches traían algo de frescor a un ambiente sucio y opresivo. Después de las manifestaciones, hombres y mujeres se quedaban en las calles, incapaces de encerrarse en los tugurios que tenían por casas. Allí estallaban los llantos que en forma de insultos y odio se habían vertido en las concentraciones al compás de las cargas policiales. Allí, en las entradas de aquellas casas míseras, los gritos contra la guerra se convertían en aullidos, unos sordos, otros agudos y potentes, todos desgarradores, que surgían de boca de madres y esposas jóvenes.

—Vamos al terrado —invitó Vicenç a Emma. La mirada torva de la joven lo obligó a explicarse—: Igual corre un poco de aire.

Vicenç lo intentó una vez en la azotea, en un rincón, alejados de algunos vecinos que también buscaban esa brisa inexistente. Emma era consciente de que lo haría; el joven llevaba ya algún tiempo desviando una mirada que ella percibía lasciva. Quiso besarla. Emma lo apartó; lo hizo con dulzura, pese a que la sensación de asco y suciedad la golpeara con fuerza ante la sola posibilidad de una relación. No pudo soportar la idea de su contacto, de los labios y la lengua de Vicenç, de sus manos recorriendo sus pechos... Se le revolvió el estómago y una riada de bilis alcanzó su boca.

—No, por favor —le rogó ante la insistencia del capitán de los bárbaros, apartándolo de nuevo.

—¿Por qué no? —preguntó el otro—. Sé que no estás con nadie. Déjate llevar. Disfruta.

No estaba con nadie, era cierto. Desde la última bronca que le había echado a Dalmau no había vuelto a saber de él. Ignoraba por qué pensaba en Dalmau en ese momento, ya que tampoco había estado con él desde hacía muchos años. Quizá porque sentía que se había excedido. Sí, seguro que sería por eso. Las manos de Vicenç en sus caderas la trajeron de nuevo a la realidad. ¿Dejarse llevar? ¿Disfrutar? Se había hablado mucho de ella; aun así, no estaba dispuesta a confesar al bárbaro los horrores sufridos en las malhadadas cocinas de la Casa del Pueblo.

—Por favor —insistió—. Te aprecio, Vicenç, pero no quiero. No quiero.

El jefe de los bárbaros chascó la lengua y la soltó.

—La gente muere —dijo entonces, y señaló con el dedo al aire para indicarle que prestara atención a los llantos que provenían de las calles—. Deberíamos gozar. Somos jóvenes. Si cambias de opinión, ya sabes dónde estoy.

Emma se limitó a asentir con la cabeza.

El lunes 26 de julio de 1909 se inició la huelga general en Barcelona. Tal como estaba previsto, a las cinco de la mañana Emma partió con los piquetes a convencer a los obreros de que pararan y tomasen las fábricas. Las mujeres, adornadas con lazos blancos, se convirtieron en los elementos más activos, cuando no en los más violentos.

—¡Cerrad! —se encaró Emma, junto con un par de mujeres, con varios operarios de una fábrica de galletas que se negaban a sumarse al paro.

—¡Que os jodan! —contestó uno de ellos.

—Para eso es para lo que sirven —se burló otro.

—Tenemos tiempo para echaros un buen polvo.

Una de las mujeres les mostró un bastón grande que escondía a su espalda y que volteó sobre su cabeza, y otra los amenazó con un cuchillo. Los hombres recularon. Emma no iba armada. Había intentado recuperar su pistola, esa que no había disparado nunca, pero Josefa volvió a impedírselo con el mismo argumento de siempre: Julia. «Pelea con un madero si es necesario, pero no dispares a nadie», le aconsejó. No llevaba palo alguno, lo que no le impidió abalanzarse sobre los galleteros con las manos a modo de zarpas, haciendo costado a las otras dos.

—¡Quietos todos! —Un hombre se interpuso entre mujeres y obreros. La situación se apaciguó el tiempo necesario para que el entrometido pudiera explicarse—: No es necesario que insistáis —les dijo a ellas— ni que vosotros os opongáis a la huelga —añadió en dirección a los trabajadores—. El amo ha decidido cerrar la fábrica.

Eso fue lo que sucedió en el cinturón industrial de Barcelona. Muchos obreros se sumaban a la huelga, pero eran también muchos los industriales que cerraban sus fábricas y talleres, algunos por miedo ante la inexistencia de fuerzas policiales suficientes para controlar la situación, otros porque comulgaban con la causa pacifista que abanderaban los activistas: el fin de la guerra en el norte de África.

Controlada la gran industria en solo una mañana, Emma y sus acompañantes se dirigieron al centro de Barcelona, donde, pese a las instrucciones de la Guardia Civil y su compromiso de defenderlos, los tenderos y los pequeños comerciantes se sometían a los cierres a medida que Emma y sus acompañantes fueron instándolos a hacerlo; pocos discutieron.

—Venceremos —comentaba Emma con las mujeres que la acompañaban a medida que los comerciantes se avenían a sus pretensiones. Conocía a algunas, del partido, a otras nunca las había visto: obreras y trabajadoras ilusionadas—. ¡Abajo la guerra! —gritó con el puño en alto.

La consigna republicana fue coreada por multitud de gargantas, muchas de ellas de niños y muchachos ávidos de algaradas, que no dejaban de añadirse al paso de un piquete cada vez más numeroso. Algo similar sucedía en el resto de la Barcelona vieja, con la noticia del triunfo de la huelga en los suburbios en boca de todos los ciudadanos, donde fueron formándose grupos revolucionarios, si bien dirigidos en algunos casos por simples delincuentes deseosos de aprovechar el caos, o por conocidas prostitutas como la que, al mando de una banda de hombres y mujeres, causó el terror en los cafés y espectáculos del Paralelo que se negaban a cerrar.

Emma acudió a comer a la Casa de Pueblo, desde donde se planeaban las acciones, no sin antes pasar por la calle Bertrellans para achuchar a su hija, que se abrazó a sus piernas entre risas y chillidos.

—Esta tarde —le dijo a Josefa mientras abrazaba a la niña— hay convocada una manifestación frente a la Capitanía General. Ve a jugar a nuestra habitación —pidió a la pequeña después de un rato de volcar en ella toda su atención. La niña obedeció, no sin el apremio de un empujón cariñoso en la espalda—. No llevaré a Julia… —empezó a decir antes de que Josefa la interrumpiera.

—No sabes cuánto me tranquiliza esa decisión. No saldremos a la calle, me quedaré con ella.

—Ya. Las cosas están poniéndose feas. Esta vez es diferente, Josefa, se percibe en las calles, en la gente, en el ambiente, en la tensión… Lo he hablado con otras compañeras y todas hemos decidido lo mismo. —Dejó transcurrir unos segundos durante los cuales ambas se distrajeron escuchando a Julia hablar con su muñeca—. Lo que sí querría es que me diera la pistola. —Emma deshizo el encanto de repente. Tampoco en esta ocasión la consiguió—. Todos van pegando tiros por las calles —alegó.

—¡Pero si ni siquiera sabes usarla! —se burló Josefa—. Escucha —le advirtió, acallando el amago de quejarse y discutir de Emma—, declararán el estado de guerra como sucedió en 1902, y a todos aquellos a los que detengan armados los juzgarán bajo la ley marcial. No te arriesgues. —Emma suspiró—. ¿Todavía no has encontrado un buen garrote? —trató de animarla.

Ya en la Casa del Pueblo, los huelguistas lucharon contra los guardias civiles que protegían los tranvías, también por detrás de las mujeres y algunos niños a modo de muro defensivo. Hubo heridos de bala, entre ellos una niña. Emma vio cómo su madre, una activista republicana a la que conocía, corría con ella en brazos pidiendo ayuda a gritos. Su palidez contrastaba con la sangre que manaba de la herida de su hija, y Emma pensó que era una sangre inocente, más líquida y brillante que la que perdían los demás heridos. Fue a ayudarla, pero un grupo de hombres rodeó a la mujer y se hicieron cargo de la pequeña.

—Haced correr la voz entre las madres —ordenó entonces a los jóvenes bárbaros—, que no deben llevar a sus hijos pequeños a las reyertas.

—¿Lo saben los jefes? —se le ocurrió cuestionar la idea a uno de ellos—. Los líderes del partido, quiero decir.

—¿Tú ves a algún líder por aquí? —contestó sarcástica Emma. Nadie encabezaba aquella lucha.

Tal como Josefa augurara, ese mismo mediodía el capitán general declaró el estado de guerra en Barcelona. Clausuraron la Casa del Pueblo y muchos otros ateneos. Los obreros y los delincuentes que se habían unido a los activistas políticos se dedicaron a asaltar entonces las comisarías; los primeros para liberar a sus compañeros detenidos, los segundos para incendiar los archivos y las fichas policiales y eliminar así sus antecedentes penales. En algún caso lo consiguieron. Hubo más muertos, como los que se produjeron en la manifestación señalada para aquella tarde frente a la Capitanía General, en el paseo de Colón, de nuevo con las mujeres en cabeza. Fueron muy pocos los niños pequeños que pudieron verse, y las propias mujeres desplazaron a las madres que iban con ellos hacia las filas posteriores. Emma se mantuvo con el brazo en alto, como otras muchas camaradas, exigiendo el final de la guerra en el norte de África y el regreso de los reservistas, hasta que las fuerzas de seguridad abrieron fuego contra ellos. La policía refirió algunos heridos, no más de tres; los huelguistas consignaron bastantes muertes.

La situación escapaba del control de todas las partes. El ejército, cercano a los mil quinientos hombres, estaba compuesto en partes iguales por oficiales y por soldados, a razón de uno a uno, y no recibió otra orden que la de controlar los edificios administrativos. La seguridad pública restaba así en manos de un millar de guardias civiles y otro millar de policías, a todas luces insuficientes para enfrentarse a las decenas de miles de obreros que habían tomado las calles mientras el resto de los ciudadanos se encerraban en sus casas como si el problema no les incumbiera. Los políticos, sobre todo los republicanos, se distanciaron de un movimiento que no podían dominar, por lo que la masa obrera, excitada, airada por la guerra y las muertes en su ciudad, quedó bajo las órdenes de los activistas más radicales que lo primero que hicieron fue aislar Barcelona mediante barricadas, controles, y cortes de carreteras, vías férreas, teléfonos y comunicaciones.

La huelga general nacida para reclamar el cese de la guerra iba camino de convertirse en una verdadera revolución capaz de derrocar al gobierno y hasta al rey. «¡Viva la República!», gritaban ya muchos de los sublevados.

Esa noche, la primera de la revolución, en el Poblenou, los republicanos tuvieron oportunidad de dirigir su ira contra ese enemigo atávico culpable de todos los males de la sociedad, y a la que sus líderes habían responsabilizado incluso de la guerra: la Iglesia. Al anochecer se prendió fuego a un colegio de los hermanos maristas, una institución generosamente financiada por seglares ricos con la que ni los republicanos ni los sindicatos podían competir, lo que dejaba la educación de los niños obreros en manos de religiosos que les inculcaban aquellas ideas que debían llevarlos a la admisión de las clases sociales como designio divino, para que renunciaran a su libertad y se humillaran y sometieran pacíficamente a los privilegiados, todo bajo la promesa de un mundo mejor tras la muerte. Junto con el colegio, sin que las fuerzas de orden público hicieran nada por impedirlo, ardieron también la iglesia y la biblioteca.

20

Dalmau se escondió entre la multitud para que Emma, en cabeza de la revuelta junto con otros radicales y jóvenes bárbaros, no lo descubriera; la veía exultante, enardecida, alegre, viva, y no deseaba que su presencia pudiera turbar esa felicidad y hacerle torcer el gesto siquiera. Se hallaban frente al colegio de los escolapios, en la ronda de Sant Pau, en el barrio de Sant Antoni, una de las instituciones más grandes de Barcelona. Ahora, aunque resultaba difícil de creer, pretendían quemar aquel edificio inmenso. La gente que rodeaba a Dalmau discutía si lo harían o no. Dalmau calló que, si estaba Emma al mando, seguro que le prendían fuego. La observó entre las cabezas de la multitud: se movía de aquí para allá; rezumaba energía, autoridad…, sensualidad. Emma conservaba la voluptuosidad que llevó a Dalmau a dibujarla desnuda; mil veces había conjeturado sin éxito acerca de quién le robó aquellas láminas. El recuerdo de la humillación de Emma al saberse objeto de la lascivia de la gente transportó a Dalmau a la época en la que, en las aulas de esa institución religiosa, daba clases nocturnas de dibujo a los obreros pobres como parte del trato con el maestro para liberar a su hermana de la cárcel. Ya libre, Emma sustituyó a Montserrat en la catequesis de las monjas y luego esta se lo recriminó, imprudentemente, de pie y dando la espalda a la barricada y a una ametralladora, convirtiéndose en un blanco fácil. La vida de Dalmau se torció a partir de aquellos sucesos, y el edificio de los escolapios representaba todo cuanto lo llevó a la ruina afectiva, moral y hasta económica. Deseaba verlo arder; cuanto más lo contemplaba, más lo anhelaba. Era llegada la hora en que fuera la Iglesia la que expiara sus pecados y pagara por la hipocresía y la ruindad de personas como don Manuel Bello. El fuego estaba llamado a compensar todo el daño infligido por los sacerdotes a la clase obrera, con el engaño, la culpa y el miedo como banderas, aprovechando el hambre y la necesidad de los humildes para, como habían hecho con su madre, exigir compromisos por escrito, rendiciones espirituales a cambio de un pedazo de pan y algunas hortalizas.

A sus veintisiete años, Dalmau acumulaba todo tipo de experiencias vitales: el éxito y el reconocimiento; la humillación pública; el dolor y la miseria; la esperanza y el amor. Ahora, sin embargo, desde la conclusión de las obras del Palau de la Música se había visto liberado de la vorágine creativa que se vivía en aquel recinto, y trabajaba manualmente, demoliendo casas, sin más preocupación que la de derribar paredes y trasladar escombros hasta un carro de mulas. El mundo de la cerámica continuaba prohibido para él desde que don Manuel iniciara su cruzada y lo incluyera en todas las listas negras, consiguiendo que nadie lo contratara. En cualquier caso, ya no quedaban excesivas obras modernistas en construcción: tres dirigidas por Gaudí, la Pedrera, la Sagrada Familia y el Park Güell, y una cuarta, de Domènech, el hospital de la Santa Creu i Sant Pau. En todas ellas ya le negaron una ocupación después de que hubiera tenido que dejar la suya en el Palau.

Tampoco pintaba; lo más que hacía de cuando en cuando era un retrato al carboncillo para algún vecino, sus hijos o sus amigos. Unos le pagaban unos céntimos, otros le daban un par de huevos o un mendrugo, y el resto se lo agradecía con muy buenas palabras y más desvergüenza, aunque Dalmau lo asumía como la continuación de esa labor social emprendida con los cuadros para la Casa del Pueblo. Lo cierto era que tras las broncas de Emma no tenía ganas de pintar.

Era como si su cuerpo se hubiera vaciado. No creaba, no imaginaba, no fantaseaba, y las horas transcurrían en una rutina que llegó a obligarlo a anhelar de nuevo ese amor perdido, a revivir la inmensa felicidad disfrutada durante aquellos días en los que todo era maravilloso. El perpetuo enfado de Emma lo desconcertaba.

Reiteró los razonamientos que siempre se planteaba cuando pensaba en ello: tenía que existir una razón más allá de la muerte de Montserrat y la aparición de los desnudos, de su torpeza en no perseverar tras la ruptura, el no rogarle, suplicarle. Bien que ya no lo amara, pero ese odio, ese resentimiento… No tenía sentido, ningún sentido.

—Sí, sí que lo tiene —objetó sin embargo Josefa un día en el que él le preguntó.

—¡Pues no lo entiendo!

—No tienes nada que entender, hijo. Las cosas son así.

—¿Es culpa mía? —Ella no quiso contestar. Dalmau insistió—: Madre, no le pido que desvele los secretos de Emma, solo que me diga si es culpa mía.

—No —reveló al fin Josefa—. No lo es.

Y ahí estaba, contemplando a Emma, alentándola desde la distancia a que prendiera fuego a aquel edificio. Tras el incendio de los maristas en el Poblenou, los líderes republicanos se habían desentendido definitivamente de la huelga y de esa revolución por la que clamaba la masa, lo que enervó a los obreros, que se vieron huérfanos de dirección alguna. Con todo, esa misma mañana, alguien, nadie sabía quién, dio la orden de quemar todos los conventos, colegios y templos de Barcelona: por fin la ira del pueblo se dirigiría contra la Iglesia de forma contundente.

—¡El conocimiento os hará libres!

El famoso eslogan progresista regresó a la boca de los republicanos que se hallaban frente al colegio de los escolapios de Sant Antoni. Dalmau tembló emocionado ante una Emma que, con el brazo en alto, paseaba las filas de sus bárbaros arengándolos: «¡El conocimiento os hará libres!». Estaba todo listo para incendiar ese inmenso centro escolar que acogía a dos mil alumnos. «¡Van a quemarlo!», se oyó entre la muchedumbre. La certeza enardecía a los ciudadanos allí congregados. El incendio de los maristas del Poblenou no quedaría en un hecho aislado. Se sabía que ya ardía la cercana iglesia de Sant Pau del Camp; una densa humareda negra que se alzaba por encima de los tejados de las casas daba buena prueba de ello, y se rumoreaba que en los barrios y suburbios anexos a la gran ciudad también se procedía a la quema de la propiedad religiosa.

En Sant Antoni, los sublevados habían asaltado una armería cercana en la que se proveyeron de gran cantidad de rifles, pistolas y munición. Con los consejos de Josefa en la mente y la imagen de Julia en su corazón, Emma rechazó el arma que le ofrecieron. También se levantaron barricadas en todas las calles adyacentes, aunque no fueron necesarias puesto que, incomprensiblemente, un destacamento montado de la Guardia Civil que vigilaba los escolapios se retiró de la zona dejando vía libre a los incendiarios.

El odio de Dalmau contra la Iglesia, los curas, los frailes y las monjas estaba a punto de estallar allí mismo, de la mano de Emma y al compás de los gritos de la gente, cada vez más estentóreos. Eran muchos los obreros revolucionarios, mujeres, niños, muchachos, un ejército de ellos, nerviosos, alterados, personas de toda índole, desde *trinxeraires* hasta delincuentes, que esperaban la orden definitiva de atacar el edificio; pero eran muchos más los curiosos que contemplaban la escena: a miles se contaban, a pie de calle o en los balcones y terrados de las casas adyacentes, unos ciudadanos, vecinos del barrio, la gran mayoría de los cuales habían aprovechado para sus hijos la educación gratuita de los escolapios, razón por la que la comunidad religiosa había confiado en ellos una defensa que nunca se produjo.

—¿Tú eres el pintor? —En el barullo, Dalmau no llegó a oír la pregunta hasta que un hombre lo agarró del hombro y lo zarandeó—. Sí lo eres. ¡Claro que lo eres! —«¿De qué habla?», se extrañó Dalmau—. ¡Eh! —gritó el otro llamando la atención de quienes los rodeaban—. ¡Eh! ¡Mirad! El pintor de los cuadros de la Casa del Pueblo en el que arden las iglesias y los curas, como Lerroux exigía.

—¡Y también llamaba a levantar las faldas de las monjas! —rio otro hombre

—¡Pues vamos a conseguir ambas cosas! —aseguró una mujer.

La gente empezó a dar palmadas en la espalda a Dalmau mientras el primero que lo había reconocido tiraba de él hacia el lugar en el que se encontraban los líderes de los incendiarios, Emma entre ellos.

—¿Dalmau? —se sorprendió la joven, que se acercó de inmediato.

Él asintió frunciendo la boca, como si quisiera decirle que su aparición no pretendía importunarla, mientras que el hombre que lo había llevado hasta allí continuaba anunciando a todos que Dalmau era el pintor de los cuadros de la Casa del Pueblo. Muchos se acercaron y los rodearon.

—Es tu día —susurró entonces Dalmau a Emma sin llegar a aproximarse a su oído lo suficiente para que se molestara, temiendo otra reacción violenta como la de la bodega de la casa en ruinas—. No querría que se estropease por mí.

Emma asintió en silencio, los labios prietos, sopesando las palabras de Dalmau, hasta que, por primera vez en mucho tiempo, sonrió; la misma sonrisa franca y abierta de hacía años.

—Es nuestro día, Dalmau —lo corrigió—. Tú pintaste esos cuadros. Mira a la gente: te aclama. Hiciste un gran trabajo. Fuiste generoso, muy generoso, y entregaste tu arte al pueblo. Pocos artistas tan cualificados como tú son capaces de hacerlo.

Dalmau no supo reaccionar. Aquella Emma no tenía nada que ver con la mujer que se había abalanzado sobre él a gritos e insultos en las últimas ocasiones; ahora estaba alegre, eufórica, y le hablaba con cariño..., ¡hasta con admiración!

Emma adivinó los pensamientos de Dalmau. Se reflejaban en su rostro. Estaba a un paso de conseguir el éxito por el que llevaba luchando años: vencer a la Iglesia quemando sus propiedades, y allí estaba él, erigido en una especie de símbolo de la lucha obrera, de esa misma lucha. Sabía por Josefa de la vida austera de su hijo, que ya no pintaba y que parecía haberse vaciado con aquellos tres cuadros entregados a la causa. Y sin embargo la gente lo vitoreaba. Aquella contradicción originó en Emma un escalofrío en cuyo significado no quiso profundizar.

—¿A qué esperáis para quemarlo? —preguntó Dalmau interrumpiendo sus pensamientos.

—Ahora lo haremos. Tan pronto como nos aseguren que, tras la retirada de la caballería de la Guardia Civil, las barricadas están de nuevo levantadas.

—¿Te das cuenta —continuó Dalmau— de que con el incendio de los escolapios también se quemará parte de nuestro pasado, precisamente aquel en el que caímos en manos de la Iglesia y que arruinó nuestra vida?

Emma hizo ademán de contestar, pero calló.

—El fuego purifica —insistió él.

A las dos de la tarde se inició el asalto. Varios grupos de muchachos se lanzaron contra las diversas puertas del colegio y de la iglesia, donde prendieron hogueras para quemarlas, mientras otros trepaban hasta las habitaciones de los pisos con escalas y empezaban a lanzar todo tipo de muebles y objetos a la calle, que inmediatamente eran utilizados para avivar los fuegos en las entradas bajo las órdenes de uno de los delincuentes más conocidos de la ciudad. Al rato del inicio del incendio, el propio capitán general de Cataluña acudió en socorro de los religiosos y se presentó en el lugar al mando de cincuenta soldados de infantería y doce de caballería. Sin oposición alguna por parte de los revolucionarios, que en ningún caso deseaban originar daños físicos a los curas, el militar cruzó el patio hasta llegar al convento donde se hallaban cincuenta escolapios ya rodeados por las llamas.

Dalmau los vio salir en fila, encabezados por el general a cuyo lado caminaba mosén Jacint, quien en un momento dado se detuvo y clavó una mirada cargada de odio en él. El capitán general se extrañó y se detuvo también. El sacerdote le señaló a Dalmau, y sus gestos histriónicos, impropios en un hombre que siempre había hecho gala de moderación, fueron suficientes para que Dalmau comprendiera que le hablaba de los cuadros de la Casa del Pueblo mientras el militar asentía sin desviar un ápice su mirada.

—¡Viva la República! —rompió el hechizo el grito de uno de los jóvenes bárbaros.

La comitiva de curas y soldados se puso de nuevo en marcha. Dalmau buscó a Emma con la mirada, cerca de las hogueras, y se hablaron en silencio: a ella no la había visto mosén Jacint, pero, sin duda alguna, él acababa de convertirse en uno de los principales responsables de aquel incendio. Emma lo premió con una sonrisa antes de alzar el puño al cielo y gritar algo que, en el fragor, Dalmau no llegó a oír. Él le contestó alzando también el puño, gesto al que se sumaron cuantos lo rodeaban entre aclamaciones a la República e insultos a la Iglesia. El fuego rugía y Dalmau rugía a su vez. Era su victoria, la de él, la del pueblo.

Los sacerdotes fueron desalojados en carretas y los soldados se perdieron en dirección a la Capitanía, aunque algunos de ellos abandonaron la columna y se mezclaron entre los millares de personas que contemplaban lo que ya empezaba a ser un espectáculo dantesco de fuego y humo negro. Pese a las tropas con las que contaba, bien armadas y entrenadas, el general Santiago no hizo el menor intento por detener a los incendiarios, algo que casi con carácter general se sucedía en toda Barcelona y sus alrededores: las fuerzas públicas, cuando no permanecían impasibles, concedían prioridad a la vigilancia de los bancos antes que a la de las iglesias.

La Escola Pia de Sant Antoni ardió durante dos días enteros.

Emma, sin embargo, no esperó siquiera dos horas. Llamó a sus bárbaros, cruzó la calle con ellos y prendió fuego al colegio para niños pobres.

—¿Este también? —oyó Dalmau que preguntaba uno de los bárbaros a Emma—. Aquí acuden a estudiar gratis los hijos de los menesterosos —arguyó.

La respuesta no se hizo esperar:

—Por eso mismo. Ninguno de los nuestros debe estudiar con los curas y educarse en sus doctrinas, y menos los niños pequeños, tan fáciles de convencer. Luego, a través de los hijos se ganan a las madres, y eso conlleva la perdición del obrero. ¡Quemadlo!

Dalmau, confundido entre el grupo de bárbaros, asintió a los argumentos de Emma. Recordaba la doctrina que mosén Jacint había tratado de imponerle en ese mismo edificio que ahora ardía, terrorífico, a su espalda. Recordó también la asombrosa negativa de Emma el día en que le rozó el culo con dos dedos mientras paseaban por la ronda de Sant Antoni y le propuso buscar algún sitio para hacer el amor. Sus palabras, dichas hacía años y en las cuales Dalmau no había vuelto a pensar, acudieron sin embargo a su mente como si acabara de recitarlas: «¿Cuál es el sexto mandamiento de Dios? —le preguntó—. No fornicar. ¿Qué se manda en este mandamiento? Que seamos limpios y castos en pensamientos, palabras y obras. Escucha —explicó después recitando las enseñanzas de las monjas—: la ira se vence sujetando el corazón. Fácil, ¿no? Y la envidia, sofocándola dentro del pecho, y ahí se nos queda a veces. Pero la lujuria no se vence así, sino huyendo de ella». La represión inspiraba cualquier enseñanza impartida por curas, monjas y frailes. La libertad y el libre albedrío quedaban para el más allá, cuando la muerte ya se hubiera ensañado en la persona. ¿Qué no conseguirían con las mentes limpias e inocentes de esos niños a los que seducían con una comida que no podían proporcionarles en sus casas?

—¡El conocimiento os hará libres! —gritó alguien del grupo de los bárbaros.

Dalmau, arrastrado por los revolucionarios, se sumó al alboroto con el que la gente se acercaba al colegio para quemarlo. La pasión compartida a través de gritos, empujones y ánimos lo espoleó a atacar un edificio cuyo único destino era el de complacer los intereses de los poderosos amaestrando a hombres sumisos y obreros pacíficos.

—¡Tú no! —le impidió Emma, que lo agarró del brazo y lo detuvo mientras los demás llegaban hasta las puertas y las ventanas del colegio.

—¿Por qué? ¿Qué dices? —se revolvió Dalmau—. También es mi lucha. Tanto como la de cualquiera de vosotros.

—Sí, sí, sí —trató de tranquilizarlo ella—, pero ya has visto que te han reconocido y te han señalado en los escolapios. Irán a por ti, Dalmau. No deberías significarte más. No les proporciones más pruebas. Deberías esconderte o, mejor aún, huir. Muchos han cogido ya el camino a Francia.

—Es nuestra victoria, Emma.

El fuego de las hogueras y las teas lamía ya las paredes del colegio de los niños pobres. Emma tuvo que levantar la voz para superar los gritos de júbilo de la gente: incendiarios y espectadores.

—¡Dalmau! —gritó a su oído—. No te lo tomes a mal, pero te buscan y te odian: mosén Jacint; don Manuel, tu maestro; todos los reaccionarios que han sabido de tus cuadros por la prensa, y ahora hasta el capitán general. Te perseguirán y lo harán con ahínco, no me cabe duda alguna. Probablemente ya estén organizándolo. Y por eso tu presencia con nosotros pone en peligro a muchas personas que dependen de mí; no puedo correr ese riesgo. —Dalmau dio un respingo. Emma soltó una carcajada—. Nunca te habrías imaginado una situación así, ¿no? Te consideran más revolucionario que a mí.

Nosotros solo somos una partida de incendiarios, como los miles que recorren Barcelona, ya has visto que nos dejan hacer y los soldados se retiran, pero tú, con tus obras y tus arengas en la Casa del Pueblo, eres el líder, el instigador de la revuelta.

—Pero…

—No quiero que te detengan. —Emma interrumpió su réplica suplicándole con la mirada—. Tienes que huir, esconderte. No puedes ir a tu casa ni a la de tu madre.

—¿Y ella?

—Se oculta con la niña en casa de unos viejos amigos —lo tranquilizó Emma—. Detendrán a todos los que puedan, Dalmau. Estamos en estado de guerra. ¡Tienes que huir! Deberías escapar a Francia sin pérdida de tiempo. El partido podría ayudarte si te decidieras a hacerlo.

—Solo lo haré si venís conmigo: tú, la niña y mi madre.

Emma calló durante unos instantes, la mirada fija en Dalmau, labios y mandíbula prietos, impidiendo el más mínimo temblor. Su aspecto apasionó a un Dalmau que tuvo que esforzarse por no abrazarla en aquel momento: despeinada; tiznada aquí y allá, las cenizas agarradas a su sudor, punteando su frente, su rostro y su cuerpo; los ojos más fulgurantes que cualquier incendio.

—Si no huyes, escóndete por lo menos. No les concedas la oportunidad de vengarse en ti. Lo harán, Dalmau, lo harán. Eres un buen hombre —añadió a modo de despedida haciendo ademán de dirigirse allí adonde sus bárbaros atizaban el fuego. Sin embargo, se detuvo, dio la vuelta y lo sorprendió con un beso en la mejilla—. Cuídate, Dalmau. Y si cambias de opinión respecto a lo de Francia, búscame. Me encontrarás en alguna iglesia —bromeó—. Joder —la oyó Dalmau burlarse de sí misma agitando los brazos mientras se apresuraba hacia sus bárbaros—. ¡En una iglesia! ¡Yo en una iglesia!

Mientras Emma y sus bárbaros incendiaban el colegio para niños pobres, otro grupo prendía fuego al convento de las Jerónimas, situado en las cercanías de los escolapios, del que la treintena de monjas que componían la congregación tuvo que escapar entre insultos y vejaciones por parte del vecindario puesto que ningún regimiento acudió en su ayuda.

Del barrio de Sant Antoni, Emma saltó al del Paralelo, donde los grupos de incendiarios estaban comandados por prostitutas y delincuentes. Allí ardieron las dos parroquias de Santa Madrona, la nueva y la vieja, y una escuela cristiana en la que se educaba gratuitamente a más de doscientos jóvenes.

Los bárbaros, como muchos otros grupos, continuaron recorriendo Barcelona. Emma azuzaba a los obreros para que incendiasen iglesias, conventos y colegios. Cayó el convento de las Hermanas de la Asunción y el asilo de las Hijas de la Caridad de San Vicente de Paúl. Esta misma orden era la que cuidaba de la cárcel de Amalia, ahora ya exclusivamente destinada a mujeres. Allí fue donde se refugiaron las quince monjas después de entregar su asilo a los incendiarios, que incluía escuela, guardería para madres obreras y orfanato. También, como sucedía en muchos casos, estas religiosas esperaron hasta el último momento para abandonar sus instalaciones, convencidas de que aquellas mismas personas a las que habían ayudado no podían causarles daño. Emma puso fin a la discusión entre la madre superiora y un joven bárbaro al que suplicaba ayuda y trataba de convencer.

—Tú has estudiado aquí, Manel —alegaba la monja—. ¿Por qué nos haces esto? ¿Acaso no te tratamos bien, no te cuidamos y te dimos de comer?

—Pero también lo obligaron a comulgar con sus ideas —terció Emma, y apartó de un manotazo a un muchacho que escuchaba el discurso de la religiosa cada vez más cautivado—. Y a ir a misa. Y a callar ante la injusticia. Y a humillarse ante el rico y poderoso. Y a asumir la desgracia y la miseria con fatalidad. Y a reprimir sus instintos. —Muchos bárbaros asentían al discurso de Emma—. Ustedes nunca han hecho nada por altruismo; siempre han buscado su interés y han utilizado a los obreros para ello. ¡Su rebaño! ¡Así los llaman! Exacto, son las ovejas a las que dirigen hacia donde ustedes desean. ¡Que arda este templo del engaño y represión de las libertades del hombre! —terminó gritando.

Las monjas tuvieron que escapar en el momento en el que la gente se abalanzó con teas y petróleo al llamamiento de Emma. Les permitieron salir, igual que se hacía con todos los religiosos de los edificios que ardían en Barcelona. La revuelta no era contra las personas, se sostenía en todos los grupos, sino contra la estructura de la Iglesia, contra todos aquellos colegios, patronatos o asilos que impedían el progreso de la masa obrera y su educación laica, también contra los conventos que competían con el trabajo de las mujeres humildes.

Los incendios continuaron en Barcelona sin oposición por parte de las fuerzas de orden público. Sin embargo, sí que se produjeron combates armados entre revolucionarios y soldados o guardias civiles en las barricadas levantadas en las calles. Se disparaba desde las azoteas, después de que las mujeres recorrieran los edificios exigiendo a sus vecinos que dejasen las puertas abiertas para que los francotiradores pudieran acceder a ellas. Al mismo tiempo, decenas de columnas de humo de los incendios enturbiaban el cielo límpido de julio. Muchas de las revueltas estaban encabezadas ya por quinceañeros que asaltaban las iglesias. Una joven de solo dieciséis años había dirigido a un nutrido grupo de mujeres en el ataque al convento de las Arrepentidas, cerca de la universidad. De allí expulsaron a las reclusas reformadas que habían abrazado la clausura y que conformaban esa orden. Los obreros que perseguían la causa política de la revolución, de la República, se abstenían de robar cualquier objeto de las iglesias o de los colegios: todos ellos, cualesquiera que fuese su valor, incluso los bonos y el dinero en metálico, eran lanzados a las piras. Pero no ocurría lo mismo con los grupos de rateros y delincuentes que actuaban por su cuenta y que merodeaban por los edificios en busca de botín.

Incendios. Combates encarnizados en las barricadas, muchas de ellas defendidas por mujeres. Disparos de los francotiradores. Bombas. Los primeros muertos. Numerosos detenidos en las escaramuzas con el ejército. Cargas policiales. El pueblo escondido en sus casas. Grupos de salvajes excitados. Bomberos que llegaban con sus carros tirados por caballos haciendo sonar las campanas pero a los que solo se les permitía remojar los edificios colindantes, fueran casas humildes o incluso fábricas de burgueses ricos, para que el fuego no se extendiese a ellos.

Barcelona se había convertido en una ciudad sin ley, caótica y peligrosa.

Durante un rato, Dalmau observó, retirado, escondido, a Emma mientras la joven dirigía su asalto al colegio de niños pobres, pero alguien volvió a reconocerlo y lo señaló como el pintor de la Casa del Pueblo logrando que otros dirigieran su atención hacia él. Algunos se acercaron, momento en el que decidió hacer caso a los consejos de Emma. Sí, había pintado aquellos cuadros que ahora lo encumbraban a símbolo de la lucha contra la Iglesia y estaba orgulloso de ellos: era consciente de que cada pincelada transmitía el dolor que le habían causado don Manuel; las monjas del correccional del Buen Pastor, que trataron de catequizar a Emma; los curas de Santa Anna, que negaron a su madre la beneficencia; los Llucs, que tiraron su cuadro a la basura; Gaudí, que le negó el trabajo; todos los obreros extorsionados y las mujeres embaucadas por los curas; su padre, injustamente muerto por el estallido de una bomba al paso de una procesión religiosa; su madre... Y si habían servido de inspiración para iniciar aquella noche de fuego, su orgullo crecía más aún. Pero, en el fondo, la sonrisa de Emma, su vitalidad y su euforia, aquel beso, eran capaces de ocultar las llamas del mayor de los incendios. Podía arder Barcelona entera, que Dalmau solo la veía a ella.

Anduvo por las calles de Barcelona procurando evitar las barricadas en las que se luchaba a tiros y las partidas de incendiarios que asolaban la ciudad. Necesitaba algún lugar donde esconderse durante el tiempo que durase el merecido castigo a la Iglesia. Llevaba encima el suficiente dinero para mantenerse unos días y dormir en algún asilo para obreros, si es que estaban abiertos, pero no le resultó necesario hacerlo. Barcelona vivía una noche inolvidable, de fuego purificador. Los incendios, el de los escolapios resaltando por encima de los demás, iluminaban la ciudad de forma tremendamente extraña: resplandores rojos y amarillos golpeando un cielo negro. Los revolucionarios, ya fueran activistas políticos o delincuentes, habían anunciado su decisión de continuar prendiendo fuego a conventos e iglesias durante esa noche.

Dalmau, perdido en el recuerdo de Emma, en su transformación, en su agradecimiento y consideración, en el beso que le había dado, dirigió sus pasos hacia el paseo de Gràcia, donde se cruzó con algunos obreros, mendigos que todavía esperaban una pequeña muestra de caridad en forma de comida y maleantes al acecho de la ocasión para robar en alguna tienda. No había nada que quemar en aquella vía y sus acaudalados vecinos permanecían refugiados en sus casas, por lo que el alboroto que se vivía en otras zonas de la ciudad, no muy lejos, a no más de un par de travesías en el propio Eixample de Barcelona, se aquietaba donde se hallaba Dalmau. Se detuvo frente a la manzana en la que competían la casa Batlló, la casa Lleó Morera y la casa Amatller. Las luces de infinidad de velas iluminaban el interior de las viviendas. Las ventanas de muchos de los pisos, abiertas para combatir el calor, permitían que escapasen al exterior las notas de los pianos, los cantos, y hasta las voces y risas de las reuniones sociales ajenas a lo que sucedía en Barcelona. Dalmau continuó andando por el paseo con la vista alzada hacia las azoteas de los edificios. Allí se celebraban fiestas, se tocaba música e incluso se bailaba. Y aquellos burgueses se asomaban a las barandillas con copas de champán en las manos, señalaban los fuegos que se elevaban sobre Barcelona y disfrutaban del espectáculo.

Ese mismo día, en sesión oficial en el Ayuntamiento, los lerrouxistas declararon que aquel espectáculo de fuego era muy bonito. Mientras, Dalmau llegó hasta la Pedrera, el edificio que se hallaba construyendo Gaudí, rodeado de andamios cubiertos con lonas para que la gente no viese la piedra sinuosa que daba vida a una fachada en movimiento. Dalmau no lo pensó dos veces: se encaramó al primer tablón del andamio y desde allí ascendió hasta la azotea, un lugar mágico, de suelos ondulados donde el arquitecto de Dios había construido seis cajas de escalera, dos torres de ventilación, siete chimeneas y cuatro cúpulas diseñadas como elementos geométricos: parabólicos, helicoidales, piramidales, cónicos; todos ellos retorcidos, de formas complejas e indescifrables, diferentes a cualquier ejemplo que pudiera encontrarse en la naturaleza. De todas aquellas construcciones que coronaban un edificio en el que la piedra se convertía en algo etéreo, cuatro de las cajas de escalera estaban recubiertas de *trencadís*, pero a diferencia del utilizado en otras de las obras del genial arquitecto, en este caso se trataba de fragmentos de cerámica gris, monocroma, destacando por encima de ellas una de las chimeneas que finalizaba en un hongo de cuellos y culos de vidrio verde de botellas de champán.

Dalmau se movió con cuidado por la azotea de la Pedrera: faltaban barandillas, sobre todo a los patios interiores, por lo que la seguridad era bastante precaria. Sin embargo, desde allí, el espectáculo era sobrecogedor: por un lado, las columnas de humo y el fuego que se alzaban en toda Barcelona; por otro, las azoteas repletas de gente que bailaba. Una joven lo saludó desde un terrado cercano al percatarse de su presencia: pelo rizado, rubio, muy rubio, y vestido suelto, etéreo, de hada, cubriendo un cuerpo casi sin pechos. Dalmau no quiso contestarle; le parecía inmoral la actitud de aquellos burgueses: en las calles de su ciudad estaba librándose una guerra y ellos bebían champán y presenciaban el drama como si se tratase de un castillo de fuegos artificiales. En lugar de cejar en su empeño, la muchacha llamó a dos amigas más, incorpóreas como la primera, que se sumaron al saludo, ahora frenético, que le dirigían apostadas tras la barandilla de su azotea. Dalmau hizo ademán de dar media vuelta y buscar otro lugar, pero justo en ese momento el cielo enrojeció con una nueva llamarada: cerca de donde se encontraban, en la calle del Rosselló esquina con la de Muntaner los incendiarios habían prendido fuego al colegio, la iglesia y la residencia de los Hermanos del Sagrado Corazón. Las exclamaciones de asombro se alzaron, como el fuego, de las azoteas de los ricos. Dalmau creyó oír algunos aplausos, tímidos, apocados, que se desvanecieron pronto. La gente volvió a lanzar exclamaciones de asombro ante aquel nuevo incendio y los pianos sonaron con más ímpetu a través de las ventanas abiertas. Dalmau suspiró. Vio moverse algunas sombras en la azotea de la Pedrera; ya creía haberlas percibido antes. No le importó. Esa noche se produjeron dos incendios más en el Eixample de Barcelona: el del convento de las Hermanas Dominicas, atacado por un grupo de unos treinta chavales que exhumaron los cadáveres de las monjas, los pasearon, los vejaron y los abandonaron por la ciudad, y el de la iglesia del colegio de la Concepció, en la rambla de Catalunya, una escuela para niñas ricas, a escasos pasos de la Pedrera.

Desde sus azoteas, los burgueses se divertían inmersos en una ciudad que ardía, con las columnas de humo y fuego danzando con ellos al compás de su música, en una noche negra, sin farola alguna que iluminase las calles o las lámparas de los pisos por falta de suministro de gas, en un escenario irrepetible, apocalíptico, un alarde teatral que ningún escenógrafo habría podido ofrecerles.

Esa noche, mientras ardía el colegio de la Concepció, Dalmau se descolgó por el andamio y fue en busca de Emma; presentía que estaba allí, en esa escuela para ricas. No vio soldados, ni Guardia Civil ni policía alguna desde la azotea. Lamentaba haberla dejado ir, por más que ella se lo hubiera pedido; podría haberla seguido, a distancia. Tampoco la encontró: la cuadrilla que quemaba el colegio no era la de Emma, sino que la encabezaba un antiguo concejal del partido de Lerroux. «¿Acaso crees que sabemos unos de otros?», le contestó un incendiario al que preguntó por la Profesora. Dalmau se dio cuenta de que no podía recorrer Barcelona entera, por lo que regresó a la Pedrera.

El miércoles siguieron ardiendo conventos, escuelas e iglesias, y se incrementó de forma notable la lucha en las barricadas y los enfrentamientos con el ejército y las fuerzas de seguridad. Barcelona no solo se quemaba, sino que además estaba en guerra; un ejército de cerca de treinta mil obreros, delincuentes y jóvenes peleaba ya sin consignas, banderas ni líderes. Dalmau lo escuchó de boca de esas sombras que con el amanecer se convirtieron en personas como él: trabajadores que se habían refugiado en aquel edificio a medio construir. Supo que en alguna planta más abajo incluso permanecía un par de familias con niños. Compartieron comida, que Dalmau pagó, pero sobre todo comentaron unas noticias que no llegaban por falta de prensa y la censura a la que las autoridades los sometían. Cataluña apoyaba la revuelta, se sostuvo entre la media docena de obreros que se habían sentado en el suelo todavía de cemento de uno de los pisos, aunque, por supuesto, no con tanta firmeza como en la

Ciudad Condal, pero ni Madrid ni ninguna de las otras capitales españolas llegaron a declarar la huelga general, ni mucho menos a pelear por la República.

—¿Por qué? —preguntó alguien.

—Porque las autoridades de Madrid han sido más inteligentes que los tontos que nos dirigen, si es que hay alguno, y han convencido a la gente de que esta es una revuelta separatista de los catalanes. A partir de ahí, el pueblo nos tacha de antipatrióticos; nadie quiere saber nada de independentismo, por eso fuera de Cataluña no ha habido revueltas. Estamos solos, como siempre.

—¡Pero nos dijeron que la huelga general había triunfado en España! —oyó exclamar Dalmau por detrás de él.

—Nos engañaron, como llevan haciendo desde que esto se inició.

Dalmau continuó escondido en la Pedrera durante el día. «Irán a por ti», le había advertido Emma. Sufría por su madre y por Julia, si bien estaba seguro de que Josefa jamás pondría en peligro a la niña y de que permanecería escondida hasta el final de aquella locura. Por las noches salía y, al amparo de la ciudad sin iluminación, se alejaba cada vez más del centro de Barcelona en busca de Emma, con los incendios a modo de faro. No llegó a encontrarla. En uno de ellos, donde un grupo de mujeres y niños vigilaban que los bomberos no apagaran los rescoldos de una iglesia ya derruida, le dijeron que estaba bien, que la habían visto esa misma mañana. Quiso creer al par de obreras que le dieron la noticia y volvió a buscar el refugio del edificio en construcción de Gaudí antes de que amaneciese. No tenía adónde ir. Los días transcurrían con exasperante lentitud y solo la posibilidad de encontrar a Emma y verla sonreír de nuevo lo llevaba a apartar cualquier problema que le afectara, aunque no todos aquellos que podían rodearla a ella. Quizá la hubieran detenido, quizá hubiera muerto… Se rumoreaba acerca de un número considerable de fallecidos, y los combates arreciaban: acababan de llegar tropas de refuerzo procedentes de toda esa España que habría tenido que apoyarlos: Valencia, Zaragoza, Burgos, Pamplona, Tortosa… Lo cierto era que los soldados habían sido aleccionados acerca de que iban a combatir un alzamiento separatista, y eso hicieron. El 30 de julio el centro de Barcelona estaba en calma, y por la noche se encendió una parte del alumbrado público y circuló el primer tranvía, aunque seguía combatiéndose con pasión en los barrios de la periferia.

Todavía se quemaban iglesias, pero en lugar de hacerlo los delincuentes o los obreros, estos últimos ya desmoralizados, las incendiaban niños de apenas catorce años contratados a siete pesetas por anticlericales radicales empeñados en una lucha que ya se sabía perdida. Mientras, la gente salía de sus casas y se arremolinaba alrededor de los edificios todavía humeantes. Algunos buscaban objetos que rapiñar, si bien la mayoría contemplaba atónita el desastre y la destrucción, como lo hicieron los turistas llegados a Barcelona expresamente para ello con una premura incomprensible, entre ellos un grupo de ciento setenta alemanes que, cámara fotográfica en mano, se paseó por la ciudad protegiéndose de los francotiradores. Una de las macabras visitantes, sin embargo, fue alcanzada en una pierna por un disparo. Dalmau lo presenció, igual que quien debía de ser su esposo y que lo sorprendió aullando su nombre: «¡Cristina!». Se trataba de una mujer rubia, más menuda que la mayoría de sus compañeras y de unos intensos ojos azules que relampaguearon de dolor al discurrir junto a Dalmau, transportada en volandas por sus compatriotas, las cámaras colgadas de sus cintas golpeando los cuerpos, mientras varias mujeres los incitaban a gritos a correr para escapar de la zona de guerra en la que habían entrado.

El sábado el Ayuntamiento, reunido con los grandes industriales de la ciudad, acordó reanudar el trabajo en comercios, fábricas y talleres el lunes siguiente, 2 de agosto, y para evitar mayores enfrentamientos pactaron que los obreros cobrasen los jornales correspondientes a la semana que habían estado quemando iglesias.

Dalmau no podía dar crédito: ¡iban a pagarles el jornal de aquella semana! El domingo abandonó la Pedrera consciente de que con el regreso a la normalidad no tardarían en presentarse capataces y albañiles, y deambulaba por el paseo de Gràcia, donde el sol de agosto caldeaba un ambiente que hasta entonces había permanecido alterado, en tensión. Todos los burgueses parecían haberse lanzado a aquella avenida con sus mejores galas, protegidos ahora por un ejército victorioso. Dalmau los vio exhibirse unos delante de otros, saludarse efusivamente como si hubieran salido airosos de un conflicto bélico mientras comentaban con gestos comedidos los sucesos de la que, entre otros nombres, llamaban ya la Semana Trágica. Dalmau tuvo la oportunidad de escuchar algunas de esas conversaciones callejeras entre damas enjoyadas y caballeros con sombreros y trajes negros, barbas y bigotes poblados en todo tipo de combinaciones; católicos piadosos ellas y ellos que ahora no hacían más que quejarse del excesivo número de monjas y sacerdotes establecidos en Barcelona. ¿Cómo no iba a llegarse a una situación como la vivida? ¡Era previsible! Aquellos ricos hipócritas que habían comprado ese sol que no alcanzaba los callejones de los humildes ahora, como si nada hubiera sucedido, pretendían comprar también las conciencias de los obreros pagando los jornales de la semana. Algo intolerable, porque sin duda habían sucedido muchas cosas que nadie debía olvidar: habían ardido ochenta edificios religiosos, entre ellos treinta y tres escuelas, catorce iglesias y treinta conventos. Barcelona entera llegó a convertirse en una tea ardiente.

La revuelta dejaba un saldo de ciento cuatro civiles muertos, hombres y mujeres, y los heridos entre los obreros se contaban por centenares. Entre el ejército, la Cruz Roja y las fuerzas de seguridad contaban ocho muertos y más de un centenar de heridos.

Sin embargo, pese a los ochenta incendios y el centenar de muertos entre los alzados, pese al caos, la violencia y el desorden, el clero no fue directamente atacado y nadie siguió las consignas de Lerroux, no se violó a monja alguna. Solo fallecieron tres religiosos; dos de ellos por disparos, uno por enfrentarse al pueblo con una escopeta y el segundo por tratar de huir con los dineros y valores de su comunidad. El tercer cura murió de forma accidental, no deseada, puesto que lo hizo asfixiado en el incendio de su iglesia, escondido en el sótano, sin que los revolucionarios supiesen que se encontraba allí.

Y a esa realidad, la inexistencia de violencia contra el clero, se sumaba otra que caracterizaba la revuelta: pese a los actos de unas masas obreras descabezadas, sin control alguno, no se produjo ni un solo atentado contra los intereses burgueses. No se atacó ninguna fábrica ni ningún banco, ni se acosó los palacios de los ricos, excepción hecha de los industriales que estaban detrás de la guerra del Rif, aunque sus casas e industrias tampoco fueron asaltadas ni incendiadas.

Se hablaba ya de miles de detenidos. Pensar en ello obligó a Dalmau a mirar las calles bajo una perspectiva diferente. Hizo caso omiso a burgueses, criadas, caballos y carruajes y hasta algún automóvil humeante y ruidoso, y en su lugar percibió las numerosas patrullas del ejército y de la Guardia Civil que, vigilantes, escrutaban a todas y cada una de las personas que no formaban parte de aquel decorado idílico. Se sintió observado. Uno de los obreros con los que había compartido el refugio de la Pedrera y que disponía de unas tijeras bastante toscas, le había cortado el pelo y recortado la barba, pero Dalmau no había podido hacer más para dejar de aparentar lo que era: un vulgar albañil que derribaba las casas del casco antiguo para construir una avenida por la que los ricos accederían al puerto sin necesidad de mezclarse con los desventurados. Así entendió que lo verían también soldados y policías, por lo que, al amparo de todos aquellos paseantes, se escabulló por una calle lateral, pendiente en todo momento de la posible presencia de tropas. Cruzó la rambla de Catalunya y continuó caminando en dirección a la universidad, desde donde podría introducirse en el casco viejo y llegar hasta la calle Bertrellans. Confiaba en que Emma estuviera allí, quizá también su madre y Julia, una vez pacificada Barcelona.

La ciudad vieja estaba tomada por el ejército. Todavía se desmontaban barricadas y se reponían adoquines en las calles. Eran los propios vecinos quienes lo hacían. Dalmau se sumó a uno de aquellos grupos a los que controlaban los soldados, una milicia joven que no solo procedía del mismo extracto social que aquellos contra los que habían ido a combatir, sino que además lo hacía con la actitud displicente de quien ya consideraba cumplido su deber. Allí, removiendo piedras igual que podía hacer con las casas que derribaba, Dalmau presenció cómo la policía entraba en los edificios y los abandonaba tirando violentamente de algún detenido. Varias veces se repitió la escena mientras la mayoría de quienes trabajaban en las barricadas ralentizaba su actividad, mirándose en silencio, con complicidad y tristeza. Podía tratarse de un amigo, un vecino, un compañero o un familiar, pero nadie osaba oponerse; la tiranía, el odio y sobre todo la venganza se enseñoreaban de la ciudad. De la primera barricada Dalmau saltó a otras y hasta departió un rato con algunos de los soldados: valencianos. Eran de los primeros refuerzos puesto que los habían traído por mar. A su llegada a Barcelona se habían cruzado con un regimiento que a su vez zarpaba hacia Melilla. Durante la Semana Trágica, las tropas no defendieron las iglesias, los conventos y las escuelas, pero los reservistas, sin embargo, continuaban siendo enviados a África para defender los intereses de los ricos.

—Uno de mis hermanos está allí, en el Rif —mintió Dalmau. Un par de valencianos torcieron el gesto en señal de comprensión—. Voy a casa de mi madre a ver si sabe algo de él, y en todo caso a consolarla un rato.

Cruzó las Ramblas con el aplomo que le proporcionaba saber que los soldados del otro lado de la calle, naturales de Burgos, ciudad histórica y monumental del centro de España, lo habían visto charlar distendidamente con los valencianos.

—Dicen los de allí —les anunció señalando con el pulgar hacia atrás— que esta noche no vayáis de putas, que las aburrís y después ellos tienen que esforzarse más para contentarlas.

Llegó al Ateneu Barcelonès, en la calle Canuda, y todavía oía los gritos de unos y otros soldados insultándose Ramblas de por medio; un par de los de Burgos lo acompañaban, asediándolo, preguntándole qué era exactamente lo que habían dicho de ellos los de Valencia.

—¿Qué pasa ahí? —bramó el cabo de una nueva patrulla, en esta ocasión apostada a la entrada de la calle Bertrellans.

—Estos… —Dalmau señaló a los dos soldados que iban junto a él—. ¡Que se pelean por las putas de esta noche! —añadió riendo sin detenerse siquiera.

—¡Putas os voy a dar yo! —exclamó el cabo, e impidió que los soldados continuaran siguiendo a Dalmau, quien volvió a reír y se despidió del militar como si mantuvieran una amistad de toda la vida.

Emma estaba detenida. Un tal Vicenç le llevó el recado después de que la policía la apresara; Emma había proporcionado al joven bárbaro la dirección donde estaban refugiadas por si se producía esa adversidad. Junto a la noticia, un mensaje: «Cuide de mi niña, se lo ruego». Julia seguía allí escondida, en casa de unos viejos amigos anarquistas. Josefa había regresado a la calle Bertrellans el viernes por la noche, consciente de que en un momento u otro Dalmau aparecería. «¿Cuándo la detuvieron?», preguntó él a su madre. ¿Qué importancia tenía eso? «La noche del viernes —terminó relatando esta con desgana—, tras el incendio del colegio de la Sagrada Familia en Sant Andreu. Emma tenía que saber que habían llegado tropas de refuerzo —sollozó—, debería haberse retirado.» Le dijo que el sábado y ese mismo domingo había ido a la cárcel de Amalia, en vano, puesto que no le proporcionaron información alguna, y menos todavía llegó a verla para entregarle un poco de comida; de hecho, ni siquiera podía asegurar que estuviera allí presa.

—Saben quién soy, Dalmau. Me tratan con desprecio… Bueno, en realidad nos desprecian a todos. Pero en lo que a mí respecta, saben que soy tu madre. No debes acercarte a mí. Estoy convencida de que me vigilan. Me extraña que no hayan subido tras de ti. Se habrán despistado, pero sé que están ahí. No tiene sentido que haya un ejército entero en esta mísera calle. —Dalmau pensó en el cabo, en las putas y en la discusión de los soldados. Había tenido suerte—. Los vecinos me han contado que, después del incendio de los escolapios, la Guardia Civil ha ido presentándose día tras día en tu busca. Ayer también vinieron, dos veces, y esta mañana temprano ya estaban llamando a la puerta.

—Cabrones… —Dalmau suspiró.

—A por ti viene la Guardia Civil, pero a por la niña se presentaron un par de monjas asistidas por la Policía Municipal. Querían llevársela a un reformatorio. ¡Hijas de puta! Así las hubieran quemado a todas con sus iglesias y conventos.

—Esos amigos con los que la ha dejado…

—Son camaradas. Anarquistas de fiar.

—Pero he oído en las barricadas que están deteniéndolos a todos.

—Sí. A tu hermano, por ejemplo, aunque dice que no participó ni en los incendios ni en los tiroteos. Pero como consecuencia de la revuelta, las autoridades tienen la oportunidad de librarse de todos los anarquistas, y la aprovecharán. He oído que van a extrañarlos a pueblos del interior de Aragón, sin juicio ni nada que se le parezca.

—Entonces ¿y esos que tienen en su casa a la niña?

—No —lo tranquilizó—. Esos son anarquistas viejos; lo eran ya cuando lo de tu padre. Casi no salen de casa. Se han olvidado de ellos.

Dalmau negó con la cabeza al mismo tiempo que sus temores se volcaban de nuevo en Emma.

—Y ahora ¿qué hacemos? Emma…

—Tú, huir.

—¡Pero no puedo marcharme dejando a Emma en la cárcel!

—Vete de aquí, Dalmau. ¡Ya! ¡Huye! —le exigió empujándolo hacia la puerta—. No cejarán hasta dar contigo. Dicen que eres uno de los líderes de la rebelión, el autor intelectual, con tus pinturas y tus discursos incendiarios en la Casa del Pueblo. Te reconocieron en los escolapios y ahora todo el mundo sostiene haberte visto en todas partes, ¡en todos los incendios! Hijo, hay miles de detenidos… Como tu hermano, ya te lo he dicho. Y continúan arrestando a decenas de personas. —Dalmau asintió; acababa de presenciarlo—. La gente no cabe en las cárceles. Esta noche ya está prevista una manifestación de mujeres para exigir la liberación de los presos. Quizá algunos la consigan; tú, no. Si te detienen, se ensañarán contigo. Vete. Huye. No te preocupes por nada ni por nadie. Deja pasar el tiempo. Vete, vete, vete. —Josefa acompañó sus ruegos con unos nuevos empujones, suaves, en dirección a la puerta—. Huye a Francia, Dalmau; allí hay muchos republicanos y anarquistas que te ayudarán. No te faltará trabajo. ¿Necesitas dinero? Tengo… —Dalmau la interrumpió con un movimiento de las manos. No quería el dinero que sin duda ellas necesitarían—. Huye, te lo suplico —lo despidió en la puerta de la casa con los ojos anegados en lágrimas, los brazos caídos a los costados y una mezcla de congoja y apremio en sus rasgos.

—Y usted, madre, ¿qué hará? —le preguntó Dalmau ya desde el descansillo hasta donde Josefa lo había arrastrado.

—Trabajar y salir adelante, como siempre he hecho. No será eterno; unos años y volverás. ¡Ten mucho cuidado! ¡Te quiero, hijo! —oyó Dalmau a su espalda, ya cuando bajaba la escalera.

No iba a huir. No estaba dispuesto a abandonar a Emma y a su madre, pero tampoco sabía qué podía hacer. No podía ir al piso de la calle Bertrellans ni volver a la habitación que tenía arrendada cerca del Palau de la Música, en el barrio de Sant Pere, y mucho menos regresar a su trabajo derribando casas como brigadista del Ayuntamiento; aquellos datos obrarían en poder de la policía. Tampoco conseguiría que lo emplearan en alguna obra, lo conocían.

—¿Qué hay de tu hermano?

La pregunta lo sorprendió con la angustia que le producía no saber de qué ni dónde iba a vivir, siquiera qué haría esa misma noche. Los asilos y los centros de beneficencia estarían vigilados. Dalmau miró al soldado que esperaba respuesta. Sin darse cuenta había cruzado las Ramblas y volvía a hallarse junto al destacamento de los valencianos.

Negó con la cabeza. Lo hizo por desesperación ante la realidad que parecía querer aplastarlo. El soldado lo malinterpretó.

—Lo siento —se condolió.

Algún otro se acercó.

—¿Qué pasa?

—Su hermano —contestó el primero señalando a Dalmau—, reservista. Se lo han cargado los moros.

Dalmau se apercibió del error, pero ante la bota de vino que le ofrecieron, decidió no aclararlo.

—¡Deberíamos haber matado a todos los moros hace unos siglos! —exclamó un nuevo soldado.

—Eso es imposible —terció otro—. En África hay millones de ellos.

Dalmau fue acogido entre los valencianos y un cabo, advertido de su desgracia, lo instó a sentarse alrededor de una hoguera que ardía en el centro de la calzada. Las tropas vivaqueaban en las calles de Barcelona. Entonces supo dónde pasaría la primera noche de aquella época que se presentaba incierta: con quienes tenían orden de detenerlo.

El lunes 2 de agosto de 1909, obreros, empleados y funcionarios se reincorporaron a sus respectivos puestos de trabajo, donde les satisficieron los jornales correspondientes a la semana que habían estado de revolución, quemando iglesias y pegando tiros a soldados y policías. Ese mismo lunes, los periódicos afines al gobierno y que, por lo tanto, fueron autorizados a salir a la calle, trataban de la Semana Trágica y exigían una represión dura y contundente. Dalmau abandonó al destacamento valenciano antes de que los chavales que vendían los periódicos, ansiosos tras siete días de paro, empezaran a pregonar a voz en grito las noticias entre las que se incluía la búsqueda del pintor blasfemo y radical Dalmau Sala como autor intelectual de las revueltas.

Por segunda vez en su vida, Dalmau oyó cómo los chavales aullaban su nombre por las calles de Barcelona. Muchos de aquellos vendedores habían sido los primeros en incendiar las iglesias junto a compañeros de su misma edad, pero eran personas anónimas. En cambio, su nombre era conocido por todos: había pintado tres cuadros tremendamente explícitos y, en la Casa del Pueblo, aupado junto al piano y vitoreado, había exhortado a los obreros a la lucha. Y si no había participado más en la quema de edificios religiosos fue porque Emma le había advertido que no lo hiciera. Tras la Semana Trágica, la Iglesia había pagado muy caras sus mentiras y sus manejos para controlar la sociedad, principalmente a los grupos de gente humilde, aquellos que debían someterse y servir a los ricos y poderosos. Las pérdidas económicas eran tremendas. Y eso era por lo que luchaban: por la destrucción de aquella estructura podrida. Lo habían conseguido, concluyó al recuerdo de los ojos chispeantes de Emma, sintiendo como un fogonazo al notar de nuevo los labios de ella en sus mejillas.

Tenía que encontrarla. Tenía que ayudarla.

Desde las Ramblas se había introducido en el Raval, donde ya solo quedaban los vestigios de las barricadas, aunque el trasiego de los adoquines arriba y abajo no había conseguido otra cosa que remover un subsuelo putrefacto que ahora hedía el ambiente. En una de sus callejuelas se topó con varios mendigos que, sentados sobre lo que había sido el muro de una casa ahora en ruinas, apuraban el contenido de una botella de vino. Dalmau le quitó la gorra sucia y raída a uno de ellos y, antes de que este se revolviese contra él, le ofreció la suya, que el hombre aceptó tras comprobar su estado.

—¿No le gusta más la mía? —le insinuó el que estaba al lado del agraciado.

Dalmau estuvo tentado de contestar la verdad, pero en su lugar resopló por los labios entrecerrados y se dirigió al nuevo:

—No. Me gusta esta —afirmó al mismo tiempo que se la encajaba en la cabeza y notaba cómo el sudor del mendigo le empapaba el cabello—, pero quizá tus zapatos me irían bien.

Todavía mantenían la forma del calzado; las telas que los cubrían no habían llegado a taparlos por completo. La repugnancia que ponerse la gorra acababa de causarle no fue nada comparado con la que le produjo calzarse aquellos zapatos. Quiso recordar que durante un tiempo él llegó a vivir así, como un vulgar indigente, tirado en las calles, pero aquellas sensaciones se habían difuminado ya; las de ahora eran reales, pegajosas, calientes, apestosas.

También cambió su blusa de trabajo, aunque se negó a quitarse los pantalones, por más que los mendigos lo instaran a hacerlo. Los ensució con barro del interior de la casa en ruinas, el mismo con el que se embadurnó las manos, el rostro, el cabello y la barba. Con la botella vacía agarrada por el cuello con una mano, andando despacio como un vulgar pordiosero alcohólico, terminó frente a las puertas de la cárcel de Amalia, allí donde había estado detenida y había sido violada su hermana, Montserrat. La situación había cambiado desde entonces puesto que a los hombres se los encarcelaba ahora en una penitenciaría nueva. La Modelo, construida hacía cinco años en los suburbios de la ciudad, junto al cuartel de caballería, el matadero y la plaza de toros de Las Arenas. Quizá ya no hubiera hombres en la cárcel de Amalia, pero su entrada estaba igual de atestada que cuando Dalmau accedió a ella junto al abogado Fuster. La gente quería saber de sus allegadas detenidas.

Dalmau presintió que entre la muchedumbre apretujada se encontraba su madre. Se apartó al paso del tranvía de circunvalación, que ya circulaba sin necesidad de protección, y se arrimó a un árbol frente a la cárcel, contra cuyo tronco se dejó resbalar hasta quedar sentado en el suelo. En tal postura agarró la botella contra el pecho, como si fuera un tesoro, y entornó los ojos simulando dormitar, pendiente en todo momento de la puerta de entrada con los pensamientos puestos en Emma, barajando todo tipo de posibilidades, a cuál más dramática.

La vio salir de la cárcel a eso del mediodía. Su madre andaba lentamente, cabizbaja. Dalmau se levantó del suelo actuando con torpeza y mendigó con la mano extendida entre la gente que deambulaba por la zona, acercándose cada vez más a Josefa, a la que interceptó ya cerca del mercado de Sant Antoni.

—Una limosna —suplicó en susurros. Josefa se opuso sin mirarlo siquiera—. Por favor —insistió él, en esta ocasión sin confundir su voz.

—¿Qué quieres? —Josefa vaciló un instante antes de rehacerse de la sorpresa—. Ya le he dicho que no —reiteró acompañando sus palabras con un gesto brusco.

Dalmau acercó la mano hasta casi tocarla, insistente.

—¿Qué sabe? —susurró.

—Nada —contestó ella—. Nada —añadió abriendo las manos, sin esconderse, como si estuviera negándole la limosna—. No tengo nada —insistió negando con la cabeza, simulando hastío por el ejército de mendigos que poblaban Barcelona—. Debes irte —le advirtió en susurros—. Un día u otro te atraparán. No serás muy útil a Emma si te fusilan.

Dalmau volvió a las calles. Las noches calurosas de agosto le permitieron dormir al raso, igual que lo hacían otros desamparados. Vivió de la mendicidad y de la beneficencia, escondido tras la suciedad y la miseria que, ante alguna que otra detención también de mendigos, acrecentó con un procedimiento que Maravillas le había contado que utilizaban los *trinxeraires* para que la policía ni siquiera se acercara a ellos y los dejase vagar por la ciudad hurtando y rateando: se contagiaban la sarna. Y pagaban por ello, aseguró la muchacha con seriedad. Dalmau no pagó: un par de cortes muy superficiales en manos y rostro, como arañazos que no llegaran a sangrar sino tan solo a levantar la piel, que acercó y frotó contra las ampollas descamadas de una vagabunda sarnosa y bastante borracha, a la que primero sorprendió la actitud de Dalmau, pero que después ronroneó de forma gutural, hasta que calculó que ya debían de haber saltado suficientes ácaros a su piel y se zafó de sus brazos. En cuatro días los arácnidos atacaron y desfiguraron su rostro y sus manos, y nadie que no perteneciera a aquel universo inhumano de la pobreza se acercaba a él a menos de dos metros.

Tampoco su madre.

—¡Estás loco! —exclamó Josefa un par de semanas después ante el aspecto de su hijo, convencida ya de que Dalmau no huiría de Barcelona. Él asintió con la cabeza, intentando por lo menos que su madre no viese cómo se rascaba, algo que había empezado a hacer de forma compulsiva en cuanto notó la comezón bajo su piel—. Sigo sin saber de Emma —se vio obligada a reconocer la mujer, tal como llevaba repitiendo jornada tras jornada desde que finalizaran los incendios; la angustia hacía clara mella en su rostro, en sus ojeras moradas, en las manos que le temblaban y en una voz cada vez más débil, más cansada—. Le entrego comida a una monja de las que vigilan a las reclusas, aunque tampoco sé si se la hace llegar a Emma.

Existían razones más que suficientes para vivir en aquella congoja. Todo era caótico: nadie sabía nada de nadie. Josefa llegó a contratar a un abogado para que se interesara por Emma, pero el silencio de las autoridades, amparadas en el estado de guerra y la suspensión de los derechos civiles, convirtió su gestión en un gasto tan amargo como inútil. Porque, finalizada la rebelión, la represión por parte de las autoridades fue inmisericorde. El gobernador se puso en manos del Comité de Defensa Social de Barcelona, una asociación católica radical y conservadora que aconsejó al político el cierre de todos los colegios laicos de la ciudad —más de ciento cincuenta se clausuraron—, así como de todas la sociedades obreras o ateneos políticos que hubieran influido en el levantamiento contra la Iglesia, empezando por la Casa del Pueblo de Lerroux. También, en cruel ejercicio de aniquilación de disidentes, adversarios o simplemente enemigos particulares, los miembros del comité señalaron a aquellas personas que, no habiendo sido detenidas por la policía, deberían serlo, tal como sucedió con Dalmau, cuyo nombre continuaba apareciendo en los periódicos y corría de boca en boca, con un Manuel Bello furioso, públicamente empecinado en el escarnio y la ejecución de quien había sido su pupilo.

El Comité de Defensa Social alentó las denuncias anónimas, retornando al sistema inquisitorial —«¡Delatad!», rezaban sus consignas—, lo que propició que muchos buscaran en sus vecinos y conocidos la venganza por afrentas que nada tenían que ver con el levantamiento de la Semana Trágica.

Por su parte, el mismo lunes 2 de agosto, mientras los obreros se reintegraban a sus puestos de trabajo, las autoridades militares, siguiendo estrictas órdenes de Madrid, iniciaron el primer juicio sumarísimo que finalizó esa jornada con la sentencia a cadena perpetua por rebelión militar contra un obrero que había luchado tras una barricada. Solo quince días más tarde, después de otro juicio fulminante, se produjo el primer fusilamiento en el castillo de Montjuïc: un desgraciado que había cogido un fusil para luchar por sus derechos. Las sentencias a cadena perpetua, extrañamiento de por vida o muerte, se sucedieron de la mano de los fiscales militares ayudados por un fiscal especial del Tribunal Supremo, católico recalcitrante, también llegado de la capital del Reino.

Dalmau se sentía impotente. No parecía que nadie fuera a reconocerlo; las costras que se le formaban tras rascarse le proporcionaban el aspecto de un enfermo contagioso al que no convenía acercarse. Eso lo había conseguido: se movía por la Barcelona caótica tomada por el ejército y las fuerzas del orden público con la libertad de un apestado al que rechazaban con insultos y escupitajos, pero no tenía a quién acudir que no fuera su madre. Tomás, como le anunciara aquella, junto con el abogado Fuster y bastantes maestros laicos habían sido deportados y confinados en diversas poblaciones alejadas de Barcelona como Alcañiz, Alcira, Teruel, la Puebla de Híjar,

623

y otras cuantas de las que no podían alejarse más de cinco kilómetros, y cualquier atisbo de organización política, social o vecinal de las que antes promovían los republicanos en la ciudad había desaparecido al tiempo que sus sedes se clausuraron.

Emma se había convertido en el pensamiento único de Dalmau; una obsesión que devoraba su mente más rápido incluso que los ácaros lo hacían con su piel. ¿Qué haría? ¿Estaría sana? ¿Cómo la tratarían? ¿La juzgarían pronto? Y él, ¿se enteraría? Los periódicos consentidos por las autoridades se nutrían de noticias acerca de los juicios y sus sentencias, y si bien a él no le permitían el acceso a las tabernas donde se leían en voz alta las noticias, le constaba que su madre sí lo hacía. Emma era una líder de los activistas republicanos. La policía lo sabía. La condena sería realmente dura si la juzgaban los militares. Solo había una posibilidad: que la juzgaran los tribunales civiles, los que todavía no se habían puesto en funcionamiento, quizá para poder determinar qué detenidos correspondían a una u otra jurisdicción.

Dalmau conocía la línea que separaba a los militares de los civiles, habían hablado de ella en los círculos de los mendigos en los que ahora se movía, alrededor de una botella de vino sofisticado a base de alcohol etílico, a pesar de lo cual peleaba por un trago que los demás interrumpían a base de golpes y riñas. Portar armas y haber participado en la construcción de barricadas, los ataques a los servicios públicos o transportes, o ser uno de los autores intelectuales de la revuelta, como acusaban a Dalmau y ahora también a Ferrer Guardia, el fundador de la Escuela Moderna, implicaban un delito de sedición, y por lo tanto sus autores caían en manos de la justicia del ejército y eran juzgados por jueces militares. El saqueo o el incendio de los conventos, incluso los ataques a religiosos se clasificaron como delitos comunes, de modo que correspondía juzgarlos a los tribunales civiles, de los que cabía esperar mayor clemencia.

—¿Emma llevaba armas? —había preguntado Dalmau en más de una ocasión a su madre.

—No. Nunca se lo permití —le repetía Josefa—. Ya imaginaba las consecuencias del bando del capitán general.

Sin embargo, transcurrían los días y no conseguían saber nada de ella. La inactividad, la pesadumbre, la ignorancia, la pena… y aquel escozor que lo llevaba a arrancarse la piel a tiras arrastraron a Dalmau a buscar de nuevo refugio en el vino. Lo calmaba, lo adormilaba, hundía a Emma en el olvido y hasta le permitía dejar de rascarse. Sin embargo, lo que no logró el vino fue esconderle los pasos lentos e inseguros de su madre, cuando volvía una vez más a la cárcel de Amalia. Ese día, él no había bebido demasiado, puesto que tampoco disponía de alcohol a diario, más allá del vaso que podían proporcionarle en la beneficencia.

Dalmau observó con detenimiento a aquella mujer débil: estaba pálida, le temblaban las manos y, pese a la agradable temperatura del mes de septiembre, las gotas de sudor le corrían por la frente y las mejillas. Tenía fiebre, pensó. Una tos seca y repetitiva, forzada, como si pretendiera expulsar trozos de sus pulmones, le confirmó esa impresión: su madre había caído enferma.

Se acercó a ella.

—Madre —la llamó. Josefa pareció no oírlo—. Madre —repitió él, topándose en esta ocasión con el rostro desconocido de una anciana que lo interpelaba—. No vaya a la cárcel. Está usted enferma.

—Tengo que ir…

Dalmau la cogió del codo y la obligó a dar la vuelta con delicadeza.

—No tiene usted que hacer nada más allá de cuidarse —le decía mientras tanto. Miró a su alrededor: la cárcel estaba a unos pasos y algunas personas de las que esperaban ociosas a sus puertas observaban con extrañeza que un mendigo sarnoso hablara y tocara a una mujer que parecía enferma. Quizá fuera a atracarla, pensó más de uno. Dalmau fue consciente de que estaba a punto de arruinar su disfraz, pero no podía dejar allí a su madre—. Acompáñeme —la instó empujándola por el codo.

—Hijo… —alcanzó a musitar ella—. Emma…

—No se preocupe.

Dalmau volvió la cabeza. Un par de hombres los señalaban. Poco tardarían en atar cabos. Podían delatarlo, pero eso no cambiaba lo que tenía que hacer. Aun así, apresuró el paso y gritó «¡Es mi madre!» a una mujer que se acercó a interesarse por una Josefa que cada vez se arrastraba más. Consiguió llegar hasta la calle Bertrellans sin que lo detuvieran. Cargó con ella procurando que no se golpease en aquella escalera estrecha y, una vez en la casa, la depositó con cuidado en la cama. «No se mueva», le rogó a una Josefa con los ojos cerrados. Solo encontró agua en la cocina, que bebió con fruición. Probablemente su madre ni comería. Los días los pasaba en la cárcel, las noches frente a la máquina de coser. Se sentó al lado de ella y, con la garganta agarrotada, reprimió sus ganas de llorar: todo salía mal. Fue a cogerle la mano cuando vio la suya: corrompida. La retiró y se levantó de un salto. «La quiero, madre», susurró, atormentado por no poder besarla. Luego abandonó la habitación tras limpiar el lugar en el que se había sentado y salió a la cocina. Sabía que había dinero ahorrado. Lo encontró; estaba en el escondite de siempre, el mismo donde él ya lo guardaba cuando trabajaba en la fábrica de cerámicas de don Manuel y la vida les sonreía. Cogió diez pesetas. «¿Serán suficientes?», se preguntó. Amplió hasta veinte y fue al piso de arriba, en el que vivía Ramona, una viuda con la que su madre se llevaba bastante bien. La mujer cerró la puerta en cuanto vio a un harapiento frente a ella. Dalmau se lo impidió interponiendo un pie.

—Soy Dalmau —le dijo a través del resquicio—, el hijo de Josefa, la del piso de abajo. —Transcurrieron unos instantes de silencio, aunque Dalmau notó que aflojaba la presión sobre su pie—. Siento presentarme así… de esta manera —lo rompió él.

—Te buscan —se oyó desde dentro—, la policía ha venido varias veces.

—Lo sé. De ahí mi disfraz.

—¿Eso es un disfraz? —terminó preguntando la mujer tras abrir la puerta y mirarlo de arriba abajo—. Pareces… ¿Te has disfrazado de sarnoso!

Dalmau decidió no contestar. Era urgente que saliera de allí. Presentía que, desvelada ya su identidad, en cualquier momento podía llegar la policía.

—Tome —le dijo a Ramona entregándole los dineros—. Mi madre está enferma. La he dejado abajo, en su cama. No creo que sea nada grave: cansancio, debilidad.

—La oigo trabajar noche tras noche —lo interrumpió la mujer negando con la cabeza—. Ayer mismo le dije que debía descansar. Me preocupó su aspecto, la vi muy desmejorada.

—Tampoco creo que coma lo que debe, a lo que hay que añadir la angustia y los nervios.

—Por Emma. Lo sé —volvió a interrumpirlo Ramona—. Alguna vez me dejaron al cuidado de Julia… —Se quedó pensativa, recreándose en la alegría y vitalidad que probablemente había llevado la niña a aquella casa oscura y lúgubre como todas las de la zona—. Y por ti, por supuesto —añadió de repente, avergonzada—. Por ti también.

—¿Se ocupará de ella, Ramona? —la apremió Dalmau lamentando su brusquedad.

—No te quepa duda —se comprometió la otra—. Son muchos años viviendo en el mismo edificio. Tu madre fue la que nos ayudó cuando…

Un escándalo en la escalera silenció su conversación. «¡Arriba!», oyeron gritar. Varias personas subían a la carrera; el entrechocar de metales y correajes atestiguó su profesión: policías. «¡Lo han visto entrar!» «¡Rápido!» Los escucharon abrir la puerta del piso de Josefa de un par de patadas, y entrar vociferando.

—¡Policía!

—¡Dalmau Sala, queda detenido!

—Escapa —urgió Ramona a Dalmau—. No tendrás otra oportunidad.

Dalmau se lanzó escalera abajo. Lo pillarían tan pronto como inspeccionasen el piso y comprobaran que no se hallaba en él, concluyó, porque se notó torpe, con los andrajos que vestía, con unos zapatos que le venían grandes, con la debilidad física causada por su tipo de vida durante el último mes. Tropezó y recuperó el equilibrio apoyándose en las paredes antes de caer escalera abajo, aunque no pudo evitar torcerse un tobillo. Los gritos continuaban en el interior de la casa de su madre, pero cada vez se hacían más nítidos, como si los policías hubieran salido ya al descansillo. Solo le quedaba un tramo de escalones, que bajaba renqueante por culpa del dolor intenso en el tobillo. Le darían alcance, si no allí, en la calle.

—¡Ha escapado! —oyó.

No tenía nada que hacer. Tropezó una vez más, y estaba a punto de rendirse cuando otros gritos, estos de mujer, se sumaron al alboroto. Reconoció la voz de Ramona. Sonrió y continuó bajando, a saltos con una sola pierna, las manos apretadas contra las paredes.

—¡Socorro! ¡Auxilio! —gritaba Ramona—. ¡Hay un mendigo!

Los policías iniciaron el ascenso y Dalmau alcanzó la calle. Confundiéndose entre la gente, que más bien se apartaba a su paso tan pronto como se apercibían de él, se dirigió todo lo rápido que pudo hacia las obras de derribo cercanas en las que había trabajado y que conocía bien. Allí podría esconderse hasta que anocheciese, luego debería encontrar el procedimiento adecuado para llevar adelante la decisión que acababa de tomar ante el sufrimiento de su madre. Hoy la cuidaría Ramona, seguro; mañana, cuando una vez con fuerzas regresara a la cárcel de Amalia para seguir sin obtener respuestas, volvería a enfermar y moriría en aquel entorno malsano e insalubre. Y si no era al día siguiente sería al otro, o más adelante, cuando llegara el invierno trayendo consigo las fiebres y los contagios. La solución había aparecido ante Dalmau con una sencillez sorprendente: debía canjearse por Emma. Dalmau se entregaría a las autoridades consciente de la sentencia a muerte con la que a él lo condenaría un tribunal militar; de eso no le cabía ninguna duda: como autor intelectual de la revuelta, lo juzgaría el ejército, y la sentencia, vista la gravedad de las que ya estaban dictándose por acciones menos trascendentales, no sería otra que la de morir fusilado en el foso del castillo de Montjuïc.

Emma, que por cabezonería de Josefa nunca había llegado a portar un arma, no debía ser juzgada por los militares, aunque Dalmau tampoco podía prever cuál sería la sentencia a la que la condenarían los tribunales civiles, por más benévolos que pudieran ser con ella. Probablemente no fuera la de muerte ni la de cadena perpetua, ni siquiera la de extrañamiento, pero nadie le garantizaba que no le cayeran quince o veinte años de prisión. Josefa no lo resistiría; fallecería antes, de enfermedad o de simple pena. Y Julia... La niña crecería sin el cariño de su madre, a buen seguro ingresada en un asilo para huérfanas a cargo de unas monjas que vengarían en la pequeña los ataques de Emma a la Iglesia.

Se trataba de una decisión sencilla: su vida por la libertad de Emma. Nadie se opondría. Don Manuel haría cuanto estuviera en su mano para que se produjera aquel canje, y entonces volverían a estar las tres juntas, y su madre no solo recuperaría el cariño de Julia, sino que además tendría a alguien que la cuidaría mucho más de lo que él lo había hecho a lo largo de los años.

21

Escondido entre las hileras de altos cañaverales crecidas junto a la vía del tren que llevaba a Francia, Dalmau vigilaba el paso de quienes transitaban por el camino de Pekín. Sabía que en un momento u otro discurriría por delante de él. Varios perros se acercaron hasta donde se encontraba, olisquearon entre las cañas en aquellos días en floración, gruñeron y ladraron, pero todos terminaron reculando y escapando después de que Dalmau pateara un par de veces la tierra; no debía de atraerlos el hedor que desprendía el extraño sarnoso, y sus dueños, si los tenían, pensarían que se trataba de una rata.

Esa noche había encontrado refugio entre los cascotes de las casas en derribo; ya no existía la bodega en la que se había ocultado con Emma. No durmió. Mientras no dejaba de rascarse rostro, brazos e ingles, rincones de su cuerpo hasta donde había saltado la sarna, la inquietud lo mantenía en vela ante cómo conseguir llevar adelante su plan bienintencionado, que, no obstante, cada vez le parecía más complicado. No podía presentarse en un cuartel de la policía ni en ningún otro estamento oficial; simplemente lo detendrían y no lograría la libertad de Emma. Ni siquiera podía andar por Barcelona: si hasta ese día la sarna le había evitado las miradas, revelada su estrategia sería identificable a metros de distancia. Era evidente que necesitaba un intermediario y la elección de esa persona no era tarea fácil. Cerrada la Casa del Pueblo, no conocía los domicilios particulares de los líderes republicanos, eso en caso de que alguno de ellos estuviera dispuesto a ayudarlo, porque su madre ya le había advertido que ahora todo aquel que había sido alguien en la causa obrera se desvinculaba de cualquier responsabilidad en la revolución que culminó con la Semana Trágica; todos salvo Ferrer Guardia, el anarquista, al que ese 31 de agosto habían detenido mientras trataba de huir a Francia, bajo el cargo de instigador de los sucesos. A lo largo de la noche decidió que la mejor manera que se le ocurría de proponer su proyecto de canje era hacerlo a través de los periódicos, los mismos que lo habían puesto en boca de todo el mundo al mismo nivel que Ferrer Guardia: como líder de la revuelta. Por eso estaba allí oculto entre los cañaverales esperando a que pasase Maravillas, atento al camino que llevaba de Pekín a Barcelona, la ciudad de la que había huido como un animal herido con esas primeras luces que no llegan a romper la oscuridad, arrastrándose y escondiéndose al menor movimiento. ¿Lo ayudaría la *trinxeraire*? Parecía arriesgado fiarse de la muchacha, sino una locura, máxime cuando lo que estaba en juego era su propia vida y la libertad de Emma. Dalmau volvió a pensar en las posibilidades con las que contaba y todas pasaban por regresar a Barcelona, donde con toda seguridad lo detendrían. Debía ponerse en manos de Maravillas. La última vez lo había ayudado y ahora no había dinero de por medio puesto que don Manuel no había ofrecido recompensa alguna por él; quizá el ejército no se lo había permitido, haciendo gala de esa soberbia española que rechazaba la colaboración ya que daba por supuesto que un día u otro los militares lo capturarían. Sin posibilidad de obtener unas monedas, era probable que la muchacha le echase una mano, por más que él tampoco pudiera agradecérselo de manera alguna. Su pobreza le recordó que llevaba más de un día sin comer. Para engañar al hambre, mordisqueó algunas hojas de las cañas hasta que la boca se le secó y el sabor le resultó repugnante. El sol estaba en su cenit: era mediodía. Hacía poco que había llegado el otoño, pero todavía hacía calor, incluso allí, a escasos metros del mar, donde soplaba una brisa refrescante. Dudó en abandonar su escondrijo y acudir a Pekín en busca de comida, pero tampoco se fiaba de don Ricardo; no le extrañaría que lo entregara a las autoridades a cambio de dinero o prebendas. No, el delincuente obeso tampoco parecía una buena elección.

Maravillas no pasó por allí durante todo el día. Ya anochecido, Dalmau cruzó la vía del tren para dirigirse al cercano cementerio del Poblenou a través de caminos de tierra sin otra luz que la de una inmensa luna cuyo resplandor parecía querer insuflar algo de ánimo en el caminante. Sabía que allí se levantaba otro asentamiento de barracas, tan míseras como las de Pekín, pero en las que esperaba encontrar a algunos desahuciados de la vida como él. Consiguió que tres mendigos sentados alrededor de unas brasas le cedieran un mendrugo que no se atrevió a mirar y que tragó procurando no saborear. El agua de beber estaba sucia y caliente. «¡Esto mata hasta la sarna!», rio el que le pasó un vaso desportillado lleno de aquel líquido. No le ofrecieron un trago de la botella de alcohol que compartían; él tampoco lo pidió, y cuando los otros ya dormitaban se retiró a su cañaveral.

A la mañana siguiente, Dalmau estuvo a punto de dejar pasar a la *trinxeraire*, sorprendido ante la compañía de la muchacha. Al final salió de entre las cañas.

—Pensaba que tu hermano estaba muerto —le soltó sin saludar, señalando a Delfín.

Ninguno de los *trinxeraires* pareció sorprenderse ante el aspecto de Dalmau.

—¿Por qué? —inquirió Maravillas con indolencia.

—Tú me lo dijiste.

—No —rebatió ella—. Aquí está. Tú —añadió volviéndose hacia Delfín—, ¿te has muerto?

El chico contestó con el gesto bobalicón que tanto conocía Dalmau, como si el asunto no fuera con él. Dalmau negó con la cabeza: una estúpida mentira más. Volvió a dudar en recabar el auxilio de una muchacha loca que tanto mataba a su hermano como lo revivía, pero ya estaba hecho, ya se había descubierto.

—Pues me alegro de que no se haya muerto —afirmó entonces—. Tienes que ayudarme —pidió acto seguido a Maravillas.

Se observaron mutuamente. Maravillas con la vista clavada en los abscesos de la sarna y los arañazos que Dalmau se había hecho; este dándose cuenta de que el transcurso del tiempo continuaba maltratando a aquellos miles de críos abandonados a su suerte que hacían de la ciudad entera su hogar. Maravillas seguía sin crecer, sin engordar, sin mostrar rastros de vitalidad.

—¿Qué ganaremos? —terció Delfín—. ¿Qué tienes? Sabemos que te busca hasta Dios.

Eso sí que originaba el interés del *trinxeraire*, como hacía siete años cuando, en la fábrica de cerámicas, le advirtió que pintar a su hermana desnuda le saldría más caro.

—Yo no tengo nada. —Dalmau abrió las manos mostrando su pobreza—. Pero una vez que todo se haya arreglado como espero, mi madre y mi… novia —se atrevió a decir, ocasionando que Maravillas diera un pequeño respingo— os pagarán bien. Seguro.

—¿Seguro?

—Sí.

Su novia. «Mi novia, mi novia, mi novia», se repetía Dalmau en voz alta. Le gustaba escucharlo. Iba a morir por Emma, y no tenía miedo; al contrario, estaba orgulloso. Maravillas cumplió, y Dalmau consiguió apaciguar la angustia que lo atenazaba desde que le había pedido el favor. Además de agua y comida, poca y casi podrida, e incluso un remedio de azufre para la sarna, «Siempre hay alguien que tiene de esto», le dijo, le procuró un par de hojas de papel y la punta de un lápiz, suficiente para que Dalmau escribiera una nota destinada al director de *La Vanguardia*. Se trataba de uno de los periódicos autorizados por el gobierno para salir a la calle y la publicó al día siguiente en primera página, compartiendo protagonismo con una gran esquela que anunciaba la muerte de un noble, un barón, un prohombre de la ciudad, un personaje de tal importancia que el obispo de Barcelona concedía mil doscientos días de indulgencia por cada acto de piedad o caridad cristiana que se practicara en sufragio del alma del difunto. Si uno hacía dos actos de piedad, pensó Dalmau, podía conseguir dos mil cuatrocientos días de indulgencia. Y si uno seguía sumando… ¡Quizá hasta él podría salvarse! Sonrió con cinismo. ¡Ochenta iglesias quemadas y continuaban igual! Volvió a sonreír, en esta ocasión, con tristeza. Y al lado de aquel magnífico regalo divino a cambio de unas oraciones en recuerdo de un noble que debía de tener intereses en el Rif, cuya guerra había sido el origen de la Semana Trágica, Dalmau pudo leer su oferta en el ejemplar del diario que Maravillas le lanzó, ignorante del contenido de la carta que Dalmau le había entregado destinada al director del periódico: «El pintor Dalmau Sala, perseguido como autor intelectual de las últimas revueltas y activo participante en ellas, propone entregarse a las autoridades a cambio de la libertad de una republicana detenida: la Profesora». Luego, tras un resumen tan breve como inexacto de las vidas y obras de Dalmau y Emma, el articulista se perdía en consideraciones, ya fueran a favor o en contra del canje, que se produciría en la propia redacción del diario, siempre que las autoridades, a juicio de los periodistas, los de *La Vanguardia* y los de los demás rotativos invitados, considerasen que se daban las condiciones y las garantías suficientes para que Dalmau no fuera detenido antes de llegar a la sede del periódico y de que Emma sería puesta en libertad sin cargos tras la entrega de aquel.

Ahí estaba el anuncio de Dalmau. Ya no existía posibilidad de retractarse, aunque tampoco lo habría hecho. Por primera vez en mucho tiempo se sentía pleno, vivo, incluso más que cuando regaló los cuadros a la Casa del Pueblo. Ahora estaba entregándose él mismo por Emma, la persona a la que había querido durante toda su vida, por azarosas que hubieran sido sus relaciones. Ella lo había besado. Lo hizo después de rechazarlo mil veces y, así como nunca llegó a creer en la sinceridad de sus insultos, sí notó el amor y el perdón en aquel beso: un simple roce en la mejilla que iba a llevarlo al patíbulo. Junto a la de Emma, la imagen de su madre le vino a la memoria: probablemente no estaría de acuerdo con su decisión, se dijo Dalmau, pero él solo le había causado problemas. Llegó a pegarle. Emma, por el contrario, había aportado estabilidad económica a la vida de su madre y, sobre todo, una ilusión por vivir: Julia. «Perdóneme, madre», rogó a la noche, todavía entre los cañaverales, donde había escarbado un claro para cruzar precariamente algunas de las cañas, atando sus hojas a modo de una pequeña tienda de campaña bajo la que podía sentarse a la espera de las noticias que Maravillas debía traerle.

Regularmente, el paso del tren, la corriente de aire que levantaba, el temblor de la tierra y de las cañas desmontaban su guarida.

El canje propuesto por Dalmau se sumó a la disputa que se había creado entre la opinión pública acerca de la conveniencia de ser indulgentes con los detenidos. Los había que propugnaban la amnistía; otros clamaban por la represión, tanto o más dura que la que estaba produciéndose. La gente, animada por los periódicos, discutía aquellas posibilidades, tanto como la de liberar a una conocida activista republicana contra la entrega de quien los católicos ultramontanos consideraban uno de los principales inductores de la revuelta contra la Iglesia. La prensa contraria al canje sostenía que el Estado no podía ceder y hasta, para horror de burgueses y autoridades, reprodujo los cuadros de Dalmau que incitaban a los obreros a quemar edificios religiosos y violar a las monjas. Don Manuel Bello, asediado por los periodistas, declaró sin embargo que, si de él dependiera, soltaría a todos los republicanos encarcelados para poder detener y juzgar a quien se había aprovechado de la ignorancia y la necesidad de los obreros para lanzarlos contra la Iglesia de forma tan artera y violenta. El antiguo maestro del pintor hacía recaer así toda la culpabilidad de la Semana Trágica en Dalmau; ni siquiera Lerroux, quien sí arengó explícitamente a sus hordas a quemar iglesias y violar monjas, era considerado culpable de nada puesto que continuaba exiliado.

Aquella fue la posición que se impuso con el transcurrir de los días, tras las presiones de los altos dignatarios eclesiásticos frente a un capitán general bajo cuyo mando continuaban celebrándose juicios sumarísimos, con condenas de muerte, algunas conmutadas por cadena perpetua, otras ejecutadas en los fosos del castillo de Montjuïc. Dalmau tuvo conocimiento de todas y cada una de aquellas circunstancias a través de los periódicos, aunque fueran atrasados, que Maravillas le llevaba junto con el agua, la comida y el remedio de azufre que lograba conseguir de los dispensarios municipales cuando simulaba acompañar a algún *trinxeraire* sarnoso que aseguraba querer curarse y que después se quedaba ella. Aquello era lo único que suponía una alegría para Dalmau: el efecto beneficioso del remedio de azufre sobre los ácaros. La comezón menguaba, no así su intranquilidad; no podía continuar mucho más tiempo bajo aquella improvisada tienda de campaña. Los perros, que antes se asustaban, ahora ya se atrevían a acercarse acostumbrados a su presencia. Incluso algún curioso había asomado la cabeza entre los cañaverales.

Quien no se acostumbraba era Maravillas. La *trinxeraire* se sentía engañada. El día que Dalmau le entregó la nota para el periódico y ella se interesó por un contenido que no sabía leer, el pintor le contestó que en ella delataba a algunos jerarcas de la Iglesia. «Huye tan pronto como la entregues al bedel de la puerta», la aleccionó Dalmau. La advertencia no fue necesaria: Maravillas siempre huía después de acercarse más de lo conveniente a algún ciudadano respetable. Y así lo hizo en esa ocasión, para enterarse al día siguiente de voz de los chiquillos que vendían periódicos de que, en realidad, había sido portadora de la sentencia de muerte de Dalmau.

Maravillas no era ajena a lo que estaba sucediendo. Sabía de los juicios militares y las durísimas sentencias que se dictaban. Era un buen lugar, entre la gran cantidad de público que se movía inquieto por los alrededores del tribunal, para andar al descuido: una cartera, alguna prenda de ropa, quizá un bolso… La gente discutía, se peleaba, lloraba o clamaba, dejando de prestar la atención necesaria a sus pertenencias. Allí, además de hurtar, Maravillas se enteraba de cuanto sucedía alrededor de los consejos de guerra. También sabía que a Dalmau lo buscaban los militares; decían que había sido el organizador de todo el revuelo con las iglesias. Ella nunca lo había creído, pero agradecía al que lo hubiera hecho, Dalmau o cualquier otro, puesto que había ganado bastante dinero rapiñando en templos y conventos, unos dineros que Maravillas y Delfín perdían con la misma facilidad con que los obtenían, cuando no se los robaban otros *trinxeraires*, los apostaban de forma absurda o simplemente los cambiaban por alcohol y caprichos ridículos.

Sin embargo, ahora no era capaz de asumir que Dalmau entregara su vida por la de Emma, la joven que no quiso darle un mendrugo de pan el día en que se lo pidió. «¡Encontradme a Emma!

¡Encontradme a Emma!» Las súplicas de Dalmau resonaban en su cabeza. Maravillas lo engañó hasta que el otro cejó en su empeño. Y luego, al cabo de un tiempo, se la mostró preñada de un albañil. No debería haber asustado al caballo percherón en el momento en que discurría por debajo de la obra. Si el albañil no hubiera muerto, con toda probabilidad Emma estaría ahora cargada de hijos y no tendría el menor interés para Dalmau. En cualquier caso, ¿a qué podía aspirar ella, Maravillas, con Dalmau? Sabía perfectamente que a nada, pero le molestaba verlo encandilado, enamorado de otra mujer. La rabia, la ira y la envidia se mezclaban en un torbellino de sensaciones a cuál más desagradable, que la llevaban a golpear o insultar a quienquiera que tuviera a su lado. Era como cuando Delfín charlaba y reía con alguna otra *trinxeraire*, o cuando lo oía frotarse contra alguna de ellas en la noche, suspirando y jadeando. ¡Imbécil! Era un imbécil, pero era suyo, su imbécil.

Y Dalmau iba a morir por aquella mujer. Su intención de sacrificarse era algo que Maravillas no podía remediar. Dalmau la había engañado con lo que ponía en el papel; si le hubiera dicho que su contenido pretendía la libertad de la mujer del albañil, nunca se habría prestado a llevarlo al periódico. Ella no podía solucionar el hecho de que los militares ejecutasen a Dalmau, pero tampoco estaba dispuesta a consentir que aquella muerte beneficiara a la puta de su novia. Antes ganaría dinero ella, y que a la novia la ejecutasen los militares o la echaran a los perros: lo merecía.

Con esos pensamientos, Maravillas superó el cementerio del Poblenou y dejó atrás el lugar en el que Dalmau se escondía sin decir nada. Delfín, un par de pasos por detrás, asintió, aunque se mantuvo en silencio. Poco más adelante, la *trinxeraire* lanzó al suelo con rabia los periódicos que llevaba, la comida y una nueva ración de azufre para tratar la sarna. Delfín volvió a asentir, con entusiasmo esta vez.

—Vuelvo a venderte al pintor —ofreció Maravillas a don Ricardo, ya en Pekín, la estufa perdiendo humo en el interior de la barraca, el otro igual de gordo, aposentado en su sillón, con la manta sobre las piernas pese a la bonanza, y el retrato, los colores ya oscurecidos, a su espalda.

—Deberías trabajar aquí conmigo, jodida —contestó don Ricardo—. Tienes una virtud que poca gente posee: la de vender dos veces la misma mercadería. ¡Y a mayor precio! —Se echó a reír.

El delincuente obeso era consciente del valor que tenía Dalmau. El ejército o las autoridades quizá no pagaran nada por él, bastante tenían con lucrarse personalmente de los dineros públicos como para destinarlos a trapichear para detener fugitivos, pero la Iglesia, el beato al que Dalmau le robó la cruz con las reliquias de… «¿Qué santo era?», pensó. No importaba demasiado… Aquel santurrón pagaría una fortuna por el pintor, como muchos otros meapilas que lo único que deseaban era hacer un escarnio público para que la Iglesia volviera a tomar el control de la sociedad y asustar a los fieles con el pecado y el fuego eterno, una hipocresía de la que don Ricardo había obtenido pingües beneficios cada vez que uno de ellos deseaba olvidar a su mujer, vieja, tan gorda como pudorosa, antipática y frígida, para recrearse con una niña de ocho o diez años, virgen, limpia e inocente.

—¿Y qué pasa con la muchacha esa por la que tu pintor quiere canjearse? —inquirió don Ricardo imaginando, sin embargo, las intenciones de Maravillas.

—No es mi pintor, es tu pintor.

Don Ricardo se encogió de hombros.

Maravillas también.

—La otra no entra en el trato —añadió después.

—Te daré el diez por ciento de lo que obtenga —propuso a la *trinxeraire* tras asentir al destino de Emma.

El regateo concluyó con el veinte por ciento y con un par de esbirros acompañando a Delfín a los cañaverales.

—Pintor —se oyó en el camino, donde Delfín señaló que se escondía Dalmau—, el jefe te espera.

Hacía rato que el perro ratonero se había metido entre las cañas y ladraba.

Dalmau no contestó. Dudaba si agacharse para tratar de acariciar y calmar al perro o soltarle una patada.

—No nos obligues a entrar —lo amenazó el segundo esbirro—. Será peor para ti.

Dalmau conocía ambas voces: dejes, tonos y acentos que lo trasladaron a una época que flotaba turbulenta en su memoria. Tras el desconcierto inicial, tardó poco en percatarse de que Maravillas lo había vendido otra vez y se maldijo por haber tropezado de nuevo con la misma piedra. Calculó sus posibilidades: huir con el perro importunando, ladrando y mordisqueándole los tobillos. Cualquiera de aquellos dos secuaces le daría alcance en dos zancadas; estaban fuertes, lo sabía, lo sufrió en sus carnes. ¿Y adónde iría? ¿Qué refugio tenía? Lo buscaban por todas partes.

—¿Qué quiere don Ricardo? —preguntó tras aparecer de entre las cañas.

Uno de los esbirros se encogió de hombros y volvió las palmas de las manos en señal de ignorancia.

—Eso no es asunto nuestro —contestó el otro.

—Pero tú sabes que te aprecia, ¿verdad? —añadió el primero con una nota de cinismo en la voz, empujándolo hasta situarlo entre ellos y tomar el camino de Pekín—. ¡Eres su pintor favorito!

Emma entró escoltada por dos policías en la sala de justicia. Vestía la misma ropa con la que la habían detenido hacía más de mes y medio, pero, aun arrugada, se apreciaba que había sido lavada. Accedió al tribunal, peinada y limpia, erguida, altiva, orgullosa, sabiéndose escrutada por periodistas, público, jueces y jurado, incluso por el fiscal y su abogado, del Partido Republicano, con el que había podido tener una conversación el día anterior.

—Adviértaselo a Josefa —le rogó al hombre. Aquel abogado era la primera persona de confianza con la que podía hablar. Emma sabía de la propuesta de Dalmau, pero no estaba dispuesta—. Dígale que busque a su hijo y que lo convenza de que no lo haga. No pienso cambiarme por él. Que huya… Que se ocupe de mi hija y huya a Francia. ¿Lo ha entendido bien? —insistió—. No pienso canjearme por Dalmau Sala. ¡Dígaselo a su madre!

Era el primer juicio que afrontaban los juzgados ordinarios, como si los jueces de Barcelona estuvieran respondiendo por su cuenta a la propuesta lanzada por Dalmau y hubieran decidido adelantarse a cualquier resolución que pudieran adoptar las autoridades dirigidas desde Madrid. Emma buscó a Josefa entre el público. La encontró, ya recuperada de su enfermedad, sentada, tiesa, un poco pálida, eso sí, y con el cabello recogido más canoso, pero aparentemente firme, dispuesta a escuchar la sentencia, si es que se dictaba ese día. Desde la distancia, Emma quiso encontrar en ella la respuesta al recado que les había transmitido a través del abogado, pero la mujer permaneció hierática, impávida.

Los jueces ordenaron silencio. El relator dio lectura a la acusación y después Emma fue llamada a declarar. Negó cuantas preguntas le hizo el fiscal y confirmó aquellas que su defensa le planteó frente a los miembros de un jurado popular que no tenían reparo alguno en sonreír hacia la encausada. «No tienes que regalarles tu libertad —la convenció su abogado ante los escrúpulos de Emma frente a la mentira. ¡Ella había quemado iglesias y colegios! ¡Sí!—. No es cobardía negar los hechos —insistió el otro—, es inteligencia. Que los demuestren ellos.»

Después fueron llamados los testigos, varios religiosos y dos vecinos de los edificios por los que habían transitado las juventudes bárbaras al mando de Emma. Ninguno de ellos ratificó las acusaciones que habían efectuado ante el juez instructor y la policía. «Quizá...» «No puedo asegurarlo.» «En aquel momento me pareció...» «La policía me presionó.» Dudas, retractaciones; ninguno señaló a Emma. El fiscal mostró al juzgado algunas denuncias contra ella, fruto de la campaña «¡Delatad!» promovida por los católicos reaccionarios y que relataban detalladamente los sucesos en los que había participado a lo largo de la Semana Trágica. Sin embargo, los jueces rechazaron aquellas delaciones anónimas como pruebas. «Si alguien quiere denunciar a esta mujer —puso fin a la discusión el presidente del tribunal—, que comparezca aquí y lo haga.» Luego permaneció en silencio cerca de un minuto, tiempo que se hizo muy largo, como si efectivamente esperase que el fiscal aportase alguno de aquellos testigos. No sucedió, y el juicio se liquidó en un par de horas. El jurado ni siquiera se retiró a deliberar.

—¡Inocente! —proclamó el portavoz tras un cruce de miradas entre todos ellos.

Parte del público estalló en aplausos. Los periodistas corrieron hacia sus redacciones para dar la noticia. Emma agradeció al abogado del partido su labor, interrumpiendo lo que aquel pretendía decirle, y corrió hacia donde la esperaba Josefa, ya en pie.

—¿Y Julia? ¿Y mi niña? —inquirió.

La suerte que Emma corrió fue la misma que siguieron la gran mayoría de los detenidos que terminaron siendo juzgados ante los tribunales civiles de Barcelona. Para desesperación de los fiscales del gobierno, cerca de dos mil personas fueron puestas en libertad tras unos juicios en los que los religiosos, pese a una primera declaración en contra, se negaban a colaborar para no exacerbar los ánimos de los obreros contra la Iglesia; los testigos se retractaban ante la presión del público, y jueces y jurados simpatizaban con los acusados. Barcelona respondía así a la dureza de las sentencias dictadas en los procedimientos militares. «¡La ciudad aplaude la revolución!», llegó a citarse en un periódico radical.

¿Y acaso no era cierto? Los rebeldes habían respetado las vidas de los religiosos, de igual forma que respetaron también los bienes de burgueses y ciudadanos. Ningún edificio civil, comercial o industrial fue atacado ni pasto de las llamas. Hasta los propios burgueses contemplaron pasivos, entre fiestas y bailes, el incendio de unas iglesias y unos conventos a los que nadie acudió a defender: ni ejército, ni policía ni fieles. Más tarde, los propios ciudadanos culpaban de lo sucedido al exceso de religiosos aposentados en la ciudad, porque España, y Barcelona tanto o más que otras poblaciones, había ido recogiendo a las comunidades que eran expulsadas de otros países: Francia, Cuba, Puerto Rico o Filipinas.

Y frente a todo ello, el gobierno de Madrid instaba al gobernador civil de la Ciudad Condal a aprovechar la coyuntura de la Semana Trágica y cortar de la manera que fuere con los años de anarquía que la caracterizaban, y librar con ello a España del cáncer que suponía el terrorismo en Barcelona.

Dos visiones radicalmente opuestas. Dos formas de impartir justicia enfrentadas: la de Madrid a través del ejército, dura, implacable, inmisericorde; la de los tribunales de la ciudad, comprensiva, flexible, clemente.

Emma, acompañada de Josefa, salió por su propio pie del juzgado entre las felicitaciones de la gente.

—Y ahora ¿qué sucederá con el canje propuesto por el pintor Dalmau Sala? —la interrogó un periodista con cuadernillo y lápiz en las manos.

Maravillas no oyó la respuesta que Emma proporcionó al joven, puesto que ella llevaba toda la mañana haciéndose la misma pregunta: ¿qué sucedería si Emma obtenía el perdón? Como había hecho en gran número de juicios militares, la *trinxeraire* no quiso perderse el juicio civil en el que se ventilaba la responsabilidad de la mujer a la que Dalmau amaba, un proceso anunciado en todos los periódicos que salían a la calle, y estuvo toda la mañana moviéndose entre la gente que había quedado fuera del tribunal.

Las cosas cambiaban radicalmente con Emma absuelta, pensó Maravillas. Dalmau no querría morir. Si no podía ser canjeado por aquella mujer, ¿para qué iba a entregarse y someterse a la justicia militar? Maravillas comprendió que sus actos habían complicado la vida al pintor: ahora que el canje por aquella mujer perdía su sentido, don Ricardo entregaría de todos modos a Dalmau. Y eso sería, sin duda, culpa de ella.

—¿Sabe dónde está Dalmau? —oyó Maravillas que Emma preguntaba después de librarse del periodista.

Las seguía, casi sin precauciones. Las mujeres caminaban despreocupadas, disfrutando de una libertad con la que unas horas antes siquiera habían fantaseado.

—No —oyó que Josefa reconocía—. Se disfrazó de mendigo e incluso se contagió la sarna para que no lo detuvieran, pero tuvo que ayudarme… y se descubrió. Todo fue por mi culpa. A partir de ese momento no supe nada de él hasta que salió en los periódicos lo del canje.

Maravillas estuvo tentada de terciar en la conversación y tranquilizar a aquella madre confesándole que la sarna de su hijo casi había desaparecido. Eso le pareció observar, escondida tras el biombo negro con la laca cuarteada de la barraca del obeso en el que todavía se adivinaban delicados adornos orientales, tras el que también se ocultó la primera vez que llevó a Dalmau a presencia de don Ricardo el día que se lo vendió como un deshecho humano. No quería que Dalmau supiera que ella lo había traicionado; que pensara que era cosa de Delfín.

—¿Dónde puede estar?

Era Josefa la que lo había preguntado, aunque también podía haber sido Emma, o las dos al mismo tiempo.

«En el mar», estuvo a punto de contestarles. Sí, allí era donde don Ricardo escondía sus pertenencias más valiosas cuando estaban en peligro inminente. Una simple barca de pescadores, de las que faenaban en la playa, manejada por un par de marineros leales al traficante, que se alejaba de la costa y se perdía de vista; en unos días la relevaban, o no. Era imposible que lo encontraran, tal como se demostró después de que don Ricardo hiciera llegar a don Manuel la propuesta de entrega de Dalmau por cinco mil pesetas en oro y, a instancias de este, la policía se presentara en Pekín creyendo que lo encontraría allí sin necesidad de someterse al chantaje del delincuente.

No hubo ninguna traición.

Nadie habló.

Los registros no aportaron prueba alguna.

No encontraron nada.

—Dígales a los de la Iglesia —susurró don Ricardo al comisario que había dirigido el fiasco— que el precio ha aumentado a siete mil quinientas pesetas en oro.

—No seas tan ambicioso —replicó el policía—. ¿Qué harás con él si no nos lo vendes a nosotros?

—Ya hay algunos republicanos franceses que se interesan por el pintor —mintió el delincuente—. Recuerde: siete mil quinientas pesetas en oro.

El precio subió a diez mil después de que alguien, merecedor de todo crédito, se aseguraba, engañase a don Manuel Bello y a sus amigos retrógrados del Comité de Defensa Social y les indicara el lugar exacto en el que don Ricardo tenía escondido a Dalmau. En esa ocasión se presentó hasta el ejército en una operación sorpresiva que desbarató la vida de todas las barracas de Pekín pero que no obtuvo resultado alguno.

Maravillas sabía que los católicos habían asumido el pago de esas diez mil pesetas en oro. Don Manuel Bello puso de su bolsillo casi un tercio de la cantidad; el resto fue generosamente sufragado por otros beatos acaudalados. En breve podrían juzgar al hombre que con sus cuadros blasfemos había soliviantado a la masa obrera lanzándola contra la Iglesia. Dios necesitaba, mejor dicho, reclamaba esa reparación pública.

—Dalmau se enterará de tu liberación y no se entregará.

Las palabras de Josefa, ya en la calle Bertrellans, sonaron más a esperanza que a certeza.

—No, no se entregará —la apoyó Emma—. Mi inocencia aparecerá en todos los periódicos y Dalmau lo verá.

—Sí que se entregará.

Maravillas cerró los ojos cuando las otras dos se volvieron hacia ella. «Ya está hecho. Ya lo he dicho», pensó la muchacha. Dalmau no debía morir. La *trinxeraire* apretó los labios: Dalmau era la única persona que, en ocasiones, le originaba como un cosquilleo, y en otras, si lo veía sufrir, sentía como si le arañasen el estómago, igual que cuando tenía hambre de días. Creía saber lo que era; sospechaba lo que aquellas sensaciones significaban, pero jamás se había atrevido a nombrarlas en alto; apenas las había musitado en un susurro entrecortado alguna noche en la que, cuando Dalmau estaba enganchado a la droga, lo habían encontrado tirado en las calles, inconsciente, y ella había osado acuclillarse junto a él y rozarle el cabello. No, no podía dejar morir a Dalmau, por más que quedara en manos de la arpía que no le dio su mendrugo. Perdía mucho dinero, eso si el obeso no los mataba antes a ella y a Delfín y se quedaba su parte: dos mil pesetas en oro valía la desaparición de dos mendigos por los que nadie preguntaría ni se preocuparía. ¡Dos mil pesetas! ¡Imposible! Maravillas sabía que don Ricardo no se las pagaría y que quizá los mataría; el traficante era consciente de ello, pero también estaba seguro de que Maravillas no obraba por el dinero, sino movida por los celos, aunque no se atreviera a confesarlo: solo buscaba el daño de la novia del pintor. Y si Emma estaba en libertad, no tenía sentido alguno que Dalmau muriera. Sonrió antes de abrir los ojos y mirar a aquellas dos mujeres que la interrogaban desde una distancia prudencial, la misma que la mayoría de las personas mantenían ante sus ropas, su suciedad y su hedor.

—¿Qué has dicho? —preguntó Emma—. ¿Hablamos de lo mismo?

—Hablamos de Dalmau, sí. Y no es que él vaya a entregarse, sino que lo venderá don Ricardo, el de Pekín. Bueno, creo que ya lo tiene vendido. Solo queda entregarlo. Hoy, mañana…

Emma se llevó las manos al rostro

—¿Y tú cómo sabes todo eso? —le preguntó Josefa.

Maravillas no contestó. No podía desviar la mirada de Emma. Sollozaba entre las manos. Su cuerpo se convulsionaba. Una lágrima corrió por la mejilla sucia de la *trinxeraire* y esto la sorprendió.

—Contesta —le exigió Josefa. Maravillas no lo hizo—. ¿Por qué deberíamos fiarnos de ti?

—Porque mi alma, si es que alguna vez la tuve, me la robó su hijo. ¿Recuerda? —dijo la *trinxeraire*. Josefa abrió los ojos cuanto le permitieron sus párpados. Emma retiró las manos de su rostro. Maravillas miró a ambas mujeres y tuvo que carraspear antes de continuar dirigiéndose a Emma—: Nunca tuve tanta envidia de alguien como el día en que vi aquellos dibujos en los que aparecías desnuda. Yo me miré en un espejo que había y… —Aprovechó ese momento para volver a examinar su pecho inexistente y su vientre, sus piernas, todo indefinible, cubierto por harapos. En su rostro se dibujó una mueca difícil de interpretar—. Desde entonces te odié, tanto que te humillé y te quité a Dalmau. —Jamás había mantenido una conversación tan extensa, y menos frente a personas, que acostumbraban a huir de ella o a espantarla a palos. Aquellas dos mujeres, sin embargo, permanecían atentas. Se sintió como si por primera vez en su vida hiciera algo que valía la pena, lo que le confirió una seguridad de la que nunca había disfrutado—. Ganas tú —sentenció—. Te lo devuelvo. No quiero que muera. Debes darte prisa y tener mucho cuidado. Lo esconden en el mar… Sabes dónde está Pekín, ¿verdad? Si no, entérate rápido.

No permitió preguntas y, como si hubiera agotado su vitalidad, dio media vuelta y las dejó allí.

El estruendo del tren que circulaba con dirección a Francia silenció los disparos. Emma no concedió la menor importancia a las personas que podían haberla visto desde los vagones; una mujer llegó incluso a levantarse de su asiento al descubrirla junto a las vías, con los brazos extendidos, en tensión, agarrando la pistola con las dos manos. Emma tuvo oportunidad de sonreírle al mismo tiempo que apretaba el gatillo de la Browning semiautomática que nunca antes había disparado. Al paso del tren, con la primera pasajera probablemente absorta ya en otro paisaje, Emma vació el cargador contra los cañaverales. Siete cartuchos. Siete arañazos a las cañas. Tras superar el primer retroceso del arma, que la sorprendió, no le pareció difícil. Extrajo el cargador y lo llenó de nuevo con manos torpes. ¿Disponía de suficientes cartuchos? Ella misma se recriminó la pregunta, porque tampoco tenía la intención de entrar a tiros en aquel poblado de chabolas. El plan que había pergeñado se le asemejó ahora imposible. Pekín era un nido de ladrones, había oído hablar mucho de ese lugar. ¿Cómo iba a encararse con todos esos delincuentes por más armada que fuese? Un sudor frío asaltó su cuerpo; el acero de la pistola congeló su mano. Emma peleó contra la respiración que se le aceleraba y se obligó a inspirar profundamente, una, dos, tres veces. Dalmau moriría si ella no lo rescataba. No obstante, se sintió sola y atenazada por el temor. Lamentó haber rechazado la propuesta que Josefa le había hecho antes de que saliera apresuradamente hacia Pekín:

—En un par de horas, con que solo haga correr la voz —afirmó la madre de Dalmau—, creo que podría reunir a una veintena o una treintena de mujeres, tan mayores como yo, pero curtidas en la lucha obrera, que nos acompañarían a liberarlo.

—Se lo agradezco, pero si montamos una manifestación estaremos llamando a actuar al ejército o a la Guardia Civil, y tal como están las cosas no creo que fueran benevolentes. Si ellos no han logrado encontrarlo todavía, no veo por qué lo conseguiríamos un grupo de mujeres. Dalmau desaparecería, quizá para siempre. Mejor moverse con discreción.

—¿Armada con una pistola?

—¡No es un cañón! —bromeó Emma tratando de rebajar la tensión que se vivía en el piso de la calle Bertrellans, la Browning y los cartuchos sobre la mesa. Luego rogó a Josefa que fuera en busca de su hija.

—Entonces —insistió la otra asintiendo con la cabeza a su petición—, al menos busca el apoyo de tus compañeros, los jóvenes bárbaros. ¡Seguro que te ayudarán!

—No sé dónde están. ¿Usted ha visto alguno en mi juicio? —Josefa negó con la cabeza—. Deben de estar detenidos o fugados, pero la verdad es que tampoco quiero comprometer a nadie. Ese delincuente buscará venganza en todo aquel que me ayude. No tengo derecho a inmiscuir siquiera a los bárbaros. He de hacerlo yo. Sola.

Sola.

Así era como se sentía ahora. Resopló, levantó el arma y apuntó al tronco de un árbol, a un par de metros escasos. Disparó. Falló. Cerró los ojos y pugnó por no llorar. Debía ponerse en marcha. Ella era capitana de los jóvenes bárbaros, se recordó para darse ánimos. Había peleado en infinidad de lugares, contra la policía y la Guardia Civil a caballo, contra jinetes amenazantes con sus largos sables desenvainados; había encabezado marchas y asaltos, exponiendo su vida. A pesar de todo, el camino hacia Pekín se convirtió en un sendero sin fin en el momento en el que Emma se enfrentó a él, con la pistola escondida bajo un abrigo que colgaba de su brazo derecho. Aun así, se irguió y se llenó los pulmones del aroma de un mar que allí, un poco alejada de la ciudad, parecía más salobre. Oteó el horizonte, que a medida que la tarde avanzaba iba perdiendo el azul brillante del Mediterráneo, en busca de barcas de pescadores; vislumbró varias. Alguna de ellas debía de ser la cárcel de Dalmau. Necesitaba verlo otra vez. Eran muchos los errores que los dos habían cometido. ¡Ahora sabía que había sido la *trinxeraire* quien vendió sus desnudos! O eso habían entendido tanto ella como Josefa ante sus palabras: «Te humillé y te quité a Dalmau. Ganas tú, te lo devuelvo». Todavía sentía que su cuerpo reaccionaba con repulsa ante el solo pensamiento de mantener relaciones con un hombre, pero hablaría con Dalmau, se lo explicaría, le contaría que no había podido hacer otra cosa que entregarse para alimentar a su hija. Y él tendría que entenderla. ¡Seguro que lo haría! ¡Dalmau estaba dispuesto a sacrificar la vida a cambio de su libertad! Tembló en una sucesión de sacudidas que la recorrieron de arriba abajo hasta reventar en su pecho insuflándole tanta vida que le costó respirar. Se detuvo un instante, buscó el aire hasta recuperar el control, y el arrojo que la había abandonado tornó a ella ante la posibilidad de un futuro junto a Dalmau. Lo primordial era liberarlo, aunque él pudiera rechazarla. Estaba allí retenido, negociado como una vulgar mercadería, y todo eso le sucedía por su causa, por intentar defenderla a ella.

Los perros la recibieron en las cercanías de las primeras barracas de Pekín. No les prestó atención, pero a sus dueños la recién llegada no les pasó desapercibida. Algunas mujeres se asomaron a lo que pretendían ser ventanas: simples huecos en los tablones de madera podrida apenas tapados con telas. Un par de hombres salieron de los chamizos.

—Busco a don Ricardo —les soltó Emma.

Los dos al mismo tiempo señalaron con el mentón una de las barracas más grandes, coronada por una chimenea que atacaba el aire con su chorreo de humo negro. Dalmau les había hablado de aquella chimenea cuando Josefa y ella lo obligaron a que les contara de dónde había sacado las mil trescientas pesetas con las que se libraron de Anastasi y del juzgado. Emma había ido recordando retazos de aquella explicación: los esbirros, el obeso siempre sentado en un sillón en el centro de su bazar de objetos robados…

—¿Qué quieres?

La pregunta había surgido de boca de un hombre malcarado. Un perrillo ratonero acompañó la recepción desabrida con ladridos agudos. Emma apretó los labios antes de contestar. Josefa le había advertido sin poder ocultar la preocupación de su rostro: «¿Cómo lo harás?». «Como siempre —contestó ella sin sospechar que lo que se proponía no podía compararse con una reyerta callejera, por violenta que fuera esta—. Se llega, se insulta y se pelea. No conozco otra forma de hacerlo.»

Emma se esforzó por que su voz surgiera firme, decidida, y lo consiguió:

—Quiero ver a don Ricardo.

—¿Para qué? —la interrogó el hombre mientras la examinaba con lascivia, centrándose en sus pechos más que en la chaqueta que colgaba de su brazo y ocultaba la pistola.

—Eso se lo diré a él —respondió Emma con serenidad, el dedo presionando ligeramente sobre el gatillo, dispuesta a disparar ante la menor amenaza.

El individuo pareció pensárselo mientras el perrillo olisqueaba las piernas de la mujer. Otros perros rondaban por allí, como varios niños que se acercaron con curiosidad. El esbirro no debió de juzgarla peligrosa porque escupió un hierbajo que sostenía entre los dientes, señaló la choza de la chimenea humeante y con un movimiento del mentón le indicó que lo siguiera.

—¡Jefe! —gritó el hombre nada más cruzar la puerta—. Hay aquí una putilla que quiere hablar con usted.

A una señal del traficante, el esbirro se apartó para dejar paso a Emma, quien se acercó hasta don Ricardo evitando su mirada, como si lo temiera… ¿O en verdad lo temía?

—¿Qué vienes a ofrecerme? —inquirió el obeso examinando de arriba abajo a Emma igual que hiciera su empleado fuera de la barraca, con cierta lujuria en el semblante—. Ya tengo suficientes mujeres que…

Don Ricardo no llegó a terminar la frase y mudó su expresión a la de sorpresa ante la pistola que Emma exhibió, con la que lo apuntó antes de rodear el sillón en el que permanecía sentado con la manta sobre las rodillas. Fue un instante el que la mujer tardó en situarse a su espalda, por delante del retrato pintado por Dalmau, con el respaldo del sillón de por medio, y en presionar la pistola contra la nuca de don Ricardo.

—¡Quietos! —gritó—. ¡Di a ese cabrón que se detenga! —exhortó al traficante a la vez que presionaba todavía más el arma.

No fue necesario que este diera orden alguna. El esbirro se detuvo con las manos en el aire ante la pistola que encañonaba a su jefe. Los gritos de Emma, sin embargo, atrajeron a un par más de hombres e incluso a una mujer que acudió desde otra estancia de la choza, sin duda la cocina, puesto que la recién llegada vestía un delantal sobre su ropa y presentaba las manos embadurnadas de harina.

Los cuatro se detuvieron en línea frente a Emma y al obeso. El perrillo ratonero, el único de los que habían entrado en la choza, corría de unos a otros. Los niños se asomaban a la puerta.

—¿Qué quieres? —inquirió la mujer.

—Supongo que mamármela, Teresa —contestó a la pregunta don Ricardo, originando una sonrisa en dos de sus hombres—. Vienen muchas como tú por aquí, pero tendrás que arrodillarte por delante de mí si quieres…

—Quiero a Dalmau Sala —lo interrumpió Emma.

En la choza había entrado otra mujer, y luego otro hombre. Emma volvió la cabeza un instante y miró a su espalda: no había puertas ni ventanas y tampoco percibió movimiento alguno. El retrato pintado por Dalmau la distrajo un segundo y cuando volvió a centrar la atención en los esbirros que se alineaban frente a ella creyó ver que estos eran más, y los sintió más cerca. No pudo impedir que la mano con la que sostenía la pistola le temblara.

—¡Haced algo! —ordenó don Ricardo a sus hombres—. Tiene más miedo que vosotros, ¡imbéciles!

—¿Ya sabes usar eso, bonita? —fanfarroneó uno de los esbirros, y se adelantó un paso con precaución—. Podrías hacerte daño —añadió extendiendo la mano, pidiéndole el arma.

Emma todavía temblaba. Ahora lo notaba incluso en las rodillas. Se le había acelerado la respiración y un sudor frío empezó a correrle por la espalda. Creyó percibir un numeroso grupo de gente borrosa frente a ella.

—¡Quitadle la pistola! —bramó don Ricardo.

El grito sobresaltó a Emma. De repente se reconoció de niña, cuando hacía frente a la policía a caballo para proteger a los hombres en las huelgas y las manifestaciones. Aquellos desgraciados que ahora la asediaban no eran más temibles que los jinetes con sus sables desenvainados. En un instante se le aclaró la visión y abarcó a cuantos allí había entre un universo de cachivaches que pareció venírsele encima: ropa, muebles, cuberterías, figurillas, hierros… Un destello surgió de entre los esbirros. Emma presintió el peligro inminente.

La detonación los paralizó a todos.

Emma, que había desplazado unos centímetros el cañón de la

pistola hasta situarlo tras el lóbulo de la oreja derecha de don Ricardo, disparó. El traficante lanzó un aullido al mismo tiempo que la bala le destrozaba la oreja y le arrancaba parte de ella a ras de la cabeza.

—¡Lo mataré! —amenazó Emma.

—¡Todos quietos! —gritó la mujer a la que don Ricardo había llamado Teresa—. ¡Atrás! ¡Atrás! —ordenó a los presentes apremiándolos con la mano para que se retirasen.

—Lo mataré —reiteró Emma, y agarró al obeso del cuello de la camisa para incorporarlo y volver a encañonarlo en la nuca, después de que este se hubiera desmayado tras llevarse las manos a la oreja en un vano intento por detener la sangre que manaba de ella.

—No lo hará, jefa —afirmó uno de los esbirros.

—Sí que lo hará —lo contradijo la mujer con la mirada clavada en los ojos de Emma, reconociendo en ellos la decisión que ahora, tras unos primeros momentos de miedo e indecisión, dominaba su espíritu—. Sí que lo hará —repitió casi para sí la esposa del traficante.

Emma sostuvo la mirada de Teresa, cargando en ella toda la frialdad de la que hasta entonces podía haber hecho gala en las mil vicisitudes de su vida, para confirmar a aquella mujer su disposición a volver a apretar el gatillo, en esta ocasión directamente en la nuca de su esposo. Ignoraba si sería capaz de hacerlo; desde el primer disparo en el cañaveral había comprendido que no era lo mismo lanzarse a la pelea junto a sus jóvenes bárbaros, entre gritos y alaridos de ánimo, que afrontar en soledad a todo un ejército de delincuentes como los que tenía delante. Sin embargo, poco podía hacer ya. La vida de Dalmau y la suya dependían ahora exclusivamente de su valor.

—Traed a Dalmau Sala —exigió Emma. Los esbirros, desmayado como estaba don Ricardo, interrogaron con la mirada a la esposa de este—. ¡Traedlo! —insistió, y logró que la mujer asintiera y un par de hombres corrieran en su busca—. Los demás fuera de aquí también.

Los esbirros obedecieron con desgana.

—Deja que lo cure —le pidió Teresa señalando a don Ricardo, quien continuaba sangrando con fluidez.

—Cuanto antes me traigas a Dalmau y nos vayamos de aquí, antes podréis curarlo. Si tardáis, se desangrará.

—En ese caso, morirás.

—Lo sé.

La mujer corrió hasta la puerta de la choza, espantó a perros y niños, y apremió a gritos a sus hombres para que trajeran pronto a Dalmau. Emma respiró hondo, varias veces. El silencio que imperaba ahora en la barraca descargaba la tensión vivida frente a los esbirros de don Ricardo. Acababa de reconocer que era consciente de que podía morir. ¿Y Julia? ¿Qué sería de su niña? Observó la sangre que manaba en abundancia de la cabeza del traficante. «¡Rápido! —quiso gritar—. ¡Apresuraos, hijos de puta!» Sin embargo, aguantó en su papel de mujer serena, engaño que estuvo a punto de venirse abajo en el momento en el que un esbirro empujó a Dalmau adentro de la barraca y este trastabilló, tiró algunos objetos y casi se cayó al suelo.

Emma tardó unos segundos en reconocerlo. Josefa ya le había advertido de su aspecto, indigente y sarnoso. La sarna parecía habérsele curado, pero la realidad superaba cualquier expectativa que Emma se hubiera formado, aunque eso no impidió que un tremendo escalofrío le recorriera todo el cuerpo: estaba así por ella, por la causa, por los derechos de los obreros y la lucha contra las mentiras de la Iglesia.

—Emma… —dijo él. Movía la cabeza como si quisiera despertar de una pesadilla, la barba larga, el cabello astroso, todo él sucio—. ¿Qué haces aquí?

—He venido a por ti.

—¿Cómo has sabido…?

—No es hora de conversar. Tenemos que huir.

Dalmau rodeó el sillón de don Ricardo, ajeno al delincuente, como si no existiera, y se acercó hasta Emma. Intentó cogerle las manos, pero no pudo. Ella no se lo permitió: empuñaba la pistola. Pensó en besarla, aunque no se atrevió. Se miraron durante unos segundos en los que los ojos de ambos recuperaron el brillo de una esperanza que los había abandonado.

—Dalmau —le dijo Emma premiándolo con la sonrisa más dulce de la que era capaz en aquellos instantes—, hay que escapar.

—¿Y cómo vas a hacerlo? —se interesó con ironía la esposa de don Ricardo.

—Tú me ayudarás —decidió Emma en ese mismo momento. No se había planteado cómo huirían de allí, pero la soberbia de la mujer le proporcionó la idea—. Acércate.

Teresa obedeció y Emma soltó al esposo, al que sujetaba por el cuello de la camisa, y este se derrumbó a plomo sobre el sillón; luego, rápidamente, la encañonó a ella en la cabeza.

—Adviérteles que no nos sigan ni nos importunen o tú serás la primera en morir. Átale las manos a la espalda —pidió a Dalmau señalándole una de las muchas cuerdas que había en el bazar.

—Obedeced —ordenó Teresa a cuantos habían vuelto a congregarse en la choza, mientras Dalmau le ataba las manos—. No nos sigáis ni intentéis nada; pensad en mis hijos. Me necesitan. Llamad a un médico y curad a mi esposo —añadió cuando Emma ya la empujaba hacia la puerta, Dalmau por delante, abriendo el camino.

Fue cuando empezaba a anochecer. El tiempo todavía no era frío, pero la oscuridad caía con rapidez. La gente se apartó a su paso.

—¡No hagáis nada! —gritó Teresa a la gente de Pekín que esperaba fuera de la barraca.

Solo el ratonero se atrevió a desobedecer las órdenes de la esposa de don Ricardo, y acudió a saltar y ladrar por delante de ellos.

—Hijo puta de perro —se quejó Emma, que caminaba con la pistola apuntando a la cabeza de la mujer.

—De todo lo que se mueve por aquí —contestó Dalmau, que ahora andaba por detrás, atento a la gente que quedaba a su espalda—, es de lo poco de lo que puedes fiarte. Si se acerca a nosotros es que no moriremos.

—Eso te crees tú —replicó la mujer de don Ricardo—. Mi marido os perseguirá hasta dar con vosotros y despellejaros vivos, aunque sea lo último que haga en la vida. Sois conscientes de eso, ¿no?

Ni Emma ni Dalmau contestaron. Aligeraron el paso hasta que dejaron de sentir las miradas de la gente en sus espaldas. Tenían prisa; no existía garantía alguna de que los de Pekín obedecieran a la esposa de don Ricardo, o este podía recuperarse y decidir enviarlos en su busca. Con Pekín ya fuera de su vista, Dalmau se acercó a Emma, que ahora apuntaba a la mujer por la espalda, empujándola con el cañón tan pronto como la otra aminoraba la marcha.

—Gracias, Emma —le agradeció en susurros—. Pero ¿cómo es que estás libre? —inquirió con la voz tomada por un sentimiento de asombro, alegría y gratitud ante su presencia y lo que había hecho para liberarlo.

—Me han absuelto y...

—Pero si estaban dictando sentencias de muerte y cadena perpetua —la interrumpió él.

—Eso era en los juzgados militares. Los civiles pondrán en libertad a la gente. Parece que los ciudadanos de Barcelona no quieren revivir la Semana Trágica.

La conversación los distrajo lo suficiente para que Teresa ralentizara el paso y la distancia entre una y otros se redujera sensiblemente, en un intento por ganar tiempo, quizá confiada en que la gente de Pekín tomara la iniciativa y los persiguiera en la oscuridad. Emma la empujó con el cañón de la pistola.

—¡Muévete! —le ordenó.

—Y ahora ¿qué hacemos? —continuó Dalmau—. Yo no puedo volver a Barcelona, me detendrían. Pero tú eres libre. No tienes por qué sacrificarte más por mí...

Emma lo cogió del brazo. El calor de su mano ardió en el interior de Dalmau. Tiró de él para retrasarse lo bastante para que Teresa no oyera la conversación.

—Josefa nos esconderá con unos amigos en el Poblenou, en la casa donde ya está Julia —le dijo al oído—. Eso he convenido con ella. Confío en que nos espere en el camino.

—¿Y después?

—Ya decidiremos.

Continuaron andando y no hablaron más que lo imprescindible, aunque cada vez que Dalmau se volvía hacia Emma se topaba con una sonrisa que le transmitía mil emociones más que las que conseguirían las palabras. Dalmau reconoció en aquella sonrisa a la muchacha con la que había urdido sueños de futuro y todo tipo de fantasías. Él trataba de devolvérsela, de contestar de igual forma a las sensaciones de placer que lo embargaban, pero se sentía torpe, y ella sonreía todavía más ante sus esfuerzos.

Se acercaban a las afueras del Poblenou cuando una sombra se abalanzó sobre Emma, que desvió la pistola para disparar.

—¡No lo hagas! —La voz sonó a sus espaldas y ambos la reconocieron al instante: Josefa.

—¡Espere! —ordenó Dalmau dirigiéndose a su madre. Lo último que deseaba era que Teresa la viera y añadiera una persona más a los planes de venganza de su marido.

Sin perder un segundo, empujó a la esposa de don Ricardo hacia el cañaveral, junto a las vías del tren. Allí rasgó en tiras largas el delantal que todavía vestía la mujer y fue a amordazarla con una de ellas.

—Ricardo os matará —lo amenazó de nuevo ella volviendo la cabeza con violencia para impedir que la acallara.

—Hoy ha estado a punto de morir él —advirtió Dalmau, que peleaba por amordazarla—. No nos desprecies, porque igual sois vosotros quienes morís primero.

Al final consiguió su propósito y tapó la boca de Teresa con el retal, que le ató por detrás de la cabeza, la obligó a sentarse en el suelo y le sujetó los pies con otras dos tiras de tela. Tiró de ellas para comprobar su firmeza, se irguió y la contempló sentada, amordazada y atada de pies y manos. Luego, simplemente, la empujó por el hombro con el pie hasta que la otra cayó de costado, despacio, sobre la tierra, entre los cañaverales.

—No te preocupes, alguien te encontrará por la mañana. Aquí no hacen más que husmear perros de todo tipo —se permitió bromear recordando la multitud de ellos que se habían colado en el cañaveral los días que estuvo escondido entre las cañas.

Cuando regresó al camino, Emma ya estaba hablando con Josefa.

—Se me ha escapado la niña —explicó la mujer—. En cuanto os ha visto, no he podido retenerla.

Pero Emma ya no le hacía caso: lloraba y cubría de besos a su hija.

—¡Madre! —exclamó a su vez Dalmau, emocionado al volver a verla—. ¿Vamos? —instó a las mujeres—. Emma me ha dicho que nos escondería en casa...

—Cambio de planes —lo interrumpió esta.

Dalmau enarcó las cejas.

—Sí —anunció su madre—. Carmelo, el hijo de mis amigos, os llevará hasta Francia o lo más cerca que pueda en una de esas —añadió señalando una línea de barcas varadas en la playa.

—Pero... —quiso replicar Dalmau.

—No hay peros que valgan. Os vais ahora mismo. Tu vida corre peligro... y la tuya también después de lo que has hecho —agregó dirigiéndose a Emma al mismo tiempo que señalaba hacia el cañaveral—. Ese cabrón de don Ricardo es capaz de encontrarte en el Poblenou, en Barcelona o Madrid con más eficacia que toda la policía junta. No tenéis alternativa, hijos. Os quiero en esa barca en cinco minutos. —Josefa los vio dudar—. Os he traído ropas de abrigo, y para ti, Dalmau, también algo decente con lo que vestirte y calzarte. También comida y los ahorros que teníamos.

—No pienso dejarla aquí, madre —dijo Dalmau con decisión—. No puedo arriesgarme a que se quede sola en Barcelona, sin protección alguna.

Josefa tuvo que carraspear.

—Yo ya soy demasiado vieja para un viaje tan largo. Mi sitio está aquí, ya lo sabéis. Además, debo esperar a Tomás. Volverá, seguro. Y tiene que encontrarme.

—Pero usted —intervino Emma con la voz tomada— ¿de qué vivirá? ¿Con quién...?

Dalmau asintió a las palabras de Emma.

—Debe venir con nosotros...

—¡No! No os preocupéis por mí. Sé dónde esconderme. Mis amigos anarquistas me acogerán en su casa durante un tiempo. Y luego, cuando las cosas estén más tranquilas y esta gentuza se haya olvidado de vosotros, viviré con Ramona. Mientras me cuidaba llegamos a la conclusión de que era absurdo que dos mujeres solas ocuparan dos pisos. Se vendrá conmigo. Y en último caso, compartiremos cama y realquilaremos otra vez tu habitación. Ya veis: solo tenéis que preocuparos de vosotros.

Continuaban dudando.

—Id —los instó Josefa conforme se dirigían a la playa y agarraba a Emma del brazo. Le quitó a Julia de encima—. ¿Ves a aquel señor junto a su barca? —le dijo a la niña, y señaló a Carmelo—. Corre hacia él y empezad a prepararlo todo. —Luego apremió a Dalmau a que acudiera a ayudar también a empujar la barca hasta el mar. Dalmau dudó. Emma sonrió y afirmó con la cabeza—. Hija —le dijo Josefa una vez a solas—, nunca has hecho nada malo. No tienes nada de lo que arrepentirte. Nada. Tampoco tienes nada que esconder, ni a mi hijo ni a nadie. Eres una gran mujer y siempre deberás sentirte orgullosa de lo que has hecho, por tu hija y por mí.

—¿Y si él no lo entiende, Josefa? Los hombres son celosos y posesivos, aunque sostengan lo contrario.

Josefa asintió con un gesto.

—Somos dueños de nuestros actos, Emma. A menudo las mujeres nos sacrificamos sin alardear de ello, sin pretender compensaciones ni siquiera comprensión. Parece nuestro sino —añadió con desencanto—. Tú lo decidirás. Lo único que pretendo transmitirte es que jamás debes culparte ni avergonzarte de tu vida. Sé feliz. De una u otra manera, el mundo entero se pondrá a vuestros pies; tú decidirás. Y si alguien no te comprende, sea mi hijo u otro hombre, apártate de él, no te merece.

—Madre… —Dalmau se acercaba, la barca ya lamiendo el agua.

—Prométeme que jamás te arrepentirás de tu pasado —instó Josefa a Emma por lo bajo—. ¡Emma! —silabeó en silencio cuando ya tenía al lado a Dalmau.

—¿Madre? —se extrañó Dalmau al ver que no le prestaba atención.

Josefa se volvió hacia su hijo para permitir que este la abrazara.

—Se lo prometo —musitó Emma en ese momento.

—¿Qué dices? —le preguntó Dalmau.

—Nada, hijo, nada —contestó Josefa por ella, la voz tomada, los brazos abiertos para despedirse de un hijo que presentía no volvería a ver nunca más.

Luego, los tres se encontraron en la playa sin saber cómo expresar la infinidad de pensamientos que creían tener que decirse. La luna ya rielaba sobre un mar en calma cuando por el camino vieron circular al trote rápido a varios coches de caballos.

—Don Manuel —comentó Dalmau reconociendo el carruaje en el que tantas veces había montado.

—Sí, por poco nos pillan —asintió Emma.

—¿Sabes…? —comentó Dalmau mientras Emma se acercaba a él y volvía a cogerlo del brazo. Josefa, a su espalda, se secó las lágrimas que afloraban a sus ojos—. Es como ver una vida que pasa por delante de ti. Ese hombre me persigue para ponerle fin.

—Pues se llevará un buen chasco —escucharon de boca de Josefa—. No perdáis el tiempo, no vaya a ser que den la vuelta y os pillen de verdad.

Dalmau era reacio a dejar de mirar aquella hilera de coches que iban en su busca.

—Dalmau… —Emma se apretó contra él—. Ahí queda tu otra vida. En la nueva, el mundo entero se pondrá a tus pies —añadió mirando a Josefa y frunciendo la boca en una sonrisa prieta.

No pretendieron la ayuda de Josefa en el momento del último empujón a la barca antes de saltar a su interior: la mujer lloraba un poco apartada; tampoco quiso acercarse a la orilla cuando la embarcación ya flotaba.

—Madre… —la llamó Dalmau.

Josefa negó con la cabeza.

—¡Id!

Epílogo

Barcelona, abril de 1932

E l tren expreso entró en Barcelona arrastrándose, lo suficientemente lento para que Emma pudiera contemplar la plaza de toros de la Barceloneta, todavía en pie, pero en evidente estado de abandono. Sonrió al verla y recordó que muy cerca se hallaba el lazareto de los pollos, allí donde Matías obtenía la mercancía para vender a bajo precio por las calles de la ciudad.

Dalmau se acercó a ella y la tomó de la cintura en silencio, sumándose a una nostalgia que el ahora lánguido traqueteo del tren parecía querer excitar. Habían transcurrido veintitrés años desde que embarcaron en un pesquero que, costeando el litoral catalán, los llevó sin mayores incidentes hasta Francia.

En el país vecino los acogieron con hospitalidad, hasta que llegaron a París, donde Dalmau, acompañado del aura de autor intelectual y hasta cabecilla de la revuelta que llevó a la Semana Trágica, fue tratado como un verdadero héroe por el Comité de Defensa de las Víctimas de la Represión Española. En Francia, como en Italia y en muchos otros países, se llevaron a cabo movilizaciones de protesta contra los sucesos que estaban acaeciendo en España, principalmente contra la detención de Ferrer Guardia, mártir de la enseñanza, instigador para muchos, igual que Dalmau, de la quema de iglesias y conventos. Ni las presiones políticas, ni los periódicos, ni las casi ciento cincuenta manifestaciones, alguna de hasta sesenta mil personas, que recorrieron las calles de París encabezadas por líderes anarquistas y socialistas, españoles o franceses, entre los que siempre se encontraban Emma y Dalmau, obtuvieron la clemencia para Ferrer, que fue fusilado el día 13 de octubre de 1909 mientras reivindicaba a gritos tanto su inocencia como la Escuela Moderna.

Aquel día, aciago para la libertad, lo fue mucho más para Emma y Dalmau, que asimilaron en toda su crudeza cuál habría sido su destino de no haber huido de España. Esa noche la muerte los visitó disfrazada de cura y de guardia civil, de burgués y de soldado, para recordarles que no cejaba en su empeño, que los esperaba en Barcelona. Poco después, antes de que terminase ese año de 1909, el 18 de diciembre, las autoridades españolas firmaban un tratado de paz por el que ponían fin a la guerra del Rif: las tropas bereberes eran autorizadas a vivir en las posesiones de España bajo la administración de Madrid. Las cifras oficiales referían cerca de dos mil muertos y millares de heridos en el contingente de reservistas españoles que tuvieron que abandonar a su suerte a esposas e hijos. Aquel martirio garantizaba, sin embargo, la explotación de las minas de hierro por parte de los grandes empresarios. Los obreros habían terminado pagando su impuesto de sangre.

Emma agarró con fuerza la mano de Dalmau que descansaba en su cintura. Eran muchos los sucesos, las alegrías y las desventuras vividos desde que huyeron de la Ciudad Condal, pero la sensación más dolorosa que los asaltaba ahora, veintitrés años después, y que machacaba sus recuerdos al ritmo lento de una máquina de tren que accedía a la estación de Francia de Barcelona, era la de que los ricos habían conseguido lo que deseaban, sus minas en África, a cambio de la destrucción de una ciudad, la miseria de miles de familias obreras y el extrañamiento de otros tantos que se vieron obligados a dejar su tierra, a abandonar sus raíces.

Esa herida nunca se cerró, ni en los corazones de Emma y Dalmau ni en la sociedad barcelonesa. Sin embargo, ambos tuvieron fortuna: Emma se volcó en las organizaciones de ayuda a los refugiados, que eran muchos y muy necesitados, y Dalmau no tardó en encontrar trabajo en una fábrica de cerámica, si bien, pese a la alta consideración en que lo tuvieron los franceses tan pronto como demostró su profesionalidad y la calidad de sus trabajos, poco a poco fue derivando sus actividades hacia la pintura. París superaba cualquiera de las fantasías más atrevidas con las que llegó a soñar desde Barcelona, cuando la Ciudad de las Luces se le presentaba como un paraíso al que él nunca podría acceder. París era el centro del universo creativo. A través de sus patrones en el mundo de la cerámica, que también mantenían intereses en el de la pintura, inició contactos con un prestigioso marchante de arte que no solo lo promocionó entre una clientela siempre abierta a nuevos artistas, sino que además influyó en su pintura. No fueron los consejos de un maestro como don Manuel: el regreso al clasicismo y al ensalzamiento religioso como objetivo artístico. Monsieur Léon Vaise, que así se llamaba su marchante, le pidió que se inspirase en la modernidad, en la libertad y la ruptura que el cubismo suponía y que encontraba en su compatriota Picasso a uno de sus máximos exponentes.

Dalmau recordó el día en el que don Manuel lo comparó con Picasso, aquel joven que, a su decir, no había triunfado en Barcelona y que ahora era un maestro en París. Siguió el consejo de monsieur Vaise, y se sintió transgresor al prescindir de líneas, perspectivas, volúmenes e incluso colores.

—Un día quemamos iglesias —comentó en cierta ocasión Emma, ya convertida en su esposa, ante una de sus obras—, pero esta ha sido tu revolución creativa.

Porque si la convulsión de la arquitectura modernista barcelonesa Dalmau la vivió como un trabajador de la cerámica, y la pintura como un obrero que llamaba a los suyos al alzamiento violento, sumarse a movimientos tan vanguardistas como el cubismo, rompedores de tendencias y tradiciones, le pareció revolucionario. En este caso, vivía en primera persona la autoría y la explosión de un nuevo orden artístico.

Dalmau vendió y se convirtió en un pintor cotizado. La Primera Guerra Mundial llevó a la familia a Nueva York, donde Dalmau terminó de afianzar fama y prestigio, aunque tan pronto como se firmó el armisticio regresaron a París. Allí, además de pintar, aprovechó su experiencia y conocimientos con la cerámica para crear esculturas, piezas únicas, modernas, atrevidas, fantásticas. Flirteó con el surrealismo y el arte abstracto, para regresar luego a la figura humana y a la naturaleza, que interpretó con atrevimiento y tonos vivos, muy alejados de las tinieblas del modernismo de principios de siglo con las que envolvía sus personajes.

El tren terminó deteniéndose en la estación de Francia, un complejo ferroviario recientemente restaurado que nada tenía que ver con la vieja terminal que Emma y Dalmau recordaban. Ahora se había transformado en una estructura imponente de hierro forjado cubierta, en parte recta en parte curvada, con tres grandes cúpulas. Estaba dotada de vidrieras traslúcidas que dejaban penetrar la luz, tanto a través de las tres arcadas inmensas de la fachada principal como de las laterales, que iluminaba los suntuosos materiales con los que se había construido: mármoles de colores en pavimentos, zócalos y pilares; capiteles de bronce en las columnas; decoración en pan de oro; cristales biselados y maderas nobles.

Emma y Dalmau descendieron de su compartimento y esperaron junto a la portezuela del vagón con la mirada puesta en tanto esplendor. Él con la barba y el cabello ralo, como le había quedado tras su primera estancia en Pekín, delgado y con la cara picada en recuerdo de la sarna, pero erguido, con americana holgada, camisa sin cuello ni corbata, y la gorra que nunca había dejado; ella con media melena y vestida cómodamente: falda y blusa que permitían fantasear con el cuerpo que todavía ocultaba a una mujer que, pese a superar los cuarenta años, parecía haber sido forjada a hierro en su juventud. «Así fue», habría contestado ella a quien pudiera atreverse a plantearlo. Al cabo apareció el revisor acompañado de un par de mozos de cuerda y tres hombres bien vestidos.

—¿Don Dalmau Sala? Soy Pedro Sabater, galerista —se presentó uno de ellos, y le tendió la mano—. ¿Han tenido buen viaje?

—Sí, muchas gracias —contestó Dalmau.

Luego, sin esconder cierto malestar, saludó a los otros dos: un concejal republicano del Ayuntamiento y un representante de la Generalitat de Catalunya. Durante los preparativos de su visita a la exposición retrospectiva de su obra en Barcelona, Dalmau había rechazado expresamente cuantas invitaciones le fueron efectuadas desde partidos políticos, sindicatos y administraciones públicas. Tanto él como Emma deseaban que aquel fuera un viaje privado, lo más rápido posible y sin compromisos oficiales. Poco los unía ya a Barcelona; tanto Josefa como Tomás habían fallecido hacía años. Y no solo eso, sino que los acontecimientos sucedidos en España les disgustaban.

Tras su huida a Francia, permanecieron en contacto con Josefa, a la que mandaban dinero para que viviera holgadamente. Por extraño que pareciera, don Ricardo nunca la buscó, quizá porque no llegó a saber de su existencia, quizá porque había preferido olvidar la humillación recibida de manos de Emma y Dalmau. La salud de la mujer, que escondía a su hijo los achaques propios de la edad y de una vida de duro trabajo en condiciones poco saludables, y sus consejos en el sentido de que todavía no aparecieran por Barcelona, de que pese a la amnistía dictada para con parte de los encausados por los hechos de la Semana Trágica la situación de Dalmau no estaba clara, puesto que la Iglesia y Manuel Bello seguirían insistiendo en su castigo hasta el final de los tiempos, convencieron a Dalmau, quien se conformó con querer a su madre desde la distancia, esperanzado en que algún día se reunirían de nuevo. Pero llegó la Gran Guerra y poco después España cayó bajo el control de una dictadura militar, la del general Primo de Rivera, que se alargaría hasta 1930 y en la que fue imposible siquiera pensar en cruzar la frontera. Josefa no superó esa época, y falleció años antes de que la dictadura cayera, el rey Alfonso XIII huyera del país y se proclamase la República en España.

Tomás, por su parte, consiguió escapar del destierro al que lo habían condenado sin tan siquiera juicio, y al cabo de unos años, pasada la Gran Guerra, se presentó en París, donde recibió el cariño y la ayuda de su hermano. Continuó aferrado al anarquismo y se entregó a la causa con más intensidad si cabía con la que lo hacía en Barcelona. Ese ímpetu lo llevó un día a caer bajo las patas de un caballo de la policía, que lo pisoteó hasta herirlo de tal gravedad que no superó las intervenciones quirúrgicas a las que lo sometieron.

Dalmau pensó que a Tomás le habría gustado viajar con ellos a Barcelona. Un año antes de su visita, España había dejado de ser oficialmente católica. La Iglesia perdió su poder y las nuevas autoridades garantizaron a Dalmau su seguridad y la inexistencia de causa penal abierta contra él en ninguna de las jurisdicciones, incluida la militar. Sin embargo, el trato que Dalmau recibió por parte de los republicanos nada tenía que ver con el que aquellos mismos políticos proporcionaban a la masa obrera. Tanto él como Emma seguían con interés y afán cuanto sucedía en España a través de los periódicos. Y las noticias no eran tranquilizadoras. Los republicanos, una vez en el poder, actuaban con la misma firmeza, en ocasiones bajo la misma legalidad que los gobiernos monárquicos, en cuyas leyes obsoletas se apoyaron para tratar con dureza a los humildes, en otras dictando leyes todavía más represoras de las que ya existían, para desesperación de cuantos habían luchado para conseguir la República.

Desde la Semana Trágica, Barcelona había duplicado su población hasta el millón de personas, que eran las que contaba en 1930. Los inmigrantes acudieron en masa a la Ciudad Condal en la época de prosperidad que se originó debido a la neutralidad de España en la Gran Guerra, una falta de beligerancia que atrajo gente, comercio y, sobre todo, una riqueza extraordinaria para la burguesía industrial catalana. Luego, los trabajos de construcción y urbanización de la zona de Barcelona que acogería la Exposición Internacional de 1929 absorbieron gran parte de aquella mano de obra y de mucha otra que llegó de todos los lugares del país. Eran tantos los inmigrantes que arribaban a la ciudad que millares de ellos fueron devueltos por la fuerza a sus lugares de origen. Pero terminó la guerra y también la exposición, y a ello se sumaron los efectos tardíos del crac estadounidense del año 1929, con lo que el paro en Barcelona en el momento en el que se promulgó la República, era devastador, sin subsidios para los desempleados, lo que arrastró a familias enteras a la miseria.

Emma creyó que los nuevos gobernantes de un país que había logrado expulsar a su rey y anular el poder de la Iglesia declarándose aconfesional abogarían por el pueblo, por aquellos obreros con los que ella misma llegó a compartir desgracias e ilusiones. Sin embargo, no fue así; los republicanos actuaron de forma represora para con los necesitados, que terminaron apostando por el anarcosindicalismo y la violencia en las calles. Durante el año 1931, en Barcelona se produjeron ciento cincuenta y cinco huelgas, una de las cuales, la de inquilinos, mantuvo en vilo a Emma e incluso a Dalmau. Si en la primera década del siglo, cuando ambos residían en Barcelona, las condiciones de la vivienda ya eran precarias, veinte años después, con más de medio millón de recién llegados, se convirtieron en leoninas. La especulación inmobiliaria alcanzó extremos insospechados, llegando a pedirse treinta pesetas al mes por una barraca de nueve metros cuadrados sin luz ni agua.

Así las cosas, grupos de obreros se pusieron de acuerdo para no pagar los alquileres. Los primeros desahucios se impidieron por la fuerza. La solidaridad volvía a imperar entre los trabajadores, y si a alguien efectivamente lo lanzaban, era ayudado por los demás. Pero transcurrió el año y las autoridades utilizaron la Guardia de Asalto, una fuerza policial de nuevo cuño, leal a la República, para proceder a ejecutar unas órdenes de desahucio en las que, tras vencer cualquier resistencia popular, arrojaban los muebles por las ventanas para que se destrozaran y quienes se habían quedado sin hogar no pudieran volver a ocupar la vivienda. La policía, ahora republicana, echaba de sus casas a las familias de los obreros que no podían pagar. En 1932, cuando Emma y Dalmau llegaron a Barcelona, la huelga de inquilinos había finalizado con escaso éxito para los trabajadores, fracasos que había que extender a la mayoría de los ramos de producción, como el de los agricultores catalanes que ese mismo año perdieron el noventa por ciento de las más de treinta mil demandas de revisión de sus contratos de aparcería en solicitud de que se les redujesen los frutos a pagar a los terratenientes. Jueces que aplicaron leyes incoherentes a favor de los grandes propietarios hicieron añicos las esperanzas e ilusiones de los trabajadores del campo.

Aquella no era la Barcelona por la que Emma y Dalmau habían luchado.

—¿Disponemos de transporte? —preguntó Dalmau al galerista.

—Tenemos un automóvil esperando en la puerta —contestó Pedro Sabater.

—Señor Sala —trató de captar su atención el concejal del Ayuntamiento—, el alcalde y los demás miembros del consistorio se sentirían muy honrados si usted y su señora esposa acudiesen a una comida en el…

—No me interesa —lo interrumpió Dalmau abruptamente.

—Pero el alcalde… —quiso insistir el otro.

—La Generalitat… —terció el representante de la institución.

—Dalmau —intervino Emma acallándolos a todos—, no me encuentro bien —mintió para evitar que su esposo soltara alguna inconveniencia.

—Ya ven, señores —se despidió Dalmau agarrando a Emma del codo e indicando al galerista que los guiara.

Se alojaron en el hotel España. Desecharon otras ofertas, quizá más cómodas o lujosas que el galerista les propuso, y Dalmau eligió el establecimiento en el que confluía el trabajo de varios de los grandes artistas de la Barcelona modernista: Domènech i Montaner, el arquitecto del Palau de la Música, con Eusebi Arnau, Alfons Juyol y otros renombrados artesanos del cristal, de la madera y del mármol, pero sobre todo, aquel espacio en el que Ramon Casas había pintado el comedor de las sirenas, donde esa misma noche, tras un nostálgico paseo por las Ramblas, cenaron bajo las lámparas en forma de flor que colgaban del techo. Tras la vida en París o Nueva York, el conocimiento del mundo, el cubismo, las nuevas tendencias y las drásticas rupturas estilísticas, Dalmau y Emma tuvieron que hacer un esfuerzo para que cenar en aquel restaurante un tanto opresivo y recargado no asfixiara sus deseos de revivir aquellos años tan difíciles para ambos, de recrearse hoy en una fortuna por la que habían luchado con encono.

—Somos viejos ya —sentenció Emma en un momento de silencio.

—Vieja, ¿tú? No llegas a los cuarenta. —Emma premió su mentira cortés con una sonrisa—. Esta noche haremos el amor como cuando éramos jóvenes.

—¡Dalmau!

—Esto es Barcelona, cariño, recuerda —le dijo tomándola de la mano por encima de la mesa.

Emma lo recordaba, ¡cómo no iba a hacerlo! En Barcelona había entregado su cuerpo para salir adelante. Un escalofrío le recorrió la espalda. Se había confesado a Dalmau, quien no tardó en poner dos dedos sobre sus labios para que no continuara hablando de Expedito. Al principio fue difícil para Emma reencontrarse con la sexualidad y el deseo. Dalmau nunca la apremió y así, sin prisas, se impuso un amor que desterró de ella el menor atisbo de vergüenza. Emma agradeció a la fortuna el carácter de Dalmau, su cariño y paciencia, y poco a poco volvió a disfrutar de su cuerpo y del sexo, y las ocasiones en las que rememoraba aquellos tristes episodios fueron espaciándose tanto que casi había llegado a olvidarlas… hasta hoy. Sí. Estaban en Barcelona.

Y esa noche hicieron el amor, y Emma, decidida a dejar definitivamente atrás cualquier complejo, a vencer las rémoras de aquella ciudad, sorprendió a Dalmau con un erotismo y una voluptuosidad apaciguados por la edad y la rutina.

—Si me prometes más noches como la de hoy —comentó Dalmau mientras se cambiaba para el desayuno y comprobaba su aspecto frente a un espejo de pie—, nos quedamos a vivir aquí.

Emma sintió que se sonrojaba. «¡Imbécil!», se insultó por aquel repentino pudor adolescente, aunque el recuerdo de su arrebato, a cuatro patas, encima de él, lamiéndolo, chupándolo, acariciándolo, arañándolo, exigiéndole sexo hasta que él tuvo que rogarle que parara, la sofocó. Se dio la vuelta para que Dalmau no pudiera verla. Lo cierto era que se había sentido mujer la noche anterior. ¡Más mujer! ¡Muy mujer! ¡En Barcelona!

—No he hecho nada fuera de lo normal —protestó antes de encerrarse en el cuarto baño sin concederle oportunidad a réplica—. ¡Será que tú sí que te has vuelto viejo! —le gritó ya desde el interior.

Debía de estarlo, pensó Dalmau un par de horas más tarde, tras entrar en la galería de arte de Pedro Sabater, en la calle Diputació del Eixample. Emma pareció solidarizarse con sus sentimientos, puesto que se agarró a su brazo, la respiración un tanto agitada, un imperceptible temblor obligándola a apretar con fuerza.

Se trataba de una sala amplia y diáfana y en ella, algunos iluminados por focos cenitales, otros en una medio penumbra calculada, colgaban decenas de cuadros y dibujos de Dalmau, unos firmados, otros no, todos aquellos que había realizado mientras trabajaba en la fábrica de cerámicas de Manuel Bello, cuantos había ido guardando en carpetas, satisfecho o decepcionado con su trabajo, aquellos que Paco, el viejo vigilante desdentado le aseguró que él mismo había destruido en los hornos de la fábrica junto con sus demás pertenencias tras la luctuosa muerte de Úrsula.

Emma y Dalmau sabían a lo que iban a enfrentarse. Pedro Sabater, el galerista barcelonés, había hablado con Léon Vaise, su marchante y ya amigo y hombre de confianza.

En lugar destacado de la galería, un cuadro bien iluminado, quizá excesivamente, a juicio de Dalmau, puesto que mataba la luz que surgía de las hadas en la playa: *El taller de mosaicos*, la obra que le dijeron que habían tirado a la basura junto con la escultura de Rodin durante la Exposición de Bellas Artes de Barcelona de 1907. Veinticinco años más tarde reaparecía. Emma se quedó extasiada ante la pintura. No la conocía; en aquella época estaban enfadados y Dalmau mantenía una relación casta con Gregoria.

—Diferente a lo de ahora, pero espléndido —comentó.

Los dos, junto al galerista, se hallaban frente al cuadro. La galería estaba cerrada al público. Solo una secretaria, en la entrada, los acompañaba allí dentro.

—¿Está usted seguro de que tiene título de propiedad? —inquirió Dalmau, pese a que Léon ya se lo había asegurado en varias ocasiones en París.

—Sí —contestó Sabater—, el de la exposición de 1907. Se lo vendieron por doscientas pesetas.

Dalmau sonrió con cinismo. ¡Todos aquellos cabrones ruines, tacaños y avaros que ni siquiera fueron capaces de adquirir para los museos de Barcelona las obras de los maestros impresionistas acabaron por hacer negocio con su cuadro!

—A mí me pagaron ciento cincuenta pesetas —le recordó una vez más a Emma—. ¿Y todas las demás obras? —preguntó al galerista.

Aunque también se lo habían dicho ya en París, quería escucharlo allí, de boca de Sabater.

—Excepto el de la *trinxeraire* —contestó este señalando hacia el dibujo enmarcado de Maravillas—, adquirido en una exposición que se celebró en casa de los Llucs, todas las demás obras constan incluidas en una subasta judicial de sus bienes que se efectuó por el impago de un préstamo para librarse del servicio militar. Están relacionadas en el acta de la subasta, una a una, hasta el dibujo más pequeño. ¿Quiere usted comprobarlo? —le ofreció alargándole un legajo.

Dalmau no le hizo caso. En París, Tomás llegó a contarle que, según el abogado Fuster, las quinientas pesetas no fueron suficientes para liquidar el pleito con sus intereses y múltiples costes procesales, y que el juzgado terminó subastando todos los bienes embargados, pero ninguno de ellos imaginó que entre esos bienes estuvieran todas aquellas pinturas y dibujos.

Emma sí cogió los papeles que el galerista les tendía, aunque lo hizo más para simular enfrascarse en ellos y así permitir que Dalmau se acercara sin compañía al dibujo de la *trinxeraire* al que Sabater había hecho referencia. Sabía lo que aquella obra significaba para él: el comienzo de una vida, afortunada en ocasiones, siniestra en otras, pero de allí, de aquel dibujo, había nacido también un apodo que con el tiempo había recuperado: Dalmau Sala, el pintor de almas. Desde atrás, Emma lo vio encogerse de hombros, como si un escalofrío hubiera recorrido su cuerpo a la vista de la pordiosera.

Habían vuelto a hablar de Maravillas en el tren que los llevaba a Barcelona:

—Sin su intervención —reconoció Emma—, no sé qué habría sido de nosotros; me advirtió de que el hijo de puta de Pekín pensaba venderte… aunque también fue la que robó mis desnudos.

—Sí, realmente era un personaje contradictorio, incoherente —se quejó Dalmau con un manotazo al aire—. Pero si no hubiera vendido tus desnudos, ahora estarían expuestos en esa galería a la que vamos, y no me han dicho que sea así.

—¿Piensas que me importaría? —se burló ella—. Estaba bella. Me habría gustado conservarlos. ¿Crees que todavía vivirá?

—¿Maravillas?

—Claro.

—No. Seguro.

Dalmau le contestó con sus pensamientos en fuga hacia Maravillas. Habría muerto, sin duda. Los desahuciados por la fortuna, como todos esos miles de niños que corrían por las calles de Barcelona, no estaban destinados a una vida larga.

Ahora, a la vista del dibujo de la *trinxeraire* que había realizado en su juventud, buscando escapar del dolor por la muerte de su hermana y la ruptura con Emma, Dalmau se volvió hacia ella y el galerista Sabater, con lentitud, como si el peso de los recuerdos le impidiera hacerlo con mayor energía. Emma le mostró los papeles viejos y amarillentos del juzgado.

—Aquí consta la máquina de coser —apuntó señalando con la yema del dedo una de las páginas del listado.

Dalmau dio a entender con un gesto de la mano que no deseaba verificar documento alguno que le recordase los trágicos momentos vividos en aquel entonces.

—Y ahora pretenden —se dirigió al galerista— que reconozca la autoría de todas las obras y los dibujos que no están firmados.

—Y una navaja pequeña —soltó Emma, ajena a las palabras de su esposo.

Dalmau olvidó al galerista, sonrió con ternura y se preocupó por Emma.

—Y también la pluma con capuchón de oro. La de mi padre…

Se le rasgó la voz, y Dalmau la abrazó por encima de los hombros. No habían sido días buenos aquellos en los que el juzgado los embargó, y su madre, Emma y la pequeña Julia se vieron obligadas a compartir casa con Anastasi y su familia.

Pedro Sabater dejó transcurrir unos segundos antes de regresar al tema que los había llevado hasta allí.

—Efectivamente. Quieren que usted reconozca la autoría de esas obras —confirmó—. La cotización cambia de producirse esa situación.

—Todas las obras están relacionadas aquí —intervino Emma—. Su valor: «Despreciable», indica este papel. Ni siquiera consignan una cantidad, por baja que fuera.

—Así es —afirmó Sabater sin poder ocultar su sonrojo. Se hallaba frente a uno de los mejores pintores del mundo, tratando de que autentificase unos cuadros y dibujos que Manuel Bello se había apropiado por un precio insignificante—. En aquellos tiempos —trató de excusarse—, no se les concedió ningún valor.

—¿Y nosotros qué ganamos? —inquirió Emma, haciendo caso omiso a las palabras del marchante.

—Pidan —los instó este—. Estoy dispuesto a escuchar ofertas.

—No —se opuso Dalmau—. La oferta se la haremos a Manuel Bello en persona. A él y a toda su familia. Aquí. Cítelos y luego avísenos. Vamos —añadió dirigiéndose a Emma—, Barcelona nos espera.

Se habían arruinado, de ahí la necesidad de Manuel Bello de vender todas aquellas obras. Según Léon le contó que el galerista le había confesado, el maestro no supo adaptar su negocio tras el fin del modernismo y por lo tanto de la eclosión de la cerámica en los edificios. El azulejo seguía utilizándose, pero ya no en la forma en que lo hizo el arquitecto y maestro de obras modernista. A ello hubo que sumar una pésima gestión por parte del marido de la hija que le quedaba, un joven engreído que creyó que la modesta fábrica de azulejos era comparable a una gran empresa y que invirtió lo poco que tenía en proyectos irrealizables, que fracasaron uno tras otro, mientras doña Celia y su hijo, un muchacho que no tenía la menor intención de abandonar su vida de burgués inútil, consentido y perezoso, derrochaban hasta la última peseta. Manuel Bello confió en su yerno e incluso en su esposa, quien a instancias de su hija lo defendía como a un iluminado, y rezó cuanto pudo para que su situación económica mejorase, hasta que un día se levantó del reclinatorio y se encontró en la quiebra más absoluta. Y en esa situación, la obra de Dalmau que mantenía almacenada, incapaz de rasgar una tela o un papel por más que la autoría correspondiese a su enemigo acérrimo, podía valer mucho dinero, quizá no tanto como las obras actuales, pero siempre habría coleccionistas o amantes del arte dispuestos a adquirir cuadros o dibujos de las primeras épocas del famoso pintor Dalmau Sala. En urnas de cristal, a modo de incunables, se exponían en la galería de Sabater varios de los cuadernillos en los que Dalmau dibujaba en las mesas de los cafés cantante y que guardaba en el taller cuando los terminaba, antes de que lo despidieran; alguno de ellos era un permanente estudio de los ojos de una muchacha, que no lograba plasmar con toda la fuerza e intensidad, incluso maldad, que transmitían, pensaba entonces. Chascó la lengua al recordar el destino de Úrsula. Emma lo malinterpretó. Iban los dos en la parte trasera del automóvil que Sabater había puesto a su disposición: un Hispano-Suiza, amplio, lujoso, similar a los grandes coches europeos. Dalmau había ordenado al chófer que los llevara a la plaza de España, el lugar donde se había celebrado la Exposición Internacional de 1929, junto a la plaza de toros de Las Arenas. Ella le cogió una mano por encima de la lustrosa tapicería de cuero.

—¿Nostálgico? —preguntó.

Dalmau pensó la respuesta: no, no era nostalgia. Deseaba ver las construcciones que habían venido a sustituir a las modernistas y de las que tanto había leído, una tendencia estilística —la del *noucentisme*—, que ya se apuntaba en el momento de finalizar el Palau de la Música, y el mejor lugar para ello era la falda de la montaña de Montjuïc, donde se habían ido levantando diversos palacios que culminaron con los erigidos para la exposición internacional celebrada hacía tres años.

—Nos dirigimos a ver a los asesinos del modernismo.

—Cariño —replicó Emma apretándole la mano—, tú también has asesinado algunos estilos pictóricos, ¿no? Hay que evolucionar.

—Efectivamente —respondió a su vez Dalmau—. Hay que evolucionar, pero no creo que regresar a la monumentalidad, a la arquitectura que persigue la belleza pública, incluso la manifestación del poder y que, por ende, se somete a los dictados políticos sea equiparable al cubismo o al surrealismo, las máximas expresiones de la independencia del arte y la libertad interpretativa del artista. En el *noucentisme* y las corrientes similares que se expanden por toda

Europa, las instituciones asumen la promoción de un arte público, el arte urbano, y lo hacen conforme a su ideología, que una vez más tratan de imponer al pueblo.

—Antes —lo interrumpió Emma— ese arte, ese urbanismo, se hallaba en manos de unos pocos: los ricos.

—Pero había mucha diferencia entre ellos. Y libertad.

—¡Te has vuelto demasiado libre, tú! —le recriminó ella en broma—. No será tan malo —insistió.

—Será como una puñalada a mi juventud. Yo crecí mamando modernidad, fantaseando con el color y las piedras en movimiento.

Para Dalmau fue efectivamente un golpe a aquella Barcelona que amó. Un conjunto de edificios grandiosos, regulares, con cúpulas, columnas y torres en sus esquinas. Monumental, impresionante, pero de una belleza fría, alejada.

—La Semana Trágica afianzó este movimiento —comentó Dalmau, los dos ya fuera del Hispano-Suiza, contemplando aquellos edificios—. Ahí, en la entrada que da a la plaza, Puig i Cadafalch, que evolucionó hacia esta corriente arquitectónica, alzó cuatro grandes columnas representativas de las barras de la bandera catalana. —Emma miró hacia donde le señalaba su esposo—. El general Primo de Rivera hizo que las derribaran. Luchas políticas alrededor del arte urbano. Lo que te decía.

—Cariño —le dijo Emma al cabo de un rato de pasear por la zona—, ¿te imaginas todos estos grandes espacios, necesarios para las exposiciones y por lo tanto la prosperidad de la ciudad, diseñados por los modernistas a los que tanto admiras? —Dalmau la miró con la boca abierta—. Sí, esos edificios de ahí, por ejemplo —insistió ella señalando los dos grandes palacios que se abrían a ambos lados del paseo que ascendía hasta el palacio Nacional, que en aquel punto coronaba la colina—. Este, el de la izquierda, en manos de Gaudí, el de enfrente se lo adjudicamos a Domènech. Todo recargado, sinuoso, repleto de decoración, de azulejos, de hierros retorcidos, de… de… ¡de culos de botellas de champán! ¡Sería imposible una sola exposición!

Dalmau lo intentó: visualizó aquellas construcciones erigidas de la mano de los modernistas. Negaba con la cabeza, desechando una imagen tras otra.

—Bueno —trató de librarse del certero aprieto en el que lo había puesto su esposa—, no hay problema, porque el de Gaudí no estaría terminado todavía.

Los dos se echaron a reír. Despidieron el coche que los esperaba y decidieron regresar al hotel paseando por aquel Paralelo por el que tantas noches habían transitado. Los dos grandes arquitectos nombrados por Emma habían fallecido hacía pocos años, y el modernismo desapareció dejando paso a los edificios oficialistas, del régimen. Llegaron a la parte final del Paralelo, donde la vía se confundía con el puerto y sus instalaciones. La calle continuaba siendo canalla. La imaginaron al anochecer: teatros, espectáculos, burdeles... Ahora, salvo bares y restaurantes, todo permanecía cerrado, oculto a la luz intensa de la primavera mediterránea. Pero si los establecimientos parecían no querer vivir el día, los obreros sin empleo que transitaban por ella no tenían reparo alguno en mostrar su malestar. La tensión atenazaba la ciudad. Emma y Dalmau repararon en que muchos de aquellos anarcosindicalistas llevaban pistolas. Los tiroteos en Barcelona eran constantes. La gente discutía con vehemencia y la rabia marcada en sus rostros. Aquí y allá se desarrollaban pequeños mítines: líderes exaltados que gritaban y llamaban a la huelga y a la lucha obrera.

—Deberías estar ahí —comentó Dalmau a su esposa.

—¿Estas dolido por lo de los edificios modernistas y quieres venganza? —replicó Emma.

Dalmau se arrimó a ella sin dejar de caminar.

—Sí —reconoció—.Ya te he dicho que fue parte de mi juventud.

—Y la mía pelear y ahora... ya ves: paseando tranquilamente como una burguesa del brazo de un pintor famoso en todo el mundo —bromeó Emma.

No había noticias de Sabater en el hotel. Almorzaron otra vez en el restaurante de las sirenas, y después tomaron el coche para visitar todos aquellos lugares en los que Dalmau había trabajado como ceramista.

—Me temo que te llevarás una decepción —presagió Emma.

Los *noucentistes* y los nacionalistas catalanes no fueron tan comprensivos con el movimiento que los precedía como lo había sido Emma. Los edificios modernistas habían perdido la pátina brillante que les concedían los azulejos y los demás elementos artísticos y se confundían ahora, grises y oscuros, con el resto de la ciudad. No cabían concesiones a un arte que ya no representaba al movimiento catalán. Las construcciones de Gaudí se comparaban con pasteles de nata, chocolate y todo tipo de caramelos y dulces, dando lugar a multitud de viñetas satíricas como una en la que la casa Batlló se derretía boca abajo, o un niño pedía una mona de Pascua tan grande como la Pedrera, también comparada con un garaje para aviones o un zoológico.

El Palau de la Música, uno de los lugares donde Dalmau experimentó con mayor fuerza la intensidad de la imaginación, de la creatividad y de la libertad artística, era llamado ahora el «Palacio de la Chatarra Catalana». Grandes intelectuales lo calificaban de horrible, de ínfima calidad, donde era imposible concentrarse en la música rodeado por tal conjunto de adornos. Otros lo denunciaron como vulgar más allá de la expiación, lo tildaban de anárquico y sostenían que se trataba de una obra que no representaba a la Cataluña moderna.

—Política —se lamentó esa noche Dalmau después de ordenar al chófer que diera la vuelta, que ya no deseaba ver más, y los llevara a la costa, donde pasearon por la playa y cenaron en una casa de comidas en la misma arena, tan modesta como exquisita.

—De una playa como esta salimos para Francia —comentó Emma mirando al horizonte, ya oscuro, después de llevarse a la boca un buen pedazo de pescado.

—Mi madre… —recordó Dalmau—. Y Julia. Era solo una niña.

Los dos recordaron aquella noche en silencio. Josefa había muerto, Julia era ya una mujer, casada con un parisino con el que había tenido dos hijos, y trabajaba como abogada defendiendo a obreros y a gente humilde; «causas perdidas» a criterio de su marido, pero no así de Dalmau y Emma, quienes veían en ella la continuadora de su lucha.

—Lo pasamos mal, Dalmau —rompió Emma el silencio—, pero

hoy no me cambiaría por ninguna otra mujer en el mundo. Te amo.

—Yo también. —Dalmau se volvió hacia ella—. Yo también te amo —repitió mirándola a los ojos.

Emma paseó la mirada por todos ellos, en pie en el centro de la galería de Pedro Sabater, de nuevo cerrada al público. Su hombre, con la americana holgada, la camisa sin cuello y la gorra puesta. Dalmau no le había comunicado cuánto iba a pedir a Manuel Bello por reconocer su obra, ni siquiera si lo haría, y Emma no preguntó. Esa noche, después de llegar al hotel casi de madrugada y encontrar el recado del galerista citándolos para el día siguiente por la mañana, ella comprendió la importancia que para su esposo tenía aquel encuentro. No se trataba de la simple firma de unas telas o unos dibujos. Tampoco de dinero. Aquel era el hombre que lo había ayudado de niño, que lo había mantenido en la escuela de la Llotja y que le proporcionó trabajo en su fábrica, pero también el que exigió la catequización de Montserrat. Quizá si hubiera sido más generoso y no se hubiera erigido en un fanático religioso necesitado de hacer méritos ante su Dios convirtiendo a los demás, Montserrat y ella no habrían discutido en aquella barricada y la hermana de Dalmau no habría muerto. Seguro que no. Luego arruinó a Josefa embargándole cuanto poseía. También fue quien consiguió que despidieran a Dalmau de las obras en las que trabajaba y que dijeran que habían tirado su cuadro a la basura por obsceno. Era el hombre que la humilló a ella el día que se presentó en su casa suplicando ayuda. Fue quien criticó públicamente, con una ferocidad injustificable, las obras que Dalmau regaló a la Casa del Pueblo. Y fue quien no dudó en pagar lo que fuera para entregarlo a la justicia militar y con ello a una muerte más que segura.

Frente a Dalmau estaba el maestro, don Manuel Bello, viejo, consumido, agarrado a un bastón, con un traje negro que le había quedado grande, y unas patillas canas y ralas que peleaban por continuar unidas a su bigote.

Dalmau no saludó a don Manuel ni tampoco a doña Celia, erguida ella, con un traje pasado de moda, igual que cuando se empeñaba en vestir los polisones que la hacían parecer un caracol y de los que Emma y Dalmau se reían junto a Montserrat. Era como el reencuentro de los personajes de una tragedia, se estremeció Emma al recuerdo de su amiga. Doña Celia, que superaba a su esposo en altura y corpulencia, olía a viejo, a usado. A sus lados, la hija y el yerno que los había arruinado, altaneros ambos, y el hijo menor, el burgués disoluto, un hombre que debía de rondar la treintena con ojeras y aspecto cansado, al que con toda seguridad habían obligado a levantarse de la cama para acudir a la cita, como demostraba con suspiros y bostezos que ni siquiera trataba de disimular.

—Bien…· —trató de iniciar la negociación el galerista.

Dalmau lo hizo callar con el movimiento de una de las manos, y continuó en un silencio incómodo, en el que Emma, sin embargo, creyó crecer y se sintió fuerte. Se acercó a su esposo, hasta situarse a su lado. Dalmau escrutaba a la familia del que había sido su maestro como si examinase un entorno que se dispusiera a pintar; Emma conocía aquel proceso mágico. La gente callaba. Dalmau llenaba los lugares como ahora hacía con esa galería y su personalidad rebosaba incluso por los resquicios de la puerta cerrada a la calle. ¡Era un genio! Don Manuel bajó la vista y doña Celia perdió su aplomo. Los demás, sencillamente, se encogieron. «¡Arrodillaos ante él!», estuvo tentada de exigirles a gritos.

Emma respiró hondo. Deseaba introducir aquel ambiente en su cuerpo, asimilarlo, saborearlo, cuando la voz de Dalmau quebró el hechizo.

—Quiero la pluma con capuchón de oro que embargaron en casa de mi madre —exigió.

—¡Debe de hacer más de veinte años de eso! —se escandalizó el galerista.

—La tiene —lo interrumpió Dalmau con serenidad. Estaba seguro de que don Manuel nunca se había desprendido de aquellos objetos después de adjudicárselos en la subasta.

Don Manuel asintió. Emma apretó la mandíbula y se secó los ojos. No permitiría que aquellos indeseables la vieran llorar. La pluma de su padre, la que tenía que regalar a su esposo. Antonio no disfrutó de ella. «No sabe escribir», recordó la mentira con que se excusó ante su tío.

—¿Una pluma? —saltó el hijo de don Manuel interrumpiendo sus pensamientos—. ¿Para eso tanta molestia?

—¿Solo la pluma? —se extrañó a su vez Sabater.

—No —dijo Dalmau, y el silencio volvió a hacerse en la galería—. También quiero los dibujos que no están expuestos.

Don Manuel alzó la cabeza recuperando algo de la vitalidad que había perdido y clavó sus ojos acuosos en Dalmau.

—¿Qué dibujos? —exclamó el yerno—. ¿Acaso tenemos más obras de este personaje? ¿Por qué nadie me ha contado nada?

No obtuvo respuesta. Doña Celia tardó en reaccionar, y cuando lo hizo negó enérgicamente con la cabeza.

—Ya no existen —adujo don Manuel, que hablaba por primera vez.

—Sí que existen. Sé que los guarda.

—¿Dónde están? —volvió a intervenir el yerno.

—Cállate —le ordenó doña Celia, que acto seguido atravesó con la mirada a su esposo—. ¿Los guardas?

Don Manuel no contestó.

—Saldremos en el primer tren hacia la frontera, para después continuar viaje hasta París —les comunicó Dalmau—. Si para entonces me traen al hotel lo que he pedido, les firmaré el reconocimiento de todas estas obras —continuó, al mismo tiempo que paseaba la mirada por lo que era parte de la historia de su vida—; en caso contrario, no dispondrán ustedes de otra oportunidad.

—Y terminarán en la indigencia, en las calles —añadió Emma recordando la amenaza que un día le hicieran a ella misma cuando fue a suplicarles clemencia.

Nadie más habló. Dalmau agarró con suavidad a Emma del codo y se dispuso a abandonar la galería, pero se detuvo.

—Don Manuel… —llamó su atención utilizando el tratamiento que le daba mientras trabajaba para él. Esperó a que el anciano lo mirara y prosiguió—: Nunca quise hacer daño a su hija. Si, por mis circunstancias personales, no fui capaz de expresarlo entonces, tenga por seguro que he padecido el dolor por su muerte a lo largo de mi vida, igual que lo lamento ahora. Doña Celia —se despidió también de ella tocándose el borde de la gorra.

El tren salía de la estación de Francia. Emma y Dalmau abandonaban una ciudad que continuaba siendo hostil, entregada a la revolución, al pistolerismo, a la lucha, a la destrucción y a una miseria consentida por el egoísmo y la avaricia de los poderosos.

—Joan Maragall, uno de los mejores poetas catalanes —comentó Dalmau, la mirada perdida a través de la ventanilla—, dijo de Barcelona después de la Semana Trágica que esta era una ciudad sin amor. Continúa siéndolo —sentenció.

Emma, sentada frente a Dalmau en el compartimento, ni siquiera contestó, atónita, atemorizada incluso ante los dibujos que sostenía con fuerza entre las manos y en los que Úrsula aparecía en diferentes momentos de su muerte. Algunos consistían en simples trazos y rayas, bocetos casi ininteligibles. Otros, de una precisión que, conociendo el final de la muchacha, le parecieron macabros. Ese era el pago que Dalmau había exigido, además de la pluma con capuchón de oro que con orgullo había introducido en el bolsillo interior de su americana después de que Emma se la regalase con los ojos húmedos.

—¿Por qué estos dibujos? —se atrevió a preguntarle, ahora.

Dalmau tardó en contestar.

—Úrsula murió por mi culpa —respondió con la voz tomada, tras carraspear un par de veces—. Su sufrimiento empapa esos papeles, una agonía de la que no fui capaz de darme cuenta y que, drogado, confundí con... con el erotismo que tú me brindabas al posar desnuda. —Guardó silencio unos instantes en los que el traqueteo del tren inundó el compartimento—. Por extraño que pueda parecerte —añadió, alzando la voz ahora—, tú formas parte de esos dibujos, y no podía permitir que ese viejo y su familia los mantuvieran en su poder.

Emma permanecía estupefacta, con los ojos clavados en Dalmau.

—Nunca me habías hablado de ellos.

—¿Te molesta que no lo hiciera?

Ella negó con la cabeza.

Dalmau sonrió y contempló con cariño el rostro de su esposa hasta que el destello de la joya que Emma llevaba prendida de la solapa lo distrajo: una libélula modernista; el cuerpo largo y esbelto del animal en oro y las alas en esmalte traslúcido, todo punteado con diminutas piedras preciosas de colores. Dalmau se la había regalado la tarde anterior, después de que el joyero insistiera en vano en que adquirieran una pieza de diseño más actual. El ceramista se perdió en los destellos de la libélula, que pretendieron retenerlo junto a esa ciudad en la que el arte, la creatividad y la fantasía más desbordante juguetearon entre sí para erigir unos edificios y crear unas obras que un día la humanidad terminaría reconociendo.

Barcelona quedaba atrás, y con ella parte de la vida de ambos.

Nota del autor

Barcelona es, sin duda, una de las destacadas ciudades europeas que ofrecen al mundo un gran número de edificios de estilo modernista, en sus múltiples denominaciones, varios de ellos declarados Patrimonio de la Humanidad por la Unesco. El origen de tal conjunto arquitectónico debe atribuirse a las características especiales del desarrollo urbanístico de la capital, así como a la riqueza de una clase social deseosa de adscribirse a un movimiento tan creativo e imaginativo como fue el modernismo.

En esta novela he pretendido, de la mano de Dalmau Sala, mostrar al lector una visión amplia de un estilo que evolucionó a lo largo de tres decenios, con grandes arquitectos y artesanos que fueron artífices de lo que hoy admiramos, por más que durante años fuera un estilo denigrado, criticado y, en ocasiones, fatalmente destruido o mutilado. He procurado ajustar la ficción al calendario real en que se ejecutaron todas esas construcciones, aunque en algún caso y por dar una referencia completa al lector, me he permitido modificar ciertas fechas, como puede ser la de la construcción del conjunto escultórico de la fachada del Palau de la Música, que es posterior al momento en el que se menciona en la novela.

Sin embargo, al lado de esa magnificencia en la construcción de edificios y hasta en la forma de pensar de una parte considerable de la burguesía barcelonesa, coexistía la miseria característica de la Revolución industrial. Al mismo tiempo que unos empeñaban su hacienda en un alarde competitivo de suntuosidad, la masa obrera, tremendamente empobrecida y explotada, empezaba a tomar conciencia de su poder político más allá de postulados anarquistas y de unas acciones terroristas que identificaban a Barcelona como la ciudad de las bombas.

Las huelgas, las manifestaciones y las reivindicaciones sociales fueron una constante que los ricos observaban desde sus nuevas atalayas modernistas. Resulta sorprendente el papel que desempeñaron en esa lucha obrera las mujeres; unas mujeres cuyos derechos distaban mucho de los de los hombres y que ni siquiera habían obtenido el de sufragio en ninguna de sus vertientes, pero que a la vez, portando a sus hijos pequeños, encabezaban las manifestaciones para impedir los disparos y las cargas policiales contra sus esposos y padres. De entre ellas nace la otra protagonista de la novela, Emma, que personifica ese espíritu de lucha, embrión de unos movimientos mucho más decisivos que terminarían haciendo de España una república, a la que se puso fin con una guerra a la que siguió una dictadura de cuarenta años.

El anticlericalismo se convirtió en una de las doctrinas entre republicanos y políticos de izquierdas durante la primera década del siglo XX, y, en manos de una figura tan controvertida como la de Lerroux, quien de forma grosera propugnaba la destrucción de la Iglesia, devino el argumento idóneo para excitar y soliviantar a las masas.

En esa tesitura, la defensa de los intereses económicos de ciertos grupos de industriales adinerados que condujo a España a una contienda sangrienta contra los bereberes del Rif, así como el comercio humano que supuso el reclutamiento de padres de familia en lugar de jóvenes solteros, en beneficio exclusivo de las compañías de seguros y sus accionistas, irritaron a los obreros hasta el punto de declarar una exitosa huelga general que en Barcelona y parte de Cataluña degeneró en la Semana Trágica, seis días durante los cuales se incendiaron en la Ciudad Condal ochenta iglesias y edificios religiosos.

Según la opinión mayoritaria de los estudiosos de este luctuoso suceso en la historia de Barcelona, no existió liderazgo ni coordinación política en el movimiento incendiario. Quizá cueste creer que la turba limitase su violencia a los establecimientos religiosos, tal como sucedió en realidad, y sin que ello, evidentemente, excuse o reste trascendencia a la devastación. Pero lo cierto es que no se atacó propiedad alguna de una burguesía que, según fuentes documentales de la época, observó los acontecimientos desde la distancia entre fiestas y bailes, y que, por ende, decidió pagar los salarios que se habrían devengado durante esa semana de revueltas como si se hubiera trabajado.

Ni el ejército, ni la policía ni la población defendieron las propiedades de la Iglesia; existen testimonios que sostienen que las tropas protegían los bancos mientras los revolucionarios quemaban conventos. Por supuesto, hubo excepciones, y ya fuera el ejército, los carlistas o ciudadanos de barrios como Sarrià, defendieron sus templos, como sucedió, entre otros, con la iglesia de Santa María del Mar.

Es difícil encontrar las razones por las que la turba desorganizada, víctima de la injusticia social y sumida en la pobreza, no dirigió sus reclamaciones y su ira también contra la clase pudiente que la explotaba, pero ciertamente así fue, y respetó su patrimonio, sus casas, sus industrias y sus establecimientos comerciales. Valga un ejemplo: en uno de los incendios, los revolucionarios permitieron la actuación de los bomberos solo para mojar el muro lindante de la fábrica de un rico empresario conocido e impedir con ello que las llamas que devoraban la iglesia se propagasen a su inmueble.

También respetaron la vida del clero. No consta la violación de monjas a la que, con vehemencia, Lerroux exhortaba a las masas, y los tres sacerdotes muertos —sin que ello excuse tampoco esos decesos— lo fueron por causas determinadas, una de ellas casi accidental, pero podría sostenerse que no por un odio dirigido contra el estamento religioso en concreto y que se generalizase en actos que atentasen físicamente contra sus miembros buscando su muerte o su linchamiento, más allá, por desgracia, de la violencia, la coacción, los insultos y las vejaciones, los robos y la fuerza que se utilizó para su desalojo, agresiones totalmente deplorables que, en efecto, se produjeron.

Quizá esa inexistencia generalizada de homicidios en el estamento clerical, en unos acontecimientos que sí los dejaron entre el pueblo llano, pesara en la balanza con la que la justicia civil de Barcelona, la ordinaria, diferente de la militar dependiente del gobierno de Madrid, encaró los procesos contra los incendiarios detenidos. Emma, nuestra protagonista, fue declarada inocente, como lo fueron cerca de dos mil incendiarios que comparecieron ante la jurisdicción civil, aunque en la novela se adelanta la fecha en la que esos tribunales iniciaron sus labores. Los militares, por el contrario, dictaron, entre otras, diecisiete penas de muerte de las que se ejecutaron cinco, y cincuenta y nueve sentencias a cadena perpetua.

Es posible que la causa inmediata de la revuelta que originó la Semana Trágica pueda encontrarse en la reacción de la clase obrera ante la guerra del Rif, pero no cabe afirmar que esa fuera la única. El gran poeta catalán Joan Maragall, amante de Barcelona y Cataluña y defensor de sus valores, se vio afectado en lo más hondo ante una revuelta que estudió y analizó, pensamientos que plasmó en tres artículos que han hecho historia (uno de ellos, en el que pedía clemencia y apostaba por el perdón, no fue publicado). Sin ánimo de profundizar en argumentos tan eruditos y, por lo tanto, exponiéndolo tan solo a modo de referencia, añadiré que Maragall calificó a las clases dirigentes de Barcelona de cobardes y egoístas, y que instó a la Iglesia a acercarse más a los obreros y a colaborar en la creación de una sociedad más justa.

Las causas y las consecuencias de la Semana Trágica exceden con mucho el ámbito de una novela y de estas notas, pero sin duda alguna coadyuvaron al declive de un movimiento artístico de la trascendencia del modernismo. El liberalismo fue acusado de fundamentar ideológicamente las revueltas. El individualismo, la imaginación exuberante y la genialidad cedieron su primacía al dirigismo, y la libertad creativa se vio seriamente restringida. Tal como señala Dalmau, años después, cuando regresa a Barcelona y visita los palacios de exposiciones de la falda de Montjuïc: «Nos dirigimos a ver a los asesinos del modernismo».

Quiero agradecer a mi editora, Ana Liarás, su ayuda en esta novela y su confianza en el proyecto, y a cuantas personas han colaborado y hecho posible su publicación. Mi reconocimiento, como siempre, a Carmen, mi esposa, sin cuyo apoyo no habría escrito esta obra y que está a mi lado por duras que sean las vivencias, y a mis hijos y seres queridos que también me acompañan en ese camino.

Barcelona, abril de 2019

Ildefonso Falcones, casado y padre de cuatro hijos, es abogado y escritor. *La catedral del mar*, su primera novela, se convirtió en un éxito editorial mundial sin precedentes, reconocida tanto por los lectores como por la crítica y publicada en más de cuarenta países. Ha sido también merecedora de varios premios, entre ellos el Euskadi de Plata 2006 a la mejor novela en lengua castellana, el Qué Leer al mejor libro en español del año 2006, el premio Fundación José Manuel Lara a la novela más vendida en 2006, el prestigioso galardón italiano Giovanni Boccaccio 2007 al mejor autor extranjero, el premio internacional Città dello Stretto 2008 y el Fulbert de Chartres 2009. Recientemente la hemos visto convertida en una exitosa serie de televisión emitida por Antena 3, TV3 y ahora también disponible en Netflix. La obra, además, ha sido adaptada al formato de novela gráfica en una espléndida edición de Random Cómics ilustrada por Tomeu Pinya.

Su segunda novela, *La mano de Fátima* (Grijalbo, 2009), fue galardonada con el premio Roma 2010 y *La reina descalza* (Grijalbo, 2013), su siguiente obra, recibió el premio Pencho Cros. Su novela *Los herederos de la tierra* (Grijalbo, 2016) es la esperadísima continuación de *La catedral del mar*. Todas ellas han recibido numerosos elogios de la crítica y el apoyo incondicional de los lectores.

Ahora, con diez millones de ejemplares de su obra vendidos en todo el mundo, Ildefonso Falcones retoma la historia de Barcelona con la espléndida *El pintor de almas*, donde retrata los albores del siglo xx cuando el modernismo arquitectónico, que cambiaría la faz de la ciudad, convivió con las tensiones de la lucha social y obrera.

Descubre tu próxima lectura

Si quieres formar parte de nuestra comunidad,
regístrate en **www.megustaleer.club**
y recibirás recomendaciones personalizadas

Penguin
Random House
Grupo Editorial

 megustaleer